Goethe-Jahrbuch 2021
Band 138

Goethe-Jahrbuch

Im Auftrag
des Vorstands der Goethe-Gesellschaft
herausgegeben von
Frieder von Ammon, Jochen Golz,
Stefan Matuschek und Edith Zehm

138. Band
der Gesamtfolge
2021

WALLSTEIN VERLAG

Redaktion: Dr. Petra Oberhauser

Mit 26 Abbildungen

Gedruckt mit Unterstützung der Thüringer Staatskanzlei,
Abteilung Kunst und Kultur

Freistaat Thüringen Staatskanzlei

Bibliografische Information der Deutschen Nationalbibliothek

Die Deutsche Nationalbibliothek verzeichnet diese Publikation in der Deutschen Nationalbibliografie; detaillierte bibliografische Daten sind im Internet über http://dnb.d-nb.de abrufbar.

Gedruckt auf alterungsbeständigem Papier

www.wallstein-verlag.de
Vom Verlag gesetzt aus der Sabon
Umschlaggestaltung: Susanne Gerhards, Düsseldorf – © SG-Image
unter Verwendung des Goethe-Porträts von Friedrich Dürck nach Joseph Carl Stieler
(Klassik Stiftung Weimar, Museen, GGe/00439)
Druck und Verarbeitung: Hubert & Co, Göttingen

ISBN 978-3-8353-5215-5
ISSN 0323-4207

Inhalt

Vorwort

Goethe im Streit: So sollte das Thema unserer 87. Hauptversammlung im Sommer 2021 lauten. Bis ins Frühjahr hinein waren wir überzeugt, dass sie unter Beachtung der Hygieneregeln stattfinden könne. Das hat sich leider als falsche Hoffnung erwiesen. So bleibt diesmal keine Erinnerung an einen geselligen Weimarer Sommer, sondern nur die Druckfassung der nicht gehaltenen Vorträge. Immerhin. Das Jahrbuch bleibt unser verlässlichstes Organ.

Das Thema *Goethe im Streit* weckt gegensätzliche Assoziationen: einerseits die *Xenien* und der polemische Teil der *Farbenlehre*, die von Streitlust zeugen, andererseits die Erhabenheit des ‚Weisen von Weimar', der über allen Kontroversen stehen soll. Die Wahrheit liegt nicht einfach in der Mitte, sondern in einer für Goethe kennzeichnenden, herausfordernden (man könnte auch sagen: anstößigen) Ambivalenz. Sie besteht darin, dass er den Streit einerseits immer wieder durch brillante Polemik, Ironie und Satire provoziert, ihn aber andererseits gar nicht dulden will und als gesellschaftliches Unglück schmäht. Zudem beherrscht er eine einzigartig nonchalante Art, Unstrittigkeit rhetorisch zu inszenieren, wo sich trefflich streiten ließe. Von unserem heutigen Bemühen um eine produktive Streitkultur ist das weit entfernt. Lässt man sich auf Goethes sachliche Kontroversen und zugleich auf seine eigene Art zu streiten ein, dann verfliegt das langweilige Bild des Olympiers und es zeigt sich stattdessen ein streitlustiger Streitverächter, zu dem man seine eigene Position suchen muss. Die Beiträge in diesem Band laden dazu im Blick auf den *Xenien*-Streit, die Moderne-Kritik in *Faust II*, den Antisemitismus und den Islam ein. Das sind leider nicht alle Aspekte, die wir für die Hauptversammlung vorgesehen hatten. Geplante Beiträge zur Poetologie und zur Naturforschung sind der Pandemie zum Opfer gefallen. So gibt die erste Rubrik unseres Jahrbuchs diesmal nur einen Auftakt zu einem erweiterungsfähigen und -bedürftigen Thema.

Die weiteren Abhandlungen führen zur Margarete-Figur im *Faust*, zur Naturphilosophie, zur Goethe-Resonanz in Amerika und zu den politisierten Klassik-Debatten im Kalten Krieg (und damit auch zur Geschichte unserer Gesellschaft). Wie immer informieren wir über aktuelle wissenschaftliche Goethe-Projekte, und die in diesem Jahr reichen Miszellen bieten neben neuen Goethe-Funden einen ganz neuen Blick auf die deutsche Literaturgeschichte um 1800 im ›morgenländischen Glanz‹.

Eindringlich und erschütternd ist die neue Lektüre des alten Goethe-Buchs von Georg Lukács *Goethe und seine Zeit*. Es erschien 1947, entstand aber seit Mitte der 1930er-Jahre im Moskauer Exil. Die neue Lektüre arbeitet zum ersten Mal heraus, wie Lukács' *Faust*-Deutung als ein apologetisches Sich-Abarbeiten an den stalinistischen Säuberungsprozessen zu verstehen ist, die Lukács zur gleichen Zeit in seiner Nähe erlebte. Das Motto zu diesem Beitrag hätte nicht besser gewählt sein können. Denn es stellt aufs Prägnanteste klar, wie sehr diese später kanonisch gewordene *Faust*-Interpretation der Position des Dramen-Autors widerspricht.

Die Krisen folgen zurzeit schneller aufeinander, als wir sie durchstehen. Waren es zuerst die Zahlen des Robert-Koch-Instituts, die uns alarmierten und unser Leben bestimmten, sind es jetzt die Berichte der Geheimdienste und der militärischen Beobachter. Die Zuversicht, dass die europäischen Staaten keinen Krieg mehr gegeneinander führen, hat der russische Präsident aufs Brutalste zerstört. Unsere Goethe-Gesellschaft ist international, hat Mitglieder auch in der Ukraine und in Russland. Die Vorstellung, dass sie alle in diesem Jahrbuch von zivilen Formen des verbalen Streits lesen, hat in diesen Zeiten eine geradezu utopische Dimension.

Im Namen der Herausgeber
Stefan Matuschek

Dank an die Jahrbuch-Paten

Eine besondere Würdigung verdienen unsere Mitglieder

Manfred Klenk
Werner Löfflmann
Ekkehard Taubner.

Sie fördern das Erscheinen des Goethe-Jahrbuchs in sehr großzügiger Weise mit einer lebenslangen Jahrbuch-Patenschaft, wofür wir Ihnen herzlich danken.

Nachfolgend danken wir herzlich all jenen Damen und Herren, die Jahrbuch-Pate für drei aufeinanderfolgende Jahrbücher geworden sind und das Goethe-Jahrbuch 2021 mit 100 € gefördert haben:

Dr. Pjotr Abramow, Moskau (Russland)
Dr. Christina Althen, Frankfurt a.M.
Herbert Andert, Weimar
Dr. Stephan Anger, Berlin
Volkmar Birkholz, Erfurt
Dr. Ulrike Bischof, Weimar
Prof. Dr. Martin Bollacher, Bochum
Hubert W. Böttger, Weimar
Gerhard Bücker, Bremen
Erika Danckwerts, Berlin
Dr. Hans-Jürgen Danzmann, Säckingen
Dr. Hans-Helmut Dieterich, Ellwangen
Hartwig Dück, Coburg
Franz Dudenhöffer, Speyer
Prof. Dr. Udo Ebert, Jena
Dr. Gerd Eidam, Burgwedel
Dr. Arne Eppers, Hamburg
Uwe Ertel, Berlin
Peter Ewert, Mönchengladbach
Klaus Martin Finzel, Köln
Dr. Hans-Ulrich Foertsch, Marl
Sigrid Freisleben, Nürnberg
Dr. Jens Giesdorf, Lasel
Dr. Klaus F. Gille, Bloemendaal (Niederlande)
Dietrich Gneist, Bonn
Goethe-Gesellschaft Hamburg e.V.
Arthur Granat, Berlin
Ina Greyn, Kempen
Dr. Renate Grumach, Berlin
Marion Heise, Halle/Saale

Dr. Mathias Iven, Potsdam
Dr. Sabine Jüttner, Landshut
Wilhelm Kaltenborn, Berlin
Prof. Dr. Ulrich Keil, Münster
Prof. Dr. Lothar Köhn, Senden
Mario Kopf, Dessau-Roßlau
Dr. Joachim Krause, Gladbeck
Helmut Krumme, Bonn
Prof. Dr. Paul Laufs, Stuttgart
Erika Leck, Münster
Dr. Gert Legal, München
Dr. Gertrude Lückerath, Köln
Cedric Lutz, Lenzburg (Schweiz)
Prof. Dr. Manfred Mörl, Schiffdorf
Dr. Karl Peter Müller, Marl
Boris Oppermann, Ehingen
Hans-Günther Otto, Rudolstadt
Dr. Claudia Paris, Leipzig
Friedrich Petry, Wetzlar
Dr. Ruth Peuckert, Erfurt
Michael Plett, Arnsberg
Prof. Dr. Karl Richter, St. Ingbert
Inge Rossbach, Bad Kreuznach
Andreas Rumler, Bremen
Jutta Rumler, Bremen
Dr. Wolfgang Saalfrank, Wallhalben
Prof. Dr. Gerhard Sauder, St. Ingbert
Dr. Martin Schencking, Welschneudorf
Willi Schmid, Rosenheim
Dr. Thomas Schmitt, Fulda
Dr. Henner Schultz, Weimar
Dr. Brigitte Seebacher, Rothenbach
Dr. Angela Spelsberg, Münster
Holger Spies, Frankfurt a. M.
Gertrud Staffhorst, Karlsruhe
Monika Steffens, Köln
Prof. Dr. Matthias Steinhart, Würzburg
Ilse Streit-Dewald, München
Dr. Sabine Solf, Wolfenbüttel
Stefan Tönjes, Nordenham
Dr. Markus Wallenborn, Worms
Kimberley Wegner, Bamberg
Prof. Dr. Reinhard Wegner, Heidelberg
Weimarer Zirkel e. V., Verein zur Förderung der Humanität
Prof. Dr. Reiner Wild, Heidelberg
Eberhard Wolff, Köln

Gerd Ziegler, Weimar
Alexander von Zweidorff, Hamburg.

Im Abschnitt *Dank für Zuwendungen im Jahr 2021* danken wir namentlich all jenen Damen und Herren, die dem Goethe-Jahrbuch eine größere oder kleinere Spende zuteilwerden ließen.

Beiträge anlässlich der 87. Hauptversammlung

Stefan Matuschek

*Goethe im Streit**

Liebe Mitglieder, Freundinnen und Freunde der Goethe-Gesellschaft,
meine sehr geehrten Damen und Herren,

wenn die Corona-Pandemie nicht 2020, sondern vor gut zwei Jahrhunderten ausgebrochen wäre, hätte man in einem Musenalmanach wohl folgende Distichen lesen können:

> *Inselglück*
> Nach dem Brexit-Beschluss bedauerten wir die Briten.
> Nach dem Brexit-Vollzug blicken wir neidisch auf sie.

Und:

> *Bildungspolitik*
> Kitas, Schulen und Unis sind endlich wieder geöffnet.
> Kinder, doch müsst ihr verstehn: nur für die über 60.

Mit diesen Spottversen sind wir nicht nur in der Frustration unserer Gegenwart, sondern auch im Herzen der Weimarer Klassik, denn solche klassizistisch in Hexameter und Pentameter rhythmisierte Häme gehört zu deren Zentrum. Xenien, wörtlich ›Gastgeschenke‹, heißen diese Spottverse mit ironischem Gattungsnamen. Goethe und Schiller haben weit über 900 davon verfasst und die allermeisten im *Musen-Almanach für das Jahr 1797* veröffentlicht. Es war ein dreistes Abkanzeln in weitem Rundumschlag. Es zielte gegen allgemeine Zustände und Gewohnheiten ebenso wie gegen einzelne, ungenannt erkennbare, aber auch namentlich genannte Zeitgenossen, die zum Teil mit ganzen Salven von Distichen penetrant attackiert wurden. Friedrich Nicolai traf es am häufigsten. Nur zwei Beispiele: *Empirischer Querkopf* ist das eine, *Nicolai auf Reisen* das andere überschrieben:

> Armer empirischer Teufel! du kennst nicht einmal das Dumme
> in dir selber, es ist ach! a priori so dumm.
> (FA I, 1, S. 523)

* Festvortrag und Begrüßung anlässlich der 87. Hauptversammlung der Goethe-Gesellschaft, die vom 26. bis 28. Mai 2021 zum Thema *Goethe im Streit* in Weimar hätte stattfinden sollen, wegen der Corona-Pandemie jedoch abgesagt werden musste.

Schreiben wollt er und leer war der Kopf, da besah er sich Deutschland,
Leer kam der Kopf zurück, aber das Buch war gefüllt.
(FA I, 1, S. 588)

Das ist nicht zimperlich. Die umweglosen Beleidigungen und ihre schiere Menge – die Anti-Nicolai-Sequenz umfasst nicht weniger als 40 Distichen – zeigen einen fast streithanseligen Furor. Viele Zeitgenossen waren empört, sahen die guten Sitten verletzt, sprachen mit dem epochalen Schreckenswort von ›Sansculottismus‹ – oder keilten einfach in gleicher Manier zurück.

Was erkennt man in all dem? *Goethe im Streit* – das Thema unserer 87. Hauptversammlung. Aus den eingangs schon erwähnten Gründen kann die Eröffnung diesmal nicht anders geschehen, als dass der Präsident sich hier und jetzt mit sich selbst versammelt und im leeren Raum die fehlenden Gäste begrüßt. Da auch noch der Festredner kurzfristig abgesagt hat – Absagen sind überhaupt die neue Grunderfahrung unseres Lebens –, müssen Begrüßung und Festrede zusammenfallen. Das kann man als neue Redegattung interessant finden oder auch als Pandemieschaden beklagen. Das Virus und die politischen Versuche, es zu beherrschen, verlangen uns viel ab. Das schon allzu lange andauernde Fehlen der Geselligkeit raubt uns das mitmenschliche Geleit, das wir brauchen, um gut durchs Leben zu finden. Die Technik, mit der wir das zu kompensieren versuchen, ist ein Notbehelf – immerhin. Wie gut, dass es ihn gibt. Ich freue mich, wenn ich bei der einen und dem anderen auf dem Bildschirm oder dem Handy-Display flimmere und damit nicht nur zu den leeren Sitzreihen spreche, auf die mein Blick fällt.

Im Rückblick auf die Zeit nach unserer 86. Hauptversammlung 2019 kann ich Ihnen immerhin mitteilen, dass viele unserer Aktivitäten trotz der Einschränkungen weitergingen: Unser Jahrbuch erscheint regulär, wir haben viele internationale Stipendiatinnen in Weimar empfangen und beraten, die Geschäftsstelle unterhält eine rege Kommunikation mit Goethe-Interessierten in der ganzen Welt, wir haben neue Mitglieder begrüßt und die ab Juli 2021 wieder geplanten Goethe-Akademien führen uns hoffentlich in eine bessere Situation zurück. Alle, die in der Weimarer Goethe-Gesellschaft und in den Ortsvereinigungen daran mitgewirkt haben, das kulturelle Leben in schwieriger Zeit aufrecht zu erhalten, haben unsere Anerkennung und unseren Dank. Unter solchen Bedingungen braucht man einander noch mehr als sonst.

Zurück zum Thema: *Goethe im Streit*. Die *Xenien* belegen seine Streit-, man muss wohl richtiger sagen: seine Angriffslust. Denn auf ein wirkliches Streiten in Rede- und Widerrede sind sie ja nicht angelegt. Die *Xenien* sind eine monologische Gattung. Sie teilen aus und lassen die Angegriffenen mit den verletzenden Worten allein. Damit geht es den *Xenien*-Lesern so wie jetzt Ihnen, die Sie mir via Internet zuhören. Auch ich lasse Sie mit meinen Worten allein. Doch greifen die ja nicht an. Ganz im Gegenteil. Ich will Sie vielmehr in die Illusion hineinziehen, dass Sie jetzt im Deutschen Nationaltheater säßen, sich in Ihrem Klappsessel zurechtgeruckelt hätten und der Eröffnung unserer Hauptversammlung beiwohnten. Wenn in Weimar alles geschlossen ist und Versammlungen verboten sind, soll sich wenigstens auf diese Weise eine Gemeinschaft bilden. Den *Xenien* geht es genau um das Gegenteil. Sie entzweien. Durch ihren breit gestreuten, alles anfressenden Spott säen sie überall Streit. Der Schliff jedes einzelnen Distichons lädt gerade nicht zu weiterer Auseinandersetzung ein, sondern soll die Sache jeweils aphoristisch erledigen. Es sind nur lauter Auftakte zum Streit, so von oben herab gesprochen, dass eine gemeinsame Ebene des Streitens gar nicht entsteht.

Die *Xenien* gelten gemeinhin als die Kehrseite des *Horen*-Programms, der Zeitschrift also, mit der ein Jahr zuvor, 1795, die publizistische Solidarität von Goethe und Schiller ihren Anfang nahm. Aus den *Horen* sollte jeder Streit ausgeschlossen bleiben, »alles verbannt« werden, wie es in Schillers Ankündigung heißt, »was mit einem unreinen Parteigeist gestempelt ist«.[1] Den Hintergrund für dieses Streitverbot bilden die Französische Revolution und deren gewaltiger kontroverser Widerhall in den Journalen; »politischen Tumult«[2] nennt Schiller das und schickt seine neue Zeitschrift unter der Schirmherrschaft der griechischen Schutzgöttinnen für Ordnung, Gerechtigkeit und Frieden auf die höhere Umlaufbahn des in Schillers Erwartung offenbar kontroverslosen ›rein Menschlichen‹. Daraus hat man später das Klischee der ›unpolitischen‹ deutschen Klassik gemacht, was freilich Unsinn ist, da die Beiträge der *Horen*, allen voran die beiden großen Eröffnungstexte (Schillers *Ästhetische Erziehung* und Goethes *Unterhaltungen deutscher Ausgewanderten*), alles andere als unpolitisch sind. Sie sind beide entschiedene Stellungnahmen zur Französischen Revolution, auch wenn sie das Ereignis als solches nicht nennen. Durch deutliche Umschreibungen aber wird es unmissverständlich bezeichnet, in seinem Scheitern diagnostiziert und in seinem Freiheitsanliegen durch Alternativvorschläge korrigiert. Schiller setzt auf die individuelle Freiheitseinübung durch Kontemplation und Kunst, Goethe auf die höfliche Geselligkeit. Man kann gerade Goethes Lösungsvorschlag, den er im Mikrokosmos einer Revolutionsflüchtlingsgemeinschaft durchspielt, läppisch und unangemessen finden; unpolitisch ist er nicht. Er offenbart vielmehr eine sehr konservative Sicht, die in den formalen Umgangsformen einer Gesellschaft, in »Höflichkeit« und »gutem Ton« (vgl. FA I, 9, S. 1008 f.), die Substanz ihrer Sittlichkeit erkennen will. Nach den Jahrzehnten der bürgerlichen Adelskritik, auch an der Fassadenhaftigkeit des ›höflichen‹ Benehmens, das die innere moralische Verrottung kaschiert, ist das starker Tobak. ›Höflichkeit‹ konnotiert um 1800 noch deutlich die Situation ›bei Hofe‹. Nach der Französischen Revolution auf die schöne Außenseite des Ancien Régime zu setzen und in deren Wahrung die bessere Freiheitsperspektive zu sehen, mag einigen Zeitgenossen den Atem verschlagen haben. Goethe, sieht man, kann atemberaubend schreiben, doch gerade nicht mit unpolitischer, sondern politisch provokanter Feder. Es ist ein politisches Bekenntnis, das den politischen Streit kategorisch ausschließt. Dass »Gleichgesinnte sich im Stillen zu einander fügen und sich angenehm unterhalten, indem der eine dasjenige sagt, was der andere schon denkt« (FA I, 9, S. 1007) – das ist hier die Garantie einer glücklichen Gesellschaft, die Goethe der führenden Dame seiner kleinen Flüchtlingsgemeinschaft, der Baronesse, in den Mund legt. Sie wird damit in der ganzen Erzählung unwidersprochen Recht behalten. Goethes *Unterhaltun-*

1 Friedrich Schiller: *Ankündigung* [und später] *Vorrede* [der *Horen*]. In: ders.: *Werke und Briefe in zwölf Bänden*. Bd. 8. Hrsg. von Rolf-Peter Janz u. a. Frankfurt a. M. 1992, S. 1001-1005; hier S. 1002.

2 Ebd.

gen entsprechen damit genau dem *Horen*-Programm. Sie folgen dem Ideal der Streitlosigkeit. Der Ausdruck ›Streitkultur‹ – den man oft mit Lessing in Verbindung bringt und der bis heute immer wieder als Desiderat aktualisiert wird – ist aus dieser Warte ein Oxymoron, ein Widerspruch in sich selbst. Folgt man dem *Horen*-Programm und Goethes *Unterhaltungen*, kann Streit die Kultur nur beschädigen oder sogar zerstören. Die *Xenien* beweisen, dass dies jedoch nur die halbe Wahrheit der klassischen Weimarer Schriftstellerei ist. Genau dieses Halb-und-halb, meine ich, macht das Thema *Goethe im Streit* interessant.

So wie man auf einer Fotografie mehr erkennt, wenn man die Kontraste stärkt, so sieht man auch Goethes Werke schärfer, wenn man deren innere und äußere Kontroversen hervorhebt. Kontroversen schaffen Kontur. Wer Goethes Kontroversen mit frischem Stift nachzeichnet, gewinnt dessen markantestes Porträt. Es zeigt einen streitlustigen Autor, der vom Streit als solchem jedoch nichts wissen will, der ihn nicht schätzt, ihn aber immer wieder herausfordert. Goethe bietet eine brillante literarisch-rhetorische Polemik, die der von Voltaire oder Lessing nicht nachsteht, bekennt sich anders als diese beiden jedoch nicht zum Streit und dessen Wert.

Goethes Ablehnung des Streits zeigt sich dort am entschiedensten, wo wir ihn heute mehrheitlich am wichtigsten finden, ja als notwendige Voraussetzung guter Verhältnisse schätzen: in der Politik. Goethes Herrschaftsideal ist paternalistisch. Er glaubt an die gute, aufgeklärte, ständisch legitimierte Obrigkeit, die die ›wahren‹ Bedürfnisse des einfachen Volkes besser verstehe als dieses selbst und nie auf die Idee käme, politische Entscheidung von öffentlichen Debatten und daran anschließenden gesamtgesellschaftlichen Mehrheitsverhältnissen abhängig zu machen. »Eine Demokratie, in der nicht gestritten wird, ist keine!« – dieses auf den Altbundeskanzler Helmut Schmidt zurückgehende Diktum wird heute gern und mit überwältigender Zustimmung zitiert. Pointierter als in diesem Doppelbekenntnis zu Demokratie und Streit kann man die politische Gegenposition zu Goethe kaum formulieren. In den *Unterhaltungen deutscher Ausgewanderten* erscheint der kontroverse politische Diskurs als hauptsächliche Bedrohung der Gesellschaft. Durch den Vergleich mit Völlerei und Trunksucht wird er dabei als naturwidrige, selbstzerstörerische Sünde und Sucht gebrandmarkt:

> Eben so wenig konnte bei den vielen zuströmenden Neuigkeiten des Tages der politische Diskurs vermieden werden, der gewöhnlich die augenblickliche Zufriedenheit der Gesellschaft störte, indem die verschiedenen Denkungsarten und Meinungen von beiden Seiten sehr lebhaft geäußert wurden. Und wie unmäßige Menschen sich deshalb doch nicht des Weins und schwer zu verdauender Speisen enthalten, ob sie gleich aus der Erfahrung wissen, daß ihnen darauf ein unmittelbares Übelsein bevorsteht; so konnten auch die meisten Glieder der Gesellschaft sich in diesem Falle nicht bändigen, vielmehr gaben sie dem unwiderstehlichen Reiz nach, andern wehe zu tun und sich selbst dadurch am Ende eine unangenehme Stunde zu bereiten. (FA I, 9, S. 1000 f.)

In Goethes Erzählung ist es sogar so, dass der interne Meinungsstreit der Flüchtlingsgemeinschaft ein noch schlimmeres Unglück ist als die Vertreibung und Flucht selbst. Die Bedrohung durch die Revolutionsarmee, vor der das kleine Adelsgrüppchen in sichere, vom Kriegsgeschehen entfernte Besitztümer flieht, ist die erste

Katastrophe. Der politische Streit, der zur Abreise einiger aus ihrer Gemeinschaft führt, ist die zweite, die in den Augen der Baronesse die erste an Schrecken noch überbietet. Deshalb verordnet sie die strenge Diät, sich nur noch Geschichten zu erzählen, die mit dem aktuellen politischen Diskurs nichts zu tun haben. So geschieht es dann auch. Wer daraus aber auf einen unpolitischen Goethe schließt und die *Unterhaltungen* als unpolitische Literatur wertet, irrt. Gleich am Anfang der Erzählung steht ein so deutliches politisches Bekenntnis, dass es manchen Zeitgenossen abermals den Atem verschlagen haben mag. Denn der Erzähler führt seine Protagonisten mit allem Mitleid als eine »edle Familie« ein, deren Mitgliedern man »zum Verbrechen machte, daß sie sich ihrer Väter mit Freuden und Ehren erinnerten, und mancher Vorteile genossen, die ein wohldenkender Vater seinen Kindern und Nachkommen so gern zu verschaffen wünschte« (FA I, 9, S. 995). Den ›Adel‹ ausdrücklich mit seinem Etymon des ›Edlen‹ zu identifizieren und die Adelsprivilegien voller Anerkennung als Familienglück und -fürsorge zu beschönigen, ist ein tatsächlich atemberaubendes Hinwegwischen, wenn nicht sogar die Delegitimierung aller bürgerlichen Adelskritik.

Die politische Systemfrage beantwortet Goethe durch ostentatives Ignorieren. Obwohl sie die lauteste und gewaltsamste Frage seiner Zeit ist, will er sie nicht hören. Stattdessen verurteilt er schon das Reden darüber als gesellschaftlichen Zerfall. Für das deutsche Publikum war das eine genau berechnete Botschaft, denn außer der kleinen und schnell erledigten Ausnahme in Mainz war die Französische Revolution in Deutschland ja nicht als Tat, sondern als politische Debatte präsent. Goethe hält sich aus diesem Streit nicht heraus, denn auch indem man ihn verdammt, trägt man zu ihm bei.

Dieselbe Strategie liegt auch Goethes bekanntester literaturtheoretischer Streitschrift zugrunde: *Literarischer Sansculottismus*. Hier zeigt sich dasselbe Doppelgesicht aus Streitlust und Streitverachtung. Streitlustig ist schon der Titel. Die Bezeichnung für die französischen Revolutionäre auf das Feld der Literatur zu übertragen, bringt Feuer in die Debatte, hebt den papierenen Konflikt auf ein dramatisches, gesellschafts- und existenzgefährdendes Niveau. Es ist so, als würde man heute seine belletristischen Gegner zu ›literarischen Terroristen‹ erklären. Solch eine Titelwahl sucht den Streit. In genau entgegengesetztem Sinne aber läuft Goethes Text am Ende auf den Ausschluss allen Streits hinaus. Dazu fordert er eine sehr rigide Maßnahme: den gesellschaftlichen Ausschluss dessen, der den Streit beginnt. »Man entferne ihn aus der Gesellschaft« (FA I, 18, S. 324), lautet der Bannspruch über den Gegner, den Goethes Streitschrift mit Verve ihrerseits in den Ring gerufen hat. Um im Bild zu bleiben: Goethe benimmt sich hier wie ein Boxer, der – nachdem er zugeschlagen hat – den Boxkampf für ungehörig erklärt.

Goethe setzt nicht auf Dialog. Es geht ihm vielmehr um den gut platzierten Schlag, mit dem er abschließend Recht behalten will. Auch seine Dramen zeugen davon. Seine frühe Satire *Götter, Helden und Wieland* nimmt schon die Angriffslust der *Xenien* vorweg. Der Streit geht um das Bild der griechischen Antike. Für Goethe und seine geniekultig Homer-begeisterte Generation ist sie der einzigartig wahrhaftige Ausdruck der menschlichen Natur – unberührt und deshalb unbeschädigt von allen christlichen, höfischen und bürgerlichen Vorstellungen von Moral und Anstand. 1773 hatte Wieland mit *Alceste* das erste original deutschsprachige

Libretto vorgelegt, das als erste vollständige deutsche Oper (Wieland sagt ›Singspiel‹) zur Aufführung kam. Seit der Begründung dieser Gattung durch Monteverdis *Orfeo* stand der antike mythische Stoff für den Kunst- und Bildungsanspruch der Oper. Wieland knüpft daran an, versetzt seine Mythenadaption jedoch aus der traditionell höfischen in die aktuell bürgerliche Welt. Seine Alceste und ihr Gatte Admet, an dessen Stelle sie freiwillig in den Tod geht, und auch Herkules, der sie aus dem Totenreich zurückholt, sind alle drei bürgerlich temperierte Charaktere. Die Opferbereitschaft der Frau, die Rührung und dann die Verzweiflung des Gatten, dass er sie für sich hat sterben lassen, und die Erlösung durch Herkules werden trotz des mythisch unrealistischen Geschehens mit aller tränenreichen Empfindsamkeit eines bürgerlichen Trauerspiels vorgeführt und ins rührselige Schlussbild des durch den wackeren Freund geretteten Eheglücks gefasst. So präsentiert Wieland das Königspaar und den Halbgott des antiken Mythos als empfindsame Seelen – für Goethe und sein genieästhetisches Antike-Ideal ein krasses Missverständnis, wenn nicht ein Sakrileg. Seine Satire überzieht das mit Spott und Hohn. Sie zeigt den plötzlich in die antike Unterwelt versetzten Wieland, wie er als perplexe Schlafmütze den Urbildern seiner Singspielfiguren begegnet und von deren imposanter Körperlichkeit eingeschüchtert wird. Alcestes schöne Gestalt (insbesondere ihre Taille) und Herkules' Größe und Kraft überfordern ihn und lassen ihn als jämmerlichen Wicht dastehen. *So*, muss er gestehen, hat er sich die alten Griechen niemals vorzustellen vermocht. Von der bürgerlichen Moral und Feinfühligkeit, auf die er sich stammelnd zurückzieht, wollen die ›echten‹ Alceste, Admet und Herkules nichts wissen.

Götter, Helden und Wieland ist eine Literatursatire, eine Verhöhnung der Empfindsamkeit und ein witziges Manifest des genieästhetischen Antikenkults. Und es ist zugleich eine persönliche Beleidigung Wielands. So wie er hier als Bühnenfigur vom kraftstrotzenden Herkules taxiert wird, schrumpft er ins Mickrige:

ADMET Haben wir dich in deinem Rauschschläfgen gestört?
HERKULES Was soll der Lärm?
ALZESTE Ei da ist der Wieland
HERKULES Ei wo?
ADMET Da steht er.
HERKULES Der! Nun der ist klein genug.
(FA I, 4, S. 434)

»Ei da ist der Wieland«. Um die Intention dieser Szene zu treffen, kann man diesen Satz nicht herablassend und spöttisch genug aussprechen. Der Polemiker Goethe ist nicht zimperlich.

Was die Auffassung und Darstellung des Mythos betrifft, wird Goethe nach diesem Jugendwerk weitaus dezenter. Statt des naturschwärmerisch-kraftprotzigen Herkules, der nichts von Tugend weiß und wissen will, begegnet dann Iphigenie als Verkörperung der aufklärerischen Ethik. Auch Goethes mythische Helden werden mit der Zeit bürgerlich temperiert.

Ungedämpft aber bleibt die Streit-, richtiger: die Angriffslust des Autors. Zum Beispiel im *Faust*. Dieses Drama ist auch darin einzigartig, wie es große, grundsätzliche, weit über seine Entstehungszeit hinausreichende Perspektiven mit einer tagesaktuellen, ephemeren Polemik zusammenbringt. Es geht im *Faust*-Drama um Ansprüche und Hybris moderner Individualität, um eine umfassende Typologie kultureller Anschauungs- und Darstellungsformen, um gesellschaftliche Rollen und deren Konflikte – und zugleich um Friedrich Nicolais Gesäß. Dieses Körperteil inspirierte Goethe zur Figur des »Proktophantasmisten«, der in der Walpurgisnacht im Reigen der Teufel und Hexen mittanzen muss, obwohl er deren Existenz zugleich als aufgeklärter Rationalist verneint: »Ihr seid noch immer da! Nein das ist unerhört. / Verschwindet doch! Wir haben ja aufgeklärt!« (FA I, 7.1, S. 178). Mit solchen Versen zeichnet sich das Spottbild Friedrich Nicolais, der hier als ein trotziger, doch hilfloser Besserwisser die putzlebendige Aberglaubenswelt leugnet, die ihn mitreißt. Dass Goethe ihn mit seiner originellen Wortschöpfung den »Proktophantasmisten« – zu Deutsch etwa ›der mit dem Hintern fantasiert‹ – nennt, geht auf einen Akademie-Vortrag Nicolais zurück, der davon handelt, wie man mit Blutegeln am After Spukvisionen kurieren könne (vgl. FA I, 7.2, S. 358). »Und wenn Blutegel sich an seinem Steiß ergetzen, / Ist er von Geistern und von Geist kuriert« (FA I, 7.1, S. 178), lässt Mephistopheles über ihn wissen. Diese beiden Verse gehören nicht zu den bekannteren *Faust*-Zitaten. Und doch gehören sie zu diesem Drama wie alle anderen auch. Für die Szene *Walpurgisnacht*, weiß man, hat Goethe vieles entworfen und zurückgehalten. Sie war ein Experimentierfeld für blasphemische Provokationen und allerlei Tagessatire. Die ätzende Nicolai-Karikatur hat ihren Weg in die Druckfassung gefunden. Das große, an die Menschheit adressierte Kunstwerk und der gezielte Angriff auf den ungeliebten Zeitgenossen schließen sich bei Goethe nicht aus.

Solche polemischen Spitzen finden sich nicht nur in der Walpurgisnacht. Ein ähnlich angriffslustiger Scherz, der sich abermals des unfeinen Körperteils bedient, steht im vierten Akt des zweiten Teils, gleich am Anfang, an dem Mephisto die Entstehung des Hochgebirges aus dem explosiven Überdruck der Teufelsfürze erklärt:

> Als Gott der Herr – Ich weiß auch wohl warum –
> Uns, aus der Luft, in tiefste Tiefen bannte,
> Da, wo zentralisch glühend, um und um,
> Ein ewig Feuer flammend sich durchbrannte,
> Wir fanden uns bei allzu großer Hellung,
> In sehr gedrängter unbequemer Stellung.
> Die Teufel fingen sämtlich an zu husten,
> Von oben und von unten aus zu pusten;
> Die Hölle schwoll von Schwefel-Stank und Säure,
> Das gab ein Gas! Das ging ins Ungeheure,
> So daß gar bald der Länder flache Kruste,
> So dick sie war, zerkrachend bersten mußte.
> Nun haben wir's an einem andern Zipfel,
> Was ehmals Grund war ist nun Gipfel.
> (FA I, 7.1, S. 392)

Wer Goethes geologische Überzeugungen kennt, versteht, worum es hier geht. Die Anschauung der hustenden und furzenden Teufel soll den Vulkanismus lächerlich machen. Aus Goethes Warte ist das kein beiläufiger Scherz. Er verurteilt vielmehr das, was ihm am widerwärtigsten war: den gewaltsamen Umsturz. Das gilt für ihn gleichermaßen für die Natur wie die Gesellschaft. So wie ihm die geologische These zuwider war, dass die Erdkruste hauptsächlich durch den Vulkanismus geprägt sei, so verabscheute er (wie gesehen) die politische Revolution. Man liegt nicht falsch mit der Auffassung, dass die Analogie von Natur und Gesellschaft seine Überzeugung dabei besonders festigte. Das Ablehnen von Vulkanismus und von Revolution bekräftigte sich wechselseitig. Auch wenn Goethe die empirischen Befunde der Vulkanologen, insbesondere Alexander von Humboldts, nicht ignorieren konnte, blieb er bekennender Neptunist. Mit Mephistos unflätiger Gebirgsentstehungsgeschichte bringt er seine anti-vulkanistische Abneigung affektstark zum Ausdruck.

Ein gelehrter *Faust*-Kommentator hat diese Stelle als eine »Inversion der Danteschen Hölle«[3] gedeutet. Dantes *Göttliche Komödie* stellt die Hölle als einen großen Krater vor, den Luzifers Sturz in die Erde geschlagen habe. Die unappetitliche Gasexplosion, von der Mephisto erzählt, versetzt die Hölle aus der Unterwelt hinauf an die Spitze des oberirdischen Geschehens: »Was ehmals Grund war ist nun Gipfel«. Aus der Tatsache, dass der erste Akt von *Faust II* mit der paradiesischen *Anmutigen Gegend* beginnt, schließt der Kommentator weiter, dass *Faust II* deshalb als »Inversion der *Divina Commedia*«[4] zu verstehen sei, als eine Umkehr von Dantes Erlösungsweg, die Faust aus dem Paradies hinaus in die irdische Hölle des Kriegs führe. Solche Vergleiche liegen für Literaturwissenschaftler nah; man muss in diesem Fall aber wohl sagen: aufgrund professioneller Deformation, denn der Vergleich sieht hier über die eigene Ästhetik von Goethes Text hinweg. Wenn man Mephistos Geologie überhaupt mit Dantes Kosmos vergleichen will, sollte man nicht vergessen, dass ihr derb-burlesker Charakter das Konzept mythischer Weltentstehungserklärungen grundsätzlich verspottet. Es erscheint mir genau deshalb abwegig, hier ernsthafte Bezüge zur *Göttlichen Komödie* zu sehen und von einer programmatischen modernen ›Inversion‹ des mittelalterlichen Heilswegs zu sprechen.

Ich erwähne diesen Kommentar deshalb, weil er mir exemplarisch für ein einseitiges Goethe-Bild erscheint. Es zeigt ihn als den übersäkularen Weisen, der uns mit allem, was er schreibt und sagt, in die große Weltanschauungslehre nimmt. Dieses Bild verbindet sich vor allem mit dem *Faust*-Drama und mit dem, was es als Goethes eigenes Werk so gar nicht gibt und was erst im Nachhinein von der Goethe-Philologie erschaffen wurde: mit den *Maximen und Reflexionen*. Als übersäkularer Weisheitslehrer wird Goethe so erhaben wie langweilig. Wenn man in dem frechen Spott gegen die Vulkanisten einen ernsten Gegenentwurf gegen die mittelalterliche heilsgeschichtliche Kosmologie sieht, löscht man das Feuer, das in Goethes literarischer Imagination brennt. Wenn man sich dagegen an die für ihn aktuellen Streitstellungen erinnert, in die Goethe sich mit seinen Werken begab, dann kann das Feuer wieder aufflammen.

Der Streit besteht dabei nicht nur in gezielter Polemik wie im Falle Nicolais und der Vulkanisten; er gewinnt an literarischem Reiz, wenn der Gegner nicht geradezu attackiert, sondern in ein irritierendes Zwielicht gerückt wird. Solche Fälle begegnen

3 Johann Wolfgang Goethe: *Faust-Dichtungen*. Bd. 2: *Kommentar I*. Von Ulrich Gaier. Stuttgart 1999, S. 958.

4 Ebd., S. 967.

auch in den *Xenien*, doch sind sie dort bei weitem seltener als die expliziten, direkten Angriffe. Sie sind eher Ausnahmen, deren Ironie jedoch subversiver und nachhaltiger wirkt als die offene Beleidigung. Zwei Beispiele: Das erste ist mit den Namen zweier titelgebender Romanfiguren von Friedrich Heinrich Jacobi überschrieben:

Woldemar und Alwill
Euch erhabne Gestalten hat nicht der Künstler gebildet,
Sondern die Tugend hat selbst sich verkörpert in Euch.
(FA I, 1, S. 586)

Was hier vordergründig nach einem Lob tugendhafter Romanfiguren aussieht, ist tatsächlich die Verlästerung von Jacobis Schriftstellerei. Seine Hauptfiguren, so lautet das Urteil, sind einfältig idealisierte Konstruktionen. Wer Jacobis Romane heute liest, wird dieser Auffassung wohl nicht sehr fern stehen. Das zweite Beispiel betrifft

Fichtes Wissenschaftslehre
Was nicht Ich ist, sagst du, ist nur ein Nichtich. Getroffen,
Freund! So dachte die Welt längst und so handelte sie.
(FA I, 1, S. 586)

Die Ironie liegt hier in der Doppeldeutigkeit des Wortes »Nichtich«. Es ist zum einen der von Fichte gebrauchte Terminus, mit dem er nach der Selbstsetzung des ›Ich‹ in der Entgegensetzung und Negation den zweiten Grundsatz seiner Philosophie definiert. Anders als Fichte, der das ›Nicht-Ich‹ immer mit Bindestrich schreibt, steht der Ausdruck hier im Distichon aber als ein zusammenhängendes Wort. Das ›ich‹ am Ende kann so auch – vom Klang her – als Suffix verstanden werden, so dass der Ausdruck an das Adjektiv ›nichtig‹ denken lässt. Aus diesem Sinn gewinnt das Distichon seinen Witz, indem es Fichtes formalistische Begriffsbildung zum weitverbreiteten Egoismus umdeutet: Was nicht Ich ist, ist ein ›Nichtig‹, also jemand ohne Belang. Das ist ein fast kalauerhafter Wortwitz. Er ist aber zugleich ein subversiver Kommentar zu Fichtes forciertem grundsatzphilosophischen Anspruch, der hier in Trivialität aufgelöst wird.

Im *Faust*-Drama ist diese subversive, ironische Form des Streits gerade nicht die Ausnahme, sondern die Regel. Der Text ist überreich an anschaulichen Polemiken, das heißt an solchen Szenen, die mal heiter und witzig, mal ernst und sarkastisch mit bestimmten Ideen, Konzepten und Praktiken ins Gericht gehen: Mephistos Papiergeld verteufelt die Schuldenpolitik der Staatsanleihen, seine Rede von den »Müttern« karikiert philosophisch-esoterische Geheimlehren. Die Reaktionen der Hofgesellschaft auf die Erscheinung von Paris und Helena blamieren den ethisch-ästhetischen Schönheitsdiskurs, indem sie ihn als Bemäntelung sexueller Affekte vorführen. Die Homunkulus-Figur verulkt den Intellektualismus und eine einseitig geistig akzentuierte Anthropologie. Die Chiron-Figur aus der *Klassischen Walpurgisnacht* spottet (anlässlich der Frage, wie alt Helena bei ihrer ersten Entführung war) über positivistische Altphilologen, denen der Sinn für die Fiktionalität fehlt. Fausts blindvisionärer Schlussmonolog an der Kante des eigenen Grabs weist kollektiv-egalitäre Arbeitergesellschaftsutopien als Irrtum und Wahnvorstellung aus. Man kann diese Liste verlängern. Goethes szenische Fantasie im *Faust* ist voller Angriffslust.

Am raffiniertesten ist Goethes Ironie in dem metaphysischen Rahmen, den er seinem *Faust*-Drama gibt. Er besteht aus dem *Prolog im Himmel* und der abschließenden Himmelfahrt Fausts, der noch die possenhafte Szene des Seelenraubs durch die Engel vorausgeht. Man kann beim besten Willen nicht sagen, wie ernst oder unernst man das alles nehmen soll. Wenn die abgenutzte Metapher von der ›abgründigen‹ Ironie einmal genau treffend sein kann: Hier ist es der Fall. Die Frage, ob der transzendente Deutungsrahmen des Dramas den christlichen Jenseitsglauben achtet oder verulkt, führt ins Bodenlose.

Der Prolog beginnt mit einem erhabenen Gottes- und Schöpfungslob der Erzengel, um dann im Gespräch von Herrn und Teufel einen ganz anderen, menschlich jovialen Umgangston anzuschlagen. Mephistos Schlusswort zu dieser Szene hält das ausdrücklich fest und gibt dem so eröffneten christlichen Jenseits einen vollkommen diesseitigen, spöttischen Klang:

> Von Zeit zu Zeit seh' ich den Alten gern,
> Und hüte mich mit ihm zu brechen.
> Es ist gar hübsch von einem großen Herrn,
> So menschlich mit dem Teufel selbst zu sprechen.
> (FA I, 7.1, S. 28)

Die Rückkehr zum Himmel steigert am Ende die Ironie. Das Nebeneinander von Marienfrömmigkeit und Seelenraubposse verunsichert. Fausts Himmelfahrt beginnt als burlesker homoerotischer Raubzug: »Die Racker sind doch gar zu appetitlich« (FA I, 7.1, S. 453), kommentiert Mephisto die ihn verwirrenden Engel, die Fausts Seele gen Himmel entführen. Mephistos Ausruf fällt dabei genau in dem Moment, als die Engel ihm ihre Hinterteile zuwenden. Gerade darin das Betörende der Engelserscheinungen zu sehen, ist originell. Der dann folgende Seelenaufstieg wird mit betenden Patern, Engeln, seligen Knaben und einer über all dem schwebenden Maria in solch barocker Sinnlichkeit inszeniert, dass er einer Karikatur christlicher Jenseitsvorstellung nahekommt. Es ist ein fast überladener Himmelspomp. Der gleich zu Anfang auftretende Pater Ecstaticus spricht sich selbst und seine gläubige Inbrunst in so krasser Anschaulichkeit aus, dass er auch als Karikatur eines Märtyrers und Mystikers durchgehen kann:

> Ewiger Wonnebrand,
> Glühendes Liebesband,
> Siedender Schmerz der Brust,
> Schäumende Gottes-Lust.
> Pfeile durchdringet mich,
> Lanzen bezwinget mich,
> Keulen zerschmettert mich,
> Blitze durchwettert mich;
> Daß ja das Nichtige
> Alles verflüchtige,
> Glänze der Dauerstern
> Ewiger Liebe Kern.
> (FA I, 7.1, S. 456)

»Schäumende Gottes-Lust«: Diese Formulierung enthält schon allein die eigenwillige Spannung von Fausts Himmelfahrt. Sie bedient sich der traditionellen Motive der mystisch-ekstatischen Marienliebe, verwendet sie aber immer wieder in starker sinnlicher Übertreibung. So stehen fromme Gebetsverse (»Jungfrau, Mutter, Königin / Göttin bleibe gnädig«; FA I, 7.1, S. 464) neben solchen, die die spirituelle Marienliebe mit der Lüsternheit verweben:

Dir, der Unberührbaren,
Ist es nicht benommen
Daß die leicht Verführbaren
Traulich zu dir kommen.
In der Schwachheit hingerafft
Sind sie schwer zu retten;
Wer zerreißt aus eigner Kraft
Der Gelüste Ketten?
(FA I, 7.1, S. 461)

Das Verspaar am Schluss des Dramas fasst diese Ambivalenz zusammen, denn das »Ewig-Weibliche«, das »uns hinan« »zieht« (vgl. FA I, 7.1, S. 464), vereint die religiös spiritualisierte Marienliebe mit der sexuell-sinnlichen Bedeutung. Man kann es am besten wohl so sagen: Der metaphysische Rahmen um das *Faust*-Drama ist ein Bravourstück, das die christliche Transzendenz mit deren eigenen sinnlichen Anschauungsformen bestreitet.

Goethe, so kann man es bildhaft zusammenfassen, verhält sich im Streit wie ein zündelnder Feuerwehrmann. Er provoziert lustvoll immer wieder genau das, was er mit seinem Habitus grundsätzlich verneint. Er facht das Feuer immer neu an, obwohl er gar nichts brennen sehen will. Seinen konsequentesten Ausdruck findet dieses Verhalten in einer Strategie, die man als ›Goethe'sche Unstrittigkeit‹ in die Liste der rhetorischen Streitfiguren aufnehmen sollte. Sie besteht darin, die ganz eigene, der Mehrheit widersprechende Überzeugung als die allgemeinste, größte Selbstverständlichkeit auszusprechen. Das herausragende Beispiel liefert dafür eine Äußerung, die zu den bekanntesten und heute beliebtesten Goethe-Bekenntnissen zählt. Sie ist am 31. Januar 1827 von Johann Peter Eckermann aufgezeichnet worden: »National-Literatur will jetzt nicht viel sagen, die Epoche der Welt-Literatur ist an der Zeit und jeder muß jetzt dazu wirken, diese Epoche zu beschleunigen« (FA II, 12, S. 225).

Heute ist dieses Bekenntnis mehrheitsfähig und zählt für viele (auch für mich) zu den wichtigsten Orientierungen, die man bei Goethe finden kann. Zu seiner Zeit aber war das ganz anders. Da stand das Bekenntnis zur Weltliteratur einsam im Widerspruch zu einer überwältigenden Mehrheit, die genau im Gegenteil auf Nationalliteratur setzte. Seit den napoleonischen Besatzungen und intensiver noch seit den Befreiungskriegen richteten sich Literatur und Literaturdiskurs in den deutschen Gebieten in breiter Front auf das Nationale aus, mehr noch: wurden Literatur und Nation als eine untrennbare Einheit beschworen. Wo der Nationalstaat fehlte, sollte die Nationalliteratur die Identität eines zu einigenden Deutschlands definieren und gewähren. »Jede Literatur muß und soll *national* sein; dies ist ihre Bestimmung und kann ihr allein erst ihren wahren und vollen Wert verleihen«.[5] So dekretiert Friedrich Schlegel im Dezember 1811 in der Vorrede zu seinem *Deutschen Museum*. Es ist genau dieses Schlegel'sche und gerade nicht Goethes Bekenntnis, das für die nächsten Jahrzehnte ›an der Zeit‹ ist. Seinen ersten monumentalen Ausdruck findet es in Georg Gottfried Gervinus' *Geschichte der poetischen Nationalliteratur der Deutschen*, die zwischen 1835 und 1842 in fünf Bänden erscheint und noch in den 1840er-Jahren in die zweite und dritte Auflage geht.

Goethes Äußerung zu Eckermann widerspricht der dominanten Überzeugung der allermeisten seiner Zeitgenossen. Das Konzept ›Weltliteratur‹ ist um das Jahr 1827 gerade nicht ›an der Zeit‹, im Gegenteil. Dass Goethe es dennoch wie eine allgemein akzeptierte Selbstverständlichkeit ausspricht, ist gewiss kein Irrtum, denn er sah und empfand sich in seinen späten Jahren generell im Widerspruch zu seiner Zeit. Im selben Jahr 1827 hat er diese Erfahrung in seiner Sammlung der *Zahmen Xenien* auf den Zweizeiler gebracht:

> Wenn ich dumm bin, lassen sie mich gelten;
> Wenn ich recht hab', wollen sie mich schelten.
> (FA I, 2, S. 655)

Recht hatte Goethe mit der Weltliteratur auf jeden Fall. Ganz unabhängig von allen kulturpolitischen Perspektiven und Optionen, die man mit diesem Begriff verbinden kann, erfasst er das Phänomen der Literatur viel angemessener als das Konzept der Nationalliteratur, denn die Literatur ist in ihren Formen, Gattungen, Motiven, Stoffen, Themen sowie in ihrer Verbreitung, Resonanz und Wirkung genauso international wie die bildende Kunst oder die Musik. Literatur als eine spezifisch nationalsprachliche Größe zu verstehen, ist so abwegig wie das Studium oder die Theorie nur der deutschen Malerei oder nur der deutschen Musik. Goethes rhetorische Unstrittigkeit zeugt in diesem Fall vom sachkundigen Weitblick dessen, der sich von der nationalen Euphorie und Horizontverengung seiner Zeitgenossen nicht hat anstecken lassen.

Es sind keine guten Zeiten, wenn der sachkundige Weitblick zur einsam abweichenden Position wird oder wenn man nur dann auf Zustimmung trifft, wenn man, um Goethes Wort aufzugreifen, dumm ist. Allerdings ist die Überzeugung, gegen alle anderen allein Recht zu haben, prekär. Nicht alle liegen damit so richtig wie Goethe mit der Weltliteratur. Man sollte die Figur der Goethe'schen Unstrittigkeit also besser sparsam verwenden, nur dann, wenn man sich seiner Sache ganz sicher ist und die rhetorische Bekräftigung ihrer allgemeinen Gültigkeit zur Selbstberuhigung braucht. Wer also einmal in eine solche Situation gerät, dem sei genau der langfristige Erfolg gewünscht, den der alte Goethe mit seiner unzeitgemäßen Überzeugung hatte.

Goethes Rhetorik der Unstrittigkeit ist schließlich einer der Hauptgründe, warum sein Werk zum beliebtesten Revier der Zitatenjäger geworden ist, die auf Erbauliches aus sind. Da sie den Streit verbergen, in dem sie stehen, lassen sich viele Goethe-Stellen als erhabene Spruchweisheiten ausheben. Dadurch wird Goethe zum ›Weisen von Weimar‹ stilisiert; ein hehrer Titel, dessen Kehrseite Thomas Mann

5 Kritische Friedrich-Schlegel-Ausgabe, Bd. 3: *Charakteristiken und Kritiken II (1802-1829)*. Hrsg. u. eingeleitet von Hans Eichner. München u.a. 1975, S. 220.

treffsicher markiert hat, als er in seinem *Doktor Faustus*-Manuskript den ›Weisen‹ durchstrich und durch den »Bescheidwisser von Weimar«[6] ersetzte. ›Bescheidwisser‹ ist kein Kompliment, lässt mehr an einen selbstgerechten Langweiler denken als an einen Weisen. So ist es in Manns Roman auch gemeint. Diese Kehrseite vermeidet man, wenn man sich den offensichtlichen, aber auch den unausgesprochenen, unterdrückten, besonders auch den in Ironie gekleideten Streit bei Goethe gegenwärtig hält – und sich fragt, auf welcher Seite man jeweils selbst gestanden hätte.

6 Thomas Mann: *Doktor Faustus. Das Leben des deutschen Tonsetzers Adrian Leverkühn, erzählt von einem Freunde*. Hrsg. u. textkritisch durchgesehen von Ruprecht Wimmer unter Mitarbeit von Stephan Stachorski. Frankfurt a. M. 2007, S. 408.

NORBERT CHRISTIAN WOLF

Kriegsführung – Anonymität – Autonomie. Die Polemik der »Xenien« im Strukturwandel des literarischen Feldes

Bei dem Themenschwerpunkt *Goethe im Streit* dürfen die gemeinsam mit Schiller verfassten und von diesem in seinem *Musen-Almanach für das Jahr 1797* anonym veröffentlichten *Xenien* nicht fehlen, gelten sie doch als jenes ›Werk‹, in dem Goethe am eminentesten als ›Streitender‹ publizistisch in Erscheinung trat. Mehr noch: Angesichts der harschen und polarisierenden Form dieses Streitens haben die *Xenien* unter den Zeitgenossen, »vor allem natürlich bei der tonangebenden älteren Generation«, einen »Sturm der Entrüstung« ausgelöst,[1] und noch aus dem Abstand von fast zwei Jahrhunderten hat Klaus L. Berghahn Goethes und Schillers Streitbeiträge als Ausfluss einer besonderen ›Maßlosigkeit‹ (ab)qualifiziert.[2] Dass die unverhohlen polemische, ja bellizistische Rhetorik der *Xenien* nicht zuletzt in der schlechten Aufnahme von Schillers Monatsschrift *Die Horen* durch Friedrich Nicolai und viele andere Spätaufklärer gründet, ist mittlerweile gängiger Forschungsstand.[3] Genauso allgemein durchgesetzt hat sich die Erkenntnis, dass Goethes und Schillers Attacken ihren Anfang in einer Polemik gegen fast alle maßgeblichen und auch weniger maßgeblichen Zeitschriften der damaligen Zeit nahmen (vgl. MA 4.1, S. 781, 784-786, 805-807), die aus Schillers Perspektive eine als unlauter, weil qualitativ minderwertig wahrgenommene Konkurrenz zu den *Horen* darstellten.[4]

Ihm und Goethe ging es mit ihrer Zeitschriftenpolemik und »versifizierte[n] Anti-Kritik«[5] um eine Art Positionsbestimmung und Frontbegradigung innerhalb des literarischen Feldes,[6] wobei sie ihre Angriffe als Formen berechtigter Notwehr

1 Friedrich Sengle: *Die »Xenien« Goethes und Schillers als Dokument eines Generationenkampfes*. In: *Unser Commercium. Goethes und Schillers Literaturpolitik*. Hrsg. von Wilfried Barner, Eberhard Lämmert u. Norbert Oellers. Stuttgart 1984, S. 55-77; hier S. 56.

2 Vgl. etwa Klaus L. Berghahn: *Maßlose Kritik. Friedrich Nicolai als Kritiker und Opfer der Weimarer Klassiker*. In: *Formen und Formgeschichte des Streitens. Der Literaturstreit*. Hrsg. von Franz Joseph Worstbrock u. Helmut Koopmann. Tübingen 1985, S. 189-200.

3 Als Belege seien pars pro toto genannt: Reiner Wilds Kommentar zu *Distichen* in MA 4.1, S. 1124-1192; hier S. 1124, Karl Eibls Kommentar zum *Xenien*-Komplex in FA I, 1, S. 1157-1189; hier S. 1159 sowie Peter-André Alt: *Schiller. Leben – Werk – Zeit*. Bd. 2. München 2000, S. 330.

4 Vgl. Franz Schwarzbauer: *Die »Xenien«. Studien zur Vorgeschichte der Weimarer Klassik*. Stuttgart, Weimar 1993, S. 198-204.

5 Carlos Spoerhase: *»Das meiste ist wilde gottlose Satyre«. Der Skandal um Goethes und Schillers »Xenien« als Herausforderung der Gattungstheorie*. In: *Literaturskandale*. Hrsg. von Hans-Edwin Friedrich. Frankfurt a. M. 2009, S. 45-67; hier S. 52.

6 Zum Entwicklungsstand des deutschsprachigen literarischen Feldes um 1800 vgl. Norbert Christian Wolf: *Gegen den Markt. Goethes Etablierung der ›doppelten Ökonomie‹*.

in einem regelrechten Krieg verstanden. Die Invektiven richteten sich dann in weiterer Folge als Personal-Polemik gleichermaßen gegen die Vertreter einer als seicht abgekanzelten Spätaufklärung wie gegen jene der sich gerade erst herausbildenden und als fantastisch-übergeistreich diskreditierten Frühromantik, gegen die politischen Parteigänger der Französischen Revolution wie gegen die konservativen Anhänger einer ihr diametral entgegengesetzten christlichen Restauration, womit das weite Spektrum der Opfer dieser Invektiven nur grob umrissen ist. Darüber hinaus wurde ganz generell und pauschal Zeitkritik geübt, etwa pointiert im 31. Xenion unter der Überschrift *Der Zeitpunkt*:

> Eine große Epoche hat das Jahrhundert geboren,
> Aber der große Moment findet ein kleines Geschlecht.
> (MA 4.1, S. 780)

Zwar wütete der polemische Furor in großer Allgemeinheit, etwa in der pauschalen Attacke gegen die spätaufklärerische Maxime des Common Sense bzw. »Menschenverstand[s]« (vgl. MA 4.1, S. 813), der in der *Xenien*-Polemik zum verlachten »Gemeinplatz« (MA 4.1, S. 793) zusammenschrumpft. Dennoch sind zugleich recht spezifische Zielscheiben der Angriffe auszumachen, so in der Personal-Polemik gegen Friedrich Nicolai (MA 4.1, S. 792 f., 798-800, 802, 818), Johann Friedrich Reichardt (MA 4.1, S. 801-803) und – abgeschwächter – auch gegen Friedrich Schlegel (MA 4.1, S. 812 f., 814 f.). Goethes Polemik richtete sich darüber hinaus gegen missliebige Naturwissenschaftler (MA 4.1, S. 795-797), so dass kaum einer seiner – und Schillers – ›Gegner‹ verschont blieb.

Von der Literaturwissenschaft wurden die Ursachen der heftigen Auseinandersetzungen ganz unterschiedlich bewertet: etwa im Sinne eines publizistischen »Generationenkampfes«[7] oder als »kalkulierte[r] Affront« zweier Solitäre mittels einer »(ganz und gar unklassische[n]) Erregung von Aufmerksamkeit«, welche »die Schaffung einer Gruppenidentität« bewirken sollte, »die sich im Feld der literarischen Akteure klar von allen Mitbewerbern [...] abhob«;[8] oder als generelle »Ausweitung der kritischen Kampfzone«[9] im Gefolge säkularer diskurshistorischer Umbrüche literarischer Kommunikation, aber auch als weiterreichendes Symptom

In: *Markt. Literarisch.* Hrsg. von Thomas Wegmann. Bern u. a. 2005, S. 59-74; zu den daraus resultierenden Implikationen für die Zusammenarbeit zwischen Goethe und Schiller vgl. ders.: *Eine Verbindung zweier »Geistesantipoden«. Das Goethe-Schiller-Bündnis aus kultursoziologischer und diskurshistorischer Perspektive.* In: *Bündnisse. Politische, soziale und intellektuelle Allianzen im Jahrhundert der Aufklärung.* Hrsg. von Franz Eybl, Daniel Fulda u. Johannes Süßmann. Wien, Köln, Weimar 2019, S. 321-346.

7 So Sengle (Anm. 1), S. 55.

8 So Ulrich Krellner: *»Klassische Frechheit« oder kalkulierter Affront? Goethe und Schiller im Xenienkampf.* In: *Sprache, Literatur, Kultur. Text im Kontext. Beiträge zur 8. Arbeitstagung schwedischer Germanisten in Uppsala, 10.-11.10.2008.* Hrsg. von Bo Andersson, Gernot Müller u. Dessislava Stoeva-Holm. Uppsala 2010, S. 211-219; hier S. 216.

9 So Carlos Spoerhase: *Ausweitung der kritischen Kampfzone. Was die Geschichte der aufklärerischen Rezensionskultur die aktuelle Reflexion über Literaturkritik lehren könnte.* In: *Zs. für Germanistik* N. F. 19 (2009), S. 171-178; aufgegriffen und auf die *Xenien* gewendet in ders. (Anm. 5), zit. S. 53.

allgemeiner historischer Verwerfungen, für die bei Goethe die Chiffre ›Revolution‹ steht.[10] Die Deutungen variieren, sind sich aber darin einig, in den Auseinandersetzungen, deren Schärfe die Heftigkeit damals üblicher Literaturfehden weit übertraf, Schlachten eines regelrechten Literaturkriegs zu sehen. Sie können sich dabei direkt auf den Wortlaut der Quellen stützen, denn Schiller hatte sich schon seit seiner Kontaktaufnahme mit Goethe einer bellizistischen Metaphorik bedient – so in den Briefen vom 20. Oktober 1794 (MA 8.1, S. 32) oder vom 1. November 1795 (MA 8.1, S. 122); er blieb seiner martialischen Diktion auch noch später treu, wie der Brief an Goethe vom 25. Juni 1799 zeigt, in dem er mit wachsendem Defätismus klagt: »Da man einmal nicht viel hoffen kann zu bauen und zu pflanzen, so ist es doch etwas, wenn man auch nur überschwemmen und niederreißen kann. Das einzige Verhältnis gegen das Publikum, das einen nicht reuen kann, ist der Krieg, und ich bin sehr dafür, daß auch der Dilettantism mit allen Waffen angegriffen wird« (MA 8.1, S. 711 f.).

Die Gegenseite im *Xenien*-Kampf blieb in dieser Hinsicht wenig schuldig,[11] wie Johann Caspar Friedrich Mansos und Johann Gottfried Dyks *Gegengeschenke* zeigen, deren *Abbitte ans Publicum* folgende Captatio benevolentiae formuliert:

> Liebe Leute, verzeiht! Was wir geben, sind wahre Sottisen.
> Aber in dem Krieg geht's ohne Sottisen nicht ab.[12]

Die auffallende Vehemenz und radikale Kompromisslosigkeit der rhetorischen Einsätze verweist auf einen grundlegenden Strukturwandel des deutschen literarischen Feldes, wie die sozial- und diskurshistorische Forschung der letzten Jahrzehnte offengelegt hat.[13] Nachdem die zentralen Elemente, Charakteristika und Implikationen dieses säkularen Umbruchs mittlerweile als bekannt gelten dürfen, seien im Folgenden ein paar Ergänzungen zu drei thematischen Aspekten der bisherigen Debatte zur Diskussion gestellt.

10 Zur konterrevolutionären Tendenz der *Xenien* aus revolutionsbejahender Perspektive vgl. Jost Hermand: *Mit scharfer Klinge. Der »Xenien«-Krieg von 1796*. In: ders. (Hrsg.): *Pro und contra Goethe. Dichterische und germanistische Stellungnahmen zu seinen Werken*. Oxford u.a. 2005, S. 33-48; ders.: *Eine Rotte von Narren mit roten Kappen. Goethes und Schillers martialische »Xenien« gegen die Gleichheitsforderungen der deutschen Jakobiner (1795-96)*. In: ders.: *Das liebe Geld! Eigentumsverhältnisse in der deutschen Literatur*. Köln, Weimar, Wien 2015, S. 75-90.

11 Zum Kontext vgl. Frieder von Ammon: *Ungastliche Gaben. Die »Xenien« Goethes und Schillers und ihre literarische Rezeption von 1796 bis in die Gegenwart*. Tübingen 2005, S. 152-186.

12 [Johann Caspar Friedrich Manso, Johann Gottfried Dyk:] *Gegengeschenke an die Sudelköche in Jena und Weimar von einigen dankbaren Gästen*. Leipzig 1797, S. 31.

13 Vgl. schon Bernd Leistner: *Der Xenienstreit*. In: *Debatten und Kontroversen. Literarische Auseinandersetzungen in Deutschland am Ende des 18. Jahrhunderts*. Hrsg. von Hans-Dietrich Dahnke u. Bernd Leistner. Bd. 1. Berlin, Weimar 1989, S. 451-539.

I. »*eine neue Epoche der Weltgeschichte*«. *Offene und verdeckte Kriegsführung*

Was Goethe und Schiller selbst in und mit dem eigenwilligen Textkorpus der *Xenien* zu betreiben meinten, fassten sie metapoetisch in folgendes Distichon, das im *Musen-Almanach für das Jahr 1797* an 49. Stelle stand und mit der Überschrift *Guerre ouverte* versehen ist:

> Lange neckt ihr uns schon, doch immer heimlich und tückisch,
> Krieg verlangtet ihr ja, führt ihn nun offen, den Krieg.
> (MA 4.1, S. 782)

Wie Reiner Wild in seinem Kommentar erläutert, war *Guerre ouverte* der Titel einer von Ludwig Ferdinand Huber ins Deutsche übersetzten Komödie Antoine-Jean Dumaniants. Gleichzeitig aber – und das ist im gegenwärtigen Kontext entscheidend – verweist die Überschrift des Xenions auf das agonale Verhältnis Goethes und Schillers zu ihren Gegnern und Kritikern (vgl. MA 4.1, S. 1182). Was verstanden die beiden Autoren unter einem ›offenen Krieg‹? Schiller forderte ja einen solchen auch noch später an mehreren Stellen ein, wenn er etwa in der Abhandlung *Über den Gebrauch des Chors in der Tragödie* (1803) »dem Naturalism in der Kunst offen und ehrlich den Krieg« erklärte (SNA 10, S. 11) oder wenn er Zelter noch am 16. Juli 1804 brieflich lobte, dieser habe »der Kunstpfuscherey so offen und ehrlich den Krieg an[ge]kündigt« (SNA 32, S. 153). Das zur Zeit der Niederschrift der *Xenien* maßgebliche *Grammatisch-kritische Wörterbuch der Hochdeutschen Mundart* Johann Christoph Adelungs, der übrigens im 141. Xenion selbst zum Gegenstand des Spottes avancierte (vgl. MA 4.1, S. 792), verzeichnet unter dem Lemma ›Krieg‹ nach der ersten, »veralteten« ›eigentlichen‹ Wortbedeutung »Geschrey« eine – damals aktuellere – zweite, ›figürliche‹ Wortverwendung; Letztere komme im weiteren Sinn dem Begriff von »Zank, Streit« gleich, in »engerer Bedeutung« einem »Streit vor Gerichte« bzw. »Prozeß«, wobei dieser engere Wortsinn ebenfalls bereits »veraltet« sei, nicht aber eine dritte begriffliche Komponente der figürlichen Wortverwendung: »Im gewöhnlichsten Verstande, der Zustand der öffentlichen Gewaltthätigkeiten zwischen Staaten oder beträchtlichen Theilen derselben; im Gegensatze des Friedens«.[14] Der historische Lexikograph gibt für dieses Wortverständnis, das noch heute geläufig ist, unter anderem folgende Beispiele: »Ein innerlicher, bürgerlicher Krieg, unter den Gliedern eines Staates. Der kleine Krieg, die Streifereyen der ausgeschickten Parteyen«.[15] Während hier also eine Art Bürgerkrieg *innerhalb* bestimmter Gemeinwesen als häufig auftretender Fall erscheint, was im thematischen Zusammenhang des Literaturkriegs genauso einschlägig ist wie die zweite Wortbedeutung im Sinne von »Streit«, begegnet bei Adelung auffallenderweise keine Unterscheidung zwischen ›offenen‹ und ›verdeckten‹ bzw. gleichsam unsichtbaren Kriegen – dafür war dieses Wörterbuch nicht

14 Johann Christoph Adelung: *Grammatisch-kritisches Wörterbuch der Hochdeutschen Mundart, mit beständiger Vergleichung der übrigen Mundarten, besonders aber der Oberdeutschen*. Zweiter Theil. Zweyte vermehrte u. verbesserte Ausgabe. Leipzig 1796, Sp. 1784 f.

15 Ebd., Sp. 1785.

aktuell genug. Goethe hingegen war dieser Unterschied spätestens seit 1792 – also einigen Jahren vor der Niederschrift der *Xenien* – bekannt.

Was er mit seiner Aufforderung einer ›offenen‹ Streit- oder Kriegsführung im Sinn gehabt haben mag, wird dann deutlicher, wenn man sich vergegenwärtigt, was das Gegenteil davon gewesen ist: eben ein ›verborgener‹, unsichtbarer Krieg, wie er ihn selbst im Rahmen des Ersten Koalitionskriegs 1792/93 zwischen dem preußischen Kontingent der antifranzösischen Koalition und der französischen Revolutionsarmee kennengelernt hat. So begann seiner Darstellung zufolge die entscheidende Begebenheit dieses Krieges, die Kanonade von Valmy, mit dem hoffnungsfrohen Aufbruch der antirevolutionären deutschen Armee, wie Goethe aus dem historischen Abstand von 1819 bis 1822 berichtet: »Die Unsrigen brannten vor Begierde auf die Franzosen loszugehen, Offiziere wie Gemeine hegten den glühenden Wunsch, der Feldherr möge in diesem Augenblicke angreifen; auch unser heftiges Vordringen schien darauf hinzudeuten« (MA 14, S. 380). Die euphorische Stimmung der Soldaten erwies sich allerdings als voreilig, denn die Ankunft neuer Truppen auf der gegnerischen Seite sowie die Vereinigung der französischen Generäle Kellermann und Dumouriez sollte die Situation grundlegend ändern: »Kellermann hatte sich zu vorteilhaft gestellt und nun begann die Kanonade […], deren augenblickliche Gewaltsamkeit […] man nicht beschreiben, nicht einmal in der Einbildungskraft zurückrufen kann« (MA 14, S. 380). Wie man sich diese »augenblickliche Gewaltsamkeit« konkret vorzustellen hat, deutet Goethe in der Folge an, indem er die unbequeme Situation schildert, in die sich sein Truppenteil gebracht hatte:

> Bald aber fanden wir uns in einer seltsamen Lage, Kanonenkugeln flogen wild auf uns ein, ohne daß wir begriffen wo sie herkommen konnten; wir avancierten ja hinter einer befreundeten Batterie und das feindliche Geschütz auf den entgegengesetzten Hügeln war viel zu weit entfernt, als daß es uns hätte erreichen sollen. Ich hielt seitwärts vor der Front, und hatte den wunderbarsten Anblick; die Kugeln schlugen dutzendweise vor der Escadron nieder, zum Glück nicht ricochetierend, in den weichen Boden hineingewühlt; Kot aber und Schmutz bespritzte Mann und Roß […]. (MA 14, S. 380 f.)

Angesichts der völlig unklaren Herkunft des schweren feindlichen Beschusses, der zunächst wie ein versehentliches ›friendly fire‹ wirkt, geraten sämtliche vermeintliche Sicherheiten ins Wanken: Die Ursachen der verheerenden Wirkungen sind nicht zu erkennen. Der herumfliegende Dreck und die von ihm beschmutzte Kavallerie vermittelten dem teilnehmenden Beobachter eine Anschauung von der zerstörerischen Kraft der Waffenwirkung – und generell von den unerfreulichen Aspekten und Begleiterscheinungen des Krieges als »bedenkliche[m] Zustand«, »in den wir uns eingelassen hatten« (MA 14, S. 382). Die Naivität des morgendlichen Kriegsgeschreis wird dabei ebenso offensichtlich wie die andauernde Gefährlichkeit des feindlichen Beschusses, der zugleich eine höchst unangenehme akustische Untermalung generell unerfreulicher und auch vollkommen nutzloser Begebnisse darstellte:

> Von jeder Seite wurden […] zehntausend Schüsse verschwendet, wobei auf unserer Seite nur zwölfhundert Mann und auch diese ganz unnütz fielen. […] [M]an

> schoß mit Kanonen völlig als wär' es Pelotonfeuer [...], die Erde bebte im ganz eigentlichsten Sinne und doch sah man in den Stellungen nicht die mindeste Veränderung. Niemand wußte, was daraus werden sollte. (MA 14, S. 383)

Die aufgrund der anhaltenden Kanonade bebende Erde bezeichnet aus Sicht des kriegsunerfahrenen Beobachters eine Erschütterung des eigenen Standpunkts, dem gleichsam der Boden unter den Füßen entzogen wurde. In weiterer Folge berichtet Goethe, er selbst sei daraufhin jenem seltsamen »Kanonenfieber« erlegen, von dem er davor schon »so viel [...] gehört« und dessen ›eigentliche Beschaffenheit‹ er bei dieser Gelegenheit zu ergründen gewünscht habe. Zunächst habe er aber unerwartet »einen gar wilden Anblick« der Destruktivität damaliger Waffengewalt – und damit generell von Kriegsauswirkungen – auf Menschen und ihren Besitz in einer ansonsten friedlich-ruhigen Landschaft erhalten (ebd.). Im Anschluss an diesen verstörenden optischen Eindruck berichtet er von einer ebenso sinnlich vermittelten wie eigenartigen, aber jetzt akustischen Wahrnehmung, die aus heutiger Sicht prima vista an die eindringliche Schilderung des Fliegerpfeilerlebnisses in Robert Musils Novelle *Die Amsel* erinnert: »Ich war nun vollkommen in die Region gelangt wo die Kugeln herüber spielten; der Ton ist wundersam genug, als wär' er zusammengesetzt aus dem Brummen des Kreisels, dem Butteln des Wassers und dem Pfeifen eines Vogels« (MA 14, S. 383). Doch Goethe ist es keineswegs um die suggestive literarische Gestaltung einer ›nicht-ratioïden‹ Todeserfahrung zu tun. Es geht ihm vielmehr um die vom Optischen ins Akustische sich verschiebende Reihe inkommensurabler Erlebnisse, die das besagte »Kanonenfieber« ausgelöst habe, das er aus guten Gründen, auf die noch zurückzukommen sein wird, weniger beals umschreibt:

> Unter diesen Umständen konnt' ich jedoch bald bemerken daß etwas Ungewöhnliches in mir vorgehe; ich achtete genau darauf [...]. Es schien als wäre man an einem sehr heißen Orte, und zugleich von derselben Hitze völlig durchdrungen, so daß man sich mit demselben Element, in welchem man sich befindet, vollkommen gleich fühlt. Die Augen verlieren nichts an ihrer Stärke, noch Deutlichkeit; aber es ist doch als wenn die Welt einen gewissen braunrötlichen Ton hätte, der den Zustand so wie die Gegenstände noch apprehensiver macht. Von Bewegung des Blutes habe ich nichts bemerken können, sondern mir schien vielmehr alles in jener Glut verschlungen zu sein. Hieraus erhellet nun in welchem Sinne man diesen Zustand ein Fieber nennen könne. (MA 14, S. 384)

Dieses an sich selbst beobachtete »Kanonenfieber« wird als krankhafter Zustand beschrieben, der nicht allein Goethe, sondern zahlreiche beteiligte Soldaten befallen hat. Es sind demnach die menschliches Maß übersteigenden Wahrnehmungen und Empfindungen eines ›verdeckt‹ geführten Krieges, die Goethe zufolge dessen Inhumanität und Gesetzlosigkeit ausmachen. Insofern ist es kein Wunder, dass in seiner rückblickenden Darstellung die anfängliche Kriegsbegeisterung der Soldaten einer tiefen Niedergeschlagenheit wich, die den Eindruck absoluter Sinnlosigkeit vermittelte: »[D]ie meisten schwiegen, einige sprachen, und es fehlte doch eigentlich einem jeden Besinnung und Urteil« (MA 14, S. 385). Der eingetretene allgemeine Zustand der eigenen Truppe muss als desolat bezeichnet werden. Goethe selbst war sich durch das Erlebnis von Valmy offenbar des unverhältnismäßigen Risikos seiner leichtfertigen »Teilnahme an dieser gefährlichen Expedition« bewusst geworden, zumal die vor Ort kaum nachzuvollziehende ›verdeckte‹ Kriegsführung der französischen Revolutionsarmee, die den individuellen Kampfgeist und Heroismus einzelner Soldaten wirkungslos machte, in keiner Weise den von den Angehörigen der konterrevolutionären deutschen Truppen gehegten Erwartungen an einen herkömmlichen Kabinettskrieg entsprach.[16] Das herausragende Individuum hatte dem Kollektiv bzw. den schieren Wirkungen der Waffentechnik Platz gemacht, was den einzelnen menschlichen Geist und Körper auf seine Marginalität und Zerbrechlichkeit zurückwarf. Die Depotenzierung des Humanen blieb auch den Zeitgenossen nicht verborgen; so hat Goethe selbst der Schlacht von Valmy aus der Distanz von fast dreißig Jahren welthistorische Bedeutung zugesprochen, indem er sich retrospektiv den Ausspruch in den Mund legte: »[V]on hier und heute geht eine neue Epoche der Weltgeschichte aus, und ihr könnt' sagen, ihr seid dabei gewesen« (MA 14, S. 385).

Es ist Goethe nicht um eine mitreißend-spektakuläre Darstellung kriegerischer Auseinandersetzung zu tun, im Gegenteil. Im weiteren Verlauf seines autobiografischen Berichts betont er ausdrücklich, er habe »das unerfreuliche [...] nur gemäßigt meinen Lesern mitzuteilen gewagt«, womit er wohl seine emotional nicht aufpeitschende, sondern sachlich-zurückhaltende, ja viele Brutalitäten dezidiert aussparende Schilderung der »grausamsten Wirklichkeiten« des Krieges meint (MA 14, S. 464). Die *Campagne in Frankreich* betreibt keine »Verherrlichung des Krieges«, wie Reiner Wild hervorgehoben hat, indem er Goethes Haltung dazu in seinem Überblickskommentar auf den Punkt bringt:

> Zum bestimmenden Moment für die Polarität von Krieg und Frieden wird für Goethe der Begriff des Rechts. Krieg erscheint als ein Zustand der Willkür und damit der Gewalt, als Zustand von Rechtlosigkeit schlechthin [...]. Dagegen ist Friede vor allem ein Zustand gesicherten Rechts, innerhalb dessen [...] Geselligkeit und Tätigkeit, nicht zuletzt auch ökonomische, sich entfalten können. (MA 14, S. 756)

Im Krieg hingegen seien diese Rahmenbedingungen eines gedeihlichen gesellschaftlichen Lebens Goethe zufolge eminent gefährdet, was auch seine ablehnende Haltung zur Französischen Revolution erkläre, die ihm »vor allem als Krieg« erschien (MA 14, S. 757).

Dieser Befund lässt sich nun auch auf das damalige literarische Feld übertragen, in dessen Wirkungsbereich Goethe und Schiller ebenfalls gefährliche und inkalkulable »Zeiten der Fehde« (SNA 28, S. 93) angebrochen sahen. Bereits 1790 hatte Goethe brieflich geklagt: »Von Kunst hat unser Publikum keinen Begriff« (HA Briefe 2, S. 120), und die Situation hat sich für ihn und Schiller durch die Auseinandersetzungen um die *Horen* noch zugespitzt: Einerseits sahen sich beide Autoren angesichts der Ausdifferenzierung des deutschsprachigen literarischen Feldes sowie

16 Vgl. Uwe A. Oster: *Preußen. Geschichte eines Königreichs*. München, Zürich 2010, S. 185.

des merklichen Erfolgs einer rein nachfrageorientierten und anstrengungslos zu konsumierenden literarischen ›Großproduktion‹ generell um die Früchte ihrer ambitionierten künstlerischen und philosophischen Arbeit betrogen. Dies kam aus ihrer Sicht schon für sich genommen einer Zumutung gleich, die Goethe in seiner *Ersten Epistel* für Schillers *Horen* auch so deutlich wie illusionslos benannte (vgl. MA 4.1, S. 661). Andererseits erschien beiden die aus ihrer Sicht unangemessene Kritik an den *Horen*, die sich despektierlich über die verlegerische Werbestrategie, den als arrogant wahrgenommenen ›philosophischen‹ Ton sowie die als überzogen und illiberal erachtete Ambition der Herausgeber ausließ,[17] als ›verdeckte‹ Kriegsführung: Die in der Regel anonym vorgetragenen Attacken nahmen zwar die Zeitschrift oder einzelne Texte daraus ins Visier, zielten letztlich aber vor allem auf Schillers Anteil.[18] Da dessen Beiträge aus der Perspektive Goethes und Schillers von weitaus höherem Niveau waren als die daran geübte Kritik, nahmen sie textbezogene Einwände als ›verdeckte‹ Angriffe ad personam wahr. Auf die (vermeintliche) Arglist ihrer Gegner reagierten sie nun in Form einer publizistischen Strafmission, die das aus ihrer Sicht verletzte Recht bzw. die Würde ›wahrer‹ Kunst und Philosophie wiederherstellen sollte und dazu ›offene‹ persönliche Invektiven nicht scheute. Nimmt man den Befund der Kriegsgegnerschaft des ›klassischen‹ Goethe ernst, dann stellt sich allerdings die Frage, weshalb er in den *Xenien* von seinen literarischen Gegnern einen ›offenen Krieg‹ einforderte, sich mit seinem Koautor Schiller jedoch gleichzeitig selbst der deckenden Wirkung literarischer Anonymität bediente – also einer Publikationsweise, die sich nicht besonderer ›Offenheit‹ rühmen konnte.

II. »daß uns niemand ganz auseinander scheiden und absondern soll«. ›Klassische‹ Autorschaft und das Prinzip der Anonymität

Ähnlich wie die Art der Attacken wird in den *Xenien* wiederholt auch deren anonyme Erscheinungsform metapoetisch thematisiert, ja die Frage danach zu einem regelrechten Pensum erklärt. Das 91. *Xenion* aus Schillers *Musen-Almanach für das Jahr 1797* erschien unter der Überschrift *Die Aufgabe*, welche im Distichon knapp umrissen und im selben Atemzug für unlösbar erklärt wurde:

> Wem die Verse gehören? Ihr werdet es schwerlich erraten,
> Sondert, wenn ihr nun könnt, o Chorizonten, auch hier!
> (MA 4.1, S. 787)

Die emphatische Anrufung jener antiken Gelehrten, die als ›Sonderer‹ bzw. ›Ordner‹ lediglich die *Ilias*, aber nicht die *Odyssee* als Werk Homers anerkannten (vgl. den Kommentar Wilds in MA 4.1, S. 1183), wird hier auf die nicht ausgewiesene Herkunft der *Xenien* aus Goethes oder Schillers Hand bezogen. Dadurch erscheint die Frage nach der *Xenien*-Verfasserschaft nicht nur als Gelehrtenpedanterie, sondern auch als letztlich sinnloses Unterfangen: Das Publikum wusste in der Regel, dass

17 Vgl. Regine Otto: *Die Auseinandersetzung um Schillers »Horen«*. In: Dahnke, Leistner (Anm. 13), S. 385-450; hier S. 396-399.
18 Vgl. ebd., S. 399.

die Distichen von Goethe und Schiller stammten, aber nicht, wer jedes einzelne verfasst hatte. So war die Anonymität der *Xenien* nur eine relative. Die meisten heutigen Interpreten deuten sie aus rezeptionsästhetischer Perspektive als strategische Option.[19] Matthew Bell, der betont, dass »die psychologische Erklärungsweise den *Xenien* nicht gerecht wird«, versucht hingegen zu zeigen, dass und »inwiefern die *Xenien*-Kampagne in den Prinzipien der Weimarer Klassik verwurzelt war« bzw. in einem »in der ersten Phase der Weimarer Klassik entwickelte[n] Begriff der Autorschaft« gründet.[20] Selbst Bell indes interpretiert die Anonymität der *Xenien* als taktische Entscheidung:

> Ziel war es eine Stimme hervorzubringen, deren natürliches Ausdrucksmittel Distichen waren. Dabei würde die eigene Stimme in der Stimme des nachgeahmten Musters aufgehen. Die angenommene Stimme würde es erlauben, manches zu sagen, was man *in propria persona* nicht sagen durfte.[21]

Bell führt sogar »die problematische Gestalt der *Xenien* auf diesen noch nicht ins Gleichgewicht gebrachten und später aufgegebenen Begriff der Autorschaft« zurück,[22] wobei für ihn der schließlich definitive Verzicht auf das mit den *Xenien* verbundene Autorschaftsmodell außer Frage steht.

Ein genauerer Blick in die programmatischen Aussagen beider Autoren zeigt jedoch, dass die anonyme Publikationsweise der *Xenien* in produktionsästhetischer Hinsicht mit einer erkenntnistheoretisch-poetologischen Überzeugung zusammenhängt, die sich schon seit Goethes Italienreise abgezeichnet hatte und danach verfestigte: So hatte er dem Ehepaar Herder bereits am 10./11. November 1786 aus Rom von seiner »Übung« berichtet, »alle Dinge wie sie sind zu sehen und zu lesen«, was auch darstellerisch eine »völlige Entäusserung von aller Prätention« des Subjekts voraussetze (WA IV, 8, S. 50). Wenig später ergänzte er in einem weiteren Brief an Herder vom 29. Dezember 1786, »daß ich mich aller alten Ideen, alles eignen Willens entäussere um recht wiedergebohren und neu gebildet zu werden« (WA IV, 8, S. 108). Indem er »neuerdings nur die Sachen« selbst wahrzunehmen strebte »und nicht, wie sonst, bei und mit den Sachen sehe was nicht da ist«, wie es im *Zweiten römischen Aufenthalt* zum 30. Juni 1787 heißt (MA 15, S. 428), suchte Goethe eine perzeptorische Gefahr zu vermeiden, die seines Erachtens der subjektivistischen ›Manier‹ aus der *Werther*-Zeit innewohnt. Die leicht affizierbare ›Einbildungskraft‹, die den wahrgenommenen Gegenstand in ihrer Überhitzung wie in einem »Kanonenfieber« zu verfälschen drohte, sollte nunmehr in enge Schranken gewiesen werden, wie Goethe mit drastischen Worten im Brief an Charlotte von Stein vom 29. Dezember 1786 bekundete: »[J]e mehr ich mich selbst verläugnen muß je mehr freut es mich« (WA IV, 8, S. 105). Sein ›klassisches‹, radikal anti-subjektivistisches Wahrnehmungs- und Stilkonzept dringt auf die weitestgehende Elimina-

19 Vgl. etwa Spoerhase (Anm. 5), S. 50, Anm. 17, der sich dabei allerdings vor allem auf die *Horen* bezieht.

20 Matthew Bell: *Anonymität und Autorschaft in den »Xenien«*. In: GJb 2005, S. 92-106; hier S. 92.

21 Ebd., S. 106.

22 Ebd., S. 92.

tion aller bloß subjektiven Bedingtheiten menschlicher Erkenntnis und Gestaltung. Poetische Darstellung hat dieser grundlegenden anthropologischen Einsicht Rechnung zu tragen – ganz im Sinne jenes naturwissenschaftlichen Erkenntnisprinzips, wonach »das Interesse mehrerer auf Einen Punkt gerichtet etwas Vorzügliches hervor zu bringen im Stande ist«, wie Goethe 1792 in dem damals noch nicht publizierten (und erst am 10. Januar 1798 an Schiller gesandten) Aufsatz *Der Versuch als Vermittler von Objekt und Subjekt* auseinandersetzte, wo er der Naturforschung die polylogische »Methode mit Mehreren zu arbeiten« nahelegt; man könne »nicht genug anerkennen, wie nötig Mitteilung, Beihülfe, Erinnerung und Widerspruch sei, um uns auf dem rechten Wege zu erhalten und vorwärts zu bringen (MA 4.2, S. 324 f.).

Entsprechendes gilt auch für eine möglichst ›objektive‹ künstlerische Gestaltungsweise: Erst die genaue sinnliche Erfassung und intellektuelle Durchdringung des ›Wesens‹ der dargestellten Dinge und ihrer (›notwendigen‹) ›Verhältnisse‹ im Sinne der von Spinozas ›scientia intuitiva‹ inspirierten Vorstellung des absoluten ›Styls‹[23] erlauben dem Künstler nämlich deren allgemeingültige Gestaltung, wie Goethe noch 1798 in seiner kommentierenden Übersetzung von *Diderots Versuch über die Malerei* ausführen wird:

> Der Künstler, der immer anschaut, empfindet, denkt, wird die Gegenstände in ihrer höchsten Würde, in ihrer lebhaftesten Wirkung, in ihren reinsten Verhältnissen erblicken, bei der Nachahmung wird ihm eine selbstgedachte, eine überlieferte, selbstdurchdachte Methode die Arbeit erleichtern, und wenn gleich bei Ausübung dieser Methode seine Individualität mit ins Spiel kommt, so wird er doch durch dieselbe, so wie durch die reinste Anwendung seiner höchsten Sinnes- und Geisteskräfte, immer wieder ins allgemeine gehoben, und kann so bis an die Grenzen der möglichen Produktion geführt werden. (MA 7, S. 557 f.)

Der von der ›ideologiekritischen‹ Literaturwissenschaft der 1970er Jahre als bürgerliche Ideologie inkriminierte Gedanke eines ›Allgemeinen‹ oder ›Allgemein-Menschlichen‹ ist demnach das Ergebnis einer Methode, die ›selbstgedacht‹ und ›selbstdurchdacht‹ sein muss, somit über das konstitutive Moment der Reflektiertheit künstlerische Individualität zunächst notwendig impliziert, um sie schließlich auf einer höheren überindividuellen Ebene wieder aufzuheben. Der griechische Gemeinstil der Plastik gerät Goethe dabei zum Exempel des Gelingens einer (angeblich) transhistorisch gültigen künstlerischen Verfahrensweise:

> Das Resultat einer echten Methode nennt man Styl, im Gegensatz der Manier. Der Styl erhebt das Individuum zum höchsten Punkt, den die Gattung zu erreichen fähig ist, deswegen nähern sich alle große Künstler einander in ihren besten

23 Vgl. dazu Norbert Christian Wolf: *Streitbare Ästhetik. Goethes kunst- und literaturtheoretische Schriften 1771-1789*. Tübingen 2001, S. 364-529; zusammengefasst in ders.: *»Einfache Nachahmung der Natur, Manier, Styl«*. In: *Goethe-Handbuch*, Supplemente, Bd. 3, S. 303-317; außerdem ders.: *Ästhetische Objektivität. Goethes und Flauberts Konzept des Stils*. In: *Poetica. Zs. für Sprach- und Literaturwissenschaft* 34 (2002) 1, S. 125-169. Auf den dort zusammengetragenen Quellen beruht auch die vorliegende Skizze.

> Werken. So hat Rafael wie Tizian koloriert, da wo ihm die Arbeit am glücklichsten geriet. Die Manier hingegen individualisiert […] noch das Individuum. (MA 7, S. 558)

Die geistige Disposition eines Künstlers des ›Styls‹ muss demnach so beschaffen sein, dass er seine ›willkürlichen‹ Affekte annihiliert und die bloß subjektiven Bedingtheiten seiner Perzeption wie seiner Darstellungsweise, ja insgesamt seines individuellen Charakters, weitestgehend einschränkt, wodurch er sich den anderen ›großen Künstlern‹ unweigerlich annähert. Schiller hat sich diese Überzeugung Goethes anverwandelt, wie seine pointierte Formulierung aus dem *Kallias*-Brief vom 28. Februar 1793 zeigt, die den problematischen Zusammenhang zwischen absolutem Stil-Begriff und künstlerischer Individualität unter der Überschrift *Das Schöne der Kunst* (SNA 26, S. 222) abhandelt:

> Ist an einer Zeichnung […] der eigenthümliche Geschmack des Künstlers, der KünstlerNatur, sichtbar, so ist sie manierirt. […] Leidet die Eigenthümlichkeit des darzustellenden Objekts durch die GeistesEigenthümlichkeit des Künstlers, so sagen wir, die Darstellung sey manierirt.
>
> Das Gegentheil der Manier ist der Stil, der nichts anders ist als die höchste Unabhängigkeit der Darstellung von allen subjektiven und allen objektivzufälligen Bestimmungen.
>
> Reine Objektivität der Darstellung ist das Wesen des guten Stils: der höchste Grundsatz der Künste. (SNA 26, S. 225)

Insofern lässt sich durchaus von einer gemeinsam geteilten Überzeugung sprechen. Erst in diesem Zusammenhang wird Goethes Versicherung im Brief an Schiller vom 26. Dezember 1795 anlässlich einer falschen öffentlichen Zuschreibung ihrer Beiträge für die *Horen* verständlich: »Daß man uns in unsern Arbeiten verwechselt, ist mir sehr angenehm; es zeigt daß wir immer mehr die Manier los werden und ins allgemeine Gute übergehen« (MA 8.1, S. 143). Goethe grenzt dabei die allein durch den ›Styl‹ erreichbare und eindeutig positiv bewertete Allgemeinheit scharf von den anschauungsfernen Allgemeinheiten einer (in seiner späteren Diktion) allegorischen Kunst ab,[24] wie er bereits im Brief an Charlotte von Stein aus der Zeit um den 10. Februar 1787 betont: »Indeßen ist mir das armseelige Bißgen Zeichnen unschätzbar, es erleichtert mir jede Vorstellung von sinnlichen Dingen und das Gemüth wird schneller zum allgemeinen erhoben, wenn man die Gegenstände genauer und schärfer betrachtet« (WA IV, 8, S. 180f.).[25] Der künstlerische Königsweg zur Darstellung des Allgemeinen und Notwendigen muss ihm zufolge in der konkreten Anschauung der einzelnen Gegenstände gründen, sonst entbehrt er jeder Berech-

24 Vgl. dazu Goethes zu Lebzeiten unveröffentlichten Kurzessay *Über die Gegenstände der bildenden Kunst* (1797), der an den »allegorischen« Kunstwerken, »die durch Verstand, Witz, Galanterie brillieren«, beanstandet, dass sie »das Interesse an der Darstellung selbst zerstören und den Geist gleichsam in sich selbst zurücktreiben und seinen Augen das was wirklich dargestellt ist entziehen; das Allegorische unterscheidet sich vom Symbolischen daß dieses indirekt jenes direkt bezeichnet« (MA 4.2, S. 124).

25 In der *Italienischen Reise* findet sich dieser Gedanke redigiert unter dem Datum 17.2.1787 (vgl. MA 15, S. 208).

tigung. Wilhelm von Humboldt, der spätere Theoretiker poetischer Objektivität, bescheinigte dementsprechend dem älteren und bewunderten Freund in einem Brief vom 24. November 1796, im *Wilhelm Meister* eine solche darstellerische Allgemeinheit literarisch realisiert zu haben: »Das [...] ist eigentlich [...] das hohe Verdienst, das den Meister zu einem einzigen Werk unter allen seinen Mitbrüdern macht, daß er die Welt und das Leben, ganz wie es ist, völlig unabhängig von einer einzelnen Individualität und eben dadurch offen für jede Individualität schildert« (HA Briefe an Goethe 1, S. 258).

Die in der *Xenien*-Forschung häufig zitierte Formulierung Schillers aus dem Brief an Wilhelm von Humboldt vom 1. Februar 1796 erhält vor dem skizzierten diskursiven Hintergrund eine weniger strategische als vielmehr erkenntnistheoretisch-poetologische Dimension: »Die Xenien, von denen ich Ihnen einmal schrieb, haben sich nunmehr zu einem wirklich interessanten Produkt, das in seiner Art einzig werden dürfte, erweitert. Göthe und ich werden uns darinn absichtlich so ineinander verschränken, daß uns niemand ganz auseinander scheiden und absondern soll« (SNA 28, S. 181). Schon im Brief an Goethe vom Vortag hatte Schiller mit Blick auf polemische Anleihen aus der *Odyssee* betont: »Wir müssen auch hierin unsere Arbeiten ineinander verschränken« (MA 8.1, S. 159). Schiller sprach im Zusammenhang der *Xenien* ausdrücklich von einem »gemeinschaftlichen Werk«, bei dem »eine gewisse Allheit oder lieber Unermeßlichkeit« anzustreben sei, »und diese soll das Werk auch an sich tragen« (SNA 28, S. 181). Ein Ziel der Anonymität bestand demnach gerade im Erreichen von »Allheit« bzw. »Unermeßlichkeit« der Darstellung – und damit die Realisation eines zentralen Charakteristikums ›autonomer‹ Kunst. Dass diese poetische Vorgabe mit dem Abschluss der *Xenien* keineswegs zu Grabe getragen wurde, wie Bell annimmt, belegen Goethes spätere Aussagen noch aus dem hohen Alter, wenn er etwa 1828 bezüglich der 2. Fassung seines Romans *Wilhelm Meisters Wanderjahre* wiederholt darauf hinwies, dass dieser »ein kollektives Werk sei«, wie Eckermann zum 11. September 1828 notierte (MA 19, S. 251). Goethe verstand auch seine Funktion als Autor in diesem Sinn, wie das vom französischen Übersetzer seiner botanischen Arbeiten Frédéric Soret zum 17. Februar 1832 überlieferte berühmte Diktum zeigt: »Mon œuvre est celle d'un être collectif et elle porte le nom de Goethe« (*Gespräche*, Bd. 3.2, S. 839). Diese aus heutiger Sicht zukunftsweisende, weil dem tatsächlichen Entstehungsprozess eines literarischen Werks entsprechende Vorstellung intertextueller Kollektivität[26] von Autorschaft und Werk als Gegenentwurf zur subjektivistischen Genielehre exklusiver Originalität wird in den *Wanderjahren* nicht allein thematisch dargestellt, sondern sogar explizit reflektiert[27] – und in diese Richtung wies schon der poetische Anspruch der gemeinschaftlich verfassten *Xenien*, die in diesem Sinne auch rezipiert werden sollten: »Es ist [...] zwischen Göthe und mir förmlich beschlossen, unsre Eigenthumsrechte an die einzelnen Epigrammen [sic] niemals aus-

26 Vgl. dazu insgesamt die Dissertation von Daniel Ehrmann: *Kollektivität. Geteilte Autorschaften und kollaborative Praxisformen 1770-1840*. Wien, Köln, Weimar 2022.

27 Vgl. dazu Norbert Christian Wolf: *»Die Wesenheit des Objektes bedingt den Stil«. Zur Modernität des Erzählkonzepts in »Wilhelm Meisters Wanderjahren«*. In: GJb 2002, S. 52-65; hier S. 61-65.

einander zu setzen, sondern es in Ewigkeit auf sich beruhen zu lassen; welches uns auch, wegen der Freyheit der Satyre, zuträglich ist« (SNA 28, S. 182). Erst an nachgeordneter Stelle hat Schiller also die strategische Dimension der anonymen Publikationsform angesprochen, die als solche im 222. Xenion mit der Überschrift *Kunstgriff* hingegen ausdrücklich der Lächerlichkeit preisgegeben wurde (vgl. MA 4.1, S. 802) und in produktionsästhetischer Hinsicht insgesamt so nebensächlich blieb, dass Schiller im Sinne eines ehernen Prinzips versichern konnte: »Sammeln wir unsere Gedichte, so läßt jeder diese Xenien g a n z abdrucken« (SNA 28, S. 182). Warum aber suchten Goethe und Schiller ihre Vorstellung dichterischer Autonomie und Objektivität gerade in einem Genre umzusetzen, das in besonderer Weise als heteronom, subjektiv und außerdem dezidiert parteilich gelten muss, zumal dessen Lektüre ohne erläuternden Kommentar heute kaum mehr verständlich erscheint?

III. »ein lebhaftes Streben nach einem festen Punkt«. Polemik und Autonomie

Abschließend präsentiert das 140. Xenion Goethes und Schillers die vorhergehenden Distichen überraschenderweise als Einsätze in einem bloß ästhetischen Spiel, das einen fairen künstlerischen Wettkampf eröffne; diese inszenieren sich damit aller Polemik zum Trotz gleichsam selbst als autonome Kunstwerke:

> Alles war nur ein Spiel! Ihr Freier lebt ja noch alle,
> Hier ist der Bogen und hier ist zu den Ringen der Platz.
> (MA 4.1, S. 825)

Wenn »der Spieltrieb« dem 14. von Schillers *Briefen über die ästhetische Erziehung des Menschen* (1795/96) zufolge »dahin gerichtet« ist, »die Zeit i n d e r Z e i t aufzuheben, Werden mit absolutem Seyn, Veränderung mit Identität zu vereinbaren« (SNA 20, S. 353), dann kann das ihm entsprechende Spiel als Inbegriff eines ästhetischen Zustands bzw. ästhetischer Existenz gelten. Es liegt nahe, die abschließende Versicherung der *Xenien* angesichts der ihr vorausgehenden harschen Invektiven, die ja genau von diesem Textkorpus ausgingen, als wenig überzeugende Selbstrechtfertigung insbesondere Schillers zu werten. Als ästhetisch heteronom müssen die in der Regel ausgesprochen kommentarbedürftigen *Xenien* nämlich insofern gelten, als sie keineswegs im Sinne Johann Heinrich Meyers und Goethes »unabhängig« sind bzw. »sich selbst ganz ausspreche[n]«, so dass sie »ein Ganzes für sich ausmache[n]« und »ohne äußere Beihülfe, ohne Nebenerklärung [...] gefaßt und verstanden werden« (MA 6.2, S. 28). Sie erscheinen vielmehr in mehrfacher Hinsicht als fremdbestimmt und können – von den Autoren aus gesehen, genauso aber von den Angegriffenen sowie vom Publikum – kaum als (eigen)interesselos wahrgenommen werden, sondern wirken eminent interessegeleitet. Dennoch verfechten sie selbst das Postulat ästhetischer Autonomie, indem sie etwa – wie das 260. oder das 317. Xenion (MA 4.1, S. 807, 814) – eine künstlerische Orientierung an der Publikumserwartung oder – wie das 127., das 177. und das 311. Xenion (MA 4.1, S. 791, 797, 813) – an *Moralischen Zwecken der Poesie* diskreditieren und – so im 187. Xenion (MA 4.1, S. 798) – eine Aufwertung der künstlerischen Form gegenüber dem Stoff zumindest indirekt betreiben. Wenn das 140. Xenion darauf hinweist, dass von den polemischen Distichen niemand verschont bleibt (vgl. MA 4.1, S. 792), dann erscheint der Standpunkt, von dem aus die Polemik geübt wird, nicht als partikulärer, sondern als übergeordneter, was jenen superioren Anspruch auf unbedingte Überlegenheit verrät, der bei den Zeitgenossen so große Empörung ausgelöst hat.[28] Die Strafmission, deren Zweck die *Xenien* erfüllen sollten, inszenierte sich selbst als gleichsam olympischer Ordnungsruf im literarischen Feld. Dass es damit nicht in jeder Hinsicht weit her war, erweist sich an gewissen argumentativen Inkonsistenzen, indem etwa der hinsichtlich der *Horen* bitter beklagte und zugleich in ein Qualitätssiegel verkehrte ausbleibende Zuspruch des Publikums bei Gegnern wie Johann Friedrich Reichardt als Beleg für fehlende Qualität gewertet wird, wie das 221. Xenion mit der Überschrift *Der letzte Versuch* zeigt (MA 4.1, S. 802).

Davon unbenommen stellt sich die Frage nach dem Verhältnis der Polemik zur Autonomie: Ist die Polemik der *Xenien* genuin heteronomes Sprachhandeln bzw. bedient sie sich einer heteronomen Textsorte? Oder sind die autonomieästhetischen Prätentionen Goethes und Schillers ein Indiz dafür, dass Polemik im literarischen Feld gerade ein Mittel zur Verteidigung künstlerischer Autonomie sein kann? Wogegen richtet sich die agonale Energie der Polemik und wie verhalten sich in diesem Zusammenhang ästhetische Erfahrung und schriftstellerische Strategie zueinander, somit die symbolische respektive die soziale Ebene polemischer Sprachverwendung? Im Brief an den Freund Christian Gottfried Körner vom 18. Januar 1796 hatte Schiller mit dem »gemeinschaftlichen Opus« der *Xenien* »eine wahre poetische Teufeley« angekündigt, »die noch kein Beyspiel« habe (SNA 28, S. 166), und im bereits zitierten Brief an Wilhelm von Humboldt vom 1. Februar 1796 hatte er ebendieses Projekt folgendermaßen charakterisiert: »Eine angenehme und zum Theil genialische Impudenz und Gottlosigkeit, eine nichts verschonende Satyre, in welcher jedoch ein lebhaftes Streben nach einem festen Punkt zu erkennen seyn wird, wird der Character davon seyn« (SNA 28, S. 181). Die Selbstcharakterisierung legt nahe, dass die poetologische Spannung zwischen der schonungslos geübten Polemik und dem zugleich vertretenen autonomieästhetischen Anspruch Goethe und Schiller durchaus bewusst war. Um diese Spannung analytisch produktiv zu machen, bedarf es einer begrifflichen Differenzierung zwischen schriftstellerischer Autonomie auf symbolischer resp. auf sozialer Ebene, also hinsichtlich der Positionierungen anhand symbolischer Formen auf der einen und der eingenommenen sozialen Positionen auf der anderen Seite.[29] Demnach ist es möglich, auch mit heteronomen symbolischen Formen für Autonomie im literarischen Feld – also in sozialer Hinsicht – einzustehen, und genau das taten Goethe und Schiller mit ihren *Xenien*. Diese sind in keiner Weise in sich ruhende und selbsterklärende Texte, tragen jedoch diskurshistorisch bei zu einer neuen Form von ›Selbstorganisation‹ der Literatur insgesamt.

28 Vgl. Schwarzbauer (Anm. 4), S. 37 f.; Spoerhase (Anm. 5), S. 51.

29 Die Argumentation stützt sich hier auf den kultursoziologischen Ansatz von Pierre Bourdieu: *Die Regeln der Kunst. Genese und Struktur des literarischen Feldes*. Frankfurt a. M. 1999, S. 365-371 u. passim.

Darüber hinaus stellt sich die Frage nach dem Grund des Vergnügens an polemischen Gegenständen. Carlos Spoerhase hat aus heutiger Sicht konstatiert, »dass die *Xenien* nicht wirklich in dem Sinne lustig sind, dass sie dem Leser ein befreiendes Lachen aufnötigen würden«, weil sie »im Ton zu hart, zu kompromisslos, zu rechthaberisch«[30] seien. Dem kann man prima vista sicherlich beipflichten, doch scheint zu einer adäquaten rezeptionsästhetischen Situierung ein Blick auf zeitgenössische Zeugnisse zielführender als die Frage nach dem eigenen Lektüreeindruck aus historischem Abstand. So belegt etwa eine Bemerkung Caroline Schlegels aus ihrem Brief an Luise Gotter vom 4. September 1796 durchaus einen Genuss an Goethes Invektiven bei der Lektüre der *Xenien*: »Wenn Du den Allmanach siehst, so wirst Du auch sehn, wie er sich seither mit dem Todschlagen abgegeben hat. Er ist mit einer Fliegenklappe umhergegangen, und wo es zuklappte, da wurde ein Epigramm. Schiller hat ihm treulich geholfen, sein Gewehr giebt keine so drollige Beute von sich, aber ist giftiger«.[31] Nimmt man die Rede von der ›drolligen Beute‹ ernst, so liegt das davon ausgelöste Vergnügen wohl darin begründet, dass die sprachlich hochgradig verdichtete Form der polemischen Distichen, die einen komplexen Sachverhalt in einem metrisierten und häufig antithetisch strukturierten epigrammatischen Zweizeiler abbilden,[32] in gewisser Hinsicht selbst zu ästhetischer Autonomie in symbolischer Hinsicht tendiert; dies veranschaulicht das 133. Xenion, das ironisch mit *Ein deutsches Meisterstück* überschrieben ist:

> Alles an diesem Gedicht ist vollkommen, Sprache, Gedanke,
> Rhythmus, das einzige nur fehlt noch, es ist kein Gedicht.
> (MA 4.1, S. 791)

Dem scheinbar positiven ästhetischen Urteil wird hier am Ende des Distichons der Boden entzogen, auf dem es argumentiert, so dass das gesamte Epigramm der Struktur eines Witzes gleichkommt. Sprachlich noch kondensierter erscheint das 218. Xenion mit dem Titel *Verdienst*, dessen Wirkung auf der denotativen Mehrdeutigkeit von konventionellen Wörtern – hier des Verbs ›verdienen‹ – beruht:

> Hast du auch wenig genug verdient um die Bildung der Deutschen
> Fritz Nicolai, sehr viel hast du dabei doch verdient.
> (MA 4.1, S. 802)

Es handelt sich dabei um eine äußerst kondensierte Wortfügung, die in ihrer ambivalenten Mehrfachcodierung auf die Materialität der Sprache selbst verweist und somit jener besonderen Leistung entspricht, die Roman Jakobson als ihre ›poetische Funktion‹ identifiziert.[33] Diese sprachliche ›Überstrukturiertheit‹ hat Jürgen Link

30 So Spoerhase (Anm. 5), S. 55.

31 Caroline [Schlegel-Schelling]: *Briefe aus der Frühromantik*. Nach Georg Waitz vermehrt hrsg. von Erich Schmidt. Bd. 1. Leipzig 1913, S. 397.

32 Mehr und Genaueres zur poetischen Faktur der *Xenien* findet sich in von Ammon (Anm. 11), S. 26-146 sowie in Theodor Verweyen: *Der andere Goethe: als Olympier im Xenienkrieg*. In: *Euphorion. Zs. für Literaturgeschichte* 198 (2014), S. 157-193.

33 Vgl. Roman Jakobson: *Was ist Poesie?* In: ders.: *Poetik. Ausgewählte Aufsätze 1921-1971*. Hrsg. von Elmar Holenstein u. Tarcisius Schelbert. Frankfurt a. M. 1979, S. 67-82; bes. S. 79.

sogar *jeder* Dichtung im emphatischen Wortsinn zugeschrieben.[34] Komplementär dazu hat Sigmund Freud dem Witz, der in poetischer Hinsicht ebenfalls mit sprachlichen Verdichtungen operiert, jene genuin ästhetische Leistung konzediert, die auf sozial mehr oder weniger verträgliche Weise »entblößenden, feindseligen, zynischen, skeptischen« Tendenzen zum Ausdruck verhilft und sie zugleich mit einer »Lustprämie« versieht, so dass beim Rezipienten das »kritische Urteil« außer Kraft gesetzt wird: »Bei der aggressiven Tendenz verwandelt er [der Witz; N. C. W.] den anfänglich indifferenten Zuhörer durch das nämliche Mittel in einen Mithasser oder Mitverächter und schafft dem Feind ein Heer von Gegnern, wo erst nur ein einziger war«.[35] Genau dies bewirkten im deutschen literarischen Feld des ausgehenden 18. Jahrhunderts offenbar auch die *Xenien* sowie auf der gegnerischen Seite die zahlreichen replizierenden Distichen der Opponenten Goethes und Schillers,[36] so dass sich die Fronten zwar verfestigten, aber zugleich auch klärten – und schließlich das eintrat, was das 94. Xenion mit der Überschrift *Parteigeist* überraschend wertfrei konstatiert:

Wo Parteien entstehn, hält jeder sich hüben und drüben,
  Viele Jahre vergehn, eh sie die Mitte vereint.
(MA 4.1, S. 787)

Obwohl der ›klassische‹ Goethe beanspruchte, mit seinem objektivistischen ›Styl‹ selbst stets »die Mitte« der Kunst zu verkörpern, wird die eminente Parteilichkeit der streitbaren *Xenien* letztlich doch einbekannt. Der kontroversiellen Forschungsgeschichte zufolge sind die ›vielen Jahre‹ noch heute nicht abgelaufen.

34 Vgl. Jürgen Link: *Elemente der Lyrik*. In: *Literaturwissenschaft. Ein Grundkurs*. Hrsg. von Helmut Brackert u. Jörn Stückrath. Reinbek b. Hamburg 1992, S. 86-101; hier S. 92-95.

35 Sigmund Freud: *Der Witz und seine Beziehung zum Unbewußten*. In: ders.: *Gesammelte Werke*. Hrsg. von Anna Freud u. a. Bd. VI. Frankfurt a. M. 1999, S. 149.

36 Vgl. von Ammon (Anm. 11), S. 152-186.

Michael Jaeger

»Des Menschengeistes Meisterstück« – Fausts moderne Ökonomie

Weltinterpretation und Weltveränderung

Als Goethe 1831 die Arbeit am Faustmanuskript vollendete, nahm am Horizont der europäischen Geschichte jene spannungsvolle Konstellation deutliche Konturen an, die Karl Marx später als Konflikt zwischen philosophischer Weltbetrachtung und ökonomischer Weltveränderung beschrieb. Bereits die im Umfeld der Pariser Julirevolution von 1830 entstandenen Programmschriften der Saint-Simonisten hatten den Dissens zwischen traditioneller Theorie und moderner Praxis ins Zentrum ihrer geschichtsphilosophischen Argumentation gestellt, mit der sie dann ihr weltliches Evangelium des emanzipatorischen Fortschritts des Menschengeschlechts verknüpften. Wie im marxschen Materialismus tritt schon im Saint-Simonismus die Ökonomie an die Stelle der Philosophie und erweist ihre Modernität gerade darin, dass sie das kontemplative Prinzip der alten ›theoria‹ – die Weltinterpretation der Philosophen – durch die Praxis einer industriellen Weltumgestaltung ersetzt.

In Deutschland gab es kaum einen aufmerksameren, allerdings auch skeptischeren Beobachter der französischen Revolutionsereignisse sowie der sie begleitenden Debatten als den Faustautor in Weimar. Die einschlägigen Pariser Journale wurden im Haus am Frauenplan aufmerksam studiert – mit unmittelbaren Folgen für die zur gleichen Zeit vonstattengehende literarische Arbeit. Wie ein roter Faden zieht sich denn auch die Spannung zwischen Reflexion und Aktion durch die zuletzt geschriebenen Partien des 4. und 5. Akts von *Faust II* und treibt das Geschehen auf das Ende der Kultur der Kontemplation in der *Tiefen Nacht* zu.

In exemplarischer Deutlichkeit gelangt die moderne Polemik gegen die Vita contemplativa im Dialog zwischen Faust und Mephisto in der *Palast*-Szene des 5. Akts zum Ausdruck. Von Mephisto in die Verfluchung des Bezirks von Philemon und Baucis gelockt – »Das verfluchte h i e r ! / Das eben leidig lastets mir« (V. 11233 f.)[1] –, reicht Faust eine vermeintlich rationalisierende Begründung solcher Unduldsamkeit nach und erläutert sein Vorhaben, nun ausgerechnet den kleinen Bezirk der beiden Alten – Garten, Lindenhain, Hütte und Kapelle, auf einem Dünenhügel in der Nähe des Meeresstrandes gelegen – komplett umzugestalten:

Die Alten droben sollten weichen,
Die Linden wünscht ich mir zum Sitz,
Die wenig Bäume, nicht mein eigen,
Verderben mir den Welt-Besitz.
Dort wollt ich, weit umher zu schauen,

1 Goethes *Faust* wird mit Versangaben zitiert nach der Edition Albrecht Schönes (FA I, 7.1) in der 8., revidierten u. aktualisierten Auflage von 2017.

Von Ast zu Ast Gerüste bauen,
Dem Blick eröffnen weite Bahn,
Zu sehn was alles ich getan,
Zu überschaun mit einem Blick
Des Menschengeistes Meisterstück,
Betätigend, mit klugem Sinn,
Der Völker breiten Wohngewinn.
(V. 11239-11250)

Nicht zu überhören ist der antireligiöse, kirchenfeindliche Affekt, der die Rede Fausts antreibt:

So sind am härtsten wir gequält
Im Reichtum fühlend was uns fehlt.
Des Glöckchens Klang, der Linden Duft
Umfängt mich wie in Kirch und Gruft.
Des allgewaltigen Willens Kür
Bricht sich an diesem Sande hier.
Wie schaff ich mir es vom Gemüte!
Das Glöcklein läutet und ich wüte.
(V. 11251-11258)

Gepackt von derselben Wut, hatte Faust zu Beginn der Szene auf das Weltenlob des Türmers Lynceus geantwortet. Dessen Glückspanorama verkehrt sich im Zusammenklang mit dem vom Dünenhügel der beiden Alten herüberwehenden Glockengeläut zur Nervenqual Fausts und provoziert die Verwünschung der dort noch in brüchiger Gestalt vorhandenen Überlieferung:

Das Glöckchen läutet auf der Düne
FAUST *auffahrend*
Verdammtes Läuten! Allzuschändlich
Verwundets, wie ein tückischer Schuß,
Vor Augen ist mein Reich unendlich,
Im Rücken neckt mich der Verdruß,
Erinnert mich durch neidische Laute:
Mein Hochbesitz er ist nicht rein,
Der Lindenraum, die braune Baute [die Hütte von Philemon und Baucis; M. J.],
Das morsche Kirchlein ist nicht mein.
Und wünscht' ich dort mich zu erholen,
Vor fremden Schatten schaudert mir,
Ist Dorn den Augen, Dorn den Sohlen;
O! wär ich weit hinweg von hier!
(V. 11151-11162)

Seit Gottlieb C. L. Schuchards bewundernswerter Studie über die saint-simonistischen Anspielungen im 4. und 5. Akt von *Faust II* – trotz ihres bahnbrechenden philologischen Gehalts nur mit großer Verzögerung in der Goethe- und Faustforschung zur Kenntnis genommen – ist uns der ideengeschichtliche Subtext in Fausts

Rede zugänglich.[2] Erst in Kenntnis desselben rückt die zunächst bizarr anmutende Glockentonwut Fausts in den Zusammenhang der Kirchenpolemik der Saint-Simonisten, die ursprünglich auf den Antiklerikalismus der jakobinischen Revolution zurückgeht und die sich in den Katholizismus- und Rom-Invektiven der saint-simonistischen Publizistik Luft macht.

Das auch im Dialog mit der Sorge im Prometheus-Ton vorgetragene Rationalisierungsprojekt Fausts, die Abwehr des vermeintlichen Aberglaubens durch unausgesetzte Tätigkeit zu betreiben, lenkt unseren Blick auf das von Goethe in den Frühlings- und Sommermonaten 1831 angewandte Verfahren, die bis in die siebziger Jahre des 18. Jahrhunderts zurückreichende Arbeit am Tragödienmanuskript nun gerade im Rückgriff auf seine Saint-Simonismus-Studien abzuschließen und das von der Wette angetriebene dramatische Geschehen auf diesem Wege bis in die Gegenwart des 19. Jahrhunderts fortzusetzen. Denn jetzt gewinnt Fausts Negation des Verweilens und des schönen Augenblicks, auf die er sich im Pakt des Studierzimmers festgelegt hatte, das moderne Aussehen der Doktrin des Industrialismus.

Eine Religion der Moderne

»*Societé St. Simonienne*« hat Goethe als Arbeitsauftrag an sich selbst 1830 in die Agenda der Monate September und Oktober eingetragen (WA III, 13, S. 256, 259). Die moderne profane Religionsthematik, die verbunden ist mit dieser Aufgabenstellung, wird erstmals in einem Brief Thomas Carlyles an Goethe vom 31. August des Jahres angesprochen:

> Some weeks ago I had a strange letter with certain strange books from a Society in Paris, which calls itself »La Société Saint Simonienne«, and professes, among other wonderful things, now that Saint Simon is dead, to be instituting a new Religion in the world. [...] If you have chanced to notice that Saint Simonian affair, which long turned on political economy, and but lately became artistic and religious, I could like much to hear your thoughts on it. (HA Briefe an Goethe, Bd. 2, S. 550)

Goethes Antwort im Brief vom 17. Oktober 1830 fiel denkbar knapp aus. Und doch lässt sie das Irritationspotenzial anklingen, das der »saint-simonistischen Af-

2 Gottlieb C. L. Schuchard: *Julirevolution, St. Simonismus und die Faustpartien von 1831*. In: *Zs. für deutsche Philologie* 60 (1935), S. 240-274, 362-384. – Als bedeutender Beitrag zur Faustphilologie wurde Schuchards Studie erstmals ausführlich gewürdigt bei Nicholas Boyle: *The Politics of »Faust II«. Another look at the stratum of 1831*. In: *Publications of the English Goethe Society* 52 (1982), S. 4-43. – Als Goethes mutmaßlichen Inspirationstext für die in Fausts Versen unvermittelt hervorbrechende Kirchenschelte erschließt Schuchard die saint-simonistische Programmschrift *De la Religion Saint-Simonienne* (Schuchard, S. 270-274); zur Überlieferungs- und Kirchenkritik der *Religion* Michael Jaeger: *Wanderers Verstummen, Goethes Schweigen, Fausts Tragödie. Oder: Die große Transformation der Welt*. Würzburg 2014, S. 482-505). – Auch wenn Schuchard Goethes Kenntnis der *Religion* nicht im Sinne eines Lektürenachweises belegen kann, so bezeugen doch Briefe, Gespräche und Tagebücher Goethes ein beinahe obsessives Interesse am weltlichen Evangelium der französischen Industriepropheten (dazu Schuchard, S. 243-257).

färe« offenbar innewohnt: »Von der Société St. Simonienne bitte sich fern zu halten. Auch hierüber gelegentlich das Nähere« (WA IV, 47, S. 300). Unbeantwortet bleibt dann Carlyles Schreiben vom 22. Januar 1831, in dem er berichtet, dass ihm die Saint-Simonisten abermals »einen großen Haufen ihrer Schriften« sowie »viele Nummern ihrer Wochenschrift« aus Paris zugeschickt hätten.[3]

Als Carlyles Schreiben in Weimar eintraf, war aus der im Haus am Frauenplan gelesenen »Wochenschrift« längst die Tageszeitung *Le Globe* geworden, die sich auf ihrem Titelblatt seit Januar 1831 als »journal de la doctrine de Saint-Simon« präsentierte. Überdies wurden dort jetzt deren gesellschaftspolitische Generaldirektiven verkündet: der Aufruf, sämtliche Standesprivilegien abzuschaffen, der dann die Forderung der Aufhebung des Erbrechts nach sich zog – »Tous les privilèges de la naissance, sans exception, seront abolis« –, sowie das an die Stelle des alten Erbrechts tretende neue, dem ökonomischen Leistungsprinzip strikt folgende Verteilungsprinzip »À chacun selon sa capacité; à chaque capacité selon ses œuvres«. Schließlich kam im Februar noch die Begriffstrias »Religion, Science, Industrie« zu den programmatischen Überschriften hinzu.[4]

Bei seinen Nachforschungen zu den Debatten im Umfeld der Julirevolution griff Goethe auf alle in Weimar verfügbaren Quellen zurück, nicht zuletzt auch auf die Kenntnisse der örtlichen professionellen Beobachter des Zeitgeschehens, unter denen er Kanzler Friedrich von Müller zugleich zu seinen engsten Vertrauten zählte. Müller schien dann auch der Kritik des abstrakten Konstruktivismus des saint-simonistischen Politikentwurfs zuzustimmen, wie es Goethes Tagebuch am 31. Oktober 1830 festhält:

> Gegen Abend Herr Canzler von Müller. Unterhaltung über die Société St. Simonienne, als eine Wiederholung der allgemeinen Forderungen, die nicht einmal ideell genannt werden können, ohne den mindesten Begriff der zu berücksichtigenden Bedingungen, auf welche man unausweichlich angewiesen ist. (WA III, 12, S. 324)

Unbedingte Tätigkeit

Goethes Gesprächsnotiz lässt jene Missbilligung des von abstrakten Prinzipien ausgehenden unbedingten Handelns anklingen, die bereits seine *Betrachtungen im Sinne der Wanderer* kennzeichnet, die 1829 in der zweiten Fassung von *Wilhelm Meisters Wanderjahren* erschienen waren. Wenn es an dieser Stelle aphoristisch heißt »Unbedingte Tätigkeit, von welcher Art sie sei, macht zuletzt bankerott« (MA 17, S. 516), so schienen die Nachrichten, die 1830 seit den Sommermonaten aus Paris in Weimar eintrafen, das in den *Wanderjahren* entworfene Krisentableau in tagesaktueller Gestalt zu bestätigen. Als ob Goethe in diesem Sinne seine zeit-

3 *Goethes Briefwechsel mit Thomas Carlyle*. Hrsg. von Georg Hecht. Dachau 1913, S. 124.

4 Zit. nach Boyle (Anm. 2), S. 8 f. – Goethes durchaus begeisterte *Globe*-Lektüre zu Zeiten, in denen das Pariser Journal noch nicht zum Organ der Saint-Simonisten geworden war, dokumentiert Heinz Hamm: *Goethe und die Zeitschrift »Le Globe«. Eine Lektüre im Zeichen der »Weltliteratur«*. Weimar 1998.

kritischen Betrachtungen fortgesetzt hätte, heißt es in einer Maxime aus dem Nachlass: »Es ist nichts trauriger anzusehn als das unvermittelte Streben ins Unbedingte in dieser durchaus bedingten Welt; es erscheint im Jahre 1830 vielleicht ungehöriger als je« (MA 17, S. 883).

Die gleiche »[u]nbedingte Tätigkeit«, die ins Unglück führt, weil sie auf die naturgegebene und historisch bedingte Lebenswirklichkeit keine Rücksicht nimmt, ist in weiteren Maximen der *Betrachtungen* als dynamische Bewegung der neuen industriellen Ökonomie virulent und gewinnt auf diese Weise ein dezidiert modernes Aussehen. Dazu zählen die seit der Erfindung der Dampfdrucktechnik zu »sämtliche[n] Tageszeiten« erscheinenden Tageszeitungen, in Goethes Augen ein Anzeichen für die die gesamte Epoche ergreifende Ruhelosigkeit und weiterhin gar »[f]ür das größte Unheil unserer Zeit, die nichts reif werden läßt«, da »man im nächsten Augenblick den vorhergehenden verspeist« und infolgedessen »alles velociferisch« ist, also in den Zustand rasender Bewegung versetzt wird (MA 17, S. 518 f.). Neben den »Blättern für alle Tageszeiten« sind es in dieser Perspektive die Dampfmaschinen und die neuen Banknoten (aus Papier!), in denen die Ära der modernen Ökonomie und das sie prägende Bündnis aus Wissenschaft, Technik, Industrie und Finanzwirtschaft die Dynamik einer kaum noch zu beherrschenden Elementarkraft annimmt: »So wenig nun die Dampfmaschinen zu dämpfen sind, so wenig ist dies auch im Sittlichen möglich: die Lebhaftigkeit des Handels, das Durchrauschen des Papiergelds, das Anschwellen der Schulden, um Schulden zu bezahlen, das alles sind die ungeheuern Elemente, auf die gegenwärtig ein junger Mann gesetzt ist« (MA 17, S. 519).[5]

Bereits im Brief vom 6. Juni 1825 an Zelter hatte Goethe den gleichen Ton angeschlagen. Abermals sind es die anschwellenden Geld- und Nachrichtenströme, angefacht von den Dampfmaschinen und ihren gewaltigen Antriebsenergien, die die Welt überfluten. Wiederum geraten vor allem die »junge[n] Leute« in den Sog des ubiquitären Divertissements, das ihnen die Zeit für die authentische »Bildung« raubt:

> Junge Leute werden viel zu früh aufgeregt und dann im Zeitstrudel fortgerissen; Reichtum und Schnelligkeit ist was die Welt bewundert und wornach jeder strebt; Eisenbahnen, Schnellposten, Dampfschiffe und alle mögliche Fazilitäten der Kommunikation sind es worauf die gebildete Welt ausgeht, sich zu überbieten, zu überbilden und dadurch in der Mittelmäßigkeit zu verharren. (MA 20.1, S. 851)

Der allgegenwärtigen nervösen Betriebsamkeit sieht Goethe bereits jene Tendenz zum Streben ins Unbedingte an, ohne Rücksicht über alle Grenzen der herkömmlichen Lebenswelt hinweggehend, die dann ab 1830 zum beherrschenden Thema seiner zeitkritischen Kommentare und nicht zuletzt zum Leitmotiv der abschließenden Arbeit am Faustmanuskript wird. So heißt es schon im Schreiben an Zelter vom Juni 1825: »alles aber [...] ist jetzt *ultra*, alles transzendiert unaufhaltsam, im Denken wie im Tun« (MA 20.1, S. 850). Im Gestus der illusionslosen Resignation beendet Goethe den Brief mit den Worten: »Laß uns soviel als möglich an der Ge-

5 Zunächst im Konzept eines Schreibens an Nicolovius vom November 1825 (HA Briefe, Bd. 4, S. 159 f.).

sinnung halten in der wir herankamen, wir werden, mit vielleicht noch Wenigen, die Letzten sein einer Epoche die sobald nicht wieder kehrt« (MA 20.1, S. 851).

Das Selbstbild, zu den »Letzten« eines vergehenden Zeitalters zu gehören, hinderte Goethe jedoch keineswegs daran, der neuen Epoche nicht nur mit dem allergrößten Interesse, sondern mitunter auch höchst zuversichtlich entgegenzusehen. Goethe war mitnichten ein Verächter der technischen Innovationen und der Modernisierung der Produktion. Im Rahmen seiner amtlichen Tätigkeiten in Weimar war er unmittelbar mit dem Beginn und mit dem Fortschritt der Industrialisierung befasst. Den Siegeszug der Dampfmaschine hat er minuziös seit den neunziger Jahren des 18. Jahrhunderts beobachtet. Selbst den »nicht zu dämpfenden« Dampfwagen der Eisenbahnen konnte Goethe die Mitwirkung bei der Herstellung eines wohlstandsmehrenden einheitlichen Wirtschaftsraumes zubilligen, der sich dann gar noch segensreich für die Verbreitung der Kultur auswirken und eine »Epoche der Welt-Literatur« herbeiführen würde (MA 19, S. 206f., 632-634; WA IV, 44, S. 257). Auch den vom »großen Unternehmungsgeist« der Epoche geplanten globalen Kanalbauunternehmungen sah Goethe höchst fasziniert entgegen (MA 19, S. 538f.). Indessen fehlt es seinem teilnehmenden Interesse an der von der industriellen Revolution angetriebenen Verwandlung der Welt nie an ambivalenten Zwischentönen. Beispielhaft für diese Doppeldeutigkeit ist etwa das Geständnis im Brief an Zelter vom 21. Mai 1828, dem er schreibt, »daß die von mir angerufene Weltliteratur auf mich, wie auf den Zauberlehrling zum ersäufen zuströmt« (MA 20.2, S. 1116f.).[6]

Klassik und Moderne: neue Faustszenen seit 1827

Zur gleichen Zeit, da Goethe seine Aufmerksamkeit auf die große Transformation der Welt im Zeichen der industriellen Revolution richtet, nimmt er die Arbeit am Faustmanuskript wieder auf, die seit der Publikation von *Faust I* im Jahre 1808 kaum vorangeschritten war. Erst 1827 meldet er sich als Faustautor beim Publikum zurück und kündigt ein *Zwischenspiel zu Faust* an, das im selben Jahr unter dem Titel *Helena / klassisch-romantische Phantasmagorie* erscheint. Es handelt sich um jene in Griechenland spielende Partie des Dramas, die dann in dem 1833 posthum publizierten Gesamttext von *Faust II* als dritter Akt wiederkehrt. Die Ankündigung des *Zwischenspiels* gibt Goethe die Gelegenheit, einige grundsätzliche Bemerkungen zu seinem Interesse an der überlieferten Faustthematik und zu seiner Bearbeitung derselben zu machen. Die neue Gestaltung der alten Legende stelle, so heißt es da, »einen Mann dar, welcher, in den allgemeinen Erdeschranken sich ungeduldig und unbehaglich fühlend, den Besitz des höchsten Wissens, den Genuß der schönsten Güter für unzulänglich achtet, seine Sehnsucht auch nur im mindesten zu be-

6 Zu Goethes ambivalenter Einschätzung der »Weltliteratur« im Besonderen und der Konsequenzen der industriellen Revolution im Allgemeinen vgl. Hendrik Birus: *»daß die von mir angerufene Weltliteratur auf mich, wie auf den Zauberlehrling, zum ersäufen zuströmt«*. In: Gerhard Schuster, Caroline Gille (Hrsg.): *Wiederholte Spiegelungen. Weimarer Klassik. 1759-1832. Ständige Ausstellung des Goethe-Nationalmuseums.* München, Wien 1999, S. 801-810.

friedigen, einen Geist, welcher deshalb, nach allen Seiten hin sich wendend, immer unglücklicher zurückkehrt«. Gerade aber »[d]iese Gesinnung«, so das bemerkenswerte Argument des Faustautors im Jahr 1827, sei »dem modernen Wesen so analog, daß mehrere gute Köpfe die Lösung einer solchen Aufgabe zu unternehmen sich gedrungen fühlten« (WA I, 41.2, S. 290).

Nichts allerdings von den hier genannten desperaten Gesinnungen des unglücklichen »Mann[s]« ist dann im *Helena*-Text zu sehen. Denn ausgerechnet Faust, soeben noch als Analogie der Moderne vorgestellt, rückt in Griechenland an die Seite der Analogie der Antike und darf neben Helena für einmal vollkommen zufrieden sein. Während also das Publikum des *Zwischenspiels* auf den Weg nach Griechenland geleitet und Zeuge von Fausts exzeptionellem arkadischen Glück wird, arbeitet Goethe daran, die in den Briefen und Aphorismen dieser Jahre skizzierte kritische Phänomenologie der anbrechenden modernen Ära in das dramatische Geschehen zu integrieren. Es war vor allem die Beobachtung der neuen Finanz- und Maschinenwirtschaft, die Goethe die Lösung der selbstgestellten Aufgabe, das Faustdrama als Analogie der Moderne zu schreiben, in der denkbar aktuellsten Fassung ermöglichte.

Jetzt nämlich nehmen Fausts Versuche, die seinem Dasein gesetzten »Erdeschranken« zu durchbrechen – die ehedem im gotischen Zimmer mit der verzweiflungsvollen Desillusion der antiquiert anmutenden magischen Verheißungen endeten –, das Aussehen der modernen Ökonomie an. Wie in der Realität des 19. Jahrhunderts ein von der industriellen Revolution hervorgerufener unaufhaltsamer Veränderungsprozess in Gang kommt, so nimmt im Fausttext das gleiche Drama der Moderne seinen unabänderlichen Verlauf. Denn die »unbedingte Tätigkeit«, die nun im 1. Akt von *Faust II* »zuletzt bankerott« macht, ist von dezidiert ökonomischer Art und zeigt sich jetzt auch in diesem Text im »Durchrauschen des Papiergelds« sowie im »Anschwellen der Schulden, um Schulden zu bezahlen« (MA 17, S. 519). Wenig später wird Goethe auf der Bühne desselben Dramas die nicht mehr zu dämpfenden Dampfmaschinen in Betrieb nehmen und solchermaßen die »ungeheuern Elemente« der industriellen Revolution entfesseln, von denen sich Faust die zeitgemäße Befreiung von allen »Erdeschranken« verspricht.

Neues Geld

Nach der prologartigen *Anmutigen Gegend* versetzen uns die folgenden Szenen des ersten Akts in eine archetypische Finanz- und Wirtschaftskrise. Illusionslos konstatiert der Schatzmeister die Staatsinsolvenz, damit Mephisto das Stichwort gebend, der ein innovatives Verfahren, Geld gleichsam aus dem Nichts zu schaffen, empfiehlt. Um der neuen Währung einen stabilen Wert zu verleihen, sei lediglich vorauszusetzen, dass in »Bergesadern, Mauergründen«, also auf dem Terrain, das ohnehin dem Staat gehöre, »Gold gemünzt und ungemünzt zu finden« sei (V. 4893 f.) – ob nun als Bodenschatz oder in Gestalt vergrabener Reichtümer vergangener Epochen. Am Abgrund der Zahlungsunfähigkeit stehend, gibt der Kaiser Mephisto sogleich freie Hand zur Geldschöpfung: »Ich habe satt das ewige Wie und Wenn; / Es fehlt an Geld, nun gut so schaff' es denn« (V. 4925 f.). Und selbstredend verspricht Mephisto, dass er, was auch immer die Sanierung des Haushalts kosten möge, das dafür benötigte Geld jederzeit bereitstellen könne: »Ich schaffe was ihr wollt und schaffe mehr« (V. 4927).

Noch bevor das Vorhandensein der Goldreserven, auf die sich Mephisto beruft, nachgeprüft werden könnte, überlässt sich die gesamte Gesellschaft dem Karneval. Während des nächtlichen Treibens setzen Faust und Mephisto die Druckerpresse in Betrieb und bringen das neue Papiergeld in Umlauf. Am anderen Morgen präsentiert der Kanzler der staunenden Menge einen Geldschein der über Nacht hergestellten Währung und erläutert die von Faust und Mephisto erschlossene neue Wohlstandsquelle: »So hört und schaut das schicksalschwere Blatt, / Das alles Weh in Wohl verwandelt hat« (V. 6055 f.). Daraufhin verliest er den auf die Banknote gedruckten Text, der mit der Unterschrift des Kaisers versehen ist:

Der Zettel hier [die Banknote; M. J.] ist tausend Kronen wert.
Ihm liegt gesichert als gewisses Pfand
Unzahl vergrabnen Guts im Kaiserland.
Nun ist gesorgt damit der reiche Schatz
Sogleich gehoben, diene zum Ersatz.
(V. 6058-6062)

Unter dubiosen Umständen hatte der Kaiser im nächtlichen Karnevalstrubel dem Papiergeld die Autorität seiner Unterschrift verliehen, die dann auf den verschiedenen Geldscheinen in riesiger Auflage durch die Notenpresse vervielfältigt wurde:

dann wards in dieser Nacht
Durch Tausendkünstler schnell vertausendfacht.
Damit die Wohltat allen gleich gedeihe
So stempelten wir gleich die ganze Reihe,
Zehn, Dreißig, Funfzig, Hundert [-Kronenscheine; M. J.] sind parat.
(V. 6071-6075)

Da auch Faust und Mephisto unterdessen wissen, dass »Reichtum und Schnelligkeit« in der neuen Weltepoche das ist, »wornach jeder strebt«, führen sie ihre Finanzoperationen in rasender Geschwindigkeit aus. In kürzester Zeit wird der Markt vom »Durchrauschen des Papiergelds« (MA 17, S. 519) überflutet: »Unmöglich wär's die Flüchtigen [Papiergeldscheine; M. J.] einzufassen; / Mit Blitzeswink zerstreute sichs im Lauf« (V. 6086 f.). Faust streicht schließlich die Seriosität des neuartigen Finanzprodukts heraus. Da nämlich das »Übermaß der Schätze«, das »tief im Boden harrt« – die angeblichen Gold- und Bodenschätze also, deren reale Existenz freilich nie überprüft wurde –, selbst für die »Phantasie, in ihrem höchsten Flug« nicht vorstellbar sei, dürfe man auch zum »Grenzenlosen« der Papiergeldschöpfung »grenzenlos Vertrauen« haben (V. 6111-6118).[7]

7 Zum fausttypischen Motiv, die »Erdeschranken« auch im ökonomischen Sinn ins »Grenzenlose« zu überschreiten, und von hier ausgreifend zur Analyse der modernen Ökonomie als Projekt der permanenten Entgrenzung vgl. die diesem Thema gewidmeten, von Marco Lehmann-Waffenschmidt herausgegebenen *Faust-Jahrbücher* 5 (2014/2016) und 6 (2017/2019); hier insbes. Lehmann-Waffenschmidts Studie *Wirtschaftswachstum, Geld und Glück. Fausts Entgrenzung und wir* (ebd., Bd. 6, S. 145-194). – Reichhaltiges Mate-

Rasch jedoch büßen die Banknoten der neuen Währung – die »Zauber-Blätter« (V. 6157) – in einer offenbar rasenden Inflation ihren Wert sogleich wieder ein. Wie sich herausstellt, ging mit der grenzenlosen Geldschöpfung keinerlei substanzielle Wertschöpfung einher. Vollkommen entkoppelt hat sich die riesige Kapitalmenge von der realen Produktivität, während der Schuldenberg ins Unermessliche gewachsen ist. Die vom Zeitgenossen Goethe skeptisch verfolgte Finanzpolitik, »das Anschwellen der Schulden, um Schulden zu bezahlen«, lässt der Faustautor desaströs enden. Im Rückblick des vierten Akts wird sich später Mephisto im Gespräch mit Faust erinnern, dass der galoppierenden Entwertung des »falschen Reichtum[s]« (V. 10245) der Bürgerkrieg folgte.

Neues Eigentum

Im Unterschied zum »falschen Reichtum« des ungedeckten Papiergeldes, das Faust und Mephisto im 1. Akt in Umlauf gebracht hatten, gibt Goethe dem im Faustdrama illustrierten Wirtschaftsgeschehen in den 1831 zuletzt geschriebenen Partien des 4. und 5. Akts eine aktualisierende Wende. Jetzt nämlich, so hat Hans Christoph Binswanger die im Hintergrund von *Faust II* gegenwärtige ökonomische Handlung entschlüsselt, verbindet Goethe das Projekt der Geldschöpfung mit der im modernen Produktionsprozess vonstattengehenden realen Wertschöpfung.[8] In diesem Fall werden die das neue Maschinenzeitalter erst ermöglichenden Investitionen bereitgestellt durch das die Ökonomie des 19. Jahrhunderts prägende moderne Kreditwesen der Banken, die Geld im Zuge der Kreditvergabe neu schöpfen und als Darlehen an die großen Unternehmungen der Epoche – nicht zuletzt im Eisenbahn- und Kanalbau – ausgeben können.

Wenn daher Faust im 4. Akt Mephisto mitteilt, er werde von nun an »Herrschaft« und »Eigentum« gewinnen (V. 10187), wenn er dieses Gewinnstreben im Kampf gegen die Meereswellen zu realisieren gedenkt (V. 10198-10221), sogleich Pläne für Deich- und Kanalbau fasst (V. 10222-10233), die dann im 5. Akt verwirklicht werden, wo bereits die Dampfmaschinen auf einer der Großbaustellen des 19. Jahrhunderts am Werk sind (V. 11123-11130), wenn Faust schließlich, da die Riesenunternehmung ins Stocken gerät, Mephisto auffordert: »Arbeiter schaffe Meng' auf Menge, / Ermuntere durch Genuß und Strenge, / Bezahle, locke, presse

rial zur ökonomischen Faustdeutung bietet desgleichen der Ausstellungskatalog *Goethe und das Geld. Der Dichter und die moderne Wirtschaft.* Hrsg. von Vera Hierholzer u. Sandra Richter. Frankfurt a.M. 2012.

8 Handle es sich, so Binswanger, bei der Papiergeldschöpfung im 1. Akt um eine Variation der mit der Faustlegende verbundenen alchemistischen Goldmacherphantasien, so inszeniere Goethe im 4. und 5. Akt die moderne Ökonomie als Realisierung des ursprünglich alchemistischen Versprechens, Wertloses in Wertvolles verwandeln zu können, mit den Mitteln der modernen Finanzwirtschaft und der modernen Industrie (Hans Christoph Binswanger: *Geld und Magie. Eine ökonomische Deutung von Goethes »Faust«*. Hamburg 2005, S. 11-51). Voraussetzung der realen Wertschöpfung sei der im Code Napoléon institutionalisierte Eigentumsbegriff des »Dominiums«, der den unbegrenzten »Herrschaftsanspruch über die Natur« legitimiert und auf diese Weise die moderne Utopie grenzenlos wachsender Wertschöpfung begründe (ebd., S. 34).

bei!« (V. 11552-11554), so wird deutlich, dass der Faustautor in den zuletzt geschriebenen Partien des Dramas ein Bild der nun mit unaufhaltsamer Wucht sich ausbreitenden kapitalistischen Wirtschaftsform entwirft. Insofern jedoch im 4. und 5. Akt mit den Bezügen zur saint-simonistischen Utopie zugleich der Frühsozialismus und das Konzept der Planwirtschaft ins Spiel kommen, wird man in der historischen Retrospektive konstatieren, dass Goethe das Tragödiengeschehen 1831 in die Ursprungsregion jener vom 19. Jahrhundert ausgebildeten ökonomischen Systemkonkurrenz verlegt, die dann das ideologische Gefecht des 20. Jahrhunderts bestimmen wird.[9]

Nicht anders als bei den Finanzoperationen am Kaiserhof wird auch im 5. Akt das neue »Eigentum« gleichsam magisch aus dem Nichts, als Neuland aus dem bislang im ökonomischen Sinne wertlosen, unproduktiven Meeresboden generiert. Aber mit Hilfe des Kapitals und der Maschinen ereignet sich auf Fausts Baustelle eine Schöpfung authentischer neuer Werte, die aus der vorangegangenen, als Kreditvergabe vollzogenen Geldschöpfung einen echten (Geld-)Reichtum machen. Sieht man doch dort, wo einstmals »Wog' auf Woge, schäumend wild« das Meer lag, nun einen riesigen »Garten«, ein »paradiesisch Bild« gar (V. 11085-11086) und »[d]ichtgedrängt bewohnten Raum« (V. 11106). So jedenfalls präsentiert Philemon die industrielle Wert- und Weltneuschöpfung Fausts.

Industrialismus und Welterlösung

Doch Goethes Text stellt zugleich eine Gegenrechnung aus, die wohl deshalb so irritierende Ausmaße annimmt, weil Fausts Streben ins Unbedingte seit 1830 in die Spur jener von Goethe argwöhnisch beobachteten politischen Religion der Saint-Simonisten gerät, ihrerseits globale Kanal-, Damm- und Eisenbahnbauten projektierend, naturgemäß auch engagiert in der Gründung der großen Bank- und Kreditinstitute und darüber hinaus davon überzeugt, das Produktionsevangelium ihres Meisters Saint-Simon verwirklichen und das Menschengeschlecht durch strenge Anwendung von Wissenschaft, Technik und Industrie auf profanem Weg erlösen zu können. Jenes quasi-religiöse Wissenschafts- und Industrieverständnis geht zurück auf das »système industriel« (1821) Saint-Simons (1760-1825). Er selbst war gleichsam als ein zweiter Newton aufgetreten mit dem Anspruch, auch auf dem Terrain von Gesellschaft und Wirtschaft mit wissenschaftlicher Genauigkeit planen und operieren zu können. Dieser Utopie der radikalen Aufklärung stellte er das weltliche Evangelium des »nouveau christianisme« (1825) zur Seite, dessen dogmatisches Zentrum die Idee der unendlichen »perfectibilité« der menschlichen Gattung bildete. Bereits zu Beginn des 19. Jahrhunderts, so der Ideenhistoriker Friedrich Wagner, habe Saint-Simon die »*Stiftung einer Wissenschaftsreligion*« erwogen, »die Christus durch Newton ersetzen, durch einen planetarischen ›Newton-Rat‹ die Arbeitspflicht aller als ›Offenbarung‹ verkündigen und die geistlich-wissenschaft-

9 Der Weg von Saint-Simons Industrialismus über die Plan- und Zentralisierungsdoktrin der Saint-Simonisten zu ihrem (quasi-sozialistischen) Entwurf einer Zentralverwaltungswirtschaft wird nachgezeichnet von Rolf Peter Fehlbaum: *Saint-Simon und die Saint-Simonisten. Vom Laissez-Faire zur Wirtschaftsplanung*. Basel, Tübingen 1970.

liche Lenkung der Menschheit in Newton-Tempeln durchführen sollte«.[10] In den Verheißungen des goldenen Zeitalters, das im Zeichen einer totalen Synthese von Religion und Wissenschaft stehen werde, setzten die Saint-Simonisten die Newton-Verehrung ihres Meisters dann fort.[11]

Auch wenn sich der Umfang von Goethes Kenntnissen der saint-simonistischen Doktrin sowie der Ideen Saint-Simons nicht en détail rekonstruieren lässt, so deutet doch Goethes Rede von der »Sekte« der Saint-Simonisten darauf hin, dass er im Bilde war über die Welterlösungslehre jener Wissenschafts- und Industriereligion, die ihn an seinem neuralgischsten Punkt treffen musste. Zwar konnte er sich in seiner Diagnose des Epochenbruchs bestätigt sehen durch die saint-simonistische Analyse der von der industriellen Revolution erschütterten Gesellschaft. Aber die auf solche Befunde antwortende Organisationsutopie der Saint-Simonisten provozierte Goethes schärfsten Widerspruch. In diesem Sinn schreibt er am 28. Juni 1831 an Zelter:

> Bei manchen innern stillen Arbeiten [der Vollendung des Faustmanuskripts; M.J.) wobei ich Dein immerfort gedenke, bin ich doch auch in das neuere Französische mitunter hineingezogen worden und habe bei solcher Veranlassung über die Religion Simonienne nachzudenken gehabt. An der Spitze dieser Sekte stehen sehr gescheite Leute, sie kennen die Mängel unserer Zeit genau und verstehen auch das Wünschenswerte vorzutragen; wie sie sich aber anmaßen wollen das Unwesen zu beseitigen und das Wünschenswerte zu befördern so hinkt sie überall. (MA 20.2, S. 1496)

Insbesondere das Versprechen der Saint-Simonisten, die Gesellschaft nach streng wissenschaftlichen Prinzipien – mit der mathematischen Exaktheit der newtonschen Gesetze – neu konstruieren und den Verlauf von Wirtschaft und Geschichte präzise vorausberechnen zu können, ruft Goethes Groll hervor. »Die Narren bilden sich ein«, so fährt er im Brief an Zelter fort, »die Vorsehung verständig spielen zu wollen und versichern jeder solle nach seinem Verdienst belohnt werden, wenn er sich, mit Leib und Seele, Haut und Haar, an sie anschließt und sich mit ihnen vereinigt« (ebd.). Mit dem in den saint-simonistischen Manifesten stets wiederholten meritokratischen Grundsatz: »jeder nach seinen Fähigkeiten, jeder Fähigkeit nach ihren Leistungen«, auf den Goethe hier anspielt,[12] war das ebenso beharrlich verkündete Prinzip verbunden, das Erbe bzw. Erbrecht abzuschaffen. Das Vorhaben

10 Friedrich Wagner: *Die Wissenschaft und die gefährdete Welt. Eine Wissenschaftssoziologie der Atomphysik*. München 1964, S. 67.

11 Zum »newtonisme« Saint-Simons als einer Etappe in der »Glaubensgeschichte der Moderne« sowie zum Austausch von Religion durch Wissenschaft, von Priestern durch Wissenschaftler vgl. Thomas Petermann: *Claude Henri de Saint-Simon: Die Gesellschaft als Werkstatt*. Berlin 1979, S. 79-88; hier S. 84.

12 Der saint-simonistische Generalutilitarismus steht schon im Zentrum der spannungsgeladenen Unterhaltung zwischen Goethe und Frédéric Soret vom 20. Oktober 1830, deren Wiedergabe Soret mit den Worten einleitet: »Goethe wollte von mir hören, wie ich über die St. Simonisten denke; ich solle ihm alles sagen, was ich über sie wisse, und ob ich zu dem einen oder andern von ihnen vielleicht Beziehungen gehabt habe« (Frédéric Soret: *Zehn Jahre bei Goethe. Erinnerungen an Weimars klassische Zeit 1822-1832*. Nachdruck der Ausgabe Leipzig 1929. Hildesheim, Zürich, New York 1991, S. 473 f.).

ist im Kontext der Manifeste im erweiterten Wortsinn zu verstehen, also nicht nur auf die Eigentumsrechte und Privilegien im Feudalismus zielend, sondern, wie es in den erwähnten Rom-Invektiven der *Religion Simonienne* anklang, auf das überlieferte ideelle Erbe insgesamt.[13]

Mit Bezug auf einen das traditionelle Bildungsideal bezeichnenden Adelsbegriff heißt es in einem späteren Brief Goethes an Zelter in polemischer Auseinandersetzung mit den »Narren« der saint-simonistischen Doktrin:

> Die Hansnarren des Tages wollen den Adel aufgehoben sehen, als wenn es möglich wäre daß ein tüchtiger Mann von tüchtigen Vorfahren etwas verlieren könnte. Nehmen sie doch Dir und Deinen Nachkommen den Großonkel weg! Sie sollten täglich und stündlich auf den Knieen Gott bitten: daß man das Altgeprüfte legitim nennen möge und daß von Zeit zu Zeit eine Kreatur geboren würde, mit deren Namen Jahrhunderte könnten durchgestempelt werden. (17.9.1831; MA 20.2, S. 1545 f.)

Gerade aber die überlieferungsstiftende Prägekraft des »Altgeprüfte[n]«, von Goethe im nächsten Abschnitt des Briefes am Beispiel von Ciceros Schrift über die Würde des Alters *De senectute* erläutert, gehört in Gestalt der alten Religion, der alten Philosophie und des alten Bildungsideals der Muße zu jenen Traditionsbeständen, die vom Saint-Simonismus in einer gleichsam kulturrevolutionären Umwertung der Werte delegitimiert werden, weil sie dem futuristischen Projekt des Industrialismus in die Quere kommen und weil sie in der bereits von Saint-Simon ausgerufenen epochalen Auseinandersetzung zwischen »oisifs« (den Müßigen) und »producteurs« bzw. »industriels« auf der falschen Seite des Müßiggangs stehen.[14]

Produktion der Moderne – Verwandlung der Welt

Man sollte diesen konfliktreichen ideengeschichtlichen Hintergrund im Auge behalten, wenn man nach Erklärungen sucht für das in Goethes Gesamtwerk singuläre Schreckenstableau, das der Faustautor in den 1831 geschriebenen Textpartien des 5. Akts als szenischen Ausdruck für den Epochenbruch gestaltet. Angesichts der drastischen Darstellung ist man geneigt, die im *Kommunistischen Manifest* angeführte Chronologie des ökonomischen Umbruchs zu zitieren, zumal man annehmen darf, dass der begeisterte Faustleser Marx den Protagonisten des Dramas in der revolutionären Rolle der Bourgeoisie agieren sah: »Die Bourgeoisie hat in der Geschichte eine höchst revolutionäre Rolle gespielt«. Sie hat nämlich »alle feudalen, patriarchalischen, idyllischen Verhältnisse zerstört«.[15] Das Kapitel des Feudalismus ist in *Faust II* mit dem Ende des 4. Akts abgeschlossen. Es steht beim Übergang zur neuen Epoche im 5. Akt noch die revolutionäre Umgestaltung der übriggebliebenen letzten Enklave patriarchalischer Zustände aus, des idyllischen Terrains von Phile-

13 »Tombe donc l'héritage« lautet die aus der Kritik des Erbrechts hervorgehende Universaldirektive der *Religion* (Jaeger [Anm. 2], S. 485 f.).

14 Fehlbaum (Anm. 9), S. 25 f.

15 Karl Marx, Friedrich Engels: *Manifest der Kommunistischen Partei (1848)*. In: *Marx Engels Werke* (MEW), Bd. 4. Berlin 1959, S. 458-493; hier S. 464.

mon und Baucis, und dabei wird, wie von den Saint-Simonisten eingefordert – später erst recht von Marx und Engels –, die Negation des Erbrechts statuiert. Patriarchalisch sind die Eigentumsverhältnisse von Philemon und Baucis im ökonomischen Wortsinne des Patrimoniums, ist ihnen doch Hütte, Garten, Baumhain und Kapelle als Väter Erbe unproduziert, »unverdient« also, zugefallen, solcherart das Gegenteil jener im saint-simonistischen System allein anerkannten, durch Arbeit und Produktion erwirtschafteten, auf den Eigentumsbegriff des »Dominiums« zurückgehenden neuen Vermögensart der »propriété industrielle« darstellend, die durch Fausts aus dem Meeresboden hervorgebrachtes Neuland auf mustergültige Weise vorgeführt wird.[16]

Im Horizont der Überlieferung jedoch haben sich Philemon und Baucis ihr Terrain auf ideelle Weise sehr wohl verdient. An dieser Stelle kommt der emphatische Begriff des Erbrechts und das Patrimonium als Erbe schlechthin, als Göttergabe nämlich, ins Spiel. Das Areal von Philemon und Baucis ist, wie es die vom Faustautor frei zitierte Legende Ovids erzählt, als gesegnetes Land sakrosankt (weshalb es Fausts Fluch provoziert!). Tempel – in Goethes synkretistischer Bildgestaltung zur Kapelle geworden – und Baumhain werden ihnen von Jupiter und Merkur als Geschenk vermacht, als deren Priester die beiden Alten von nun an wirken. Die spirituelle Bedeutung des in ökonomischer Perspektive komplett wertlosen Terrains – ärmliche Hütte, baufällige Kapelle, Gartenland, das allenfalls Subsistenzwirtschaft erlaubt, uralte Linden – wird noch einmal gesteigert, weil es in Goethes gleichsam religionsphänomenologischer Textkomposition zugleich als »Naboths Weinberg« und mithin als biblisches Urbild des Patrimoniums anzusehen ist, wie wir aus Mephistos Mund erfahren, der naturgemäß an der Liquidierung gerade dieses Erbes das allergrößte Interesse hat (V. 11287).[17]

Unmittelbar vor dem Gartenareal der beiden Alten, dem letzten Refugium der Überlieferung, lässt Goethe im Frühsommer 1831 die Dampfmaschinen auffahren, so dass man, die Bilder des nun anhebenden Dramas vor Augen – die »nächtig« leuchtenden »Flämmchen« der Dampfmaschinen, die Damm und Kanal von einem auf den anderen Tag erschaffen, wie Baucis konsterniert berichtet (V. 11125-11130) –, abermals kaum umhinkommt, Marx' und Engels' lakonische Kommentierung der vom modernen Maschinenwesen angetriebenen Revolution zu zitieren: »Alles Ständische und Stehende verdampft, alles Heilige wird entweiht, und die Menschen sind endlich gezwungen, ihre Lebensstellung, ihre gegenseitigen Beziehungen mit nüchternen Augen anzusehen«.[18] Wie bei Saint-Simon und den Saint-Simonisten ist bei Marx die moderne Ökonomie nicht zu trennen von der radikalen Religionskritik. Die neue Industrie lässt »alles Heilige« im Dampf (der Dampfmaschinen!) aufgehen und treibt solchermaßen das Projekt der Moderne, die totale Säkularisie-

16 Die im Faustdrama gegenwärtige Differenz zwischen dem Eigentumsbegriff des »Dominiums« und dem traditionellen Eigentumsverständnis des »Patrimoniums« erläutert – allerdings ohne Berücksichtigung der saint-simonistischen Bezüge in Goethes Text – Binswanger (Anm. 8), S. 49-51.

17 Zu der in Goethes Text präsenten Religion und Theologie des Patrimoniums vgl. Jaeger (Anm. 2), S. 518-528; zur ›modernisierenden‹ Umkehrung der Philemon-und-Baucis-Legende Ovids durch den Faustautor S. 459-473.

18 MEW 4 (Anm. 15), S. 465.

rung – auf dieser Etappe der Geschichte vorerst als große Ernüchterung – voran. Das analoge revolutionstypische Sakrileg des 19. Jahrhunderts ist auf Fausts Baustelle im 5. Akt zu sehen, wo sich der Dampf der Dampfmaschinen zwar noch mit dem Rauch des von Mephisto entzündeten Scheiterhaufens mischt, wo aber bereits die gleiche Entweihung vollstreckt wird und dies in mehrfacher Hinsicht.

Im Rauch, der in der *Tiefen Nacht* des 5. Akts aufsteigt, verschwindet nämlich nicht nur »alles Heilige« in seiner überlieferten antiken, jüdischen und christlichen Gestalt, es verdampft zugleich das von Philemon und Baucis repräsentierte Sanktuarium der goetheschen Klassik, die Metamorphosenlehre, deren Inspirationsgrund Ovids Metamorphosendichtung ist. Dieser Begriff der Metamorphose verflüchtigt sich in dem historischen Augenblick, da mit der industriellen Revolution die ganz andere Metamorphose der modernen Welt, die Verwandlung der Natur- in Produktionsverhältnisse, anhebt. Schließlich lässt Goethe den auf den rauchenden Trümmerhaufen blickenden Türmer Lynceus bilanzieren, was bei dem veritablen Ikonoklasmus des 5. Akts in die Brüche gegangen ist: »Was sich sonst dem Blick empfohlen, / Mit Jahrhunderten ist hin« (V. 11336f.). Mit Lynceus' Versen schließt sich der Kreis der Argumentation. Sein Blick geht ins Leere. Mephisto hat das Terrain der Natur und der Überlieferung abgeräumt, um Fausts ganz anderem Blick auf »[d]es Menschengeistes Meisterstück« (V. 11248), auf die in der modernen Verwandlung der Welt von ihm selbst grenzenlos produzierte neue Welt, freie Bahn zu schaffen.

Im polemischen Kontrast dazu steht am Beginn des 5. Akts der euphorische Blick des Wanderers auf die herkömmliche Metamorphose im Bezirk von Philemon und Baucis und sein Verlangen nach der Kontemplation des »grenzenlosen Meer[es]« (V. 11076). Der Wanderer jedoch schaut mit den Augen Goethes auf die Welt. Über diese Weltbetrachtung heißt es in jenen Gedichten, die Goethe 1827 – bezeichnenderweise mit den beiden Metamorphosegedichten – zu einem kleinen Zyklus verbunden hat und die zur wahrhaften Kontemplation anleiten: »So schauet mit bescheidnem Blick / Der ewigen Weberin Meisterstück« (MA 13.1, S. 155). Der »bescheidne Blick«, als solcher von den Prätentionen des modernen Subjekts absehend, steht in der Tradition des auf die ›theoria‹ der antiken Philosophie zurückgehenden Exercitium spirituale.[19] Sein Grundsatz, ausgesprochen im ersten Teil der Gedichtsequenz von 1827, lautet: »Zum Erstaunen bin ich da« (MA 13.1, S. 150). Gerade weil der Wanderer zum Erstaunen da war, ist seine Zeit 1831 abgelaufen. Die Gegenstände, über die er staunte, lösen sich im Mahlstrom der neuen Zeit auf. Von Mephisto und seinen Gesellen »gestreckt. / In wilden Kampfes kurzer Zeit« (V. 11365f.), verschwindet auch er – als ›Letzter seiner Epoche‹ – in der *Tiefen Nacht*.

Zwischen Fausts Blick auf »[d]es Menschengeistes Meisterstück« und dem »bescheidnen Blick« des Wanderers auf »der ewigen Weberin Meisterstück« liegt, um Goethes Gestaltung des Zeitenwechsels in Anlehnung an die berühmte Ideengeschichte Karl Löwiths zusammenzufassen, der »revolutionäre Bruch im Denken des 19. Jahrhunderts«.[20]

19 Pierre Hadot: *N'oublie pas de vivre. Goethe et la tradition des exercices spirituels*. Paris 2008.

20 Karl Löwith: *Von Hegel zu Nietzsche. Der revolutionäre Bruch im Denken des 19. Jahrhunderts* (urspr. 1939). In: ders.: *Sämtliche Schriften*. Bd. 4. Stuttgart 1988.

W. Daniel Wilson

Der Dichter und der Brandstifter. Goethes Unterstützung des Judenfeinds Jacob Friedrich Fries und die Gegenstimmen

In der Forschung haben sich bestimmte Konturen der Einstellung Goethes zu Juden herauskristallisiert. Erstens waren Goethes Ressentiments gegen Juden sozial geprägt: Jüdische Unterschichten stießen ihn besonders ab, seit er sie als Kind im Frankfurter Ghetto erlebt hatte, wo die Enge und Übervölkerung zu katastrophalen sanitären Zuständen und Elend führte.[1] Zweitens bewunderte er an den biblischen Juden hauptsächlich ihre zähe Ausdauer, also ihr Überleben; das moderne Judentum war für ihn dagegen immer mit den alten Stereotypen Betrug und List, Wucher und Schmutz verbunden. Und drittens sind Goethes Ansichten zur rechtlichen Situation der Juden in Deutschland – hier äußerte er sich mit starker Judenfeindlichkeit – von seiner Ablehnung der Französischen Revolution und der in der napoleonischen Herrschaft in einigen deutschen Territorien eingeführten Teilemanzipation der Juden geprägt.

Goethe sprach sich gegen die Judenemanzipation, um die es hier in erster Linie gehen wird, in drei Phasen aus. In allen befürwortet er die Trennung von Juden und Christen. Erstens wies er um 1808 die flehentliche Bitte Bettine Brentanos zurück, sich für Reformen in seiner Heimat Frankfurt einzusetzen, wo die Juden abends und sonntags im Ghetto eingesperrt wurden. Den Anführer dieser Bewegung, Israel Jakobsohn, nannte der Dichter spöttisch – mit Anspielung auf die revolutionären Jakobiner – den »Jacobinischen Israels Sohn« und – in krassem Widerspruch zu seinem Ideal der Humanität – »Humanitätssalbader« (WA IV, 20, S. 50).[2]

Zweitens goss er 1823 »seinen leidenschaftlichsten Zorn« über Weimars »neues Juden Gesetz« aus, das Ehen zwischen Christen und Juden legalisierte (BuG 14, S. 212 f.). Goethes Befürwortung der Religionstrennung findet einen erzählerischen Widerhall in *Wilhelm Meisters Wanderjahren*, wo ein Auswanderer sagt: »[…] dulden wir keinen Juden unter uns; denn wie sollten wir ihm den Anteil an der höchsten Kultur vergönnen, deren Ursprung und Herkommen er verleugnet?« (MA 17, S. 633). Das sagt zwar nicht Goethe, sondern eine fiktive Figur, aber deren Argument wird im Text nicht kritisiert oder relativiert. Wir wenden uns detaillierter einer dritten

1 *Dichtung und Wahrheit*, I/4 (MA 16, S. 163). Vgl. dazu und zum Folgenden W. Daniel Wilson: *Goethes Haltung zur Judenemanzipation und jüdische Haltungen zu Goethe*. In: *»Außerdem waren sie ja auch Menschen«. Goethes Begegnung mit Juden und Judentum*. Hrsg. von Annette Weber. Frankfurt a. M. 2000, S. 19-45, 151-156.

2 Vgl. Wolfgang Bunzel: *»Jüdisch-Paedagogische Franco-furtensien«. Goethe, Bettine Brentano und die Frankfurter Juden*. In: *Goethe und die Juden – die Juden und Goethe. Beiträge zu einer Beziehungs- und Rezeptionsgeschichte*. Hrsg. von Anna-Dorothea Ludewig u. Steffen Höhne. Oldenburg 2018, S. 11-32.

Stellungnahme Goethes im Jahr 1816 zu, mit folgenden Leitfragen: Wurde sie allgemein geteilt? Wie verhält sie sich zum modernen Antisemitismus? Was meinte er überhaupt mit dem Wort ›Jude‹?

Goethe äußerte sich auf befremdliche Weise, als er die Berufung des judenfeindlichen Professors Jacob Friedrich Fries nach Jena begrüßte; diese Äußerung wurde in der Goethe-Forschung nie zum Gegenstand einer eingehenden Analyse, sondern sie wurde meist kommentarlos zitiert oder übergangen. Das ist erstaunlich, handelt es sich doch um die heftigste Kontroverse über Judenemanzipation während Goethes Leben, einen wichtigen Impuls in der frühen Geschichte des Antisemitismus in Deutschland. Seit der ›deutschen Erhebung‹ gegen Napoleon im Jahr 1813 verstärkten sich dramatisch die nationalistischen antijüdischen Impulse parallel zu verzweifelten Versuchen jüdischer Wortführer, die neuen Rechte zu erhalten und auszuweiten.

In dieser angespannten Lage schrieb Goethe am 24. Juni 1816 an seinen Freund, den Kunstsammler und -historiker Sulpiz Boisserée in Heidelberg über die Berufung des dortigen Philosophen Jacob Friedrich Fries (1773-1843) nach Jena:

> Die Heidelberger Jahrbücher haben mich in letzter Zeit sehr interessirt. [...] Die sämmtliche Judenschaft erzittert, da ihr grimmiger Gegner, den ich so eben aus dem 9ten Heft kennen lerne, nach Thüringen kommt. In Jena darf nach alten Gesetzen kein Jude übernachten. Diese löbliche Anordnung dürfte gewiß künftig hin besser als bisher aufrecht erhalten werden. (WA IV, 27, S. 64)

Die *Heidelbergischen Jahrbücher der Litteratur* hatten von Fries eine lobende Besprechung des emanzipationsfeindlichen Buches des Berliner Geschichtsprofessors Friedrich Rühs (1781-1820), *Ueber die Ansprüche der Juden an das deutsche Bürgerrecht*, publiziert. Vier Tage vor dem Brief an Boisserée hatte der Dichter in seinem Tagebuch die Lektüre verzeichnet: »Fries in den Heidelberg. Jahrbüchern gegen die Juden« (GT V,1, S. 381). Der Eindruck von Fries' antijüdischer Schrift auf Goethe war nachhaltig; mehr als ein Jahr später, am 17. Juli 1817, schreibt er in einem Brief aus Jena über Nachrichten, die er sich aus Frankfurt nicht wünscht: »Ich [...] enthalte mich aller Theilnahme an Juden und Judengenossen« (WA IV, 28, S. 183).

Fries gilt als ein bedeutender Philosoph des deutschen Idealismus. Er promovierte 1800 bei Johann Gottlieb Fichte in Jena und habilitierte sich 1801. In demselben Jahr wurde er als Professor für Philosophie und Mathematik nach Heidelberg und 1816 wieder an die Universität Jena berufen. Er wird wegen seines Gleichheitsprinzips und seiner sozialstaatlichen Ideen von den Vertretern eines »ethischen Sozialismus« um Leonard Nelson als »Begründer eines Sozialismus noch vor Marx« angesehen.[3] In *Von Deutschem Bund und Deutscher Staatsverfassung*, dem Buch, das er Goethe im November 1816 schickte und das dieser unaufgeschnitten zur

3 Gerald Hubmann: *Sittlichkeit und Recht. Die jüdische Emanzipationsfrage bei Jakob Friedrich Fries und anderen Staatsdenkern des Deutschen Idealismus.* In: *Antisemitismus bei Kant und anderen Denkern der Aufklärung.* Hrsg. von Horst Gronke u.a. Würzburg 2001, S. 125-152; hier S. 137.

Seite legte,[4] vertrat er nationalliberale Vorstellungen: »Es werden ›die *Ideen der bürgerlichen Freyheit* und der *gleichen Bürgerrechte für jeden im Volk*‹ verteidigt und entsprechend Grundrechte, Repräsentativ-Verfassungen und Pressefreiheit gefordert«.[5] Schon im nächsten Jahr ergaben sich Probleme der Weimarer Regierung mit Fries, die mit dem Wartburgfest im Oktober 1817 zusammenhingen. Goethe war jedoch an Fries' entsprechender Maßregelung offenbar nicht beteiligt, und als er im Juni 1816 auf die judenfeindliche Schrift des Philosophen reagierte, lag das alles noch in der Zukunft.[6]

Es handelt sich um eine der berüchtigtsten judenfeindlichen Schriften jener Zeit. Zusammen mit dem von Fries besprochenen Buch von Rühs stand sie am Anfang einer »leidenschaftlichen« »Fehde« nach der Rücknahme der Judenemanzipation auf dem Wiener Kongress.[7] Noch 1823 schrieb Heinrich Heine ironisch: »[...] ich bin kein Deutscher – siehe Rühs, Fries *an vielen Orten*«.[8] Fries' Schrift wurde 1816 in einer eigenständigen Broschüre unter dem Titel *Über die Gefährdung des Wohlstandes und Charakters der Deutschen durch Juden* in zwei Auflagen für ein breiteres Publikum nachgedruckt, sogar »auf vielfache Weise verbreitet, und in öffentlichen Schenken vorgelesen«,[9] aber von der badischen Regierung verboten, denn Fries verfolgte angesichts der besonders fortschrittlichen badischen Emanzipationsgesetze einen ausgesprochen reaktionären Kurs.[10]

In seinem Buch über eine deutsche Staatsverfassung hatte Fries postuliert, dass »die Einheit des Volks bestimmt wird durch gleiche Abstammung, Einheit der Sprache, der Sitten, Gebräuche und Gesetze«.[11] Daher definiert er auch die Juden durch ihre Kultur, was über den älteren, theologisch geprägten Antijudaismus hin-

4 Fries an Goethe, 3.11.1816 (RA 7, Nr. 557); vgl. WA IV, 27, S. 249, sowie Hans Ruppert: *Goethes Bibliothek. Katalog.* Weimar 1958, S. 425, Nr. 2890.

5 Hubmann (Anm. 3), S. 138. Zu Fries vgl. auch Bjoern Weigel: *Handbuch des Antisemitismus.* Hrsg. von Wolfgang Benz. 8 Bde. München, Berlin 2008-2015 (im Folgenden HbA), HbA 2/1, S. 256-258 mit Forschungsangaben.

6 Goethe hatte schon am 21. April 1816 die Berufung Fries' im Nachhinein begrüßt, bevor er dessen judenfeindliche Schrift gelesen hatte; am Tag zuvor hatte Voigt berichtet: »Fries hat zugesagt«; vgl. AS 2/2, S. 932-933, AS 3, S. 438-440; Gerhard Müller: *Vom Regieren zum Gestalten. Goethe und die Universität Jena.* Heidelberg 2006, S. 617, 663 ff.

7 Selma Stern-Taeubler: *Der literarische Kampf um die Emanzipation in den Jahren 1816-1820 und seine ideologischen und soziologischen Voraussetzungen.* In: *Hebrew Union College Annual* 23, Part II (1950-1951), S. 171-196; hier S. 171, vgl. S. 180-183.

8 An Moses Moser, 23.8.1823; Heinrich Heine: *Säkularausgabe. Werke, Briefwechsel, Lebenszeugnisse.* Hrsg. von den Nationalen Forschungs- und Gedenkstätten der klassischen deutschen Literatur in Weimar und dem Centre National de la Recherche Scientifique in Paris. Berlin u.a. 1970-1984, Bd. 20, S. 106.

9 Siegmund Zimmern: *Versuch einer Würdigung der Angriffe des Herrn Professor Fries auf die Juden. Difficile est satyram non scribere.* Heidelberg 1816, S. 4.

10 Klaus-Peter Schroeder: *»Sie haben kaum Chancen, auf einen Lehrstuhl berufen zu werden«. Die Heidelberger Juristische Fakultät und ihre Mitglieder jüdischer Herkunft.* Tübingen 2017, S. 22.

11 *Von Deutschem Bund und Deutscher Staatsverfassung.* Allgemeine staatsrechtliche Ansichten dargestellt von Jakob Friedrich Fries. Heidelberg 1816, S. 58. Vgl. Hubmann (Anm. 3), S. 139.

ausgeht. Fries machte andererseits nicht Blut und Rasse, sondern die Religion für alle damals stereotypen Eigenschaften verantwortlich, für List und Betrug, finanzielle Ausbeutung anderer, Scheu vor Arbeit und Militärdienst, gewollte Abtrennung der jüdischen ›Nation‹ von der Mehrheitskultur, Rabbinerdespotismus usw. Wenn die Juden sich zum Christentum bekennen – so Fries' Argumentation –, werden sie sich nach und nach ›verbessern‹ und sich der größeren Gesellschaft assimilieren.[12] Fries konnte gewissermaßen mit Recht behaupten: »Nicht den Juden, unsern Brüdern, sondern der Judenschaft erklären wir den Krieg«.[13] Damit wird ein früh- bzw. protoantisemitisches Judenbild erkennbar, in dem – im Gegensatz zur Zeit nach etwa 1870 – die Integration ehemaliger Juden noch denkbar war.[14]

Es ist leicht, einen falschen Eindruck von Fries' Ideen zu bekommen. Wenn er (Rühs folgend) Juden mit Tieren vergleicht – »Blutsauger des Volks« (S. 243, 254), »ein zehrendes und fressendes Gewürm« (S. 249, 259), »Raubbienen« (S. 263), »Raubvögel« (S. 246) – und vor allem wenn er fordert, dass die »Judenkaste« »mit Stumpf und Stiel ausgerottet werde[n]« müsse (S. 256), so denken heutige Lesende unweigerlich an die nationalsozialistische Judenverfolgung. Trotz der Gewaltmetaphern befürwortet Fries jedoch keine *physische* Ausrottung, vielmehr behauptet er paradoxerweise: »Die bürgerliche Lage der Juden verbessern heißt eben das Judenthum ausrotten, die Gesellschaft prellsüchtiger Trödler und Händler zerstören« (S. 248), eine »über die ganze Erde verbreitete Mäkler-, Krämer- und Trödlerkaste« (S. 253) durch Taufe und Assimilation integrieren. In der Verbindung von Gewaltmetaphern mit Integrationsforderungen folgt Fries der berüchtigten Aussage seines Doktor- und Habilitationsvaters Fichte, der 1793 beteuerte: »Fern sei von diesen Blättern der Gifthauch der Intoleranz, wie er es von meinem Herzen ist!«. Aber den Juden »Bürgerrechte zu geben, dazu sehe ich wenigstens kein Mittel, als das, in einer Nacht ihnen allen die Köpfe abzuschneiden, und andere aufzusetzen, in denen auch nicht eine jüdische Idee sei«.[15]

Das heißt freilich: Wenn ihre ganze »Gesellschaft« (Fries) beseitigt wird, sterben mit dem Judentum auch die Juden aus, verschwindet ihre Identität. Fries' Position einer judenfreien deutschen Gesellschaft ist radikaler als die von Rühs, der im Falle der Taufverweigerung die verbliebene jüdische Gemeinde zahlenmäßig durch Restriktionen einschränken und mit dem althergebrachten ›Schutzgeld‹ belegen wollte. Eine solche Diskriminierung widerspricht dem Gleichheitspostulat von Fries und so fordert er: Juden, die nicht zum Christentum wechseln und sich nicht assimilieren, sollten »aller Bürgerrechte verlustig erklärt werden, und man sollte ihnen, wie einst

12 Vgl. Hubmann (Anm. 3), S. 149.

13 J[acob Friedrich] Fries: [Rez. von] *Ueber die Ansprüche der Juden an das deutsche Bürgerrecht.* Zweyter verbesserter und erweiterter Abdruck. [...] Von Friedr. Rühs. Berlin [...] 1816 [und von zwei anderen Schriften]. In: *Heidelbergische Jahrbücher der Litteratur* 16-17 (1816), S. 241-264; hier S. 248 (weitere Seitenverweise im Text); vgl. Hubmann (Anm. 3), S. 146.

14 Vgl. Werner Bergmann: *Frühantisemitismus.* In: HbA 3, S. 96-99 mit Forschungsangaben.

15 Johann Gottlieb Fichte: *Beitrag zur Berichtigung der Urteile des Publikums über die französische Revolution.* Hrsg. von Richard Schottky. Hamburg 1973, S. 115. Vgl. Hubmann (Anm. 3), S. 131.

in Spanien, den Schutz aufsagen, sie zum Lande hinaus weisen« (S. 263). Der Wunschtraum von Fries und Rühs ist es, dass die Juden verschwinden. Ein Zeitgenosse, der beide kritisiert, fasst dies bündig zusammen: Wenn man will, »daß die Juden aufhörten, als Juden unter uns zu leben, scheint wieder auf eine zweifache Weise erreicht werden zu können: entweder wir rotten die Juden sinnlich aus, oder wir rotten sie sittlich aus, indem wir sie zum Christenthum zu bringen streben«.[16]

Angesichts jener deutschen Philosophen und Dichter des späten 18. und frühen 19. Jahrhunderts – unter ihnen Kant, Fichte, Schleiermacher, Achim von Arnim –, die in unterschiedlichem Maße als Judenfeinde gelten,[17] sowie der vielen »Kopien und Verschlechterungen« von Rühs und Fries in einer Welle von emanzipationskritischen Publikationen[18] liegt die Versuchung nahe, Fries und mit ihm Goethe einfach mit der vorherrschenden Judenfeindlichkeit des Zeitalters zu identifizieren und damit zu entschuldigen. Doch gab es auch Lessing, Christian Wilhelm Dohm, den späten Hegel, Bettine von Arnim und andere, die sich für Juden und deren Emanzipation einsetzten. Zwar wollte auch Dohm die Juden durch Assimilation ›verbessern‹, ihre eigenständige Kultur beseitigen, und Lessing unterschied zwischen dem »lüderlichen Gesindel« der Juden, »welches auf den Jahrmärkten herumschweift«, und gebildeten Juden.[19] Weder Lessing noch Dohm mobilisierte aber aggressive Gewaltbilder gegen Juden, und sie spielten nicht in derselben Weise die Existenz und Bedeutung von gebildeten Juden herunter wie Fries und Rühs.

Die jüdischen Kritiker an Fries bieten die wirksamste Korrektur zu Bagatellisierungen von Goethes Äußerung. Der wichtigste war Sigmund Zimmern (1796-1830), ausgerechnet ein Jurastudent an Fries' eigener Universität Heidelberg, der nach seiner Konversion eine brillante Karriere haben sollte, unter anderem als Ordinarius in Jena.[20] Der junge Student publizierte noch 1816, kurz vor Fries' Abgang nach Jena, seinen 77 Seiten umfassenden *Versuch einer Würdigung der Angriffe des Herrn Professor Fries auf die Juden*. Zimmern argumentiert wie andere Befürworter der Judenemanzipation, dass die vorausgesetzten schlechten Eigenschaften vor allem von ärmlicheren Juden kein Resultat ihrer Religion seien, sondern ihrer Unterdrückung. Nach Zimmern könne die auch von ihm kritisch gesehene jüdische Religion reformiert werden; andererseits erfänden Fries und Rühs Gebote dieser Religion. Die stereotypen Merkmale der Juden beschreibt Zimmern als »ein Pro-

16 Dr. Fürchtegott Leberecht Christlieb in Hanau: *Warum versagt ihr den Juden das Bürgerrecht?* In: *Ueber das Judenthum und die Juden. Drei Abhandlungen*. In: *Nemesis. Zs. für Politik und Geschichte* 8 (1816) 3, S. 49-103; hier S. 63.

17 Vgl. Hubmann (Anm. 3), S. 129-134.

18 Stern-Taeubler (Anm. 7), S. 183, vgl. S. 183-185.

19 Gotthold Ephraim Lessing: *Über das Lustspiel »Die Juden«*. In: ders.: *Werke*. Hrsg. von Herbert G. Göpfert. Bd. 1. München 1970, S. 418.

20 Zu Zimmern vgl. Johann Braun: *Sigmund Zimmern (1796-1830) – ein deutsch-jüdisches Gelehrtenschicksal, dargestellt anhand von Auszügen aus Akten und Briefen*. In: *Zs. der Savigny-Stiftung für Rechtsgeschichte, Germanistische Abt.* 108 (1991), S. 210-236, sowie Schroeder (Anm. 10), S. 33-49; Werner Treß: *Akademischer Nationalismus und jüdische Wissenschaftsbewegung*. In: *Jb. Zentrum Jüdische Studien Berlin-Brandenburg* 1 (2014), S. 15-44; hier S. 26-30.

dukt fanatischer Verfolgung«.[21] »Nehme man den herrlichsten Christenknaben«, schreibt er,

> erziehe ihn von Jugend auf in Unwissenheit, Niedrigkeit und Elend, versage ihm absichtlich seine gerechtesten Ansprüche, verstoße ihn aus dem Umgange der Besseren, und höhne ihn noch obendrein, und sehe dann zu, ob nicht bey diesem Einzelnen hervortrete, was man mit so großer Salbung der jüdischen Gesammtheit zur Last legt. Gleiches würde man bey einer christlichen Gesammtheit finden und sich überzeugen, daß nicht in der Religion, nicht in dem Wesen des Judenthums die Quelle zu suchen sey.[22]

Fries' Worte hatten Folgen, wie vor allem seine jüdischen Kritiker bemerken. Zimmern rechnet »die bittern Angriffe« von Fries zu den »Schriften, die in die Masse des Volks brennenden Zündstoff werfen, und wenn auch bei ruhig Denkenden unwirksam bleibend, Eingang bey Pöbel und Leidenschaft finden«; sie hätten auch ihn selbst »unverdienten Kränkungen« ausgesetzt.[23] Fries war in der Tat ein Brandstifter. Zeithistoriker sehen ihn als Führer der »geistige[n] Agitation«, die zu den im August 1819 ausbrechenden Hep-Hep-Ausschreitungen gegen Juden führte, zumal durch seine schon zitierten, unbedachten Gewaltmetaphern, die »wie die direkte Aufforderung zu den Hep-Hep-Unruhen« klingen.[24] Rahel Varnhagen geb. Levin schrieb drei Jahre nach der Publikation der Schriften von Rühs und Fries:

> [S]eit *3* Jahren sag' ich: die Juden werden gestürmt werden [...]. *Dies* ist der deutsche Empöhrungs Muth. Und wie so? Weil es das gesittetste, gutmüthigste, friedliebendste, Obrigkeitehrendste Volk ist. Was es zu fordern hätte, *weiß es nicht*: Nur Unterrichtete unter diesem Volk möchten es ihm lehren: unter diesen sind aber viele Ungebildeten, mit rohen Herzen [...]. Die Insinuatzion[en] die seit Jahren alle Zeitungen durchlaufen. Die Professoren Fr:[ies] und Rü:[hs], und wie sie heißen, Arn:[im] Brent:[ano], unser Verkehr; und noch höhere Personen mit Vorurtheil. Es *ist* nicht Religionshaß [...] es ist *lauter* Schlechtes; – That, und Motif; und *nicht* die That des Volks, das man *hep* schreien lehrte.[25]

Zu den von Varnhagen angesprochenen »Insinuatzionen« gehören nicht nur imaginäre Gewalt, sondern auch die unterschwellige Gewaltandrohung: »Ja selbst von der Geistesbildung abgesehen, muß es für die Juden von der größten Wichtigkeit seyn, der Judenschaft bald möglichst ein Ende zu machen«, schreibt Fries: »Denket nur an ihr Schicksal in Spanien, wie es dort allem Volke zur Freude wurde, sie zu tausenden auf den Scheiterhaufen verbrennen zu sehen, wie sie dort die Regierung für ihr eignes Wohl sammt und sonders zum Lande hinaus jagen mußte« (S. 249). Wenn die Juden wieder zu Gewaltopfern würden – so seine Botschaft –, so hätten sie das sich selbst zuzuschreiben. Fries wehrte sich gegen solche Kritik:

21 Zimmern (Anm. 9), S. 36.
22 Ebd., S. 54 f.
23 Ebd., S. 3 f.
24 Detlev Claussen (Hrsg.): *Vom Judenhaß zum Antisemitismus. Materialien einer verleugneten Geschichte.* Darmstadt 1987, S. 74.
25 29.8.1819; Rahel Varnhagen: *Gesammelte Werke.* Hrsg. von Konrad Feilchenfeldt. Bd. 9. München 1983, S. 583. Vgl. ebd., S. 71.

> Als ich eifrig gegen das Judenthum als eine verderbliche gesellige Ausbildung im deutschen Volksleben sprach, [...] so sagten mir die Leute nach, ich hasse die Juden und wolle ihr Verderben. Ich aber wollte, daß man das Judenthum reformiren und als Handelskaste aufheben solle, damit die Juden als vollberechtigte Bürger in den Staat eintreten könnten, ohne ihre Nachbarn widerrechtlich zu übervortheilen.[26]

Ein sarkastischer Zeitungsschreiber widerlegt diese Unterscheidung – wenigstens in ihren Auswirkungen – nach dem Anfang der Hep-Hep-Unruhen:

> Aber freylich wenn Professoren dem Volke Ausrottung des »Judenthums« predigen, so hatten sie nicht darauf gerechnet, daß die Gassenbuben so unlogische Köpfe seyen, darunter »die Juden« selbst zu verstehen, und wenn Flugschriften und Zeitungen täglich den Judenhaß anfachen, so hat ja von Aristoteles bis Fries noch Niemand einen solchen Fehlschluß begangen, daß er sich deshalb zur Judenplünderung befugt gehalten![27]

Diese gewalttätige »antisemitische Welle« gilt als »erste internationale Kampagne gegen den Emanzipationsprozess der europäischen Juden«, Fries und Rühs als ihre wichtigsten Paten.[28] Und Goethe? Norbert Oellers bemerkt nach einem Streifzug durch dessen emanzipationsfeindliche Äußerungen, als »die Zeitungen voll waren von Greuelnachrichten über dieses Treiben – da schwieg Goethe, als ginge ihn das nichts an. Er enthielt sich aller Teilnahme«.[29]

Natürlich kann man nicht ohne weiteres annehmen, dass Goethe alle Ideen und vor allem die gewalttätigen Tiraden Fries' unterschrieben hätte. Aber wir wissen aus seinen Äußerungen im Jahr 1808, dass er die Argumente von Zimmern und anderen Fries-Kritikern verworfen hätte, denn sie sind im Grunde dieselben wie diejenigen Jakobsohns. Dessen Gegner unterstützte Goethe mit demselben Argument, das Fries verwenden sollte:

> Dem Braunschweigischen Juden Heiland [Jakobsohn] ziemt es wohl sein Volk anzusehen, wie es seyn und werden sollte; dem Fürsten Primas [Dalberg] ist aber auch nicht zu verdenken, daß er dieß Geschlecht behandelt wie es ist, und wie es noch eine Weile bleiben wird.[30]

26 Ernst Ludwig Theodor Henke: *Jakob Friedrich Fries. Aus seinem handschriftlichen Nachlasse dargestellt.* Leipzig 1867, S. 157f.

27 *Neue Speyerer Zeitung*, Nr. 103, 28.8.1819. Vgl. Schroeder (Anm. 10), S. 22.

28 Vgl. Daniel Gerson: *Hepp-Hepp-Krawalle 1819*. In: HbA 4, S. 162-165; hier S. 162, vgl. S. 164.

29 Norbert Oellers: *Goethe und Schiller in ihrem Verhältnis zum Judentum*. In: *Conditio Judaica. Judentum, Antisemitismus und deutschsprachige Literatur vom 18. Jahrhundert bis zum Ersten Weltkrieg. Teil 1.* Hrsg. von Hans Otto Horch u. Horst Denkler. Tübingen 1988, S. 108-130; hier S. 128 (Oellers erwähnt, dass Goethe das Aufenthaltsverbot von Juden in Jena »löblich« genannt habe, nicht jedoch Fries, doch ist dieser Aufsatz erfrischend kritisch).

30 An Bettine Brentano, 3.4.1808 (WA IV, 20, S. 42); vgl. Wilson (Anm. 1), S. 33; Bunzel (Anm. 2), S. 17f.

Mit dem Ausdruck »noch eine Weile« erkennt Goethe, dass die ärmlichen Bewohner des Frankfurter Ghettos sich grundsätzlich ›bessern‹ könnten – und damit, dass ihre ›Makel‹ nicht rassisch bedingt sind –, doch seine Ablehnung aller Rechte, die sie zur Entfaltung ihrer Möglichkeiten befähigt hätten, verhindert jede Verbesserung ihrer Lage. Goethe nimmt dieselbe protoantisemitische Position ein wie die Gegner Jakobsohns sowie von Rühs und Fries. Die Rechtfertigung, Goethe »begünstigte natürliche Evolution statt eingreifender Veränderung, ob diese nun von oben oder von unten ausging«, lässt die Frage aufkommen, wie ohne gesetzliche Veränderungen neue Rechte eingeführt werden können.[31]

Schon 1816 gehörten nicht nur Juden zu den Kritikern der antijüdischen Attacke von Fries – und auch von Goethe. Der Adressat von Goethes Äußerung, »Die sämmtliche Judenschaft erzittert«, antwortet nicht in seinem nächsten Brief, wohl aber mehr als ein Vierteljahr später indirekt, weshalb dies in der Goethe-Forschung bisher übersehen wurde. Boisserée wohnte ja in Heidelberg und kannte Fries persönlich, so dass seine Kritik besonders schwer wiegt:

> Die Recension Ihrer Farbenlehre in den Heidelberger Jahrbüchern von 1814 ist von dem Philosophen Fries, welcher, da es ihm mit der Philosophie schlecht ergangen, sich […] nun […] in Judenhaß und Teutonismum geworfen, alles um des lieben Brodes willen. […] [D]as anmaßende, hie und da in eine heuchlerische Wahrheitsliebe versteckte, seichte Gerede von Fries, hat eine vollkommen ungünstige Wirkung bei allen Unbefangenen gemacht.[32]

Goethe geht in seinem Antwortbrief nicht auf Boisserées kaum verschleierte Kränkung ein, die Unterstellung, Fries habe »alles«, also nicht nur eine positive Besprechung von Goethes Lieblingswerk *Zur Farbenlehre*, sondern auch seine judenfeindlichen und nationalistischen Schriften »um des lieben Brodes willen« produziert, mithin um sich bei Voigt, vor allem aber – nach Boisserées Verständnis – bei Goethe für eine Berufung nach Jena einzuschmeicheln.[33] So bringt er Goethe selbst mit »Judenhaß« in Verbindung. Mit dem Ausdruck »seichte[s] Gerede« stellt er sich Goethes positivem Urteil über Fries' »Judenhaß« jedenfalls direkt entgegen.

Unter den deutschen Nicht-Juden gab es einige wenige Befürworter der Emanzipation und Integration der Juden – freilich meist unter schwierigen Auflagen. Kurz nach dem Erscheinen von Fries' Judenpolemik erschien in Jena ein Aufsatz, dessen Autor sich hinter dem Pseudonym »Dr. Fürchtegott Leberecht Christlieb in Hanau« verbirgt, mit dem Titel *Warum versagt ihr den Juden das Bürgerrecht?*.[34] ›Christ-

31 Günter Hartung: Art. *Judentum*. In: *Goethe-Handbuch*, Bd. 4/1, S. 581-590; hier S. 585.

32 Boisserée an Goethe, 9.10.1816; Sulpiz Boisserée: *Briefwechsel/Tagebücher. Faksimiledruck nach der 1. Auflage von 1862.* […] Mit einem Nachwort von Heinrich Klotz. 2 Bde. Göttingen 1970, Bd. 2, S. 141 f. (zu Boisserées Bekanntschaft mit Fries: Bd. 1, S. 225, 306).

33 Boisserée wusste spätestens am 11. Juni 1816 vom »wahrscheinlichen Abgang von Fries«; ebd., S. 306. Doch wusste Goethe offenbar nicht, dass Fries die Rezension der *Farbenlehre* verfasst hatte, als er die Berufung begrüßte, an der er keinen Anteil hatte (vgl. Anm. 6). Das schließt nicht aus, dass Fries' Absicht der Beschreibung Boisserées entsprach.

34 Christlieb (Anm. 16), S. 49-103.

lieb‹ sinniert über physische Vernichtung, doch will er vom Weg der Gewalt abschrecken, um einen ganz anderen Umgang mit Juden anzuregen. Die harte Alternative eines Rühs und Fries – Bekehrung und im Verweigerungsfall Schutzgeld bzw. Ausweisung – lehnt Christlieb ab. Er weist auf die Heuchelei derjenigen christlichen Judenkritiker hin, die so täten, als würde es entsprechende schlechte Eigenschaften unter Christen nicht geben. Und er schließt sein Plädoyer mit einer Reihe von Aussagen Jesu, die die unmenschliche Behandlung der Juden zu verdammen scheinen.

In der ersten Hälfte des nächsten Jahres, 1817, erschienen auch im *Oppositions-Blatt oder Weimarische Zeitung* zwei Aufsätze, die lediglich die Positionen von Rühs und Fries leicht variierten.[35] Aber ihre Ideen wurden auch in Weimar rezipiert. Der Autor eines Berichts zur Lage der Juden, der mit Goethe häufig in Theatersachen zusammenarbeitende Übersetzer und Oberkonsistorialdirektor Heinrich Carl Friedrich Peucer (1779-1849), ist eindeutig von Rühs und Fries inspiriert. Er empfiehlt, »daß allmälig Schritte der Gesetzgebung geschähen, um die Juden in ihrem Schachergeist, von ihrer Sucht zu betrügen, von ihrer Arbeitsscheu, von gewissen gefährlichen Grundsätzen ihrer Religion zurückzubringen«; nach der Volksmeinung sollten die Juden »samt und sonders über die Grenze wandern; und das wäre wohl auch das beste und angemessenste, da sie sich immer nur als Fremdlinge unter uns ansehen und allem Gemeinsinn und allem Volksthum fremd sind«.[36] Die von Goethe implizit gutgeheißene Judenfeindlichkeit von Fries fand ihren Weg in Diskussionen der Regierung in Weimar.

Wer steckt aber hinter der »sämmtliche[n] Judenschaft«, die angeblich »erzittert«, weil Fries an die Universität Jena kam? Da Goethe von »Thüringen« schreibt, könnte es sich um Juden im Herzogtum Sachsen-Weimar-Eisenach handeln, das nach der Neuordnung von 1815 erweitert wurde und einen Zuwachs von weniger als 40 Juden auf mehr als 1200 erfuhr.[37] In Weimar selbst handelte es sich fast ausschließlich um ›Hofjuden‹, vor allem die Familie Elkan, mit der Goethe Kontakt hatte.[38] Sie hatten jeden Grund zu ›erzittern‹, wenn im Fahrwasser von Fries neue Judengesetze überlegt wurden. Am ehesten wären aber Juden in Jena betroffen gewesen. Dieselbe Tagebuchnotiz vom 20. Juni 1816, in der Goethe den Lektürestoff »Fries in den Heidelberg. Jahrbüchern gegen die Juden« verzeichnet, schließt: »Hofr. Meyer. / Riemer. / Mit beyden über die Jüd. Angelegenheit« (GT V,1, S. 381). Über den Schweizer Maler Johann Heinrich Meyer, Goethes »Kunschtmeyer« und Freund, und den engen Mitarbeiter des Dichters Friedrich Wilhelm Riemer hätte

35 Vgl. Ulrike Schramm-Häder: *»Jeder erfreuet sich der Gleichheit vor dem Gesetze, nur nicht der Jude«. Die Emanzipation der Juden in Sachsen-Weimar-Eisenach (1823-1850).* München 2001, S. 33-37.

36 Erika Müller, Harry Stein: *Jüdische Familien in Weimar vom 19. Jahrhundert bis 1945. Ihre Verfolgung und Vernichtung.* Weimar 1998, S. 10. Vgl. bei Fries (Anm. 13): »Schacherteufel«, die »betrügerischen Händler«, »Arbeitsscheu«, die »Schädlichkeit ihrer Religionslehre«, »sie wollen als Juden ein eignes Volk seyn, trennen sich also dadurch nothwendig von unsrer Deutschen Volksgemeinschaft« (S. 249, 262, 248, 260, 241).

37 Schätzung des Verf. aufgrund der Zahlen von 1823; vgl. Schramm-Häder (Anm. 35), S. 22-24.

38 Vgl. Müller, Stein (Anm. 36), S. 15-63.

Goethe, besonders über Kontakte zu Knebel, Informationen aus Jena bekommen können.[39] Aber auch Goethe hatte direkten Kontakt mit Knebel während seiner häufigen Aufenthalte in Jena – zuletzt vom 11. bis zum 25. Mai – und hätte natürlich über viele andere Jenaer Bekannte von Besorgnissen Jenaer Juden erfahren können. Aber gab es Juden in Jena? Und: Was verstand Goethe überhaupt unter ›Juden‹?

Der einzige namentlich bisher bekannte ›Jude‹, der 1816 in Jena wohnte, war 1811 getauft worden; Goethe stand mit ihm im Austausch, doch dass er etwas von dessen jüdischer Herkunft wusste, ist unwahrscheinlich, ebenso von dessen ehemaligem Engagement für die Judenemanzipation.[40] Nichtgetaufte jüdische Studenten scheint es um diese Zeit in Jena kaum oder gar nicht gegeben zu haben. Nicht aus Toleranzgründen, sondern wegen kritisch niedriger Studentenzahlen wurden 1785 auch ungetaufte Juden zum Studium zugelassen, doch mussten sie ihre Konfession nicht in die Matrikel eintragen, so dass wir nur von vier wahrscheinlich ungetauften jüdischen Studenten zwischen 1785 und 1794 wissen. Der letztbekannte war David Joseph Veit, der 1794-1795 in Jena Medizin studiert hatte und seiner Freundin Rahel Levin schrieb: »Ich bin der einzige Jude hier«; damit meint er: *überhaupt* in Jena, denn er bestätigt eigens, dass »keine jüdischen Studenten hier sind«.[41]

Es sind nahezu mit Sicherheit andere Juden, die Goethe meint. Die letzten Erneuerungen vom »alten Gesetze«, das jüdische Händler von Jena fernzuhalten suchte, datieren nach heutiger Forschungslage vom 20. März 1792 sowie davor – von Goethe mit abgezeichnet – vom 12. Dezember 1783[42] und betrafen Händler, die in Konkurrenz zu nichtjüdischen gerieten. Das Verbot wurde immer wieder durch das Weimarer Geheime Consilium selbst aufgeweicht, da die ›Hofjuden‹, die

39 Vgl. den Hinweis auf eine noch ungedruckte Stelle im Brief Knebels an Goethe vom 5. Juni 1816 aus Jena; Regest: »Dank an H. Meyer für dessen Besuch; an Riemer werde K. selbst schreiben« (RA 7, Nr. 299). Riemer oder Meyer besuchten Goethe fast täglich (vgl. BuG 10).

40 Es handelt sich um den Buchhändler und Verleger Friedrich Alexander Bran (Abraham Baruch, 1767-1831). Vgl. Boris Bovekamp: *Die Zeitschrift »Minerva« und ihre Herausgeber Johann Wilhelm von Archenholz (1743-1812) und Friedrich Alexander Bran (1767-1831). […].* Kiel 2009, S. 39-56 und die dort angeführte Literatur; P[aul] von Bojanowski: *Goethe und Bran. Sieben Briefe Goethes und ein Brief Carl Augusts.* In: GJb 1900, S. 101-108; WA IV, 32, S. 314 f. sowie S. 33 u. S. 302.

41 23.10.1794; *Briefwechsel zwischen Rahel und David Veit.* [Hrsg. von Ludmilla Assing.] 1. Theil. Leipzig 1861, S. 254. Die erste Aussage »dürfte für die Stellung jüdischer Studenten in Jena in dieser Zeit charakteristisch gewesen sein« (Reinhard Jonscher, Eberhart Schulz: *Juden und jüdisches Leben in Jena vom Mittelalter bis zur Gegenwart.* In: [Constanze Mann u. a.:] *Jüdische Lebenswege in Jena. Erinnerungen, Fragmente, Spuren.* Hrsg. vom Stadtarchiv Jena in Zusammenarbeit mit dem Jenaer Arbeitskreis Judentum. Jena 2015, S. 21-125; hier S. 46 f. Jonscher und Schulz identifizieren einen Studenten, Brigitta Kirsche zwei weitere: *Zur Geschichte der Juden an der Universität Jena.* In: *Juden in Jena. Eine Spurensuche.* Hrsg. vom Jenaer Arbeitskreis Judentum. Jena 1998, S. 104-145; hier S. 112 f.

42 Johannes Schmidt: *Aeltere und neuere Gesetze, Ordnungen und Circular-Befehle für das Fürstenthum Weimar und für die Jenaische Landes-Portion […].* 9 Bde. Jena 1800-1805, Bd. 5, S. 20; Jonscher, Schulz, ebd., S. 41; zu Goethes Mitwirkung vgl. AS 1, S. LXXVI; zu 1792 vgl. Landesarchiv Thüringen, Hauptstaatsarchiv Weimar, B 2027, Bd. 29, Bl. 83.

den Hof und Privilegierte mit Luxusgütern und Anleihen versorgten, im gesamten Herrschaftsgebiet Handelsprivilegien genossen.[43] Als Goethe in der *Farbenlehre* versuchte, das Wesen des modernen Judentums bündig zusammenzufassen, reduzierte er es auf »den neusten Schacher- und Wucherbetrieb der Nachkommen Abrahams« (MA 10, S. 572). Mit Bezug auf die Anfänge der Diskussion über Sachsen-Weimars »Judenordnung« von 1823 konstatiert Ulrike Schramm-Häder: »[...] die Juden waren für Carl August vor allem die ›Schacherjuden‹«.[44] Wie fast alle Zeitgenossen, sah auch Goethe mit Sicherheit in diesem politischen Kontext der Judenemanzipation die am »Schacher- und Wucherbetrieb« Beteiligten als die eigentlichen ›Juden‹. Sie waren offensichtlich die Einzigen, die mit Aufenthaltsverbot bedroht waren.

Goethes Empfänglichkeit für *gebildete* Juden zeigt sich schon an David Veit, der sich von Goethe 1794 bei einem ausführlichen Besuch im Haus am Frauenplan »erstaunlich freundlich aufgenommen« wähnte; er sei »außerordentlich freundlicher Gesichter [...] fähig«.[45] Auch 1811 lernte Goethe einen ungetauften und geadelten Juden in Karlsbad kennen und behandelte ihn freundlich: Simon von Laemel (1766-1845) (BuG 9, S. 97 f.). Im April 1816, zwei Monate vor seinem Ausfall gegen die »sämmtliche Judenschaft«, unterhielt sich der Dichter mit dem Bankier Abraham Mendelssohn über »manche Hauptpunkte der Wissenschaft, Kunst und des Lebens«.[46] Mendelssohn hatte allerdings schon ein gespaltenes Verhältnis zu seiner Religion, die er 1822 verließ; er hatte seine Kinder, darunter den späteren Komponisten Felix, knapp vier Wochen vor dem Gespräch mit Goethe evangelisch taufen lassen. Der Berliner Freund Zelter hatte Goethe den Vater Abraham Mendelssohn empfohlen: Er »gehört zu den Braven«, also den gebildeten, ›verbesserten‹ Juden, »und so wirst Du ihn aufnehmen«[47] – im Gegensatz zu den auch aus Goethes Perspektive nicht so »Braven«. Goethes freundliche Begegnung mit ungetauften, aber gebildeten Juden ist allerdings nicht durchgängig: Er schrieb von »den jüdischen Pfiffen« der Argumentationsweise, die der Vater Abrahams, der berühmte Aufklärungsphilosoph Moses Mendelssohn, verwendet haben soll.[48] Insgesamt waren seine Beziehungen zu ›verbesserten‹ Juden aber positiv – und sie hätten ihn eigentlich davon überzeugen sollen, dass die Judenemanzipation die Assimilation fördern könnte.

In der Forschung ist allerdings meist von Goethes guten Kontakten mit mehreren ehemaligen, *getauften* ›Juden‹ die Rede (ohne dass die Konversion bei Forschern

43 Allerdings ist diese liberale Handhabung während der Zeit der engeren Mitwirkung Goethes im Consilium (1776-1786) nicht verbürgt. Die Ausnahmen datierten von 1770 und 1792; vgl. Jonscher, Schulz, ebd., S. 40 f., die jedoch die Restriktionen vom 20. März 1792 nicht erwähnen. An den Reskripten vom 8. September und 3. November 1783 (Schmidt, ebd., S. 21) war Goethe nicht direkt beteiligt, da er abwesend war.

44 Schramm-Häder (Anm. 35), S. 37.

45 Veit an Rahel, 20.10.1794; Assing (Anm. 41), S. 243. In diesem und im nächsten Brief berichtet Veit auch von Äußerungen anderer über den positiven Eindruck, den er bei Goethe hinterlassen habe: ebd., S. 243-245; 21. bzw. 23.10., S. 246-255.

46 Goethe an Zelter, 14.4.1816 (MA 20.1, S. 414); BuG 10, S. 270; vgl. GT V,1, S. 357.

47 Zelter an Goethe, 4.4.1816 (MA 20.1, S. 411).

48 An Friedrich Jacobi, 1.12.1785 (WA IV, 7, S. 131); vgl. Wilson (Anm. 1), S. 25 f.

meist eine Rolle spielt), wie Rahel Varnhagen geb. Levin, Marianne von Eybenberg geb. Meyer und ihrer Schwester Sara sowie Felix Mendelssohn. Nur für diese und andere Konvertierte gilt, was Günter Hartung schreibt: »Selbstverständlich hat er [Goethe] bei allen [jüdischen] Bekanntschaften nie auf Herkunft oder Konfession seines Gegenübers angespielt«.[49] Dies traf nicht zu, wenn Goethe mit ›eigentlichen‹ Juden in Kontakt stand, die sich nicht taufen ließen. Bei ihnen sprach der Dichter das Thema Judentum gelegentlich rasch und unaufgefordert an. So fragte er David Veit mehrmals nach Salomon Maimon; Laemel gegenüber beschrieb Goethe unvermittelt und ausführlich die Entwicklung seiner Haltungen zu den Juden (BuG 8, S. 97 f.).[50] Gegenüber einer getauften Jüdin wie Sara von Wulff geb. Meyer schwieg Goethe, als sie vorsichtig die Problematik ihrer Doppelexistenz als getaufte Jüdin beschrieb.[51] Goethe betrachtete offenbar nur Nichtkonvertierte eindeutig als Juden. In beiden Fällen – ob getauft oder ungetauft – sollten Juden nach Goethes Strategie generell den Eindruck erhalten, dass er ihnen gegenüber tolerant und aufgeschlossen war. Dass das nicht bei allen Juden zutraf, vor allem wenn sie die Emanzipation forderten, wäre für die Gesprächspartner sicher ein Schock gewesen. Bekanntlich hatte Goethe Erfolg mit dieser Lenkung seiner Rezeption: Bis ins 20. Jahrhundert gehörten getaufte und ungetaufte Juden zu seinen prononciertesten Verehrern – angefangen mit den Berliner Salonnièren – und zu seinen frühesten Biographen.[52] Gerade »die Gebildeten« – so erklärt Riemer mit entwaffnendem Freimut Goethes Vorliebe für sie – waren »meist zuvorkommender und nachhaltiger in der Verehrung sowohl seiner Person wie seiner Schriften, als viele seiner Glaubensgenossen«.[53]

Schon in den letzten Dezennien des 18. Jahrhunderts wurden die Spuren einer ›rassisch‹ begründeten Judenfeindlichkeit sichtbar.[54] Es scheint jedoch aufgrund von Goethes ungleicher Behandlung getaufter und ungetaufter Juden die Hypothese einleuchtend, dass er zur vermutlichen Mehrheit der damaligen Deutschen gehörte, die die Juden nicht als Rasse definierten, sondern in religiösen, möglicherweise

49 Hartung (Anm. 31), S. 582.

50 Goethe lernte Rahel Levin und Marianne Meyer, die Hartung in diesem Kontext nennt, noch vor ihrer Bekehrung kennen (Sara Meyer war schon konvertiert), doch sind aus dieser Zeit die Gesprächsinhalte mit ihnen dürftig überliefert (BuG 4, S. 161-170); vgl. dazu Barbara Hahn: *Goethe im Bad. Begegnungen im Exterritorialen. Rahel Levin, Sara und Marianne Meyer.* In: *Monatshefte* 92 (2000), S. 336-350. Dasselbe gilt für Gespräche mit dem Dichter Michael Beer und dem Maler Moritz Oppenheim.

51 Vgl. dazu Hahn, ebd., S. 342.

52 Zur Verehrung vgl. Wilfried Barner: *Von Rahel Varnhagen bis Friedrich Gundolf. Juden als deutsche Goethe-Verehrer.* Göttingen 1992; zu den Biographen vgl. Wilson (Anm. 1), S. 38-45.

53 Friedrich Wilhelm Riemer: *Juden.* In: *Mittheilungen über Goethe. Aus mündlichen und schriftlichen, gedruckten und ungedruckten Quellen.* Bd. 1. Berlin 1841, S. 427-442; hier S. 428. Riemers Bericht ist desto glaubwürdiger, da er seinen eigenen Judenhass nicht verschweigt.

54 Vgl. zusammenfassend Agnieszka Pufelska: *Aufklärung.* In: HbA 3, S. 34-36; differenzierter Jonathan M. Hess: *Jewish Emancipation and the Politics of Race.* In: *The German Invention of Race.* Hrsg. von Sara Eigen, Mark Larrimore. Albany/NY 2006, S. 203-212 (zu C. Meiners, J. Fr. Blumenbach, J. D. Michaelis, K. W. F. Grattenauer u. a.).

auch in kulturellen oder politischen Kategorien. Das muss umfassend geprüft werden. Zumindest gegenüber Eckermann scheint der Dichter am 7. Oktober 1828 Juden als ›Rasse‹ aufzufassen (MA 19, S. 257-259), doch ist diese Stelle wegen der Scherzhaftigkeit des Gesprächs schwer zu deuten. Tatsache bleibt: Goethes Judenfeindlichkeit war in seiner Zeit nicht universell. In Fries unterstützte er einen der prominentesten Wortführer des nationalistischen Protoantisemitismus und vor allem der Ablehnung der Judenemanzipation, der zudem mit bedrohlichen Gewaltbildern argumentierte. Jedenfalls war Goethe da politisch konsequent, denn in seinem langen Leben hat er die Einführung neuer Rechte von Untertanen nie befürwortet und als Geheimrat auch bestehende Rechte verletzt.[55] Doch der Protest, auch gegen seinen Schützling Fries, ist nicht ausgeblieben.

55 Vgl. W. Daniel Wilson: *Das Goethe-Tabu. Protest und Menschenrechte im klassischen Weimar.* München 1999; ders. (Hrsg.): *Goethes Weimar und die Französische Revolution. Dokumente der Krisenjahre.* Köln 2004, S. 14-56 mit Verweisen.

Karl-Josef Kuschel

Goethe und der Islam. Die bleibende Herausforderung eines Klassikers für den interreligiösen Dialog heute

Goethe – ein zu Ende gedeuteter Klassiker? Da mag es viele überraschen, dass es, von den Spitzen der Goethe-Forschung abgesehen, in der Breite einen nahezu noch unbekannten Goethe gibt. Tatsache aber ist: Unter allen Dichtern deutscher Sprache hatte Goethe das leidenschaftlichste und zugleich kenntnisreichste Interesse für die Welt des Orients, und zwar nicht nur für deren Geschichte, Kultur und Literatur, sondern auch für deren Religion, den Islam. Mehr noch: Wie keiner der großen Dichter deutscher Sprache hat Goethe sich auf einen Dialog mit einem muslimischen Poeten eingelassen, auf die Dichtungen im *Diwan* des Persers *Mohammed Schemsed-din Hafis* (1315-1390). Und er hat diesen seinen Dialog in einen eigenen letzten großen Gedichtzyklus verwandelt: seinen *West-östlichen Divan*, ab 1814 begonnen, 1819 veröffentlicht, 1827 in der Ausgabe letzter Hand ergänzt.

Von keinem der großen Dichter deutscher Sprache sind Verse wie diese bekannt, Frühjahr 1815:

> Närrisch, daß jeder in seinem Falle
> Seine besondere Meynung preist!
> Wenn *Islam* Gott ergeben heißt,
> Im Islam leben und sterben wir alle.
> (MA 11.1.2, S. 61)

Keiner hat sich so persönlich aus der Deckung gewagt. Februar 1816:

> Der Dichter betrachtet sich als einen Reisenden. Schon ist er im Orient angelangt. Er freut sich an Sitten, Gebräuchen, an Gegenständen, religiösen Gesinnungen und Meinungen, ja er lehnt den Verdacht nicht ab, daß er selbst ein Muselmann sei. (MA 11.2, S. 208)

Und 1819 bei der öffentlichen Vorstellung seines *Buchs des Paradieses* in einem »künftigen Divan«:

> Auch diese Region des Mahometanischen Glaubens hat noch viele wunderschöne Plätze [...]. Und was sollte den Dichter hindern, Mahomets Wunderpferd zu besteigen und sich durch alle Himmel zu schwingen? warum sollte er nicht ehrfurchtsvoll jene heilige Nacht feyern, wo der Koran vollständig dem Propheten von oben her gebracht ward? (MA 11.1.2, S. 214 f.).[1]

1 Grundlage des hier vorgelegten Textes bildet Karl-Josef Kuschel: *Goethe und der Koran*. Texte von Johann Wolfgang von Goethe, Kommentar von Karl-Josef Kuschel, Kalligraphien von Shahid Alam. Stuttgart-Ostfildern 2021. Hier findet sich nicht nur eine Dokumentation aller thematisch relevanten Dichtungen und autobiographischen Zeugnisse Goethes, sondern auch eine ausführliche Dokumentation der neueren Forschungsliteratur.

I. Die Herausforderung der neueren Goethe-Forschung

Die Goethe-Forschungen fallen heute in eine dem Islam gegenüber politisch aufgeheizte, ja teilweise vergiftete Zeit hinein wie ein Meteorit aus Himmelshöhen. Niemand kann den gesellschaftlichen Kontext übersehen. Dazu sind die Zeiten zu ernst, weil durch erlebte Erschütterungen das Bild von *dem* Islam bei Ungezählten aufs Politisch-Bedrohlich-Gewalttätige reduziert ist. Wider die ›schrecklichen Vereinfacher‹ auf beiden Seiten aber, mit denen schon Goethe im Zeitalter einer Islamverachtung der Kirchen und der fortdauernden Kriege mit dem Osmanischen Reich konfrontiert war, gilt es, für die Komplexität einer Kultur und Religion zu streiten, die eine gut 1500-jährige Geschichte aufzuweisen hat. Der Kultur und Religion des Islam muss wie auch allen anderen Weltkulturen und Weltreligionen Gerechtigkeit im Urteil widerfahren. Das ist nichts anderes als ein Gebot der Aufklärung, dem schon Goethe gefolgt ist.

Lange Zeit vernachlässigt oder gar ignoriert, ist das Thema *Goethe, Orient, Islam* in der Zwischenzeit von der Goethe-Forschung breit aufgearbeitet worden. Ich denke, um nur einige Schlüsselwerke zu nennen, an die bahnbrechende Studie von Katharina Mommsen: *Goethe und die arabische Welt* von 1988 und an ihren Band *Goethe und die Weltkulturen* von 2012. Ich denke auch an Arbeiten zum *West-östlichen Divan*: an den Kommentar von Karl Richter in Zusammenarbeit mit Katharina Mommsen und Peter Ludwig in der Münchner Ausgabe (MA) von 1998, an die Studienausgabe von Michael Knaupp bei Reclam 1999 sowie an den zweibändigen Kommentar von Hendrik Birus in der Frankfurter Ausgabe (FA) 2010. Ich denke aber auch an die große zweibändige Edition samt Kommentar von Goethes »*Nachlaßstücken*« zum *Divan* von Anke Bosse aus dem Jahr 1999 oder an den von ihr besorgten opulenten Ausstellungskatalog zur *Divan*-Ausstellung 2019 in Weimar und Frankfurt a. M. *»Poetische Perlen« aus dem »ungeheuren Stoff« des Orients. 200 Jahre Goethes »West-östlicher Divan«*.

Die Literaturwissenschaft also hat mit Monographien, Kommentaren und zahlreichen Einzelstudien das Ihre getan, um die Dimension Orient/Islam im Werk Goethes transparent zu machen. Eine breitere Rezeption und Auswertung dieser Forschungen hat in Theologie und Religionswissenschaft im Interesse eines heute dringender denn je nötigen interkulturellen und interreligiösen Dialogs Orient – Europa bzw. Christentum – Islam jedoch so gut wie nicht stattgefunden. Und dort, wo Muslime sich zum Thema *Goethe und Islam* geäußert haben (und das sind nicht wenige, wie allein das Internet dokumentiert), sind die Ergebnisse zwiespältig. Es gibt literatur- und religionswissenschaftlich seriöse Untersuchungen zum Thema *Goethe und Islam*, wie etwa die Berliner Dissertation des Ägypters Said H. Abdel-Rahim von 1969, oder tiefgründige Dialoge mit Goethes *Divan*, wie sie der große pakistanische Denker und Poet Muhammad Iqbal (1877-1938) in seinem Werk *Die Botschaft des Ostens* (1923) geführt hat. Es gibt aber auch unerträglich viel an Vereinnahmung des Dichters für ›den Islam‹ von heute. Wissenschaftlich unseriös und hermeneutisch fahrlässig werden Einzeltexte oder -äußerungen des Dichters unhistorisch und kontextlos zusammengetragen, um Goethe als bekennenden Muslim zu instrumentalisieren. Nach der Devise ›Goethe ist unser‹ wird der Dichter für missionierende Propaganda missbraucht.

Dieser Dichter aber ist nicht irgendwer in der deutschen Kultur. Wenn gerade er einen exemplarischen geistigen Austausch zwischen Orient und Okzident, Islam und Christentum gefordert und betrieben hat, dann hat dies Modellcharakter. Mehr noch, dann bekommen wir Nachgeborene Maßstäbe in die Hand, die uns zu Vergleichen herausfordern: Auf welchem Niveau und mit welcher Komplexität hat schon Goethe die Welt des Islam wahrgenommen und rezipiert. Und wir? Und unser Niveau? Unser Wissensstand von islamischer Koranologie, Rechtswissenschaft, Poesie, Philosophie und Mystik? Sind nicht allzu viele bei uns allzu rasch geneigt, den politisch totalitären Islamismus (der Mord und Terror rechtfertigt und den es mit allen Waffen des Geistes und des Rechts zu bekämpfen gilt) zum Alibi zu machen und sich eine komplexere Wahrnehmung der islamischen Welt zu schenken? Sie haben Goethes Auseinandersetzung mit Orient und Islam noch vor sich.

II. Grundzüge von Goethes Islam-Rezeption

Überblickt man sein Werk, kann von ›drei Islams‹ bei Goethe gesprochen werden. Seine Islam-Rezeption hat drei Dimensionen: die religionsgeschichtlich-religionswissenschaftliche, die inhaltlich partiell identifikatorische und die spirituelle. Ich fasse die wichtigsten Punkte zusammen:

(1) Während Kirchen- und Aufklärerkreise seiner Zeit, nicht zuletzt unter dem Eindruck der Osmanenkriege, in seit dem Mittelalter und der Reformation erstarrten Klischees verharren und Mohammed als Betrüger, falschen Propheten oder als Erscheinung des endzeitlichen Antichristen verwerfen, verschafft Goethe sich – dem Geist der Aufklärung verpflichtet – gründliche Kenntnisse vom Koran und der Sunna sowie der Biographie des Propheten. Anfangs sieht er ihn als Genie in seiner Dialektik, später als außerordentlichen Mann in seiner Ambivalenz. Er weiß ihn kritisch, aber respektvoll zu würdigen und steht damit auf einer Linie mit dem Islamverständnis von Lessing und Herder, die in der geschichtlichen Erscheinung des Islam einen Aufklärungs- und Kulturfortschritt in der Geschichte der Völker erkannt haben.

(2) Ebenso kritisch-abwägend würdigt Goethe den Koran, den er unter dem Einfluss Herders als herausragendes Sprachdokument einer großen, auch die hebräische Bibel einschließenden orientalischen Kultur zu verstehen sucht. Schon früh fertigt er Abschriften aus einer deutschen Koran-Übersetzung an, die sein Interesse an diesem Buch nachvollziehen lassen. Notiert hat er sich vor allem schöpfungstheologische, ethische und spirituelle Texte; die legalistischen und höllentheologischen übergeht er mit Schweigen. Zur *Divan*-Zeit versucht Goethe dann, sich zum Koran als Dichter »produktiv« zu verhalten (MA 14, S. 239). Entsprechend ist sein Gedichtzyklus voll von Anspielungen auf die ästhetische und schöpfungstheologische Seite des Koran. So beginnt eines der vielen *Divan*-Gedichte mit Koran-Bezügen:

Ich sah, mit Staunen und Vergnügen,
Eine Pfauenfeder im Coran liegen,
Willkommen an den heilgen Platz!

Der Erdgebilde höchster Schatz.
(MA 11.1.2, S. 108)

Ein anderes Gedicht nimmt die Suren 2, 142 und 2, 115 auf und verwandelt sie in etwas unverwechselbar Eigenes:

Gottes ist der Orient!
Gottes ist der Occident!
Nord- und südliches Gelände
Ruht im Frieden seiner Hände.
(MA 11.1.2, S. 12)

(3) In diesem Geist verspürt Goethe keine Hemmungen, »Mahomets Wunderpferd zu besteigen und sich durch alle Himmel zu schwingen« (MA 11.1.2, S. 214), ja öffentlich zu bekennen, »selbst ein Muselmann« zu sein (MA 11.2, S. 208), und »ehrfurchtsvoll jene heilige Nacht« zu feiern, »wo der Koran vollständig dem Propheten von obenher gebracht ward« (MA 11.1.2, S. 215). Nach muslimischem Verständnis ist dies die in Sure 97 genannte »Nacht der Bestimmung« (arab.: lailat al-qadr) im Monat Ramadan. Die Wortwahl »ehrfurchtsvoll« und »heilige Nacht« erinnert nicht von ungefähr an die Worte, mit denen die Christenheit an Weihnachten ihre Heilige Nacht zu feiern pflegt. Heilige Nächte als Zeiten der Zuwendung Gottes zum Menschen sind folglich kein Monopol des Christentums. Angesichts eines durch die christlichen Kirchen seiner Zeit propagierten dämonisierten Islam-Bildes ist das eine unerhörte strategische Aufwertung des Islam als einer authentischen, legitimen Religion.

(4) Mit der Anerkennung des Koran als einer Offenbarungsschrift für das Volk der Araber hat der Dichter sich frei gemacht vom Monopolanspruch der christlichen Kirchen, die einzige, für alle Menschen gültige Offenbarungsschrift zu besitzen oder die allein seligmachende Religion zu sein. Ebenso bricht Goethe mit einem heilsgeschichtlichen Absolutismus, der nur *einen* exklusiv wahren Lehrer oder Erlöser der Menschheit anerkennt. Stattdessen hat sich früh bei Goethe die Überzeugung gebildet, dass die Menschheitsgeschichte große Religionslehrer außerhalb des Christlichen kennt, die eine entsprechende Würdigung verdienen. Der Entwurf zu einem *Mahomet*-Drama von 1772 (MA 1.1, S. 516-519) im Geist des Sturm und Drang hat hier seine Wurzeln: Gott hat nicht nur durch einen, sondern durch mehrere Mittler zur Menschheit gesprochen. Mohammed ist einer von ihnen. Er ist in Goethes Verständnis ein exzeptioneller Homo religiosus mit einer mitreißenden, weltgeschichtlichen Wirkung.

(5) In einzelnen Glaubensfragen macht der Dichter sich islamische Überzeugungen zu eigen: in Sachen Paradies-Vorstellungen spielerisch-ironisch, in Sachen Ablehnung einer Kreuzesverehrung und Vergottung Jesu zu einem ›zweiten Gott‹ identifikatorisch und christentumskritisch. Das entsprechende Masken- und Rollengedicht »Süßes Kind […]« nimmt das Jesus- und Gottesbild des Koran auf, niedergelegt in Sure 4, 157 und den Suren 5, 115 f. und 112:

Jesus fühlte rein und dachte
Nur den Einen Gott im Stillen;

Wer ihn selbst zum Gotte machte
Kränckte seinen heilgen Willen.
(MA 11.1.1, S. 103)

Die entsprechende Kritik an der Zurschaustellung des Kreuzes hat Goethe hier nicht zufällig einem Muslim in den Mund gelegt, den er zu einer Perlenkette seiner christlichen Geliebten sagen lässt:

Und nun kommst du, hast ein Zeichen
Drangehängt, das, unter allen
Den Abraxas seines gleichen,
Mir am schlechtsten will gefallen.

Diese ganz moderne Narrheit
Magst du mir nach Schiras bringen!
Soll ich wohl, in seiner Starrheit,
Hölzchen queer auf Hölzchen singen?
(MA 11.1.1, S. 102 f.)

Da Goethe aber um die Brisanz seiner Einstellung in einer kirchlich dominierten Gesellschaft weiß, ja davon ausgehen muss, sich selber den Vorwurf der Ketzerei oder Blasphemie zuzuziehen, lässt er das entsprechende, für den *Divan* vorgesehene Gedicht »Süßes Kind [...]« unveröffentlicht. Für eine der Schlüsselfragen des christlich-muslimischen Dialogs über Christologie und Kreuzestheologie sind hier wichtige Anstöße gegeben.

(6) Zur spirituellen Rezeption des Islam gehört das Verständnis von Glauben. Schon das erste Gedicht *Hegire*, das den *Divan* eröffnet, stellt dies programmatisch heraus, eine Anspielung auf die Hidschra Mohammeds von Mekka nach Medina im Jahr 622. Der Dichter fühlt sich in ein Lebensmuster des Propheten ein: Aufbruch und Neubeginn aus der Sehnsucht nach Freiheit, Aufbruch aus den Katastrophen der Zeitgeschichte im Zuge der napoleonischen Kriege. Beschworen wird hier ein ursprünglich ›reiner‹ Osten als Gegenbild zu einem durch Machtkämpfe in sich zerfallenen späten Westen:

Nord und West und Süd zersplittern,
Throne bersten, Reiche zittern
Flüchte du, im reinen Osten
Patriarchenluft zu kosten.
(MA 11.1.2, S. 9)

Zu diesem »reinen Osten« gehören für Goethe seit seiner Jugendzeit die biblischen Patriarchen-Erzählungen um Abraham, Sara, Hagar, Isaak und Ismael. Sie haben in seiner Kindheit und Jugend eine so große Rolle gespielt, dass er sie in *Dichtung und Wahrheit* noch einmal ausführlich nacherzählt, und zwar im Ersten Band, der erst drei Jahre vor der Arbeit am *Divan*, 1811, erschienen war (MA 16, S. 140-155).

Durch Koran-Studien belehrt, weiß Goethe überdies: Die biblischen Patriarchen-Erzählungen haben eine Schlüsselbedeutung auch für die koranische Verkündigung und sind zugleich kritischer Spiegel einer in der Tradition erstarrten Form von

Glauben. Sie spielen gerade heute im trilateralen Gespräch von Juden, Christen und Muslimen eine bedeutende Rolle. Schon Goethe hatte sie erkannt.[2] In Goethes Sicht also ist die in *Hegire* beschworene »Patriarchenluft« als Frischluft zu begreifen. Spitzen gegen Orthodoxien und bigotte Pfaffen auf beiden Seiten sind im *Divan* überdeutlich, Arm in Arm mit Hafis. Diesem herausragenden Poeten und profunden Koran-Kenner fühlt Goethe sich geistig verwandt. Er weiß: Hafis ist kein Name, sondern ein Ehrentitel für den, der den Koran im Gedächtnis bewahrt. Mit ihm tritt Goethe in einen Wettstreit:

> Und mag die ganze Welt versinken,
> Hafis mit dir, mit dir allein
> Will ich wetteifern! Lust und Pein
> Sey uns den Zwillingen gemein!
> (MA 11.1.2, S. 25)

Die besondere Nähe des Dichters zur islamischen Spiritualität hat vor allem sein eingangs zitierter Vierzeiler zum Ausdruck gebracht »Närrisch, daß jeder in seinem Falle / Seine besondere Meynung preist! / Wenn *Islam* Gott ergeben heißt, / Im Islam leben und sterben wir alle«. ›Gottergebenheit‹ ist eine beim späten Goethe oft genutzte Kategorie für eine grundlegende Haltung in allen und durch alle Lebenskrisen, für die er synonym auch das Wort ›Islam‹ benutzen kann. Es bezeichnet aber nicht die institutionalisierte, verrechtlichte Religion Islam, sondern eine die Religionen übergreifende spirituelle Grundhaltung. Gemeint ist dabei nicht passive Schicksalsergebenheit, sondern lebenserprobte Krisenresistenz. Das Wort wird von Goethe gezielt nach zwei Seiten kritisch eingesetzt: gegenüber Islamverfechtern, die Goethe gern für ihre verfasste Religion vereinnahmen wollen, und gegenüber Islamverächtern, die nicht wahrhaben wollen, dass es authentische Gottgläubigkeit und geprüftes Gottvertrauen auch in einer nichtchristlichen Religion gibt.

(7) Goethe weiß, dass sein Orient ein Buch-Orient ist, sein Islam ein Lektüre-Islam. Weder Reisen in muslimisch geprägte Länder noch Begegnungen mit Muslimen (bis auf eine Ausnahme in Weimar Anfang des Jahres 1814) hatten ihm persönliche Begegnungen oder eine Anschauung vermittelt. Dieses Defizit sollte zumindest durch Schreibübungen in der arabischen Schrift kompensiert werden. Goethe erlernt zwar nicht das Arabische und Persische als gesprochene Sprache, wohl aber als Schrift. Dabei sind seine kalligraphischen Übungen, viele davon im Nachlass erhalten, mehr als Spielerei zum Zeitvertreib: Sie verraten ein intensives Eindringen in den Geist der orientalischen Kultur. Über die Sinnlichkeit und haptische Materialität der Schrift stellt Goethe eine persönliche Verbindung zur orientalisch-islamischen Welt her. Einen entsprechenden Fingerzeig bekommt im Januar 1815 Christian Heinrich Schlosser. Unter Anspielung auf den *Diwan* des Persers schreibt Goethe:

2 Einzelheiten zur Bedeutung der biblischen Patriarchen-Narrative für die koranische Botschaft bei Karl-Josef Kuschel: *Die Bibel im Koran. Grundlagen für das interreligiöse Gespräch*. Stuttgart-Ostfildern 2017.

> Ich habe mich nämlich, mit aller Gewalt und allem Vermögen, nach dem Orient geworfen, dem Lande des Glaubens, der Offenbarungen, Weissagungen und Verheißungen. [...] Ich habe mich gleich in Gesellschaft der persischen Dichter begeben, ihren Scherz und Ernst nachgebildet. Schiras, als den poetischen Mittelpunct, habe ich mir zum Aufenthalte gewählt, von wo ich meine Streifzüge [...] nach allen Seiten ausdehne. [...] Wenig fehlt, daß ich noch arabisch lerne, wenigstens soviel will ich mich in den Schreibezügen üben, daß ich die Amulette, Talismane, Abraxas und Siegel in der Urschrift nachbilden kann.
>
> In keiner Sprache ist vielleicht Geist, Wort und Schrift so uranfänglich zusammengekörpert. (MA 11.1.2, S. 348 f.)

(8) Bei aller produktiven und selektiven Rezeption koranischer Motive und aller partiellen Identifikation mit islamischen Glaubensüberlieferungen denkt Goethe nicht daran, den Islam als gelebte Religion poetisch zu verklären und seine immanenten Machtstrukturen zu verharmlosen. Am ›Fall Mohammed‹ hat er sich am Problem Prophet – Poet kritisch abgearbeitet und für die Würde und Freiheit der Poesie gestritten. Der ›Fall Hafis‹ hatte ihm das Problem von Freiheit und Repression, von Kritik und Ketzerei, von Glauben und Häresie ja auch plastisch vor Augen geführt. Einzelne Tabus islamischer Orthopraxie (Weinverbot) unterläuft Goethe spielerisch mit der Freiheit eines Christenmenschen. Er ist ein Gläubiger, aber kein Rechtgläubiger, nicht anders als Hafis in seiner Welt des Islam.

Am ›Fall orientalischer Dichter‹ steht Goethe überdies der Despotismus vor Augen, dem die Poeten an den Höfen der Herrschenden unterworfen sind. Auch ist der altgewordene Goethe lebenserfahren genug, um nicht auch die Schattenseite einer gelebten Religion zu durchschauen. Schon früh hatte er in seinem als Tragödie geplanten *Mahomet*-Stück über die Dialektik alles Prophetischen nachgedacht und die Diskrepanz von ursprünglicher Inspiration und geschichtlicher Perversion als ein Grundmuster der Religionsgeschichte erkannt. Entsprechend kann in seiner Sicht der »ursprüngliche Werth einer jeden Religion« grundsätzlich erst »nach Verlauf von Jahrhunderten aus ihren Folgen« beurteilt werden (MA 11.1.2, S. 153). Das gilt für das Christentum wie den Islam. Von daher kann Goethes Urteil über die geschichtlichen Wirkungen einer Religion sehr distanziert ausfallen:

> [D]ie Mahometanische [Religion] läßt ihren Bekenner nicht aus einer dumpfen Beschränktheit heraus, indem sie, keine schweren Pflichten fordernd, ihm innerhalb derselben alles Wünschenswerthe verleiht und zugleich, durch Aussicht auf die Zukunft, Tapferkeit und Religionspatriotismus einflößt und erhält. (MA 11.1.2, S. 153 f.)

(9) Daraus folgt, dass Goethes Einstellung zum Islam nicht nur mit der Aufklärungskategorie ›Toleranz‹ bestimmbar ist, auch nicht mit der Kategorie ›Respekt‹ vor einer fremden Religion, sondern sachlich stimmiger mit Kategorien wie ›Wertschätzung‹, ›Lernbereitschaft‹ oder ›Verwandlungsfähigkeit‹. Goethe löst damit am Beispiel Islam das ein, was er als eine seiner Maximen festgehalten hat: »Toleranz sollte eigentlich nur eine vorübergehende Gesinnung sein; sie muß zur Anerkennung führen. Dulden heißt beleidigen« (MA 17, S. 872). Will sagen: »Toleranz« als bloße ›Duldung‹ Andersglaubender wäre eine Form geistiger Bequemlichkeit, ja der

herablassenden Geringschätzung. Anerkennung setzt Neugierde, Studium, Sich-vertraut-Machen mit der Welt der Anderen voraus – immer auch in kritischer, aber nie verächtlicher Distanz.

III. Goethes Interkulturalität: Konsequenzen für heute

Parallel zum interreligiösen Profil lassen sich auf der Basis des *Divan* Prinzipien einer interkulturellen Kommunikation erkennen und in ihren Konsequenzen für heute bedenken.

Eine erste Konsequenz: Wer sich in das komplexe Werk Goethes vertieft, kommt um die Erkenntnis nicht herum, die Goethe in einem Vierzeiler zusammengefasst hat. Dieser entsteht zwar erst 1826, sieben Jahre nach der Erstveröffentlichung des *Divan*, und ist vermutlich für die Ausgabe letzter Hand gedacht gewesen, drückt aber präzise die kulturpolitische Programmatik des ganzen *Divan*-Projekts aus:

> Wer sich selbst und andre kennt
> Wird auch hier erkennen:
> Orient und Occident
> Sind nicht mehr zu trennen.
> (MA 11.1.1, S. 247)

»Orient und Occident« sind »nicht mehr zu trennen«, weil sie nach dem Modell von Goethes Dichtungen eine komplexe Einheit bilden. Sie trennen gerade nicht mehr Westliches und Östliches als jeweils abgeschlossene Einheiten, sondern nehmen in einem produktiven Dialog Impulse der Kultur des Anderen auf und verwandeln sie in etwas Eigenes, ohne dass das Andere seine Andersheit verliert. Man spricht in der Forschung im Zusammenhang mit dem *Divan* von Prozessen der Hybridisierung, will sagen: von der Verflüssigung kultureller Grenzziehungen, vom Anverwandeln des Fremden ins Eigene, von der Transformierung einer partikulären kulturellen oder religiösen Überlieferung ins Universale, allgemein Menschliche, vom »ost-westliche[n] Oszillieren«.[3] Goethe nennt sein Werk im arabischen Nebentitel der Erstausgabe »Der östliche Divan des westlichen Verfassers«, spricht davon, dass er sich »produktiv verhalten« musste (MA 14, S. 239), von Wetteifer mit Hafis, von Reisen in eine raum-zeitliche Kontrastwelt, von Freude »an Sitten, Gebräuchen, an Gegenständen, religiösen Gesinnungen und Meinungen« des Anderen (MA 11.2, S. 208).

Eine zweite Konsequenz*:* Der *Divan* zeugt von der schier grenzenlosen Bereitschaft seines Verfassers, auch in Sachen Orient/Islam Neues zu lernen, ob vom Koran, der Biographie des Propheten, von den großen persischen Dichtern, von der Kalligraphie oder von zeitgenössischen Spezialisten der Orient- und Islamwissenschaften. Illustre Namen von Gelehrten hat er im Blick, die meist noch für eine Anerkennung der Arabistik als einer von den kirchlichen Bibelwissenschaften losgelösten selbständigen akademischen Disziplin zu kämpfen oder gegen die Dominanz des Abendländischen (Athen und Rom) für die Schönheit orientalischer Sprachen und Poesie

3 Anke Bosse: *»Poetische Perlen« aus dem »ungeheuren Stoff« des Orients. 200 Jahre Goethes »West-östlicher Divan«*. Göttingen 2019, S. 18.

zu werben hatten. Goethe, mit der Geringschätzung des Orientalischen in Europa vertraut, hat ein Interesse daran, die Aufmerksamkeit auf die jeweiligen wissenschaftlichen Autoritäten zu lenken. Für ihn ist dies Grund genug, um ihnen im Prosateil des *Divan* eigene kleine Porträts zu widmen (MA 11.1.2, S. 253-262). Das ist nicht Ausdruck überflüssigen ›Namedroppings‹, sondern des Respekts vor den großen Brückenbauern der Orient- und Islamforschung, ohne die ein Dialog mit der schon sprachlich unzugänglichen Welt der Anderen undenkbar wäre.

Das gilt vor allem für zwei Gewährsleute. Da ist der Amateur-Orientalist und Diplomat Heinrich Friedrich von Diez (1751-1817), dem die deutschsprachige Welt – nach einem siebenjährigen Aufenthalt als preußischer Geschäftsträger in Konstantinopel – unter anderem die 1811 vorgelegte Übersetzung eines der bedeutendsten persischsprachigen Prosawerke des 11. Jahrhunderts verdankt, des *Buchs des Kabus* (*Qabus nameh*), eines Fürstenspiegels, den Goethe ausführlicher noch als andere Texte im Prosateil referiert. Ja, Goethes Wertschätzung dieser ethisch-didaktischen Literaturgattung geht so weit, dass er im Prosateil das gesamte Inhaltsverzeichnis des Werkes von Diez abdrucken lässt, um die breitere Öffentlichkeit auf diese gewaltige Übersetzungsarbeit aufmerksam zu machen (MA 11.1.2, S. 255-260).

Und da ist vor allen anderen der große Brückenbauer Joseph von Hammer (1774-1856). Diesem österreichischen Gelehrten verdankt Goethe nicht nur den Zugang zum *Diwan* des Hafis und ein neues, poetisch geprägtes Verständnis des Koran, sondern auch einen Einblick in die klassische persische Literatur und in zahlreiche weitere Quellen der islamisch geprägten Welt. Welchen Gewinn hat der Dichter allein nur aus Hammers bahnbrechendem Werk *Geschichte der schönen Redekünste Persiens, mit einer Blütenlese aus 200 persischen Dichtern* von 1818 gezogen, nachzulesen im Prosateil seines *Divan*. Was Goethes eigenes Buch betrifft, so kommt die heutige Forschung zu dem Schluss: »Goethe steht mit dem Prosateil auf der Höhe der wissenschaftlichen Orient-Diskussion seiner Zeit« (MA 11.1.2, S. 728) – ein Urteil in der Münchner Ausgabe, das eine dort dokumentierte Liste von ca. 120 Einzeltiteln rechtfertigt, welche die »Von Goethe benutzte orientalische und orientalistische Literatur« wiedergibt (MA 11.1.2, S. 842-852; Zitat S. 842). Er hat Ernst gemacht mit der Forderung:

> Wer nicht von dreytausend Jahren
> Sich weiß Rechenschaft zu geben,
> Bleib im Dunkeln unerfahren,
> Mag von Tag zu Tage leben.
> (MA 11.1.2, S. 54).

Eine dritte Konsequenz*:* Die geistige Mobilität des altgewordenen Dichters spiegelt auch sein Interesse an Reiseberichten. Das erklärt, warum Goethe im Prosateil auch Porträts von großen Orientreisenden aufnimmt, deren Schriften er als Hilfsmittel zur Darstellung des kulturellen und geschichtlichen Hintergrunds seiner *Divan*-Dichtungen herangezogen hat: von den Italienern Marco Polo (1254-1324) und Pietro della Valle (1586-1652) angefangen, dem Deutschen Adam Olearius (1599-1671) bis zu den Franzosen Jean Baptiste Tavernier (1605-1689) und Jean Chardin (1643-1713). In Bewegung, auf der Reise sein, ein Reisender zu sein ist daher eine Grundmetapher im *Divan*, nicht zuletzt auch aus der Erfahrung heraus, dass viele

Gedichte auf der Reise, buchstäblich in der Reisekutsche, entstanden sind und Goethe in den *Divan*-Jahren gleichzeitig drei imaginäre Raum-Zeit-Reisen unternimmt: in den Westen (in die eigene Herkunft), in den Osten (Patriarchen, Schiraz) und in die Welt Italiens, die dreißig Jahre zuvor sein Leben verändert hatte. Dazu passt der ebenfalls 1826 entstandene Vierzeiler:

> Sinnig zwischen beyden Welten
> Sich zu wiegen laß ich gelten,
> Also zwischen Ost und westen
> Sich bewegen sey zum besten!
> (MA 11.1.1, S. 247)

Als Reisender aber begreift sich Goethe zugleich auch als Handelsreisenden und damit als jemand, der vom Geben und Nehmen lebt: »Damit aber alles was der Reisende zurückbringt den Seinigen schneller behage«, heißt es nicht zufällig in der *Einleitung* zum Teil *Besserem Verständniß*, »übernimmt er [der Dichter] die Rolle eines Handelsmanns, der seine Waaren gefällig auslegt und sie auf mancherley Weise angenehm zu machen sucht; ankündigende, beschreibende, ja lobpreisende Redensarten wird man ihm nicht verargen« (MA 11.1.2, S. 131).

Eine vierte Konsequenz: Zugleich aber weiß dieser Handelsreisende, dass interkultureller Austausch sich nie eins zu eins vollzieht, dass Asymmetrien bleiben, Verzerrungen durch subjektive Interessen, Fremdheiten hüben wie drüben. Ich erinnere an das eindrucksvoll selbstkritische, beinahe entschuldigende Wort Goethes aus der *Einleitung* zum Prosateil:

> Am liebsten aber wünschte der Verfasser vorstehender Gedichte als ein Reisender angesehen zu werden, dem es zum Lobe gereicht, wenn er sich der fremden Landesart mit Neigung bequemt, deren Sprachgebrauch sich anzueignen trachtet, Gesinnungen zu theilen, Sitten aufzunehmen versteht. (MA 11.1.2, S. 130)

Das ist das eine, aber dann:

> Man entschuldigt ihn, wenn es ihm auch nur bis auf einen gewissen Grad gelingt, wenn er immer noch an einem eigenen Accent, an einer unbezwinglichen Unbiegsamkeit seiner Landsmannschaft als Fremdling kenntlich bleibt. (ebd.)

Ein selbstkritisches Eingeständnis: Bei allem Bemühen, in der Welt der Anderen heimisch zu werden, bleibt eine letzte Fremdheit, ein unauslöschlicher Akzent.

Eine fünfte Konsequenz: Und doch hilft der *Divan* seinen Lesern, ihre eigene kulturelle Beschränktheit zu durchschauen und zu überwinden. Schon die von uns benutzten Begriffe ›Orient‹ und ›Okzident‹ sind nicht neutral, sondern westlich geprägt. Im sog. Orient spricht kein Mensch von Orient. Europäer haben das Wort kreiert, um von ihrem geographischen Standpunkt aus die in Richtung der aufgehenden Sonne liegenden, fernen, südöstlichen Weltgegenden zu bezeichnen. ›Orient‹ ist also eine Fremdbezeichnung und ›Okzident‹ entsprechend eine Eigenbezeichnung als Boden der untergehenden Sonne. Entsprechend sind die Bezeichnungen und die Gegenüberstellung von Orient und Okzident immer schon eurozentrisch geprägt. Sie funktionieren als Ein- und Ausgrenzung: hier das Eigene, der Okzident, da das Andere, der Orient.

Dabei ist klar: Jeder Mensch hat nun einmal, in welcher Weltgegend auch immer sie/er lebt, eine je eigene Perspektive auf die Welt. Das ist für sich nicht problematisch. Problematisch wird es in dem Moment, wenn beide Begriffe sehr komplexe Kulturräume sprachlich vereinheitlichen und sich mit beiden Begriffen Phantasmen, Vorurteile und Stereotypen verbinden. Goethes *Divan* hat diese Dualismen überwunden und ist so zum Modell eines interkulturellen Dialogs geworden. »Sprachen, Literaturen, Kulturen miteinander in Dialog zu bringen – und so auch die Menschen«, schreibt Anke Bosse, »das ist Goethes Konzeption von ›Weltliteratur‹. Er hat sie in *einem* Buch meisterlich verwirklicht – in seinem *West-östlichen Divan*. In Zeiten, in denen weltweit die Gegensätze, Konflikte, Kriege befeuert werden, ist der *West-östliche Divan* aktueller denn je – auch nach 200 Jahren«.[4] Ich schließe mit einem Verweis auf ein Wort der Goethe-Forscherin Katharina Mommsen, die die allergrößten Verdienste um die Erschließung der Themen *Goethe und der Orient*, *Goethe und der Islam* hat:

> Vielleicht ist es an der Zeit, in dieser Weltphase der Konfrontationen zwischen dem Islam und der westlichen Welt, sich darauf zu besinnen, daß Goethes Haltung gegenüber der muslimischen Religion und ihrem Begründer Mohammed auf menschlichere, konziliantere Möglichkeiten der Auseinandersetzung mit dem Islam hindeutet, frei von fundamentalistischem Fanatismus. Auch mag es nützlich sein, sich Affinitäten und Verbindungen zwischen den Kulturen vor Augen zu halten, statt deren Unvereinbarkeit zu betonen. Vielleicht daß sich dadurch Annäherungsmöglichkeiten eröffnen, wie sie Goethe vorschwebten, dem Visionär, der sich der tiefen kulturellen Spaltung zwischen dem Islam und der westlichen Welt schon früh bewußt war.[5]

4 Ebd.

5 Katharina Mommsen: *Goethe als Wegbereiter des Dialogs mit der islamischen Welt*. In: *Von Goethes Dialogen und Farben zu Schillers Spiel*. Beiträge der Goethe-Gesellschaft Kassel. Hrsg. von Ludolf von Mackensen. Kassel 2008, S. 9-31; hier S. 11.

Abhandlungen

Terence James Reed

Muttermord und Schwangerschaft – und andere Probleme Goethes bei der Komposition von »Faust I«

In memoriam Francis Lamport

Der Aufsatz geht von einer wenig beachteten kleinen Textrevision aus, um einen neuen Blick auf die bekannten Widersprüche und Inkonsequenzen zu bieten, die der Revision sehr wohl bedurft hätten. Inwiefern hat Goethe das erkannt? Der Kompositionsprozess wird als eine Reihe von Entscheidungen dargestellt, bei denen auf jeden Fall Revisionen nicht durchgeführt wurden. Doch ergibt sich am Ende ein positiver ästhetischer Befund.

Timing

Der Doppelschlag für Gretchen folgt dramatisch aus der einen Liebesnacht mit Faust. Wenig bemerkt wurde die zeitversetzte Wirkung, der strukturelle Spagat zwischen den beiden Folgen, denn am nächsten Morgen kann sich Gretchen unmöglich sagen: »Die Mutter ist tot und ich bin schwanger«.

Das Auseinanderliegen der Folgen wirkt sich erst in der Domszene störend aus, wo der Böse Geist sich über das mokiert, was Gretchens Herz in doppeltem Sinn zu schaffen macht:

In deinem Herzen
Welche Missethat?
Betest du für deiner Mutter Seel
Die durch dich in die Pein hinüberschlief.
– Und unter deinem Herzen,
Schlägt da nicht quillend schon,
Brandschande Maalgeburt!
Und ängstet dich und sich
Mit ahnde voller Gegenwart.
(*Urfaust*, V. 1321-1329)[1]

1 Zitiert wird nach der Edition von Albrecht Schöne: *Faust*. Frankfurt a. M. 1999. Ich verwende in der Diskussion den alten Titel *Urfaust*.

Kann sich die Schwangerschaft bereits melden – »quillend schon« und »Gegenwart« –, da die Mutter zu Grabe getragen wird? Oder wird die Mutter mit unwahrscheinlicher Verzögerung beigesetzt? Denn um die »Exequien der Mutter Gretgens«, so die Bühnenanweisung im *Urfaust*, handelt es sich: »Gretgen alle Verwandte. Amt, Orgel und Gesang / Böser Geist hinter Gretgen« (FA I, 7.1, S. 528).

Auf das zeitliche Missverhältnis aufmerksam zu machen, ist nicht erst eine Beckmesserei des kritischen Lesers. Goethe scheint das Problem selbst erkannt zu haben, denn ab *Faust. Ein Fragment* lautet die Bühnenanweisung weniger spezifisch: »Amt, Orgel und Gesang. Gretchen unter vielem Volke. Böser Geist hinter Gretchen«. Die Formel »Exequien der Mutter« ist entfallen. Ein Amt ist zwar im Gange, aber ein beliebig gewordenes.[2] Jetzt fehlen die vielen Verwandten, wo doch die Beisetzung der Mutter ein Familienereignis sein musste; aber jetzt ist Gretchen nur mehr unter vielem Volke da.

Der Zweck des Retuschierens dürfte klar sein: Die zeitliche Inkompatibilität von Exequien und Schwangerschaft soll möglichst leise anklingen. Die minimale Justierung an der Bühnenanweisung ist jedoch lange keine Lösung, denn der Doppelhinweis des Bösen Geistes bleibt bestehen. Wie hätte Revision aber weitergehen können?

Die radikale Option wäre gewesen, das Motiv des Muttermords ganz zu streichen. Immerhin trug es nichts Wesentliches zur Geschichte der Kindsmörderin bei, wurde auch bald insofern zum blinden Motiv, als sich bei Gretchen keine Trauer zeigt – in den folgenden Szenen bis zu *Dom* leidet sie lediglich unter der sozialen Schande ihrer Schwangerschaft. Der Mord häufte nur unschuldige Schuld auf eine Liebende, die Fausts beruhigende Worte zu eventuellen Gefahren des Schlafmittels, »Würd ich sonst Liebgen dir es rathen?« (V. 1208), vertrauensselig geglaubt hatte.

Durch die minimale Textrevision angeregt, stellt sich die Frage, bei welchen anderen Passagen und Motiven Goethe strukturelle Probleme erkannt haben mag und wie er im Licht dieser Erkenntnis gehandelt oder eben nicht gehandelt hat.

Die Entstehung von *Faust I* laboriert bekanntlich an einer Reihe von Problemen, die Goethe sich bei verschiedenen poetischen Ansätzen selbst eingebrockt hat. Entsprechend lagen in Momenten kompositorischer Entscheidung große und kleine Textpassagen aus verschiedenen Zeiten sowie Eingebungen vor, die Goethe 1790 zum *Fragment* und 1808 zu *Faust I* gleichsam als Editor zu ordnen hatte. Er musste vieles bereits Entstandene *dis*ponieren, um ein halbwegs zusammenhängendes Werk zu *kom*ponieren.

Wieviel Handlungsfreiheit hatte Goethe in dieser Situation? Bis zur Veröffentlichung von *Faust. Ein Fragment* stand ihm alles frei. Abgesehen von Privatkontakten – Freundeskreis, Weimarer Hofgesellschaft (aber ob diese bei seinen Lesungen so genau aufgepasst hatte?) – würde niemand Gestrichenes an einem Text vermissen, der noch nie zum Lesen vorgelegen hat oder doch nur der treuen Kopistin der *Urfaust*-Handschrift Louise von Göchhausen.

Was stand für Goethe zur Überlegung? Was nicht! Die Fälle, wo es sich um äußeren Zwang oder aber um freien Impuls gehandelt hat, sind längst als vollendete Tatsachen der *Faust*-Entstehung so bekannt, dass man sie kaum mehr als die Wende-

2 Dazu bereits ebd., Bd. 2, S. 339.

punkte wahrnimmt, die sie waren. Lässt man sie jedoch in gedrängter Folge Revue passieren und versetzt man sich in die Zeit zurück, in der der Vorhang noch nicht auf und alle Fragen offen waren, wird das genetische Gesamtproblem *Faust* erst klar und ein anderes Licht fällt auf Goethes Schöpfertum und den poetischen Charakter von *Faust I*. Man möge verzeihen, dass ich dazu den Blick auf ausgetretene Pfade in gebotener Kürze auffrische.

Urzwang: Gretchen

Längst bekannt ist, dass vom Frankfurter Fall der Kindsmörderin Susanna Margaretha Brandt ein starker emotionaler Zwang ausging, der das Projekt Faust entscheidend in eine sachfremde Richtung gelenkt hat.[3] Zwar war in der Faust-Legende Sex ein oberflächliches Moment gewesen, es gab aber keine tiefschürfende Liebeshandlung. Von dem Moment an, da der Zwang zu einer Dramatisierung des Kindsmordfalles Goethe ergriff, wurde das Werk von innen heraus umgestaltet. Denn eine tragisch Liebende gehörte ebenso wenig in ein Faust-Drama wie die legendäre Figur Faust in eine kleinbürgerliche Liebestragödie. Goethe ließ das eigentliche Faust-Thema hängen, um Gretchens Geschichte zügig fertigzuschreiben. Bis es so weit war, konnten das Mädchen und sein Schicksal unmöglich um des angeblichen Zentralthemas willen gestrichen werden; sie waren schon zu zwei Dritteln des unvollendeten *Urfaust*-Textes und damit zu dessen Hauptsubstanz geworden. Dass aus ihnen stattdessen ein selbständiges Kindsmorddrama als Ersatz hätte gemacht werden können, wurde anscheinend nie ins Auge gefasst. Die bereits laufende Arbeit musste als Rahmen für die Tragödie herhalten. Gretchen blieb das große irreparable Problem eines Dramas um Faust.

Urimpuls: Erdgeist

An zweiter Stelle in der Problemreihe steht der Erdgeist. Mit seinem gewaltigen Auftritt gräbt er dem traditionell zu erwartenden Mephisto das Wasser ab, untergräbt mithin das christliche Weltbild, das den kulturellen Hintergrund der Faustlegende gebildet hatte. Der junge Goethe war dem Christentum freilich nicht hörig. Umso freier war er, seinen eigenen Vorstellungen von Welt und Natur und deren Kräften die Zügel schießen zu lassen. Die Rede des Erdgeistes enthält in nuce das poetisierte Weltbild Goethes, nicht nur des jungen. Als Hörer war wieder kein Faust gefragt.

Mephisto hinkt zwar verspätet hinterdrein, tritt auf, ohne heraufbeschworen zu werden, treibt vorerst nur Triviales (die zynische Schülerberatung, die an Trunkenbolden in Auerbachs Keller geübten Zaubereien), wird dann selbst zu einem sich lange hinziehenden Problem, bis seine Gegenwart erklärt und in verzwickten Verhandlungen ein völlig neuartiger Vertrag geschlossen wird. Dass ihn der Erdgeist zu Faust geschickt hätte, wie früh in *Trüber Tag. Feld* suggeriert wird, ist entweder eine bloße Konjektur Fausts oder das Überbleibsel von einem Versuch Goethes,

3 Hierzu die klassischen Forschungen Ernst Beutlers: *Die Kindsmörderin*. In: ders.: *Essays um Goethe*. Bremen [5]1957, S. 87-101.

auseinanderklaffende Kosmogonien unter einen Hut zu bringen, was nie systematisch ausgeführt wurde.

Der Erdgeist ist dennoch nicht ganz verschwunden. Er feiert in der 1788 in Italien geschriebenen Szene *Wald und Höhle* Urständ, und zwar als Rezipient einer großen Danksagung Fausts für die ihm gewährte Erschließung der Natur:

Erhabner Geist, du gabst mir, gabst mir alles,
Warum ich bath. Du hast mir nicht umsonst
Dein Angesicht im Feuer zugewendet.
Gabst mir die herrliche Natur zum Königreich,
Kraft sie zu fühlen, zu genießen. [...]
(*Fragment*, V. 1890-1894; vgl. *Faust I*, V. 3217-3221)[4]

So geht es in ungewohntem ruhigen Blankvers beredt weiter. Allein die Passage beglückender Harmonie harmoniert glattweg nicht mit der dramatischen Struktur, denn über dem handlungsfremden Impuls des glücklichen Danksagens ist der Widerspruch mit dem Auftritt des Erdgeistes der Aufmerksamkeit Goethes anscheinend entgangen. Als sich Faust dann doch daran erinnert (früh im Text, doch noch später in der Entstehung) – »Der große Geist hat mich verschmäht, / Vor mir verschließt sich die Natur« (*Faust I*, V. 1746 f.) –, wird umgekehrt die Danksagung außer Acht gelassen: ein spiegelbildliches Versehen.

Entscheidungen 1

Eine ganz anders drastische Revision war aber bald beschlossen. Mit der Veröffentlichung von *Faust. Ein Fragment* sollte das ganze Projekt vom Tisch sein. Das *Fragment* war keine Zwischenstation auf dem Weg zu *Faust I*, wie gelegentlich angenommen wird.[5] Der Geschmack an Teufelei war Goethe spätestens seit Italien vergangen. Er hatte seit 1788 nicht mehr an *Faust* geschrieben, hatte nach der Rückkehr aus Italien mit dem Umkrempeln von *Wilhelm Meister* sowieso alle Hände voll zu tun. Unter *Faust* sollte ein Schlussstrich gezogen werden.

Goethes Gefühlslage wird vollkommen klar, als vier Jahre nach Erscheinen des *Fragments* der davon tief beeindruckte neue Freund Schiller um Einblick in etwaige zurückgehaltene Szenen bat. Denn es herrsche in den schon vorliegenden »eine Kraft und eine Fülle des Genies, die den besten Meister unverkennbar zeigt«; Schiller wolle »diese große und kühne Natur, die darin atmet, so weit als möglich verfolgen«.[6]

Bezeichnend ist, dass Goethe diesen Lobgesang von maßgeblicher Seite fast schroff abwehrt: »Von Faust kann ich jetzt nichts mitteilen, ich wage nicht das Paket aufzuschnüren das ihn gefangen hält. Ich könnte nicht abschreiben ohne auszuarbeiten und dazu fühle ich mir keinen Mut«. Eine einzige positive Note sollte

4 Das *Fragment* wird bei Schöne (Anm. 1) nicht abgedruckt. Zitiert wird nach *Goethes »Faust«*. Hrsg. von Georg Witkowski. Bd. 1. Leiden [10]1949.

5 »Um das Werk nicht länger zurückzuhalten, veröffentlichte G. 1790 eine glättende und ergänzende Bearbeitung« (Gero von Wilpert: Art. *Faust*. In: ders.: *Goethe-Lexikon*. Frankfurt a. M. 1966, S. 68).

6 Schiller an Goethe, 29.11.1794 (MA 8.1, S. 41).

Schillers Enttäuschung abfedern: »Kann mich künftig etwas dazu vermögen; so ist es gewiß Ihre Teilnahme«.[7] Das musste aber weitere drei Jahre auf sich warten lassen und lediglich der Zufall eines zerschlagenen italienischen Reiseplans brachte Goethe in einer kurzen Muße darauf, »an meinen Faust zu gehen« und Schiller um seine Hilfe bei der weiteren Planung zu bitten.[8]

Diese insgesamt sieben Jahre waren also keine Entstehungsphase, sie waren eine Zeit des vorerst endgültigen Verzichts. Doch hatte schon die Herstellung des *Fragments* einzelne Entscheidungen gefordert. Sie ließen sich insofern leichter treffen, als bei einem erklärten Fragment Unebenheiten und Lücken zu erwarten sind. So durfte Mephistos Auftreten noch immer unerklärt bleiben und ein Vertrag fehlen. Um das Fragment erst recht fragmentarisch zu machen, konnte Goethe diesmal entschlossen streichen: Gerade die tragischen Schlussszenen fielen weg – immerhin ein Zeichen dafür, dass der Dichter durchaus imstande war, auf Gelungenes zu verzichten. Freilich wurden ihm diese gelungenen Szenen allmählich des Guten zu viel. Sie seien ihm, wie er etwas später an Schiller schrieb, »durch ihre Natürlichkeit und Stärke […] ganz unerträglich«.[9] Zur Intention hat wohl auch gehört, bei einem Fragment, das ja *Faust* heißen sollte, die Aufmerksamkeit stärker auf die Hauptfigur zu lenken. Eine zumindest quantitative Ausbalancierung haben die in Italien geschriebenen neuen Szenen *Hexenküche* und *Wald und Höhle* tatsächlich erreicht. Die Proportion der Texte von Gretchen und Faust im Verhältnis von drei zu vier wurde durch sie umgekehrt.

Entscheidungen 2

Bei der Komposition von *Faust I* verhielt es sich ähnlich wie beim *Fragment*. Wieder lagen Goethe gleich einem Patiencespieler Passagen verschiedener Herkunft zum Disponieren vor. Man darf sich das ganz konkret als Schreibtischsituation vorstellen, nicht bloß als abstrakte Reflexion. Diese oder jene Textstelle so beibehalten? Oder ändern? Oder umstellen? Oder streichen? Zwar konnte mehreres vom *Fragment* her zumindest als provisorisch festgelegt gelten. Aber viel Neues und Wichtiges war hinzugekommen, Produkt der Weiterarbeit und der Zusammenarbeit mit Schiller seit 1797, das berücksichtigt werden musste. Alles sollte zueinander passen. Goethe konnte nicht mehr die formalen Sonderrechte eines *Fragments* in Anspruch nehmen. Jetzt ging es um Werkvollendung.

Weit aber davon entfernt, Lösungen zu ermöglichen, hatte die neue Arbeit alte Probleme manchmal noch verkompliziert. Dass der Widerspruch zwischen Naturerschließung und Naturverschließung durch den Erdgeist stehengelassen wurde, ist freilich verständlich, wenn man bedenkt, dass die eine Passage von 1787, die andere von 1797 datiert, die endgültige Komposition erst 1806 bis 1808 stattgefunden hat. Mittlerweile war obendrein der Erdgeist durch den neuen *Prolog im Himmel* um seinen Status, ja um seine schiere Existenz gebracht worden. Zwischen Mephisto und dem Herrn fällt kein Wort über ihn, schon gar nicht über die von

7 Goethe an Schiller, 2.12.1794 (MA 8.1, S. 42).
8 Goethe an Schiller, 22.6.1797 (MA 8.1, S. 359).
9 Goethe an Schiller, 5.5.1798 (MA 8.1, S. 570).

ihm beanspruchte Rolle, »der Gottheit lebendiges Kleid« zu wirken (*Urfaust*, V. 156). Er ist überflüssig geworden. Dort oben wird auch endgültig geklärt, dass der Herr es ist, der Mephisto zu Faust schickt. Trotzdem bleibt das Motiv, Mephisto sei der Abgesandte des Erdgeistes gewesen, an der alten Stelle in *Trüber Tag. Feld* stehen, wird in *Wald und Höhle* sogar erneut von Faust vorausgesetzt. Es hätte allmählich klar werden müssen: Der Erdgeist war eine Verlegenheit. Er stand einer einheitlichen dramatischen Struktur im Wege.

Wenn nur kein fürchterlicher oder segnender Erdgeist dagewesen wäre! Ja, wäre nur *Wald und Höhle* überhaupt nicht hinzugekommen, denn bei keiner der beiden Platzierungen, die diese Szene erfahren hat, ließ sie sich sinnvoll und konsequent in die Gretchenhandlung fügen: weder nach der Liebesnacht (wie im *Fragment*), als Faust bei aller »Begier zu ihrem süßen Leib« (*Fragment*, V. 2001) Gretchen unmotiviert im Stich gelassen hat, um in der Natur »neue Lebenskraft« (V. 1950) zu genießen, noch vor der Verführung (wie endgültig in *Faust I*), da Faust einem tragischen Ausgang für sie beide resigniert entgegensieht, den er nicht einmal herbeizuführen begonnen hat. Gemessen an diesen sperrigen Problemen war es eine einfache Revision, Gretchen statt »gerichtet« für »gerettet« zu erklären und ein Umschreiben der »unerträglichen« Schlussszenen in Verse zu versuchen. Zwar gelang das nur bei der einen Szene *Kerker*, falls von Gelingen die Rede sein kann, wo die Wirkung eines prosaischen Meisterstücks geschwächt wurde; die andere, *Trüber Tag. Feld*, hat sich dem Umgießen wohl verweigert.

Wie viel hätte aber gestrichen werden können, ohne dass es ein ganz anderes Werk würde – oder gar keines? Bertolt Brechts Herr Keuner erzählt, wie er als Gartengehilfe einen kleinen Lorbeerbaum zu Ausstellungszwecken auf die Kugelform zurechtzustutzen hatte. Er schnitt bald auf der einen, bald auf der anderen Seite zu viele der »wilden Triebe« ab. Als die gewünschte Form erreicht war, sagte der Gärtner: »Gut, das ist die Kugel, aber wo ist der Lorbeer?«.[10]

Viele von den disparaten Materialien, die Goethe zu einem zusammenhängenden Text zu ordnen hatte – pantheistische Weltanschauung, bürgerliche Liebesaffäre, sozialer Protest –, waren gerade solche wilden Triebe, die sich seitwärts vom Urstamm *Faust* entwickelt hatten. Um ein kohärentes Drama zu schaffen, ließ sich nicht gut von hier ausgehen.

Doch bilden bei Brechts Fabel gerade die wilden Triebe den Stoff, den man der Form lieber nicht opfern soll. Fließt nicht vielleicht ausgerechnet in ihnen der eigentliche Saft? Bei Goethes Entscheidungen dürfte eine Sympathie für diese vertrauten Auswüchse den Ausschlag gegeben haben. Je intensiver sich der Autor in eine frühe Passage einlas – und damit in eine frühe Lebenslage, die ihm rückblickend viel bedeutete –, desto mehr schlug sie ihn in den Bann. Das spricht sich in der *Zueignung* bewegt-bewegend aus:

10 *Form und Stoff* aus *Geschichten vom Herrn Keuner*. In: Bertolt Brecht: *Werke. Große kommentierte Berliner und Frankfurter Ausgabe*. Hrsg. von Werner Hecht, Jan Knopf, Werner Mittenzwei u. Klaus-Detlef Müller. Bd. 18. Berlin, Weimar, Frankfurt a.M. 1995, S. 23.

Der Aufsatz ist selbst ein ›wilder Trieb‹ vom *Faust*-Kapitel meines Buches *Genesis. The Making of Literary Works from Homer to Christa Wolf*. New York 2020. – Dem Diskussionspartner Kai Buchheister gilt mein herzlicher Dank.

Ein Schauer faßt mich, Träne folgt den Tränen,
Das strenge Herz es fühlt sich mild und weich;
Was ich besitze seh' ich wie im weiten,
Und was verschwand wird mir zu Wirklichkeiten.
(*Faust I*, V. 29-32)

Lösung: der höhere Zwang

Dabei geht es nicht bloß um eine Sentimentalität des Autors. Die Erdgeist-Passagen sind miteinander inkompatibel, aber jede für sich unvergleichlich an poetischer Kraft. Was tun? Das übermächtige Erscheinen des Geistes streichen? Die tief gefühlte Danksagung an ihn tilgen, durch die hindurch – der biographische Bezug ist nicht wegzudenken – die Stimme des in Italien glücklich Erlebenden zu hören ist? Vor die Frage gestellt (aber ein Riemer oder Eckermann hätte sich wohl nicht getraut), welche von beiden Stellen Goethe um der strukturellen Einheit willen aufzugeben bereit sei, hätte der Dichter gewiss geantwortet: weder noch. (Und wir?)

Denn hier war ein höherer Zwang im Spiel. Die Einsicht in Wünschbarkeit und Machbarkeit einer Revision erzeugt nicht unbedingt den Willen zur Tat. Zunächst einmal gilt für den produktiven Menschen das rein ökonomische Prinzip »Use it or lose it«. Wesentlich tiefer liegt die Einsicht in das, was der Dichter an den eigenen Schöpfungen hat, was er sich und ihnen schuldet, welch absoluten Wert das einmal glücklich Erreichte, jede tief befriedigende Formulierung besitzt. Substanz geht allemal vor Struktur. Mit Schiller war der 1794 an seinem *Faust* irre gewordene Goethe vor den rechten Schmied gekommen: Der Freund erkannte intuitiv, wir sahen's, »eine Kraft und eine Fülle des Genies, die den besten Meister unverkennbar zeigt«, eine »große und kühne Natur«, die er »so weit als möglich verfolgen« wolle. Dabei fußt Schillers Hingerissenheit auf einer Kenntnis erst des *Fragments*. Er reagierte auf Substanz, nicht auf Form. Die Überzeugungskraft des *Fragments* lag an Goethes glücklicher Hand für quicklebendige Charaktere und deren in unverwechselbare Sprache gegossene Dialoge. Mit dieser hautnah menschlichen Substanz ist man näher an Goethes Lyrik als an einer formal berechnenden Dramatik Schiller'scher Observanz. Schon bei *Prometheus* war die Grenze zwischen Lyrik und Drama eine durchlässige. Vorstellbar ist durchaus, dass *Faust* nicht über ein Rollengedicht hinaus hätte gedeihen können.

Aus den weit auseinanderstrebenden Quellen und Materialien, Motivationen und Phasen der Entstehung von *Faust I* setzt sich, spätestens in jenen Momenten der Entscheidung, bewusst oder unbewusst eine eigene Ästhetik – eine praktische, keine theoretische – durch, bei der unverwandt auf das Einzelne geschaut und dessen Reichtum ausgekostet wird, ohne dass groß auf Fragen des breiteren Zusammenhangs geachtet wird. Das Einzelne war paradoxerweise wichtiger als das Ganze.

Es ist eine Erleichterung, dies voll anzuerkennen. So von formalen Vorbehalten und Debatten befreit, kann man *Faust I* erst recht genießen. Dass die in Frage stehenden poetischen Höhepunkte trotz allem beibehalten wurden, macht sie im vollen Wortsinn zu Bruchstücken von Goethes großer Konfession.

Burkhard Stauber

*Die Vertonung zweier Gretchenlieder Goethes durch Wilhelm Schneider**

An etwas entlegener Stelle und in größerem zeitlichen Abstand zum Geschehen ist eine Episode überliefert, in der der Komponist (Johann Georg) Wilhelm Schneider Goethe seine Vertonung des Gretchenliedes *Ach neige, du Schmerzenreiche* am Klavier vorträgt. Sie findet sich in einer Königsberger Zeitschrift von 1839. Dort ist eine ausführliche Rezension der Aufführung der *Faust*-Vertonung des Fürsten Anton Radziwill[1] in Königsberg im selben Jahr abgedruckt. Verfasst hat sie der Gymnasialdirektor Friedrich August Gotthold.[2] Auf S. 386 kommt er auf die Nummer XXI (*Ach neige, du Schmerzenreiche*) der Komposition zu sprechen:

> Denn wenngleich auch hier noch größere Einfachheit zu wünschen war, so sind doch die Worte kein einfaches in Strophen getheiltes Lied […] und einzelne Wendungen sind in der That schön und ergreifend. Ich finde in einigen Stellen dieser Komposition eine entfernte Aehnlichkeit mit der meines verstorbenen Freundes Wilhelm Schneider, die er vor 30 und einigen Jahren mit seiner unbedeutenden heisern Stimme Göthen am Klavier vorsingen mußte, worauf dieser, der neben ihm stand, ihm die Hand auf die Schulter legte mit den Worten: »Sehr viel Gefühl, mein lieber Schneider!« Vielleicht kannte Fürst R. diese Komposition, wiewohl beide Komponisten auch durch richtiges Gefühl geleitet einander begegnen konnten.[3]

* Der moderne Notensatz (mit Taktziffern) folgt dem Druck der beiden Lieder in der Nachlass-Edition von 1812 (dort die Nummern III und IV). Die dortige Orthographie ist unverändert übernommen, offensichtliche Notenfehler sind korrigiert, Silbenbögen und die Fermatensetzung vereinheitlicht.

1 Fürst Anton Heinrich Radziwill (1775-1833) war ein polnischer Großgrundbesitzer, Politiker in preußischen Diensten und Liebhaber-Komponist. Seine bedeutendste Komposition ist die erste, von Goethe begrüßte und im 19. Jahrhundert am meisten aufgeführte Vertonung von Goethes *Faust* (vgl. *Allgemeine Deutsche Biographie* [ADB], Bd. 27, Leipzig 1888, S. 154 f.). Zu seiner Vertonung dieses Gretchenlieds vgl. Anm. 32.

2 Friedrich August Gotthold, geb. 1778 in Berlin, gest. 1858 in Königsberg, besuchte bis 1798 das Gymnasium zum Grauen Kloster in Berlin, studierte 1798-1801 in Halle Theologie und Altertumswissenschaften und ließ sich dann in Berlin zum Gymnasiallehrer ausbilden. Er war 1806-1810 Konrektor in Küstrin (er leitete dort einen gemischten Chor) und wurde dann von Wilhelm von Humboldt zum Rektor des Königsberger Collegium Fridericianum ernannt. Er publizierte zahlreiche Arbeiten zur Gymnasialpädagogik, Altphilologie und Musikwissenschaft (vgl. ADB, Bd. 9, Leipzig 1879, S. 486 f.). Dies und seine genaue, kompetente Rezension der *Faust*-Aufführung weisen Gotthold als zuverlässigen Gewährsmann der Episode aus.

3 Friedrich August Gotthold: *Ueber des Fürsten Anton Radziwill Kompositionen zu Göthe's »Faust« und ihre Aufführung zu Königsberg am 13. und 23. März 1839*. In: *Vaterländisches Archiv für Wissenschaft, Kunst, Industrie und Agrikultur, oder Preußische Provinzial-Blätter* 21 (1839), S. 354-392; hier S. 386 zu Nr. XXI.

Der Pianist und Liederkomponist Wilhelm Schneider war selbst zu seinen Lebzeiten (1781-1811) nur Kennern bekannt und dann nahezu völlig vergessen. Erst 2016 ist er neu entdeckt und gewürdigt worden.[4] Drei Jahre später konnten weitere biografische Daten ermittelt werden, und durch eine umfangreiche Analyse von Schneiders vierstimmiger Chorlied-Vertonung der 6. Hymne an die Nacht von Novalis konnte die musikgeschichtliche Bedeutung dieses Komponisten als Wegbereiter des frühromantischen Kunstliedes herausgestellt werden.[5] Eine genauere Analyse der zwei Gretchen-Lieder von Schneider (*Ach neige, du Schmerzenreiche* und *Meine Ruh' ist hin!*), die im Folgenden vorgelegt wird, wurde damals angekündigt.

Schneider ist 1781 in Rathenow bei Berlin als Sohn eines Organisten geboren, von dem er schon früh in Musik unterrichtet wurde. Nach dem Besuch des Gymnasiums zum Grauen Kloster in Berlin studierte er ab etwa 1802 in Halle Theologie. Dort erhielt er von dem Komponisten, Universitätsmusikdirektor und Klavierpädagogen Daniel Gottlieb Türk wohl gründlichen Kompositionsunterricht und wandte sich immer mehr der Musik zu. Oft weilte er im berühmten ›Giebichensteiner Dichterparadies‹ nahe Halle und gehörte bald zum inneren Freundeskreis der Familie Reichardt. Im November 1804 verließ Schneider Halle und lebte dann in Berlin ganz der Musik; seinen Lebensunterhalt verdiente er wie schon in Halle als Klavierlehrer und Konzertpianist. Er starb am 17. Oktober 1811 an Tuberkulose.[6]

Zurück zur Goethe-Episode: Da die Quelle dafür nur ungefähre Angaben zum Zeitpunkt (»vor 30 und einigen Jahren«) und überhaupt keine Angabe zum Ort des Vorspiels enthält, sind wir diesbezüglich auf Vermutungen angewiesen. Am ehesten kann Schneider mit Goethe auf Reichardts Besitz Giebichenstein bei Halle zusammengetroffen sein. Von einer Reise zu Goethe, etwa nach Weimar oder Jena, ist nichts überliefert; sie ist angesichts seines eher zurückhaltenden Naturells und seiner bescheidenen finanziellen Mittel auch unwahrscheinlich. Der Wortlaut der Quelle (Schneider »mußte« vorspielen) legt ein eher zufälliges Zusammentreffen mit Goethe nahe.

Schneiders Aufenthalt in Halle ist im Gegensatz zu seinem übrigen Leben relativ gut dokumentiert, und zwar durch die Briefe des Medizinstudenten Adolph Müller an seine Familie in Bremen,[7] die bisher für eine Biografie Schneiders noch nicht genügend ausgewertet worden sind. Müller – drei Jahre jünger als Schneider, beide starben im selben Jahr 1811 – studierte ab Oktober 1803 in Halle Medizin. Schnei-

4 Hans Dierkes, Hermann Patsch: *»Die beigelegte Musik für das kleine Lied«. Der Komponist Johann Wilhelm Schneider (1781-1811) und der Schlegel-Tiecksche »Musenalmanach für das Jahr 1802«. Früheste Vertonungen der Lyrik Friedrich Schlegels und Friedrich von Hardenbergs.* In: *Athenäum. Jb. der Friedrich-Schlegel-Gesellschaft* 26 (2016), S. 175-220.

5 Hermann Patsch, Burkhard Stauber: *»Sehnsucht nach dem Tode«. Die Vertonung der 6. Hymne an die Nacht von Novalis durch den frühromantischen Komponisten Wilhelm Schneider.* In: *Archiv für Musikwissenschaft* 76 (2019), S. 28-55.

6 Alle bis 2019 bekannten Daten und Zeugnisse von Schneiders Leben sind zusammengefasst in dem Aufsatz von Patsch, Stauber (ebd.). Im Folgenden kommen einige hinzu.

7 *Aus dem Nachlaß Varnhagen's von Ense. Briefe von der Universität in die Heimath.* Leipzig 1874. [Hrsg. von Varnhagens Nichte Ludmilla Assing.] Im Folgenden zitiert als Müller.

der, der seit 1802 dort war, verließ die Universitätsstadt im November 1804; beider gemeinsamer Aufenthalt umfasst demnach ein gutes Jahr. Adolph Müller stammte aus einem musikalischen Elternhaus in Bremen. Der ehrgeizige Vater Wilhelm Christian, Musiklehrer an einem Bremer Gymnasium, Musikschriftsteller und 33 Jahre Domkantor, bildete Tochter Elise (Klavier) und Sohn Adolph (Geige) zu virtuosem Spiel aus.[8] So musizierte Adolph Müller mit Schneider bei einem Hauskonzert in Halle am 17. Februar 1804 eines der eben erschienenen schwierigen Beethoven-Duette op. 30[9] und übernahm im Türk'schen Orchester bei einer *Jahreszeiten*-Aufführung einen Solopart.[10] In seinen Briefen zeigt er sich als junger, begeisterter Student, der in seinen Interessen weit über sein Fachgebiet Medizin hinausgreift. Kompetent in Literatur und Musik, interessiert er sich auch für Philosophie und Theologie und hört unter anderem Vorlesungen des Naturforschers Henrik Steffens und des Theologen Friedrich Schleiermacher, an den er sich auch privat immer enger anschließt.[11] Über das Hallenser und zeitgenössische Musikleben urteilt er entschieden, mit kritischem Blick und erstaunlich kompetent, so dass seine Bewertung von Schneiders Kompositionen und Klavierspiel als fundiert und wertvoll gelten muss.

Schneider wirkt in Halle offenbar als ein vorzüglicher Pianist und begehrter Klavierlehrer. Er tritt dort häufig bei (auch öffentlichen) Hauskonzerten auf, oft zusammen mit Adolph Müller, besonders in der alteingesessenen Familie des Postdirektors Matthias Wilhelm von Madeweis, wo er als Pianist brilliert, zum Teil mit eigenen Kompositionen. Sein Spiel wird stets als eindrucksvoll beschrieben.[12] Auch in Giebichenstein spielte Schneider.[13] Über Schneiders Vokalkompositionen äußert sich Müller mehrmals. Er stellt sie über die von Reichardt.[14] Am 19. März 1804 regt er seine Schwester Elise an, sich zwei eben erschienene Almanache zu beschaffen »mit Musikalien von Schneider« (Müller, S. 74).[15] Anfang September 1804 legt er dem Brief an seine Schwester einige Vertonungen von Schneider aus den Zeit-

8 Er kaufte seinem Sohn sogar eine Stradivari-Geige für 200 Taler. Mit dem überaus reichen Wirken Wilhelm Christian Müllers in Bremen beschäftigt sich der Sammelband *Wilhelm Christian Müller. Beiträge zur Musik- und Kulturgeschichte Bremens um 1800*. Hrsg. von Christian Kämpf. Bremen 2016.

9 Müller (Anm. 7), S. 60.

10 Ebd., S. 63.

11 Am 25. Februar 1805 (ebd., S. 174) gesteht er seiner Schwester Elise: »[…] ich habe mich nach und nach heftig in ihn verliebt […]. […] kennen […] mußt du diesen Gottmenschen«.

12 Z.B.: »Neulich spielte mir Schneider die schwerste Sonate von Beethoven vor, Op. 36, ich war wie versteinert« (Müller [Anm. 7], S. 82).

13 Z.B. am Heiligen Abend 1803: »Einen sehr frohen Mittag und Abend haben wir gestern bei Reichardt genossen. […] Gegen Abend mußte Schneider eine Sonate von Mozart spielen, und Reichardt's sangen einige Chöre aus seinen Opern« (ebd., S. 43).

14 Ebd., S. 76, Konzert bei Madeweis: »Louise Reichardt sang […]. Nun sehe ich erst recht wie gewöhnlich, ich möchte sagen gemein, Reichardt's und Righini's Kompositionen gegen die von Mozart und Beethoven sind; auch Schneider's Sachen sind voll Geist. Sie sind durchdacht, Reichardt's Kompositionen hingegen wie hingepfiffen«.

15 Es handelt sich um *Cupido* und *Apollon* (Anm. 25). »[…] was er setzt […] ist immer voll Geist, und er hat einen Reichthum von musikalischen Gedanken« (ebd., S. 74).

schriften *Cupido* und *Apollon* bei, mit der Bemerkung: »Die Schneider'schen Lieder setze ich über alles seiner Art, was nach Mozart entstanden ist« (Müller, S. 124, ohne Datum). Das ist schon eine sehr hohe Einschätzung der Liedkunst Schneiders. Am 15. Oktober 1804 berichtet Müller weiter: »Es ist wieder ein Theil [Heft] vom musikalischen Almanach herausgekommen, mit herrlichen Liedern von Schneider. Suche ihn [den Almanach] ja auf« (S. 138). Der Brief vom 11. November 1804 an Elise ist der letzte, aus dem wir etwas über Schneider erfahren. Müller legt zwei Exemplare von Schneiders eben in der *Allgemeinen musikalischen Zeitschrift* erschienener Vertonung der Novalis-Hymne bei[16] und bemerkt: »Daß Euch Schneider's harmonischer Geist erfreut, ist mir sehr lieb. [...] Von Schneider, – von seinem ganzen Wesen – von dem Hergange meiner Bekanntschaft mit ihm, kann ich unmöglich weitläufig anfangen, da ich kein Ende finden würde« (S. 139). Müller selbst verlässt nach Abschluss seiner medizinischen Promotion am 27. April 1807 Halle und weilt dann bis Anfang Oktober in Berlin. Von Schneider, der ebenfalls dort lebt, ist in seiner Korrespondenz nicht mehr die Rede.

Nach allem, was wir aus Müllers Briefen über Schneider erfahren, ist dieser sowohl in Halle als auch in Giebichenstein kein Unbekannter, im Gegenteil: Er genießt den Ruf eines exzellenten Pianisten und seine kürzlich gedruckten Liedvertonungen haben ihn als Liedkomponisten überregional bekannt gemacht.[17] Deshalb könnte man aus dem Wortlaut der Erinnerung Gottholds, dass Schneider Goethe sein Gretchenlied vorspielen »mußte«, die Pointe herauslesen: Die Gesellschaft, die sich um Goethe in Giebichenstein versammelte, war neugierig, wie der berühmte Dichter auf den Liedvortrag dieses ›Newcomers‹ wohl reagieren würde.[18]

Wie ist nun Goethe mit Giebichenstein in Verbindung zu bringen? Reichardt war zeitlebens ein glühender Verehrer des Dichters und Vorbilds der Frühromantiker; kein anderer Komponist hat so viele seiner Gedichte und Singspiele vertont wie er. Seit 1789 war er zunächst Goethes wichtigster musikalischer Berater geworden. Doch 1794 kam es zum Zerwürfnis wegen Reichardts politischer Haltung. Über fünf Jahre schweigt Goethe. Dann gelingt nach seiner schweren Krankheit zu Beginn des Jahres 1801 die Versöhnung mit Reichardt. Die Beziehung blüht wieder auf und gedeiht eher mehr als vor dem Zerwürfnis. Und Goethe kommt nach Giebichenstein, von Reichardt mehrmals aufs Herzlichste eingeladen. Insgesamt vier Besuche sind dokumentiert: 1802 im Mai und Juli jeweils drei Tage, 1803 für die Dauer von fünf Tagen im Mai und 1804 ein Vormittag im August.[19]

16 Vgl. Anm. 5 u. 25.

17 1803 waren drei Almanache mit Gedichtvertonungen Schneiders nahezu gleichzeitig erschienen (vgl. Anm. 25). Herausgeber waren Studienfreunde Schneiders in Halle.

18 Dass das Vorspiel in Giebichenstein stattfand, ist, wie schon gesagt, nicht direkt dokumentiert. Dieser Vorbehalt, der aber die Bedeutung des Ereignisses an sich nicht schmälert, muss hier gemacht werden.

19 Über die Besuche Goethes in Giebichenstein (sowie über Reichardts Leben und Kompositionstätigkeit überhaupt) informiert umfassend die maßgebliche Biografie von Walter Salmen: *Johann Friedrich Reichardt. Komponist, Schriftsteller, Kapellmeister und Verwaltungsbeamter der Goethezeit.* Freiburg i. Br. 1963, unveränderter Nachdruck Hildesheim 2002, S. 98-103. In dem Kapitel *Herbergsvater der Romantik* (S. 85-108) berichtet

Über den Zeitpunkt von Schneiders Studienbeginn in Halle ist außer dem Jahr 1802 nichts bekannt.[20] Für ein Zusammentreffen mit Goethe schon bei dessen ersten beiden Aufenthalten in Giebichenstein im Mai und Juli 1802 spricht wenig. Einerseits wäre Schneider im Mai gerade erst zum Sommersemester in Halle eingetroffen, andererseits bis Juli noch nicht zu dem Renommee gelangt, das er im nächsten Jahr hatte. So kommt für sein Vorspiel eigentlich nur Goethes längster Aufenthalt vom 5. bis 10. Mai 1803 in Frage. Da war Schneider in Halle und Giebichenstein als Pianist und Liedkomponist bekannt geworden und auch seine Vertonung des Gretchenliedes *Ach neige, du Schmerzenreiche* war eben erst im Druck erschienen.[21] Der Gewährsmann der Episode, Friedrich August Gotthold, hatte allerdings Halle schon 1801 in Richtung Berlin verlassen, musste das Vorspiel also entweder persönlich bei einem späteren Besuch in Giebichenstein erlebt oder brieflich erzählt bekommen haben.[22]

Goethes Reaktion auf Schneiders Vorspiel ist bemerkenswert. Ein gewisser Tadel, durch Schulterklopfen leicht verbrämt, ist nicht zu überhören. Sein Urteil ›sehr viel Gefühl‹ bezieht sich wohl eher auf die Komposition als auf den Akt des Vorspielens. Denn die Musik, die Goethe hörte, entsprach in keiner Weise seinen Vorstellungen und Forderungen bezüglich der Vertonung seiner Gedichte. Diese sind hinreichend bekannt und dokumentiert,[23] am deutlichsten im Briefwechsel mit Reichardt und besonders mit Zelter, seinem ihm wichtigsten Liederkomponisten. Goethe wünscht sich Musik für seine Gedichte; sie kann sie erhöhen, ins Allgemeine erheben, aber sie hat dem Text zu dienen. Am anschaulichsten formuliert er dies in einem Brief an Zelter vom 11. Mai 1820:

Salmen über den Aufenthalt nahezu sämtlicher Dichter der Romantik, dazu bedeutender Professoren aus Halle in Giebichenstein, und es wird deutlich, welches Kommunikationszentrum deutschen Geisteslebens das Landgut Reichardts damals war.

20 Nach Auskunft des Universitätsarchivs der Martin-Luther-Universität Halle-Wittenberg findet sich in den Original-Matrikeln kein Eintrag zu (Johann Georg) Wilhelm Schneider, dagegen interessanterweise am 3. Mai 1803 ein solcher zu Georg Friedrich Schneider aus Rathenow, Sohn eines Kantors, als Theologiestudent. Es dürfte sich um Schneiders Bruder handeln. Das Zusammenspiel der Brüder auf zwei Pianos wird von Adolph Müller zwei Mal erwähnt (Anm. 7, S. 116 u. 140).

21 Erstdruck im 5. Heft der Zs. *Apollon* (Monatsangabe »May« unter der Komposition, vgl. Anm. 25 a). Aus dem 4. Band der umfassenden Sammlung *Goethes Leben von Tag zu Tag. Eine dokumentarische Chronik*. Hrsg. von Robert Steiger u. Angelika Reimann. Bd. 1-9. Berlin, Boston 1982-2011 ergibt sich, dass Goethe während seines Aufenthalts vom 5. bis 9. Mai 1803 bei Reichardt viele Besucher empfing und häufig unterwegs war, die Abende aber in Giebichenstein verbrachte, wo dann auch das Vorspiel Schneiders hätte stattfinden können. Dessen Name taucht allerdings in der genannten Sammlung nicht auf.

22 Darauf lassen die realistische Schilderung »mit seiner unbedeutenden heisern Stimme« und das Schulterklopfen des am Klavier stehenden Dichters schließen. Eine Freundschaft mit dem drei Jahre jüngeren Schneider kann im Berliner Gymnasium zum Grauen Kloster entstanden sein, das beide besucht haben.

23 Vgl. dazu die umfassende Darstellung von Norbert Miller: *»Die ungeheure Gewalt der Musik«. Goethe und seine Komponisten.* München 2009.

> Deine Compositionen fühle ich sogleich mit meinen Liedern identisch, die Musik nimmt nur, wie ein einströmendes Gas, den Luftballon mit in die Höhe. Bei andern Komponisten muß ich erst aufmerken wie sie das Lied genommen, was sie daraus gemacht haben. (WA IV, 33, S. 27)

Schneider hat offenbar in seinem Gretchenlied der Musik eine weiter gehende Funktion, als von Goethe erlaubt, zugedacht, hat etwas anderes »daraus gemacht«. Dass dies Schneiders Kompositionsprinzip bei der Vertonung anspruchsvoller Lyrik war, wurde in der Musikanalyse seiner Novalis-Vertonung (Hymne 6) nachgewiesen.[24] Wie steht es damit bei seinen übrigen Kompositionen?

Dazu sei ein Überblick über Schneiders Liedkompositionen gegeben. Sie liegen bisher in sechs zeitgenössischen Drucken und drei Beilagen in Musikzeitschriften vor.[25] Nach Abzug der Mehrfachdrucke ergeben sich insgesamt 54 gedruckte Liedkompositionen Schneiders (bis 1812). Hinzu kommt noch die umfangreiche, durchkomponierte Vertonung der Romanze *Arion* von A.W. Schlegel.

Betrachtet man die dichterischen Vorlagen, so ist festzustellen: Die meisten Texte stammen von Autoren der Frühromantik, und zwar zeitnah zu den Erstdrucken: allen voran deren Hauptvertreter Ludwig Tieck (15 Vertonungen) und Novalis (6), dann mit ein bis zwei Gedichten Wilhelm Heinrich Wackenroder und die Brüder Schlegel sowie einige heute unbekannte Zeitgenossen, aber auch einmal Schiller.

24 Vgl. Patsch, Stauber (Anm. 5).

25 a) *Apollon. Eine Zeitschrift.* Hrsg. von Julius Werden [Pseudonym für J.G. Winzer], Adolph Werden [Pseudonym für C.F.Th. Mann] u. Wilhelm Schneider. Zwei Bände zu je 6 Heften. Penig bei F. Dienemann u. Comp. 1803 (enthält 10 Schneider-Vertonungen).
b) *Cupido, ein poetisches Taschenbuch auf 1804.* Hrsg. von Immanuel Meier u. S.G. Laube. Penig bei F. Dienemann und Comp. o.J. [1803]. Dieses Taschenbuch war bisher unbekannt; es enthält drei Vertonungen von Schneider.
c) *Lieder zum musikalischen Taschenbuche 1803 der Brüder Werden componiert von Wilhelm Schneider*, eigens paginierter Anhang zum *Musikalischen Taschenbuch auf das Jahr 1803*. Hrsg. von Julius Werden u. Adolph Werden mit Musik von Wilhelm Schneider. Penig bei F. Dienemann und Comp. o.J. [1802], S. 1-24 (12 Vertonungen).
d) *Musicalisches Taschen-Buch auf das Jahr 1805.* Hrsg. von Friedrich Theodor Mann mit Musik von Wilhelm Schneider. Zweiter Jahrgang. Penig bei F. Dienemann und Comp. o.J. [1804]. Eigens paginierter Anhang S. 1-31 (12 Vertonungen).
e) *Lieder und Gesänge mit Begleitung des Pianoforte. Der Demoiselle Amalia Sebald zugeeignet von Wilhelm Schneider. Op. II.* Bei Breitkopf u. Härtel o.J. [1808] (11 Vertonungen).
f) *Wilhelm Schneider's sämmtliche Lieder und Gesaenge mit Begleitung des Pianoforte. Nach seinem Tode gesammelt. 1tes Heft.* Leipzig-Berlin. Im Kunst- und Industrie-Comptoir o.J. [1812] = »Nachlass-Edition« (16 Vertonungen). Hinzu kommen noch drei Einzeldrucke in Zeitschriften: die Vertonung der Novalis-Hymne VI in *Allgemeine musikalische Zeitung* 7 (1804/1805), *Musikalische Beilage* Nr. 1; die Vertonung des Mignon-Liedes *So laßt mich scheinen* und die Vertonung von *An einen Boten* (aus *Des Knaben Wunderhorn*), beide hintereinander in *Zeitung für die elegante Welt*, No. 190, Nov. 1807, Sp. 1516-1520. – Erwähnt sei hier noch Schneiders 1803 in Halle gedruckte Vertonung von A.W. Schlegels 26-strophiger Romanze *Arion* (durchkomponiert): *Arion. Romanze von A. W. Schlegel. In Musik gesetzt von Wilhelm Schneider.* Halle: Schimmelpfennig und Co. 1803, 24 S.

Schneider fühlte sich der jungen, der frühromantischen Generation zugehörig und deshalb vertonte er deren Lyrik. Der hohe Anteil an Goethe-Vertonungen (12) muss aus damaliger Sicht nicht erstaunen, vielmehr spiegelt er die Goethe unterstellte Führerschaft der neuen Bewegung wider. Er galt als deren Vorbild und stilles Oberhaupt.[26]

Von den zwölf Goethe-Vertonungen können der musikalischen Form nach sechs als reine Strophenlieder, drei als variierte Strophenlieder und zwei als durchkomponierte Lieder bezeichnet werden (das Gedicht *Wonne der Wehmut* ist einstrophig). Hat sich also Schneider bei der Vertonung von Goethes Gedichten weitgehend an dessen bekannte Ablehnung des »Durchkomponierens«[27] gehalten? Denn nur zwei von dessen zwölf Gedichten sind konsequent durchkomponiert, nämlich die beiden Gretchen-Lieder. Und ausgerechnet eines davon »mußte« er ihm vorsingen. Der Grund wird wohl sein, dass es eben erst im Druck erschienen war.

»Gretchen allein« (»Ach neige, du Schmerzenreiche«)

Beide Gretchenlieder finden sich abgedruckt in der Nachlass-Edition von 1812, *Meine Ruh' ist hin!* auch in *Apollon* 1803,[28] was dafür spricht, dass Goethes *Faust. Ein Fragment* von 1790 als Textgrundlage diente. Der Text des ersten Liedes steht in der Szene *Zwinger* in der Form eines Gebets an die Mutter Maria. Gretchens Schande, die Schwangerschaft, ist in der vorhergehenden Szene *Am Brunnen* offenbar geworden. In ihrem Schmerz wendet sie sich an die Mater dolorosa, deren Schmerz um ihren toten Sohn sie naiv mit ihrem eigenen gleichsetzt. Die ersten drei von insgesamt zehn Strophen erscheinen in ihrem alternierenden Metrum zunächst noch wie ein litaneiartiges Bitt-Gebet. Ab Strophe vier ändern sich Rhythmus, Strophenform und Aussage deutlich:[29] Es ist freies Überströmen eigener Empfindung, eigenen Leids, ihrer ganzen Hoffnungslosigkeit, das in einen Hilfeschrei mündet.

Der Komponist Schneider hat diese Textstruktur genau erfasst. Die gebetsartigen Strophen 1 bis 3 vertont er in getragenem 3/2-Takt (überschrieben *Mit Sinn.*) und nahezu syllabischer Deklamation der Singstimme, wobei deren Ambitus im Wesentlichen auf die Quinte f'-c" (Obersekunde des" und Leitton e' mit einbezogen) der Grundtonart f-Moll beschränkt ist. Die erregten, gefühlsbetonten Folgestrophen 4 bis 10 hebt er dann durch das einzige längere Klavier-Zwischenspiel (T. 15-17) davon ab. Diese Strophen erfahren auch musikalisch eine ganz erregte

26 Nicht ohne Grund ziert Goethes Bild den Titel der Zeitschrift *Apollon*, die Schneiders erste Kompositionen veröffentlichte (vgl. dazu Dierkes, Patsch [Anm. 4], S. 192).

27 Goethe erinnert sich in seinen *Tag- und Jahres-Heften* an das mehrmalige Vorsingen eines Strophenliedes durch den Sänger Wilhelm Ehlers im Februar 1801 (MA 14, S. 65). Dort heißt es: »[...] denn bei der gelungenen Praxis überzeugte er [Ehlers] sich, wie verwerflich alles sogenannte Durchkomponieren der Lieder sei, wodurch der allgemein lyrische Charakter ganz aufgehoben und eine falsche Teilnahme am Einzelnen gefordert und erregt wird«. Bei Miller (Anm. 23) findet sich auch der Hinweis, dass Goethe bis ins hohe Alter an diesem strophischen Prinzip geradezu störrisch festhielt.

28 Vgl. Anm. 25 a.

29 Im gesamten Gedicht variieren Strophenform, Metrum sowie Hebungszahlen (zwischen eins und vier), wodurch schon vom Text her das Durchkomponieren naheliegt.

Gestaltung. Das Tempo wird erhöht, ein Taktwechsel in raschere Viertel findet statt (T. 18 *Etwas Schneller.*), in Strophe 5 mehrmals zwischen vier Viertel und drei Viertel wechselnd, und besonders die Singstimme erfährt eine vielfältigere Linie: Sie verlässt den Quint-Raum immer häufiger, besonders an emotionalen Stellen (T. 20 »wühlet der Schmerz«, T. 38 »weine«, T. 45 »Thränen«, T. 59 »hilf«). Die Deklamation durch Halbe und Viertel im ersten Gebetsteil wird immer erregter durch Achtel, ja Sechzehntel abgelöst; besonders die gehäuften Punktierungen verleihen den leidenschaftlichen Klagen Gretchens Ausdruck bei den Stellen »zittert, was verlanget« (T. 25/26), »wie weh', wie weh', wie wehe« (T. 31/32) oder »ich wein', ich wein', ich weine« (T. 36-38).

Als wichtiger Wirkungsfaktor erweist sich bei Schneiders Vertonung die Verwendung verschiedener Tonarten, wie übrigens auch in Schneiders Hymnen-Komposition.[30] Die dominierende Grundtonart im Gebetsteil (Strophen 1-3) ist c-Moll, der damit beginnt und endet (T. 1-16). Hier begegnen noch relativ wenige Modulationen. Bedeutsam ist in den Takten 12-14 der abrupte Wechsel von G-Dur (über »Tod«) nach g-Moll und dann die Modulation über Es^7 zu As-Dur (über »Zum Vater blickst du, und Seufzer schickst du«) – eine Tonart, die für Schneider Sehnsucht und Erfüllung zugleich ausdrückt[31] und in der ihm die schönsten musikalischen Einfälle gelingen, wie auch hier.

In den folgenden emotional aufgewühlten Strophen häufen sich die Modulationen, überwiegend in b-Tonarten, z.T. in entfernte, wie in diesem erregenden Beispiel T. 29-35:

f-Moll	b-Moll	F-Dur	Ges-Dur	Ces-Dur	-------------------	Es^7	F-Dur
Wohin ich immer gehe,		*wie weh', wie weh'*		*wie wehe*	*wird mir im Busen hier*		

Gretchen presst hier, im engsten Tonraum von b' bis des" rezitierend, ihr ganzes Weh heraus. Wie der Komponist dabei nur durch Modulation zwischen sehr seltenen Tonarten tiefen Schmerz vertont, das ist ›unerhört‹ und weist kompositorisch in die Musik der Romantik voraus. (Schneider erzielte damit auch in seiner Hymnen-Komposition eine großartige Wirkung.)

Eine selbständige Funktion nimmt in dieser Lied-Komposition der Klavierpart ein. Diente das Instrument den Komponisten der zweiten Berliner Liederschule (Reichardt, Schulz, Zelter) meist noch zur möglichst leicht spielbaren Harmonie-Begleitung der Singstimme, die es in der Regel colla parte mitspielte, so erhält es bei Schneider stellenweise eine eigene Deutungsfunktion, namentlich im Vorspiel, wo es die schwermütige Stimmung Gretchens vorwegnimmt, in den Zwischenspielen und im Nachspiel. An zwei Stellen greift das Klavier besonders dramatisch ins Geschehen ein. In den Takten 41/42 spielt nach den Worten Gretchens (»das Herz zerbricht in mir«) die rechte Hand eine isolierte, filigrane Sechzehntel-Figur (*dolce* ist vorgeschrieben), die ihr Herzweh feinsinnig nachzeichnet. Und in Takt 55 fährt das Klavier mit Vorschlag auf das Bass-c' und drei Akkordschlägen der rechten Hand (wohl *forte* zu spielen) in die Idylle des Sonnenaufgangs (*piano* ist vorge-

30 Patsch, Stauber (Anm. 5), S. 38 f.
31 Ebd., S. 40.

schrieben*)*, um den ganzen Jammer Gretchens zu unterstreichen. Sonst erfolgt die Klavierbegleitung eher konventionell in Akkorden, wobei immer wieder die Singstimme mitgespielt wird.[32]

Weit mehr als diese Vertonung könnte die des anderen Gretchenliedes Goethes Bedenken bewirkt haben. Dass Schneider ihm auch das vortrug, ist durchaus möglich.

»Margarethe« (»Meine Ruh' ist hin!«)

Das Gedicht steht ebenfalls als Szenen-Monolog (Szenenüberschrift: »*Gretchens Stube.* Gretchen am Spinnrade allein«) im Fragment 1790 nach Fausts Monolog (*Wald und Höhle*). Beide Monologe spiegeln jeweils das Geschehen der Szene davor im »Gartenhäuschen« wieder, nämlich Gretchens Liebesgeständnis und den ersten Kuss. Während Faust in seinem Monolog zunächst innerlich verwandelt erscheint und in erhabenen Blankversen aus dem Erlebten neue Kraft schöpft, sehen wir Gretchen in ihrem Lied-Monolog aufgewühlt, aus ihrer ruhigen Existenz gerissen, aber willens zur unbedingten, wenn auch schließlich zerstörerischen Hingabe. Sie spricht in der ihr eigenen Sprache, dem Ton der Volksliedstrophe, zwar auch in Jamben, aber hastigen Kurzzeilen (zwei Hebungen, fünf bei Faust) ohne strenges Metrum. Es handelt sich um ein Strophengedicht mit zehn ähnlich gebauten Strophen (Schema a b x b, nur die 2. Strophe hat Paarreim); eine Vertonung als einfaches Strophenlied, wie sie Goethe eigentlich für jede Vertonung wünschte,[33] läge nahe. Schneider entscheidet sich aber auch in diesem Gretchenlied für das Durchkomponieren, weil er die Verse bis ins letzte Wortdetail musikalisch ausdeuten möchte.

Die musikalische Großgliederung folgt der des Textes, welcher durch die Refrain-Strophen 1, 4 und 8 in drei Abschnitte (Strophen 2-3, 5-7 und 9-10) geteilt wird. Jedem Teil ist eine andere Tonart zugeordnet: Strophen 2-3 g-Moll, Strophen 5-7 B-Dur, Strophen 9-10 c-Moll und As-Dur, das in Es-Dur mündet. Innerhalb der Tonarten erfolgen ständig Modulationen über verminderte Septakkorde.

Ein Beispiel liefert der Aufbau des drei Mal gespielten Ritornells zum Text der Refrainstrophe, welche die Grundstimmung des Gedichts formuliert. Es setzt in f-Moll ein, allerdings mit einer verstörenden Sekund-Dissonanz es'-f' in der rechten Klavierhand, die in eine Dissonanz f'-g' mit der einsetzenden Singstimme übergeht. Nach einer weiteren Dissonanz (d' in T. 4) und Taktwechsel (T. 4 und 5) mündet das Ritornell über as-Moll in Es-Dur.

32 Der »Liebhaber-Komponist« Fürst Anton Radziwill (Anm. 1) hat dieses Gretchenlied in seinem Hauptwerk *Compositionen zu Göthe's »Faust«* als typische Opernarie komponiert, mit Bläser- und Streicherbegleitung sowie Pauken zu den Gretchenworten »Rette mich vor Schmach und Tod!«. Eine Nachprüfung in der Partitur (*Compositionen zu Göthe's »Faust« vom Fürsten Anton Radziwill*, Druck Berlin 1836 bei Trautwein, S. 454-465) ergibt höchstens in den häufigen Intervallsprüngen der Sopranstimme dieser leidenschaftlichen Komposition »eine entfernte Aehnlichkeit« mit Schneider (Gotthold [Anm. 3]).

33 Vgl. dazu Anm. 27.

Die ganze Zerrissenheit Gretchens drückt sich auch in der Singstimme aus durch Sprünge (zwei Mal Sechzehntel-Sept in T. 2 und 4) sowie eine punktierte Achtel- und Sechzehntel-Passage mit Taktwechsel im Ritornell über »finde sie nimmer«. Der Ambitus umfasst hier eine Oktave und erweitert sich in den Folgestrophen auf eine Duodezime vom d' (T. 25) bis zum höchsten Ton g" (T. 34). Hier begegnet die wohl eindrucksvollste Stelle der gesamten Komposition in einem einzigen Takt, die Vertonung des Kusses als Schmerz und Wonne zugleich. Im Quintsprung erreicht die Singstimme ihren höchsten Ton (über »ach«), bildet so mit dem Klavier einen schmerzlichen Nonenakkord, auf einer Fermate innehaltend, fällt in kurzem Achtel auf die krasse Dissonanz ges", um nach einer Pausenfermate in einem hellreinen B-Dur-Akkord in Quintlage (über »Kuß!«) auszuklingen. Die wühlenden Klaviertriolen sind verstummt. Nach der einzigen längeren Generalpause setzt das Ritornell wieder ein.

Eindrucksvoll ist auch, wie der Komponist in den Strophen 6 und 7 auf diesen ersten Höhepunkt hinzielt. Im jetzt engen Tonraum einer Quart führt er in den Takten 26-31 die Singstimme in Sekundschritten, zum Teil in chromatischen Rückungen, nach oben, wobei mehrere Dur-Tonarten durchschritten werden:

B-Dur B^7 Es-Dur H^7 E-Dur Gis^7 Cis-Dur Cis^7 Fis-Dur B^7 es-Moll

sein hoher Gang, sein' edle Gestalt, seines Mun - des Lächeln, seiner Augen Gewalt

Im noch engeren Ambitus einer kleinen Terz werden dann die Zeilen 1-3 der 7. Strophe (T. 31-33) nahezu herausgepresst. Diese Musik hat eine ungeheure Spannung aufgebaut, die aus Gretchens Beklemmung und Bewunderung zugleich kommt. Sie entlädt sich im B-Dur-Akkord über »Kuß«, wie oben gezeigt.

Eine tragende Funktion kommt hier dem Klavierpart zu, deutlich mehr als im vorigen Gretchenlied. Spinnrad-Lieder bildeten schon vor Schubert einen Typus im Dreiertakt aus, dem in der Klavierbegleitung durchgehende Drehfiguren der rechten Hand (Spinnrad) sowie wiederholte zwei Achtel der linken Hand (Fußtreten) eigen waren.[34] Schneider wählte den 12/8-Takt und jeweils vier Achtel-Triolen meist für die rechte Hand zur Wiedergabe des Rad-Rhythmus, wobei die linke Hand mit Halben im Bass die Fußbewegung der Spinnerin nachahmt. Diese Triolen, die meist aus Akkordbrechungen bestehen,[35] werden nun im Fortschreiten der Komposition immer differenzierter eingesetzt. Bis hin zu Takt 28 (Strophe 6) laufen sie regelmäßig wie ein schnurrendes Spinnrad. Allerdings halten sie an drei Stellen, den drei Ritornellen, plötzlich inne, und zwar über deren 3. Verszeile »ich finde sie nimmer«.

34 Darauf weist Marie-Agnes Dittrich bei der Besprechung der Schubert'schen Vertonung von *Gretchen am Spinnrade* D 118 hin (*Schubert-Handbuch*. Hrsg. von Walther Dürr u. Andreas Krause. Kassel ^{2}2007, S. 184). Dieser Typus begegne schon in Haydns *Jahreszeiten* (1801) als Chorlied und auch 1805 bei einem anderen Spinnradlied des Komponisten Wilhelm Schneider (*Das Rädchen*, Gedicht von L. Tieck, Notenabdruck ebd., S. 185). Eine Kenntnisnahme Schneiders durch Schubert will Dittrich nicht annehmen. Übrigens ist eine Ähnlichkeit der Melodiekurve der oben zitierten Stelle (T. 28-31) mit Schuberts Vertonung (D 118, T. 50ff.) festzustellen.

35 Mehrmals über eine Oktave hinaus, so T. 6, 7, 9, 15-17 (zu »zerstückt«), in den Zwischenspielen auch zweistimmig mit der linken Hand.

Zwei arpeggierte Akkorde, durch Viertelpausen voneinander getrennt, stehen in Takt 4, zwei Halbe in Takt 20 und 39 an ihrer Stelle. Die Musik sagt also gegen den Text aus; Ironie oder aufflammende Hoffnung? Eher Letzteres, denn schon im nächsten Takt setzen die Triolen wieder ein (zu »nimmermehr!«).

Ab Strophe 5, nach dem zweiten Ritornell, steigert sich die innere Spannung Gretchens, bis sie sich beim ersten Höhepunkt des Gedichts in Strophe 7 entlädt (Zeile 3 »und ach! sein Kuß!«). Auch im Klavierpart hat Schneider diese Stelle zum ersten Höhepunkt seiner Vertonung gestaltet, wie bei der Singstimme oben gezeigt wurde. In den Trittbässen deutet sich eine Steigerung schon ab T. 24 an, indem die Halben in Viertel aufgelöst werden, als ob Gretchen jetzt rascher trete. Zusätzlich können sie das Auftreten Fausts und seinen »Gang« abbilden (vgl. die Verszeilen »Nach ihm nur schau ich« sowie »sein hoher Gang« in den Strophen 5 u. 6 jeweils Z. 1).

Ab Takt 28 werden die Viertel Teil der Achteltriolen, indem diese zwischen linker (Viertel) und rechter Hand (nachklappende Achtel) aufgeteilt sind. Pianissimo ist jetzt vorgegeben, das sich bis zur Kuss-Stelle zum Fortissimo steigert.[36] Ab T. 31 (»seiner Augen Gewalt«) werden die nachklappenden Achtel zu dramatischen Akkorden, die sich in T. 33 zwischen den beiden Klavierhänden synkopisch-realistisch verzahnen (»sein Händedruck!«).

Auch die Trittbässe, die neben den Achteln des Spinnrades den zweiten Grund-Rhythmus, den der tretenden Füße, nachzeichnen, werden funktional variiert. Als Grundrhythmus sind zunächst (T. 1) zwei punktierte Halbe gesetzt,[37] die nur im Ritornell über »Ruh' ist hin!« zum Ganzton verbunden sind. Von T. 5 bis 9 wird die zweite Halbe zu einer Viertelnote plus Pause verkürzt; dann läuft der Halbe-Rhythmus durch bis T. 23, wobei er in T. 10 und in den kurzen Zwischenspielen T. 16/17 und 22/23 zwischen linker und rechter Hand aufgeteilt ist. Die Steigerung durch Aufteilung in Viertel ab T. 24 wurde oben schon erwähnt.

Drei Takte vor dem Kuss-Höhepunkt versiegt dieser Tret-Rhythmus (ab T. 31) und auch der Rad-Rhythmus gerät im synkopischen Takt 33 (»Händedruck!«) durcheinander. Hat Gretchen in der Wonne der Kuss-Erinnerung das Treten vergessen? In der Musik ja! Der musikalische Stau, komponiert durch das fermatierte g", und die Pausenfermate in Takt 34, besonders die längere Pause danach (T. 35), haben das bewirkt. Die Musik hat die reale Ebene des Spinnens verlassen, ist tief in die Erinnerungsebene Gretchens eingetaucht und hat deren Glücksgedanken in einen musikalischen Innen-und Deutungsraum gesetzt, in dem nach einer Pause, gewissermaßen als Echo, die Erinnerung an den Kuss im Pianissimo nachhallt (T. 35/36).

Die reale Welt des Spinnens setzt mit dem erneuten Ritornell T. 36 ff. wieder ein,[38] das anschließende zweitaktige Zwischenspiel fehlt nun und es ändern sich

36 Dort nicht vorgegeben, aber aus dem folgenden *pp* in T. 35 zu erschließen.

37 In Schneiders Klavier-Vorspiel zu seiner Liedkomposition *Das Rädchen* und bei Schubert D 118 sind es zwei Achtel, vgl. Anm. 34.

38 Verhaltener, leiser zu spielen. Die Lizenz für verschiedene Tempi, vom Komponisten in einem Asterisk zu Beginn erteilt (»Der Text wird die verschiedenen Tempo's angeben.«), kann wohl auch für die Dynamik in Anspruch genommen werden.

die Begleitfiguren im Klavier von Takt zu Takt. Die Achtel-Triolen des Spinnrads werden jetzt allmählich aufgelöst bis zum völligen Verschwinden: In T. 41 pausiert die dritte, in den nächsten beiden die erste Achtel, ab T. 43 verschwindet der tretende Bass, die nachklappenden Achtel werden zu Akkorden, in T. 45 ist der Rhythmus durch synkopisch verschränkte Viertel zum Text »so wie ich wollt« vollends verschoben – dem Hörer könnte schwindlig werden –, in T. 46 aber wieder hergestellt, indem die rechte Klavierhand Gretchens trotzige Melodiekurve über »küssen ihn, so wie ich wollt'!« (T. 45) zwei Mal wiederholt; die hämmernde Oktavierung der letzten fünf Noten (T. 46) spiegelt dabei Gretchens Willen zum Äußersten, zum Untergang auch im Klaviersatz wider.

Überraschend verhalten vertont Schneider die letzten beiden Verszeilen des Gedichts und dessen tragisches Fazit. In Takt 47 tritt Taktwechsel ein und *Langsamer.* ist vorgeschrieben. Die Triolenbewegung weicht nüchternen, nach Es-Dur kadenzierenden Akkorden zur abschließenden Melodiezeile Gretchens (»An seinen Küssen vergehen sollt!«), die sich vielsagend aus dem zweiten Teil des Ritornells bildet (dort zu »ich finde sie nimmer«). Im sechstaktigen Nachspiel des Klaviers hallt Gretchens Doppelgefühl in zwei Kadenzierungen nach c-Moll nach, einmal durch einen dissonanten Septakkord, dann durch einen reinen Dominantakkord (G-Dur), worauf das Klavier im Pianissimo, sachte von Pausen unterbrochen, ins ›versöhnlich-positive‹ Es-Dur kadenziert, wiederum gegen die Textaussage. Deutet Schneider hier den Untergangswillen Gretchens positiv als Willensstärke, ja Emanzipation?

Ein Einwand könnte gegenüber dieser nahezu Takt für Takt intensiven musikalischen Ausdeutung der Goethe-Verse entstehen, die sich erst dem analysierenden Intellekt, kaum dem spontanen Hören erschließt: Geht sie nicht zu Lasten der Sangbarkeit, des Melodischen? Hier ergibt sich ein gemischtes Bild. Einerseits gelingen Schneider immer wieder schöne melodische Abschnitte (T. 1/2, T. 41/42, T. 45) und größere melodische Bögen (T. 12-15), andererseits neigt der Fortgang der Singstimme meist textbedingt zu rezitativischen Takten mit engem Ambitus, die wie im Beispiel oben (»sein hoher Gang [...]«) durch ihre wechselnden Tonarten wirken und überzeugen, aber gelegentlich uneben ausfallen (T. 4, 26, 31/32). Auch Schubert komponiert zum Teil rezitativisch im engen Tonraum (vgl. Anm. 34), doch ist bei ihm nie eine ähnliche Gefahr gegeben wie bei Schneider, vor allem weil die Singstimme permanent von der durchgehenden Sechzehntel-Begleitung unterlegt ist.

Zusammenfassend kann festgestellt werden: Durch die Vielfalt musikalischer Mittel, besonders im Klaviersatz, hat Schneider Goethes Verse bis ins kleinste Detail vertont, genau das, was Goethe nicht gefiel, und sie vollständig in Musik aufgelöst. Diese funktioniert nicht mehr als Untermalung, Steigerung ins Allgemeine im Sinne Goethes, sondern sie drückt aus, deutet, verwandelt die Dichtung in etwas Anderes, Neues, in »musikalische Struktur«.[39] Für Schneider mag dieser Begriff nur bei wenigen seiner Lied-Kompositionen (namentlich für die beiden Gretchenlieder und die Vertonung von Novalis' 6. Hymne an die Nacht) und auch nur in Ansätzen zu-

39 Thrasybulos G. Georgiades prägte diesen Begriff für Schuberts geniale Liedkunst (ders.: *Schubert. Musik und Lyrik*. Göttingen ²1979, S. 35).

treffen. Aber er ist sicher der erste Lied-Komponist, der diesen Schritt über die konventionelle Vertonungspraxis eines Schulz, Zelter oder Reichardt und auch dessen Tochter Louise[40] hinaus wagte, die mit ihren Lied-Kompositionen nur ein »musikalisches Gehäuse«[41] schaffen. Damit steht Schneider an der Schwelle der Liedkunst Schuberts. Weit mehr gilt dies für das zweite besprochene Gretchenlied als für das erste. Es ist durchaus möglich, dass Schneider Goethe auch das zweite, leidenschaftlichere vortrug, das zwar erst in der Nachlass-Edition 1812 abgedruckt wurde, aber schon 1803 zusammen mit dem ersten entstanden sein kann.

Hier ließe sich die Frage stellen: Wurden die fortschrittlichen Tendenzen in Schneiders Lied-Kompositionen in Giebichensteiner Musizier- und Gesprächsstunden wahrgenommen oder gar thematisiert? Direkte, konkrete Aussagen dazu von Teilnehmern lassen sich bisher nicht finden. Dass das Thema aber sozusagen in der Luft lag, kann man indirekt aus einer Briefbemerkung Clemens Brentanos schließen, der oft, auch 1804, in Giebichenstein weilte: »Überhaupt fühle ich, daß [...] seine Musik [die von Reichardt] den neuen romantischen Schritt der Kunst nicht macht noch machen wird«.[42] Eine Episode mag in diesem Zusammenhang interessant sein: Der hochmusikalische Theologe Friedrich Schleiermacher, zum Freundeskreis Reichardts in Giebichenstein gehörend, muss von der Liedkunst Schneiders beeindruckt gewesen sein, denn er kaufte in Berlin 1807 und 1808 jeweils eine Liedersammlung Schneiders.[43]

40 Louise Reichardt zeigt in ihren Liedkompositionen mehr als ihr Vater Gestaltungstendenzen über die Zweite Berliner Liederschule hinaus. Sie kennt Schneiders Novalis-Vertonungen. Dass sie diese in einem Brief an Friedrich Schleiermacher (vgl. Patsch, Stauber [Anm. 5], S. 33, Anm. 25) als »durchaus unbedeutend« herabsetzt, ist weniger einem ernst zu nehmenden Urteil (dafür ist sie zu intelligent) als jetzt verständlichem Kollegenneid zuzuschreiben.

41 Georgiades (Anm. 39), S. 33.

42 In einem Brief an Achim von Arnim im März 1808; zit. nach Salmen (Anm. 19), S. 103.

43 Vgl. Dierkes, Patsch (Anm. 4), S. 186, Anm. 39.

IV. Gretchen allein.

Wilhelm Schneider

12
Tod. 3. Zum Va - ter blickst du, und Seuf - zer schickst du hin - auf, um
15
sein' und dei - ne Noth.
18 Etwas Schneller.
4. Wer füh - let, wie wüh - let der Schmerz mir im Ge - bein? Was mein
mf
p
f
p
23
ar - mes Herz hier ban - get, was es zit - tert, was ver - lan - get, weißt nur
p

27
du, nur du al - lein. 5. Wo - hin ich im-mer ge - he, wie weh', wie weh', wie we-he wird
mf
pp
33
mir im Bu - sen hier. Ich bin, ach! kaum al - lei - ne, ich wein', ich wein', ich
38
wei - ne, das Herz zer - bricht in mir. 6. Die
dol.
42
Ziemlich langsam.
Scher-ben vor mei-nem Fen-ster be - thaut' ich mit Thrä - nen, ach! Als ich am frü-hen Mor-gen dir

48
die - se Blu - men brach, 7. schien hell in mei-ne Kam - mer die Son-ne früh her -
54
auf, saß ich in al-lem Jam-mer in mei-nem Bett schon auf. 8. Hilf, ret-te mich von
p
f
60
Wie im Anfange.
Schmach und Tod! Ach nei - ge, du Schmer - zen - rei - che, dein Ant - litz
64
gnä - dig mei - ner Noth.
Göthe
pp
dimin.

III. Margarethe.

Der Text wird die verschiedenen Tempo's angeben.

Wilhelm Schneider

13
mir ver - rückt,
mein ar - mer Sinn ist mir zer-stückt.
16
4. Mei-ne Ruh' ist hin! mein
f p
f
pp
19
Herz ist schwer! ich fin - de sie nim - mer und
21
nim - mer - mehr!
5. Nach
f p

24
ihm nur schau ich zum Fen - ster hin - aus! Nach
26
ihm nur geh' ich aus dem Haus; 6. sein ho - her Gang, sein'
pp
29
e - dle Ge - stalt, sei - nes Mun - des Lä - cheln, sei - ner
31
Au - gen Ge - walt 7. und sei - ner Re - de Zau - ber - fluß, sein

33
Hän - de - druck! und ach! sein Kuß!
pp
36
8. Meine Ruh' ist hin! mein
38
Herz ist schwer! ich fin - de sie nim - mer und
40
nim - mer - mehr. 9. Mein Bu - sen drängt sich

42
nach ihm! Ach! dürft' ich fas - sen und
44
hal - ten ihn 10. und küs - sen ihn, so wie ich
46
Langsamer.
wollt'! An sei-nen Küs - sen ver - ge - hen sollt!
sf
51
sf
sf
pp

Jan Kerkmann

Gott-Natur oder Objektivation des Willens? Anmerkungen zum naturphilosophischen Dialog zwischen Goethe und Schopenhauer

1. Einleitung

In diesem Beitrag soll anhand von drei Themenfeldern der Versuch unternommen werden, mögliche Wege zu einem Zwiegespräch zwischen Goethe und Schopenhauer hinsichtlich der Deutung der Natur zu eröffnen. Es soll dabei weniger um die Reflexion der Zugangsbedingungen des Subjekts zur Natur oder um das Verhältnis zwischen der Anschauung und der Verstandestätigkeit gehen. Gleichwohl sind es ebendiese Problemkonstellationen, die in der Forschung – zumeist im Rekurs auf die von Goethe und Schopenhauer verfassten Werke zur Farbenlehre – als Hauptkonfliktpunkte markiert werden.[1] Dass der Widerstreit zwischen Schopenhauer und Goethe im Kern auf der Frage nach der subjektiven Bedingtheit der Außenwelt beruhe, wird freilich von Schopenhauer selbst nahegelegt.[2]

Entgegen der schematischen Gegenüberstellung des vermeintlichen Realisten auf der einen Seite und des durch Kant geschulten Transzendentalidealisten auf der anderen Seite soll in diesem Aufsatz die These vertreten werden, dass sich eine mindestens ebenso große Differenz in der diametral entgegengesetzten Wesensbestimmung der Natur abzeichnet. Diese wirkt auf die Beurteilung des Lebens im Ganzen insofern zurück, als Goethe die Natur als Symbolwerdung des Göttlichen erfährt, wohingegen Schopenhauer sie als dämonische Macht begreift. Folglich ist es die erklärte Intention des vorliegenden Beitrags, jenen Werkpassagen Schopen-

1 Zur erkenntnistheoretischen Divergenz zwischen Goethe und Schopenhauer vgl. Manja Kisner: *In der Anschauung liegt die Wahrheit. Eine Analyse von Schopenhauers Intellektualität der Anschauung in ihrem Bezug zu Goethes Naturlehre*. In: *Schopenhauer und Goethe. Biographische und philosophische Perspektiven*. Hrsg. von Daniel Schubbe u. Søren R. Fauth. Hamburg 2016, S. 223-246. Hinsichtlich der Farbenlehre vgl. Olaf Breidbach: *Johann Wolfgang von Goethe*. In: *Schopenhauer-Handbuch. Leben – Werk – Wirkung*. Hrsg. von Daniel Schubbe u. Matthias Koßler. Stuttgart, Weimar 2014, S. 226-230; sowie Theda Rehbock: *Hat Schopenhauer Goethes Farbenlehre verstanden?* In: *Schopenhauer und Goethe* (ebd.), S. 371-409.

2 Vgl. Arthur Schopenhauer: *Gespräche*. Neue, stark erweiterte Ausgabe. Hrsg. von Arthur Hübscher. Stuttgart-Bad Cannstatt 1971, S. 31: »Aber dieser Goethe [...] war so ganz *Realist*, daß es ihm durchaus nicht zu Sinne wollte, daß die *Objekte* als solche nur da seien, insofern sie von dem erkennenden Subjekt *vorgestellt* werden. Was, sagte er mir einst, mit seinen Jupitersaugen mich anblickend, das Licht sollte nur da seyn, insofern Sie es sehen? Nein, *Sie* wären nicht da, wenn das Licht *Sie* nicht sähe«. – Sofern nicht anders vermerkt, werden die Werke Arthur Schopenhauers nach der von Arthur Hübscher herausgegebenen *Zürcher Ausgabe* in zehn Bänden (Zürich 1977) zitiert. Folgende Siglen werden verwendet: W I, W II = *Die Welt als Wille und Vorstellung*, Bd. I, II; N = *Ueber den Willen in der Natur*, Bd. V; P II = *Parerga & Paralipomena*, Bd. IX,2.

hauers eine vertiefte Aufmerksamkeit zu schenken, mit denen er entweder in der Sache selbst von Goethes Standpunkt abweicht oder sich sogar direkt von diesem abgrenzt.

2. *Bildungstrieb und Naturentwicklung*

2.1. Goethes Profilierung des Bildungstriebes

Eine bemerkenswerte Gemeinsamkeit zwischen Goethe und Schopenhauer lässt sich anhand der Theorie des Bildungstriebes veranschaulichen. Sowohl Goethe als auch Schopenhauer beziehen sich hier auf Johann Friedrich Blumenbach (1752-1840), dessen Schriften Goethe eifrig studierte, während Schopenhauer in Göttingen Vorlesungen bei ihm hörte (1809-1811). Goethe baut in seiner Erläuterung des Bildungstriebes (in dem gleichnamigen Aufsatz von 1817) auf den Überlegungen des Physiologen Caspar Friedrich Wolff (1734-1794) auf, welcher der Epigenese[3] ein »organisches Element« (WA II, 7, S. 71) vorschaltete. Dieses soll der Ernährung der Lebewesen dienen. Wolff schreibt der Materie eine inhärente »vim essentialem« (ebd.) zu.

Entscheidend ist, dass Goethe diese Materie als eine essenzielle Kraft fasst, die sich »zu allem fügt, was sich selbst hervorbringen wollte und sich dadurch zu dem Range eines Hervorbringenden selbst erhob« (ebd.). Demnach spürt Goethe in jedem Lebewesen eine Selbstorganisationsfähigkeit auf, die sich in das Formungsvermögen der Materie integriert und in derselben entwickelt. Nach Goethe lässt diese Vorstellung der organischen Materie allerdings »noch einiges zu wünschen übrig«, da an ihr »immer etwas ›Stoffartiges kleben« bleibe, auch »wenn sie noch so lebendig gedacht wird« (WA II, 7, S. 72). Indem der überlieferte Dualismus von Form und Stoff beibehalten wird, kann die Eigendynamik der Lebewesen nicht hinreichend berücksichtigt werden. Goethe verwirft daher – wie nach ihm auch Schopenhauer[4] – den Kraftbegriff aufgrund seiner Vieldeutigkeit und des mechanistischen Beiklangs. Stattdessen bevorzugt Goethe mit Blumenbach den Terminus des Triebes:

> Das Wort Kraft bezeichnet zunächst etwas nur Physisches, sogar Mechanisches, und das, was sich aus jener Materie organisiren soll, bleibt uns ein dunkler unbegreiflicher Punct. Nun gewann Blumenbach das Höchste und Letzte des Aus-

3 Zur Verortung des ›Bildungstriebes‹ innerhalb der Auseinandersetzung Goethes mit der Präformationslehre und der Theorie der Epigenese vgl. die kenntnisreichen Ausführungen von Alfred Schmidt: *Goethes herrlich leuchtende Natur. Philosophische Studie zur deutschen Spätaufklärung*. München 1984, S. 74-76.

4 Vgl. W I, S. 157: »Führen wir daher den Begriff der Kraft auf den des Willens zurück, so haben wir in der That ein Unbekannteres auf ein unendlich Bekannteres, ja, auf das einzige uns wirklich unmittelbar und ganz und gar Bekannte zurückgeführt und unsere Erkenntniß um ein sehr großes erweitert. Subsumiren wir hingegen, wie bisher geschah, den Begriff Wille unter den der Kraft; so begeben wir uns der einzigen unmittelbaren Erkenntniß, die wir vom innern Wesen der Welt haben, indem wir sie untergehn lassen in einen aus der Erscheinung abstrahirten Begriff, mit welchem wir daher nie über die Erscheinung hinauskönnen«.

> drucks, er anthropomorphosirte das Wort des Räthsels und nannte das wovon die Rede war, einen nisus formativus, einen Trieb, eine heftige Thätigkeit, wodurch die Bildung bewirkt werden sollte.
>
> Betrachten wir das alles genauer, so hätten wir es kürzer, bequemer und vielleicht gründlicher, wenn wir eingestünden, daß wir, um das Vorhandene zu betrachten, eine vorhergegangene Thätigkeit zugeben müssen und daß, wenn wir uns eine Thätigkeit denken wollen, wir derselben ein schicklich Element unterlegen, worauf sie wirken konnte, und daß wir zuletzt diese Thätigkeit mit dieser Unterlage als immerfort zusammen bestehend und ewig gleichzeitig vorhanden denken müssen. Dieses Ungeheure personificirt, tritt uns als ein Gott entgegen, als Schöpfer und Erhalter, welchen anzubeten, zu verehren und zu preisen wir auf alle Weise aufgefordert sind. (ebd.)

Goethe räumt folglich ein, dass die Benennung der vorbewussten Kraft als »nisus formativus« eine Übertragung menschlicher Verständniskategorien auf ein unerkennbares Gebiet bedeutet. Trotzdem lässt sich die Ansetzung einer formgebenden Tätigkeit durch das gründliche Studium der geronnenen Naturprodukte untermauern. Im Unterschied zu Schopenhauer wird der monistische Trieb, in welchem die gerichtete Aktivität und das Substrat vereinigt sind, nicht als sinnblinder Wille markiert. Vielmehr orientiert sich Goethe eindeutig an Spinozas Pantheismus, wenn er die unerschöpfliche Produktivität des »nisus formativus« mit einem verehrungswürdigen Gott vergleicht. Die »Einheit und Freiheit des Bildungstriebes« kann Goethe zufolge allein durch den »Begriff der Metamorphose« (WA II, 7, S. 73) nachvollzogen werden, weil die Metamorphosenlehre die Ausfaltung des organischen Wesens in der Erscheinungswelt zu begleiten vermag.

2.2. Schopenhauers Verknüpfung von Bildungstrieb, Lebenskraft und metaphysischem Willen

Im § 94 der *Parerga & Paralipomena* porträtiert Schopenhauer die Leugnung der Lebenskraft als »höchsten Gipfel der Absurdität«,[5] da der an der Existenz der Lebenskraft Zweifelnde sein eigenes Dasein in Frage stelle. Während Kant die Erhebung der Teleologie zu einem konstitutiven Prinzip in der *Kritik der Urteilskraft* vehement zurückweist,[6] betont Schopenhauer nachdrücklich, dass die Natur nur durch die theoretische Annahme einer zweckmäßig verfahrenden Lebenskraft erklärt werde könne. Schopenhauer gesteht zu, dass in jedem Lebewesen physikalische und chemische Kräfte wirken. Bei einer materialistischen Reduktion auf diese

5 P II, S. 176.

6 Vgl. Immanuel Kant: *Kritik der Urteilskraft*. Werkausgabe, Bd. X. Hrsg. von Wilhelm Weischedel. Frankfurt a. M. 2015, S. 307: »Würden wir dagegen der Natur absichtlich-wirkende Ursachen unterlegen, mithin der Teleologie nicht bloß ein regulatives Prinzip für die bloße Beurteilung der Erscheinungen, denen die Natur nach ihren besondern Gesetzen als unterworfen gedacht werden könne, sondern dadurch auch *ein* konstitutives Prinzip der Ableitung ihrer Produkte von ihren Ursachen zum Grunde legen: so würde der Begriff eines Naturzwecks nicht mehr für die reflektierende, sondern die bestimmende Urteilskraft gehören«.

Kräfte bleibe indes dunkel, wie aus ihnen die »Hervorbringung und Erhaltung«[7] der Naturphänomene hergeleitet werden könnte. Dieser unerklärliche Vorgang müsste in diesem Fall einem rätselhaften Zufall oder einer unbekannten Einflussnahme zugeschrieben werden. Hingegen kann der Organismus nach Schopenhauer nur entstehen, indem die verschiedenen Kräfte vom Bildungstrieb gebündelt werden. Die Lebenskraft wohnt dem Organismus lebenslang und unermüdlich inne. Weicht sie aus dem Lebewesen, wird auch dessen Form zerstört. So wie die Schwerkraft sich in der unorganischen Natur nicht unmittelbar als sie selbst bezeugt, sondern sich in den Zuständen des »Fallens und Gravitirens«[8] der Körper verbirgt, so äußert sich die Lebenskraft im Organismus anhand der Funktionen der Irritabilität, Sensibilität und Reproduktivität.[9]

3. *Goethes Konzeption der Metamorphose und ihre Rezeption bei Schopenhauer*

3.1. Die Entfaltungsstadien innerhalb der Metamorphose der Pflanzen

In der Schrift *Die Metamorphose der Pflanzen* schildert Goethe den Wachstumsprozess des pflanzlichen Organismus. In dessen Umbildungsstufen verwandeln sich einzelne Teile, um in die Erscheinung der später folgenden Elemente überzugehen oder in ihnen zu verschwinden (vgl. WA II, 6, S. 25). Goethes Beschreibung nimmt den Ausgang von den Samen und gelangt über die Stengelblätter zur Ausbildung von Kelch und Griffel, um schließlich zur Blüte fortzuschreiten. Die Pflanze bringt sich selbst hervor, indem sie ein und denselben Teil vielfach modifiziert, dessen diverse Wandlungen zusammenfügt und sich in ihre endgültige Gestalt aufrichtet.

Eine solche Modifikationsfolge zeigt sich in der Strukturähnlichkeit der äußeren Pflanzenteile – Blätter, Kelch, Krone und Staubfäden (vgl. WA II, 6, S. 26) –, was darauf hindeutet, dass sich diese wesentlichen Elemente nicht *nebeneinander*, sondern *auseinander* entwickeln. Um die dafür notwendigen Übergänge zu veranschaulichen, möchte Goethe die Verwandtschaftsbeziehungen zwischen den einzelnen Organen der Pflanze nachweisen. Er wählt auch in der Botanik die für seine Naturforschungen charakteristische, zweiseitige Methodik. Zum einen verfolgt er die interne Ordnung der Teile innerhalb archetypischer und zugänglicher Pflanzenarten. Zum anderen sucht er in einer vergleichenden Gesamtüberschau die »innere Identität der verschiedenen, nach einander entwickelten Pflanzentheile« angesichts und trotz der »größten Abweichung der äußern Gestalt« (WA II, 6, S. 60) zu bekräftigen.

3.2. Schopenhauers Bezugnahme auf Goethes Theorie der Metamorphose im Kapitel »Zur Teleologie«

Für die vorliegende Diskussion ist das Kapitel 26 des Zweiten Bandes der *Welt als Wille und Vorstellung* relevant, weil Schopenhauer darin auf Goethes Gedanken der Metamorphose zu sprechen kommt und diesen scharf kritisiert:

7 P II, S. 177.
8 P II, S. 176.
9 Vgl. P II, S. 178.

> Die sogenannte Metamorphose der Pflanzen, ein von Kaspar Wolf leicht hingeworfener Gedanke, den, unter dieser hyperbolischen Benennung, Goethe als eigenes Erzeugniß pomphaft und in schwierigem Vortrage darstellt, gehört zu den Erklärungen des Organischen aus der wirkenden Ursache; wiewohl er im Grunde bloß besagt, daß die Natur nicht bei jedem Erzeugnisse von vorne anfängt und aus nichts schafft, sondern, gleichsam im selben Stile fortschreibend, an das Vorhandene anknüpft, die früheren Gestaltungen benutzt, entwickelt und höher potenzirt, ihr Werk weiter zu führen; wie sie es eben so in der Steigerung der Thierreihe gehalten hat […].[10]

Schopenhauers erster Kritikpunkt neben dem Vorwurf der mangelnden Originalität lautet offenkundig, dass Goethe in seiner Idee der Metamorphose von einem Vorrang der Wirkursachen ausgeht. Gemäß Schopenhauers abgrenzender Definition untersucht Goethe einzig, »wodurch etwas ist«,[11] nicht jedoch, »weshalb es ist«.[12] Schopenhauer ist insofern recht zu geben, als Goethe die Pflanze nicht aus einer vorausgesetzten Endursache oder einer externen, absichtsvollen Einrichtung zu erklären gedenkt. Stattdessen möchte er den pflanzlichen Organismus aus der Sequenz seiner Gestaltwerdung verstehen. Weil Goethe sich an dem anschaulich erfahrbaren Phänomenkreis der Pflanze orientiert, fragt er tatsächlich nicht nach der Zweckmäßigkeit des Weshalb.

Goethes Erkenntnisziel, die Wandlung eines einzelnen, als Grundelement betrachteten Teils – die Form des Blattes – in der Sukzession der Reifeperioden der Pflanze in allen keimenden Organen aufzuspüren, gleicht für Schopenhauer dem naiv-materialistischen Versuch, die komplexe und verschachtelte Architektonik eines Hauses (»Stockwerke, Erker und Dachkammern«[13]) durch die wiederholende Aufschichtung »der Ureinheit des Backsteins«[14] zu erläutern. Demgegenüber beruft sich Schopenhauer auf eine endursächliche Erklärung des Wesens der Blume, die von einem namentlich nicht genannten Italiener stammt. In diesem Deutungsansatz werden die Teile der Pflanzen nicht in den Veränderungen ihres Wachstums minuziös verfolgt. Im Kontrast dazu wird danach gefragt, welchen konkreten Zweck die Organe in dem vollendeten Ausbildungsstadium der Pflanze besitzen. Dies gibt nach Schopenhauer einen »viel befriedigenderen Aufschluß«.[15] So erfüllt die Blumenkrone beispielsweise den Zweck, den Stempel abzuschirmen, die im Blütenstaub und in den Fruchtknoten verdichteten Säfte zuzubereiten und die Pollenträger durch die Absonderung eines »ätherische[n] Oel[s]«[16] vor der feuchten Luft zu schützen.

Insgesamt wird in Schopenhauers Auseinandersetzung mit der Metamorphosenlehre der paradigmatische Vorwurf des Danzigers gegen Goethes naturwissenschaftliche Methodik und deren Erkenntnisziel sichtbar. Wie Schopenhauer etwa

10 W II, S. 390.
11 W II, S. 388.
12 Ebd.
13 W II, S. 390.
14 Ebd.
15 W II, S. 390f.
16 W II, S. 391.

im § 103 des Abschnitts *Zur Farbenlehre* aus dem zweiten Band der *Parerga* anmerkt, sei dem Genie Goethe einzig daran gelegen, »Alles rein objektiv aufzufassen und wiederzugeben«,[17] anstatt den »innersten Zusammenhange der Dinge«[18] zu durchdringen.[19] Insofern Goethe nicht von einem »Streben nach den letzten Gründen«[20] beseelt sei, erweist sich für Schopenhauer, dass Goethe vor allem als Poet und nicht als genuiner Philosoph beurteilt werden müsse.

4. *Der allgemeine Typus in der vergleichenden Anatomie und das Kompensationsgesetz der Natur*

4.1. Goethes Verhältnisgewichtung zwischen dem Typus, der Anatomie und den jeweiligen Lebensumständen

Goethe erhebt das zunächst anhand der anatomischen Struktur des Einzelorganismus bewährte Kompensationsgesetz in seiner *Allgemeinen Einleitung in die vergleichende Anatomie* (1795) zum Individuationsprinzip der Natur überhaupt. Die aus der endlichen Perspektive des Menschen unermesslich erscheinende Gestaltungskraft des Bildungstriebes verteilt sich demnach gleichmäßig auf sämtliche Lebewesen:

> Bei dieser Betrachtung tritt uns nun gleich das Gesetz entgegen: daß keinem Theil etwas zugelegt werden könne, ohne daß einem andern dagegen etwas abgezogen werde, und umgekehrt.
>
> Hier sind die Schranken der thierischen Natur, in welchen sich die bildende Kraft auf die wunderbarste und beinahe auf die willkürlichste Weise zu bewegen scheint, ohne daß sie im mindesten fähig wäre den Kreis zu durchbrechen oder ihn zu überspringen. Der Bildungstrieb ist hier in einem zwar beschränkten, aber doch wohl eingerichteten Reiche zum Beherrscher gesetzt. Die Rubriken seines Etats, in welche sein Aufwand zu vertheilen ist, sind ihm vorgeschrieben, was er auf jedes wenden will, steht ihm, bis auf einen gewissen Grad, frei. Will er der einen mehr zuwenden, so ist er nicht ganz gehindert, allein er ist genöthigt an einer andern sogleich etwas fehlen zu lassen; und so kann die Natur sich niemals verschulden, oder wohl gar bankrutt werden. (WA II, 8, S. 16)

Die Wirksamkeit des Kompensationsgesetzes erstreckt sich nach Goethe nicht nur auf die »thierische Natur« (WA II, 8, S. 16), sondern hält auch die Kräftebilanz im Universum aufrecht. Mit dem »allgemeinen Typus« verknüpft Goethe das Anliegen, »im Ganzen unveränderlich[e]« Charakteristika zu ermitteln, die für alle Repräsentanten der »höchste[n] Classe der Thiere« (WA II, 8, S. 17f.), d.h. für die Säugetiere, gültig sind.

17 P II, S. 197.
18 Ebd.
19 Im Hinblick auf die Unterschiede in der jeweiligen Relationsbestimmung zwischen Metaphysik und Erfahrungswissenschaft vgl. die differenzierte Studie von Brigitte Scheer: *Goethes und Schopenhauers Ansichten vom Verhältnis zwischen Wissenschaft und Kunst*. In: *Schopenhauer und Goethe* (Anm. 1), S. 119-149.
20 P II, S. 197.

Der Typus soll dabei in feinen Federstrichen die anatomische Vorzeichnung erbringen und das elastische Grundgefüge der Säugetiere umreißen. Angesichts der realistisch-erfahrungsbezogenen Ausrichtung der Naturforschung Goethes überrascht es nicht, dass dem allgemeinen Typus die reine Überzeitlichkeit der platonischen Idee abgesprochen wird. Vielmehr vertritt Goethe die Auffassung, dass das Tier »durch Umstände zu Umständen« (WA II, 8, S. 18) gebildet werde. Der animalische Typus muss sich bis zu einem gewissen Grade den »allgemeinen äußern Gesetzen« fügen und wird durch die »elementaren Naturkräfte« (WA II, 8, S. 19) gestaltet.

4.2. Der Primat der Lebensweise gegenüber der Gestalt in Schopenhauers Werk »Über den Willen in der Natur«

In dem Kapitel *Vergleichende Anatomie* seines Werkes *Über den Willen in der Natur* wirft Schopenhauer die auch für Goethe wichtige Frage auf, inwieweit sich die Anatomie der Lebewesen nach ihrer konkreten Lebensweise richtet oder ob umgekehrt der Aufbau des Organismus die Einpassung in die Umweltbedingungen lenkt. Goethe neigt dazu, diesbezüglich eine Wechselwirkung anzunehmen. Zwar heißt es in der Elegie *Metamorphose der Tiere* zunächst: »Also bestimmt die Gestalt die Lebensweise des Thieres«, doch schließt Goethe unmittelbar darauf den Vers an: »Und die Weise zu leben sie wirkt auf alle Gestalten / Mächtig zurück« (WA II, 8, S. 59). In der *Allgemeinen Einleitung in die vergleichende Anatomie* leitet Goethe die nach außen ausstrahlende Zweckmäßigkeit der Lebewesen primär aus dem Einfluss der Umweltelemente ab, während sich die »innere Vollkommenheit« (WA II, 8, S. 18) nach dem »allgemeinen Bilde« (WA II, 8, S. 10) des anatomischen Typus konstituiert.

In seinem Werk *Über den Willen in der Natur* entwirft Schopenhauer eine Hierarchie von transzendentaler Willensbestrebung (a), Lebensweise (b) und (c) organischer Struktur des Lebewesens. In seiner willensmetaphysischen Erörterung schwächt Schopenhauer den von Goethe behaupteten Rang der äußeren Faktoren ab. Erläuternd referiert Schopenhauer das Beispiel des Ameisenbären, dessen Gestalt sich zu den Termiten verhalte wie der »Willensakt zu seinem Motiv«.[21] Mit seiner proportional vergrößerten, zylinderförmig ausgezogenen Schnauze und der klebrigen Zunge zeige die Gestalt des Ameisenbären deutlich an, dass er allein auf die Beute der Termiten bezogen sei. Ohne eine Kenntnis der sich daraus ergebenden Verbindung zu den Termitennestern müsste die Existenzweise des fossilen Ameisenbären einem künftigen Menschengeschlecht als unerklärliches Rätsel erscheinen, weil sich das Ungleichgewicht zwischen den »langen krummen Klauen«[22] und dem »gänzlichen Mangel an Gebiß«[23] in keinem bekannten Schema verorten lässt. Unter Rekurs auf die Sumpfvögel, die zwar keine Krallen (wie die Raubvögel) und keine Schwimmhäute (wie die Enten) besitzen, dafür aber markant verlängerte

21 N, S. 239.
22 Ebd.
23 Ebd.

Beine aufweisen, kommt Schopenhauer auf die »*lex parsimoniae naturae*«[24] [das Gesetz der Sparsamkeit der Natur] zu sprechen, das sich durchaus mit dem Kompensationsgesetz Goethes parallelisieren lässt.

Während dieses Gesetz für Goethe der adäquate Ausdruck einer nicht mehr tiefer zu durchdringenden Bewunderungswürdigkeit des Gleichmaßes der Natur ist, geht Schopenhauer noch einen Schritt weiter. Schopenhauer sucht die Frage zu beantworten, weshalb sich alle Organe eines Lebewesens – und seien sie noch so heterogen – zu einer Verfassung vereinigen, die »wie berechnet [ist] auf eine ganz speciell bestimmte Lebensweise«.[25] In der Erhellung dieses Sachverhalts kündigt sich die im zweiten Band der *Welt als Wille und Vorstellung* entfaltete Definition der Zweckmäßigkeit an, wonach »die Endursache [...] ein Motiv [ist], welches auf ein Wesen wirkt, von welchem es nicht erkannt wird«.[26] Es ist, als ob das Tier seine Lebensweise vor der Individuation erkannt hätte, um daraufhin die Gesamtausstattung seiner Organe zu wählen. Schopenhauer vergleicht dies mit den Planungen des Jägers (dieser Akteur entspricht im Gleichnis dem transzendentalen Willensakt), der seine Waffen (i.e. die Anatomie des Lebewesens) und die mitzuführenden Materialien an jene Tierart (i.e. die Lebensweise) anpasst, die seine Beute werden soll.[27] So wie der Jäger nicht auf Vögel schießt, weil er eine Vogelflinte bei sich trägt, sondern die Vogelflinte bevorzugt hat, um Jagd auf Vögel zu machen, so stößt »der Stier [...] nicht, weil er eben Hörner hat; sondern weil er stoßen will, hat er Hörner«.[28] Darauf aufbauend, gelangt Schopenhauer zu dem Schluss: »Das Resultat ist: nach dem Willen jedes Thiers hat sich sein Bau gerichtet«.[29]

Durchaus mit Goethes Modell des osteologischen Typus vergleichbar, ist es Schopenhauer zufolge der Wille zum Leben selbst, der sich als »Urthier«[30] in die Mannigfaltigkeit der Tierarten verzweigt. Insgesamt kristallisiert sich also heraus, dass die Entsprechung zwischen der Lebensweise und der Anatomie für Schopenhauer nur auf (willens-)metaphysischen Bahnen zu erhellen ist.

5. *Schluss*

Resümierend ist zu unterstreichen, dass Goethe der Gefahr einer vermeintlich unumgänglichen, anthropomorphen Kategorisierung der Natur entgegenzuwirken sucht. Mit der Polarität, der Steigerung und dem Bildungstrieb entwickelt Goethe daher drei metaphysische Prinzipien. Obwohl es sich um spekulative Annahmen handelt, sollen sich diese Theoreme nicht allein der menschlichen Verstandesaktivität verdanken. Goethe zufolge prägen die Polarität und die Steigerung vielmehr den Menschen, insofern dieser unumgänglich in den Gesamtzusammenhang der Natur

24 N, S. 240.
25 Ebd.
26 W II, S. 388.
27 N, S. 240.
28 Ebd. Vgl. im direkten Kontrast dazu Goethe: »Man wird nicht behaupten, einem Stier seien die Hörner gegeben daß er stoße, sondern man wird untersuchen, w i e er Hörner haben könne um zu stoßen« (WA II, 8, S. 17).
29 N, S. 241.
30 N, S. 243.

eingebunden ist. Goethe nimmt die Natur als universale Macht wahr, der sinnvolle und erkenntniserweiternde Attribute insofern zugeschrieben werden können, als sie sämtliche Widersprüche mit Hilfe der Polarität gewährt und vereinigt. Der Bildungstrieb lässt die freigegebene Vielfalt in der Gestaltwerdung der Lebewesen gerinnen, während das Prinzip der Steigerung die dafür erforderliche Metamorphose vorantreibt.

Einhellig beharren Schopenhauer und Goethe darauf, dass jede Tierart »durch ihren eigenen Willen«[31] existiere, weil sie angesichts der immanenten Wirkung des Bildungstriebes an keinem äußeren Maßstab gemessen werden dürfe. Mit diesem Autonomiegedanken gelingt es Schopenhauer, die lebendigen Naturwesen aus der subjektiv-verstandesförmigen Herrschaft unter der Ursachenkette des Satzes vom Grunde zu befreien. Hierin in tiefer Übereinstimmung mit Schopenhauers Naturverständnis stehend, würdigt Goethe in der *Studie nach Spinoza* die »Vollkommenheit des eingeschränktesten lebendigen Wesens« (WA II, 11, S. 317), wenn er schreibt:

> Wir können uns nicht denken, daß etwas Beschränktes durch sich selbst existire, und doch existirt alles wirklich durch sich selbst, ob gleich die Zustände so verkettet sind, daß einer aus den andern sich entwickeln muß, und es also scheint daß ein Ding vom andern hervorgebracht werde, welches aber nicht ist; sondern ein lebendiges Wesen gibt dem andern Anlaß zu sein und nöthigt es in einem bestimmten Zustand zu existiren. Jedes existirende Ding hat also sein Dasein in sich, und so auch die Übereinstimmung, nach der es existirt. (WA II, 11, S. 315 f.)

31 Ebd.

Kai Sina

Morphologie im Mittleren Westen. Saul Bellow, Goethe und die Literatur der offenen Gesellschaft

So ungewöhnlich das Format, so erklärungsbedürftig die Geste. Das quer positionierte Schwarz-Weiß-Porträt des Autors füllt die gesamte Rückseite des Schutzumschlags und lässt so, bis auf die ISBN-Nummer, keinen Raum für die üblicherweise dort angebrachten Elemente. Lachend vor einer Bücherwand sitzend und die Kamera mit seinem Blick direkt adressierend, weist Saul Bellow mit dem Zeigefinger auf ein Objekt außerhalb des Bildfeldes. So scheint es jedenfalls. Untersucht man etwas genauer, wo der in die Ferne gerichtete Finger endet, so erkennt man dort allerdings ein Buch, dessen Titel sich unschwer entziffern lässt. Es handelt sich um eine Ausgabe der *Italian Journey*, Goethe also.

Der Betrachter des Fotos auf dem Schutzumschlag des 1987 erschienenen Romans *More Die of Heartbreak* mag sich die Frage stellen, was es mit dieser auf den ersten Blick überraschenden Bezugnahme auf sich haben mag: Goethe ist keine der geläufigen literarischen Referenzgrößen Bellows,[1] und jene namenlose Großstadt des Mittleren Westens, in der er die Handlung seines Romans ansiedelt, verbindet mit Goethes Italien auf den ersten Blick nur wenig. Ein erstes Indiz in dieser Sache liefert der vergleichsweise ausführliche Klappentext, und zwar gleich zu Beginn: Der Onkel des Erzählers, der im Zentrum der Romanhandlung steht, sei ein »world-class botanist« (9), liest man dort.[2] Die Perspektive ist damit scharfgestellt. Nicht auf die ästhetischen Betrachtungen, die Ausführungen zur Architektur und Kunst der Antike, auch nicht auf die Beobachtungen zur Mineralogie und Meteorologie, zur Geologie und Geographie oder italienischen Volkskultur in Goethes Reisebericht richtet sich hier das Interesse (oder zumindest nicht in erster Linie), adressiert wird stattdessen und vordringlich der Themenkomplex des Botanischen.

Aber die Bezugnahme lässt sich noch etwas genauer fassen, heißt es doch im Klappentext weiter, Benn Crader, so der Name jenes Onkels, sei »a specialist in the anatomy and morphology of plants«. Das Stichwort der Morphologie ist hier inso-

1 Eigenen Angaben zufolge ist sein Schreiben wesentlich durch die literarische Kultur Russlands geprägt. Einige der meist nur beiläufigen Bezüge auf Goethe in Bellows Werkbiografie finden sich erwähnt bei James Atlas: *Bellow. A Biography*. New York 2000, sowie in den zwei Bänden von Zachary Leader: *The Life of Saul Bellow*. New York 2015-2018. Auf einige nicht genealogisch bedingte, sondern analogisch zu verstehende Beziehungen zwischen Goethes und Bellows Werk (konkret zwischen *Wilhelm Meister* und *The Adventures of Augie March*) wird hingewiesen bei Walter Hasenclever: *Saul Bellow. Eine Monographie*. Köln 1978, S. 76-103.

2 Saul Bellow: *More Die of Heartbreak. A Novel*. New York 1987. Im Folgenden zitiere ich aus diesem Roman, soweit es sich nicht um die Paratexte handelt, im Fließtext unter Angabe lediglich der Seitenzahl.

Abb. 1
Rückumschlag von Saul Bellows Roman »More Die of Heartbreak«

fern bedeutsam, als es im Zusammenhang mit der *Italienischen Reise* auf das zwischen »Idee« und »Anschauung« oszillierende Motiv der Urpflanze verweist.[3] Diese wiederum diente Goethe als Grundlage für den zwei Jahre nach der Rückkehr ausgearbeiteten *Versuch die Metamorphose der Pflanzen zu erklären* und die angestrebte Begründung der Morphologie, also der »Lehre von der Gestalt der Bildung und Umbildung der organischen Körper«, als einer »neue[n] Wissenschaft«.[4] Der literarhistorische Referenzrahmen, in den Bellow seinen Roman einordnet – und zwar an herausgehobener, den Roman und seine Interpretation im Ganzen betreffender Stelle –, ist damit abgesteckt. Wer einen Beleg dafür suchte, dass Elemente des Paratextes »hermeneutisch von erheblicher Bedeutung sind«,[5] fände in Bellows Roman mit seiner fotografischen Inszenierung auf dem Umschlag ein hervorragendes Anschauungsobjekt.

Als Erster hat David Wellbery auf Bellows zwar diskrete, aber auch explizite Anspielung hingewiesen und sie in den Kontext der äußerst reichhaltigen Goethe-

3 Eva Geulen: *Urpflanze (und Goethes »Hefte zur Morphologie«)*. In: *Urworte. Zur Geschichte und Funktion erstbegründender Begriffe*. Hrsg. von Michael Ott u. Tobias Döring. München 2012, S. 155-171; hier S. 155.

4 FA I, 24, S. 365 (*Betrachtung über Morphologie überhaupt*). Dass Goethe im *Versuch die Metamorphose der Pflanzen zu erklären* nicht mehr auf das Konzept der Urpflanze zurückgreifen musste, weil mittlerweile das Blatt an seine Stelle getreten war, sei hier mit dem Verweis auf weitere Erklärungen bei Geulen (Anm. 3), S. 155, nur am Rande erwähnt.

5 Georg Stanitzek: *Paratextanalyse*. In: *Handbuch Literaturwissenschaft*. Hrsg. von Thomas Anz. Bd. 2: *Methoden und Theorien*. Stuttgart, Weimar 2013, S. 198-203; hier S. 198.

Rezeption in den Vereinigten Staaten gestellt.[6] Es gehe in diesem Fall »um die wirkmächtige Gegenwart Goethes im kulturellen Selbstbewusstsein der nordamerikanischen Staaten, anders formuliert: um das Leben seiner geistigen Form, seiner Entelechie«.[7] Auch zur Bedeutung des Goethe-Bezugs in Bellows Roman entwickelt Wellbery eine These: Der Protagonist in *More Die of Heartbreak* sei mit »einer Fähigkeit zur höheren, Formzusammenhänge erfassenden geistigen Anschauung« ausgestattet, wodurch Bellow »einem von Goethe geprägten Leitbegriff unerwartetes komisches Potenzial« abgewinne – eine Komik, so lässt sich ergänzen, die sich wesentlich aus dem zugleich ernsthaften und hoffnungslosen Versuch speist, die amerikanische Lebensrealität und das klassische Morphologiedenken analog in Einklang zu bringen.[8]

Diesen beiden von Wellbery knapp entwickelten Ansatzpunkten – zum Platz von Bellows Werk im Kontext der amerikanischen Goethe-Rezeption seit dem 19. Jahrhundert und zur Relevanz des Goethe-Bezugs für seine Interpretation gerade auch in Hinsicht auf die Komik – möchte ich hier nachgehen. Meine These ist, dass der Goethe-Bezug sowohl im Roman wie auch im Ganzen der amerikanischen Kultur untrennbar – und im Falle Bellows sogar ausdrücklich – geknüpft ist an Debatten um Individualität und Sozialität, Pluralität und Modernität. Bellow setzt mit seinem Roman, anders gesagt, die immer schon transatlantisch geprägte Tradition einer Literatur der offenen Gesellschaft fort, und zwar im Modus einer problematisierenden Reflexion.[9] Am Ende läuft dies, wenn auch nur in der abgeschlossenen Romanwelt, auf eine Verabschiedung Goethes als einer zentralen intellektuellen Referenzgröße in den USA hinaus. So gelesen, erweist sich *More Die of Heartbreak*, indem Goethes Werk hinsichtlich seiner Geltungskraft für die amerikanische Kultur noch einmal befragt wird, als ein Abgesang.

6 So in der im GJb 2019 abgedruckten Dankesrede anlässlich der Ehrung mit der Goethe-Medaille (S. 399 f.), zuvor bereits ähnlich in dem mit Ernst Osterkamp verfassten Doppelessay *Deutscher Geist. Ein amerikanischer Traum*. Marbach am Neckar 2010, S. 66. Ich danke David Wellbery herzlich für den für mich sehr lehrreichen und anregenden E-Mail-Austausch, den wir in der Vorbereitungsphase dieses Aufsatzes geführt haben. Wichtige Impulse gaben außerdem Maren Ermisch, Matthias Löwe und Tanita Kraaz.

7 Wellbery (Anm. 6), S. 400. Zur amerikanischen Goethe-Rezeption siehe u. a. Harold Jantz: *America and the Younger Goethe*. In: *Modern Language Notes* 97 (1982) 3, S. 515-542; Jane Brown: *Goethe und die amerikanische Literatur – der Fall Edith Wharton*. In: GJb 2000, S. 75-84. Umgekehrt zur facettenreichen Amerika-Rezeption bei Goethe siehe etwa Walter Hinderer: *Goethe und Amerika*. In: *Goethe und das Zeitalter der Romantik*. Hrsg. von Alexander von Bormann u. Walter Hinderer. Würzburg 2002, S. 489-505, sowie Dennis F. Mahoney: »*Ubi bene, ibi patria« oder: Amerika, hast du es besser?* In: GJb 2009, S. 149-160.

8 Wellbery (Anm. 6), S. 400.

9 Der Roman lässt sich somit in eine Tradition integrieren, die ich in meiner Studie *Kollektivpoetik. Zu einer Literatur der offenen Gesellschaft in der Moderne mit Studien zu Goethe, Emerson, Whitman und Thomas Mann* (2019) zu rekonstruieren versucht habe.

1.

Bereits im ersten Abschnitt des stark episodisch und digressiv geprägten Romans, der dem Genre der Ideenliteratur zuzuordnen ist,[10] stellt der Ich-Erzähler Kenneth Trachtenberg die Verbindung von offener Gesellschaft und Pflanzenmorphologie her. Dies geschieht in einem Kurzabriss der Biografie seines Onkels, von dem er auf den folgenden nahezu 500 Seiten als eine Art Chronist berichten wird. Namentlich rekurriert er in diesem Zusammenhang auf den Philosophen, der den Begriff der offenen Gesellschaft folgenreich prägte:

> Now let's return to Uncle. [...] Let's start with childhood. You're a kid in a poor neighborhood, your parents are immigrants, you have to play with milk bottles on the back porch, you study the esthetics of dust motes, you sit on the curb. And by and by you make your decision to become this or that when you grow up. I don't speak now of doctoring or electrical engineering, or even Streets and Sewers, but of singular choices. You decide upon something singular and then you *become* it. Just like that? How do you know that there's a future in it? You don't. But this is what Professor Popper calls an Open Society, and in an Open Society what's to stop you? Nothing except ideas of regularity, which gain ascendancy over you as you grow older and more cagey. [...] Well, prophets are secured to God. Our times are riskier. The venturesome child is like a space walker whose lines may tear loose from the mother ship. If they do, he'll be sucked away into outer space. But three decades pass. The earnest student is immersed in the Psilophyta, the Arthrophyta, the Pterophyta, and instead of being blasted away beyond the moon, he holds a university chair. He may not have deserved to survive. Dumb luck perhaps saved him. (28 f.)

Das Leben in der offenen Gesellschaft ist, so legt es der Erzähler im Rekurs auf »Professor Popper« dar,[11] von einer fundamentalen Ambivalenz geprägt. Es bietet zwar die Freiheit und die Möglichkeit zur individuellen Lebensgestaltung und Selbstentfaltung, doch verbindet sich damit zugleich die Gefahr des Ordnungsverlustes, der Unsicherheit und des Verlorengehens, zumal wenn von Gott als schutzgebender Instanz keine Sicherheit mehr ausgeht. Um diese Gefährdungen des Subjekts im Chaos des modernen Lebens auszugleichen, so Kenneths Argumentation, bedarf es einerseits einer professionellen und institutionellen Absicherung (in diesem Fall durch einen »university chair«, 28) und andererseits eines Gegenstands der intellektuellen Vertiefung (genannt werden stellvertretend für die Botanik im Ganzen Psilophyten, eine Gattung der Urfarne, Arthrophyten, sogenannte Gliederpflanzen, und Pteridophyten, also Gefäßsporenpflanzen).

Erst vor dem Hintergrund Poppers und seiner Theorie der offenen Gesellschaft wird die lebensbestimmende, emotional gefärbte und bisweilen mythisch überhöhte Bedeutung der Botanik im Leben Benns verständlich. Sie dient ihm als ein

10 Siehe hierzu prägnant Lionel Trilling: *The Liberal Imagination. Essays on Literature and Society [1950]*. Introduction by Louis Menand. New York 2008; bes. S. xv-xxi.

11 Die Handlung im Ganzen rahmend kommt der Erzähler ganz am Ende übrigens noch einmal auf Popper und die offene Gesellschaft zu sprechen (301).

Gegengewicht, das die Herausforderungen, die das Leben in der offenen Gesellschaft mit sich bringt, ausgleichen soll. »Everything he had he put on the plants« (27), so liest man nur wenige Absätze vor jener Passage über Karl Popper und die amerikanische Lebensrealität, und weiter: »He took them«, also die Pflanzen, »as his arcana« (27). Was ist damit gemeint? Kenneth erklärt: »An arcanum is more than a mere secret; it's what you have to know in order to be fertile in a creative pursuit, to make discoveries, to prepare for the communication of a spiritual mystery«. Schließlich: »If I were a painter [...] I should picture Uncle together with a tree, as a pair, as associates or buddies« (27). Eine die Person als Ganzes erfüllende Beschäftigung, ein Zugang zu Spirituellem und das Gefühl von intimer Vertrautheit, ja sogar bedingungslose Freundschaft – die Pflanzenwelt bietet Bellows Protagonisten all das, was in einer ausdifferenzierten und säkularen Gesellschaft der Einzelnen und Verschiedenen gerade *nicht* selbstverständlich ist. So wird sie ihm zur Stütze, Absicherung, zum Ausgleich.

Als wäre die Überformung der Pflanzen und der Botanik zum Hilfs- und Heilmittel nicht eigenwillig genug, zielt Benn darüber hinaus auf die Herstellung einer »plant analogy« (145). Es geht ihm, anders gesagt, um die Beschreibung von natürlichen Gesetzmäßigkeiten, die sowohl für die Pflanzen- wie für die Menschenwelt Geltung haben sollen:

> »Every life has its basic, characteristic difficulty,« he said. »One theme developed in thousands of variations. Variations, variations, until you wish you were dead. I don't think obsession is quite the word you want. I don't like repetition compulsion either, with all respect for Freud. Even *idée fixe* isn't right. An *idée fixe* can also be a cover-up or feint for something too disgraceful to disclose. Sometimes I wonder whether my theme has any connection with plant morphology.« (11)

Die Morphologie der Pflanzen ist hier doppelt kodiert, als Lebensthema und als Formprinzip zugleich. Verstanden in letzterem Sinne liegt ihr epistemischer Vorteil gegenüber der von Sigmund Freud entwickelten Theorie des Wiederholungszwangs oder der ebenfalls aus der Psychologie stammenden Idée fixe in ihrer Elastizität: Wie im Bereich der pflanzlichen Metamorphose wäre das Leben des Menschen ein sich ständig aufs Neue ausbalancierendes Verhältnis von Einheit und Vielheit. Anders als die anderen von Benn stichworthaft zitierten Ideen und Konzepte betont die Morphologie stärker die Komplexität und Prozessualität des Lebens, ohne gleichzeitig dessen Universalität und Integrität zu verabschieden. Um sich als Subjekt in einer Gesellschaft zu situieren, deren Losung und Ideal ausgerechnet ›E pluribus unum‹ lautet, scheint dieser Ansatz durchaus nicht fernliegend.

Soweit zumindest die Theorie. In der Praxis hingegen wird der Versuch, Pflanzenwelt und Menschenleben zu analogisieren, nicht einmal auf die Probe gestellt, sondern von Beginn an konterkariert. Der Versuch des Protagonisten, sich die reale Welt mit ihren handfesten Interessen mittels ideellem, in diesem Falle also morphologischem Analogieschluss zu erklären und dadurch kognitiv zu bewältigen, erscheint durchweg naiv. Der Roman schildert dies an sehr verwickelten Beziehungs- und aus ihnen resultierenden Finanz- und Familienangelegenheiten: Benn heiratet die ihn bezaubernde, aber auch hoch anspruchsvolle Tochter eines ebenso vermögenden wie hinterlistigen Chirurgen, der seinen Schwiegersohn dazu drängt, ein Erbe einzutreiben, um das er vor Jahren von seinem mafiösen Onkel gebracht wurde. Es geht um schmutzige Immobiliengeschäfte, kriminelle Verwicklungen von Politik, Justiz und Wirtschaft – und viele Millionen Dollar.

Im Verlauf der zunehmend unübersichtlichen Handlung wird aber nur in besonders dramatischer Weise sichtbar, was für Benn immer schon gilt, dass er nämlich vom Leben als solchem überfordert ist: »He certainly was not himself«, konstatiert Kenneth an einer Stelle, »he made me feel that he was like the Pick-Up-Stix game, where a sheaf of skinny spindles drops in all directions helter-skelter to start the play« (225). Versteht man das Motiv der auseinanderfallenden Mikado-Stäbchen am ›Spielbeginn‹ darüber hinaus als einen metanarrativen Kommentar, so bleibt dem Protagonisten am ›Spielende‹ nur eine Handlungsoption, nämlich die Flucht in »night and ice« (334): Er schließt sich einem Forschungsprojekt in Nordskandinavien an, das sich der Untersuchung von Flechten widmet. Auch wenn Bellows Roman in mancher Hinsicht Züge einer Comic Novel trägt (und gerade über den Aspekt der Komik wird auch hier noch zu sprechen sein), so endet er doch in radikaler Negativität.

2.

Mit welcher Akribie und Intensität Saul Bellow die *Italienische Reise* gelesen, ja studiert hat, lässt sich seinem in der Regenstein Library an der University of Chicago verwahrten Nachlass entnehmen: einem umfangreichen Konvolut an handschriftlichen Notizen, Exzerpten und redigierten Typoskripten,[12] die auf die Arbeit an einem Beitrag für das deutsche Magazin *Geo* aus dem Jahr 1978 zurückgehen.

In seinem *Unterwegs, die Welt zu öffnen* betitelten Essay liefert Bellow eine dichte und detaillierte Charakterisierung von Goethes Italienbericht, die am Ende allerdings auf einen kulturkritischen Rundumschlag hinausläuft: »Von der ›Nervosität‹, die wir bei modernen Künstlern füglich erwarten, ist in diesen genialen Blättern keine Spur zu merken«. Und: »Ein moderner Geschmack findet diese Selbstbildung übertrieben, ja sogar überspannt, aber dieser moderne Geschmack ist mit sich selbst sehr viel weniger im reinen als noch vor einigen kurzen Jahrzehnten«. Zwar unterschlägt Bellow nicht, dass Goethe durchaus selbst ein Bewohner der Moderne sei. Entscheidend sei allerdings vielmehr, dass er den »Appetit nach dem Objektiven« nicht verloren habe, denn gerade dies unterscheide ihn von den Heutigen: »Er gestattet dem Bewußtsein nicht, die Seele aufzuzehren«.[13]

12 Saul Bellow Papers [Box 203, Folder 14], Special Collections Research Center, University of Chicago Library. Ein handschriftlich redigiertes Typoskript des Aufsatzes findet sich ebenfalls in der Mappe.

13 Saul Bellow: *Unterwegs, die Welt zu öffnen. Zur italienischen Reise*. In: *Geo* 9 (1978), S. 154-156. Der Essay ist Teil eines reich mit Fotografien bestückten Themenschwerpunkts der Zeitschrift zur *Italienischen Reise*. In seiner Vorbemerkung verkündet der Chefredakteur Klaus Harpprecht mit Stolz, dass der Nobelpreisträger Bellow ausgerechnet *Geo* »als den rechten Ort betrachtete, sich über Goethe zu äußern« (S. 5). Es handelt sich demnach in der Tat um einen Originalbeitrag.

Natürlich ist auch von der Urpflanze in Bellows Essay die Rede, und zwar als charakteristisches Merkmal einer spezifischen Denkweise: Ob die Urpflanze tatsächlich eine Anschauung oder doch nur eine Idee sei – diese Unterscheidung sei nicht in erster Linie wesentlich. Worauf es stattdessen ankomme, sei die Tatsache, dass die Auffassung, es gebe einen »Archetyp aller Pflanzen«, Goethe davor bewahrt habe, »als reiner Schwärmer durch Italien zu reisen«. Hierauf folgt als Beleg ein Zitat aus dem Reisebericht: »[D]ie Welt eröffnet sich mehr und mehr, auch alles, was ich schon lange weiß, wird mir erst eigen«.[14] So betrachtet, wird aus der Urpflanze ein regulatives Postulat, das aus der Reise einen Prozess wahrhaftiger Bildung werden lässt, verstanden als »ein tätiges, ja produktives Verhalten« des Subjekts, das, vergleichbar der Goethe'schen Entelechie, »nichts aufnimmt, ohne sichs durch eigene Zutat anzueignen«.[15]

In dem fast zehn Jahre nach dem Essay erschienenen Roman nimmt Bellow akzentuierter, wenngleich nur implizit Bezug auf die Urpflanze. Die beiden wesentlichen Facetten, auf die er rekurriert, lassen sich aus dem in Neapel verfassten Brief Goethes an Herder vom 17. Mai 1787 entnehmen. Es handelt sich um eine Schlüsselpassage des Reiseberichts:

> Ferner muß ich Dir vertrauen daß ich dem Geheimnis der Pflanzenzeugung und Organisation ganz nahe bin und daß es das einfachste ist was nur gedacht werden kann. Unter diesem Himmel kann man die schönsten Beobachtungen machen. Den Hauptpunkt, wo der Keim steckt, habe ich ganz klar und zweifellos gefunden, alles Übrige seh' ich auch schon im Ganzen und nur noch einige Punkte müssen bestimmter werden. Die Urpflanze wird das wunderlichste Geschöpf von der Welt, um welches mich die Natur selbst beneiden soll. Mit diesem Modell und dem Schlüssel dazu, kann man alsdann noch Pflanzen in's Unendliche erfinden, die konsequent sein müssen, das heißt: die, wenn sie auch nicht existieren, doch existieren könnten und nicht etwa malerische oder dichterische Schatten und Scheine sind, sondern eine innerliche Wahrheit und Notwendigkeit haben. Dasselbe Gesetz wird sich auf alles übrige Lebendige anwenden lassen.[16]

Die Urpflanze wird in Goethes Brief zur Chiffre einer Weltdeutung. Die ihr zugrundeliegende Lehre, wonach alle Pflanzenformen einem einheitlichen Bauplan folgten, der sich in der Natur mannigfach ausdifferenziere, bezieht sich in Goethes Brief aber nicht ausschließlich auf die empirisch vorliegende, sondern zudem auf eine Pflanzenwelt, die »konsequent« aus dem »Modell« herleitbar sei und dadurch »eine innerliche Wahrheit und Notwendigkeit« in sich trage – zweifellos ein »erkenntnistheoretisch unsichere[s] Terrain«, wie Eva Geulen bemerkt.[17] Schließlich erfolgt, in einem raschen, weiten Argumentationssprung, die Analogisierung des nunmehr als »Gesetz« bezeichneten morphologischen Prinzips »auf alles übrige Lebendige«.

14 Ebd., S. 156. Der in Neapel niedergeschriebene Eintrag stammt vom 17. März 1787 (vgl. FA I, 15.1, S. 226).

15 Zu Goethes Aneignungsbegriff siehe Hermann Schmitz: *Goethes Altersdenken im problemgeschichtlichen Zusammenhang*. Bonn 2008 (Reprint der Erstausgabe von 1959), S. 384.

16 FA I, 15.1, S. 346.

17 Geulen (Anm. 3), S. 155.

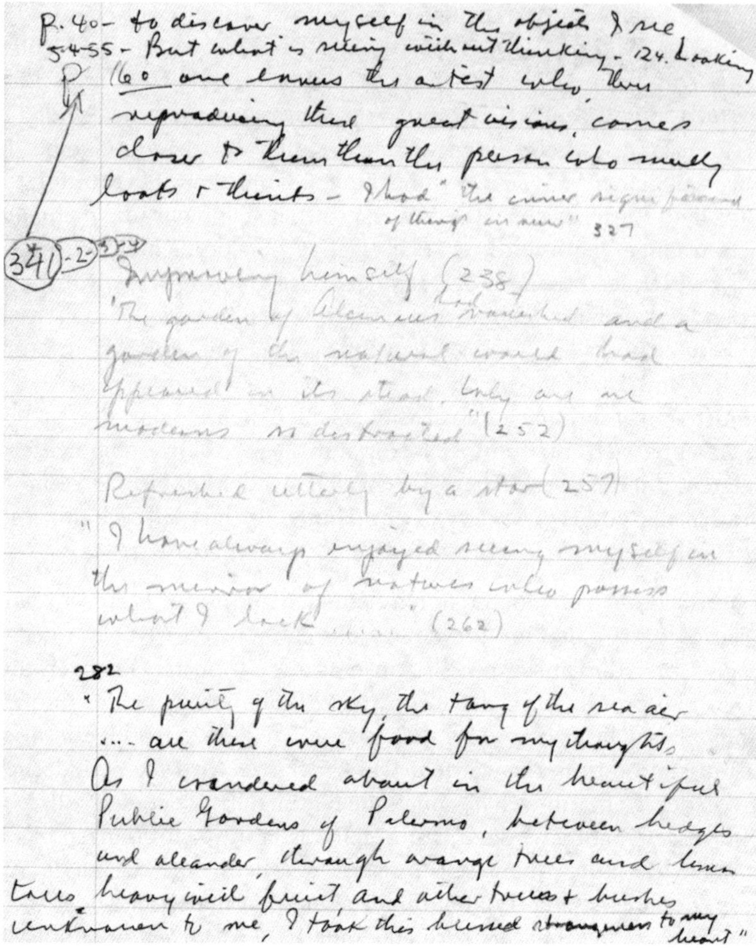
P. 40 – to discover myself in the objects I see
5.4-55 – But what is seeing without thinking – 124. Looking
P 160 one knows the artist who, thus
reproducing these great visions, comes
closer to them than the person who merely
looks & thinks – Ithod "the inner significance
of things in sum" 327
341 -2-3-4
Improving himself (238)
'The garden of Alcinous had vanished and a
garden of the natural world had
appeared in its stead. Only we
moderns so destructed' (252)
Refreshed utterly by a star (257)
"I have always enjoyed seeing myself in
the mirror of natures who possess
what I lack ….. (262)
282
"The purity of the sky, the tang of the sea air
…. all these were food for my thoughts.
As I wandered about in the beautiful
Public Gardens of Palermo, between hedges
of oleander, through orange trees and lemon
trees heavy with fruit and other trees & bushes
unknown to me, I took this blessed strangeness to my
heart"

Abb. 2
Saul Bellow exzerpiert die »Italienische Reise«

Über die unvermittelte Goethe-Rezeption hinaus gibt es aber noch einen anderen, eher indirekten Einfluss auf Bellows Morphologie-Verständnis. Er verbindet sich mit dem Namen Rudolf Steiners. Bellows Hochschätzung der Anthroposophie und namentlich Steiners, weiß James Atlas zu berichten, fußte nämlich gerade auf dessen editorischer und interpretatorischer Auseinandersetzung mit Goethes naturwissenschaftlichen Schriften.[18] Steiners von der Goethe-Forschung stets mit großer Skepsis beäugte, aber kulturell überaus folgenreiche Lehre beruht auf zweierlei Setzungen, die sich in *More Die of Heartbreak* erkennbar spiegeln: zum einen auf dem Gedanken, dass sich »im Inneren der menschlichen Person« sämtliche »Bildungs-

18 Atlas (Anm. 1), S. 437. Im Nachlass Bellows finden sich insgesamt fünf Einträge zu Schriften Rudolf Steiners (Box 222, Folder 2-6). Andeutungen zu einer über Steiner verlaufenden Goethe-Rezeption und insbesondere der Pflanzenmorphologie finden sich bei Leader (Anm. 1), Bd. 2, S. 238 f.

prinzipien der äußeren Natur« widerspiegeln, und zwar im Organisch-Körperlichen wie im Anorganisch-Geistigen; zum anderen auf der Überhöhung der Morphologie zu einer »pantheistisch-anthropozentrischen Metaphysik«, die dem »menschliche[n] Denken« seinen Ort »im Stufenreich des Kosmos« zuweise. Das heißt, die Morphologie beantwortet für Steiner – und im Anschluss an ihn für Bellow, dessen Goethe-Rezeption sich in diesem Punkt als Goetheanismus-Rezeption erweist – die großen Fragen »nach dem Verhältnis von Idee und Wirklichkeit sowie nach der Stellung und der Aufgabe des Menschen in der Welt«.[19]

Für den Roman ist nun allerdings entscheidend, dass der Erzähler Benns goetheanistisch überformte Ineinssetzung von Pflanzen- und Menschenwelt konterkariert – nämlich in Form einer durchaus bissigen Komik. Benn, so berichtet Kenneth,

> moved the deeper interests of his life into the interior of plants. In the dullest weeds the powerful secrets of air, soil, light and propagation were hidden. So he took a transfer from curbstones to crabgrass and mulberry trees, the burdocks growing in vacant lots and freight yards. Then, after some years, he tried to move back again from roots, stems, leaves to human affections. He was not simpleminded. Nor was he an escapist. Suppose we grant the truth of Dostoyevsky's statement that nothing is more fantastic than reality itself. It follows that Uncle stood up pretty honorably to the tests of reality-fantasy. (279)

Schon durch die Wortwahl, also die Komik erzeugende Inkongruenz von »dullest weeds« und »powerful secrets«, von »human affections« und »roots, stems, leaves«,[20] wird des Onkels Bemühen um Analogisierung ad absurdum geführt. Der Bezug auf Dostojewskis paradoxes Aperçu dient im Zusammenhang der Äußerung nur scheinbar der Ehrenrettung: Erst wenn man den Realitätsgehalt der Wirklichkeit ins Fantastische verschiebe, ihn also de facto aberkenne, wäre der Onkel überhaupt als satisfaktionsfähig anzusehen. Der Mensch im »Weltgarten«, den Goethe in seinem klassischen Reisebericht enthusiastisch ins Bild setzt, ist in Bellows modernem Roman zu einer komischen Figur, zu einer Farce geworden.[21]

3.

Auch wenn der *Italienischen Reise* über jene paratextuelle Geste eine wichtige Rolle zugewiesen wird und das morphologische Denken des Protagonisten tatsächlich auf entsprechende Passagen darin rückführbar ist – Bellows Roman geht in

19 Heiner Ullrich: *Rudolf Steiner. Leben und Lehre*. München 2011, S. 30-32.

20 Zur Inkongruenz im Kontext der Komiktheorie Tom Kindt: *Literatur und Komik. Zur Theorie literarischer Komik und zur deutschen Komödie im 18. Jahrhundert*. Berlin 2011, S. 59-138.

21 Den Begriff des Weltgartens erwähnte Goethe im Eintrag vom 17. April 1787, der in Palermo niedergeschrieben wurde (FA I, 15.1, S. 286). Bellows Roman liest sich vor diesem Hintergrund geradezu wie eine Parodie auf jene literarische Tradition, die jüngst, unter Rückgriff auf das hier zitierte Wort aus der *Italienischen Reise*, umfassend rekonstruiert wurde von Heinrich Detering: *Menschen im Weltgarten. Die Entdeckung der Ökologie in der Literatur von Haller bis Humboldt*. Göttingen 2020.

dieser intertextuellen Referenz keineswegs auf. Betrachtet man nur den Erzähler etwas genauer, so wird rasch deutlich, dass er ähnlich wie sein Onkel die Wirklichkeit gedanklich zu überformen und dadurch mit ihr zurande zu kommen versucht. Als Assistenzprofessor für Slawistik tritt bei ihm an die Stelle der Botanik und Morphologie allerdings die Kultur und Geschichte des vorrevolutionären Russlands: »Thanks to my studies«, so beschreibt er seine Vertiefung in die Arbeit, »I spent more mental time in Petersburg, 1913, than in this Rustbelt metropolis«. Erklärend fügt er an, was nicht allein für ihn, sondern zweifellos auch für seinen Onkel gilt: »Men of my type do tend to fall back on books and theories« (246).

Der erklärte Rückzug in die Bücher- und Theoriewelt hindert Kenneth nun aber keineswegs daran, die Erkenntnisse seiner historischen Studien beherzt auf die amerikanische Gegenwart zu übertragen, sie also gleichsam als kulturelle Bezugsfolie für sein Erleben der Realität heranzuziehen:

> Moreover, this American metropolis on the prairies was rich in resemblance to St. Petersburg, 1913. Here, too, there was a mixture of barbarism und worn-out humanist culture (granting that the latter had never had much of a chance to flower in these parts). There was even a population of peasant immigrants from Eastern Europe whose development was arrested at the 1913 stage, who spoke dialects of Polish or Ukrainian no longer spoken in the Old Country, even though they drove Japanese Hondas and wore J. C. Penney underpants. (187)

Im Anschluss an diesen Vergleich geht der Erzähler kulturkritisch ins Detail, und dabei kommt vor allem seine intensive Auseinandersetzung mit dem zum Mystizismus tendierenden russischen Symbolismus zum Tragen.[22] Die Rede ist von einem »cerebral animalism or primitivism« auf sexuellem Gebiet, von »crazy drug cultists«, die ekstatischen Visionen hinterherjagten, von einer »multitude of false worlds«, deren Bewohner in einem Zustand der »deep trance« lebten (187) – all dies verbinde die Großstadt im Mittleren Westen, bei der es sich trotz zahlreicher Gemeinsamkeiten in Architektur, Sozialstruktur und Politik ausdrücklich nicht um Chicago handelt, und das spätzaristische St. Petersburg. Eine der Hauptquellen, aus der Kenneth seine Relation herleitet, ist der epochemachende und ebenfalls dem Symbolismus zuzurechnende Roman von Andrei Bely, erschienen in eben jenem vom Erzähler mehrfach beschworenen Jahr 1913. Weitere Stichwortgeber für Kenneth sind unter anderem Wladimir Solowjow und Nikolai Fjodorow.

Wie sich hier abzeichnet, besteht für Kenneth der Gewinn seiner historischen Forschung darin, »intoxicating analogies« (187) zwischen der amerikanischen Gegenwart und der Endphase des Zarenreichs ausmachen zu können. Der Begriff der Analogie ist dabei insofern gewichtig, als ihn der Erzähler nicht bloß in Bezug auf sich selbst, seine Studien der russischen Geschichte und sein Realitätsverständnis bezieht, sondern auch auf den Onkel, die Morphologie und dessen Strategie der intellektuellen Gegenwartsbewältigung (der entsprechende Beleg wurde oben bereits angeführt). Genau wie im Falle Benns wird auch in Bezug auf Kenneth eine auf »books and theories« beruhende Lebensform als scheiternd dargestellt. Es gelingt

22 Sie zeigt sich auch in seinen laufenden Referenzen auf Emanuel Swedenborg, der zugleich als Lieblingsphilosoph Bellows gelten darf.

ihm nämlich weder ein konstruktives Verhältnis zu seiner Exfrau und seiner kleinen Tochter aufzubauen, noch vermag er – und dies wiegt für ihn noch schwerer – ein autonomes Subjekt zu werden: Das Verhältnis zu seinem Onkel ist durchgehend von Asymmetrie und Abhängigkeit geprägt und führt am Ende zu der offen bleibenden Frage, was die Flucht des Onkels nach Nordskandinavien für ihn auf längere Sicht wohl bedeuten mag: Verlust und Destabilisierung oder Befreiung und Autonomie?

Was sich im Verhalten des Protagonisten und des Erzählers bereits als problematisch erweist, wird mit Blick auf Kenneths Vater, den in Paris lebenden Rudi Trachtenberg, ins gänzlich Exzentrische übersteigert. Diese Exzentrik verbindet sich in erster Linie mit dem Namen desjenigen Mannes, den der Erzähler in Jugendtagen noch selbst kennengelernt hat, nämlich Alexandre Kojève, der in die Realgeschichte der Philosophie durch die folgenreiche Wiederentdeckung Hegels in Frankreich eingegangen ist.[23] In der Erzählwelt des Romans tritt der russischstämmige Philosoph als Hausfreund der Familie Trachtenberg ausgestattet mit einem »great Hegelian overview« (38) auf. Am Ende jeder einzelnen der von Kojève angestoßenen Debatten, die sich ausschließlich um die größten Fragen der Zeit und der Geschichte drehen, steht nur die Einsicht: »You're lost without accurate reading of the historical compass« (37).

Anhand des Philosophen und seines autoritären Gebarens setzt Bellow ins Bild, was Iring Fetscher zufolge den Kern von Kojèves Hegel-Verständnis ausmacht: »Bei Kojève wird das ›absolute Wissen‹, zu dem sich das historische Bewußtsein am Ende der *Phänomenologie des Geistes* erhoben hat, zum Bewußtsein des ›absoluten Weisen‹, als der sich Hegel selbst – in aller Bescheidenheit – präsentiert«.[24] Das heißt, Kojève tritt in Bellows Roman nicht bloß als charismatischer Hegel-Interpret, sondern zugleich als narzisstischer Hegel-Nachfolger in Erscheinung, der von der »creation of the free Historical Individual« (36) schwadroniert. Kenneths Vater zieht daraus seinerseits ganz eigene Schlüsse, namentlich für sein Sexleben, wofür wiederum seine Familie einen hohen Preis zu zahlen hat: seine Frau, die sich nach Ostafrika absetzt, um dort in einem Entwicklungshilfeprojekt mitzuarbeiten, und sein Sohn, dessen Emigration in die USA durch die Egomanie und Erotomanie des Vaters motiviert wurde.[25]

23 Knut Ebeling: *Alexandre Kojève. Ein Snobismus sans réserve*. In: *Der französische Hegel*. Hrsg. von Ulrich Johannes Schneider. Berlin 2007, S. 49-64; hier S. 53.

24 So Fetscher im Vorwort zur deutschen Neuauflage von Kojèves 1947 erschienener *Introduction à la lecture de Hegel. Leçons sur la »Phénoménologie de l'esprit«* unter dem Titel *Hegel. Eine Vergegenwärtigung seines Denkens. Kommentar zur »Phänomenologie des Geistes«*. Frankfurt a.M. 1975, S. 16.

25 Zur dysfunktionalen Familienstruktur in Bellows Roman siehe Dieter Schulz: *»Family« in Bellow's »More Die of Heartbreak«*. In: *Saul Bellow at Seventy-Five. A Collection of Critical Essay*. Hrsg. von Gerhard Bach. Tübingen 1991, S. 151-162. Im Übrigen rekurriert Bellow mit der Zeichnung Rudi Trachtenbergs auf eine bestimmte Facette jenes legendären Kreises an Intellektuellen, der sich in den dreißiger und vierziger Jahren um Kojève bildete. Neben »Künstlergruppengründer[n] und dissidente[n] Parteipolitiker[n]«, »Traumaufzeichner[n] und Jäger[n[des Unbewußten«, »Katholiken auf Abwegen und gewöhnliche[n] Poeten« gehörten ihm nämlich auch einige »Erotomanen und *amour fou-*

Für Kenneth steht außer Frage, dass er sich nicht selbst auf die Position des absoluten Wissens begeben könne – wodurch im Umkehrschluss der große hegelsche Überblick mehr als intellektuelle Pose denn als tragfähiges Modell der philosophischen Weltdeutung erscheint. Dies aber verwundert nicht: Wer einerseits mit Karl Popper die offene Gesellschaft als Realität anerkennt und diese grundsätzlich, also trotz aller Heraus- und auch Überforderungen, die sie mit sich bringt, befürwortet – wer auf dieser Position steht, kann nicht andererseits einer Philosophie anhängen, deren Nukleus, um in den Worten der Hegel-Interpretation Kojèves zu sprechen, »das Sein in der vollendeten Totalität seiner raumzeitlichen Existenz« ist.[26] Und schließlich nicht zu vergessen: Popper selbst zählte Hegel neben Marx zu jenen ›Feinden‹ der offenen Gesellschaft, die er im Titel seiner programmatischen Studie adressierte – und Kojève wiederum erhob seinerseits niemand anderen als Josef Stalin zum »personale[n] Ausdruck« der »jetzt erreichten Stufe« des welthistorischen Prozesses und sich selbst folglich zum »Stalin begreifenden Philosophen«.[27]

4.

Der Kontrast von Hegel und Kojève auf der einen, Popper auf der anderen Seite ist im Roman an die Kontrapunktik von Amerika und Europa, insbesondere Frankreich, vermittelt aber auch Deutschland und Russland geknüpft. Neben der Sphäre des Intellektuellen gerät dabei auch das Soziale in den Blick. Der offenen, modernen Gesellschaft der USA stehen die strukturell weiterhin aristokratisch, also stratifikatorisch geprägten Gesellschaften Europas gegenüber, in denen Intellektuellen ein besonders herausgehobener Status zukommt. In Paris, so erklärt uns Kenneth, zähle »a man of genius« noch immer etwas, denn »[t]ogether with London and Rome, it's in the phase of Tintagel, waiting for King Arthur to come again. For the Age of Gold to get its third wind« (37). So erklärt es sich, dass Bellow Kojève als einen absolutistischen Herrscher im Bereich des Denkens entwirft.

Die Vereinigten Staaten sind dagegen als eine in hohem Maße ausdifferenzierte Gesellschaft gezeichnet, in der Intellektuelle zwar in ihrem jeweiligen System eine bedeutsame Position einnehmen können (siehe Benn), aber im gesellschaftlichen Gesamtsystem nur einzelne unter anderen Individuen sind. Die hergebrachte Distinktion der USA von Europa als der fortschrittlicheren Gesellschaft erweist sich in Bellows Roman somit als virulent. Doch dieser Fortschritt ist zwiespältig. Denn auch wenn ein universalistisches, totalitäres und autoritäres Denken, wie es Kojève repräsentiert, auf die amerikanische Gesellschaft nicht applizierbar ist, wirft der

Fanatiker« an (Ebeling [Anm. 23], S. 53). Dass von Kojève aus zudem ein Weg in die klassische, an einer mystischen Gesamtschau orientierte Moderne führen könnte, die für Benn und Kenneth gleichermaßen leitend ist (wie hier bereits gezeigt wurde), lässt sich aus einem von ihm verfassten Aufsatz über die Kunst seines Onkels Wassily Kandinsky erschließen (Alexandre Kojève: *Les peintures concrètes de Kandinsky*. In: *Revue de Métaphysique et de Morale* 90 [1985] 2, S. 149-171).

26 Kojève (Anm. 24), S. 52.

27 Karl R. Popper: *Die offene Gesellschaft und ihre Feinde*. Teil 2: *Falsche Propheten: Hegel, Marx und die Folgen*. München 1958; Fetscher (Anm. 24), S. 12.

Roman zugleich die Frage auf, was eine zum Absolutum erhobene Offenheit für die intellektuelle Kultur bedeutet.

More Die of Heartbreak illustriert, dass in offenen Gesellschaften die Prämisse der Pluralität und mithin der Relativität auch im Bereich der Intellektuellen zu berücksichtigen ist. Dies setzt der Roman auch in formaler Hinsicht um, nämlich als ein Ensemble von Ideen,[28] die in ihren jeweiligen figurativen Verkörperungen nebeneinandergestellt werden. Dadurch wird die Vorstellung, es gäbe eine singuläre, den anderen Ideen übergeordnete und also mit besonderer Autorität versehene Idee, von Anfang an unterlaufen.[29] Hieraus wiederum muss geschlossen werden, dass sich auf bloß gedanklichem Weg, auf dem reiner Bildung keine stabile Identität errichten oder sichere Weltorientierung entwickeln lässt.[30] Tatsächlich wirkt ein solches Begehren – man denke an Benns angestrengten Versuch, von »dullest weeds« auf »powerful secrets« zu schließen – so vollkommen hilflos, dass es unweigerlich komisch ist.

Bellow setzt damit eine Dialektik von Offenheit und Geschlossenheit ins Bild, die der Philosoph Alan Bloom in seinem neokonservativen Bestseller *The Closing of the American Mind* von 1987 kulturkritisch explizierte. Die verabsolutierte Offenheit, die vor allem an den amerikanischen Universitäten vorherrsche, führe Bloom zufolge dazu, dass fremde Denkpositionen nicht mehr zurückweisbar seien, was in letzter Konsequenz zu einer monadischen Geschlossenheit des Denkens und des Individuums führe.[31] Bellow veranschaulicht einen ähnlichen Zusammenhang anhand seiner Figuren, die allesamt hochidiosynkratischen Denkmodellen folgen, aber deswegen von der Mitwelt kein skeptisches Wort zu erwarten haben. In letzter Konsequenz macht sie dies zu Einsamen.

Über diese inhaltlichen Schnittmengen von Roman und Essay hinaus gibt es zudem einige entstehungsgeschichtliche Koinzidenzen. Bellow und Bloom waren schließlich nicht nur beide Professoren der University of Chicago, sondern lehrten

28 Den Begriff des Ensembles entnehme ich der Diskussion um Goethes programmatisch heterogenes Spätwerk (instruktiv dazu vor allem der Kommentar zur Poetik der Zeitschrift *Ueber Kunst und Alterthum* von Anne Bohnenkamp in FA I, 22, S. 1128-1132).

29 Aus diesem Grund zielt die weitverbreitete Kritik, Bellow könne »im dichten Wald seiner Bildung die einzelnen Bäume nicht mehr erkennen« (Matthias Wegner: *Glück im Beruf, Pech in der Liebe. Der Romancier Saul Bellow hat sich in den Netzen des Narzißmus verfangen.* In: *Frankfurter Allgemeine Zeitung*, 20.5.1989, S. BuZ5), auf eine wesentliche Pointe des Romans. Gerade die Absenz intellektueller Übersichtlichkeit ist in ihm programmatisch und zudem ästhetisch produktiv.

30 Dass es sich hierbei um einen Grundzug in Bellows Werk handelt, betont Steven Jaron in seinem Beitrag für die Enzyklopädie *Makers of Jewish Modernity. Thinkers, Artists, Leaders, and the World they Made.* Hrsg. von Jacques Picard, Jacques Revel, Michael P. Steinberg, Idith Zertal. Princeton, Oxford 2016, S. 515.

31 Alan Bloom: *The Closing of the American Mind. How Higher Education Has Failed Democracy and Impoverished the Souls of Today's Students.* New York, London u. a. 1987. Eine reizvolle Erklärung für den großen Erfolg von Blooms Essay wird entwickelt von Louis Menand: »I suspect one of the reasons *The Closing of the American Mind* has evoked so much unqualified praise is that it gratitudes our wish to think ill of our culture (a wish that is a permanent feature of modernity), without thinking ill of ourselves« (ders.: *Mr. Bloom's Planet.* In: *The New Republic May* 25 [1987], S. 38-41; hier S. 40).

dort sogar zeitweise gemeinsam. Für Blooms erfolgreichen Essay steuert Bellow ein langes Vorwort bei, aus dem auch hier schon zitiert wurde. In seinem letzten Roman, *Ravelstein* aus dem Jahr 2000, setzte Bellow Bloom und dessen akademischem Lehrer Leo Strauss ein literarisches Denkmal. Angesichts dieser Fülle an institutionellen und intellektuellen Berührungspunkten mag es kaum noch erstaunen, dass Bloom im Jahr 1969 ausgerechnet Kojèves *Introduction to the Reading of Hegel* erstmals in einer amerikanischen Übersetzung herausgab.[32]

5.

In Interviews und Gesprächen hat Bellow mehrfach darauf hingewiesen, seine Romane wollten eine folgenreiche Fehleinschätzung der Intellektuellen komisch entlarven: »There are times when I enjoy making fun of the educated American. [...] The stricken man, as he tries to put himself together [...], interpret his experience, make sense of his life, becomes clearly aware of the preposterousness of such an effort«.[33] *More Die of Heartbreak* erweist sich in dieser Hinsicht jedoch als differenzierter als der Selbstkommentar, weil der Roman den Konflikt von universalistischem Deutungsverlangen und pluralem Wirklichkeitsverständnis nicht bloß in seiner Absurdität, sondern vielmehr als unaufhebbaren Konflikt zur Darstellung bringt. Gerade darin, in seinem Charakter als »selbständiges Organon der Reflexion ungelöster Probleme«,[34] liegt die entschiedene Modernität des Romans.

Das Bild der offenen Gesellschaft, das Bellow zeichnet, ist also gespalten. Einerseits wird sie als alternativlos, ja ihre Vitalität sogar als reizvoll begriffen und beschrieben: Er sei in die USA ausgewandert, berichtet Kenneth, »because that's where the action is now – the real modern action« (66). Er formuliert damit, was Victoria Aarons als einen Grundzug der Amerika-Darstellung in Bellows Romanen ausmacht, einer Kultur »of unabashed possibility, of freedom and mobility, of the promise of self-discovery and self-reinvention«.[35] Andererseits kann diese Kultur das von den Figuren als drängend empfundene Bedürfnis nach universeller Weltdeutung nicht befriedigen, was bisweilen, in der psychologischen Logik des Romans, zu wütenden Tiraden der Figuren gegen eben jene Gesellschaft, konkret gegen einen ausufernden Materialismus und manipulierende Massenmedien führt.[36] Wägt man

32 Eingehender zur Konstellation Bloom/Bellow vgl. das entsprechende Kapitel bei Leader: *The Life of Saul Bellow*, Bd. 2, S. 354-411. Allgemein zum intellektuellen Milieu der University of Chicago siehe die entsprechenden Abschnitte bei Mark Greif: *The Age of the Crisis of Man. Thought and Fiction in America, 1933-1973*. Princeton 2015; bes. S. 37-40 (*Hutchins and the Power of Chicago*).

33 So Bellow mit exemplarischem Bezug auf seinen Roman *Herzog* im hier bereits erwähnten Vorwort zu Bloom (Anm. 31), S. 15 f.

34 Karl Eibl: *Die Entstehung der Poesie*. Frankfurt a. M., Leipzig 1995, S. 126.

35 Victoria Aarons: *Saul Bellow*. In: *The Cambridge Companion to American Novelists*. Hrsg. von Timothy Parrish. Cambridge, MA 2013, S. 230-240; hier S. 231.

36 In der Kritik überwog demgegenüber die Betonung der Misogynie als in der Tat hervorstechendes Merkmal des Romans (besonders resonanzreich bei Alfred Kazin: *Trachtenberg the Brain King*. In: *The New York Review of Books, 16. Juli 1987*, S. 3 f., dessen Rezension auf das scharf formulierte Diktum »This is a book fired by misogyny« zu-

die Vorzüge und die Nachteile, die Inspirationen und Frustrationen in der Gesamtschau ab, so läuft der Roman letztlich auf eine komplexe Mittelstellung, auf ein »unemphatisches Ja« zur pluralen Moderne hinaus. Gemeint ist damit ein »Ja zum Unvollkommenen«, mit dem man sich bescheiden müsse, ein »nichtabsolutes Ja«.[37]

In diesem Zusammenhang ist der Publikationszeitpunkt des Romans Ende der achtziger Jahre von besonderer Relevanz. Bellow schreibt seinen Roman auf dem Höhepunkt der Debatte um die Postmoderne, die ja in der Tat einen Lösungsansatz für das von ihm aufgerissene Problem bereithalten könnte, nämlich eine Aufwertung der Vielheit zum positiven Maßstab des Ästhetischen, Intellektuellen und Sozialen. Darauf aber, auf eine Weltauffassung im Sinne des Celebrate the Difference, kann und will er sich offenkundig nicht einlassen. Stattdessen hält er am unbedingten und zugleich unerfüllbaren Sinnbedürfnis des Individuums fest, an seinem modernen Dilemma.

6.

So zurückhaltend Bellows auf der Rückseite des Schutzumschlags angebrachter Fingerzeig auf Goethes *Italienische Reise* zunächst wirkt – für den Roman im Ganzen, namentlich für den Protagonisten und sein Weltverständnis, aber auch für den Entstehungshintergrund von *More Die of Heartbreak* ist er von höchster Bedeutsamkeit. Dem zunächst schwach anmutenden Goethe-Bezug kommt eine hermeneutische Schlüsselstellung zu. Der Zusammenhang mit jenen weit am Beginn des Romans eingeführten Reflexionen über Karl Poppers Theorie der offenen Gesellschaft erweist sich dabei auf den ersten Blick als überraschend, auf den zweiten jedoch als einschlägig. Betrachtet man die lange Geschichte der Goethe-Rezeption in den Vereinigten Staaten, beginnend im ersten Drittel des 19. Jahrhunderts bei Ralph Waldo Emerson und dem Kreis der Transzendentalisten, so steht in ihr schließlich von Anfang an die Frage nach dem Verhältnis von Individuum und Gesellschaft im Zentrum, und schon diese Auseinandersetzung zielte auf die Formulierung eines positiv konnotierten Begriffs von Vielheit, der aber zugleich dem Verlangen nach

läuft). Eine textbasierte Diskussion der Misogynie in Bellows Roman müsste indes zur Kenntnis nehmen, dass sie von Männern hervorgebracht wird, die in ihren Beziehungen zu Frauen regelmäßig und allumfassend scheitern. Am naheliegendsten wäre es insofern, die frauenverachtenden Äußerungen der Figuren als Resultat einer Projektion zu deuten: Ihre Misogynie wäre, so betrachtet, der Ausdruck ihres eigenen Versagens in Beziehungsdingen, also gewissermaßen ein nach außen gewendeter Selbsthass. Dass man durch eine solche Argumentation der feministischen Kritik an Bellows Roman nichts entgegensetzen kann, steht allerdings außer Frage: Wer einen Autor fiktionaler Werke in der Pflicht sieht, »old heterosexual impasses« zu überwinden, ja sogar »a new choreography of love« zu gestalten (Gloria L. Cronin: *Two Not-So-Farcical Misogynists in »More Die of Heartbreak«*. In: *Saul Bellow and the Struggle at the Center*. Hrsg. von Eugene Hollahan. New York 1996, S. 25-42; hier S. 41), wird sich mit der Analyse von Erzählhaltungen und Figurenkonzeptionen vermutlich nicht zufriedengeben.

37 Odo Marquard: *Einheit und Vielheit. Statt einer Einführung in das Kongreßthema*. In: *Einheit und Vielheit. XIV. Kongreß für Philosophie*. Hrsg. von Odo Marquard. Hamburg 1990, S. 1-10; hier S. 8.

Einheit Rechnung tragen sollte: Als ein »Kollektivwesen« – auf gerade diese Selbstbezeichnung, die zugleich ästhetische und soziale Implikationen enthält, rekurriert Emerson in seinen Essays und Lectures immer wieder – verkörpert Goethe eine den Anforderungen der modernen, also diversen und komplexen Wirklichkeit hervorragend angepasste Intellektualität. Ihre originäre amerikanische Entsprechung findet sie bei Walt Whitman, der seinerseits, vermittelt durch Emerson, aber auch durch eigene Lektüren unter dem Einfluss Goethes steht: »Do I contradict myself? / Very well then .... I contradict myself, / I am large .... I contain multitudes)«[38] – so lautet der schillernde Kernsatz seiner Poetik, die man getrost als eine Poetik der offenen Gesellschaft bezeichnen darf.[39]

Bellows Roman ist in zweifacher Hinsicht auf diesen literar- und ideenhistorischen Kontext bezogen. Zum einen rekurriert er inhaltlich auf Goethes Werk, in seinem Fall konkret auf die Passagen zur Botanik und Morphologie in der *Italienischen Reise*, und akzentuiert dabei im Einklang mit der skizzierten Tradition das Problem von Einheit und Vielheit. »One theme developed in thousands of variations« (11) – dieses an der Pflanzenwelt beobachtbare Kernprinzip der Metamorphose kennzeichnet für Benn auch das menschliche Leben, wenngleich sein Analogieschluss erzählerisch als realitätsfremd, verschroben, als intellektueller Spleen beschrieben wird. Zum anderen bezieht sich der Roman auf die weit zurückreichende Tradition der amerikanischen Goethe-Rezeption: Anders als noch bei Emerson und Whitman kann Goethes Werk für Bellow weder als intellektuelles Fundament einer pluralen und liberalen Gesellschaft dienen noch hat es überhaupt eine herausgehobene Position gegenüber den Schriften der russischen Symbolisten oder einem durch Kojève vermittelten Hegel.

Ohne Zweifel bezeugt *More Die of Heartbreak* also die »wirkmächtige Gegenwart Goethes im kulturellen Selbstbewusstsein der nordamerikanischen Staaten«, um auf die eingangs zitierte Einordnung Wellberys zurückzukommen. Aber dies geschieht ausgerechnet dadurch, dass Goethe im Roman als intellektuelle Orientierungsfigur für die USA deutlich relativiert wird. Es scheint, als würde Bellow das Werk Goethes noch einmal literarisch heranziehen und auf seine gegenwärtige Applikationsfähigkeit hin prüfen – um es dann aber doch zu verwerfen. Der Roman gewinnt dadurch, nicht unüblich für literarische Spätwerke und gerade in seiner Kombination von Ideenfülle und Komik, Pessimismus und Kulturkritik an Flauberts *Bouvard et Pécuchet* erinnernd, den Charakter eines Abgesangs.[40]

Auch so ist die Geste auf der Rückseite des Schutzumschlags wohl zu verstehen. Die gewöhnliche Reaktion seiner akademisch gebildeten Figuren auf persönliche Krisen hat Bellow einmal so beschrieben (und im selben Atemzug rhetorisch be-

38 Walt Whitman: *Leaves of Grass*. Brooklyn 1855, S. 55.

39 Zu Adaptation des Kollektiven im hier skizzierten transatlantischen Zusammenhang vgl. im Einzelnen Sina (Anm. 9); bes. Kapitel 2, 3. Goethes im Gespräch mit Frédéric Soret am 17. Februar 1832 getätigter Begriff vom »Kollektivwesen« findet sich in FA II, 11, S. 522.

40 Diese Facette von Flauberts Fragment gebliebenem Roman wird hervorgehoben von Jorge Luis Borges: *Verteidigung des Romans »Bouvard et Pécuchet«*. In: *Das Eine und die Vielen*. Übers. von Karl August Horst. München 1966, S. 101-107.

fragt): »What is he to do in this moment of crisis, pull Aristotle or Spinoza from the shelf and storm through the pages looking for consolation and advice?«.[41] Einen ganz ähnlichen Akt vollzieht Bellow auf jener paratextuell genutzten Fotografie – nur dass er selbst an die Stelle des Protagonisten rückt und Goethe an die Position von Aristoteles und Spinoza. Das offene Lachen des Autors muss dabei unbedingt als zeichenhaft begriffen werden: als affektive Reaktion auf eine sich selbst entlarvende und darin komische Naivität.

41 Bellow im Vorwort zu Bloom (Anm. 31), S. 15.

Stefan Matuschek

Die Ironie des Klassik-Kults. Zur deutsch-deutschen Goethe-Politik der 1970er-Jahre

Ironisch nennt man das Schicksal dann, wenn es die Absichten der Handelnden durch die Handlung selbst ins Gegenteil kehrt; wenn es etwa stramm Konservative als ungewollt progressive Tabubrecher dastehen lässt. Diese Ironie zeigt sich in dem Kapitel der deutsch-deutschen Literaturpolitik, das ich hier nachzeichnen will. Es umfasst die wenigen, doch sehr erregten Jahre von 1970 bis 1978, ein knappes Jahrzehnt mit nachhaltigen Umwälzungen. Im Westen sind sie die Folge der 68er-Bewegung, die in der Germanistik die innerfachliche Ideologiekritik, einen gegenüber dem kunstemphatischen Dichtungsverständnis erweiterten Literaturbegriff und ein ebenso erweitertes Methodenspektrum brachte. Im Osten sind es die Umbruchsjahre von der Ära Ulbricht zur Ära Honecker, die nicht auf allen Feldern, doch auf dem der Kulturpolitik etwas mehr Offenheit gewährten. Der Ausdruck ›Goethe-Politik‹ weist auf die intensivste Verbindung der beiden Seiten. Denn in der nationalen wie internationalen Germanistik dieser Jahre stand Goethe in Ost und West im Zentrum – auch dort, wo es um den Widerspruch gegen seine traditionelle Dominanz ging. Dort bestimmte er ex negativo die gegen ihn vorgebrachten Umwertungen und Alternativen. Im Verhältnis zu Goethe artikulierten sich die kontroversen Richtungsentscheidungen des Faches. Deshalb ist es angemessen, hier nicht von Goethe-Philologie oder -Forschung, sondern von Goethe-Politik zu sprechen. Wer sie nach der damaligen Hauptdemarkationslinie in Ost und West spalten will, liegt falsch. Denn die Goethe-Politik der 1970er-Jahre ordnet sich nicht blockweise in Ost und West. Die Solidaritäten und Gegnerschaften verlaufen quer zum Eisernen Vorhang.

Welche anderen Trenn- und Verbindungslinien es gab, zeigt eine Anekdote, die Jost Hermand vom 1. Internationalen Heine-Kongress 1972 in Düsseldorf erzählt. Dort waren auch einige Germanisten aus der DDR präsent, unter anderem Karl-Heinz Hahn, Direktor des Goethe- und Schiller-Archivs und von 1973 an Präsident der Goethe-Gesellschaft in Weimar. Hahn habe, so berichtet Hermand, erklärt, dass er Heines Goethe-Kritik in Weimar »nicht dulden dürfe«, woraufhin der ebenfalls anwesende Benno von Wiese, einer der damals einflussreichsten Germanisten Westdeutschlands, nicht zögerte mit dem Bekenntnis, »daß er – falls alle Menschen in der DDR so dächten wie Karl-Heinz Hahn – gern ein ›Bürger der DDR‹ werden würde«.[1] Das sei, kommentiert Hermand, von Wieses »zynisch-joviale Art«.[2]

1 Jost Hermand: *Pro und Contra Goethe. Dichterische und germanistische Stellungnahmen zu seinen Werken*. Oxford u.a. 2005, S. 180.

2 Ebd.

Liest man von Wieses Autobiographie,[3] wird deutlich, dass sein Bekenntnis staatspolitisch nicht anders als zynisch, fachpolitisch jedoch nur ernst gemeint sein kann. Denn dort erzählt er voller Sympathie und Anerkennung von den Forschungs- und Gedenkstätten in Weimar, die er als Mitherausgeber der Schiller-Nationalausgabe immer wieder aufsuchte, voller Ärger, Unverständnis und Ablehnung jedoch von den Erfahrungen, die er seit den Studentenrevolten an westdeutschen Universitäten machen musste. Die DDR und insbesondere Weimar erscheinen in von Wieses Rückblick wie eine germanistisch heile Welt, in der die Klassiker noch als solche in Kurs sind.

Doch anders als von Wiese annahm, dachten nicht alle Menschen in der DDR wie Karl-Heinz Hahn, nicht einmal alle Germanisten. Die sogenannte Vollstrecker-These der Ulbricht-Ära, wonach das sozialistische Deutschland Fausts Schlussmonolog (»Auf freiem Grund mit freiem Volke stehn«, V. 11580) in die gesellschaftliche Tat umgesetzt habe, verlor mit Ulbrichts Macht an Geltung. Damit verblasste nicht nur diese kurioseste aller staatstragenden Literaturinterpretationen. Vielmehr geriet der in Weimar institutionalisierte Klassik-Kult grundsätzlich in Bedrängnis. Seit Beginn der 70er-Jahre mehrten sich die Einsprüche gegen die auf Goethe fokussierte Erbe-Politik. Sie hielten sich an Brechts Formel von der ›Einschüchterung durch Klassizität‹ oder wählten E. T. A. Hoffmann, Hölderlin, Kleist und Jean Paul als Alternativen, mit denen sie zugleich die Romantik-Ablehnung revidierten, die zum nationalklassischen Goethe-und-Schiller-Gedenken gehört. Nicht nur wissenschaftliche, auch literarische Beiträge nahmen diese Richtung. Ulrich Plenzdorfs *Die neuen Leiden des jungen W.* von 1973 provozierten den Goethe-Kult nicht nur durch ihre despektierliche, fast ikonoklastische *Werther*-Adaption. Sie enthielten zudem einen gezielten Spott gegen die Weimarer Institution. Edgar Wibeau, der neue Werther, versucht ein eigenes, neues »nebelloses Farbspritzgerät« zu erfinden, an dessen Entwicklung seine Malerkollegen gescheitert sind. Dieses Gerät wird im Roman mit der Abkürzung »NFG« eingeführt und immer wieder so genannt. Das NFG der Malerbrigade (»unser NFG«[4]) scheitert, weil es alles vernebelt. Wibeaus NFG (»*mein* NFG«[5]) steht dagegen für die Hoffnung auf Klarheit. NFG ist die offizielle Abkürzung für ›Nationale Forschungs- und Gedenkstätten der klassischen deutschen Literatur‹ in Weimar. Die symbolische Bedeutung dieses Abkürzungswitzes war unverkennbar. Wibeaus NFG steht sinnbildlich für Plenzdorfs eigene Anknüpfung an Goethe, die das bisherige staatstragende Erbe-Konzept als gescheitert hinter sich lassen will.

In dieser Situation wurden Helmut Holtzhauer, der bis zu seinem Tod Ende 1973 Präsident der Goethe-Gesellschaft und Generaldirektor der Weimarer Forschungs- und Gedenkstätten war, und Karl-Heinz Hahn zu Repräsentanten einer überholten, rückständigen Position. Hahn musste deshalb mit von Wieses Umarmung alles andere als glücklich gewesen sein. Denn dieser geistesgeschichtlich-religiös orientierte Klassik-Interpret, der weltanschaulich genau ins katholische Nachkriegs-Münster und -Bonn passte und der von der Studentenbewegung vor allem fürchtete, für

3 Benno von Wiese: *Ich erzähle mein Leben. Erinnerungen.* Frankfurt a. M. 1982.
4 Ulrich Plenzdorf: *Die neuen Leiden des jungen W.* Frankfurt a. M. [9]1978, S. 96.
5 Ebd., S. 109.

seine NSDAP-Mitgliedschaft zur Rechenschaft gezogen zu werden – dieser auf dem Buchmarkt und in den Medien präsenteste ›Großgermanist‹ aus dem Geiste der Adenauer-Ära konnte mit seiner Solidaritätsgeste den Rückständigkeitsverdacht nur erhärten. Holtzhauer, Hahn und von Wiese entsprachen sich in der Rolle emphatischer Klassik-Botschafter. Nur die Botschaft war eine andere: bei dem einen ein letztlich religiöser Deutungshorizont, bei den anderen ein entschieden anti-religiös verstandener Humanismus. Nicht selten aber überstrahlt der Habitus, in dem jemand auftritt und redet, die Inhalte. Dieser Effekt wird wohl auch für die joviale West-Ost-Umarmung auf dem Düsseldorfer Heine-Kongress verantwortlich gewesen sein.

Im Westen stellten sich nicht nur die revoltierenden Studenten, sondern auch eine neue Professoren-Generation den Klassik-Emphatikern entgegen. Das deutlichste Dokument dafür ist der schmale amerikanische Tagungsband von 1971, der wohl als Einziges aus dieser Zeit bis heute noch erinnert wird: *Die Klassik-Legende* von Reinhold Grimm und (dem schon genannten) Jost Hermand. Von heute aus gesehen, markiert er den entscheidenden Schritt zum wissenschaftlichen Klassik-Verständnis, denn er begreift Klassik als ein Rezeptionsphänomen. Ein ›Klassiker‹ kommt nicht als solcher in die Welt, sondern wird erst durch die Auswahl, Deutung, dauerhafte Verwendung und Anerkennung durch spätere Generationen zu einem solchen gemacht. Und er steht nicht objektiv für unwandelbare ewige Werte, sondern für das, was Interpretations- und Verwendungsgemeinschaften jeweils aus ihm herauslesen und -deuten. Das konnte man mit so noch nie dagewesener Klarheit in einigen Beiträgen dieses Bandes lernen. Doch war es (leider) nicht dieser Erkenntnisgewinn, der die *Klassik-Legende* berühmt gemacht hat. Es war vielmehr das damit verbundene polemische Potenzial in der damaligen Goethe-Politik. Es lag in zweierlei: einer Interpretationsformel und einer Kontinuitätsthese.

Der Band führte das Konzept der ›deutschen Klassik‹ nicht nur kritisch auf das in ihren Anfängen bei Gervinus patriotische, dann seit der Reichsgründung chauvinistische Geltungsbedürfnis nationalstolzer Germanisten zurück – das war ein nicht zu leugnender Befund –, er brachte zugleich den historisch immer schon mitlaufenden, vor allem Goethe-kritischen Widerspruch gegen diesen Klassikstolz auf eine neue, griffige Formel. Sie ist wohl der meistzitierte Satz aus diesem Band, aus Grimms und Hermands Vorwort:

> Es gehört nun einmal zum Wesen der Weimarer Hofklassik, daß hier zwei hochbedeutende Dichter die Forderung des Tages bewußt ignorieren und sich nach oben flüchten: ins Allgemein-Menschliche, zum Idealisch-Erhabenen, zur Autonomie der Schönheit [...].[6]

Die zweite Provokation, die Kontinuitätsthese, rückte die auf diese Weise ideologiekritisch perspektivierte Klassik – die im Titel genannte *Klassik-Legende* – sowohl mit dem bürgerlich-geistesgeschichtlichen als auch dem marxistischen Klassikverständnis zusammen. Das Erbe-Konzept der Weimarer Forschungs- und Gedenkstätten wurde so, wenn man es bildlich sagen will, mit seinen eigenen Mitteln links

6 *Die Klassik-Legende. Second Wisconsin Workshop*. Hrsg. von Reinhold Grimm u. Jost Hermand. Frankfurt a.M. 1971, S. 11.

überholt und auf der rechten Spur platziert. Denn der amerikanische Tagungsband argumentierte seinerseits mit der marxistischen Gedankenfigur, wonach allen historischen Zeugnissen die je zeitgenössischen gesellschaftlichen Widersprüche eingeschrieben seien und zu einem richtigen, produktiven Geschichtsverständnis die progressiven von den regressiven Tendenzen zu unterscheiden und aufzugreifen seien. In amerikanischer Anwendung lief diese Gedankenfigur jetzt darauf hinaus, die Goethe-Politik im sozialistischen Weimar zu den regressiven, rückwärtsgewandten Kräften zu zählen. »Regressive Universalideologie«[7] lautete die Diagnose, die Walter Hinderer im Tagungsband der Literaturwissenschaft in der DDR stellte. Diese angriffslustige Schlegel-Parodie saß.

Helmut Holtzhauer antwortete mit einem Gegenangriff. Mit polemischem Witz malt er die Amerikaner eingangs als die Sieben Schwaben aus, die sich in ihrem Angriffseifer lächerlich machen. Doch nimmt er die Sache dann sehr viel ernster, als dieses Bild suggeriert. Denn einem nur lächerlichen Gegner hielte man kein zwanzigseitiges angestrengtes Grundsatzreferat der sozialistischen Klassik-Pflege entgegen, was Holtzhauer aber tatsächlich tut. Der Beitrag[8] erschien 1973 in *Sinn und Form*, der Zeitschrift der ostdeutschen Akademie der Künste; gewiss kein Publikationsort, in dem man Lächerlichkeiten verhandelt. Der Weimarer Direktor sah sich ernsthaft herausgefordert. Die gleichzeitige Klassik-Kritik im eigenen Land und im westlichen Ausland war eine neue Konstellation, die nicht ins politische Koordinatensystem passte. Obwohl Holtzhauer daran festzuhalten und die amerikanischen Germanisten als »sich wild gebärdende Kleinbürger«[9] abzutun versucht, muss ihm klar gewesen sein, dass staatliche Klassenkampfrhetorik hier nicht ausreicht. Allein schon die Art, wie Walther H. Sokel in der *Klassik-Legende* und Germanisten in der DDR Brechts Klassik-Kritik aufgriffen, war zu verwandt, um sie der Dichotomie des Blockdenkens einzupassen. Wenn Holtzhauer mit Sokels Beitrag ins Gericht geht und sein Urteil verkündet, »daß Brecht als Lehrmeister für ein richtiges Klassik-Verständnis nicht geeignet ist«,[10] dann spricht er damit implizit zugleich gegen die Brechtianer im eigenen Land. Pikanterweise war eine ihrer deutlichsten Stimmen, die von Werner Mittenzwei, direkt vor Holtzhauers Beitrag zu vernehmen. Mittenzweis Aufsatz *Brecht und die Probleme der deutschen Klassik* erschien im ersten *Sinn und Form*-Heft von 1973 unmittelbar vor Holtzhauers Polemik gegen die *Klassik-Legende*.

So eingerichtet hat es der Herausgeber von *Sinn und Form*, der Germanist und Politiker Wilhelm Girnus. Er hatte Holtzhauers Gegenangriff auf die *Klassik-Legende* angeregt und – für Holtzhauer selbst wohl noch nicht ersichtlich – als Position innerhalb der Klassik-Debatte[11] eingeplant, die er in seiner Zeitschrift über mehrere Hefte bis 1974 führen ließ. In ihr waren neben Brecht vor allem Heiner

7 Ebd., S. 141.

8 Helmut Holtzhauer: *Von sieben, die auszogen, die Klassik zu erlegen*. In: *Sinn und Form* 25 (1973) 1, S. 169-188.

9 Ebd., S. 182.

10 Ebd., S. 187.

11 Dazu Lothar Ehrlich: *Die Klassik-Debatte in »Sinn und Form« 1973/74*. In: ders., Gunther Mai (Hrsg.): *Weimarer Klassik in der Ära Honecker*. Köln, Weimar, Wien 2001, S. 109-126.

Müller und Ulrich Plenzdorf die neuen Bezugs- und mitunter auch Orientierungsgrößen. Fast im Plenzdorf'schen Sinne bereitete diese Debatte den Boden für eine neue NFG: die ›Nationalen Forschungs- und Gedenkstätten der DDR für deutsche Kunst und Literatur des 20. Jahrhunderts‹. Sie sollten die Weimarer Institution nicht ersetzen, sondern ergänzen. Die Mimikry der Namensgebung markierte die Konkurrenzsituation allerdings deutlich genug. In ihr liegt der Anspruch, das literatur- und kulturpolitische Erbe-Konzept programmatisch zu modernisieren. Diese neuen NFG wurden 1985 als Abteilung der Akademie der Künste gegründet. Die Geschichte der DDR ließ ihnen jedoch nicht genug Zeit, sich neben oder in Konkurrenz zu Weimar zu profilieren. In der Vereinigung der West- und Ostberliner Akademie der Künste ging der Anspruch, ein fortschrittlicheres Weimar zu sein, soweit ich sehe, stillschweigend verloren.

Im Kontext der Klassik-Debatte und der durch sie angestoßenen Modernisierung wirkt Holtzhauers Beitrag konservativ, ja verstockt. Die Art, wie er die »deutsche Klassik« kategorisch als »Fortschritt«[12] bewertet (im Gegensatz zur kategorisch als Rückschritt definierten Romantik), wie er in ihr das »neue Welt- und Menschenbild« »im normativen Sinne«[13] sieht und jede Kritik daran als »Klassikverfälschung«[14] abtut, steht neben Mittenzweis Brecht-Diskussion und dem amerikanischen Tagungsband unreflektiert dogmatisch da. Sie entspricht methodisch der geistesgeschichtlichen Literaturbetrachtung eines Fritz Strich, die ihre eigenen ideengeschichtlichen Konstruktionen, insbesondere ›Klassik‹ und ›Romantik‹, für objektive, reale Wesen hält. Es ist der Vorgang, den Kant als Hypostasierung definiert: ein »Blendwerk«, »nach welchem man das, was bloß in Gedanken existiert, […] als einen wirklichen Gegenstand außerhalb dem denkenden Subjekte annimmt«.[15] In genau diesem Sinne hypostasiert Holtzhauer die »deutsche Klassik«. Er stimmt zwar Klaus L. Berghahns Beitrag zur *Klassik-Legende* zu, der die »deutsche Klassik« als eine patriotische diskursive Konstruktion von Gervinus bis zur Kaiserzeit erklärt, doch ist das für Holtzhauer nur ein Kapitel der Verfälschungsgeschichte. Die Einsicht, dass jedes Klassik-Verständnis ein Rezeptions-, Deutungs- und Verwendungsphänomen durch spätere Generationen ist, erreicht ihn nicht. Für ihn steht außer Frage, dass es nur ein »historisch wahres Klassikbild«, nur ein »wirkliches Klassikverständnis«[16] gebe, das er trotz seiner marxistischen Bekenntnisse gerade nicht als bewusste Interpretation vom eigenen Klassenstandpunkt aus reflektiert, sondern als ein so absolut Wahrhaftiges vorstellt, wie Fritz Strich von der Klassik als der »Offenbarung« einer »geistigen Grundhaltung«[17] spricht. Vom Klassenstandpunkt ist bei Holtzhauer nur dort die Rede, wo er den Amerikanern vorwirft, ihn in ihrer kleinbürgerlich liberalen Gesinnung nicht wahrhaben zu wollen.

12 Holtzhauer (Anm. 8), S. 175.

13 Ebd., S. 172.

14 Ebd., S. 177.

15 Immanuel Kant: *Kritik der reinen Vernunft* 2. In: ders.: *Werkausgabe*. Bd. IV. Hrsg. von Wilhelm Weischedel. Frankfurt a. M. [4]1980, S. 385 f. (A 384).

16 Holtzhauer (Anm. 8), S. 187.

17 Fritz Strich: *Deutsche Klassik und Romantik oder Vollendung und Unendlichkeit. Ein Vergleich*. Bern, München [5]1962, S. 16 f.

Zum sozialistischen Erbe-Konzept gehört die explizite Pragmatik. Es geht – dem Selbstverständnis nach – um die selektive, situationsbedingte, vom Klassenstandpunkt aus interessierte Aneignung kulturgeschichtlicher Tradition. In einer im selben Jahr 1973 in den *Weimarer Beiträgen* erschienenen Entgegnung auf die *Klassik-Legende* führt das zu dem Stoßseufzer, dass »bestimmte Eigenarten des ›hochklassischen‹ Dichtungsstils – etwa die außergewöhnliche Höhe der poetischen Verallgemeinerung in Sujetwahl und sprachlicher Stilisierung« es »uns heute nicht eben leicht machen, einen unmittelbaren produktiven Zugang zu vielen dieser Werke als lebendigem Erbe für die sozialistische Gesellschaft zu finden«.[18] Mit diesen Worten gesteht der Autor (der Politiker und Germanist Rudolf Dau) seine Schwierigkeiten mit den der Realismus-Erwartung so fremden Werken wie der *Braut von Messina* oder *Faust II*. Bei Holtzhauer wäre ein solches Geständnis undenkbar. Für ihn ist Goethe mit allem, vor allem mit *Faust* – dem ganzen *Faust* –, absolut wahrhaftig, von höchstem, durch nichts zu relativierendem Wert. Er bleibt damit der Vollstrecker-These der Ulbricht-Ära verbunden. Das zeigt sich am deutlichsten in einem *Faust*-Aufsatz, den Holtzhauer 1970 im Goethe-Jahrbuch veröffentlichte. Er bestätigt nicht nur das Staatsethos der DDR als Verwirklichung von Fausts Schlussmonolog, er bezieht auch Karl Marx in die Goethe-Nachfolge mit ein: »Es kann gar keinen Zweifel darüber geben, daß Goethe Marx' 11. These zu Feuerbach mit der Formulierung der Verszeile ›Im Anfang war die Tat‹ (V. 1237) gewissermaßen vorweggenommen hat«.[19] Holtzhauer macht den Marxismus zum Goetheismus. Das einschränkende »gewissermaßen« ist eine Beschwichtigungsgeste, die über den Ernst der Absicht nicht hinwegtäuschen kann. Denn auch den Kerngedanken des Marxismus, die Deutung der Geschichte als Klassenkampf, sieht Holtzhauer bei Goethe präfiguriert; zwar »nicht mit der Klarheit und Eindeutigkeit«[20] wie bei Marx und Engels, doch im Grunde der Sache nach schon. Goethe erscheint sogar als der noch konsequentere Marxist, weil Holtzhauer ihm nicht nur im Blick auf Gesellschaft und Geschichte, sondern auch auf die Natur eine »dialektische Auffassung«[21] zuschreibt. Zur Begründung führt er Goethes Denken in Gegensätzen an, was für Goethe freilich ganz richtig, für die Diagnose der ›Dialektik‹ dagegen ganz unzureichend ist. Man kann sich kaum vorstellen, dass Holtzhauer das nicht selbst klar gewesen sein muss, ebenso klar wie die sachfremde Kühnheit, die in seiner Behauptung liegt, Goethe (der entschiedenste Gegner aller Revolution) habe mit seinem Werk insgesamt ein »Richtzeichen für die Revolutionen der Menschheit«[22] geschaffen. In dem Aufsatz geht es darum, alle Hochwertworte des Marxismus (Klassenkampf, Dialektik, Revolution) mit Goethe zu verbinden, so dass dessen Werk insgesamt als »philosophischer Ausgangspunkt für

18 Rudolf Dau: *Erben oder Enterben? Jost Hermand und das Problem einer realistischen Aneignung des klassischen bürgerlichen Literaturerbes*. In: *Weimarer Beiträge* 19 (1973) 7, S. 67-98; hier S. 82.

19 Helmut Holtzhauer: *Faust. Signatur des Jahrhunderts. Eine Analyse der Welt- und Menschenansicht Goethes in seinem Hauptwerk*. In: GJb 1970, S. 1-28; hier S. 10.

20 Ebd., S. 11.

21 Ebd., S. 24.

22 Ebd., S. 28.

die wissenschaftliche Weltanschauung des Sozialismus«[23] erscheint. Marxismus, lernt man bei Holtzhauer, ist im Grunde Goetheismus, der durch die Inklusion der Naturwissenschaft sogar das vollständigere Weltbild biete. Deshalb sei Faust nicht nur eine Figur seiner Zeit, sondern, wie es bei Holtzhauer 1970 heißt, »unser Zeitgenosse«.[24]

Trotz aller marxistischen Bekenntnisse verabschiedet sich Holtzhauers Aufsatz von der historisch-materialistischen Dialektik. Denn anstatt nach deren Lehre Goethes Werke aus den noch unerkannten und ungelösten Klassenwidersprüchen ihrer Zeit heraus in ihrer historisch notwendigen Ambivalenz zu verstehen, findet er in den alten Texten nichts als die eindeutige, reine Wahrheit. »Zwar weiß ich viel, doch möcht ich alles wissen«, zitiert Holtzhauer[25] das naive Wagner-Wort, mit dem Goethe die bornierte Beflissenheit des Musterschülers karikiert. Holtzhauer nimmt es ganz unironisch, affirmativ als Motto für sein Goethe-Studium. Er verspricht sich davon nicht weniger als »universale Kenntnis«.[26] In Goethes »geschlossene[m] Weltbild«[27] will er sie gefunden haben – »geschlossen« dabei im Sinne von ›abgeschlossen‹, ›vollständig‹, ›stimmig‹, nicht im Sinne von ›begrenzt‹. Ob es Wahrheiten außerhalb davon geben könnte, ist nicht einmal als Frage vorgesehen.

Mit diesem Goethe-Bild, das Holtzhauer am Ende mit den Begriffen ›Antike, Renaissance, Humanismus, Realismus‹ zu ewiger Wahrheit erhebt, entspricht er weniger der zeitgenössischen marxistischen Germanistik als vielmehr dem emphatischen Klassiker-Konzept, das T.S. Eliot zum Kriegsende 1944 in seiner berühmten, in Deutschland wiederholt übersetzt nachgedruckten Rede *Was ist ein Klassiker?*[28] formuliert hat. Dort wird Goethe (im exklusiven Verbund mit Vergil, Dante und Shakespeare) als menschheitsverbindende Universalgröße gefeiert, allerdings noch viel allgemeiner als in Holtzhauers marxistischer Interpretation. Darin aber kommen Eliot und der Weimarer Generaldirektor überein: Der Anspruch auf Universalität hat kein stärkeres Argument als den emphatisch gesetzten Klassikernamen.

Im selben Goethe-Jahrbuch 1970, in dem Holtzhauers Aufsatz erschien, findet sich ein verwandter *Faust*-Beitrag von Karl-Heinz Hahn. Auch er bietet keine historisch-materialistisch-dialektische, sondern eine ganz einsinnige Goethe-Interpretation; einsinniger, als die Dinge bei Goethe liegen. Hahn geht es darum, das *Faust*-Drama als ein eindeutig gegen die Romantik gesetztes Klassik-Manifest auszuweisen. Dazu hält er sich normativ an den klassizistischen Anfang des Helena-Akts und versteht die weiteren Verwandlungen der Figur in die minnelyrisch Reimende oder dann die bürgerlich-sentimentale Euphorion-Mutter als eine vom Autor intendierte Warnung vor der Romantik. Das ist eine steile Interpretation, die

23 Ebd., S. 10.
24 Ebd., S. 2.
25 Ebd., S. 1.
26 Ebd.
27 Ebd., S. 23.
28 T.S. Eliot: *Was ist ein Klassiker? Ansprache, gehalten vor der Virgil-Gesellschaft, London, am 18. Oktober 1944.* In: *Antike und Abendland. Beiträge zum Verständnis der Griechen und Römer und ihres Nachlebens.* Bd. III. Hrsg. von Bruno Snell. Hamburg 1948, S. 9-25.

angesichts der typologischen Vielfalt von *Faust II* mehr Hahns eigener Klassikdoktrin als Goethes Drama entspricht. Hahn ist sich bewusst, dass er seine Interpretation gegen eine Reihe von Goethes Selbstkommentaren anstrengen muss, die – was die Literatur betrifft – auf eine integrative Überwindung des Klassik-Romantik-Gegensatzes aus sind. Doch nimmt Hahn diese Anstrengung auf sich, und zwar so energisch, dass er sich auch ein Goethe-Zitat passend macht, wo es offensichtlich nicht passt. Eckermann berichtet, Goethe habe für die Aufführung des Helena-Akts zwei Schauspielerinnen in der Hauptrolle vorgeschlagen: für den Anfang eine Künstlerin der Tragödie, für das opernhafte Ende eine Sängerin. Diese Talente träfen selten in einer Person zusammen, deshalb nehme man besser zwei. Hahn will in dieser Zweiteilung die normative Differenz zwischen der echten klassizistischen und der falschen romantisierten Figur sehen.[29] Goethe spricht dagegen von »zwei großen Künstlerinnen«,[30] die er gleichrangig typologisch nebeneinanderstellt. Von Abstufung, von echt und unecht ist dabei keine Rede.

Hahns manichäistisch Heil und Unheil beschwörende Klassik-Romantik-Opposition entspricht der erbepolitischen Doktrin der Ulbricht-Ära, auch wenn Hahn wie Holtzhauer seinerseits nicht marxistisch, sondern eher geistesgeschichtlich argumentiert. Man fühlt sich abermals an Fritz Strich erinnert, wenn Hahn von den »geistigen Haltungen«[31] spricht, die sich in Klassik und Romantik offenbaren, und wenn er diese Haltungen einerseits als ›diesseitige, realistische Vollkommenheit‹ und andererseits als »ewig unerreichbares Unendliches« bestimmt.[32] Strichs *Deutsche Klassik und Romantik oder Vollendung und Unendlichkeit* gibt hier unverkennbar den Ton an. Auch ein zweites Buch dieses Berner Germanisten hat hier seine Spuren hinterlassen: Strichs *Goethe und die Weltliteratur* von 1946. Es vertritt die mehr romanhafte als wissenschaftliche These, die katastrophale Entwicklung der deutschen Kultur hin zum Nationalsozialismus habe daran gelegen, dass Goethes charakterliche Reifung zur Klassik national wirkungslos geblieben sei und die Deutschen sich stattdessen dem romantischen Irrationalismus hingegeben hätten. Das ist Strichs Variante der seit den späten Kriegsjahren überall aufkommenden mythischen Herleitungsversuche der Nazi-Ideologie aus der deutschen Romantik. In der frühen DDR setzte Lukács' Buch *Die Zerstörung der Vernunft. Der Weg des Irrationalismus von Schelling zu Hitler* dafür die Maßstäbe. Hahn aber hält sich nicht an Lukács, sondern an Strich. Denn wenn man dessen These kennt, erklärt sich Hahns angestrengte *Faust*-Deutung als ein Versuch, das folgenschwere nationale Versäumnis nicht noch einmal geschehen zu lassen. Hahn tritt an, Goethes ›charakterliche Reifung‹ zur Klassik ein für alle Mal klarzustellen und als den einzig richtigen Weg zu weisen.

Am Anfang des Jahrzehnts, das in der DDR die Kritik am Goethe-Zentrismus, die Neuentdeckung der Romantik und eine selbstbewusste Neubesinnung auf die aktuelle Literatur und deren kürzere Traditionen im 20. Jahrhundert bringt, schla-

29 Vgl. Karl-Heinz Hahn: *Faust und Helena oder die Aufhebung des Zwiespaltes zwischen Klassikern und Romantikern.* In: GJb 1970, S. 115-141; hier S. 135.
30 Zu Eckermann, 29.1.1827 (FA II, 12, S. 220).
31 Hahn (Anm. 29), S. 139.
32 Vgl. ebd., S. 132, 140.

gen Holtzhauer und Hahn, die beiden Weimarer Direktoren, noch einmal dicke Pflöcke der Goethe-Verehrung ein. Sie tun es im Goethe-Jahrbuch, dem Organ der Gesellschaft, der beide nacheinander als Präsident vorstehen. Und sie verfahren trotz ihres marxistischen Bekenntnisses methodisch eher im Sinne der Geistesgeschichte als des historisch-dialektischen Materialismus. Auf der Landkarte der DDR erscheint Weimar damit als der Symbolort konservativer Klassikerpflege und zugleich als statisches Provinznest gegenüber der Groß- und Hauptstadt Ostberlin, an deren Akademie der Künste die Erbe- und die Literaturpolitik eine neue Richtung nehmen.

Als Ironie des Schicksals aber mag es dann wirken, dass aus dieser provinziellen, konservativen Statik wenige Jahre später die eigentlich revolutionäre, systemsprengende Kraft kommt. Sie tritt nicht als solche auf, sondern liegt mehr im Geschehen-Lassen als in eigener Aktion. Die Schlüsselfigur dieser passiven Revolution ist Karl-Heinz Hahn. Nach Holtzhauers Tod Ende 1973 – er hatte gerade sein 61. Lebensjahr vollendet – beerbte Hahn ihn im Präsidentenamt der Goethe-Gesellschaft und damit auch als Herausgeber des Goethe-Jahrbuchs. Holtzhauers Präsidentschaft dauerte nur zwei Jahre. In dieser Zeit kam eine schon länger vorbereitete, weitreichende politische Entscheidung an ihr Ziel. Sie bestand darin, die Internationalität der Goethe-Gesellschaft neu zu betonen und auch im Vorstand personell abzubilden. Damit war zugleich die deutsch-deutsche Frage beantwortet und die innerdeutsche Spaltung der Goethe-Gesellschaft abgewehrt. Aus Sicht der DDR bot die neu betonte Internationalität die Möglichkeit, Mitglieder aus der BRD wie auch andere Ausländer in ihren Reihen zu halten. Aus Sicht der BRD konnte man unter Anerkennung oder unter hallsteindoktrinärer Leugnung der Zweistaatlichkeit eine gesamtdeutsche Goethe-Perspektive bewahren. Die Internationalität war die salomonische Lösung, mit der sich das Problem der innerdeutschen Grenze politisch bedarfsgerecht interpretieren und damit neutralisieren ließ.

Um diese neue, »ostentative«[33] Internationalisierung, wie Holtzhauer sie nannte, und damit zugleich den Einheits- und Alleinvertretungsanspruch der Weimarer Goethe-Gesellschaft auch symbolisch zu stärken, scherte man mit dem Jahrbuch 1972 aus der 1936 eingeführten »Neuen Folge« aus und schloss wieder an die ursprüngliche Bandzählung seit der Gründung 1880 an. Dass dies ganz im Sinne der marxistischen Erbe-Politik geschah, stellte Holtzhauers Vorwort zu diesem ersten von ihm verantworteten Jahrbuch klar, und zwar selbstkritisch: Es bedürfe noch »großer Anstrengungen«, »um als Tribüne für die Forschung der dem humanistischen und vorwärtsweisenden Geiste Goethes und seinem Werk verschriebenen Welt zu gelten«.[34] Damit verkündete Holtzhauer sein Programm: Die Goethe-Gesellschaft und ihr Jahrbuch sollten das sozialistische Goethe-Bild mit neuem, gesteigertem politischen Engagement in die Welt tragen. Schon während der Bearbeitung des Folgebandes starb er. Hahn übernahm und erinnerte im Vorwort des ersten von ihm verantworteten Bandes an das Programm seines Vorgängers. Und er fügt an:

33 Helmut Holtzhauer: *Vorwort*. In: GJb 1972, S. 7-9; hier S. 8.
34 Ebd., S. 7.

> Doch Pläne und Absichten sind nur die eine Seite. Der Herausgeber des Jahrbuchs hat zunächst die Pflicht und ist darauf angewiesen, die Beiträge zu publizieren, die spontan von Mitgliedern und Freunden unserer Gesellschaft eingesandt werden; er kann solche Studien nicht einfach negieren und statt dessen etwa ausschließlich – selbst wenn sie ihm in ausreichender Zahl zur Verfügung ständen – dem eigenen Programm verpflichtete Aufsätze ins Jahrbuch aufnehmen.[35]

Diese Herausgebererklärung ist ein eindrucksvolles Beispiel, wie man eine revolutionäre Entscheidung als eine unspektakuläre, absichtslose Selbstverständlichkeit ausgeben kann. Hätte Hahn geschrieben: ›Ich breche mit Holtzhauers Programm und folge stattdessen der Vielfalt unserer internationalen Mitglieder‹, dann hätte er in der Sache nichts anderes gesagt. Dann aber wäre seine revolutionäre Entscheidung als solche unüberhörbar geworden. Hahn verbirgt sie defensiv hinter der Rede von Pflicht und Angewiesenheit. Er reißt das Ruder kräftig herum und behauptet zugleich, gar kein Steuermann zu sein, sondern nur im vorgegebenen, unabänderlichen Kurs mitgetrieben zu werden. Das »eigene Programm« wird zwar noch als ein Kontinuitätssignal zum Vorgänger erwähnt, doch als nur theoretische Option durch eine ganz anders definierte praktische Notwendigkeit zur Seite geschoben. Die Internationalität der Goethe-Gesellschaft, die Holtzhauer zum ganz großen Adressaten der sozialistischen Literaturpolitik erkoren hatte, wird von Hahn in der Rolle des Absenders gesehen, an dessen Post man nicht vorbeikommt – ein raffinierter Perspektivwechsel. Durch ihn erscheint der Bruch mit dem Vorgänger als Konsequenz aus dessen eigener Entscheidung.

Um zu verstehen, was Hahns Herausgebererklärung bedeutet, muss man sich bewusst machen, dass sie sich über ein Tabu der SED hinwegsetzt. Sie lässt zu, was die Partei nicht duldet: weltanschaulichen Pluralismus. ›Spontane‹, also nicht geplante und vorab reglementierte Beiträge von überall her, wie Hahn sie anzunehmen bereit ist, waren im öffentlichen Diskurs der DDR nicht vorgesehen. Unter der SED-Regierung waren Kultur und Wissenschaft »Instrumente staatlich gelenkter Bewußtseinsbildung«. So formuliert es im Nachwenderückblick der Weimarer Zeitzeuge Lothar Ehrlich und lakonisch fügt er hinzu, dass dies ein »weitgehend akzeptierter Konsens« gewesen sei.[36] – Ein Konsens unter den Beteiligten, muss man wohl hinzufügen. Denn dass er bei allen einfach da war, wird man wohl kaum annehmen können. Dieser Konsens war die Voraussetzung, um offiziell in Kultur und Wissenschaft zu arbeiten; also vielleicht doch weniger ein Konsens als eine Zugangsbedingung. Hahn hat sie jedenfalls erfüllt. Im Goethe-Jahrbuch erschienen weiterhin linientreue Beiträge von ihm, die ganz in Holtzhauers Programm passten: so z.B. 1976 der Aufsatz *Goethe und Weimar – Weimar und Goethe*, der das Goethe-Erbe von keinem anderen als dem sowjetischen Militär gerettet sieht, und zwar nicht nur durch dessen Sieg über die Nazis, sondern letztlich durch dessen Ablösung der Amerikaner in Thüringen. Erst dadurch, feiert Hahn, konnte Weimar im Juni 1945 zur »Geburtsstätte eines neuen Humanismus« werden.[37]

35 Karl-Heinz Hahn: *Vorwort*. In: GJb 1974, S. 5 f.; hier S. 5.
36 Vgl. Ehrlich (Anm. 11), S. 122.
37 Vgl. Karl-Heinz Hahn: *Goethe und Weimar – Weimar und Goethe*. In: GJb 1976, S. 11-37; hier S. 37.

Im Vergleich zu *Sinn und Form*, der Akademie-Zeitschrift, steht das Goethe-Jahrbuch auch unter Hahns Herausgeberschaft deutlich konservativer da. Von Plenzdorf, Brecht, Heiner Müller oder der Neubewertung der Romantik liest man hier nichts. Der amerikanische Tagungsband zur *Klassik-Legende* wird mit einer ganz kurzen, ganz unqualifiziert polemischen Rezension abgetan, die nur tönt, hier wolle man »Goethe und Schiller nun endlich auf die Müllkippe der Geschichte werfen«.[38] Dass zur gleichen Zeit in den *Weimarer Beiträgen* eine viel verständnisvollere Rezension,[39] und zwar eine kritische, doch einlässlichere, den Dialog suchende Auseinandersetzung mit diesem Westbuch erschien,[40] ging am Goethe-Jahrbuch spurlos vorüber. Dort erschienen stattdessen Beiträge, die das Lagerdenken zwischen »Dekadenz und Modernismus einerseits, klassische[r] Humanität und Kunst andererseits«[41] zementierten, die Goethe in der parteinotwendig progressiven Interpretation als Befürworter der Französischen Revolution ausgaben[42] und es dabei auch soweit trieben, die Vernichtung von Philemon und Baucis im letzten Akt von *Faust II* als Goethe'sches Lehrstück darüber zu deuten, dass jeder Widerstand gegen den revolutionären Prozess hinweggefegt gehöre.[43] Diese letzte These stammt von dem georgischen Germanisten Otar Dshinoria, der zum Vorstand der Weimarer Goethe-Gesellschaft zählte. Von solchen Einsendungen internationaler Mitglieder war für die Parteilinie nichts zu befürchten.

Doch über dem Cantus firmus einer die Ulbricht-Ära fortsetzenden Goethe-Deutung sind im Goethe-Jahrbuch auch andere, unpassende, sogar dissonante Stimmen zu hören. Das eindrucksvollste Beispiel dafür gibt der Jahrgang 1978, der thematisch auf den historischen Kern der Klassik-Ansprüche zielt, auf Goethes Werke und Positionen zwischen 1790 und 1810. Den Cantus firmus steuert zu diesem Band die Jenaer Germanistin Ursula Wertheim bei. Sie handelt vom ›Klassischen‹ in *Faust I*, das sie in der humanistisch-weltverbessernden Tatkraft des Titelhelden ausmacht und, obwohl es eigentlich nur um den ersten Tragödienteil geht, im Schlussmonolog vom ›freien Volke auf freiem Grund‹ gipfeln sieht.[44] Genau so lautete die Ulbricht'sche Vollstrecker-These. Einige Seiten zuvor war jedoch im selben Jahrbuch genau das Gegenteil zu lesen, und zwar im Beitrag des Kölner Germanisten Werner Keller, der später, nach Hahns Tod 1990 und dann einer kurzen Interimszeit dessen Nachfolger im Präsidentenamt wurde. Unter dem Titel *Der klassische*

38 Wolfgang Hecht: [Rezension zu] *Die Klassik-Legende*. In: GJb 1974, S. 197 f.; hier S. 198.

39 Dieter Schiller: *Von alten und neuen Legenden*. In: *Weimarer Beiträge* 19 (1974) 1, S. 170-178.

40 Vgl. Dau (Anm. 18) und ders.: *Klassenkampf und klassisches Erbe. Zu einigen neuen Tendenzen der Klassik-Rezeption in der Literaturwissenschaft der BRD*. In: *Weimarer Beiträge* 22 (1976) 11, S. 112-137.

41 Hans Jürgen Geerdts: *Klassische Dichtung als Schaffensquell für sozialistische Schriftsteller unserer Zeit*. In: GJb 1974, S. 92-106; hier S. 97.

42 Joachim Streisand: *Revolution und Evolution im Geschichtsbild der deutschen Klassik*. In: GJb 1979, S. 130-145; bes. S. 137.

43 Otar Dshinoria: *Das Ende von Goethes »Faust«*. In: GJb 1973, S. 57-106.

44 Vgl. Ursula Wertheim: *Klassisches in »Faust – der Tragödie erster Teil«*. In: GJb 1978, S. 112-149; hier S. 149.

Goethe und sein nicht-klassischer Faust (das war 1977 der Festvortrag auf der Hauptversammlung der Goethe-Gesellschaft) bietet Keller nicht weniger als eine komplette Demontage der von Wertheim noch einmal bekräftigten Deutungstradition: Fausts »Tatwille« sei nur »verbal«, ein bloßes »voluntatives Pathos«, das keine Handlungsentsprechung habe.[45] Kellers Fazit: »Faust kann [...] nicht länger als Identifikationsmuster dienen«.[46] Und grundsätzlicher auf den erbepolitischen Klassik-Begriff gezielt: »Der Wertbegriff der deutschen Klassik kann zwar unsere Neigung, nicht aber normative Geltung beanspruchen«.[47] Das ist eine konservative Sympathiegeste von West nach Ost und zugleich die klare Botschaft dessen, der die kritische Diagnose von der *Klassik-Legende* teilt.

Im Vorwort zu diesem Jahrbuch-Band hält Hahn als Ergebnis der Hauptversammlung fest, dass man die beiden Jahrzehnte um 1800 »etwas anders als bisher [...] akzentuieren«[48] müsse. Das ist eine sehr zurückhaltende Formulierung für das, was dann mit Werner Keller als erstem Beitrag folgt. Ursula Wertheims *Faust*-Deutung erscheint daneben als die alte oder sogar veraltete Position. Denn ›anders als bisher‹ ist hier nichts.

Hahns eigener Beitrag zu diesem Band hat ein explizit politisches Thema. Er fragt anhand von *Wilhelm Meisters Lehrjahren* nach Goethes Haltung zum Klassengegensatz. Dabei kommt er zu dem Schluss, dass die »Erzählweise« dieses Romans »beide Deutungen«[49] zulasse: die Befürwortung wie die Ablehnung der bürgerlichen Emanzipation. Goethes Werk stelle die zeitgenössischen Spannungen und Entwicklungen zwischen Adel und Bürgertum dar, doch auf ambivalente Weise, ohne eine Position erkennen zu lassen. Auch damit bricht Hahn mit einem Tabu der Erbe-Politik, denn deren Programm verbietet es, die Beurteilung von Literatur auf die Diagnose ästhetischer Ambivalenz hinauslaufen zu lassen. Das galt als bürgerlich liberale Verleugnung der Notwendigkeit, im Klassenbewusstsein einen Standpunkt klar zu machen und aus ihm heraus das Fortschrittliche und Rückschrittliche an der alten Literatur zu sondern. Hahn lässt die Frage, ob Goethes Roman in der Klassenfrage nun fort- oder rückschrittlich ist, provokant offen. Man könnte fast der Meinung sein, er koste das performativ aus: »Die Antwort?«[50] – gegeben wird sie von ihm nicht.

Schaut man also genauer auf den 1978er-Band, muss man an der Rollenverteilung zwischen dem konservativen Goethe-Jahrbuch und dem progressiven Akademie-Journal *Sinn und Form* zweifeln. Man zweifelt noch mehr, wenn man nicht nur die von Girnus inszenierte Klassik-Debatte liest, sondern auch seinen fast 50-seitigen, keine Entgegnung mehr vorsehenden Beitrag, mit dem er diese Debatte beendete. Das war von Anfang an ihre Bedingung. Sie wurde geplant, gesteuert und

45 Vgl. Werner Keller: *Der klassische Goethe und sein nicht-klassischer Faust.* In: GJb 1978, S. 9-29; hier S. 25.

46 Ebd., S. 27.

47 Ebd., S. 16.

48 Karl-Heinz Hahn: *Vorwort.* In: GJb 1978, S. 5 f.; hier S. 5.

49 Karl-Heinz Hahn: *Adel und Bürgertum im Spiegel Goethescher Dichtungen zwischen 1790 und 1810 unter besonderer Berücksichtigung von »Wilhelm Meisters Lehrjahren«.* In: GJb 1978, S. 150-162; hier S. 160.

50 Ebd., S. 161.

dann durch eine neue offizielle Parteilinie beendet. Girnus zieht sie so: Man müsse gegenüber der bisherigen Klassikerpflege mehr auf den sinnlichen Kunstgenuss setzen und dafür insbesondere das Potenzial der aktuellen, am gegenwärtigen Publikum ausgerichteten Kunstproduktion nutzen. Salopp gesagt: mehr Plenzdorfs neue als Weimars alte NFG. Eins aber stellt Girnus dabei klar: Den sinnlichen Kunstgenuss dürfe man keinesfalls im Sinne der bürgerlichen Ästhetik und deren – so zählt Girnus den Sündenkatalog auf – »›Polyvalenztheorie‹, ›Polyperspektivismus‹, Theorie der Vieldeutigkeit«[51] verstehen. Für Girnus ist der Kunstgenuss vielmehr ein eindeutiger Indikator für das Verhältnis von gesellschaftlicher Wirklichkeit (»gesellschaftliches Substrat im Kunstwerk«, nennt Girnus das) und künstlerischer »Schönheit«, die Girnus als »Selbstgenuß des Menschen« definiert. Die alten und die neueren, aktuellen Kunst- und Literaturwerke zu genießen heißt dann, inne zu werden, wie »die wachsende Kraft der sozialistischen Gesellschaft den Widerspruch zwischen der Unreife des gesellschaftlichen Substrats im Kunstwerk und dessen Schönheit [...] allmählich aufhebt«.[52] Literatur vermittelt laut Girnus nichts anderes als die marxistische Geschichtslogik. Literatur studieren heißt, sich den Prozess aus den Klassenkämpfen hinaus ins sozialistische Glück zu vergegenwärtigen. Im Originalton:

> In dem Widerspruch zwischen den in der Natur angelegten Möglichkeiten und der Wirklichkeit der menschlichen Vorgeschichte, der im Kunstwerk manifest wird, erlebt der sozialistische Mensch sich selbst noch einmal als Teil seiner eigenen dornigen Gattungsgeschichte.[53]

Das ist der übliche, in seiner hohen Abstraktheit sich unangreifbar machende ideologische Ton, dessen konkrete Botschaft jedoch deutlich genug bleibt: Sich öffentlich über Literatur äußern kann nach Girnus nur heißen, die sozialistische Gesellschaft als heilbringendes Geschichtsziel zu bestätigen. So bestimmt sich »unser Verhältnis zur literarischen Vergangenheit«, wie es im Untertitel heißt. Girnus locutus, Klassik-Debatte finita.

Im Goethe-Jahrbuch von 1978 wird sie neu eröffnet, diesmal ohne Aussicht auf eine abschließende Einhegung durch eine neue Parteilinie und, wie gesehen, mit der Wahrnehmung und Anerkennung von Polyvalenz, die Girnus noch zu den Sünden des bürgerlichen Liberalismus zählte. Hahn selbst versieht seinen *Wilhelm Meister*-Beitrag mit dem Hinweis, dass er als Ersatz für einen kurzfristig ausgefallenen anderen Autor auf die Schnelle einspringen musste und deshalb leider nur Unvollkommenes liefern könne.[54] Abermals sind es die pragmatischen Anforderungen des Herausgebers, hinter denen sich der Tabubruch verbirgt. War es Strategie, bloßer Zufall oder eine schicksalhafte Ironie, dass kein anderer als der konservative

51 Wilhelm Girnus: *Die Glätte des Stroms und seine Tiefe. Betrachtungen über unser Verhältnis zur literarischen Vergangenheit.* In: ders.: *Wozu Literatur? Reden, Essays, Gespräch.* Leipzig 1976, S. 127-183; hier S. 176 (zuerst in *Sinn und Form* 26 [1974] 3, S. 555-602).

52 Ebd., S. 166.

53 Ebd.

54 Hahn (Anm. 49), S. 150.

Goethe-Sachwalter durch die pragmatischen Umstände seines Amtes gegen die literaturpolitischen Vorgaben verstieß? Plante Hahn diesen Regelbruch oder passierte er ihm?

Die Eigenart des Goethe-Jahrbuchs zeigt sich noch deutlicher, wenn man es nicht nur neben Girnus, sondern auch gegen die Parteilinie hält, wie sie in Weimar selbst gezogen wurde. Denn die in *Sinn und Form* geführte Klassik-Debatte hatte auch dort offizielle Konsequenzen. Im Oktober 1975 fand unter dem Titel *Das kulturelle Erbe in unserer sozialistischen Gesellschaft* in der Klassikerstadt eine Konferenz statt, auf der unter anderen der Politiker Hans Koch und Holtzhauers Nachfolger im Amt des NFG-Generaldirektors Walter Dietze Grundsatzreferate hielten, die die neue Richtung wiesen. Sie folgen Girnus und treten ihrerseits für die Romantik, für Brechts und Heines Klassik-Kritik sowie die moderne Literatur ein. Doch sind sie sehr darauf bedacht, darin keine Opposition zur Weimarer Institution zu sehen, schon gar nicht deren Infragestellung, sondern alles zu harmonisieren. Die *Aufgaben und Probleme der Aneignung des bürgerlich-humanistischen Kulturerbes*, wie Dietze seinen Beitrag überschreibt, verbänden doch alle in ein und demselben Sinne. Dass es einen übertriebenen »Goethe-Zentrismus« gegeben habe, wird zugestanden, aber so, als hätte man in Weimar nichts damit zu tun. Dietze erwähnt diesen Vorwurf beiläufig und bagatellisiert ihn, indem er an dieser Stelle kurioserweise Englisch spricht: »Goethe-Zentrismus. Whatever that may be«.[55] Für sein neues, nicht mehr Goethe-zentrisches Klassikverständnis formuliert er eine Definition, die ein fast schmunzeln lassendes Paradestück an strategischer Umständlichkeit und Abstraktheit darstellt. Gekürzt lautet sie:

> Die Kategorie des Klassischen umfaßt [...] jene kulturellen und künstlerischen Leistungen, die in besonders hohem Maße ästhetische Vergegenständlichung und aktiver Impuls der allgemeinen Bewegungsgesetze der Geschichte sind, die [...] die historisch größtmögliche Annäherung an die gesellschaftliche Praxis bedeuten, den Kultur- und Kunstfortschritt epochebestimmend prägen und die Tendenz implizieren, ein Optimum an Gültigkeit und Wirkung auch über ihre Epoche hinaus zu erreichen.[56]

Dieser Definitionsversuch erreicht keinen Begriff des Klassischen, sondern löst ihn wortreich auf. Er bezieht alles mit ein, was nach der marxistischen Geschichtslogik (nach den »allgemeinen Bewegungsgesetze[n] der Geschichte«, wie es bei Dietze heißt) als repräsentativ und fortschrittlich gelten kann. Anders gesagt: Klassisch ist alles, was ein Marxist als wertvoll interpretiert. Das ist keine Begriffsbestimmung, sondern eine Kompromissformel, um den zwischen Weimar und Ostberlin ausgebrochenen Streit um die alten und die neuen NFG zu schlichten. Das Bedürfnis nach einer einheitlichen Parteilinie schafft eine so umständliche und abstrakte

55 Walter Dietze: *Aufgaben und Probleme der Aneignung des bürgerlich-humanistischen Kunst- und Kulturerbes (unter besonderer Berücksichtigung der deutschen Aufklärung, Klassik und Romantik)*. In: *Das kulturelle Erbe in unserer sozialistischen Gesellschaft. Wissenschaftliches Kolloquium 21.-23. Oktober 1975 in Weimar*. Berlin 1976, S. 72-99; hier S. 81.

56 Ebd., S. 85.

Sprechweise, dass sie in ihrer ideologischen Formelhaftigkeit den Sachbezug verliert. Der Weimarer Generaldirektor Dietze spricht über die Aufgaben und Gegenstände seiner Institution so, wie jeder DDR-Kulturfunktionär an jeder beliebigen Stelle hätte reden können, ganz gleich ob er die Goetheforschung zu verantworten hat oder irgendeine Kunstausstellung oder Konzertreihe. Das parteiliche Deutungsmuster ist so allgemein und ubiquitär, dass sein Gegenstandsbezug beliebig wird. Es sind Formeln, mit denen man sich selbst bestätigt, ohne andere Gegenstände zu erschließen.

Vor diesem Hintergrund bekommt die Alternative des Goethe-Jahrbuchs Kontur. Die Art, wie es dort kontrovers und mehrdeutigkeitstolerant um die Sache geht, ist das genaue Gegenteil zu den Grundsatzreferaten von Koch und Dietze, deren universale Deutungsmuster sich vor die Sachen schieben und sie in ihrer Spezifik gleichgültig machen. Allen, die das Goethe-Jahrbuch zur Hand nahmen, musste dieser Unterschied ins Auge springen. Das ist die Ironie (oder, wenn man will, die Dialektik) des Weimarer Klassik-Kults: Sein konservativer Gegenstandsbezug ermöglichte den entschiedensten Ausbruch aus der parteigermanistischen Bewusstseinslenkung – auch wenn dieser Ausbruch nur punktuell und unter gleichzeitiger Fortsetzung des offiziellen Staatstons geschah. Der in seinen Selbsterklärungen so bescheidene Herausgeber Karl-Heinz Hahn allein weiß, ob er das geplant hat oder einfach geschehen lassen.

Goethe philologisch. Neue (und ältere) Projekte

Bastian Röther

»Sie erinnern sich gewiß nicht mehr dieser Begegnung, und mir war sie so bedeutend« – zur kritischen Ausgabe »Goethe. Begegnungen und Gespräche«*

Die Anfänge der von Ernst und Renate Grumach begründeten kritischen Edition *Goethe. Begegnungen und Gespräche* (BuG) reichen bis in das Jahr 1948 zurück. Im Verlag De Gruyter, der die Ausgabe bis heute begleitet, erschien 1965 der erste Band der Reihe, ein Jahr darauf BuG II. Nach dem Tod Ernst Grumachs 1967 übernahm Renate Grumach die Herausgabe (BuG III-VI, 1977/1999). Sie konnte für die Bearbeitung einzelner Bände Anke Schmidt-Peter (BuG VIII, 2013) und Angelika Reimann (BuG X, 2018 u. XIV, 2011) als Mitarbeiterinnen gewinnen. Mit Aufnahme in das PROPYLÄEN-Projekt 2014 ist die Ausgabe – seit 2018 gemeinsam von Renate Grumach und Bastian Röther herausgegeben –[1] inzwischen auch institutionell mit Weimar verbunden.

Das Akademienvorhaben PROPYLÄEN. Forschungsplattform zu Goethes Biographica,[2] ein Projekt der Klassik Stiftung Weimar, der Sächsischen Akademie der Wissenschaften zu Leipzig und der Akademie der Wissenschaften und der Literatur

* Marianne von Willemer an Goethe, 2.3.1824 (BuG X, S. 144). Marianne von Willemer erinnert Goethe hier an eine Begebenheit zur Frankfurter Messe im September 1815: »[…] ich brachte damals den Mondesorden mit nach Haus, den mir der türkische Kaufmann für den großen Dichter gegeben hatte. Wie glücklich war ich über den gelungenen Scherz, er schien Ihnen Freude zu machen; das war eine schöne Zeit, gewiß meine glücklichste!«.

1 *Goethe. Begegnungen und Gespräche*. Hrsg. von Ernst Grumach u. Renate Grumach. [ab Bd. III:] Begründet von Ernst Grumach u. Renate Grumach. Hrsg. von Renate Grumach. [ab Bd. X:] Begründet von Ernst Grumach u. Renate Grumach. Hrsg. von Renate Grumach u. Bastian Röther. Berlin 1965 ff. (BuG).

2 Siehe https://www.goethe-biographica.de; vgl. Margrit Glaser, Claudia Häfner, Yvonne Pietsch, Bastian Röther, Anja Stehfest: *Kein Kommentar? – Hyperlinks und Normdaten am Beispiel der Propyläen*. In: *Denkströme. Journal der Sächsischen Akademie der Wissenschaften* 20 (2018), S. 49-64; Klaus Manger: *Zum lebendigen Anschaun. Goethe-Philologie heute* (*Sitzungsberichte der Sächsischen Akademie der Wissenschaften zu Leipzig. Philologisch-historische Klasse* 142 [2018] 2).

Mainz, bietet über die geplanten hybriden Ausgaben der historisch-kritischen Editionen von Goethes Tagebüchern (GT)[3] und Briefen (GB),[4] der Regestausgabe der Briefe an Goethe (RA)[5] sowie den BuG umfangreiche Zugänge zu Goethes Leben und Werk und seiner mündlichen wie schriftlichen Kommunikation. Auf dem digitalen Portal, auf dem die vier Ausgaben seit Herbst 2021, beginnend mit den Modulen »Der junge Goethe« (1749-1775) und »Erstes Weimarer Jahrzehnt« (1776-1786), sukzessive für die Nutzung freigeschaltet werden, sind die biographischen Zeugnisse erstmals gemeinsam präsentiert. Die Druckausgaben sollen die Entwicklung der digitalen Plattform dabei parallel begleiten. Nach Ablauf der mit den Verlagen vereinbarten Moving Wall (für BuG jeweils drei Jahre) werden die Neuerscheinungen in das digitale Angebot integriert.

Die BuG verbinden die Idee einer Sammlung der Gesprächszeugnisse Goethes mit einer chronologisch validen Dokumentation belegbarer Begegnungen und bieten damit einen möglichst umfassenden Nachweis aller direkt-persönlichen Bekanntschaften Goethes. Mit diesem Ansatz erweitert die Edition den Kreis der nachweislich mit Goethe in persönlichem Kontakt stehenden Zeitgenossen enorm, was nicht zuletzt auf das Prinzip zurückzuführen ist, die Vielzahl von Fremdzeugnissen mit Goethes eigenen Berichten zu verbinden.

Band (Erscheinungsjahr)	*Bearbeiter*	*Zeitraum*
BuG I (1965)	E. u. R. Grumach	1749-1776
BuG II (1966)	E. u. R. Grumach	1777-1785
BuG III (1977)	R. Grumach	1786-1792
BuG IV (1980)	R. Grumach	1793-1799
BuG V (1985)	R. Grumach	1800-1805
BuG VI (1999)	R. Grumach	1806-1808
BuG VII (2022)	R. Grumach, B. Röther	1809-1810
BuG VIII (2013)	A. Schmidt-Peter	1811-1812
BuG IX (in Bearbeitung)	B. Röther	1813-1814
BuG X (2018)	A. Reimann	1815-1816
BuG XI (in Bearbeitung)	F. Stange-Methfessel	1817-1818
BuG XIV (2011)	A. Reimann	1823-1824

3 Margrit Glaser, Johannes Korngiebel, Ariane Ludwig: *Goethes Tagebücher neu ediert. Zur historisch-kritischen Ausgabe.* In: GJb 2019, S. 237-254.

4 Elke Richter: *Goethes Briefe neu ediert. Zur historisch-kritischen Gesamtausgabe.* In: GJb 2017, S. 221-236.

5 Christian Hain: *Briefe an Goethe und ihre Erschließung. Eine Gesamtausgabe in Regestform.* In: GJb 2019, S. 215-236.

Von der auf 18 Bände konzipierten Edition liegen derzeit zehn Bände im Druck vor. Nach dem Erscheinen von BuG X (2018)[6] mit den Jahren 1815-1816 und den Zeugnissen der zweiten großen Rheinreise der *Divan*-Jahre – bearbeitet von der Jenaer Germanistin Angelika Reimann – ist mit BuG VII und den Jahren 1809-1810 zuletzt der insgesamt zehnte Band der Edition erschienen, herausgegeben von Renate Grumach und Bastian Röther. Für 2023 ist BuG IX (1813-1814) mit dem ereignisreichen Jahr 1813 und der Rheinreise Goethes 1814 (Röther) geplant, 2027 gefolgt von BuG XI (1817-1818), bearbeitet von Frauke Stange-Methfessel.

Ursprünglich war die Ausgabe auf zwölf Text- und drei Erläuterungsbände konzipiert. Die große Zahl an Zeugnissen machte jedoch schon bald eine Erweiterung nötig und führte angesichts der Masse des Materials zugleich zur Aufgabe der geplanten Kommentierung der Einzelzeugnisse. Mit Anbindung der BuG an das PROPYLÄEN-Vorhaben stehen dem Nutzer der digitalen Forschungsplattform über den direkten Zugriff auf die kommentierten Ausgaben GT, GB und RA umfangreiche Materialien für Einzelstellenkommentare und erläuternde biographische Zusammenhänge zur Verfügung.

Die von Ernst Grumach begonnene und von Renate Grumach in Jahrzehnte währender Archiv- und Literaturrecherche beständig erweiterte Materialsammlung bildet den Grundstock für sämtliche Bände der Ausgabe. Bereits bei der Planung war klar, dass die für Goethes spätere Lebensjahre dichtere Überlieferung die Aufteilung des Materials auf die Einzelbände bestimmen würde. Decken die ersten sechs Bände, BuG I-VI (1749-1808), zusammen 59 Lebensjahre Goethes ab, umfassen die folgenden zwölf Bände (BuG VII ff.) die 24 Jahre von 1809 bis zu Goethes Tod 1832 und enthalten ab 1809/10 pro Band Zeugnisse für je zwei Lebensjahre. Ein Band bietet durchschnittlich 2 800 Einzelzeugnisse höchst unterschiedlichen Gehalts; die Gesamtausgabe wird deutlich über 45 000 Einheiten zählen.[7]

Gegenstand der Ausgabe

Die *Begegnungen und Gespräche* sind als umfassende Dokumentation des täglichen persönlichen Umgangs des Dichters mit den ihn in näherem oder weiterem Umkreis umgebenden Zeitgenossen konzipiert. Auf Basis handschriftlich-archivalischer und gedruckter Überlieferung verknüpft die Edition genreübergreifend die Selbstzeugnisse Goethes mit Berichten seiner Gesprächspartner und Niederschriften Dritter aus Tagebüchern, Korrespondenzen und Werken. Sämtliche Zeugnisse sind dabei chronologisch nach dem Begegnungsdatum geordnet. Im Sinne angestrebter Vollständigkeit berücksichtigt die Ausgabe auch indirekte Äußerungen, Zitate aus dichterischen Werken sowie Berichte rein dokumentarischen Charakters,

6 BuG X: *1815-1816*. Bearbeitet von Angelika Reimann; dazu Frieder von Ammon: [Rezension]. In: GJb 2019, S. 311-313.

7 Die zu erwartende Gesamtzahl der Zeugnisse diene an dieser Stelle der bloßen Illustration der Dimensionen, trotz aller wegen der Vielfalt der gebotenen Textgattungen und der allgemeinen Heterogenität des Materials vorhandenen Schwierigkeiten einer solchen Gesamtzählung.

die »eine persönliche Begegnung und damit ein Gespräch belegen«,[8] ohne dass einzelne Gesprächsinhalte bekannt geworden sind. Durch die Verzahnung dokumentierter Begegnungen mit Gesprächsberichten wird eine detaillierte Darstellung der einzelnen Begegnungen möglich. Dabei erfasst der jeweils gewählte Zeugnisausschnitt die für den Verständniszusammenhang wichtigen berichtenden Partien vollständig und ist nicht auf die wörtliche Überlieferung der goetheschen Äußerung beschränkt. Integriert sind Erwiderungen der Gesprächspartner, Beschreibungen der Gesprächssituation sowie etwa Charakterisierungen von Mimik und Gestik.[9]

Das so entstehende Netz goethescher Begegnungen zeigt den Dichter aus jeweils verschiedenen Perspektiven im Spannungsfeld zwischen der Selbstdarstellung in der persönlichen Dokumentation und der Fremdwahrnehmung seiner Gesprächspartner. Die Ausgabe gewährt damit Einblicke in die mündliche Kommunikation des Dichters; greifbar werden unter vielen anderen Goethes Begegnungen mit Knebel, Lavater, Jacobi, Herzog Carl August, Wieland, Herder und Schiller, Charlotte von Stein und Bettina Brentano, den Brüdern Humboldt und Grimm oder etwa Napoleon und Beethoven.

Die BuG fußen auf der in der Goetheforschung des 19. und frühen 20. Jahrhunderts entwickelten Idee des Gesprächs als besonderer Existenzform Goethes und der allgemein engen Korrelation von Gespräch und Werk:[10] eine Idee, die bereits im ›Klassiker‹ der Goethe-Gespräche, den *Gesprächen* Eckermanns,[11] angelegt war. Goethe selbst ist die große Bedeutung des Gesprächs für den Entstehungsprozess seiner Werke – so Ernst Grumach mit Verweis auf die *Campagne in Frankreich* – immer bewusst gewesen: »[...] ich hielt niemals einen Vortrag ohne daß ich dabei gewonnen hätte; gewöhnlich gingen mir unter'm Sprechen neue Lichter auf, und ich erfand im Fluß der Rede am gewissesten« (WA I, 33, S. 197). So hatte das Gespräch für Goethe oft eine produktive Funktion im Prozess der Werkentstehung, sein schriftstellerisches Schaffen war gleichsam ein produzierendes Sprechen.[12]

Goethes eigene Bemühungen, seine Begegnungen zu dokumentieren und das gesprochene Wort zu bewahren, sind neben den tagesaktuellen Notaten in seinen Diarien und Berichten in den Korrespondenzen und *Tag- und Jahres-Heften* gemeinhin eng mit dem Namen Eckermann verbunden, für den Goethe die »von ihm mitzutheilenden Unterhaltungen vorbereitet«[13] und nach dem Beispiel der popu-

8 E. Grumach: *Vorwort*. In: BuG I, p. VII-XVIII; hier p. XI.

9 Ebd., p. XII.

10 E. Grumach: *Nachwort*. In: *Goethe im Gespräch*. Eine Auswahl von Ernst Grumach. Frankfurt a. M. 1960, S. 181-194; R. Grumach: *Gespräche*. In: *Goethe-Handbuch*, Bd. 4.1, S. 377-381.

11 Johann Peter Eckermann: *Gespräche mit Goethe in den letzten Jahren seines Lebens*. Hrsg. von H. H. Houben. Leipzig [23]1948.

12 Grumach (Anm. 8), p. VII.

13 WA III, 10, S. 39 (4.4.1825). Dazu Eckermann an H. Laube, 5.3.1844: »Was nun meine ›Gespräche mit Goethe‹ betrifft, so war dieser literarische Vorsatz ein Hauptpunkt, der mich so lange in Weimar fesselte. Ich zeigte Goethen bald davon einige Proben und besprach mit ihm die fernere Behandlung. Er schien in hohem Grade zufrieden. ›Sie werden etwas Dauerhaftes machen‹, sagte er, ›und die Literatur wird es Ihnen Dank wissen‹« (BuG XIV, S. 341).

lären Memoiren Napoleons in Emmanuel de Las Cases' *Le Mémorial de Sainte-Hélène* (1823/24) sowie Thomas Medwins *Journal of the Conversations of Lord Byron* (1824) die Form vorgibt, nach der er die Gespräche der Nachwelt übergeben wissen wollte.[14] Dieses Bestreben, auch die – so Eckermann – »fernere Behandlung« des Gesprochenen mitzubestimmen, geht dabei mit einem schon früh einsetzenden Interesse der Gesprächspartner einher, ihre Begegnungen mit Goethe selbst zu verschriftlichen; zunächst vor allem in Gelegenheitsnotizen und als Momentaufnahmen in der scheinbaren Unmittelbarkeit von Korrespondenzen und Tagebüchern, in amtlichen Berichten oder auch in mit zeitlichem Abstand verfassten Erinnerungen, ab den 1820er Jahren aber auch in Gesprächswerken, die individuellen Intentionen folgen und auf einem langjährigen Umgang mit Goethe gründend ein eigenes Goethebild vermitteln. Neben Eckermanns berühmten *Gesprächen* sind hier etwa Johannes Falks *Goethe aus näherm persönlichen Umgange dargestellt*, Friedrich Wilhelm Riemers *Mittheilungen über Goethe* und *Briefe von und an Goethe. Desgleichen Aphorismen und Brocardica*, Frédéric Sorets *Conversations avec Goethe* und Kanzler von Müllers *Unterhaltungen*[15] zu nennen, die bald nach Goethes Tod zum Druck gelangten bzw. – wie im Falle der Gesprächsnotate Müllers – vom Berichterstatter für eine Veröffentlichung vorgesehen waren. Aus diesen Werken, die die Goethe-Rezeption des 19. und 20. Jahrhunderts maßgeblich mitbestimmt haben, stammt die Mehrzahl der überlieferten Gesprächsberichte. Weniger bekannte, wie etwa die Mitschriften von Goethes Vorträgen vor Damen des Weimarer Hofes in der Mittwochsgesellschaft in BuG VI (z. B. zum 14.5.1806, S. 43-45) und die vielen anderen in Briefwechseln und Tagebüchern festgehaltene Berichte, werden nach und nach durch Archivrecherchen bekannt.

Konzeption und Charakteristik der »Begegnungen und Gespräche«

Die von Ernst Grumach für die BuG entwickelten Editionsrichtlinien – festgehalten im Vorwort zu Bd. I, S. VII-XVIII und durch Renate Grumach ergänzt in Bd. III (Nachwort, S. 579) – bestimmen das Ziel, alle erreichbaren Zeugnisse zu Goethes persönlichen Begegnungen chronologisch und textlich auf eine solide Grundlage zu stellen. Bedeutendste Neuerung ist dabei, die Beschränkung auf Fremdzeugnisse (wie etwa in den Biedermann'schen Gesprächsausgaben[16]) aufzugeben und mit Ein-

14 Grumach (Anm. 8), p. VIII.

15 *Goethe aus näherm persönlichen Umgange dargestellt.* Ein nachgelassenes Werk von J. Falk. Leipzig 1832; Friedrich Wilhelm Riemer: *Mittheilungen über Goethe. Aus mündlichen und schriftlichen, gedruckten und ungedruckten Quellen.* 2 Bde. Berlin 1841; *Kanzler von Müller. Unterhaltungen mit Goethe.* Kritische Ausgabe, besorgt von Ernst Grumach. Weimar 1956; Frédéric Soret: *Conversations avec Gœthe.* Documents présentés par A. Robinet de Cléry. Paris 1932.

16 Woldemar von Biedermann: *Goethes Gespräche.* Anhang an Goethes Werke. Abtheilung für Gespräche. Leipzig 1889-1891 u. 1896 (Bde. 1-10), in BuG = B¹; *Goethes Gespräche.* Gesamtausgabe. Neu hrsg. von Flodoard Frhr. v. Biedermann. Leipzig 1909-1911 (Bde. 1-5), in BuG = B². *Goethes Gespräche. Eine Sammlung zeitgenössischer Berichte aus seinem Umgang.* Auf Grund der Ausgabe und des Nachlasses von Flodoard Freiherrn von Biedermann. Ergänzt u. hrsg. von Wolfgang Herwig. 5 Bde. Zürich, Stuttgart 1965-1987. – Taschenbuchausgabe: München 1998, in BuG = B³.

beziehung der Selbstzeugnisse Goethes in Tagebüchern, Briefen und Schriften, »soweit sie Gespräche berühren«, eine vollständige, chronologisch valide Dokumentation persönlicher goethescher Kontakte zu erreichen.[17] Mit diesem Vorgehen steht nicht mehr die isolierte und auf Überlieferung Zweiter und Dritter beschränkte Gesprächswiedergabe mit ihrem Blick von außen im Mittelpunkt, sondern vielmehr die Einbettung sämtlicher vorliegender Zeugnisse in eine möglichst ausführliche, detaillierte Darstellung der einzelnen Begegnungen. Dieser für die Edition entscheidende Schritt schlägt sich deutlich in Zahl und Umfang der genutzten Quellen nieder – vgl. hier den Abschnitt zu BuG X – und kann nur durch eine konsequente Erweiterung der Quellenbasis erreicht werden, für die maßgeblich Renate Grumach verantwortlich zeichnet.

Soweit vorhanden, geben Goethes Tagebücher das chronologische Gerüst vor, an das sich die anderen Zeugnisse anschließen und ordnen lassen. Die von Ernst Grumach bereits in der Edition der Müller'schen *Unterhaltungen mit Goethe* erprobte Integration der Goethe-Zeugnisse[18] wird so zugleich zu einem wichtigen Korrektiv für die Chronologie und die Beurteilung des jeweiligen Überlieferungswertes der Einzelzeugnisse. Da »Goethes eigene Berichte in vielen Fällen das einzige Gesprächszeugnis bilden und in vielen anderen unentbehrliche Ergänzungen, ja oft erst den Schlüssel zum Verständnis der sekundären Berichte liefern«,[19] ist diese Entscheidung für die Edition von elementarer Bedeutung. Im Zusammenspiel sämtlicher Tageszeugnisse entsteht im Idealfall eine sich selbst erläuternde Symbiose von Zeugnissen des Dichters und denen seiner Zeitgenossen.
Die Verbindung datumsgleicher Begegnungen rückt die Dokumentation der Zusammenkunft ins Zentrum und ermöglicht eine facettierte Darstellung, in die die jeweilige Überlieferung des Gesprochenen integriert wird. Dieser Grundsatz spiegelt sich auch im Titel der Ausgabe *Begegnungen und Gespräche* wider. Mit der Ausrichtung nach der Chronologie der Begegnungen konnte so für die Grumach-Edition die Datierung zahlreicher Zeugnisse und Begegnungen präzisiert werden. Zeugnisse, in denen mehrere, auch weiter zurückliegende Begegnungen besprochen sind, werden mehrfach, also sowohl unter dem frühen Datum des im Gespräch erwähnten Ereignisses als auch unter dem Gesprächstermin selbst verzeichnet; abhängig von der Überlieferung in jeweils angepassten Textpassagen.[20] Als Beispiel sei hier auf das Gespräch Goethes mit Johannes Daniel Falk vom 29. März 1813 verwiesen, in dem Goethe über seine Begegnung mit Schiller am 20. Juli 1794 berichtet. Es ist sowohl Zeugnis für die Begegnung von 1794 als auch für das Gespräch von 1813.[21]

17 Grumach (Anm. 8), p. X.
18 Ebd. u. Müller (Anm. 15).
19 Grumach (Anm. 8), p. X.
20 Vgl. hier auch den Bericht des Schriftstellers und Hegelschülers Friedrich Förster, der in einem Brief gleich auf mehrere Begegnungen mit Goethe in den Jahren 1810, 1813 und 1815 eingeht (Förster an Goethe, 1.9.1819). Als Zeugnis für Begegnungen zu drei verschiedenen Zeitpunkten wird dieser Brief in drei Bänden der Ausgabe berücksichtigt. Vgl. BuG VII (27.9.1810 in Freiberg), BuG IX (in Vorbereitung; Meißen, April 1813) u. BuG X, S. 192 als Zeuge der Begegnung mit Goethe am 6.10.1815 in Heidelberg.
21 Für 1794 BuG IV, S. 85. Das vollständige Gespräch mit Johannes Daniel Falk vom 29.3.1813 wird in BuG IX (*1813-1814*; in Vorbereitung) aufgenommen.

Zeugnisse, für die inhaltlich mehrere Begegnungsdatierungen oder Zeiträume in Frage kommen, werden unter das letztmögliche Datum gestellt, die früheren Datierungen dabei ebenfalls in der Randkolumne vermerkt.[22] Das Prinzip, Zeugnisse mit sämtlichen relevanten Begegnungsdatierungen zu verbinden, macht es möglich, die zu ein und derselben Begegnung gehörenden Berichte zeitpunktgenau zusammenzuführen. Dies veranschaulichen die Ausschnitte aus BuG IV in Abb. 1 a und 1 b mit dem insgesamt sechsfach belegten Gespräch Goethes mit Lord Bristol am 10. Juni 1797 in Jena, das Goethe selbst in seinem Tagebuch und in einer Mitteilung an Carl August sowie mit zeitlichem Abstand in den *Tag- und Jahres-Heften* und den *Biographischen Einzelnheiten* verarbeitet hat.[23]
Die weniger bekannte Begegnung Goethes mit dem Landrat Carl Ernst von Hagen, dem ›tollen Hagen‹, am 21. und 22. August 1805 auf dessen Wohnsitz Schloss Nienburg im Huy nördlich von Halberstadt, den Goethe auf der Rückreise von Helmstedt zusammen mit seinem Sohn August, dem halleschen Philologen Friedrich August Wolf und dem Probst Conrad Henke besucht hatte, ist in ausführlichen Erinnerungen Goethes in den *Tag- und Jahres-Heften* festgehalten. Ergänzt werden diese Berichte durch detaillierte Augenzeugenschilderungen des Pfarrers J. F. Weitze.[24]

Mit diesem Verfahren konnten gerade für die frühen Jahre Goethes, in denen nur wenige zusammenhängende Tagebucheinträge vorliegen, einige ›weiße Flecken‹ der Chronologie gefüllt werden, so etwa für den Zeitraum zwischen Goethes Ankunft in Weimar und seiner Flucht nach Italien im Sommer 1786, für die zwischen Juni 1782 und der Abreise Richtung Karlsbad Tagebuchnotizen fehlen und die BuG-Zeugnisse ein verlässliches chronologisches Gerüst bieten.

Undatierte bzw. undatierbare Gesprächsberichte, die sich lediglich einem größeren Zeitraum oder einer bestimmten Thematik zuordnen lassen und keine engere zeitliche Eingrenzung des Begegnungsdatums erlauben, werden an das Ende der fraglichen Periode gestellt (vgl. etwa die Sammlung der Zeugnisse *Aus den ersten Jahren nach Schillers Tod*, BuG VI, S. 624-642). Zu diesen nur schwer in die Tageschronologie einzufügenden Zeugnissen gehören auch solche, die mit einem bestimmten Ereignis aus Goethes Leben verbunden werden können und deshalb in thematisch-chronologischen Kompositionen – häufig unter eigenem Zwischentitel (vgl. etwa *Aufenthalte bei Jakob und Marianne Willemer auf der Gerbermühle*; BuG X, S. 154-160) – versammelt werden. Für Goethes Aufenthalt in Straßburg 1770-1771 sind die entsprechenden Zeugnisse unter dem Titel *Straßburger Zeit* versammelt (BuG I, S. 184-189), für die gemeinsame Reise mit Freiherrn vom Stein unter *Rheinreise mit Freiherrn vom Stein Ende Juli 1815* (BuG X, S. 79-81).

Dank vieler ungedruckter handschriftlicher Quellen und Zeugnisse, die eine Begegnung belegen, ohne konkrete Gesprächsinhalte zu überliefern und deshalb in

22 Grumach (Anm. 8), p. XV.

23 Ebd., p. XII. Die Begegnung Goethes mit Lord Bristol ist u. a. in Zeugnissen vom 10. (Goethes Tagebucheintrag) und 12.6.1797 (Bericht an Carl August) sowie in späteren Berichten Dritter vom 30.5.1814 (Müller [Anm. 15]) und 19.3.1830 (Soret [Anm. 15]) belegt. Vgl. dazu BuG IV, S. 316-318; hier Abb. 1 a u. 1 b.

24 Die sieben Zeugnisse dieser Begegnung in BuG V, S. 638-645; drei Zeugnisse stammen von Goethe, vier von Weitze.

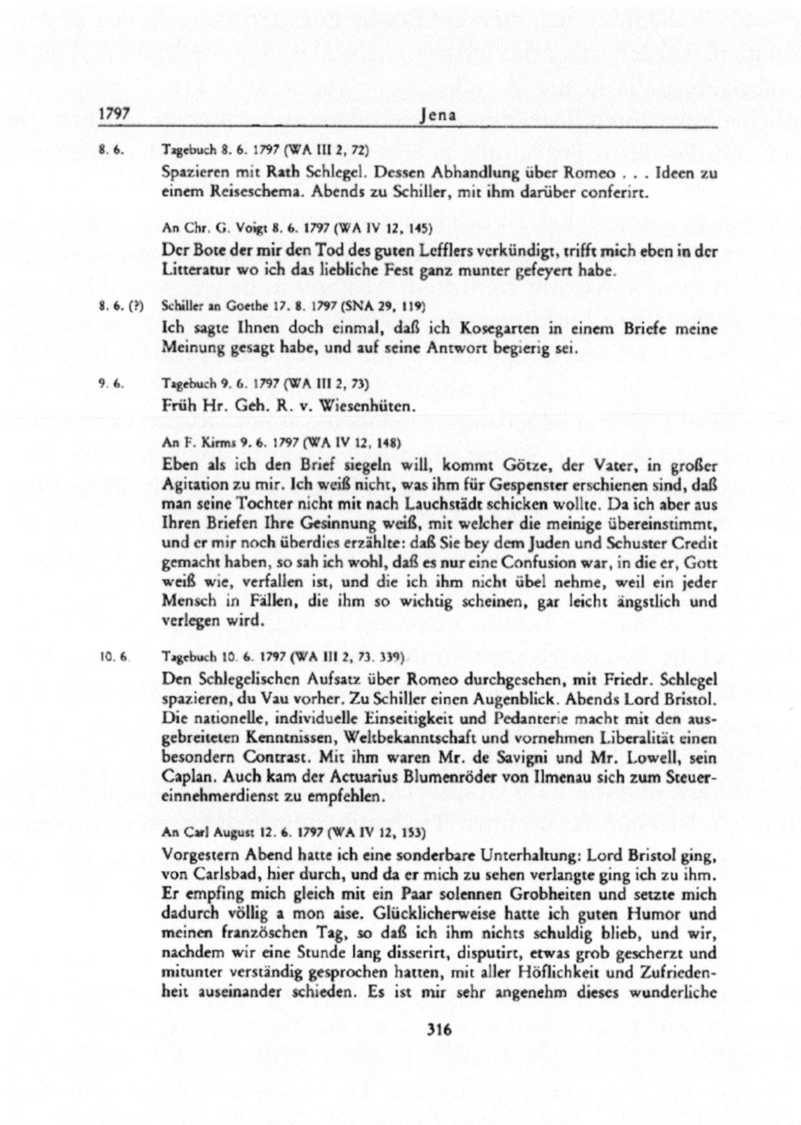
1797 Jena

8. 6. Tagebuch 8. 6. 1797 (WA III 2, 72)
Spazieren mit Rath Schlegel. Dessen Abhandlung über Romeo . . . Ideen zu einem Reiseschema. Abends zu Schiller, mit ihm darüber conferirt.

An Chr. G. Voigt 8. 6. 1797 (WA IV 12, 145)
Der Bote der mir den Tod des guten Lefflers verkündigt, trifft mich eben in der Litteratur wo ich das liebliche Fest ganz munter gefeyert habe.

8. 6. (?) Schiller an Goethe 17. 8. 1797 (SNA 29, 119)
Ich sagte Ihnen doch einmal, daß ich Kosegarten in einem Briefe meine Meinung gesagt habe, und auf seine Antwort begierig sei.

9. 6. Tagebuch 9. 6. 1797 (WA III 2, 73)
Früh Hr. Geh. R. v. Wiesenhüten.

An F. Kirms 9. 6. 1797 (WA IV 12, 148)
Eben als ich den Brief siegeln will, kommt Götze, der Vater, in großer Agitation zu mir. Ich weiß nicht, was ihm für Gespenster erschienen sind, daß man seine Tochter nicht mit nach Lauchstädt schicken wollte. Da ich aber aus Ihren Briefen Ihre Gesinnung weiß, mit welcher die meinige übereinstimmt, und er mir noch überdies erzählte: daß Sie bey dem Juden und Schuster Credit gemacht haben, so sah ich wohl, daß es nur eine Confusion war, in die er, Gott weiß wie, verfallen ist, und die ich ihm nicht übel nehme, weil ein jeder Mensch in Fällen, die ihm so wichtig scheinen, gar leicht ängstlich und verlegen wird.

10. 6. Tagebuch 10. 6. 1797 (WA III 2, 73. 339)
Den Schlegelischen Aufsatz über Romeo durchgesehen, mit Friedr. Schlegel spazieren, du Vau vorher. Zu Schiller einen Augenblick. Abends Lord Bristol. Die nationelle, individuelle Einseitigkeit und Pedanterie macht mit den ausgebreiteten Kenntnissen, Weltbekanntschaft und vornehmen Liberalität einen besondern Contrast. Mit ihm waren Mr. de Savigni und Mr. Lowell, sein Caplan. Auch kam der Actuarius Blumenröder von Ilmenau sich zum Steuereinnehmerdienst zu empfehlen.

An Carl August 12. 6. 1797 (WA IV 12, 153)
Vorgestern Abend hatte ich eine sonderbare Unterhaltung: Lord Bristol ging, von Carlsbad, hier durch, und da er mich zu sehen verlangte ging ich zu ihm. Er empfing mich gleich mit ein Paar solennen Grobheiten und setzte mich dadurch völlig a mon aise. Glücklicherweise hatte ich guten Humor und meinen französchen Tag, so daß ich ihm nichts schuldig blieb, und wir, nachdem wir eine Stunde lang disserirt, disputirt, etwas grob gescherzt und mitunter verständig gesprochen hatten, mit aller Höflichkeit und Zufriedenheit auseinander schieden. Es ist mir sehr angenehm dieses wunderliche

316

Abb. 1 a
BuG IV, S. 316: Zeugnisse der Begegnung mit Lord Bristol am 10. Juni 1797 in Jena

bisherigen Gesprächsausgaben fehlen, geht BuG in der Textauswahl erheblich über die 7522 reinen Gesprächszeugnisse von Biedermann/Herwig hinaus (vgl. *Gespräche*) und kann den Kreis der Kontakte Goethes deutlich weiter fassen. Insbesondere mit Zeugnissen aus dem verstreut überlieferten Nachlass Johannes Daniel Falks[25] sowie den Handschriften des Kanzlers Müller, von Friedrich Wilhelm Riemer, den

25 Zum Berichterstatter Falk siehe R. Grumach: *»Von Wort zu Wort nachgeschrieben«? Der Berichterstatter Johannes Daniel Falk*. In: *Durch Lebensereignisse verbunden. Fest-*

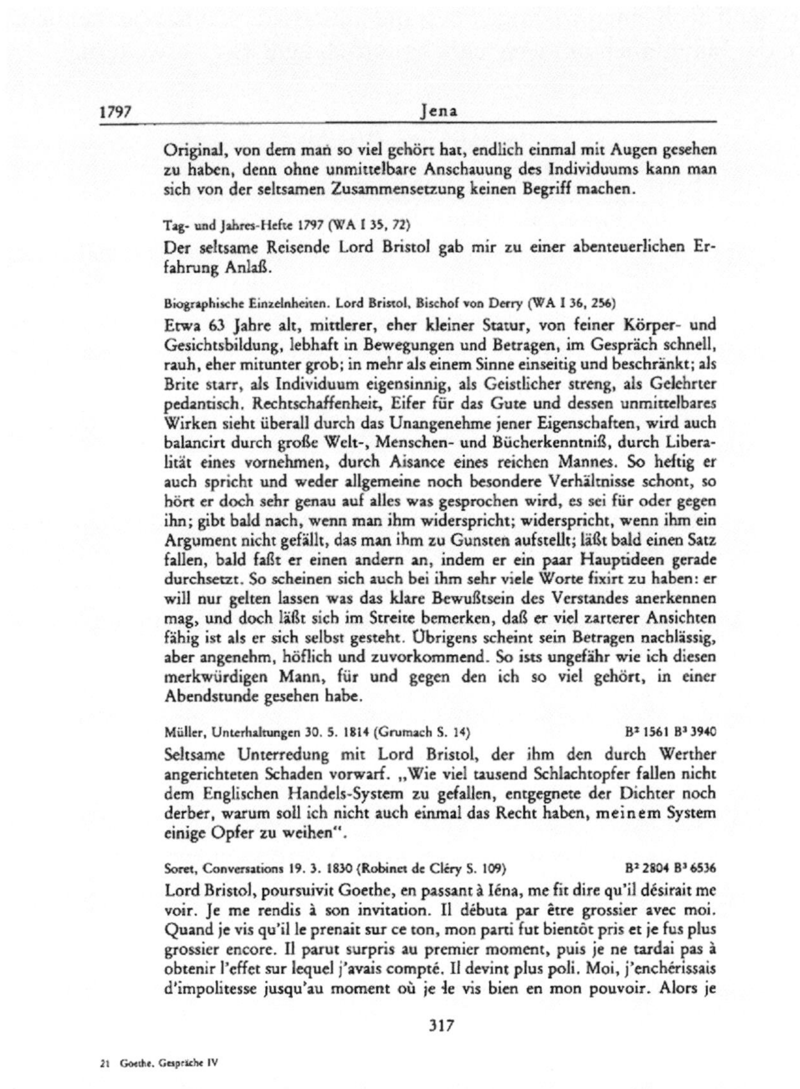

1797 Jena

Original, von dem man so viel gehört hat, endlich einmal mit Augen gesehen zu haben, denn ohne unmittelbare Anschauung des Individuums kann man sich von der seltsamen Zusammensetzung keinen Begriff machen.

Tag- und Jahres-Hefte 1797 (WA I 35, 72)

Der seltsame Reisende Lord Bristol gab mir zu einer abenteuerlichen Erfahrung Anlaß.

Biographische Einzelnheiten. Lord Bristol, Bischof von Derry (WA I 36, 256)

Etwa 63 Jahre alt, mittlerer, eher kleiner Statur, von feiner Körper- und Gesichtsbildung, lebhaft in Bewegungen und Betragen, im Gespräch schnell, rauh, eher mitunter grob; in mehr als einem Sinne einseitig und beschränkt; als Brite starr, als Individuum eigensinnig, als Geistlicher streng, als Gelehrter pedantisch. Rechtschaffenheit, Eifer für das Gute und dessen unmittelbares Wirken sieht überall durch das Unangenehme jener Eigenschaften, wird auch balancirt durch große Welt-, Menschen- und Bücherkenntniß, durch Liberalität eines vornehmen, durch Aisance eines reichen Mannes. So heftig er auch spricht und weder allgemeine noch besondere Verhältnisse schont, so hört er doch sehr genau auf alles was gesprochen wird, es sei für oder gegen ihn; gibt bald nach, wenn man ihm widerspricht; widerspricht, wenn ihm ein Argument nicht gefällt, das man ihm zu Gunsten aufstellt; läßt bald einen Satz fallen, bald faßt er einen andern an, indem er ein paar Hauptideen gerade durchsetzt. So scheinen sich auch bei ihm sehr viele Worte fixirt zu haben: er will nur gelten lassen was das klare Bewußtsein des Verstandes anerkennen mag, und doch läßt sich im Streite bemerken, daß er viel zarterer Ansichten fähig ist als er sich selbst gesteht. Übrigens scheint sein Betragen nachlässig, aber angenehm, höflich und zuvorkommend. So ists ungefähr wie ich diesen merkwürdigen Mann, für und gegen den ich so viel gehört, in einer Abendstunde gesehen habe.

Müller, Unterhaltungen 30. 5. 1814 (Grumach S. 14) B² 1561 B³ 3940

Seltsame Unterredung mit Lord Bristol, der ihm den durch Werther angerichteten Schaden vorwarf. „Wie viel tausend Schlachtopfer fallen nicht dem Englischen Handels-System zu gefallen, entgegnete der Dichter noch derber, warum soll ich nicht auch einmal das Recht haben, meinem System einige Opfer zu weihen".

Soret, Conversations 19. 3. 1830 (Robinet de Cléry S. 109) B² 2804 B³ 6536

Lord Bristol, poursuivit Goethe, en passant à Iéna, me fit dire qu'il désirait me voir. Je me rendis à son invitation. Il débuta par être grossier avec moi. Quand je vis qu'il le prenait sur ce ton, mon parti fut bientôt pris et je fus plus grossier encore. Il parut surpris au premier moment, puis je ne tardai pas à obtenir l'effet sur lequel j'avais compté. Il devint plus poli. Moi, j'enchérissais d'impolitesse jusqu'au moment où je le vis bien en mon pouvoir. Alors je

317

21 Goethe. Gespräche IV

Abb. 1 b
BuG IV, S. 317: Zeugnisse der Begegnung mit Lord Bristol am 10. Juni 1797 in Jena

Tagebüchern Karl Ludwig von Knebels sowie zeitgenössischen Korrespondenzen aus den Beständen des Goethe- und Schiller-Archivs in Weimar – von Bertuch, Frommann, Egloffstein etc. –, den Beständen des Hauptstaatsarchivs Weimar – die Fourierbücher des Weimarer Hofes, der Nachlass Maria Pawlowna, die Sammlung Pasqué – oder etwa dem Nachlass Carl August Böttigers in der SLUB Dresden, um

gabe für Dorothea Kuhn zum 90. Geburtstag am 11. März 2013. Hrsg. von Jutta Eckle u. Dietrich von Engelhardt. Stuttgart 2013, S. 337-341.

stellvertretend auch einen wichtigen Bestand außerhalb Weimars zu nennen, war es möglich, die Materialien um viele unbekannte Zeugnisse zu erweitern.

Aufbau der Ausgabe

Wie oben ausgeführt, ist die Ausgabe nach der Chronologie des Begegnungsdatums geordnet, das in der linken Kolumne jeweils nur am ersten Zeugnis desselben Datums angezeigt wird. Datumswechsel sind so leicht zu erkennen, die einem Datum zugehörigen Zeugnisse schnell zu erfassen (siehe Abb. 1 a). Im Kolumnentitel jeder Seite wird die Jahresdatierung der Begegnungen sowie der aktuelle Begegnungsort angegeben; wechselt der Begegnungsort, wird das im laufenden Text durch Zwischenüberschriften angezeigt.

Jedem einzelnen Zeugnis sind in einer Überschrift Angaben zu Berichterstattern und Berichtsempfängern, der Zeugnisdatierung sowie dem Quellenverweis vorangestellt, der mit Hilfe eines Siglen- und Abkürzungsverzeichnisses erschlossen werden kann. Betreffenden Zeugnissen wird die jeweilige Konkordanz zu den Biedermannausgaben (in BuG B^2 u. B^3 = *Gespräche*) angeschlossen (siehe Abb. 1 b). Die Zeugnisüberschriften machen dem Leser auf einen Blick den Charakter der jeweiligen Quelle klar, zeigen an, ob es sich um Tagebuchaufzeichnungen, Korrespondenzen, Erinnerungen oder andere Zeugnisse der Berichterstatter handelt und geben damit auch erste Hinweise auf die Glaubwürdigkeit des Berichts.

Drei Arten von Zeugnissen werden unterschieden: Zeugnisse, Nebenzeugnisse sowie Zeugnisse von Gesprächen, die Goethe irrtümlich zugewiesen wurden bzw. nach Inhalt oder Überlieferung als zweifelhaft zu betrachten sind. Die zur Unterscheidung in kleinerem Schriftgrad ans Ende der Seite gesetzten Nebenzeugnisse – in erster Linie Vorausweisendes wie Einladungen, Verabredungen und Besuchsankündigungen, aber auch Zeugnisse rein dokumentarischen Charakters – korrespondieren über das Begegnungsdatum mit den Gesprächsberichten. Als indirekte Zeugnisse »für (teilweise unbezeugte) Begegnungen und Gespräche«[26] folgen sie der Chronologie und machen den Weg von der Verabredung zur Begegnung nachvollziehbar.[27] Zur Gruppe der Nebenzeugnisse gehören auch Zeugnisse mit eher ergänzendem als unmittelbar berichtendem Charakter wie etwa Fourierbucheinträge, Stammbuchzitate, Wiedergaben aus amtlichen Verzeichnissen wie Sessionsdaten des Geheimen Consiliums oder Besucherlisten. Vor allem in den frühen Bänden der Ausgabe sind auch wenige reine Literaturverweise ›unter den Strich‹ gesetzt.

Zeugnissen irrtümlicher bzw. zweifelhafter Zuweisung wird in einer separaten Rubrik am Ende des Bandes jeweils ein Kommentar angeschlossen, der die Zuordnung kurz begründet. Auch diese Zeugnisse sind chronologisch geordnet.

Jedem Band sind neben dem Siglen- und Abkürzungsverzeichnis, einem Personenregister inklusive Werken sowie einem Register von Goethes Werken auch eine Konkordanz zu den letzten Biedermann-Ausgaben von Flodoard von Bieder-

26 Grumach (Anm. 8), p. XVI.

27 Beispielsweise BuG X, S. 355 (Ankündigung des Besuchs von George Ticknor und Edward Everett am 25.10.1816 durch Friedrich August Wolf, Georg Sartorius und G. Ticknor).

mann (B²) und der von Wolfgang Herwig besorgten Neuausgabe (B³ = *Gespräche*) angeschlossen.

Textkonstitution

BuG bietet die Texte buchstaben- und zeichengetreu, d.h. »ohne Änderung von Rechtschreibung und Interpunktion«[28] – nach gedruckten Quellen oder Handschriften –, und vermeidet damit eine Nivellierung der sprachlichen Unterschiede. Kleinere Druck- und Schreibfehler werden stillschweigend korrigiert. In Fällen größerer textlicher oder inhaltlicher Differenzen der Druckvorlagen werden greifbare Handschriften zur Konstitution herangezogen und so häufig bedeutende Ergänzungen und Berichtigungen des gedruckten Textes erreicht. Die betreffenden Zeugnisse werden in der Zeugnisüberschrift mit einem * vor dem Druckort markiert, die jeweilige Archivsignatur wird nachgestellt.

Textgrundlage für Zitate aus Goethes Tagebüchern war bisher die dritte Abteilung der WA; für die nach 2018 erscheinenden Bände ab BuG X (2018) – aber auch schon BuG VII mit den Jahren 1809-1810 (2022) – wird der neu konstituierte Text der historisch-kritischen Ausgabe GT herangezogen. Die Briefe Goethes werden nach der vierten Abteilung der Weimarer Ausgabe mit Berücksichtigung der Nachträge und Korrekturen in den Bänden 30 und 50 sowie den von Paul Raabe edierten Nachträgen WA IV, 51-53 gegeben.

Notwendige Berichtigungen und Ergänzungen der Texte wie auch kommentierende Zusätze der Bearbeiter werden in eckige Klammern gestellt, Auslassungen durch drei Punkte angezeigt.[29] Berichtigungen der Gesprächsdatierung werden durch die chronologische Ordnung und Korrekturen im Zeugnistext vorgenommen.

Textbeispiele

In der Verknüpfung von Fremd- und Selbstzeugnissen, Gesprächsberichten und Nachweisen persönlicher Kontakte entsteht eine dichte Chronologie goethescher Begegnungen. Am Beispiel der Erstbegegnung Goethes mit dem preußischen Architekten und Leiter der Oberbaudeputation Karl Friedrich Schinkel in BuG X soll im Folgenden illustriert werden, wie durch das Zusammenspiel der Zeugnisse die einzelnen Begegnungen umfassend dokumentiert werden und im Idealfall der gesamte Ablauf der Begegnung von der Anbahnung des Kontakts über Einladungen und Ankündigungen, über die Mitteilung einzelner Gesprächsinhalte bis zum nachträglichen Resümee der Gesprächsteilnehmer detailliert wiedergegeben werden kann.

Am 11. Juli 1816 begegnet Goethe in seinem Haus am Frauenplan in Weimar zum ersten Mal Karl Friedrich Schinkel.[30] Schinkel befand sich auf der Durchreise

28 Grumach (Anm. 8), p. XVI.

29 Ebd.

30 Sämtliche diese Begegnungen betreffenden Zeugnisse in BuG X, S. 318-319. Vgl. auch Adolph Doebber: *Schinkel in Weimar*. In: GJb 1924, S. 103-130; Bernhard Maaz: *»Belebt und gefördert«. Schinkel im Austausch mit Goethe*. In: *Jb. der Berliner Museen* 51 (2009), S. 111-118.

Richtung Rheinland respektive Heidelberg, wo er im Auftrag der preußischen Regierung, insbesondere des Staatskanzlers Hardenberg, die Gemäldesammlung der Brüder Boisserée inspizieren und Möglichkeiten eines Ankaufs für Preußen prüfen sollte. Den Besuch am Frauenplan hatte Schinkel selbst in einem Schreiben angekündigt, gleichzeitig aber – wie üblich – auch ein Empfehlungsschreiben beigefügt, das Goethe den tieferen Grund des Besuchs erläuterte. Der Oberregierungsrat Christoph Ludwig Friedrich Schultz teilte darin mit, dass Schinkel »in Höchsten Aufträgen, die Erwerbung der Boisserée'schen Gemäldesammlung betreffend« unterwegs sei. »Da ihm sehr daran gelegen sein muß, über diesen wichtigen Gegenstand von Ihnen eine geneigte Belehrung zu erhalten, so hofft er auf das Glück, Ihnen persönlich aufwarten zu dürfen«.[31]

Goethe verzeichnet den Besuch Schinkels in seinem Tagebuch gewohnt knapp, teilt dabei auch – was längst nicht immer passiert – den hauptsächlichen Gesprächsgegenstand mit und lässt uns darüber hinaus wissen, dass er mit seinem Gast eine Spazierfahrt unternommen habe und dieser nach Tisch auch Zeuge einer Demonstration der entoptischen Farben wurde:

> Mittag Geh. R. Schinckel von Berlin und Hofr. Meyer. Vorher mit Schinckel spazierengefahren. Verhandlung wegen Boisserées. Mit beyden Männern nach Tische zusammen. Entoptische Farben vorgezeigt. (BuG X, S. 318)

Glücklicherweise liegen von beiden Gesprächsteilnehmern Schilderungen dieses ersten Kontaktes vor. Goethe berichtet an Sulpiz Boisserée sofort die seiner Meinung nach sehr günstigen Bedingungen des von Seiten Preußens geplanten Ankaufs, »welchen kein Mädchen widerstünde, wahrscheinlich auch die Jünglinge nicht«.[32] Und Schultz berichtet er eine Woche später:

> Und nun muß des, leider allzukurzen, Besuchs des Herrn Geheimerath Schinkel gedenken, dessen schöne Einsicht und Thätigkeit mich sehr erfreut und belebt hat. Einem so reichen Talent ist ein so weiter Wirkungskreis zu gönnen. Manche bedeutende Puncte durchzusprechen verhinderte die Kürze der Zeit, doch vielleicht läßt sich's nachholen, indem ich ihn am Rhein zu treffen hoffe.

Schinkel wiederum berichtet zeitnah, d. h. drei Tage nach dem Besuch in Weimar, seinem Freund Christian Daniel Rauch von der Begegnung mit Goethe:

> Einen ganzen schönen und lehrreichen Tag habe ich beim Göthe in Weimar verlebt, der mich höchst freundlich bei sich aufnahm. In seiner Nähe wird dem Menschen eine Binde von den Augen genommen, man versteht sich vollkommen mit ihm über die schwierigsten Dinge, welche man allein nicht getraut anzugreifen, und man hat selbst eine Fülle von Gedanken darüber, die sein Wesen unwillkürlich aus der Tiefe herauslockt. Ueber Boisserée bekam ich durch Göthe die freundschaftlichen Notizen und mit diesen ging ich nach Heidelberg. (BuG X, S. 319)

31 Christoph Ludwig Friedrich Schultz an Goethe, 6.7.1816 (BuG X, S. 318).
32 Goethe an Sulpiz Boisserée, 12.7.1816 (ebd.).

Etwa ein halbes Jahr später, im August 1816 berichtet Schinkel auch dem preußischen Kultusminister Altenstein über die Angelegenheit Boisserée und betont dabei die Bedeutung des goetheschen Urteils:

> Alle Winke, welche ich in dieser Beziehung erhalten konnte, mußten mir willkommen sein; ich hielt es deshalb für zweckmäßig, bei meiner Durchreise durch Weimar den Herrn Geheimen Rath von Goethe um einige geneigte Worte in dieser Angelegenheit zu bitten, da das Verhältniß, in welchem derselbe mit den Herren Boisserée steht, hinreichend bekannt ist. Herr von Goethe hatte die große Güte, während eines ganzen Tags, den ich bei ihm zubringen mußte, mir die willkommenste Auskunft über die Verhältnisse der Herren Boisserée und Bertram, über ihren Charakter und den Zweck ihrer Thätigkeit und über den Werth ihrer Sammlung mitzutheilen. (ebd.)

Trotz der so günstigen Einschätzung Goethes bekam Preußen von den Brüdern Boisserée den Zuschlag letztlich nicht und die Sammlung wurde Jahre später nach Bayern verkauft, wo sie heute in der Alten Pinakothek in München zu bewundern ist.

Die in BuG versammelten sieben Zeugnisse, darunter drei goethesche Selbstzeugnisse und vier Fremdzeugnisse, berichten ausführlich über die Einbeziehung Goethes in diese Angelegenheit und lassen von der Einleitung der Begegnung mittels Ankündigungs- und Empfehlungsschreiben, den knappen Hinweisen in Goethes Eigendokumentation über die nachträglichen Berichte beider Gesprächspartner den Tag ausführlich Revue passieren. Dabei wird die Begegnung in der Summe der Einzelzeugnisse auch in ihren Details sichtbar und die interne Chronologie des Treffens nachvollziehbar. Neben dem Hauptaspekt der Gespräche – dem möglichen Ankauf der Boisserée'schen Gemäldesammlung durch Preußen – erhält der Leser auch Einblicke in thematische Nebenlinien, wodurch die Begegnung in ihren verschiedenen Facetten lebendig wird.[33]

Quellengehalt und Authentizität

Die Frage der Authentizität, der Glaubwürdigkeit einzelner Zeugnisse und Zeugen, der dem Status nach problematischen Textsorte ›Gespräch‹ wird in der Forschung kritisch diskutiert,[34] für die Ausgabe der *Begegnungen und Gespräche* insbesondere auch mögliche gattungstheoretische Implikationen durch die Zusammenführung von Zeugnissen verschiedener Textarten.[35] Abgesehen von der kurzen Charakterisierung der Quelle in der Zeugnisüberschrift werden in der Ausgabe, die als reine

33 Die späteren Besuche Schinkels in Weimar bzw. Jena 1820, 1824 und der letzte Besuch von 1826 werden in der Ausgabe in BuG XII (1820), XIV (1824) und XV (1826) dokumentiert.

34 Dazu Michael Botor: *Gespräche mit Goethe. Studien zur Funktion und Geschichte eines biographischen Genres*. Kassel 1999; Bodo Morawe: [*Rezension*]. In: *Zs. für deutsches Altertum und deutsche Literatur* 96 (1967) 1, *Anzeiger für deutsches Altertum und deutsche Literatur*, S. 38-46.

35 Dazu insbes. die Rezensionen von BuG I: Morawe (ebd.), S. 40-42; D. F. S. Scott: [Rezension]. In: *German Life and Letters* XX (1967), No. 2, p. 166-168.

Quellenedition ohne Kommentierung auskommt, keine weiteren Hinweise zur Authentizität einzelner Texte gegeben. Die im Hauptteil der Einzelbände gebrachten Zeugnisse bilden deshalb sozusagen den Standard oder die erste Kategorie der Texte. Auch diese sind naturgemäß von verschiedenem Grad an Authentizität. Sie reichen von unstreitig hoher Glaubwürdigkeit – wie etwa orts- und zeitnah festgehaltene Korrespondenzen[36] (z. B. Hölderlins berühmter Bericht an Neuffer über seine erste, unglückliche Begegnung mit Goethe, BuG IV, S. 109-110)[37] und Tagebuchaufzeichnungen (vgl. die Goethes Rheinreise von 1815 begleitenden Notizen Sulpiz Boisserées in BuG X oder August Kestners detaillierten Bericht von seinem Besuch auf der Gerbermühle Ende August 1815 in seinem Reisetagebuch, BuG X, S. 124-129) bis zu Texten vermutlich minderer Qualität und Glaubwürdigkeit, die – beispielsweise mit zeitlichem Abstand verfasst und bewusst überarbeitet (etwa Memoiren) – durchaus Irrtümer und Ungereimtheiten des Berichterstatters enthalten können, aber im eigentlichen Sinne keine Erfindung oder gar Fälschung darstellen. Sie gehören deshalb unstreitig zum Corpus der *Begegnungen und Gespräche*. Das betrifft selbstredend auch die poetischen Zeugnisse Goethes in autobiographischen Werken wie *Dichtung und Wahrheit* oder *Campagne in Frankreich* bzw. autobiographische Arbeiten anderer Zeugen, wie etwa der *Briefwechsel mit einem Kinde* der Goethe in schwärmerischer Verehrung verbundenen Bettina Brentano, die ihre Zuneigung in eine Reihe durchaus fragwürdiger Berichte verpackte, die Wunschvorstellungen mit einem gewissen Grad an Realitätsgehalt verbanden.[38] Auf den schwierigen Umgang mit indirekter Überlieferung aus zweiter und dritter Hand hatte Ernst Grumach bereits im Nachwort einer 1960 für den Fischer-Taschenbuch-Verlag zusammengestellten sachthematisch sortierten Sammlung von Fremdzeugnissen mit dem Titel *Goethe im Gespräch* verwiesen, zugleich aber betont, dass es sich auch bei den direkten Überlieferungen der Gesprächspartner nicht um genuin authentische Worte Goethes handeln kann, sondern immer um medial überformte Aufzeichnungen der jeweils Berichtenden.[39] Einen seltenen Glücksfall einer Überlieferung hoher Authentizität aus dem November 1830, als Goethe von seinen Ärzten angehalten war, auf jegliche mündliche Unterhaltung zu verzichten, stellen deshalb die als Gesprächsersatz auf Konversationszetteln fixier-

36 Vgl. hier beispielsweise den von Herder wenige Tage nach dem Geburtstag des Erbprinzen am 9. Februar 1783 an Johann Georg Hamann mitgeteilten Dialog zwischen Carl August, Anna Amalia, Herder, Wieland und Goethe über die Geburtstagspredigt (BuG II, S. 403).

37 Dazu Friedrich Strack: *Von Goethe und Schiller verkannt und gegängelt? Hölderlins Auseinandersetzung mit der Weimarer Klassik*. In: *Jb. des Freien Deutschen Hochstifts* 2001, S. 122-150.

38 Vgl. R. Grumach: *Verworfene und verwerfliche Gesprächsberichte. Zur Edition von Goethes Gesprächen*. In: Jochen Golz (Hrsg.): *Edition von autobiographischen Schriften und Zeugnissen zur Biographie. Internationale Fachtagung der Arbeitsgemeinschaft für germanistische Edition an der Stiftung Weimarer Klassik, 2.-5. März 1994, autor- und problembezogene Referate*. Tübingen 1995, S. 184-188; hier S. 187, und dazu z. B. die Zeugnisse Bettinas, die sich auf den Besuch bei Goethe in Karlsbad im Jahr 1810 beziehen (BuG VII [2022]).

39 Grumach (Anm. 10), S. 193 f. So auch R. Grumach (Anm. 38), S. 184.

ten Notizen Goethes dar, die heute unter anderem im Goethe- und Schiller-Archiv überliefert sind.[40] Im *Geständniß des Übersetzers* zu *Diderot's Versuch über die Mahlerei* (WA I, 45, S. 247-250) verwies Goethe selbst auf die Notwendigkeit einer parallel laufenden Fixierung der Gespräche, wollte man das Auf und Ab der Argumentation genau festhalten. Man wünschte,

> daß ein Geschwindschreiber das vorüberrauschende Gespräch aufgefaßt haben möchte. Man erinnert sich mit Vergnügen der sonderbaren Wendungen des Dialogs, wie, durch Widerspruch und Einstimmung, durch Zweiseitigkeit und Vereinigung, durch Rückwege wie durch Umwege, das Ganze zuletzt umschrieben und beschränkt worden, und jeder einseitige Vortrag, er sei noch so vollständig, noch so methodisch gefaßt, kommt uns traurig und steif vor. (WA I, 45, S. 248)

Der Überlieferungswert der Berichte ist somit generell abhängig von Persönlichkeit und Charakter des jeweiligen Berichterstatters, seiner Intention, vom Verhältnis zu Goethe, dem Zeitpunkt der Niederschrift, der Gesprächssituation und natürlich von Sorgfalt, Treue und Gedächtnis etc. »Dazu kommt ein Weiteres: der ungeheure Reichtum des Goetheschen Gesprächs und die mitreißende Fülle des Gedankenstroms, die es dem Besucher unmöglich macht, mehr als einzelne Aussprüche festzuhalten«.[41] Der Jenaer Mediziner Dietrich Georg Kieser brachte die Schwierigkeit, Gespräche mit Goethe wiederzugeben, in einem Brief an Louise Seidler so auf den Punkt: Man habe in Gegenwart Goethes nie die Ruhe, »um das sich im Gespräch Entwickelnde sich einzuprägen, da der Strom der Entwicklung unaufhaltbar forteilt und das Frühere vom Nachfolgenden verschlungen wird«.[42] Und Anselm Feuerbach gestand seinem Tagebuch im Mai 1820 sogar: »Wüßte ich nur, was er gesprochen hat! Aber im Anschauen dieser Stirn und Augen habe ich alles vergessen«.[43]

Mit dem Ziel einer möglichst vollständigen Dokumentation aller Begegnungen Goethes war für die Herausgeber klar, auf die Berücksichtigung poetischer Zeugnisse nicht verzichten zu können, bieten sie doch für weite Teile der frühen Goethebiographie eine einzigartige Quelle. Dichtungen ohne direkten Zeugniswert für konkrete Begegnungen finden dabei jedoch keine Berücksichtigung.[44] Da es sich bei den autobiographischen Werken nicht um Ad-hoc-Berichte handelt, sondern um dichterische Reflexionen von unter Umständen weit zurückliegenden Begegnungen und biographischen Ereignissen, werden diese Textabschnitte in der Ausgabe im Hauptteil durch *Kursivschrift* gekennzeichnet.

40 R. Grumach (Anm. 38), S. 184 sowie Joseph A. von Bradish: *Unbekannte handschriftliche Notizen des 81jährigen Goethe, mit einer photographischen Reproduktion der Manuskripte.* In: *Monatshefte für deutschsprachige Literatur und Kultur* 42 (1950), S. 95-99.

41 E. Grumach (Anm. 10), S. 193.

42 Hier zitiert nach ebd., S. 193 = *Gespräche*, Nr. 3826, BuG IX (in Vorbereitung).

43 Nach E. Grumach (Anm. 10), S. 193 = *Gespräche*, Nr. 4771, BuG XII (in Vorbereitung).

44 R. Grumach (Anm. 38); bes. S. 185.

Irrtümliches und Zweifelhaftes

In einer Rubrik am Ende eines jeden Bandes sind für den jeweiligen Zeitraum *Goethe irrtümlich zugeschriebene Gespräche und Zweifelhaftes* versammelt, auch hier in chronologischer Folge. Die Zuordnung der einzelnen Zeugnisse in diesen Abschnitt wird in Erläuterungen begründet. Die Anzahl der fraglichen Berichte macht jedoch nur einen Bruchteil der Gesamtzeugniszahl pro Band aus; so sind in BuG I von 1515 Zeugnissen 12 Zeugnisse dieser Rubrik zugeordnet (BuG III: 77 von 2354; BuG X: 36 von 2306 Zeugnissen). Neben Nachweisen echter Fälschungen, sog. »verwerflichen Gesprächen« (R. Grumach) – die in der Ausgabe nur dann Aufnahme finden, wenn sie in der aktuellen Sekundärliteratur oder in den Biedermann-Ausgaben (B^1, B^2 und B^3) noch als Goethe-Gespräch geführt sind[45] –, handelt es sich um sog. »verworfene Gesprächsberichte« (Grumach), also Mitteilungen, die in der Literatur irrtümlich als von Goethe stammend überliefert sind. Dazu zählen beispielsweise Gesprächswiedergaben Riemers, die sich mit kritischem Blick als einfache Zitate aus Goethebriefen entpuppten oder aber umgekehrt um Goethe-Aussagen, die in der archivalischen Überlieferung eindeutig als Selbstäußerung Riemers gekennzeichnet sind.[46]

Verhältnis der Quellenarten am Beispiel von BuG X

Eine Statistik der für den 2018 erschienenen Band X genutzten Zeugnisse (siehe Abb. 2), die die aktuell laufende digitale Erfassung der Druckbände für die Forschungsplattform PROPYLÄEN und die damit einhergehende Datennormierung möglich macht, erlaubt einen besonderen Blick auf die Quellenlage des jeweiligen Zeitraums sowie die Spezifik der gattungsübergreifenden Zusammenstellung der Zeugnisse. BuG X umfasst die beiden Jahre 1815 und 1816 und damit auch Goethes zweite Rheinreise von Ende Mai bis Anfang Oktober 1815, die im Band mit insgesamt 715 Einzelzeugnissen vertreten ist.

Insgesamt enthält der Band 2306 Zeugnisse, wovon 1236 oder etwa 54 % Zeugnisse Goethes sind, also den Briefen, Tagebüchern oder Werken des Dichters entstammen. Für den längeren Zeitraum von BuG I (1749-1776) ergeben sich interessanterweise ganz ähnliche Verhältnisse, von 1515 sind hier 689 Zeugnisse oder 45,5 % von fremder Hand, also ebenfalls ca. 54 % aus Goethes Feder. Angesichts der sich je ändernden Überlieferungslage wird das Verhältnis von Band zu Band divergieren; es bleibt aber auffällig, dass die Selbstzeugnisse Goethes – bei allen grundlegenden Schwierigkeiten eines solchen Vergleichs wegen der Unterschiede in Anlage, Inhalt und Ausführlichkeit der Berichte – zumindest rein zahlenmäßig überwiegen.

45 Ebd.; bes. S. 187f.

46 Ebd., S. 186 verweist z. B. auf eine Anekdote aus dem Jahr 1810 mit einer Verabredung Goethes mit Alexander von Güldenstubbe zu einem gemeinsamen Grab an der Cestius-Pyramide in Rom, die sich indes nicht auf den Dichter, sondern den schwedischen Bildhauer Eric Gustaf Göthe bezieht. Da die Geschichte noch in die ersten Biedermann-Auflagen aufgenommen wurde, wird sie in BuG im Anhang besprochen (BuG III, S. 517). Zu Riemer-Aphorismen R. Grumach (Anm. 38), S. 186.

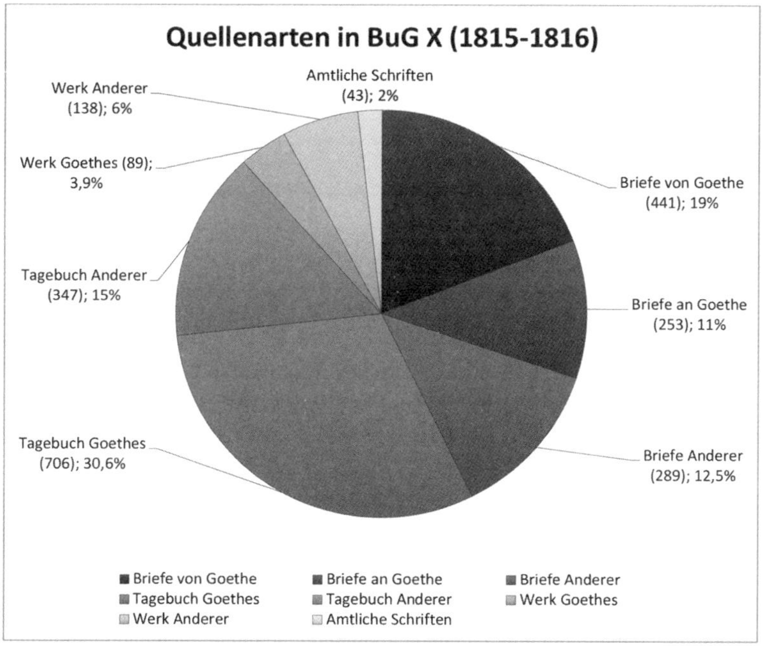

Abb. 2
Diagramm der Quellenarten in BuG X (1815-1816); in Klammern jeweils die Zahl der berücksichtigten Einzelzeugnisse. Aus Goethes Tagebuch stammen 706 Einträge, aus seinen Briefen 441 Einzelzitate.

Goethes Begegnungen während seiner Reise an den Rhein 1815 sind in 379 Selbstzeugnissen dokumentiert, denen 339 Fremdzeugnisse gegenüberstehen, worunter allein 78 Ausschnitte aus Sulpiz Boisserées Tagebuch zählen, das in weiten Teilen Goethes Reise parallel begleitet. Die Statistik verrät uns außerdem, dass Goethe in den Jahren 1815/1816 an immerhin über 60 verschiedenen Orten weilte, 37 davon auf der Rheinreise.

Die zum Vergleich herangezogenen Daten für die *Italienische Reise* in BuG III zeigen ein noch stärker divergierendes Bild. Für den Zeitraum vom 5. September 1786 (dem ersten Zeugnis nach der Abreise aus Karlsbad) bis zum 18. Juni 1788, die durch den Jenaer Torwächter Färber für die letzte Station vor Weimar bestätigte Durchreise Goethes auf dem Rückweg, sind mit 418 Zeugnissen vergleichsweise wenig Zeugnisse überliefert; zudem sind hier mit 275 oder etwa zwei Drittel der Zeugnisse die Selbstdokumentationen Goethes überproportional stark vertreten. Goethe war damit selbst sein wichtigster Berichterstatter für seine italienischen Kontakte bzw. treffender seine Begegnungen in Italien und es fällt auf, dass unter den Fremdzeugnissen mit gerade einem Brief von Felicità Balsamo, der Mutter des Abenteurers Alexander Graf von Cagliostro, über den gesamten Zeitraum nur eine einzige italienische Stimme zu vernehmen ist.[47]

47 BuG III, S. 136.

Daniel Carranza, Bryan Klausmeyer,
Clark Muenzer, John H. Smith

*Ideen zu einem Goethe-Lexikon philosophischer Begriffe. Darstellung des Projektvorhabens**

> Das Edle und Gute steht zwischen dem Schönen und Nützlichen gleichsam in der Mitte; gut und edel steigt bis zum Schönen hinauf. Nützlich kann sich mit schlecht verbinden, schlecht mit unnütz; und da wo sich die Begriffe am weitesten zu entfernen scheinen, treffen sie gleichsam in einem Zirkel wieder zusammen.
>
> Johann Wolfgang von Goethe (1788; FA I, 18, S. 256)

> Nun schließt sich aber im Sprachgebrauch das Gute und Nützliche, so wie das Edle und Schöne, natürlich aneinander; und diese vier verschiednen Ausdrücke bezeichnen eine so feine Abstufung der Begriffe, und bilden ein so zartes Ideenspiel, daß es dem Nachdenken schwer werden muß, das immer ineinander sich unmerklich wieder Verlierende gehörig auseinander zu halten, und es einzeln und abgesondert zu betrachten.
>
> Karl Philipp Moritz (1788)[1]

In dem bahnbrechenden Aufsatz *Über die bildende Nachahmung des Schönen* (1788)[2] von Karl Philipp Moritz wird der Nachahmungsbegriff einer umfangreichen Analyse unterzogen, die sowohl als kühnes Sprachexperiment als auch als Begriffsbestimmung im traditionellen Sinne zu verstehen ist. Die historische Innovationsleistung des Aufsatzes liegt vornehmlich darin, dass er das Begriffsinstrumentarium herkömmlicher Ästhetik neu konfiguriert. Mit dieser neuen Konfiguration wird nicht einfach auf die Erweiterung der Begriffssemantik hingedeutet, der Aufsatz zeugt darüber hinaus von einem neuen Verständnis, wie Begriffe gebildet und danach miteinander verknüpft werden. Denn für Moritz setzt die Begriffsanalyse und -bestimmung eine Synthese voraus. Folglich wird der Begriff der Nachahmung dadurch bestimmt, dass er zuerst in Bezug auf verwandte, subsidiäre Begriffe aus der Ethik und Ästhetik verortet wird. Nur aus dieser Einbettung innerhalb eines synthetischen Begriffsfelds ergibt sich nach Moritz eine Demonstration der komplexen Einheit, die seinem Nachahmungsbegriff angemessen ist. Obwohl die Nachahmung edler oder guter Taten anders funktioniert als diejenige nützlicher oder schöner

* Für weitere Informationen zum *Goethe Lexicon of Philosophical Concepts* (GLPC) siehe https://goethe-lexicon.pitt.edu/GL.

1 Karl Philipp Moritz: *Werke in zwei Bänden*. Hrsg. von Heide Hollmer u. Albert Meier. Bd. 2. Frankfurt a.M. 1998, S. 960.

2 Karl Philipp Moritz: *Über die bildende Nachahmung des Schönen*. In: ebd., S. 958-991.

Gegenstände, können dennoch alle vier Begriffe, so Moritz, innerhalb eines Zirkelschemas miteinander semantisch verknüpft werden. Dadurch wird eine unterschwellige Sinndynamik zwischen ihnen sichtbar, die ihrer begrifflichen Unterscheidung vorausgeht.

Moritzens kreisförmige Veranschaulichung philosophischer Begriffe als integrierte Teile eines sich im Prozess selbst verdeutlichenden Ganzen fand Goethe so überzeugend, dass er sie in seiner frühen Rezension des Aufsatzes wortwörtlich zitiert (FA I, 18, S. 256). Zwei Jahrzehnte später wird sie dann in Gestalt seiner Farbenkreise adaptiert, um den schwer fassbaren Prozess der Farberzeugung in seiner dynamischen Ganzheit zu beleuchten. Goethes Farbenkreis gilt also als kreative ›Imitatio‹ von Moritzens Analyse ästhetischer Nachahmung. Mit dem Farbenkreis gelang es Goethe, die Leuchtkraft des Lichtes zu konzeptualisieren und für die Wahrnehmung der Farben eine »feine Abstufung der Begriffe« und ein »zartes Ideenspiel«[3] zu bestimmen – Modelle der Begriffsbildung also, die er und Moritz bei ihrer Untersuchung der »theoretischen Forderungen« (FA I, 24, S. 442) der Kunst in Rom um 1787 entwickelt hatten.

Im Sinne dieses neuen analogen Denkens zeigt die Startseite des *Goethe Lexicon of Philosophical Concepts* (GLPC) den von Goethe 1809 entworfenen Farbenkreis, der die geistigen Fähigkeiten *Vernunft*, *Verstand*, *Sinnlichkeit* und *Phantasie* entlang des Außenrings von Grundfarben mit den ihnen zugeschriebenen Qualitäten *schön*, *edel*, *gut*, *nützlich*, *gemein* und *unnötig* auf dem Innenring überlagert. Goethes Gedanke – und somit der Grund, aus dem wir den Farbenkreis als Logo ausgewählt haben – ist es, dass die Praxis der Philosophie nur durch die flüchtige Lesbarkeit ihrer Begriffe vollzogen wird, und zwar gerade so, wie die Tätigkeit des Lichts anhand der Farben sichtbar wird. Goethes Farbenkreis zeigt also, wie das Zusammenspiel aller vier geistigen Fähigkeiten diejenigen Prozesse der Begriffsbildung antreibt, die sein charakteristisch heterodoxes Denken ausmachen. Begriffe werden innerhalb eines sie provisorisch umfassenden Erkenntnisprozesses erfasst, der sich selbst in seiner vorläufigen Ganzheit ›zirkulär‹ zu verstehen versucht.

Genau das war ein Hauptanliegen Goethes, als er in *Zur Farbenlehre* (1810) das Farbspektrum als »Taten und Leiden« des Lichts beschrieb. Goethe suggeriert, das Licht ›an sich‹ sei etwas Ideales und Unfassbares: »Denn eigentlich unternehmen wir umsonst, das Wesen eines Dinges auszudrücken. Wirkungen werden wir gewahr, und eine vollständige Geschichte dieser Wirkungen umfaßte wohl allenfalls das Wesen jenes Dinges« (FA I, 23.1, S. 12). Das GLPC setzt voraus, dass ein analoges Verständnis der schwer fassbaren Natur philosophischer Wahrheit der Antrieb für Goethes lebenslangen Versuch war, Begriffe neu zu konzipieren und umzugestalten. Wie Goethes Optik sich vom reinen Licht abgewendet hat, damit sein Wesen erst im Prozess chromatischer Erzeugung – »im farbigen Abglanz« (FA I, 7.1, S. 206) – erfassbar wird, so muss die Philosophie sich von den stabilen Begriffen traditioneller Metaphysik abwenden, um den Zugang zu einem neuen Paradigma philosophischer Sprache und Begrifflichkeit zu eröffnen, das Begriffe in ihrer fortwährenden Umgestaltung lesbar werden lässt.

3 Ebd., S. 960.

Ein wichtiges Ziel des GLPC ist die anhaltende Erforschung von Goethes philosophischer Arbeit durch eine kritische Darstellung solcher Begriffe und der dynamischen Netzwerke, die ihren komplexen Zusammenhängen zugrunde liegen. Anstatt Axiome, Definitionen und logische Sätze in der Weise der üblichen Lexikographie zu analysieren, interpretieren die GLPC-Einträge eher Gedichte, Theaterstücke und Romane in Anerkennung der Herausforderungen von Goethes radikal neuem Umgang mit philosophischer Begriffsbildung. Unser kollaboratives Projekt versteht, dass Begriffe für Goethe offene Sprachexperimente waren und daher nicht weniger kreativ sind in ihrer Suche nach verlässlichem ›Wissen‹ als *Faust* oder das Gedicht *Ganymed*. Solche Begriffe bieten eigene hermeneutische Herausforderungen, indem sie als Teile umfangreicher semantischer Netzwerke fungieren, die Texte verschiedenster Gattungen durchkreuzen und sie sogar unterschwellig vernetzen. Gemeinsam erlauben sie daher, die ›ewigen‹ Fragestellungen der Philosophia perennis auf radikal neue Art und Weise umzuformulieren. Außerdem ermöglicht Goethes Arbeit mit ›lebendigen Begriffen‹ neue philosophische Fragen, die nur am Rande disziplinärer Philosophie verortet sind. Etwa zweihundert Jahre, bevor Deleuze und Guattari argumentierten, dass »[s]tets neue Begriffe erschaffen […] der Gegenstand der Philosophie [ist]«,[4] hatte Goethe eigentlich schon eine höchst originelle Sammlung innovativer philosophischer Begriffe zusammengestellt. Dementsprechend ist es ein zentraler Auftrag des GLPC, jeden dieser Begriffe nicht als ein endgültiges Produkt des Goethe'schen Gedankenguts zu verstehen, sondern eher als ein variables Element seines kreativen Denkens. Ein Maß für den Erfolg des Lexikons ist der Grad, in dem die wachsende Sammlung seiner Einträge die dynamische Beziehung von Teilen zum Ganzen als Wesen von Goethes fortlaufendem Projekt philosophischer Begriffsbildung widerzuspiegeln vermag.

Mit dem GLPC wird also philosophisch gesinnten Leserinnen und Lesern ermöglicht, Goethes Verwendung von traditionell philosophischen Begriffen in unkonventionellen Diskurskontexten nachzugehen. Gleichsam wird es möglich, die verschiedenen Anwendungen eines Lexems oder Morphems innerhalb des semantisch verzweigten Netzwerks von Goethes Werken zu verfolgen, um ihre begriffliche Form in Erscheinung treten zu lassen. Begriffe werden somit nicht als erstarrtes Traditionserbe der Philosophie angesehen, ihre Anwendungen auch nicht als erschöpfend aufzählbare Daten einer sich auf Konkordanz stützenden Philologie, so unentbehrlich sie auch sein mag. Stattdessen liegt das Ziel des Lexikons darin, das Innovationspotenzial von Goethes oft heterodoxen Begriffsanwendungen und Begriffserweiterungen strategisch auszuloten und interdisziplinär verfügbar zu machen.

Seit dem Anfang dieses Unterfangens war uns klar, dass Goethe selbst über seinen Wert als Forschungsinstrument sich wohl skeptisch geäußert hätte. In einer posthum veröffentlichten Maxime warnt er: »Wenn einem Autor ein Lexikon nachkommen kann so taugt er nichts« (FA I, 13, S. 106). Wie also, so könnte man nun fragen, kann das GLPC seine Arbeit im guten Glauben verrichten? Eine mögliche Antwort wäre, Goethes Maxime als einen jener »ernsten Scherze« (FA II,11, S. 550) zu betrachten, den der Autor bekanntlich machte, als er sich an die ursprüngliche

4 Gilles Deleuze, Félix Guattari: *Was ist Philosophie?* Übers. von Bernd Schwibs u. Joseph Vogl. Frankfurt a.M. 1996, S. 9.

»Konzeption des Faust« (ebd.) in einem Brief erinnerte, den er an Wilhelm von Humboldt fünf Tage vor seinem Tod schrieb. Nicht weniger als dieses philosophischste seiner literarischen Werke, dessen ›ursprüngliche Konzeption‹ im Laufe seiner sechzigjährigen Entstehung viele radikale Veränderungen erfahren hatte, ist das Konzept unseres Lexikons ein ähnlich Provisorisches und im Werden Begriffenes. So ernst unsere redaktionellen Bemühungen auch sein mögen, vollständige und prägnante Einträge zu Goethes philosophischen Begriffen zu erstellen, wissen wir trotzdem als ›heterodoxe Lexikographen‹, dass das Projekt mit seinem Autor nicht Schritt halten kann. Ein wahrhaft ›goethesches‹ Nachschlagewerk sollte dynamisch sein. Dies erfordert, alle fehlgeleiteten Versuche, Goethes heterodoxes Denken zu normieren und zu stabilisieren, ironisch zu untergraben, indem man die schwer fassbaren Begriffe und das »zarte Ideenspiel«, das sie konstituiert, nicht durch leere Worte und allzu deutlich umrissene Definitionen ersetzt.

Eine »Schlussbetrachtung« in der *Farbenlehre* zu Sprache und Terminologie hat unsere Arbeit von Anfang an geleitet. Goethe macht darin auf andere Natur- und Kulturphänomene aufmerksam, die sich wie die Farbe »immerfort in Bewegung« befinden und daher »sich nicht festhalten [lassen], und doch soll man von ihnen reden« (FA I, 23.1, S. 244). Neben Farben würde eine Auflistung solcher Phänomene das sich metamorphosierende Pflanzenblatt und gotische Kathedralen sowie die schwer fassbaren, sich selbst regulierenden Begriffe der Philosophie umfassen. Denn für Goethe besitzen Worte – wie Dinge – ein morphologisches Vermögen der Wandlung und Transformation. In einer späten Maxime heißt es daher: »Kein Wort steht still, sondern es rückt immer durch den Gebrauch von seinem anfänglichen Platz, eher hinab als hinauf, eher ins Schlechtere als ins Bessere, ins Engere und Weitere, und an der Wandelbarkeit des Worts läßt sich die Wandelbarkeit der Begriffe erkennen« (FA I, 13, S. 99). Durch den ständigen Gebrauch eines Wortes als verschiebbarer Platzhalter für erstarrte Gedanken findet eine Verarmung von Sinn statt, die die Bedeutung des Wortes einschränkt. Aber die Wandlungsfähigkeit, die Goethe der Sprache und Terminologie im Allgemeinen zuschreibt, gilt insbesondere auch für die vage umrissenen Worte der Philosophie. Dementsprechend kann das Begriffslexikon eines Philosophen immer erweitert und bereichert werden. Genau dies geschieht, wenn Goethes philosophische Begriffe auf Pfaden der Selbsttransformation wandern, die zwischen systolischen Momenten vorübergehender semantischer Konsolidierung und diastolischen Momenten fortwährender Innovation und Begriffserweiterung rhythmisch pulsieren.

Obwohl die alphabetische Gliederung des GLPC konventionell ist, legen das Inventar der Einträge für das Jahr 2021 sowie unsere wachsende Liste von rund 350 Einträgen, die für das nächste Jahrzehnt geplant sind, nahe, dass Goethes riesiges Begriffsarchiv in semantischen Gruppen organisiert werden kann, die seinen morphologischen Ansatz zur philosophischen Begriffsbildung besser widerspiegeln. Sobald die ersten 100 Einträge online sind, werden wir eine Buchversion des Lexikons sowie in loser Folge thematische Hefte mit Begleitmaterial und Aufsätzen veröffentlichen. Das Auswahlprinzip für solche individuell gestalteten Kompilationen besteht darin, Begriffe zusammen zu gruppieren, die Goethe aus einer Vielzahl von disziplinären Praktiken gewonnen und dann neu konfiguriert bzw. erfunden hat, um neue Arten philosophischer Arbeit zu leisten. Die verschiedenen Begriffsgruppen oder -cluster werden Begriffe umfassen, die Goethe von alltäglichen Wörtern und Ausdrücken übernommen hat; Begriffe, die er sich aus Theologie, Wissenschaft und Philosophie angeeignet hat, einschließlich Epistemologie, Ethik, Ästhetik und Poetik; Begriffsoperationen, die er mittels grammatischer Strukturen konstruierte; sowie Begriffe, die er als Neologismen oder Kofferworte erfand.[5] Mit der Veröffentlichung solcher Hefte – darunter eine Reihe von Kurzbüchern, die Goethes Auseinandersetzung mit philosophischen Begriffsbildungen in einzelnen Werken oder Werkgruppen (beginnend mit *Faust*) behandeln – beabsichtigt das GLPC, eine bescheidene Bibliothek von Goethes Arbeit als Philosoph zu erstellen, die fachübergreifend nützlich sein wird, innerhalb und außerhalb der Germanistik also.

Da mit jeder Online-Ausgabe des GLPC die Gesamtzahl von Einträgen wächst, werden die Vorteile unserer digitalen Publikationsplattform für die Wissenschaft immer offensichtlicher. Damit werden neue Ansätze zu Goethes Verständnis von Begriffsbildung und Sprache überhaupt sowie zu seinem Verhältnis zur Philosophie und Disziplinarität eröffnet, d.h. Fragestellungen aufgeworfen, die eventuell außerhalb der klassischen Printmedien nur schwer zu formulieren sind. Insbesondere durch die Nutzung des Querverweispotenzials von Metadaten – zu denen vorerst Autoren- und Eintragsnamen, Veröffentlichungsdaten, Schlüsselwörter und thematische Kategorien gehören – wird das GLPC die alphabetische, chronologische sowie thematische Auffindbarkeit von Begriffen verbessern. Infolgedessen können Benutzer alle veröffentlichten Begriffe mit jeder nachfolgenden Ausgabe überprüfen. Zudem werden wir dieses Querverweispotenzial in naher Zukunft erweitern und vertiefen, um eine dynamische Technologie – wie den Farbenkreis – zu entwickeln, die Wissenschaftlerinnen und Wissenschaftler mit jeder neuen Ausgabe in die Lage versetzen, die zugrundeliegenden Strukturen von Goethes Projekt philosophischer Begrifflichkeit mit zunehmendem Scharfsinn zu erkunden.

Mit der Veröffentlichung des Lexikons auf Englisch und online als Open-Access-Forschungsinstrument mit fachübergreifender Ausrichtung erfüllen wir mehrere wichtige Ziele. Zum einen wird das GLPC innovative Aspekte von Goethes Denken über den deutschsprachigen Raum hinaus einer globalen Leserschaft zugänglich machen. Zweitens soll es Wissenschaftlerinnen und Wissenschaftlern außerhalb der disziplinären Grenzen der Germanistik als Quelle dienen, ihre Arbeit mit einem Denker in Verbindung zu bringen, der bis vor kurzem für seine philosophischen Leistungen weitgehend unbeachtet geblieben ist – und das trotz Emersons Porträt von Goethe in *Characteristic Men* (1850) als exemplarischem »Philosophen des modernen Lebens« und dessen »sich hin und her wälzendem Gemisch von Fakten« (»rolling miscellany of facts«).[6] Drittens wird die digitale Plattform des Lexikons (Open-Journal-System, OJS) seiner Leserschaft ermöglichen, die Reihenfolge von

5 Die erste Lieferung des GLPC bietet Begriffe aus verschiedenen Disziplinen dar: ›Begriff‹ (Concept) und ›Zusammenhang‹ (Nexus) sind z.B. philosophische Begriffe, während ›Kraft‹ (Force) den Naturwissenschaften angehört und ›Spirale‹ der Geometrie. ›Form‹ und ›Spiel‹ (Play) dagegen sind ästhetische Begriffe und ›Ach‹ (*Alas*) ein Lehnwort aus der Alltagssprache. ›Irrlichtelieren‹ (Will-o'-the-wisp around) ist letztendlich ein Neologismus, ›veloziferisch‹ (velociferian) ein Kofferwort und ›Schattenriss‹ (Silhouette) ein Wort der materiellen Kultur.

6 Ralph Waldo Emerson: *Essays and Lectures*. Hrsg. von Joel Porte. New York 1983, S. 751.

Lexikoneinträgen immer neu zu organisieren, um sie so wie nie zuvor zu befähigen, den begrifflichen Bausteinen von Goethes Denken über ein dynamisches Netzwerk der Kontextfelder nachzugehen. Der Begriff ›Geist‹ z.B. wäre innerhalb einzelner literarischer Werke oder Gattungen auffindbar, die wiederum mit Goethes naturwissenschaftlichen oder ästhetischen Werken sowie mit Werken der Metaphysik von der altgriechischen Philosophie bis zum 20. und 21. Jahrhundert zu verbinden wären. Als dynamisches Nachschlagewerk wie die *Stanford Encyclopedia of Philosophy*[7] ermöglicht das Online-Format des Lexikons schließlich einen flexiblen, interaktiven Produktions- und Distributionsprozess. In jedem folgenden Arbeitsjahr werden rund 30 neue Einträge in je drei Lieferungen entstehen, die sofort verfügbar sind und in die Arbeit der Vorjahre integriert werden. Nutzer werden zudem in die Lage versetzt, in einem interaktiven Überarbeitungsprozess auf die Einträge mit Revisionsvorschlägen zu reagieren. Das langfristige Ziel sind insgesamt 300 bis 350 Einträge.

Obwohl es andere Wörter- und Handbücher zu Goethes Werken gibt, z.B. das umfangreiche, unentbehrliche Goethe-Wörterbuch (GWb), unterscheidet sich unser Lexikon dadurch, dass es keine Systematisierung und Auflistung der Verwendungsarten eines Wortes in Goethes Œuvre bietet, sondern interpretative Untersuchungen hinsichtlich der Frage, wie in den philosophisch dynamischen Jahrzehnten um 1800 Goethe traditionelle Begriffe neu gedacht und sogar eigene Begriffe geprägt hat. Kurz gesagt: Das Projekt zielt darauf ab, akzeptierte Ansätze auf den Kopf zu stellen, denn dieses Lexikon zeigt nicht, wie ein bekannter Dichter von der Philosophie beeinflusst wurde, sondern wie dieser kreative Schriftsteller einen produktiven Beitrag zum philosophischen Denken leistete und immer noch leisten kann.

7 Siehe https://plato.stanford.edu/.

Goethe-Bücher der Vergangenheit, neu gelesen

Michael Jaeger

Georg Lukács: »Goethe und seine Zeit« – oder: »Das Drama der Menschengattung«

Die Menschheit? Das ist ein Abstraktum. Es hat von jeher nur Menschen gegeben und wird nur Menschen geben.

(Goethe im Gespräch mit dem Historiker Heinrich Luden)[1]

Goethe und Marx

Als Georg Lukács 1970 der Goethepreis der Stadt Frankfurt verliehen wurde, betonte er in seiner Dankadresse die für ihn »zentral wichtige Beziehung zu Goethe, seinem Werk, zu seiner Lebensführung und Weltanschauung« und sprach »von Goethe als einem Maß des Menschseins«, an dem er sich stets orientiert habe.[2]

Auf die vergangenen Jahrzehnte zurückblickend, fügte Lukács hinzu, dass während jener »an geistigen Krisen« reichen Ära in seiner intellektuellen und politischen Vita »grundlegende Wandlungen zur Zeit und Welt« eingetreten seien: »Vor allem bin ich vor mehr als einem halben Jahrhundert Marxist geworden. Das provoziert die Frage, wie sich ein Marxist zu Goethes Lebenswerk verhält«.[3] Menschengattung, Gattungsmäßigkeit, Gattungswesen, Gattungsentwicklung lauten die der Ideengeschichte des Kommunismus entlehnten Schlüsselworte, die Lukács in der Retrospektive von 1970 aufgreift, um sein marxistisches Goetheverständnis zu erläutern. Dazu sei er auf dem »von Marx aufgezeichneten Weg« gelangt, insofern er »in Goethe einen jener Ideologen« wahrgenommen habe, »die eine bestimmte Etappe der menschlichen Gattungsentwicklung in ihren wesentlichen und normalen Bestimmungen erkannt und bewußt gemacht haben«.[4]

Lukács hat im Laufe seiner beeindruckend produktiven Autorenkarriere zwar einige Goetheaufsätze für Zeitschriften und Sammelbände verfasst, jedoch – trotz der lebenslang »zentral wichtige[n] Beziehung« – nur eines seiner Bücher explizit

1 *Gespräche*, Bd. 2, S. 114.

2 Georg Lukács: *Zur Verleihung des Goethepreises*. In: ders. u.a.: *Goethepreis ’70. Georg Lukács*. Neuwied, Berlin 1970, S. 121-131; hier S. 121.

3 Ebd., S. 122.

4 Ebd., S. 131.

Goethe gewidmet. Es erschien 1947 unter dem Titel *Goethe und seine Zeit.*[5] Genaugenommen handelt es sich bei dieser Publikation nicht um eine Goethemonographie, sondern um eine Sammlung von sechs Aufsätzen – nicht nur zu Goethe, sondern auch zu Schiller, zum Briefwechsel zwischen Goethe und Schiller sowie zu Hölderlin –, unter denen die wirkungsmächtigste und monographische Dimensionen annehmende Untersuchung die Überschrift *Fauststudien* trägt.[6] Sie soll im Folgenden im Zentrum der Betrachtung stehen.

Fauststudien in Moskau

Es gibt wohl keinen zweiten Text der Goetheliteratur, in dem die politische Realität des 20. Jahrhunderts so schmerzhaft nahe an den philologischen und philosophischen Sachverhalt herantritt wie in den *Fauststudien* von Georg Lukács. Die Umstände, unter denen sie entstanden sind, prekär zu nennen, wäre beschönigend. Sie bilden die Praxis, ohne deren Kenntnis Lukács' Fausttheorie nicht zu verstehen ist. Als Repräsentant der deutschen und der ungarischen kommunistischen Partei sowie der Kommunistischen Internationale war Lukács seit Mitte der dreißiger Jahre im sowjetischen Exil in die Abgründe der stalinistischen Epoche des Großen Terrors geraten. Zeitweise ist er – als Literaturtheoretiker – unmittelbar beteiligt am apokalyptischen Geschehen.

So erleben wir ihn in dieser bedrohlichen Lage als Teilnehmer einer ›Parteisäuberung‹, die im September 1936 unter emigrierten deutschen Schriftstellern stattfindet. Bei der Lektüre des überlieferten Stenogramms der über vier Tage andauernden Veranstaltung gewinnt man den Eindruck, das Wahngebäude einer kollektiven Angstpsychose zu betreten. Wir werden Zeuge obsessiver Verdächtigungen, endloser Denunziationen, Schuldeingeständnisse und Schuldvorwürfe, Selbstbezichtigungen und Selbstverteidigungen, inquisitorischer Ermittlungen auf der Suche nach trotzkistischen, versöhnlerischen, fraktionsmachenden Abweichlern und ›Doppelzünglern‹ oder gar sabotierenden Spionen und Verrätern – in den eigenen Reihen! Lukács gelingt es, sich auf die Seite der Ankläger zu schlagen – die freilich ihrerseits nie sicher vor Denunziationen sein konnten – und gibt zu Protokoll: »Denn wir haben jetzt in den einzelnen Fragen zwei Dinge zu erledigen. Erstens die Liquidation der Schädlinge, und wer verantwortlich ist, daß diese Schädlinge hier gearbeitet haben«.[7]

5 Georg Lukács: *Goethe und seine Zeit*. Bern 1947.

6 Ebd., S. 127-207 – fortan unter der Sigle FS mit Angabe der Seitenzahl aus *Goethe und seine Zeit* zitiert (die Schreibung des Titels variiert bei Lukács zwischen *Fauststudien*, *»Faust«-Studien* und *Faust-Studien*).

7 Reinhard Müller (Hrsg.): *Georg Lukács, Johannes R. Becher, Friedrich Wolf u.a. – Die Säuberung – Moskau 1936: Stenogramm einer geschlossenen Parteiversammlung*. Reinbek bei Hamburg 1991, S. 196. – Zur Paranoia des permanenten Verdachts während der Ära der stalinistischen Säuberungen vgl. Gerd Koenen: *Utopie der Säuberung. Was war der Kommunismus?* Berlin 1998, S. 215-270.

Universum der Angst

Über die trostlose Situation der Emigranten im Moskauer Annus mirabilis 1937 schreibt Karl Schlögel:

> Sie waren vollständig isoliert in der für sie fremden Welt. Und da sie verzweifelt um ihr Überleben kämpften, taten sie, was niemand unter normalen Verhältnissen tut und was alle tun, wenn es darum geht, das eigene Leben zu retten: Sie denunzierten andere, die wiederum andere denunzierten, und produzierten so das Gespenst der globalen Verschwörung, das Stalin und Jeshow [seinerzeit Chef des Innenministeriums der UdSSR (NKWD); M.J.] so dringend brauchten, um das weite Land in Angst zusammenschweißen zu können. Der Kommunismus, von dem es im *Manifest* von 1848 einmal geheißen hatte, »es geht ein Gespenst um in Europa«, er war wirklich zu einem Gespenst geworden, in Totenhäusern wie im Hotel Lux, ein Schatten seiner selbst.[8]

In diesem Universum der permanenten Angst, da täglich ehemalige Mitstreiter und Kontrahenten, Nachbarn und Mitbewohner, Freunde und Vertraute, Ehegatten und Verwandte spurlos verschwinden, ohne ersichtlichen Grund verhaftet, nach dem Ablegen phantastischer Geständnisse in abstrus anmutenden Prozessen verurteilt, sofort ›liquidiert‹ oder ins Straflager verschickt werden, da sich also der Abgrund zwischen stalinistischem Terror und sozialistischem Traum furchterregend öffnet, wird Lukács' geschichtsphilosophisches Totalitäts- und Realismuskonzept auf die härteste Probe gestellt. Jetzt ruft er Goethe und Hegel auf, die prominentesten Repräsentanten des von ihm bewunderten literarischen Erbes, um den drohenden Einbruch der Sinnlosigkeit ins Bewusstsein abzuwehren. Im Frühsommer 1941 erscheinen im Mai- und im Juni-Heft der Moskauer Zeitschrift *Internationale Literatur* Lukács' Aufsätze *»Faust«-Studien* sowie *Das Drama der Menschengattung. Faust-Studie II.* Letztere endet mit der Ankündigung: »Weitere Studien folgen«.[9]

Weitere *Faust-Studien* folgten aber nicht. – Denn Georg Lukács war schließlich doch noch ins Visier des NKWD geraten und, wie zuvor schon zahllose andere unter den exilierten Parteigenossen, Ende Juni 1941 in der Lubjanka, dem berüchtigten Gefängnis des Geheimdienstes, inhaftiert worden. Die Verhöre, denen er dort unterzogen wird, laufen nach dem bekannten Muster der Geständnisproduktion ab: »Sie versuchen vergeblich«, so muss er sich, ausweislich der aufgefundenen Dokumente, von seinen Peinigern sagen lassen, »sich für einen Kommunisten, einen Marxisten auszugeben. Sie waren in der Theorie Idealist, in der Praxis Opportunist und Fraktionsmacher. Kurz gesagt, sie standen im Dienste ausländischer Nachrichtendienste, waren ein Spion«.[10]

8 Karl Schlögel: *Terror und Traum. Moskau 1937.* München 2008, S. 519. – Zu Lukács' Lebensweg im Europa des 20. Jahrhunderts vgl. Schlögels Essay *Auf Lukács' Balkon. Der Weltgeist, die Geschichte und die Stadt.* In: ders.: *Marjampole – oder Europas Wiederkehr aus dem Geist der Städte.* München, Wien 2005, S. 241-258.

9 *Internationale Literatur/Deutsche Blätter* 5 (1941), S. 93-102; 6 (1941), S. 87-95.

10 Reinhard Müller u.a. (Hrsg.): *Gespräche in der Lubjanka. Die Untersuchungsakte Georg Lukács'. Materialien zur Biographie* (in russischer Sprache). Russische Akademie

Lukács hatte allerdings in Gestalt des Komintern-Vorsitzenden Georgi Dimitroff und des ungarischen Funktionärs der Kommunistischen Partei Mátyás Rákosi einflussreiche Fürsprecher, die an höchster Stelle – bei Berija (seit 1938 NKWD-Chef) und Stalin persönlich – intervenierten und ihn vor einer Verurteilung bewahrten. Am 26. August 1941 öffnen sich für Lukács die Tore der Lubjanka wieder. Ein bei der Verhaftung konfisziertes »Manuskript über Goethe« – womöglich die noch ausstehenden weiteren Folgen der *Fauststudien* enthaltend – wurde vom Geheimdienst »per Beschluss vom 3. Juli verbrannt«.[11] Die beiden 1941 in Moskau erschienenen Faustaufsätze gehen dann 1947 als Teil I (*Zur Entstehungsgeschichte*) und II (*Das Drama der Menschengattung*, so die Überschrift des Kapitels in den *Fauststudien*; im Inhaltsverzeichnis unter der Überschrift *Das Drama des Menschengeschlechts*) nahezu unverändert in die in dem Band *Goethe und seine Zeit* publizierten *Fauststudien* ein, ergänzt um drei weitere Studien, unter denen Teil III (*Faust und Mephistopheles*) die in Moskau begonnene spezifisch geschichtsphilosophische Faustdeutung fortsetzt.[12]

Goethes »Faust« und die Literaturgeschichte des 19. Jahrhunderts

Zu Beginn der *Fauststudien* springt uns jedoch nicht das Vokabular des marxistischen Hegelianismus, sondern Heinrich Heines Begriff vom »Ende der Kunstperiode« ins Auge, das in Lukács' Perspektive – im Unterschied zu Heines Befund – nicht erst mit Goethes Tod eintritt, sondern von Goethe selbst in der »inkommensurable[n] Produktion« des Faustdramas vollzogen werde (FS 127).[13] Die Inkommensurabilität der Dichtung, so Lukács' Gedanke, antwortet auf die »widerstrebenden Tendenzen« des »modernen Lebens«, das sich in den »philosophischen Probleme[n] einer grossen Übergangsepoche« ankündigt:

> Gedankengehalt, Aufdeckung gesellschaftlich-geschichtlicher und naturphilosophischer Zusammenhänge belasten, ja sprengen immer stärker die sinnliche Einheit der Formen und Gestalten. Das ist der allgemeine Prozess der Entwicklung der Literatur im XIX. Jahrhundert, der die Geschlossenheit und Schönheit

der Wissenschaften, Institut für Slawistik 1999; hier zitiert nach Ralf Zwengel: *Idealist, Opportunist, Fraktionsmacher und Spion* (*Frankfurter Allgemeine Zeitung*, 1.3.2000).

11 Ebd. – Kryptisch teilt Lukács im Vorwort zu *Goethe und seine Zeit* mit, er habe eine »eigene Goethemonographie […] jahrelang geplant, ja vorbereitet; leider ging in einer unglücklichen Wendung der Kriegsumstände dieses ganze Material verloren, so dass ich vorläufig auf die Vollendung dieser Arbeit verzichten muss. Ich unterbreite diese Studien dem Leser also mit einer gewissen Resignation« (FS. 15).

12 Sicherlich den »unglücklichen Wendung[en]« der Exil- und Kriegszeiten geschuldet, die von dem ursprünglichen Manuskript nur Fragmente übrigließen, zerbricht der in den ersten beiden Studien entwickelte konzise Argumentationszusammenhang im IV. (*Die Gretchen-Tragödie*) und V. Teil (*Stilfragen: Das Ende der »Kunstperiode«*). Wiederholungen, Abschweifungen, sprunghafte, mitunter auch merkwürdig unbeholfene Formulierungen prägen jetzt den Text.

13 In Anspielung auf das Gespräch mit Eckermann vom 13.2.1831, in dem Goethe bemerkt, dass die Faustkomposition »als ein Ganzes immer inkommensurabel bleibt« (MA 19, S. 403 f.; so auch schon im Gespräch vom 3.1.1830, MA 19, S. 347).

der Formenwelt zerstört, sie der Unerbittlichkeit des neuen grossen Realismus opfert und damit das »Ende der Kunstperiode« herbeiführt. (FS 127)

Zwar bricht Lukács die an dieser Stelle unerwartet aufblitzende Überlegung zur Modernität der aufgesprengten »sinnliche[n] Einheit der Formen« in Goethes *Faust* gleich wieder ab und lässt, wie es die in der Sowjetunion seit 1934 verbindliche ästhetische Doktrin des sozialistischen Realismus erfordert, Erörterungen über die vermeintliche »Volkstradition« des Textes folgen, insofern Goethe die »dichterische Arbeit des Volks« bei seiner Bearbeitung der überlieferten Faustlegende aufgegriffen und die Faust-»Folklore« fruchtbar gemacht habe (FS 129). Doch einmal integriert in den »allgemeine[n] Prozess« des 19. Jahrhunderts, nimmt Goethes Dichtung teil an den »ersten Übergänge[n] zur idealistischen Dialektik« und an »jener Umgestaltung der Philosophie, die in Hegel gipfelt« und zur »Schaffung einer neuen Geschichtswissenschaft« führt (FS 135).

Die »weltanschauliche Wendung« des Faustautors: dialektische Überwindung der Tragik

Diese Entwicklung vollzieht sich im Fall des jungen Goethe und seiner frühen Werke zunächst »intuitiv-verworren« (FS 135), ehe er, inspiriert durch den »Geist der deutschen Aufklärung«, den Übergang zum »dialektischen Denken« als Faustautor absichtsvoll gestaltet und die Dialektik gleichsam zum philosophischen Hauptthema der Tragödie macht: »Das bewusste Herausbilden dieser neuen Weltanschauung ist die Grundlage der lebenslangen Arbeit Goethes am ›Faust‹« (FS 136). Die dialektische Überwindung der Tragik und mithin die geschichtsphilosophische Rationalisierung des tragischen Opfers stehen im Zentrum dieser weltanschaulichen Operation.

Parallel zu den Publikationsstufen des Fausttextes verfolgt Lukács die sukzessive sich herausbildende dialektische Grundstruktur des Dramas. Demnach macht sich in Goethes römischer Bearbeitung des bis auf Sturm-und-Drang-Zeiten zurückreichenden alten Faustmanuskripts die »radikale weltanschauliche Wendung« (FS 138) zunächst in Textstreichungen bemerkbar. Lukács kann sich auf den Vergleich zwischen *Urfaust* und erster fragmentarischer Faustpublikation (1790) berufen und konstatieren, dass Goethe »im Gefühl der beginnenden Überwindung der reinen Tragik« und somit in einem »erste[n] Schritt in der Richtung zur Umwandlung des ›Faust‹ zu jenem [überindividuellen, das Gattungsschicksal darstellenden; M.J.] Weltgedicht« das ehedem unversöhnliche tragische Ende Margaretes im Kerker kurzerhand weggelassen habe (FS 139). Diesem unabweisbaren philologischen Befund fügt Lukács die ebenso unbestreitbare rezeptionsgeschichtliche Beobachtung hinzu, dass »alle bedeutenden Vertreter der klassischen deutschen Philosophie, Fichte, Schelling und Hegel, das Fragment enthusiastisch aufgenommen und seine Bedeutung als Weltgedicht sofort erkannt« hatten (FS 140).

Im nächsten Schritt der Argumentation legt Lukács jedoch gewaltsam Hand an die ideengeschichtliche Realität, da er Goethe und die genannten Philosophen nun ausgerechnet im Blick auf die spannungsgeladene Konversation (im Jahre 1806) mit dem Historiker Luden, der begeistert über die Faustspekulation der Philosophen berichtet, auf eine gemeinsame Linie des dialektischen Geschichtsdenkens einschwenken sieht: »In diesem Widerhall der Tragödie bei den Trägern der philosophischen Bewegung ist das Zusammentreffen mit der Entwicklung Goethes selbst […] deutlich wahrnehmbar« (FS 141). Im Gespräch zwischen Luden und Goethe zeigt sich freilich das schiere Gegenteil von Lukács' Befund. In Wahrheit nämlich wehrt Goethe die geschichtsphilosophische Auslegung seines dramatischen Fragments empört ab. Dem konsternierten Historiker, der geflissentlich den im Faustdrama vermeintlich dargestellten »Gang der Menschheit« und den darin wirkenden »Geist der Weltgeschichte« referiert (*Gespräche*, Bd. 2, S. 90), schlägt der Faustautor – er hatte zu diesem Zeitpunkt den ersten Tragödienteil bereits beendet – insbesondere das zwischen Individuum und Gattung unterscheidende Abstraktionsprinzip aus der Hand: »Die Menschheit? Das ist ein Abstraktum. Es hat von jeher nur Menschen gegeben und wird nur Menschen geben« (*Gespräche*, Bd. 2, S. 114).[14]

Unbehelligt von Goethes konsequentem Widerspruch gegen die moderne Geschichtsphilosophie findet Lukács dann in *Faust I*, hier nun im Blick auf die – nach der *Urfaust*-Fassung und nach der Streichung im Faustfragment – entschärft wiederkehrende Katastrophe Margaretes, eine weitere Bestätigung für seine Generalthese, dass Goethe während der lebenslangen Arbeit am Fausttext die auf der Ebene der Gattungsgeschichte dialektisch fortschreitende Aufhebung des tragischen Geschehens in Szene gesetzt habe: »[…] die Gretchen-Tragödie hört auf, Mittelpunkt zu sein, sie wird zu einer entscheidenden tragischen Etappe auf dem Lebensweg Fausts, auf dem Entwicklungsweg der Menschheit« (FS 141). Die Faustfigur ihrerseits wird nach der angenommenen »weltanschauliche[n] Wendung« (FS 138) ihres Schöpfers einer entindividualisierenden Transformation unterzogen, daher denn die »Odyssee Fausts von der Unseligkeit zur Erlösung« fortan als »Abbreviatur der Menschheitsentwicklung selbst« anzusehen ist (FS 143).

Goethe und Hegel – und Marx

Lukács' Ausweitung der Fausthandlung in menschheitliche und weltgeschichtliche Dimensionen lässt Goethe und Hegel immer näher aneinanderrücken. Ehe beider Werke schließlich zur völligen Übereinstimmung gelangen, bedarf es nur noch der Übersetzung jenes »Entwicklungsweges der Menschheit«, den Goethe auf der Faustbühne literarisch nachzeichnet, in das gleiche »Menschheitsdrama«, das Hegel auf dem Podium der Theorie als fortschreitenden Bildungs- und Erkenntnisprozess eines individuellen Bewusstseins vorführt und solchermaßen die »Abbreviatur« der emanzipatorischen Geistesgeschichte der menschlichen Gattung philosophisch zur Anschauung bringt:

> Goethes »Faust« und Hegels »Phänomenologie des Geistes« gehören als die grössten künstlerischen und gedanklichen Leistungen der klassischen Periode in

14 Zu Goethes im Gespräch mit Luden prägnant hervortretenden grundsätzlichen Kritik an der modernen geschichtsphilosophischen Spekulation vgl. Michael Jaeger: *Wanderers Verstummen, Goethes Schweigen, Fausts Tragödie – oder: Die große Transformation der Welt.* Würzburg 2014, S. 67-70.

> Deutschland zusammen. [...] Engels charakterisiert die für uns hier wesentlich methodologische Seite von Hegels Werk [...] als [...] »eine Entwicklung des individuellen Bewusstseins durch seine verschiedenen Stufen, gefasst als abgekürzte Reproduktion der Stufen, die das Bewusstsein der Menschen geschichtlich durchgemacht.« (FS 143)

Bleiben Goethe und Hegel auf der Stufenleiter der Bewusstseinsentwicklung zwar stets gebunden an ihre historische Position im erst noch zur Vollendung aufsteigenden Geschichts- und Erkenntnisprozess, so versäumt Lukács es nicht, von der »klassischen Periode« schon einmal auf solche Prozessetappen vorauszublicken, die der Faustautor im Sinne der zielgerichteten Gattungsgeschichte immerhin antizipatorisch anzudeuten vermochte. Vom »Tatengenuss und Schöpfungsgenuss«, wie es in den *Paralipomena* über den Gehalt des zweiten Tragödienteils heißt (FS 142/FA I, 7.1, S. 577), zieht Lukács die Linie eines prometheischen Aktivismus aus bis zur Industrieunternehmung in den zuletzt, von Goethe bereits unter dem Eindruck des Maschinenzeitalters geschriebenen Szenen in *Faust II*, um auf diese Weise Anschluss zu gewinnen an das von Marx und Engels gefeierte unauflösliche Bündnis von Industrialisierung und Revolution. Goethe entwerfe im 4. Akt »ein tiefes und umfassendes Bild vom Verfall des Feudalismus, von seinem Verfaulen im höfischen Leben, zugleich mit der Aufzeigung jener Kräfte [im 5. Akt; M.J.], die ihn wirklich in die Luft sprengen: mit der Entwicklung der Produktivkräfte durch den Kapitalismus« (FS 142).[15]

Der gleiche Fortschritt von der Dialektik der »klassischen« und mithin idealistischen »Periode« zum dialektischen Materialismus der Moderne kündigt sich bei Hegel an, sofern man nur mit Marx die in der *Phänomenologie* nachgezeichnete Arbeit des Bewusstseins in ›wirkliche‹ Arbeit – zuletzt in industrielle Produktion – zu übersetzen versteht:

> Marx hebt als Charakteristikum der Grösse dieses Werkes [der *Phänomenologie*; M.J.] besonders hervor, dass Hegel »das Wesen der *Arbeit* fasst und den gegenständlichen Menschen, wahren, weil wirklichen Menschen, als Resultat seiner *eigenen Arbeit* begreift.«
>
> Dieser Prozess ist nach Marx nur dadurch möglich, dass der Mensch »wirklich alle seine *Gattungskräfte* ... herausschafft«. [...] Damit ist auch das Problem des »Faust« philosophisch allgemein formuliert. (FS 144)

Bevor sich jedoch der »Tatengenuss« einer zweiten, menschengemachten Weltschöpfung ausleben und das Zeitalter der befreienden und befreiten »Arbeit« anheben kann, ist in der Ideologiegeschichte das Verhältnis von Gesellschaft und Individuum in einer Weise zu klären, die der Entfesselung der »Gattungskräfte« jene Hindernisse aus dem Weg räumt, die bedingt sind durch die Partikularinteressen der Einzelmenschen. Eben dieses ›philosophische Problem‹ lösen Goethe und Hegel, so die entscheidende Passage in Georg Lukács' *Fauststudien*, in ihrer vermeint-

15 Mit Bezug auf die im *Kommunistischen Manifest* analysierte revolutionäre Sprengkraft der modernen Industrieproduktion (Karl Marx, Friedrich Engels: *Manifest der Kommunistischen Partei (1848)*. In: *Marx Engels Werke* [MEW], Bd. 4. Berlin 1959, S. 458-493; hier S. 467, 473).

lich kongruenten Auslegung des Begriffs der Tragödie, die die Relation von Gattung und Individuum im Sinne der Logik des großen Geschichts-, Erkenntnis- und Arbeitsprozesses bestimmt.

Tragödie des Individuums – Fortschritt der Gattung

Aus Goethes berühmten Bekenntnissen, unfähig und unwillig zu sein, Tragödien zu schreiben,[16] liest Lukács ein immer deutlichere Konturen annehmendes dialektisches Verständnis des Tragödienbegriffs heraus, das schließlich in *Faust II* in die versöhnende Aufhebung des tragischen Leidens münde. So gelange der Faustautor im Gleichklang mit Hegel zur Lösung des »Problems des ›Faust‹«, insofern er das pathologische Interesse am individuellen Unglück ersetze durch die geschichtsphilosophische Betrachtung des Gattungsweges:

> Goethe und Hegel sehen hier gerade [im Begriff der Tragödie; M.J.] das Problem von Gattung und Individuum. Der Weg der Gattung ist untragisch, er führt aber durch unzählige, objektiv notwendige, individuelle Tragödien. (FS 147)

Im folgenden Argumentationsschritt begründet Lukács dann die ›objektive‹ historische Notwendigkeit des auf der ›niedrigen‹ Ebene der ›subjektiven‹ Erfahrung sich abspielenden unzählbaren individuellen Unglücks.

Insofern die als Ausdruck des dialektischen Verhältnisses von Gattung und Individuum wahrgenommene Tragödie zugleich ein literarisches Abbild des dialektisch voranschreitenden Geschichtsprozesses zeigt, gliedert Lukács die Positionen Goethes und Hegels zunächst als richtungsweisend progressive Etappe ins Erbe des universellen Revolutionsgeschehens ein:

> Damit ist der denkbar höchste *bürgerliche* Standpunkt zum Fortschritt der Menschheit errungen, erst den sozialistischen Utopisten, wie Fourier, ist ein anderer, höherer Standpunkt zu den Widersprüchen der vorsozialistischen Zeit, insbesondere zu denen des Kapitalismus, möglich. (FS 147)

Ist jener »Standpunkt« aber erst einmal erreicht, kann die Beurteilung »von individuellem Geschick und Gattungsschicksal« fortan nach ganz unterschiedlichen Kriterien erfolgen: »Gegenüber dem ersten sind sie beide [Goethe und Hegel; M.J.] von einer grossartigen Unsentimentalität« (FS 147).[17] Dieser offenbar vorbildlich

16 In den Briefen an Schiller vom 9.12.1797 und an Zelter vom 31.10.1831, auf die sich Lukács bezieht (vgl. MA 8.1, S. 462 u. MA 20.2, S. 1564).

17 Die »grossartige Unsentimentalität« gegenüber dem »individuellen Geschick« einerseits, verbunden mit der um so höheren Einschätzung des »Gattungsschicksals« andererseits, zeigt sich in Lukács' Faustdeutung insbesondere in Goethes Gestaltung der Philemon-und-Baucis-Szenen. Von einer »Schuld Fausts«, dessen Agieren nun einmal als »Abbreviatur der Menschheitsentwicklung« anzusehen ist, könne daher gar nicht gesprochen werden, sofern der »*Gesamtzusammenhang*« in den Blick genommen werde, also die »gesellschaftlich-menschliche *Grundlage* seiner ganzen Handlungsweise, seiner ganzen Situation, aus der die Vernichtung von Philemon und Baucis notwendig entsprang« (FS 171). Der dialektische »*Gesamtzusammenhang*« aber wird in dieser historischen Situation geprägt »von der kapitalistischen [also von Mephisto beförderten; M.J.] Ent-

objektiv-rationalen – und wie man im Horizont der Tragödie zu ergänzen hat: mitleidlosen – Nüchternheit in Anschauung der alltäglichen Katastrophen gewöhnlicher Menschen liegt eine vom individuellen Dasein konsequent abstrahierende Logik der geschichtsphilosophischen Teleologie zugrunde, die Lukács schließlich im Schlüsselsatz seiner *Faustudien* ausspricht:

> So entsteht für Goethe wie für Hegel der unaufhaltsame Fortschritt der Menschengattung aus einer Kette von individuellen Tragödien; die Tragödien im Mikrokosmos des Individuums sind das Offenbarwerden des unaufhaltsamen Fortschritts im Makrokosmos der Gattung: dies ist das gemeinsame philosophische Moment im »Faust« und in der »Phänomenologie des Geistes«. (FS 147)

Das im Stile einer mathematischen Gleichung formulierte Zentralargument, demnach die individuellen Tragödien der unaufhaltsame Fortschritt der Gattung selbst schon *sind* und diesen *offenbaren*, stellt, wie sich zeigen wird, die gedankliche Verbindung zum politischen Zeitgeschehen, insbesondere aber zu den Schauprozessen her, die in der Sowjetunion während der zweiten Hälfte der dreißiger Jahre stattfanden. Wohl nur vor diesem Hintergrund ist die an sich schon bizarre, in Hinsicht auf Goethes Werk jedoch nachgerade aberwitzige Gleichsetzung von individueller Katastrophe und profaner Heilsgeschichte einem historischen Verständnis zugänglich.[18]

Das »letzte Wort« des Angeklagten Nicolai Bucharin vor dem Obersten Gerichtshof der UdSSR

Prozessbericht

Im März 1938 hatte in Moskau der dritte große Schauprozess begonnen. Nun wurde der »Block der Rechten und Trotzkisten« der Vorbereitung zum Staatsumsturz be-

wicklung der Produktivkräfte, von der objektiv wichtigsten und in richtiger Richtung gehenden menschlichen Praxis« (FS 176). Zur Teleologie der industriellen Revolution – Lukács hält sich exakt an die marxistische Doktrin – zählt die kapitalistische Zerstörung der von Philemon und Baucis repräsentierten ›idyllischen‹ Verhältnisse unumgänglich hinzu, weshalb es an dieser »grossen historischen Notwendigkeit« auch nichts zu bereuen oder zu betrauern gibt (FS 205).

18 Goethes kritische Distanz zur modernen Geschichtsphilosophie und zu ihrer säkularen Eschatologie wird zusammengefasst bei Reinhart Koselleck: *Goethes unzeitgemäße Geschichte.* In: GJb 1993, S. 27-39. Koselleck setzt die ideengeschichtliche Argumentation seines philosophischen Lehrers Karl Löwith fort. – Als Antipode des teleologischen Geschichtsdenkens und der Geschichtsphilosophie Hegels tritt Goethe in Löwiths Philosophiegeschichte des 19. Jahrhunderts auf (Karl Löwith: *Von Hegel zu Nietzsche. Der revolutionäre Bruch im Denken des 19. Jahrhunderts* [urspr. 1939]. In: ders.: *Sämtliche Schriften.* Bd. 4. Stuttgart 1988; hier S. 13-45 das einleitende Kapitel *Goethe und Hegel*). – Als Antipoden der Ideengeschichte des 20. Jahrhunderts wird man dann erst recht Karl Löwith und Georg Lukács anzusehen haben. Löwith schreibt im japanischen und amerikanischen Exil die bedeutendste Kritik der modernen Geschichtsphilosophie, während Lukács zur gleichen Zeit in Moskau deren Apologie konzipiert. Goethe jedoch ist in beiden Unternehmungen der Gewährsmann (zum Löwith-Lukács-Vergleich und zur entsprechend gegensätzlichen Goetherezeption Michael Jaeger: *Fausts Kolonie. Goethes kritische Phänomenologie der Moderne.* Würzburg 2004; hier S. 516-593).

schuldigt. Nicolai Bucharin, Lenins enger Mitstreiter aus den Tagen der Oktoberrevolution, war der Prominenteste unter den Angeklagten. Auch dieses Gerichtsverfahren wurde in einem »vollständigen stenographischen Bericht« dokumentiert, der dann in hoher Auflage und übersetzt in sämtliche Sprachen der Sowjetunion sowie der in Moskau versammelten Emigranten publiziert wurde.[19] Das penible Studium dieser Berichte war im Kreise der notorisch als »5. Kolonne« verdächtigten Exilierten – und das gilt selbstverständlich auch in Lukács' Fall – überlebensnotwendige Pflichtlektüre, um der immer willkürlicher werdenden Kampagne gegen die ›Volksfeinde‹ vorausschauend ausweichen zu können.[20] Dass die *Fauststudien* von Georg Lukács in diesem Kontext entstanden sind, das wird besonders deutlich im Blick auf das im *Prozessbericht* veröffentlichte »letzte Wort« des Angeklagten Bucharin und auf die darin enthaltenen Hegelpassagen.[21]

Unglückliches und verbrecherisches Bewusstsein

Wie fast ausnahmslos alle anderen Angeklagten gesteht auch Bucharin die ihm zur Last gelegten phantastischen Verbrechen und stimmt dem absehbaren Todesurteil zu. Eine typisch hegelianische Wendung nimmt sein »Geständnis«, insofern er sich zwar auf einer abstrakt-objektiven Ebene der ihm zur Last gelegten Verbrechen schuldig bekennt (LW 8f., 27, 33), gleichwohl jedoch eine konkrete Beteiligung daran abstreitet (LW 11). In der übergeordneten Perspektive der Vernunft des allgemeinen Geschichtsprozesses gesteht Bucharin die »Verschwörung mit dem Ziele eines Staatsumsturzes« (LW 9) und bezichtigt sich »einer Entartung der Ideen«, der »Psychologie« und »unserer selbst«, die er dann bewusstseinsphilosophisch erläutert: »Hier bildete sich das heraus, was in der Philosophie Hegels das unglücklichste Bewußtsein genannt wird« (LW 28).[22] Unter den Verhältnissen der Sowjetunion allerdings, da der bewusstseinsgeschichtliche Emanzipationsprozess längst die materielle Gestalt des von der bolschewistischen Partei geführten Revolutionsprozesses angenommen hat, ist aus dem ehedem »gewöhnlichen« Unglück

19 *Prozessbericht über die Strafsache des antisowjetischen »Blocks der Rechten und Trotzkisten«. Verhandelt vor dem Militärkollegium des obersten Gerichtshofes der UdSSR vom 2.-13. März 1938. Vollständiger stenographischer Bericht.* Moskau 1938. Hrsg. vom Volkskommissariat für Justizwesen der UdSSR (das Titelblatt des Prozessberichts ist abgebildet in Bucharin [Anm. 21], S. 35).

20 Das bedeutete – erst recht im verzweifelten Überlebenskampf der Emigranten –, alle Kontakte zu den während der Prozesse und der ihnen vorausgehenden Verhöre in großer Zahl neu ›enttarnten‹ Verdächtigen sowie zu ihren Angehörigen sofort abzubrechen, die Spuren, die im persönlichen Umfeld auf sie hinweisen könnten (Bücher, Briefe, Fotos, Adressen …) umgehend zu tilgen und dann einzustimmen in den Chor der Verdächtigungen und der Anklage (zur deprimierenden Situation der in Moskau versammelten ›Ausländer‹, darunter insbesondere der Mitglieder der kommunistischen Parteien Europas vgl. Müller [Anm. 7], S. 7-41 und Schlögel [Anm. 8], S. 501-521).

21 Das »letzte Wort« wird im Folgenden (mit Angabe der Seitenzahl unter der Sigle LW) zitiert nach Nicolai Bucharin: *Das letzte Wort des Verurteilten am 12. März 1938. Mit einem Essay von Stefan Reinecke.* Hamburg 1996.

22 Georg Wilhelm Friedrich Hegel: *Phänomenologie des Geistes.* Hrsg. von Johannes Hoffmeister. Hamburg 1952; hier S. 158-171: *Das unglückliche Bewußtsein.*

des gespaltenen Bewusstseins »gleichzeitig ein verbrecherisches Bewußtsein« geworden (LW 28).

Bis zur bitteren Neige exerziert Bucharin daraufhin die Dialektik durch, um sich mit seinem Schicksal zu versöhnen und es aufzuheben im sinnvollen Gang der Geschichte. In der gleichen Weise nämlich, so die Philosophie des Angeklagten, wie in der *Phänomenologie des Geistes* das »unglückliche Bewußtsein« als ephemere Etappe überwunden wird auf dem Weg des Geistes zu sich selbst und zur Freiheit, erstirbt auch das »verbrecherische Bewußtsein« im Zuge der gerichtlichen Aufdeckung der Verschwörung des »Blocks der Rechten und Trotzkisten«. So gehen die Entlarvung der ›Verräter‹ durch den NKWD und deren reuevolle Selbsterkenntnis als zwei Erscheinungsformen des einen weltgeschichtlichen Bewusstseinsfortschritts Hand in Hand:

> Die Macht des proletarischen Staates äußert sich nicht nur darin, daß er die konterrevolutionären Banden zerschlagen hat, sondern auch darin, daß er seine Feinde [durch deren reumütige Selbstkritik; M. J.], innerlich zersetzt, daß er den Willen seiner Feinde desorganisiert hat. (LW 29)

Philosophische Erlösung: Weltgeschichte und Weltgericht

Schließlich präsentiert Bucharin als Ergebnis der – wie er betont: ohne jeden äußeren Druck erfolgenden[23] – Selbstreflexionen im Gefängnis die »Ursachen« seiner »Reue«, deren gewichtigste die Einsicht in das Verhältnis zwischen dem Einzelnen und der Partei, zwischen dem flüchtigen Bewusstsein des Individuums und dem unendlichen Progress der Gattung ist. »Denn wenn man sich fragt« – so Bucharins Einverständnis mit der Anklage und dem daraus folgenden Todesurteil –, »wofür stirbst du? – dann ergibt sich plötzlich mit erschütternder Deutlichkeit eine absolut schwarze Leere. [...] Und umgekehrt nimmt all das Positive, das in der Sowjetunion leuchtet, nimmt all dies im Bewußtsein des Menschen andere Ausmaße an. Dies hat mich letzten Endes dazu getrieben, meine Knie vor der Partei und dem Lande zu beugen« (LW 31). Anscheinend vermag das Individuum der namenlosen Angst vor dem Verwehen im absoluten Nichts zu entrinnen, insofern es durch sein Einverständnis mit dem eigenen Untergang des Sinns der Gattungsgeschichte und mithin des Lichtes der Erlösung teilhaftig wird. Das Exerzitium einer gleichsam mystischen Selbstentleerung reinigt die verängstigte Seele von allen subjektiven Schlacken und befreit sie zum Aufgehen im objektiven Bewusstsein des Gesamtprozesses, so dass Bucharin dem Gericht bekunden kann: »Und in solchen Momenten, Bürger, Richter, fällt alles Persönliche, aller persönlicher Niederschlag, die Überbleibsel der Erbitterung, Eigenliebe und eine ganze Reihe anderer Sachen weg und verschwinden« (LW 31).

23 In Konsequenz des berüchtigten Folterregimes des NKWD gestanden die Angeklagten in der Regel alle – auch noch die abwegigsten – Verbrechen, die ihnen zur Last gelegt wurden. Im Falle Bucharins scheint die panische Angst um das Schicksal seiner Frau und der gemeinsamen Kinder dafür gesorgt zu haben, dass er sich Stalins Prozessregie fügte (ausführlich zu Bucharins Rolle im 3. Schauprozess Schlögel [Anm. 8], S. 661-691).

Am Ende von Bucharins Schlusswort darf der allem profanen Erlösungsdenken zugrundeliegende – Schiller entliehene – eschatologische Hauptsatz, den Hegel am Ende der *Philosophie des Rechts* aufgreift, nicht fehlen: »Die Weltgeschichte ist das Weltgericht« (LW 32).[24] Insofern sich der Angeklagte dem Urteil willig beugt, wirkt er auf dem Weg der individuellen Selbstnegation nicht nur am welthistorischen Gattungsfortschritt mit, sondern – so seine philosophisch begründete Hoffnung – er macht sich solchermaßen auch der in diesem Prozess immer schon wirksamen Versöhnung würdig: »Alle sehen«, so seine abschließenden Sätze, »die weise Führung des Landes, die durch Stalin gesichert wird. Mit diesem Bewußtsein erwarte ich das Urteil. Es geht nicht um die persönlichen Erlebnisse eines Feindes, der bereut hat, sondern um die Blüte der UdSSR, um ihre internationale Bedeutung« (LW 34).

Nicolai Bucharins Glaube an die erlösende Kraft der marxistisch ausgelegten Bewusstseinsphilosophie Hegels scheint sich zuletzt vom unbedingten Credo-quia-absurdum-Bekenntnis herkömmlicher Frömmigkeit nicht mehr zu unterscheiden. Stand es doch im unüberbrückbaren Widerspruch zur »Anklagerede«, die der Staatsanwalt Andrej J. Wyschinski in der fanatischen Forderung ausklingen ließ:

> Die Verräter und Spione, die unsere Heimat dem Feinde verschachern wollten, müssen wie räudige Hunde erschossen werden! Unser Volk fordert das eine: Zertretet das verfluchte Otterngezücht![25]

Wie der *Prozessbericht* abschließend mitteilt, wurde Bucharin am 13. März 1938 »zum höchsten Strafmass – zur Erschiessung« verurteilt (LW 37). Zwei Tage später wurde das Urteil im Keller der Lubjanka vollstreckt.

24 Georg Wilhelm Friedrich Hegel: *Grundlinien der Philosophie des Rechts.* Hrsg. u. eingel. von Helmut Reichelt. Frankfurt a.M. 1972, S. 294f., § 340. – Dieser philosophischen Deutung der Geschichte als Bewusstseinsprozess – Prozess im doppelten Wortsinn von zielgerichteter Bewegung und Gerichtsverhandlung – entspricht in der *Vorrede* desselben Werks Hegels berühmte Gleichsetzung von Geist und Zeit: »Das *was ist* zu begreifen, ist die Aufgabe der Philosophie, denn das *was ist*, ist die Vernunft«. Jenes wahrhaft Seiende aber tritt in Hegels Perspektive in der Weltgeschichte in Erscheinung, so dass es weiter heißt: »[…] so ist auch die Philosophie *ihre Zeit in Gedanken erfaßt*« (ebd., S. 12). – Bei der von Bucharin konsequent in die revolutionäre Praxis der Sowjetunion umgesetzten hegelschen Theorie konnte es nicht ausbleiben, dass er in Stalin dann auch die Verkörperung des hegelschen »Weltgeists« erblickte (in einem Brief an Stalin vom 20.2.1937, also noch vor seiner Verhaftung, wohl in dem verzweifelten Versuch, durch derart maximale philosophische Ehrerbietung seinem Schicksal entgehen zu können; zit. nach Jörg Baberowski: *Der rote Terror. Die Geschichte des Stalinismus.* München 2003, S. 152f.).

25 A[ndrej] J[anuarjewitsch] Wyschinski: *Gerichtsreden.* Berlin 1952, S. 718. Auch Wyschinski beruft sich auf die Teleologie und entwirft – die bittere Ironie der Geschichte will es so: die Vision Bucharins variierend – ein heilsgeschichtliches Erlösungsbild der Sowjetunion (ebd.). – Bucharins Berufung auf Hegel weist Wyschinski in höhnischer Geringschätzung zurück (ebd., S. 631 f.).

Lukács' philosophisch-philologische Prozessrechtfertigung

Zwar stellen Lukács' *Fauststudien* nur gelegentlich – hier aber unmissverständlich – den Bezug her zu den Verhältnissen in der Sowjetunion während der zweiten Hälfte der dreißiger Jahre, als Schauprozesse und ›Säuberungen‹ längst eine veritable Gewaltorgie ausgelöst hatten.[26] Die argumentative Übereinstimmung seines Gedankengangs mit Bucharins Hegelianismus springt um so drastischer ins Auge. Das geschieht am sinnfälligsten in jenem Fundamentalsatz seiner Faustspekulation, der die individuellen Tragödien als »Offenbarwerden« des unaufhaltsamen Gattungsfortschritts auslegt und in der Negation des Individuums das »gemeinsame philosophische Moment« in Goethes *Faust*, in Hegels *Phänomenologie des Geistes* und – wie wir jetzt ergänzen können – in der Geschichte der Sowjetunion erkennt. Eben dieses »philosophische Moment« hatte zuvor in Bucharins »letzte[m] Wort« den gleichen Offenbarungscharakter angenommen und »alles Persönliche« und jegliche »Eigenliebe« in dem Weltgeschichte und Weltgericht vollstreckenden Schauprozess komplett »verschwinden« lassen.

Das Prozessgeschehen im Moskauer Gerichtssaal schreibt der Autor der *Fauststudien* in einen fortschreitenden Erkenntnisprozess um und demonstriert auf diese Weise – eingedenk der brutalistischen Gerichtsrede Wyschinskis – nun seinerseits in einer Credo-quia-absurdum-Konfession, dass er bereits auf der avancierten Bewusstseinsstufe argumentiert, die Bucharin erst durch sein konversionsartiges Reuebekenntnis erreicht hatte. Das Opfer – respektive die Liquidierung – der Individuen setzt den Fortschritt des Kollektivs als dessen »entscheidende Etappe[n]« ins Werk und bringt so eine aufsteigende Folge der Negationen hervor. Dieselbe ebnet, wie wir weiterhin bei Lukács erfahren haben, den Fortschritts-»Weg der Gattung«, der als solcher »untragisch« verläuft, gleichwohl »aber durch unzählige, objektiv notwendige, individuelle Tragödien« führt.

»erlebte Geschichtsphilosophie«: Goethes »dichterische Phänomenologie des Geistes«

Die Einsicht in die ›objektive Notwendigkeit‹ der ›Liquidierungen‹ bildet das geistige Fundament jenes für die verzweifelte Situation der Moskauer Emigranten so typischen Exerzitiums, das den entfesselten Blutrausch rationalisieren und die zermürbende Daseinsangst beruhigen soll. Lukács fasst die versöhnende Reflexion in der Formel zusammen: »unmittelbare Geschichte« – wie gewalttätig auch immer

26 Gleichsam in einem fanfarenhaften Signal der Tagesaktualität setzen die *Fauststudien* mit der Namensnennung »Puschkin« ein und rücken Goethe an die Seite des russischen Dichters, den man 1937, anlässlich seines 100. Todestages, in aufwendig inszenierten Massenkundgebungen als Klassiker schlechthin der Sowjetunion gefeiert und dem man in zahlreichen Städten als »Ikone der sowjetischen Kultur« Denkmäler gesetzt hat. Auf diese Weise stellt Lukács bereits im ersten Satz seines Textes den unmittelbaren Bezug zur Gegenwart der Sowjetunion her und reiht Goethe ein in den neuen, dezidiert politischen Klassikkanon des Sozialistischen Realismus (dazu das Kapitel über das als eminente »Staatsangelegenheit« auf »höchster Ebene der Parteiführung« geplante Puschkin-Jubiläum bei Karl Schlögel [Anm. 8], S. 198-217; hier S. 199, 201).

sie sich ereignet – »schlägt um« in »erlebte Geschichtsphilosophie« (FS 149). Was hier hinsichtlich der Fausttragödie bemerkt wird, das trifft in gleicher Weise auf das – mikrokosmisch betrachtet, sicherlich tragische – opferheischende Geschehen zu, das Lukács realiter in Moskau vor Augen hat, das jedoch – makrokosmisch gesehen – gerechtfertigt sein soll.

Das Exerzitium der Opferrechtfertigung, wie es Lukács betreibt, indem er Tragödien- und Geschichtsdeutung zur völligen Übereinstimmung bringt, gewinnt in der bis zur Sinneinheit vordringenden Annäherung von Goethes *Faust* und Hegels *Phänomenologie des Geistes* seinen gelehrten Ausdruck. Goethes Drama wird sogar zur »dichterische[n] *Phänomenologie des Geistes*« schlechthin erklärt (FS 157). In der Behauptung dieser Identität, höchst angestrengt – passagenweise Seite für Seite – im Cantus firmus der *Fauststudien* intoniert, liegt jedoch das gravierendste Problem in Lukács' Argumentation. Denn es gibt in der deutschen Geistesgeschichte wohl keinen zweiten Text, der noch abgründiger von Goethes *Faust* getrennt ist als Hegels *Phänomenologie*. Das lässt sich jedenfalls hinsichtlich der Erlösungsbilder in den berühmten Schlusspartien der beiden Werke feststellen – über die bei Hegel selbst beginnende geschichtsphilosophisch inspirierte, höchst einflussreiche Tradition der Faustspekulation hinweg.

Hegels »Schädelstätte« – Goethes »Bergschluchten«

Mit unverhohlenem Widerwillen hat Goethe stets auf die für Hegels Theorie typische Mischung aus Theologie und Philosophie reagiert. Eben dieselbe gelangt am Ende der *Phänomenologie* zu ihrem drastischsten Ausdruck, wenn die »Schädelstätte« des »absoluten Geistes« in Sicht kommt, jenes Golgatha also, das sich aus den negierten Bewusstseinsstufen der »frühern Geister« anhäuft – in der aktualisierenden Auslegung Bucharins werden es die liquidierten Individuen sein –, die als solche freilich aufgehoben, also gerettet und erlöst sind. Denn als »begriffne Geschichte« und »Erinnerung« bilden sie das Fundament des Kreuzes und zugleich des »absoluten Geistes« und haben Anteil an der finalen enthusiastischen Eucharistie, bei der, so die wohlkalkulierte Doppeldeutigkeit des hegelschen Schlusstableaus, im Abendmahls-»Kelche« das Opferblut »schäumt« und sich die versöhnende Perspektive ins Reich der »Unendlichkeit« eröffnet.[27]

Eine Gedanken- und Bildwelt, die Goethes Denken und Dichten noch ferner stünde, ist kaum vorstellbar. In Fortführung seiner nachgerade allergischen Abwehr der im Zeichen der Theologia crucis stehenden Kunstgeschichte – wofür bereits die *Italienische Reise* reichhaltiges Anschauungsmaterial bietet – gestaltet Goethe denn

27 Hegel (Anm. 22), S. 564. – Die gleiche Synthese von Theologie und Philosophie spricht die *Vorrede* der *Philosophie des Rechts* – in spezifisch lutherischer Bildlichkeit – an: »Die Vernunft als Rose im Kreuze der Gegenwart zu erkennen und damit dieser sich zu erfreuen, diese vernünftige Einsicht ist die Versöhnung mit der Wirklichkeit, welche die Philosophie denen gewährt, an die einmal die innere Anforderung ergangen ist, zu *begreifen*« (Hegel [Anm. 24], S. 13). – Bei »Goethes Ablehnung von Hegels Verbindung der Vernunft mit dem Kreuz« setzt Löwiths Argumentation ein, die Lukács' Gedankengang in den *Fauststudien* und später in der Studie *Die Zerstörung der Vernunft* exakt zuwiderläuft (Löwith [Anm. 18], S. 27-40).

auch das Erlösungsgeschehen in der abschließenden Faustszene. Peinlich genau scheint er darauf geachtet zu haben, in den *Bergschluchten* jeden Hinweis auf die Passion, erst recht auf deren konsequent-vergeistigende paulinische Auslegung – bei der Hegel anschließt – zu vermeiden. Um so ausgiebiger fallen stattdessen seine Anleihen bei einer katholisch-synkretistischen Mariologie aus, deren Erlösungsverheißung mitnichten auf der abstrakten Einsicht in eine dialektische Prozesslogik beruht, sondern auf einer Religion – im Wortsinne von ›religio‹ – der Sympathie. Ihre Grundbegriffe lauten Liebe, Erbarmen und Gnade. Das Erlösungsversprechen dieser Religion personifiziert die von einem irdisch-himmlischen Frauenchor begleitete Mater gloriosa. Auf ihrem »Retterblick« (FA I, 7.1, V. 12096) ruht die Hoffnung der zu Tode Geängstigten. Es ist, wie wir es an anderer Stelle des goetheschen Dramas aus berufenem Mund erfahren, der Blick des Mitleids, hier in Gestalt der »schmerzensreichen« Mater dolorosa, die ihr »Antlitz gnädig« der »Not« des menschlichen Daseins, der Tragödie des Individuums also, zuwendet (FA I, 7.1, V. 3618 f.).

Lukács jedoch lebt während der zweiten Hälfte der dreißiger Jahre in einer »Welt ohne Erbarmen«,[28] die den einmal auf die falsche Seite des Prozessgeschehens geratenen Individuen kategorisch den »Retterblick« versagt. Wer in diesem Universum der programmatischen Mitleidlosigkeit überleben will, hat die »Verhaltenslehren der Kälte« strikt zu beachten,[29] wie andererseits die Bitte um Erbarmen, die Hoffnung auf Gnade oder gar Sympathie mit den Verdächtigen und Verurteilten einen Rückfall ins gespaltene und unter diesen Verhältnissen »verbrecherische« Bewusstsein anzeigen würden.

Als Autor der *Fauststudien* versucht Lukács, die drohende Bewusstseinsspaltung abzuwehren, indem er die Religion der *Bergschluchten* rigoros der Geschichtsphilosophie der »Schädelstätte« angleicht und Goethes Rettungsbilder ausschließlich auf einem »phänomenologischen« Fundament gelten lässt: »Diese – jenseitige – Rettung Gretchens, die ein Zusatz der Fassung von 1808 ist [...] gehört zur phänomenologischen Grundlage des ganzen Werks wie die spätere Jenseitigkeit der Rettung und Vollendung Fausts. Hier wie dort handelt es sich selbstredend nicht um einen religiösen Glauben Goethes an ein Jenseits«, sondern um den »unerschütterlichen Glauben an eine Zukunftsentwicklung der Menschheit«. Da nun aber einmal »Goethes Horizont mit der bürgerlichen Gesellschaft abschließt«, konnte er sich in der Fausttragödie nur mit einer Szenerie behelfen, die die geschichtsphilosophische Substanz allenfalls anzudeuten vermochte: »Daher die – gedanklich, geschichtsphilosophisch betrachtet – willkürliche Auswahl des katholischen Himmels als Abschlussbild« (FS 185).

28 Gustaw Herling: *Welt ohne Erbarmen* [urspr. 1951]. Deutsch von Hansjürgen Wille. Nach der polnischen Originalausgabe vollst. revidiert von Nina Kozlowski. München 2004; hier S. 82-113 zu den deutschen Kommunisten, die im sowjetischen Exil ins Räderwerk der stalinistischen Säuberungen geraten waren, und zur »Großen Umwandlung« (S. 91 f.) in dieser Welt durch die Negation des Mitleids.

29 Hier nun allerdings in deren irrationalster, weil angstgetriebenen Variante und als (Über-) »Lebensversuch« unter den Bedingungen des Großen Terrors weit entfernt vom souveränen Habitus der »Neuen Sachlichkeit«, wie er beschrieben wird von Helmut Lethen: *Verhaltenslehren der Kälte. Lebensversuche zwischen den Kriegen*. Frankfurt a. M. 1994.

Das »Ewig-Weibliche« und die Vollendung des Materialismus

Als Leitmotiv der *Bergschluchten* harrt zuletzt noch die Liebesthematik der geschichtsphilosophischen Auslegung. Die variationsreichen Liebesevokationen der Szene symbolisieren in Lukács' Deutung den »Weg [...] Fausts zur Praxis« (FS 189), so dass nun ausgerechnet die spirituellen Schlussbilder der Tragödie als Goethes vermeintliche Verheißung absoluter Profanität, zu seiner Zeit freilich nur andeutbar als »Weg zur jenseitig-utopischen Rettung des Menschengeschlechts«, zu verstehen sind. Weshalb das *mystische* Finale des Dramas – »Das Ewigweibliche zieht uns hinan« – Goethes »Bekenntnis zur Möglichkeit einer *diesseitigen* Vollendung des Menschen« aussprechen soll, im Sinne naturgemäß der Einheit von Theorie und Praxis, im Sinne also einer »Vollendung des Menschen als physisch-geistiger Persönlichkeit, einer Vollendung auf Grundlage des Beherrschens der äussern Welt« (FS 190).

Nur in Platons *Symposion* und in Dantes *Vita nuova* habe die »Liebe ein solches Gewicht« wie im Weltbild des Faustautors. Während jedoch Platon und Dante den Liebesbegriff »jenseitig und asketisch« auslegten, sei einzig bei Goethe die Liebe als Analogie des Materialismus und der von ihm herbeigeführten totalen Säkularisierung des Daseins zu verstehen. Wie es für die Klassikrezeption des Sozialistischen Realismus der dreißiger Jahre typisch ist, gliedert Lukács schließlich Goethes *Faust* ein in die Vorgeschichte der bolschewistischen Revolution und schlägt vom »utopischen« Finale der *Bergschluchten* die Brücke zur Doktrin Lenins, die im historischen Prozess den letzten Schritt vom progressiven Erbe zur praktischen Realisierung seiner Utopie vollzieht: »Goethe, der Zeitgenosse und Mitstreiter jener Tendenzen, die [bei Lenin; M.J.] zu den ›drei Quellen des Marxismus‹ geworden sind, ist dem Wesen nach ganz irdisch, ganz diesseitig. Die ästhetisch-katholische Form des Schlusses kann nur reaktionäre Romantiker oder liberale Flachköpfe irreführen« (FS 190).

Es bedarf keiner analytischen Hellhörigkeit, um das hinter der hemdsärmelig daherkommenden Unbeirrbarkeit Verdrängte, die Angst also vor der Tragödie des Individuums und das Leiden am nicht rationalisierbaren Rest des unglücklichen Bewusstseins, zu vernehmen. Die gleiche existenzielle Verunsicherung wird man dem unvollständigen Satz und der bedeutungsschweren Jahresangabe ansehen, mit der Lukács' Studie über das den realen Geschichtsprozess vermeintlich darstellende Faustdrama unvermittelt abbricht: »Wirklich eine ›inkommensurable‹ Produktion. / (1940)« (FS 207).

Nach 1945 wurden die Klopfzeichen aus dem Universum der Angst, das sich hinter Lukács' Text verbirgt, nicht vernommen. Nicht selten werden sie bis zum heutigen Tag ignoriert. So konnten die *Fauststudien* während der zweiten Hälfte des 20. Jahrhunderts eine enorme, beinahe globale Wirkungsgeschichte entfalten, die zu rekonstruieren eine eigene Untersuchung erfordern würde.

Miszellen

Yvonne Pietsch

Neues zu Goethes »Egmont« – Rezeptionsspuren in Goethes Exemplar von Famianus Stradas »De bello Belgico«

Im Zuge der Arbeit am sechsten Band der historisch-kritischen Goethe-Brief-Ausgabe (GB 6) wurden bei der Kommentierung eines Briefes eine bislang unbekannte Notiz Goethes sowie zahlreiche eigenhändige Anstreichungen in einem Buch entdeckt. Der Band stammte wahrscheinlich ursprünglich aus Goethes Besitz und wurde von ihm selbst der Akademischen Bibliothek in Jena übergeben. Die darin aufgefundenen handschriftlichen Notizen erlauben einen neuen Blick auf die Entstehungsgeschichte des Dramas *Egmont*[1] sowie auf Goethes Rezeption des zugrunde liegenden historischen Stoffes. Der Fund wurde zwar in der Briefausgabe dokumentiert, seiner Bedeutung für den Nachweis intertextueller Bezüge zwischen Drama und historiographischer Quelle aber bislang noch nicht nachgegangen. Dies soll im Folgenden in Form einer Skizze geschehen.

Am 5. Dezember 1785 schreibt Goethe an den Universitätsbibliothekar in Jena, Johann Gottfried Müller,[2] folgenden Brief:

> Schon vor einigen Jahren habe ich das Werck Famiani Stradae de bello belgico von der Universitäts Bibliotheck zu Jena entlehnt, dessen erste Decas mir von Handen gekommen. Ich schicke also hier die zweyte Decas und die erste von einer andern Edition, mit Bitte solche einsweilen hinzustellen, bis ich mich im

1 Für die Darstellung der Entstehungsgeschichte des Dramas im 3. Band der *Entstehung von Goethes Werken in Dokumenten* konnte der Fund nicht berücksichtigt werden (vgl. *Die Entstehung von Goethes Werken in Dokumenten.* Begründet von Momme Mommsen. Fortgeführt u. hrsg. von Katharina Mommsen [EGW]. Bd 3: *Diderot – Entoptische Farben.* Berlin, New York 2006).

2 Müller war neben seinen bibliothekarischen Verpflichtungen seit 1781 ordentlicher Professor für Geschichte an der Universität Jena. Als Universitätsbibliothekar war er für die Versendung der an die Universität geschickten Pflichtexemplare der neu erschienenen Bücher an die Höfe ebenso zuständig wie für die Erwerbung neuer Bücher sowie deren Katalogisierung. Zu seinen Aufgaben gehörte des Weiteren auch die Rücknahme entliehener Bücher aus den Beständen der Akademischen Bibliothek (vgl. zu den ihm aufgetragenen Bibliotheksgeschäften seine Berufung am 31. Januar 1758, abgedruckt bei Karl Bulling: *Der Jenaer Professor der Geschichte Johann Gottfried Müller als Universitäts-Bibliothekar.* In: *Forschungen zur thüringischen Landesgeschichte. Friedrich Schneider zum 70. Geburtstag am 14. Oktober 1957.* Weimar 1958, S. 447-458; hier S. 448-452).

> Stand finden werde, das Exemplar gehörig zu kompletiren, oder ein kompletes, gegen Austauschung des gegenwärtigen, der Akad[emischen] Bibliotheck zu überreichen. (GB 6 I, S. 130f.)

Während man in heutiger Zeit beim Verlust eines Buches aus dem Bestand der Thüringer Universitäts- und Landesbibliothek Jena darum gebeten wird, sich wegen »Ersatzbeschaffung an die Mitarbeiter*innen der Ausleihtheke, an der Sie den Band entliehen haben«,[3] zu wenden, schickte Goethe offensichtlich ohne vorherige Absprache mit Müller gleich einen Ersatz. Der damalige Bibliotheksbestand in Jena setzte sich zum einen aus der Universitätsbibliothek mit Bücherbeständen, die bis ins 16. Jahrhundert zurückreichten,[4] sowie aus einer im Schloss untergebrachten Sammlung zusammen, die dem Herzog gehörte und auch als Kabinetts-Bibliothek bezeichnet wurde. Diese umfasste nicht nur Dubletten der Herzoglichen Bibliothek in Weimar und Buchgeschenke an den Herzog, sondern auch die seit 1783 im Schloss aufgestellte Privatbibliothek des Göttinger Professors Christian Wilhelm Büttner.[5]

Goethe entlieh in unregelmäßigen Abständen Bücher aus Jena.[6] Bei dem im Brief an Müller thematisierten, verloren gegangenen Band handelte es sich um den ersten des zweiteiligen Geschichtswerks *De bello Belgico* des italienischen Jesuiten Famianus Strada. Die Bände enthalten eine umfassende Darstellung der spanisch-niederländischen Religions- und Freiheitskriege und waren von spanischer Seite veranlasst worden.[7] Der erste Band befasst sich mit der Darstellung der Jahre unmittelbar vor den Kriegen, 1558 bis 1568 (*Ab excessu / Caroli V Imp / usque ad initia Praefecturae / Alexandri Farnesii / Parmae ac Placentiae Ducis III*, [Vom Abgang Kaiser Carls V. bis zum Anfang der Statthalterschaft Alessandro Farneses, dritter Fürst von Parma und Piacenza; Y. P.]). Der zweite Band widmet sich den geschichtlichen Ereignissen des Zeitraums zwischen 1587 und 1590 (*Ab initio praefecturae Alexandri Farnesii Parmae Placentiaeque Ducis III* [Vom Anfang der Statthalterschaft Alessandro Farneses, dritter Fürst von Parma und Piacenza; Y. P.]). Das Werk erfuhr zahlreiche Auflagen. Der erste Band wurde zwischen 1632 und 1799 insgesamt 21-mal aufgelegt. Es liegen Übersetzungen ins Niederländische, Spanische, Französische, Englische, Italienische und Polnische, aber nicht ins Deutsche vor.[8] Goethe verwendete die lateinische Fassung.

Bis zum Erscheinen des sechsten Bandes der historisch-kritischen Goethe-Briefausgabe war davon ausgegangen worden, dass es »nicht mehr feststellbar«[9] sei, ob

3 So heißt es auf der Internetseite der Thüringischen Universitäts- und Landesbibliothek Jena, vgl. https://www.thulb.uni-jena.de/Ausleihe.html (5.10.2021).

4 Vgl. Karl Bulling: *Goethe als Erneuerer und Benutzer der jenaischen Bibliotheken*. Jena 1932.

5 Vgl. hierzu Werner Ronneberger: *Die Schlossbibliothek zu Jena*. In: *Otto Glauning zum 60. Geburtstag. Festgabe aus Wissenschaft und Bibliothek*. Bd. II. Leipzig 1937, S. 64-72.

6 Vgl. Bulling (Anm. 4), S. 17.

7 Vgl. allgemein und grundlegend zur Vorgeschichte, zum Aufbau des Werkes und zu seinem Inhalt Florian Neumann: *Geschichtsschreibung als Kunst. Famiano Strada S. I. (1572-1649) und die ars historica in Italien*. Berlin, Boston 2013, S. 201-267.

8 Vgl. ebd., S. 3.

9 So etwa ebd., S. 18; EGW 3, S. 192.

Goethe schließlich den verloren gegangenen Band wie versprochen »gehörig« ersetzte oder nicht. Durch die von Goethe eigenhändig eingetragenen Notizen in die Ausgabe eines ersten Bandes, der sich im Realbestand der Thüringischen Universitäts- und Landesbibliothek Jena befindet,[10] wird indes deutlich: Das Buch, eine Ausgabe von 1640, das er im Dezember 1785 an Müller als Ersatz schickte, verblieb in Jena und wurde nicht im Nachhinein noch einmal ausgetauscht.

Goethes Lektüre von Stradas Geschichtsdarstellung ist für 1782 durch Briefe an Charlotte von Stein belegt. In einem Brief vom 20. März schreibt er an sie:

> Nun will ich mich hinsetzen und einen alten Geschichtschreiber durchlesen damit Egmont endlich lebendig werde, oder auch wenn du willst daß er zu Grabe komme. [...] Ich habe gelesen, ausgezogen und geschrieben. (WA IV, 5, S. 284)

Goethe verwendete *De bello Belgico* als Quelle für sein Drama *Egmont*, an dem er mit Unterbrechungen seit 1774/75 arbeitete.[11] Ihn interessierten besonders die darin enthaltenen Charakterisierungen der spanischen Führungselite sowie die Darstellung der politischen Zusammenhänge aus der Sicht der spanischen Habsburger.

In seinem Brief vom 22. März kündigt er Charlotte von Stein an: »Im Strada der den alten Niederländischen Krieg geschrieben hat, finden sich gar treffliche Schilderungen von Personen die ich dir übersetzen will« (WA IV, 5, S. 287). Es ist zu vermuten, dass Goethe für die Lektüre im März 1782 den Band verwendete, den er schließlich Müller als Ersatz überließ. Für diese Annahme sprechen die zahlreichen Unterstreichungen, unter anderem von Personenbeschreibungen, im Band, die wahrscheinlich nicht nur als Markierung für eine weitere Verarbeitung im Drama, sondern auch für das im Brief an Charlotte von Stein angekündigte Gespräch über den *Egmont*-Stoff vorgenommen wurden.

Im Exemplar der Universitätsbibliothek Jena lassen sich unterschiedliche Arbeitsspuren nachweisen: Es finden sich neben Anstreichungen am Zeilenrand vor allem Unterstreichungen der ersten Wörter am Anfang einer Zeile mit Bleistift und Tinte, darüber hinaus Kreuze, Rauten und Sterne neben den Marginalien sowie eingeknickte Ecken von Buchseiten, die wahrscheinlich als Merkhilfe bzw. dem Zweck einer schnellen Wiederauffindbarkeit dienten. Dass der Band das Arbeitsexemplar Goethes war, lässt sich jedoch überhaupt erst durch die eigenhändigen Bleistiftnotizen Goethes belegen, die auf der im Buchwesen als ›fliegendes Blatt‹ des hinteren Vorsatzes bezeichneten letzten Seite im Buch zu finden sind.[12] Im Folgenden wird nur auf diese Vermerke eingegangen. Eine Auswertung sämtlicher im Jenaer Exemplar vorgenommenen Markierungen bedarf einer eingehenderen Besprechung und Analyse, die hier nicht erfolgen kann. Die von Goethe eigenhändig in das Exemplar eingetragenen Notizen lauten:

10 Vgl. Famianae Stradae Romani e Soc. Jesu: *De bello Belgico. Decas prima. Ab excessu Caroli V. Imp. vsque ad initia praefecturae Alexandri Farnesii Parmae.* Antverpiae 1640 (ThULB Jena, Sign.: 8 Belg. II, 5:1). – Bulling vermutete noch andere Ausgaben, vgl. Bulling (Anm. 4), S. 18.

11 Vgl. EGW 3, S. 183. Düntzer zeichnet die Stoffgeschichte in seiner Analyse ausführlich nach, vgl. Heinrich Düntzer: *Goethes »Egmont«*. 6. Aufl. Leipzig [um 1895].

12 Die Entdeckung machte Volker Giel, Bandherausgeber der GB 6 I und II.

Wichtigkeit der Statthalterschafften (32)
Flandriae excellentio (33)
Die Regentinn bitten den König zu kommen (245)
Principum Philosophia (254)
Monstrum (235).[13]

Die beiden Notizen »Wichtigkeit der Statthalterschafften (32)« und »Flandriae excellentio (33)« verweisen mit den in Klammern gesetzten Ziffern auf die Seiten 32 und 33 des Bandes, auf denen sich wiederum Anstreichungen am Rand mit Bleistift sowie Markierungszeichen finden; in beiden Passagen geht es um die Beschreibung geschichtlicher Zusammenhänge, die nach Abdankung Carls V. und dem Regierungsantritt Philipps II. zu einem Ausbau der königlichen Zentralgewalt Spaniens in den Niederlanden führten. Im folgenden Abdruck aus *De bello Belgico* sind die Unterstreichungen einzelner Wörter bzw. Silben aus dem Jenaer Exemplar gesperrt gedruckt, wobei die gesamte Textpassage am Rand mit Markierungszeichen versehen ist. Die deutsche Übersetzung im Anschluss mit den entsprechenden Hervorhebungen analog zum lateinischen Text stammt von der Verfasserin des Beitrags:[14]

> [...] cur Imperator Carolus V. cum maximè cuperet hasce Provincias in regnum transferre, (id quod attentaverat olim proavus ejus Carolus Pugnax) à proposito destiterit: quòd videlicet moribus, linguâ, institutisque, &, ut inter finitimos, aemulatione discrepantes populi, ad unam regiminis formam, quâ regnum constat, aegrè omnes coërceri posse viderentur, Provinciarum nullâ alii concessurâ, immigraturâve in alienas leges, tamquam meliores. Hinc Belgarum Principi mos fuit, praeter urbium Rectores, singulis Provinciis Praefectos imponendi, qui pro earum consuetudine legibusq. Rempub. administrarent. [...] Delibavitque propter eà florem Belgicae nobilitatis, nullo adlecto, quem non antè aut Carolus pater, aut ipse Rex inter aurei Velleris sodales, in ejus Ordinis Comitiis, cooptassent.[15]

> [...] was der Hauptgrund dafür war, dass Carl V., als er aufs äußerste bestrebt war, diese Provinzen zu einem einzigen Königreich zusammenzuschließen (was von seinem Urgroßvater Carl dem Kühnen einst versucht worden war), schließlich davon Abstand nahm: weil sie [die Provinzen] in ihren Manieren, der Sprache, in Gebräuchen und im Umgang mit ihren Nachbarn sich so unterschieden, dass er es kaum für möglich hielt, sie mit einer Regierung zu vereinen, wie es für ein Königreich angemessen ist. Keine der Provinzen willigte ein, der anderen den Vorrang zu geben oder sich den Gesetzen der anderen zu unterwerfen. Daraus leitete sich die Sitte der niederländischen Fürsten ab, neben

13 Famianae Stradae: *De bello Belgico. Decas prima* (ThULB Jena, Sign.: 8 Belg. II, 5:1), o.S.

14 Ich danke Annalisa Ricchizzi, Weimar, für die redaktionelle Durchsicht der übersetzten Passagen.

15 Famianae Stradae: *De bello Belgico. Decas prima* (ThULB Jena, Sign.: 8 Belg. II, 5:1), S. 32 (Hervorhebungen durch Goethe).

> den Statthaltern in den Städten, in jeder Provinz einen Statthalter einzusetzen, der nach den jeweilig geltenden Gesetzen und Gebräuchen Recht zu sprechen hatte. [...] Deshalb suchte er sich die besten des belgischen Adels dafür aus. Er wählte nur die, die entweder Carl, sein Vater, oder er selbst zu Mitgliedern des Ordens des Goldenen Vlieses gemacht hatte.

Auch die auf Seite 33 verweisende Anmerkung Goethes »Flandriae excellentio[16] (33)« (Die Vorzüglichkeit Flanderns) wird von Markierungen auf der angegebenen Buchseite begleitet, die mit Bleistift am Rand vorgenommen wurden:

> Flandriae (quâ nullum ajunt in Christianâ Repub. nobiliorem potentioremque Comitatum) & Artesiae Flandris finitimae, Lamoralium Gaurae Principem, Egmontii Comitem, virum bello inclytum Rex imposuit.[17]

> Der König machte Lamoral, Prinzen von Gaure, Grafen von Egmont, einen im Krieg berühmt gewordenen Mann, zum Statthalter von Flandern (von dem gesagt wird, dass es eine der edelsten und mächtigsten Provinzen der Christenheit ist) und von Artois, das an Flandern grenzt.

Im *Egmont* werden die Titel des Grafen Egmont durch eine Replik Margarete von Parmas eingeführt, jedoch nicht in Verbindung mit Flanderns Größe gebracht:

> Regentin. [...] Noch trägt er den Namen Egmont. Graf Egmont freut ihn sich nennen zu hören; als wollte er nicht vergessen, daß seine Vorfahren Besitzer von Geldern waren. Warum nennt er sich nicht Prinz von Gaure, wie es ihm zukommt? Warum thut er das? Will er erloschne Rechte wieder geltend machen? (WA I, 8, S. 190)

Die zitierten Passagen geben einen allgemeinen Überblick über den historischen Kontext, der in den expositorischen Repliken des Dramas, etwa im zweiten Aufzug, verarbeitet ist. Eine Deckungsgleichheit mit den unterstrichenen Textstellen und den Dramenrepliken kann indes nicht festgestellt werden.

Die S. 245, in Goethes handschriftlichen Notizen durch »Die Regentinn bitten den König zu kommen (245)« zusammengefasst, weist Anstreichungen einzelner Wörter mit Tinte auf; die Hervorhebung bezieht sich jedoch auf den Inhalt der gesamten Passage:

> Sed quantum laudis meruere Amstelodamenses, tantum dedecoris eidem generi mulieres attulere Delphis, quae urbs in eâdem Batavia. Etenim earum complures, haud dubio daemonum instinctu actae, communicato inter sese consilio, repente bacchantium ac furentium similes, Franciscanorum templum unà invadunt, Divorum imagines, ac sacram in aris supellectilem pari celeritate ac rabie perfringunt atque projiciunt. [...] Scio esse, qui non mulieres id ausas affirment, sed viros muliebri veste occultatos. Hujusmodi tamen

16 Korrekt müsste es »excellentia« heißen.

17 Famianae Stradae: *De bello Belgico. Decas prima* (ThULB Jena, Sign.: 8 Belg. II, 5:1), S. 33.

facinora à Batavis mulieribus patrari potuisse, non abhorret ab earum supra viros audaciâ: & patrata tunc esse, Gubernatrix haud incallida rerum indagatrix asseveravit.[18]

Aber die Frauen von Amsterdam verdienten nicht mehr Ehre als dasselbe Geschlecht in Delft, ebenfalls einer holländischen Stadt, Schande verdiente. Nämlich drangen dort viele von ihnen, die zweifellos vom Teufel besessen waren, alle zusammen, wie Verrückte oder Furien, in eine Franziskanerkirche ein. Sie hatten sich zuvor beraten und zerstörten die Heiligenbilder. Genauso rasch und wütend warfen sie das Kirchengerät von den Altären zu Boden und zerschmetterten es [...]. Ich weiß, dass manche der Meinung waren, es seien keine Frauen gewesen, sondern Männer in Frauenkleidern. Dass Hollands Frauen dennoch in der Lage seien, solche Untaten zu begehen, beweist ihr freches Verhalten gegenüber Männern. Die Statthalterin, die in diesen Dingen nicht unerfahren ist, versicherte uns, dass es sich damals so ereignet habe.

Der Bildersturm der Delfter Frauen wird in Goethes *Egmont* nicht thematisiert. Im Drama berichtet Machiavell zwar von der »bildstürmerische[n] Wuth« einer »rasende[n] Menge«, die »erst Capellen, Kirchen und Klöster anfallen, die Andächtigen verjagen, die verschlossenen Pforten aufbrechen, alles umkehren, die Altäre niederreißen, die Statuen der Heiligen zerschlagen, alle Gemählde verderben, alles was sie nur Geweihtes, Geheiligtes antreffen, zerschmettern, zerreißen, zertreten« (WA I, 8, S. 185). Bei der Aufzählung der betroffenen Städte wird aber weder Amsterdam noch Delft genannt:

Wie eine große Menge Volks, von gleichem Unsinn ergriffen, sich über Menin, Comines, Verwich, Lille verbreitet, nirgend Widerstand findet, und wie fast durch ganz Flandern in Einem Augenblicke die ungeheure Verschwörung sich erklärt und ausgeführt ist (ebd.).

In Goethes Stück wird die Beteiligung von Frauen an den Tumulten allgemeiner in einem Bericht über Vorfälle in »Gent und in der umliegenden Gegend« erwähnt, als der Secretär Egmont von einer Relation des Hauptmanns Breda Mitteilung macht:

Secretär. Noch sechs sind eingezogen worden, die bei Verwich das Marienbild umgerissen haben. Er [Breda] fragt an, ob er sie auch wie die andern soll hängen lassen?
Egmont. Ich bin des Hängens müde. Man soll sie durchpeitschen, und sie mögen gehen.
Secretär. Es sind zwei Weiber dabei; soll er die auch durchpeitschen?
(WA I, 8, S. 214)

Die historische Quelle ist hier nur Ausgangspunkt für eine freiere Gestaltung der Thematik im Stück.

Eine wörtliche Übernahme aus Stradas *De bello Belgico* in Goethes *Egmont* ist lediglich für die Stelle auf Seite 254 festzustellen, die Goethe in seinen Notizen als

18 Ebd., S. 245 (Hervorhebungen durch Goethe).

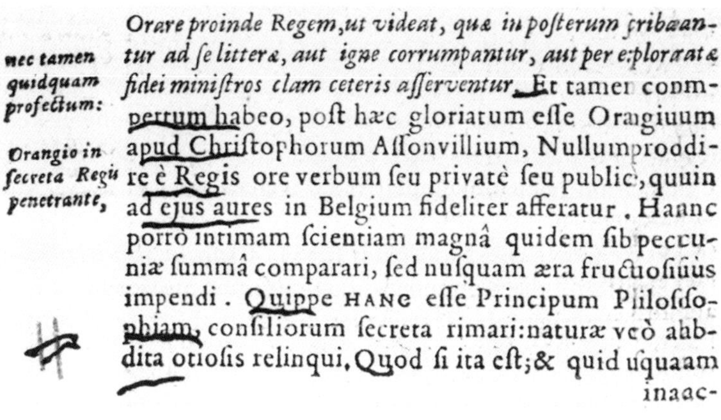
nec tamen quidquam profectum:
Orangio in secreta Regis penetrante,

Orare proinde Regem, ut videat, quæ in posterum scribantur ad se litteræ, aut igne corrumpantur, aut per exploratæ fidei ministros clam ceteris asserventur. Et tamen compertum habeo, post hæc gloriatum esse Orangiuum apud Christophorum Assonvillium, Nullum proddire è Regis ore verbum seu privatè seu publicè, quuin ad ejus aures in Belgium fideliter afferatur. Hanc porrò intimam scientiam magnâ quidem sibi pecuniæ summâ comparari, sed nusquam æra fructuosiùs impendi. Quippe HANC esse Principum Philosophiam, consiliorum secreta rimari: naturæ veò abdita otiosis relinqui. Quod si ita est; & quid usquam inaac-

Abb. 1
Ausschnitt aus der Seite 254 aus Goethes Arbeitsexemplar mit Unterstreichungen zu »Principum Philosophia (254)«

»Principum Philosophia (254)« (Philosophie der Fürsten) bezeichnet. Im Exemplar der Universitätsbibliothek Jena wurden auf Seite 254 einige Wörter einzeln unterstrichen (nachfolgend gesperrt wiedergegeben), am Rand befindet sich außerdem eine Raute (vgl. Abbildung):

> Et tamen compettum habeo, post haec gloriatum esse Orangiuum apud Christophorum Assonvillium, Nullum proddire è Regis ore verbum seu privatè seu publicè, quuin ad ejus aures in Belgium fideliter afferatur. […] Quippe HANC esse Principum Philosophiam, consiliorum secreta rimari: naturae veò abdita otiosis relinqui.[19]

> Und dennoch habe ich Beweise, dass der Prinz von Oranien nach dieser Zeit gegenüber Christopher Assonville damit prahlte, dass jedes Wort, das der König sprach, sowohl privat als auch öffentlich, treu an sein Ohr in den Niederlanden übermittelt wurde. […] Es ist die Philosophie der Fürsten, sich in die Geheimnisse der menschlichen Pläne zu vertiefen; die Geheimnisse der Natur dagegen den Müßigen zu überlassen.

In Goethes *Egmont* findet sich der letzte, eben zitierte Satz über die »Philosophie der Fürsten« in einer Replik Wilhelm von Oraniens wieder:

> Oranien. Egmont, ich trage viele Jahre her alle unsere Verhältnisse am Herzen, ich stehe immer wie über einem Schachspiele und halte keinen Zug des Gegners für unbedeutend; und wie müßige Menschen mit der größten Sorgfalt sich um die Geheimnisse der Natur bekümmern, so halt' ich es für Pflicht, für Beruf eines Fürsten, die Gesinnungen, die Rathschläge aller Parteien zu kennen.[20]

19 Ebd., S. 254 (Hervorhebungen durch Goethe).
20 WA I, 8, S. 224 (Hervorhebungen der Entsprechungen zur historiographischen Quelle von Y. P.).

Die Übernahme der Sentenz aus Stradas *De bello Belgico* kommt fast einer wortwörtlichen Übertragung gleich und unterscheidet sich lediglich durch die Umstellung der Satzfolge. Der Quelle folgend wird sie dem Sprecher Wilhelm von Oranien zugeordnet, der sich laut Strada die Bespitzelung des Königs einiges kosten ließ. Es ist demnach anzunehmen, dass sich anhand einer systematischen Analyse der Unterstreichungen im Jenaer Exemplar noch weitere solcher intertextuellen Referenzen finden ließen.

Die letzte Notiz Goethes, »Monstrum (235)« (Ungeheuer) bezieht sich auf die Seite 235, wo am Rand die Kolumne »Praesagitiones futurorum: Monstrum Leodii« (Zukunftsvorhersagen: das Ungeheuer von Lüttich) mit einem Bleistift-Kreuz markiert ist. Der Text daneben lautet:

> Et futurarum quidem calamitatum praenuncium interpretati sunt aliqui, puerum Leodii natum bicipitem, quadrupedem, quadrimanum: quo pottendi canebant mónstruosum foedus, complurium populorum viribus conflandum, quod brevî sanè conflatum est.[21]

> Einige deuteten die Geburt eines Knaben in Lüttich, der mit zwei Köpfen, vier Füßen und ebensovielen Händen geboren wurde, als Ankündigung künftigen Unheils, wie gesagt wurde, das Ungeheuer einer Vereinigung der verschiedensten Nationen, wie es denn auch bald verwirklicht wurde.

Im *Egmont* hat Goethe diese Missbildung des Jungen, die hier als böses Omen gedeutet wird, nicht verarbeitet.

Es bleibt insgesamt festzuhalten, dass sich Goethe seiner historiographischen Vorlage frei bedient, wobei er immer auch im Sinne einer Relevanz des Geschehens für den zeitgenössischen Zuschauer umgestaltet oder verallgemeinert.

Ob sich weitere intertextuelle Bezüge zwischen dem Drama und den im Band gekennzeichneten Passagen finden ließen (wie im Fall der »Philosophie des Fürsten«), wäre nur über eine Autopsie sämtlicher unterstrichener Stellen des Exemplars der Universitätsbibliothek Jena zu eruieren – ein Unterfangen, das sicher noch einmal mehr Aufschluss über die Bedeutung von *De bello Belgico* für Goethes *Egmont*-Drama geben würde.

21 Famianae Stradae: *De bello Belgico. Decas prima* (ThULB Jena, Sign.: 8 Belg. II, 5:1), S. 235.

Jean-Claude Muller

Goethe und die zwei Freiheitsbäume im Luxemburgischen (1792)

Das Ende des 18. Jahrhunderts und insbesondere die Revolutionszeit in Frankreich waren – wie die gegenwärtige Zeit – Kulturen des Bildes. Dies wird durch die Verbreitung von Karikaturen und die napoleonische Bilder-Propaganda belegt. In diesem Kontext der allgemeinen Geistesgeschichte spielen zwei Zeichnungen von Freiheitsbäumen eine besondere Rolle, die kurzzeitig in ›luxemburgischen‹ Grenzlandschaften standen und mit Johann Wolfgang von Goethe verbunden sind.

Die erste ist eine farbige Aquarellzeichnung von 30,1 × 26,4 cm, die im Goethe-Museum in Düsseldorf, Anton-und-Katharina-Kippenberg-Stiftung,[1] aufbewahrt wird. Sie wurde im Original in Luxemburg und Trier im Rahmen der Ausstellung *Goethe in Trier und Luxemburg. 200 Jahre Campagne in Frankreich 1792* ausgestellt.[2] Bei dieser Gelegenheit konnte die Mosellandschaft genauer identifiziert werden als das emblematische luxemburgische Dorf Schengen, das als Ort der Unterzeichnung der inzwischen berühmten Schengener Freizügigkeitsabkommen von 1985 bzw. 1990 europaweit bekannt wurde.

Die zweite Zeichnung, die meist als einfache Variation mit einem symbolischeren Inhalt der ersten analysiert wurde, ist ein wesentlicher Bestandteil eines autographen Briefes von Goethe vom 16. Oktober 1792 aus Luxemburg an Johann Gottfried und Caroline Herder in Weimar, mit denen Goethe seit den 1770er Jahren freundschaftlich verbunden war. Das Blatt im Oktav-Format weist auf der Vorderseite den Brieftext und auf der Rückseite die Zeichnung auf, beides in brauner Tinte ausgeführt (22,7 × 18,3 cm). Die Zeichnung mit dem Freiheitsbaum stammt zweifelsfrei von der Hand des Briefschreibers Goethe.

Das Original dieses Briefs und ein Faksimile der Zeichnung sind seit ihrer ersten Veröffentlichung in dem Werk *Aus Herders Nachlaß* (1856) bekannt.[3] Heute befindet sich der Brief mit der Zeichnung in der Abteilung für literarische und historische Manuskripte der Pierpont Morgan Library in New York City, USA.[4]

1 Inventarnummer KK 187.

2 *Goethe in Trier und Luxemburg. 200 Jahre Campagne in Frankreich 1792. Katalog der Ausstellung der Stadtbibliothek Trier, der Nationalbibliothek Luxemburg und der Stiftung Weimarer Klassik*. Hrsg. von Gunther Franz u. Ulrich Lehnart in Verbindung mit Jul Christophory u. Jean-Claude Muller. Trier, Luxemburg 1992, S. 55-59.

3 *Aus Herders Nachlaß*. Hrsg. von Heinrich Düntzer u. Ferdinand Gottfried von Herder. Bd. 1. Frankfurt a.M. 1856, Nr. 84, S. 135 f.

4 MS Goethe 19, ehemals MA 6875, Verschiedenes Heineman. Mein Dank richtet sich an Kurator Philip Palmer für die Überprüfung der Inventarkarten und die Mitteilung, dass der Pierpont Morgan Library keine neuere Literatur zu diesem Brief bekannt sei.

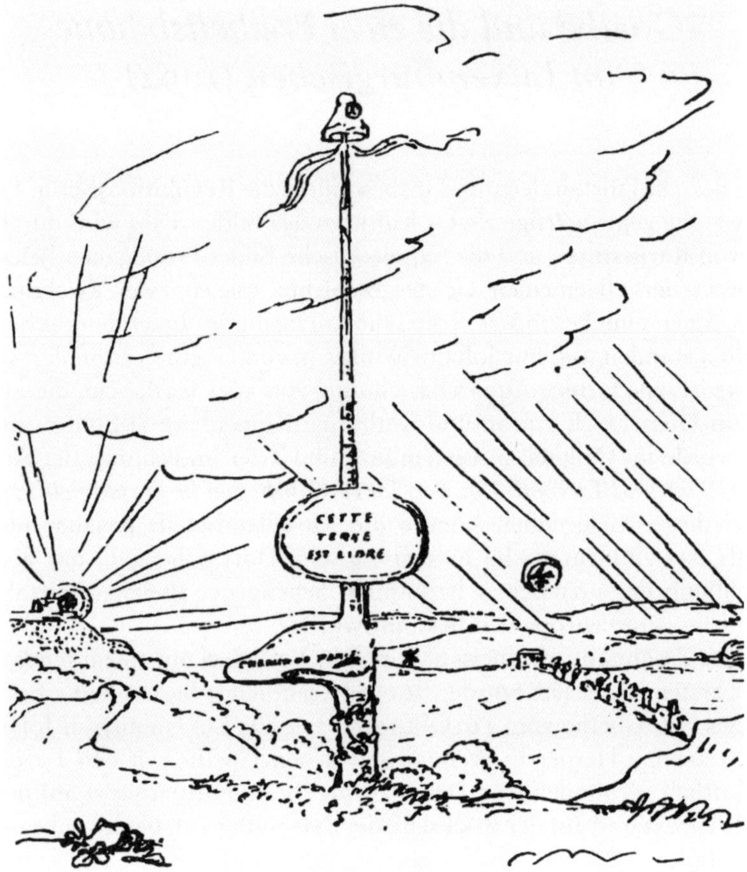

Abb. 1
Goethes Tintenzeichnung des Freiheitsbaumes in der Nähe von Aubange, 13.-16. Oktober 1792; Rückseite des Briefs an Herder

Der Anfang des Briefs[5] spielt unzweideutig auf die Zeichnung des Freiheitsbaumes auf der Rückseite an:

> Luxemburg d. 16 Octbr. 1792.
> Aus der mehr historischen und topographischen als allegorischen Rückseite werden Ew. Liebden zu erkennen geruhen was für Aspeckten am Himmel und für Conjunckturen auf der Erde gegenwärtig merckwürdig sind, ich wünsche daß diese Effigiation zu heilsamen Betrachtungen Anlaß geben möge. Ich für meine Person singe den lustigsten Psalm Davids dem Herrn, daß er mich aus dem Schlamm erlöst hat der mir biß an die Seele ging.

5 WA IV, 10, Nr. 2956, S. 36; jetzt in der historisch-kritischen Ausgabe von Goethes Briefen (GB 9,I, Nr. 131, mit Abb. 11 u. 12).

Abb. 2
Die farbige Aquarellzeichnung eines Freiheitsbaumes vor der Mosellandschaft von Schengen mit dem Stromberg

Goethe richtete während seiner Fahrt mit den Armeen der antirevolutionären Koalition zusammen mit Herzog Carl August in den Jahren 1792/93 mehrere Briefe an die Herders und erhielt Gegenbriefe. Das Schreiben mit der Zeichnung auf der Rückseite ist möglicherweise die Antwort Goethes auf einen Bezugsbrief Herders, der nicht überliefert ist. Ein Antwortbrief Herders ist ebenfalls nicht bekannt.

Als Vorbereitung auf die vorzuschlagende Identifizierung der Landschaft dieser zweiten Zeichnung schien es mir nicht uninteressant, die bisherigen, recht frustrierenden Bestimmungsversuche noch einmal Revue passieren zu lassen. Sie endeten fast alle mit einem ›non licet‹. Es sind dies Nikolaus Hein 1925: »Es ist anzunehmen, daß eine bestimmte, wirkliche Landschaft wenigstens die Grundlinien zu den Bildern lieferte, doch war es mir nicht möglich, sie festzustellen«[6] und Hein 1961:

6 Nikolaus Hein: *1792: Goethe in Luxemburg*. Luxemburg 1925, S. 70.

> Oder sollte er dabei an ein landschaftliches Motiv aus Luxemburg gedacht haben? Die Landschaft im Mittel- und Hintergrund des Bildes, besonders in der kolorierten Fassung, erinnert an das Tal der Alzette, entbehrt aber der gerade für die Festungsstadt charakteristischen Züge, sodaß eine topographische Festlegung nicht möglich ist. Es ist landschaftlich eher ein Phantasie- und Erinnerungsbild. Immerhin könnte das Haus mit der Baumreihe auf der Briefzeichnung ein Luxemburger Motiv sein und vielleicht eine Bedeutung haben.[7]

Der Text, der möglicherweise die bisherige Communis opinio am besten widerspiegelt, ist die Katalognotiz Nummer 115 von Rainer Schoch im Katalog der Ausstellung *Freiheit, Gleichheit, Brüderlichkeit – 200 Jahre Französische Revolution in Deutschland* (1989):[8]

> Das Aquarell aus dem Besitz Friedrich Heinrich Jacobis ist mehr als eine anekdotenhafte Reminiszenz an Goethes Teilnahme an der unglücklichen »Campagne in Frankreich« im September/Oktober 1792 [...].
>
> Der von einer Jakobinermütze bekrönte und mit blau-weiß-roten Bändern geschmückte Freiheitsbaum am Straßenrand trägt die Inschrifttafel »Passans cette terre est libre«. Unterstützt von dem Zeigegestus einer der beiden Gestalten rechts, gibt er dem weiten Landschaftsausblick eine politisch-metaphorische Bedeutung, vergleichbar mit dem Ausblick auf ein »gelobtes Land«. Der Blick geht über ein friedliches Flußtal auf ein kleines Dorf, das zwischen Hügeln und fruchtbaren Feldern eingebettet liegt. Die friedvolle Landschaft, in der Elemente holländischer Landschaftsauffassung verarbeitet sind, verkörpert einen »locus amoenus« im Sinne der aufklärerischen Landschaftstheorie.
>
> Dem Aquarell ging eine flüchtige Federskizze voraus, die Goethe am 16. September [recte: Oktober] 1792 auf die Rückseite eines Briefes an Herder notierte und die mit allegorischen Mitteln zeigt, »was für Aspekten am Himmel und für Conjunkturen auf der Erde gegenwärtig merkwürdig sind« [...]. Der Pfahl mit der Freiheitsmütze trägt hier zusätzlich den Wegweiser »Chemin de Paris«. Im Hintergrund geht links die Sonne mit der bourbonischen Lilie hinter einem Schloß unter, während rechts der Mond mit dem kaiserlichen Doppeladler von einem Regenschauer verdunkelt wird. Das republikanische Siegeszeichen triumphiert über die Gestirne der Monarchie.

Die vorgefasste Idee, dass beide Zeichnungen eines Freiheitsbaumes in einer Landschaft vom Jahr 1792 voneinander abhängen und dass die allegorische Zeichnung vom 16. Oktober an Herder die Basis des an Jacobi in Pempelfort geschenkten Aquarells gewesen sei – ob von Goethes Hand oder nicht –, verhinderte bis 1992 eine genaue geographische Identifizierung. Es war jedoch elementar, eine Antwort auf die Frage zu finden: Wo hätte Goethe tatsächlich revolutionäre Freiheitsbäume beobachten können? Die einfache Antwort lautet: genau an den Grenzen zum republikanischen Frankreich, an den Hauptverkehrsstraßen. In der Tat hatte der Brauch

7 Nikolaus Hein: *1792: Goethe in Luxemburg*. Luxemburg 1961, S. 124.

8 Rainer Schoch (Hrsg.): *Katalog der Ausstellung »Freiheit, Gleichheit, Brüderlichkeit – 200 Jahre Französische Revolution in Deutschland«*. Germanisches Nationalmuseum Nürnberg, 24.6.-1.10.1989, Katalognotiz Nr. 115, S. 278, und Farbtafel S. 303.

der Freiheitsbäume seinen Ursprung in den Liberty Poles, die nach dem Unabhängigkeitskrieg in den Vereinigten Staaten errichtet wurden. Nach Frankreich übertragen, wo 1790 in Saint-Gaudent im Département Vienne ein erstes Beispiel angeführt wird, gedieh die Errichtung von Freiheitsbäumen im Frühjahr und Sommer 1792 prächtig vor dem Hintergrund patriotischer Begeisterung und Verteidigung des Vaterlands als Reaktion auf die Kriegserklärung an die Republik durch die von Österreich geführte Koalition (20. April 1792).[9] Der Freiheitsbaum entwickelte somit eine starke Symbolik des revolutionären Ideals, die in den beiden Zeichnungen durch die Inschriften »Passants cette terre est libre« (›Vorbeigehende, dieses Land ist frei‹ auf der Aquarellzeichnung in Düsseldorf) und »Cette terre est libre« (›Dieses Land ist frei‹ auf dem Brief an Herder) sichtbar wird. Goethe, ein interessierter Beobachter der Zeitläufte, war ein privilegierter Zeuge dieser Welle revolutionärer Begeisterung, die bei seinem zweifachen Besuch in der Region von und um Luxemburg im August und Mitte Oktober 1792 stattfand.

Es war daher nicht schwer, die genaue Position des in der Aquarellzeichnung dargestellten Freiheitsbaumes als Punkt westlich des letzten Hauses in der Ortschaft Perl zu lokalisieren, zu der die Hauptstraße von Trier in Richtung Thionville/Diedenhofen führt, um dann hinunter in das Dorf Apach zu steigen (siehe Abb. 3 den Auszug aus der Ferraris-Karte von 1772). Die Hypothese, dass der bewaldete Hügel mit seinem merkwürdig einseitig abgehackten Gipfel den sog. Stromberg darstellt und dass das vom Kirchturm dominierte Dorf der luxemburgische Ort Schengen ist, drängte sich fast von selbst auf.[10]

Dennoch blieben Gunter Franz und ich beim Abfassen des ersten Beitrags 1991-1993 in der Zwangshypothese der gegenseitigen Abhängigkeit der beiden Darstellungen gefangen – mit der Ausnahme, dass im Gegensatz zu unseren Vorgängern für uns das Aquarell der Zeichnung an Herder vorausging, auf der vor der untergehenden Sonne das Schloss Sierck zu sehen sei. Der Direktor der Luxemburger Katasterverwaltung Nicolas Folmer steuerte sogar eine kartographische Darstellung mit Blickachsen derselben Landschaft in der Nähe von Schengen bei, die die beiden Zeichnungen zu vereinen vorgab.

Erst später kam ein mündlicher Kontakt mit dem lothringischen Forscher Maurice Noël zustande, der das richtige Licht auf die Zeichnung der Rückseite des Briefes an Herder warf, die ja zweifellos von Goethes Hand selbst stammte und präzise um die Mitte Oktober 1792 datiert werden kann. Es handelt sich um die Landschaft, die heute durch ein Jahrhundert Bergbau und Stahlindustrie im Land der drei Grenzen zwischen Longwy (Frankreich), Rodange (Luxemburg) und Aubange (Belgien) stark verändert wurde.[11] Wir erinnern uns auch daran, dass die Grenzlinie in die-

9 Zu den Freiheitsbäumen als wesentliche Elemente der Revolutionskultur, vor allem im Saardepartement, vgl. Wolfgang Hans Stein: *Revolutionskultur ohne Revolution. Die französischen Nationalfeste im Rheinland am Beispiel des Saardepartements*. St. Ingbert 2018, S. 276-280.

10 Siehe Gunther Franz, Jean-Claude Muller: *Goethes erste Begegnung mit der französischen Revolution – Der Freiheitsbaum bei Sierck*. In: *Hémecht. Revue d'histoire luxembourgeoise* 44 (1992), S. 5-17.

11 Jean-Claude Muller: *Goethe au pays des Trois-Frontières (13 octobre 1792)*. In: *Annales de l'Institut Archéologique du Luxembourg-Arlon* 143 (2012), S. 34-40.

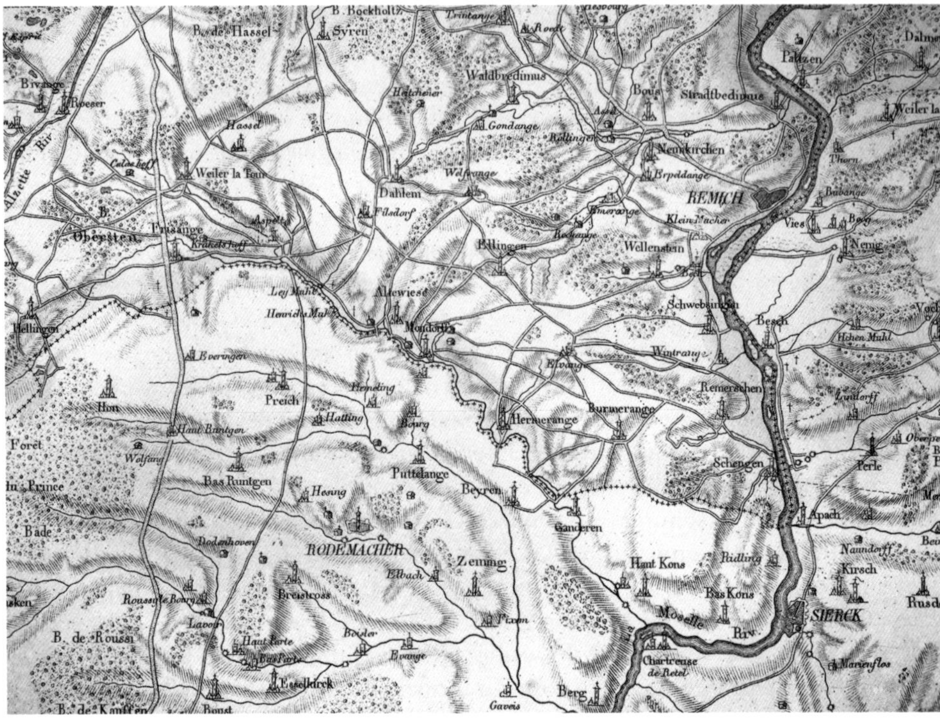

Abb. 3
Die topographischen Verhältnisse in der Gegend
von Sierck-Perl-Apach-Schengen um das Jahr 1772

sem Sektor äußerst kompliziert und veränderlich war und erst durch den Grenzvertrag von 1769 (Traité des Limites) festgelegt wurde.[12] Dies geht auch aus der zeitgenössischen Karte von Ferraris von 1772 hervor.

Wieder führte ein großer Weg namens ›Route de Luxembourg‹ aus Longwy nordwärts, stieg den Hügel von Mont-Saint-Martin hinunter und endete in der Ebene von Aubange-Athus-Rodange-Pétange. Auf diesem Weg befand sich die Grenze zwischen Frankreich und den österreichischen Niederlanden, zu denen auch das damalige Herzogtum Luxemburg bis zur französischen Eroberung im Juni 1795 gehörte. Daher leuchtet in der Zeichnung die untergehende Sonne hinter Vaubans Befestigungen von Longwy-Haut auf, während der Halbmond über einem Landhaus erscheint, zu dem eine Pappelallee führt. Es ist dies zweifellos das Schloss von Noedelange. Der Regenguss, der über der Landschaft rechts vom Freiheitsbaum niedergeht, verleiht der Szene einen Hauch von persönlicher Erfahrung, jenseits jeglicher symbolischer Bedeutung, die die bisherigen Interpreten des Textes von Goethes Brief hineinzuprojizieren versucht haben. Wer etwas über diese Region, dieses ›Reelach‹ (Regenloch) auf dem Kamm in Richtung Paris und Frankreich mit seinem überraschend wechselnden Mikroklima im Frühjahr und Herbst

12 Paul Mathieu: *Quand Aubange passait par la Lorraine*. In: *Bulletin trimestriel de l'Institut Archéologique du Luxembourg-Arlon* 71 (1995), S. 55-60.

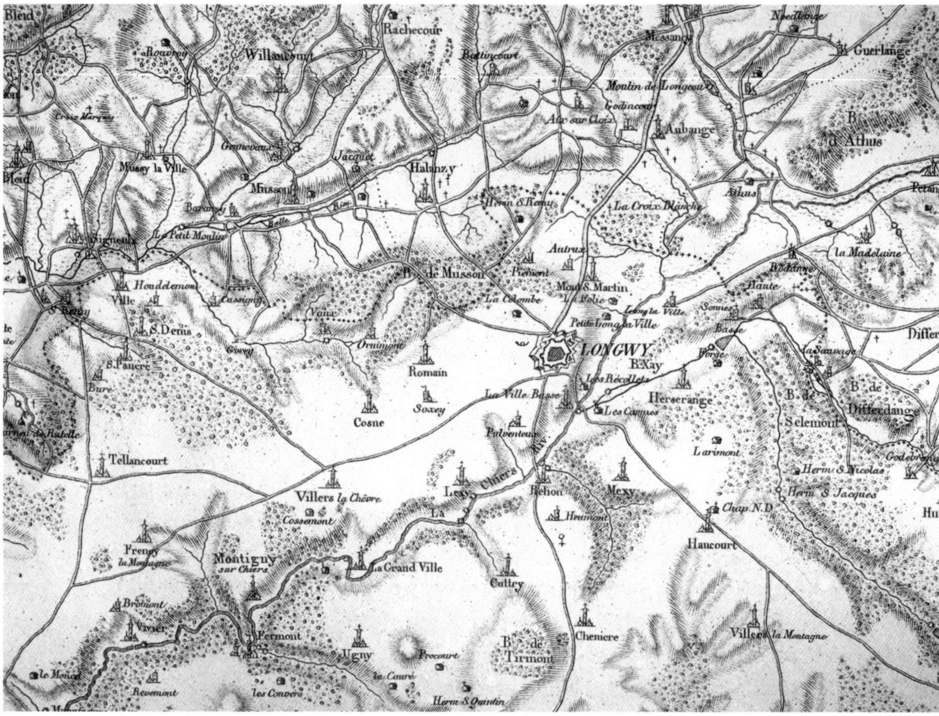

Abb. 4
Die topographischen Verhältnisse in der Gegend
von Longwy-Aubange um das Jahr 1772

weiß, konnte bereits mit eigenen Augen die strömenden Regenfälle sehen, die auf der anderen Seite von der Sonne beleuchtet werden. Hier ist also eine historische Landschaft im äußersten Südosten des heutigen Belgien oder Nordwesten Frankreichs zu sehen, die vor etwa 225 Jahren von einem der größten Schriftsteller und gelegentlichen Zeichner dargestellt wurde.

Der Erkenntnisgewinn kann nun folgendermaßen resümiert werden:

1. Die zwei überlieferten Zeichnungen eines Freiheitsbaumes in einer Luxemburger Landschaft aus dem Jahr 1792, als dieses Kulturphänomen zur Markierung der revolutionären Gesinnung in Frankreich ganz neu war, sind voneinander unabhängig.
2. Sie stellen unterschiedliche Landschaften im Hintergrund dar, jeweils einen Grenzweg zwischen dem damaligen Herzogtum Luxemburg und der französischen Republik.
3. Keinesfalls darf wie in der bisherigen Literatur die autographe Tintenzeichnung von Goethes Hand auf einer Rückseite des Briefs an Herder von Mitte Oktober 1792 als vorbereitende Skizze für die farbige Aquarellzeichnung aus dem Besitz von Jacobi in Düsseldorf gelten.

Es bleibt die Frage im Raum, wann und unter welchen Umständen Goethe auf dem Feldzug gegen Frankreich im Jahr 1792 reale Freiheitsbäume in Augenschein genommen hat. Antwort auf diese Frage geben die autobiographischen Texte des damals 43-jährigen Staatsministers und des 55-jährigen Weimarer Hofcämmeriers Johann Conrad Wagner nicht. Weder in der rund 30 Jahre nach den Ereignissen niedergeschriebenen *Campagne in Frankreich* des Ersteren noch im gleichzeitig zum Erlebten verfassten Tagebuch des Letzteren wird ein Freiheitsbaum erwähnt.[13] Goethe berichtet von seiner Begegnung im von Truppen überbelegten Trier mit dem jungen »Leutnant von Fritsch von des Herzogs Regiment«, der entgegen seiner Erwartung »mit einem kleinen Kommando in Trier zu verweilen beordert« war. Im Erinnerungstext des Cämmeriers Wagner betritt Leutnant Ludwig Heinrich Gottlieb von Fritsch die Erzählbühne erst beim erneuten Aufenthalt der weimarischen Gesellschaft um Herzog Carl August am 22. Oktober 1792. Auf dem Hinweg nach Frankreich hielt sich Wagner selbst nicht innerhalb der Stadt Trier, sondern vom 5. bis zum 12. August in einem Lager bei Konzerbrück (Consaarbruck) in der Nähe der Kartause (Konz-Karthaus) auf. Immerhin erfuhr er dort die Details des Angriffs eines preußischen Vortrupps von 80 Husaren auf Stadt und Burg Sierck am 11. August 1792, bei dem 40 französische Verteidiger getötet wurden und 37 Mann als Gefangene nach Trier verbracht wurden.[14] Genau bei jener Gelegenheit und am selben Tag passierte diese preußische Vorhut die Straße von Perl nach Apach und Sierck am rechten Moselufer. Vom kurzfristigen militärischen Erfolg gegen die Verteidiger von Sierck berauscht, schleppten sie eine erbeutete Kanone aus der lothringischen Burg und den abgesägten Freiheitsbaum gegenüber Schengen als Trophäen zurück nach Trier. Der Text der *Gesta Trevirorum*, den die wahrscheinlichen Zeitzeugen Johann Hugo Wyttenbach und Michael Franz Joseph Müller im Jahr 1839 als Edition vorlegten, berichtet unter dem Tag nach der Einnahme von Sierck:

> Erst am 12. August, Morgens um 2 Uhr, brach die Preußische Armee aus ihrem Lager bei der Conzer-Brücke auf, und rückte am ersten Tage bis in die Gegend von Remich vor. Am nämlichen Tage Nachmittags brachte man eine den Franzosen bei Sirk abgenommene Kanone, nebst vielen Flinten zu Trier ein.[15]

Weitere für das Verständnis wesentliche Details hierzu sind nachzulesen in einer vierten schriftlichen Quelle zur *Campagne in Frankreich*, dem Tagebuch des Leutnants von Fritsch von 1792 bis 1796 – in vier Bänden im Goethe-Museum in Düsseldorf erhalten –, das immer noch einer kritischen Ausgabe harrt. Ludwig Heinrich Gottlieb von Fritsch, Sohn des Weimarer Ministers Jakob Friedrich Freiherr von Fritsch, diente als Secondeleutnant im preußischen Kürassierregiment Nr. 6, dessen Chef und Anführer während des Feldzugs Herzog Carl August war. Die für unser Verständnis des Zusammenhangs zwischen Goethes Freiheitsbaumzeichnungen wichtigen Informationen sind unter dem Datum des 25. August niedergeschrieben:

13 Johann Conrad Wagner: *»Meine Erfahrungen in dem gegenwärtigen Kriege«. Tagebuch des Feldzugs mit Herzog Carl August von Weimar*. Hrsg. von Edith Zehm. Göttingen 2018.

14 Vgl. ebd., S. 109.

15 Johannes Hugo Wyttenbach, Michael Franz Joseph Müller (Hrsg.): *Gesta Trevirorum*. Bd. 3. Trier 1839, S. 325.

Den 25sten August 1792.

Kam früh der Bediente des Herrn G. R. Göthe zu mir und sagte mir daß sein Herr sich resolvirt habe diesen Tag noch hier zu bleiben. Es war mir außerordentlich lieb daß derselbe mein alter Gönner und Freund sich dazu entschloßen hatte und ich gieng sogleich ihn meine Aufwartung zu machen. Er war außerordentlich gut; ich offrirte ihn ein Pferd und so ritten wir, er auf dem dicken Braunen, über die Mosel Brücke, sahen da eine Esquadron Französische reitende Jäger vorbey paßiren, ritten um die ganze Stadt deren Lage der G. R. recht artig fand herum und stiegen im Pallast ab und besahen die Canone von Sierck nebst den Freyheits Baum. Erstere ist unter Ludwig den 14ten aus der Schweiz nach Frankreich gekommen und letzterer ist ein langer buntgemahlter Baum mit einer Scheibe auf welcher die Inschrift

Passans	Uebergehende.
cette terre est libre	Nachbaren dies Land ist frey

steht. Der G. R. freuete sich über diese erste Trophee und nahm sich vor den Prinz August von Gotha eine Zeichnung davon zu liefern. Wir giengen nach Haus er lud mich zum Eßen und er führte seinen Plan eine Zeichnung zu liefern sogleich recht schön aus.[16]

Diese Goethe'sche Zeichnung eines Freiheitsbaums aus dem Trier-Luxemburger Raum ist bedauerlicherweise nicht erhalten oder wenigstens bis dato nicht aufgefunden worden. Es ist daher müßig, darüber zu spekulieren, ob der Freiheitsbaum auf dieser Zeichnung liegend oder stehend dargestellt ist und wie der Zeichner Goethe den Hintergrund gestaltet hat.

Nach den eben dargestellten Fakten ist festzuhalten, dass Goethe den gegenüber von Schengen abgesägten, nach dem kurfürstlichen Palast von Trier verbrachten und dort als Trophäe ausgestellten Freiheitsbaum mit eigenen Augen gesehen und danach eine Zeichnung davon angefertigt hat. Damit gewinnen die bisher immer wieder von Fachleuten geäußerten Zweifel an Goethes Autorschaft der Düsseldorfer Aquarellzeichnung, die sie eher einem Dilettanten zuschreiben möchten, an Gewicht. Der den Örtlichkeiten in Perl-Apach-Schengen genau entsprechende Hintergrund, aus dem die beiden Figuren zum Weg mit dem Freiheitsbaum hinaufsteigen, ist jedenfalls nie von Goethe mit eigenen Augen betrachtet worden, weder beim Einfall nach Frankreich im August/September noch beim hastigen Rückzug der Alliierten im Oktober 1792. Nach seinen kurzen Aufenthalten in Arlon, Luxemburg, Trier, Traben-Trarbach, Koblenz und Bonn im Oktober 1792 besuchte Goethe seinen Jugendfreund Friedrich Heinrich Jacobi auf dessen Gut Pempelfort bei Düsseldorf. Er erholte sich dort vom 6. November bis zum 4. Dezember, ehe er nach Weimar zurückkehrte. Gelegentlich dieses längeren Aufenthalts schenkte er seinem

16 Diese neue Transkription aufgrund einer Kopie des Originals unterscheidet sich in wesentlichen Details von der bisher immer wieder benutzten oder abgeschriebenen von Fritz Heymann: *Der Leutnant von Fritsch. Neue Quellen zur Goethe-Forschung*. In: *Vossische Zeitung* vom 15.5.1927, Unterhaltungsblatt S. 113 f.; siehe die Abb. auf S. 9 der Neuausgabe des Aufsatzes von 1992 (Anm. 10) von Gunther Franz u. Jean-Claude Muller: *Der Freiheitsbaum bei Sierck – Goethes erste Begegnung mit der französischen Revolution*. Trier 1993.

Gastgeber das farbige Aquarell des Freiheitsbaums mit der Schengener Landschaft. Von hier aus lässt sich die Überlieferungskette ununterbrochen rekonstruieren über Elisabeth Jacobi-Hengstenberg in Gadderbaum bis in die Sammlung Kippenberg in Leipzig. Mit dieser gelangte es in das Goethe-Museum in Düsseldorf, seinen heutigen Aufbewahrungsort.

Als Ergebnisse der Untersuchung sind also festzuhalten:

1. Goethe hat während des alliierten Feldzugs gegen das revolutionäre Frankreich im Sommer und Herbst 1792 mindestens zwei Freiheitsbäume mit eigenen Augen gesehen: am 25. August in Trier den bei Perl-Apach abgesägten und erbeuteten Freiheitsbaum von der Mosel und am 13. Oktober den Freiheitsbaum an der Straße von Longwy nach Aubange.
2. Eigenhändig gezeichnet hat er beide Freiheitsbäume: den ersten in Trier für den Prinzen August von Gotha, den zweiten in Luxemburg für das Ehepaar Herder. Heute ist nur noch letztere Zeichnung überliefert.
3. Das bekannte farbige Aquarell, das heute im Goethe-Museum in Düsseldorf aufbewahrt wird, ist zwar von Goethe an Jacobi geschenkt worden, stammt aber wahrscheinlich von einer unbekannten, fremden Hand. Falls es doch von Goethes Hand gemalt sein sollte, muss man eine Vorlagezeichnung der Schengener Landschaft annehmen, die er von einem Unbekannten erhielt. Gesehen haben Goethes Augen das ›europäische‹ Schengen jedenfalls nicht.

Sabine Schäfer

»M« – eine Jugendfreundin Goethes

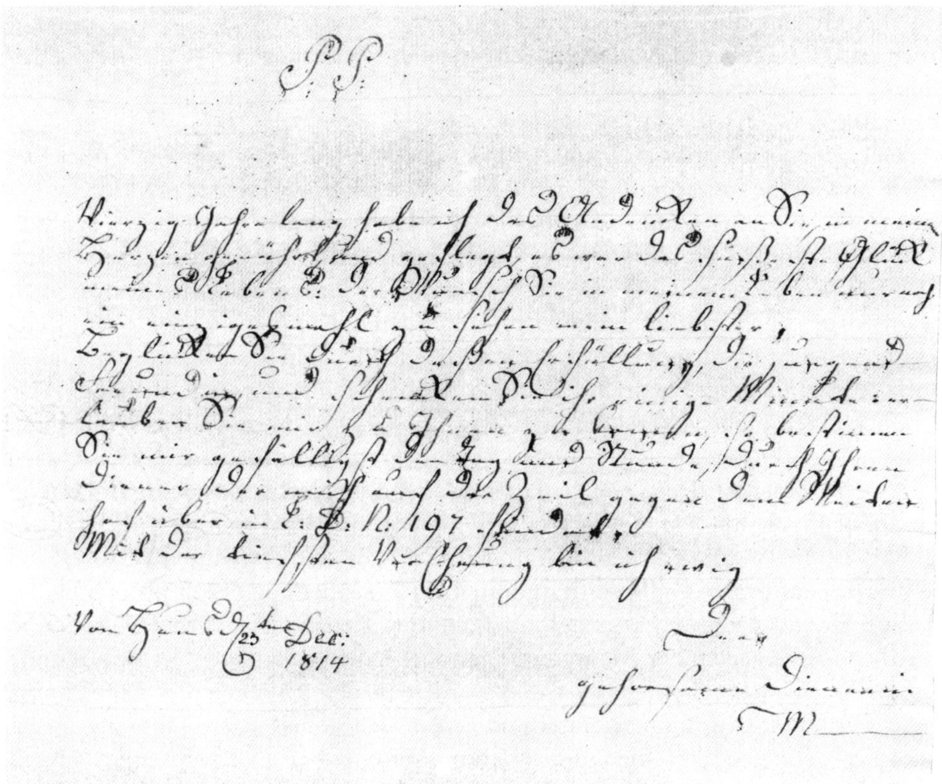

Abb. 1
M. an Goethe, 23. September oder Dezember (Dec:) 1814

Ob Goethe wohl wusste, wer ihm die folgenden Zeilen schickte?

P: P:[1]

Vierzig Jahre lang habe ich das Andencken an Sie, in meinem / Herzen genährt, und geflegt, es war das süßeste Glück / meines Lebens: Der Wunsch Sie in meinem Leben nur noch / ein einzigesmahl zu sehen mein liebster. /
Beglücken Sie durch deßen Erfüllung, die jugend- / Freundin, und schencken Sie ihr einige Minuten: er- / lauben Sie mir zu Ihnen zu komen, so bestimen / Sie mir gefälligst den Tag und Stunde, durch Ihren / Diener der mich auf der Zeil gegen dem Weiden / hof über in L: D: N: 197 findet. /
Mit der tiefsten VerEhrung bin ich ewig / Dero / gehorsame Dienerin / M /
Von Haus d. 23ten Dec: / 1814

1 Praemissis praemittendis (lat.); nach Vorausschickung des Vorauszuschickenden.

Das Blatt ist eines von ca. 20000 Briefen und Billetts, die überwiegend im Goethe- und Schiller-Archiv überliefert sind und durch die Regestausgabe der Briefe an Goethe (RA) erschlossen werden,[2] die Verfasserin eine von ca. 3650 Briefschreibern. Die Anzahl der Briefe verhält sich zu den Briefschreibern umgekehrt proportional: Den Kern und das Gros des Briefcorpus machen die Korrespondenzen mit Goethes oft langjährigen Weggefährten aus, mit Verwandten, Freunden, Amtskollegen und Untergebenen, Verlegern, Schriftstellern, Künstlern und Gelehrten. Allein von Goethes Amtskollegen Christian Gottlob (von) Voigt dokumentiert die RA 1215 Briefe.

Dagegen haben fast zwei Drittel der Briefschreiber (ca. 2300) nur einen oder zwei Briefe an Goethe hinterlassen. Zu ihnen gehören Goethe-Verehrer – wirkliche und vermeintliche –, angehende Schriftsteller, Reisende, die Goethe zu sehen wünschten, und Bittsteller, die ein persönliches Anliegen an ihn herantrugen. Ihre Anzahl stieg mit Goethes Bekanntheit. Die meisten dieser Briefe hat Goethe zwar nicht beantwortet, doch sorgfältig archiviert. Unter den nur mit einem oder zwei Briefen vertretenen Schreibern gibt es herausragende Persönlichkeiten wie Beethoven, Eichendorff, Caspar David Friedrich, Heinrich Heine, Heinrich von Kleist und Franz Schubert. Weit mehr gehören zu den Zeitgenossen, von denen vielleicht nur dieser eine Brief auf die Nachwelt gekommen ist und deren Name in keinem Nachschlagewerk verzeichnet ist. Der volle Gehalt solcher Briefe erschließt sich häufig erst im Zusammenhang mit dem biographischen Hintergrund des Absenders. Nicht zuletzt deshalb ist die Personenrecherche – zu den in den Briefen erwähnten Personen und zu den Briefautoren – ein fester Bestandteil der Erschließung des Briefbestands.

Eine Herausforderung von besonderem Reiz stellen diejenigen Briefschreiber dar, die Goethe gegenüber Anonymität gewahrt haben oder deren Name aus anderen Gründen nicht überliefert ist. Sie werden in der RA unter der Bezeichnung »Nicht ermittelt« zusammengefasst und finden sich in fast jedem Jahrgang. Bisher ist es stets gelungen, den einen und anderen Briefschreiber noch während der Bandbearbeitung zu klären. Gelegentlich glücken solche Recherchen im Nachhinein, so bei der Frankfurter Jugendfreundin, die »Vierzig Jahre lang« das Andenken an Goethe »genährt und geflegt« hat und ihn »noch ein einzigesmahl« sehen möchte.

Der Brief bietet mehrere Rechercheansätze: Außer der Eigenart der Handschrift, die hier mangels einer Vergleichsmöglichkeit nicht weiterhilft, der Selbstbezeichnung ›Jugendfreundin‹ und dem Namenskürzel »M« ist das die Anschrift »L[itera]: D: N: 197«.[3]

Die wehmütig anmutende Botschaft auf einem zum Quartformat gefalteten Foliobogen gehört in den Kontext von Goethes Reise in die Rhein- und Maingegenden, die ihn zwischen Juli/August und Oktober 1814 vor allem nach Wiesbaden,

2 Hs: GSA 28/64, Bl. 374f. – Ein Regest des Briefes ist in Bd. 6 der RA (Nr. 1272) abgedruckt, ebenso ein Faksimile der Handschrift (S. 332). – Zur RA siehe Christian Hain: *Briefe an Goethe und ihre Erschließung. Eine Gesamtausgabe in Regestform.* In: GJb 2019, S. 215-236.

3 Frankfurt, einschließlich Sachsenhausen, war seit 1761 in 14 Quartiere eingeteilt. Hausanschriften setzten sich aus einem Großbuchstaben für das jeweilige Quartier und einer arabischen Zahl, der Hausnummer, zusammen.

Winkel, Heidelberg, Darmstadt und in seine Vaterstadt Frankfurt führte. Rätsel gibt nicht nur die kryptische Unterschrift auf, sondern auch das Datum, denn am 23. Dezember 1814 war Goethe längst nach Weimar zurückgekehrt. Hier könnte ein Schreibfehler vorliegen, denn das tatsächliche Briefdatum ist wahrscheinlich der 23. September 1814. Dafür spricht, dass sich Goethe bereits seit dem Nachmittag des 12. September in der Stadt aufhielt und sich der Besuch des prominenten Landsmannes seitdem herumgesprochen haben wird. Am Morgen des 24. September reiste er nach Heidelberg ab und war vom 11. bis 20. Oktober erneut in Frankfurt. Jeder einzelne Tag war, wie Goethes Tagebuchaufzeichnungen eindrucksvoll belegen, ausgefüllt durch Begegnungen mit Verwandten, alten und neueren Freunden.

Gleich mehrmals traf Goethe seine Jugendfreundin Madame Esther Stock (1755-1825). Sie war die Tochter des Legationsrates Johann Friedrich Moritz, hätte also von dem Kürzel »M« Gebrauch machen können. Madame Stock stand allerdings seit Jahren mit Goethe in kontinuierlichem freundschaftlichen Kontakt und schied somit als Verfasserin des Briefes aus. Von der Verbundenheit der Familien Goethe und Stock zeugen mehrere in der RA angezeigte Briefe und Goethes an Esther Stock gerichtete Verse »Was uns Günstiges in fernen Landen [...]« (MA 6.1, S. 93).

Als Absenderin ausgeschlossen werden konnte auch eine weitere langjährige Freundin, Marie Eleonore de Saussure (1751-1818), seit 1786 verwitwete Schmerber. Sie war bereits am 16. September im Hause der Madame Stock mit Goethe zusammengetroffen.[4] Im Jahr 1814 lebten noch mindestens drei weitere Frankfurterinnen, die einst zum Freundeskreis um Goethe und seine Schwester Cornelia gehört hatten und einen mit dem Buchstaben M beginnenden Vor- oder Nachnamen trugen: Anna Sibylla Münch (1758-1825), Marie Henriette Schmiedel (1753-1825) und Elisabeth Katharina Runckel, inzwischen verw. Miltenberg (1752-1815). Enger ließ sich der Kreis der möglichen Briefverfasserinnen ohne einen weiteren Anhaltspunkt nicht ziehen.

Seit kurzem ist dieser weitere Anhaltspunkt gefunden: Es ist die Anschrift der Absenderin, Lit. D Nr. 197. In eben diesem Haus starb am 12. April 1815 Elisabeth Katharina Miltenberg geb. Runckel,[5] auch Lisette oder »Runckelgen« genannt. Brief- und Sterbedatum liegen so nahe beieinander, dass die Wahrscheinlichkeit, mit Madame Miltenberg die gesuchte Freundin gefunden zu haben, außerordentlich hoch ist.

Die Identifizierung unserer Briefschreiberin ist einem doppelten Glücksfall zu verdanken: der Möglichkeit, online in den mittlerweile digitalisierten Zivilstandsregistern der Stadt Frankfurt zu blättern,[6] und dem Umstand, dass in den städtischen Totenbüchern seit dem Februar 1814 die Anschrift der Verstorbenen verzeichnet ist.

4 Brief von Katharina (Käthe) Stock an Johann Kaspar Moritz, 20.11.1814 (*Gespräche*, Bd. 2, S. 977 f.).

5 Totenbücher der Stadt Frankfurt a. M. im Institut für Stadtgeschichte, Bd. 45, 1815, S. 172.

6 Freundlicher Hinweis von Franziska Hartleb vom Institut für Stadtgeschichte Frankfurt auf den kostenfreien Zugang über die Homepage von Family Search.

Elisabeth Katharina Runckel, genannt Lisette, wurde am 13. November 1752 als älteste Tochter des städtischen Stallmeisters Karl Ambrosius Runckel in Frankfurt geboren. Über die Familienverhältnisse des Stallmeisters, bei dem Goethe das Reiten erlernte, informiert die Literaturhistorikerin Elisabeth Mentzel in einer anschaulich geschriebenen Abhandlung, die hauptsächlich auf Quellen im damaligen Stadtarchiv beruht.[7] Als der Stallmeister im Februar 1768 starb, war die Familie infolge ihrer Lebensführung hoch verschuldet, wurde aber noch im selben Jahr durch eine aufsehenerregende Erbschaft von allen Geldsorgen erlöst. Lisette Runckel, drei Jahre jünger als Goethe und zwei Jahre jünger als Cornelia, lernte die Geschwister spätestens im Jahr 1765 kennen, noch bevor Goethe im Herbst des Jahres zum Studium nach Leipzig aufbrach. Sie gehörte zu der von Cornelia initiierten »Gesellschaft« von »jungen Männern und Frauenzimmern« (MA 16, S. 703), an der auch Goethe teilhatte und auf die er in *Dichtung und Wahrheit* mehrfach zurückkommt. Mentzel beschreibt Lisette als eine vielbewunderte Schönheit, die »durch Anmut, Liebenswürdigkeit, feinen Anstand und pikantes Wesen Männer [...] zu fesseln und über ihre Oberflächlichkeit zu täuschen« verstand.[8] Auch Goethe ist von Lisette hingerissen. Davon zeugen seine aus Leipzig an Cornelia gerichteten Briefe: »Runckelgen«, das »Liebe Mädgen, die Runckel«, »la chere Runkel« und »die kleine Runckel« wird mit Grüßen und – aus sicherer Entfernung – mit Küssen bedacht (GB 1 I, S. 15, 29, 39, 79). Er gibt Lektüreempfehlungen, möchte wissen, »was sie sonsten denckt, alle ihre Gesinnungen« und hat beide, die Schwester und Lisette, »gar zu lieb«.[9] Nach seiner Rückkehr aus Leipzig gehörte Goethe weiter zu den Bewunderern der schönen Lisette. Vermutlich widmete er ihr im Frühjahr 1770 das folgende Gedicht:

Mit einem goldnen Halskettchen überschickt

Dir darf dies Blatt ein Kettchen bringen,
Das, ganz zur Biegsamkeit gewöhnt,
Sich mit viel hundert kleinen Schlingen
Um deinen Hals zu schmiegen sehnt.

Gewähr' dem Närrchen die Begierde,
Sie ist voll Unschuld, ist nicht kühn;
Am Tag ist's eine kleine Zierde,
Am Abend wirfst du's wieder hin.

Denn wär' es eine andre Kette,
Die fester hält, und schwerer drückt;
Da winkt ich dir wohl selbst – Lisette,
Ganz recht, mein Kind! Nicht gleich genickt.
(MA 1.1, S. 154 f.)[10]

7 *Carl Ambrosius Runckel*. In: Elisabeth Mentzel: *Wolfgang und Cornelia. Goethes Lehrer*. Leipzig 1909, S. 288-310.
8 Ebd., S. 305.
9 Brief vom 6.-[9. oder 10.]12.1765 (GB 1 I, S. 23-30; bes. S. 28).
10 Abweichende Fassung in MA 3.2, S. 18.

Ganz anders hatte sich Cornelia Goethes Verhältnis zu Lisette Runckel entwickelt. Als beide ins heiratsfähige Alter kamen, wurde aus der lieben Freundin, die sich bestens beträgt und »jeden Tag klüger« wird, das eitle, oberflächliche, berechnende »Fräulein Lisette«.[11] Cornelia litt bis zur Selbstaufgabe an ihrer vermeintlichen Hässlichkeit. Sie war die belesenste und gebildetste unter den Freundinnen, aber Lisette wurde wie selbstverständlich Ballkönigin, ließ sich von einem fast 50-jährigen wohlhabenden Frankfurter Handelsmann umwerben und schwärmte gleichzeitig für einen ebenso reichen jungen Engländer.

Cornelias harte Urteile stehen in dem geheimen, von 1768 bis 1769 geführten und nur für die Wormser Freundin Anna Katharina Fabricius bestimmten Brieftagebuch.[12] Ob Lisette jemals davon erfahren hat, ist nicht bekannt. Während Cornelia 1773 Johann Georg Schlosser heiratete und Frankfurt verließ, blieben Lisettes Heiratsabsichten vorerst unerfüllt. Erst am 25. Januar 1780, im Alter von 28 Jahren, heiratete sie in Darmstadt den hessen-darmstädtischen Kammerrat Franz Wilhelm Miltenberg, der wenige Tage zuvor das Frankfurter Bürgerrecht erworben hatte.[13] Das Ehepaar hatte mindestens zwei Kinder, darunter den späteren Frankfurter Bürgermeister und Schöffen Karl Bernhard Jakob Franz Miltenberg (1786-1833). Ihr Ehemann Franz Wilhelm Miltenberg starb am 2. Dezember 1800. Über weitere Ereignisse in Elisabeth Katharina Miltenbergs Leben ist nichts bekannt, ebenso nichts über eine eventuelle Begegnung mit Goethe im Herbst des Jahres 1814; ihr persönlicher Kontakt hatte bis ins Jahr 1775 bestanden.[14] Der kurze Brief an Goethe, in dem sie um die Erlaubnis bittet, ihn in seinem Frankfurter Quartier besuchen zu dürfen, ist wahrscheinlich das einzige überlieferte Lebenszeugnis von ihrer Hand.

11 Briefe von Cornelia Goethe an Anna Katharina Fabricius, 16.11.1767 u. 23.12.1768. In: Ulrike Prokop: *Die Illusion vom großen Paar*. Bd. 2: *Das Tagebuch der Cornelia Goethe*. Frankfurt a.M. 1991, S. 224, 320 (zit. ist die deutsche Übersetzung der französisch geschriebenen Briefe).

12 Siehe ebd., S. 265-354.

13 Institut für Stadtgeschichte Frankfurt. Ratssupplikationen 1780, Bd. 1, Bl./S. 1-6.

14 Goethe an Johanna Fahlmer, 6.3.1775 (GB 2 I, S. 168 f.).

Beate Agnes Schmidt

Über Medaillen, chemische Experimente und versteinerte Bäume. Wiederaufgefundene Briefe Goethes an Elisa von der Recke und Carl August von Sachsen-Weimar-Eisenach aus Riga/Mitau (Jelgava)

»Habe schuldigst zu vermelden: daß Döbereiner angekommen ist, einen compendiosen Apparat aufstellend, womit mancherley anmuthige Versuche vorzulegen sind«, schreibt Goethe kurz nach Weihnachten 1822 an Großherzog Carl August von Sachsen-Weimar-Eisenach. Carl August antwortet noch an demselben Tag auf Goethes Briefbogen. Aus Jena war der junge Professor für Chemie und Technologie Johann Wolfgang Döbereiner nach Weimar gekommen, um seinen beiden Mäzenen seine jüngsten Experimente vorzuführen. Beide Briefe spiegeln das intensive naturwissenschaftliche Interesse von Goethe und Carl August in dieser Zeit wider und schließen die chronologische Lücke in ihrer Korrespondenz um den Jahreswechsel 1822/23. Sie verdeutlichen die charakteristische Dreiecksbeziehung zwischen interessiertem Laien, Berufsgelehrten und Herrschaft, die die experimentelle Naturwissenschaft um 1800 prägt. Heute liegen die beiden Briefe im lettischen Literatur- und Musikmuseum/Rakstniecības un mūzikas muzejs in Riga und sind der Goetheforschung bislang unbekannt.[1] Ein weiterer Brief Goethes, vom 4. November 1812, aus dem Rigaer Literatur- und Musikmuseum ist an die kurländische Schriftstellerin und Baronesse Elisa von der Recke gerichtet, dessen Konzept in Goethes *Eingegangenen Briefen* überliefert ist.[2] Der Brief beleuchtet die Konstellation zwischen Goethe und semiöffentlichen, bürgerlich-adligen Kreisen, die für die frühe Rezeption von *Dichtung und Wahrheit* von Bedeutung sind. Die Rigaer Briefe sind Tiefenbohrungen in Goethes reiche intellektuelle Tätigkeit und deren kommunikative Kontexte. Ihre Überlieferung zeugt zudem von einer dunklen Vergangenheit, deren Spuren durch die Weltkriege des 20. Jahrhunderts nicht immer vollständig rekonstruierbar sind.

Goethes Briefe an Elisa von der Recke und Großherzog Carl August stammen aus den Beständen des Kurländischen Provinzialmuseums und der Bibliothek der Kurländischen Gesellschaft für Literatur und Kunst in Mitau. Auf welchem Weg sie im 19. Jahrhundert ins Baltikum und schließlich ins lettische Literatur- und Musikmuseum in Riga gelangten, lässt sich nicht mehr lückenlos zurückverfolgen. Das

1 Johann Wolfgang Goethe an Großherzog Carl August von Sachsen-Weimar-Eisenach, 27.12.1822; auf demselben Bogen: Carl August an Goethe, 27.12.1822, Rakstniecības un mūzikas muzejs Riga, RTMM 69752.

2 Goethe an Elisa von der Recke, 4.11.1812 (Rakstniecības un mūzikas muzejs Riga, RTMM 69751). Das Konzept des Briefes: GSA 29/564, II, Bl. 19; Erstdruck: WA IV, 23 (1900), S. 124, Nr. 6408.

Kurländische Provinzialmuseum wurde 1818 gegründet und ist eng mit der kurz zuvor im Jahr 1815 gegründeten Gesellschaft für Literatur und Kunst in Mitau verbunden.[3] Ziel der Gesellschaft von deutschbaltischen Gelehrten war die Vermittlung von Literatur und Kunst zwischen dem Ausland und den »einheimischen Freunden« und die Veröffentlichung neuer »für das bürgerliche Leben nützliche[r] Erfindungen und Entdeckungen«.[4] Dazu gehörte die Förderung der lettischen und deutschen Sprache sowie das Interesse für Naturwissenschaften, Wirtschaft, Geschichte, Religion, Kunst und Literatur der Balten. Das Museum beherbergte eine umfangreiche Sammlung von künstlerischen Werken, historischen Porträts, Mineralien, Büsten, Karten, Medaillen, Naturalien, Landkarten, Instrumenten für Naturwissenschaften und Antiquitäten mit kurländischem Bezug.

1898 kam die Sammlung in ein repräsentatives Gebäude am Mitauer Marktplatz. Nicht ausgestellte Sammlungsobjekte der Gesellschaft wurden im Archiv und in der Bibliothek aufbewahrt. Manuskripte und Autographensammlungen wie Briefschaften von Elisa von der Recke, auch »Handschriftliches von Goethe und Körner« lagen im Archiv der Gesellschaft[5] – wohl auch die beiden Goethe-Briefe. Elisa von der Recke gehörte zu den ersten Mitgliedern der »literärischen Gesellschaft zu Mitau« und war 1819 unter den 187 ordentlichen Mitgliedern die einzige Frau.[6] Sie bereicherte die Bibliothek der Gesellschaft 1818 »durch mehrere zum Theil wichtige oder seltene Werke«[7] und hielt mindestens einen Vortrag vor der Gesellschaft.[8] Ihr Bildnis war bis ins 20. Jahrhundert an den Wänden und in Vitrinen des Provinzialmuseums mehrfach vertreten.[9] In ihrem Testament kurz vor ihrem Tod im April 1833 hatte sie verfügt, dass die Gesellschaft nach dem Tod ihres Lebensgefährten Christoph August Tiedge sämtliche ihrer »Originalbriefe von Gelehrten« erhalten sollte.[10] Tiedge ist diesem Wunsch bereits früher nachgekommen. Belegt

3 Umfassend zu Geschichte, Mitgliedern und Interessengebieten der Gesellschaft siehe Wilhelm Schlau: *Die Kurländische Gesellschaft für Literatur und Kunst und das Kurländische Provinzialmuseum zu Mitau.* In: *Baltische Hefte* 14 (1968), S. 5-107; vgl. auch Hellmuth Weiss: *Die historischen Gesellschaften.* In: *Geschichte der deutschbaltischen Geschichtsschreibung* (1986), S. 121-139; bes. S. 121-123; Klaus Garber: *Schatzhäuser des Geistes. Alte Bibliotheken und Büchersammlungen im Baltikum.* Weimar, Wien 2007, S. 145-166, 313-329.

4 Schlau (Anm. 3), S. 8.

5 Ebd., S. 77.

6 *Jahresverhandlungen der kurländischen Gesellschaft für Literatur und Kunst*, Bd. 1 (1819), Mitgliederverzeichnis S. 106-116.

7 *Jahresverhandlungen der kurländischen Gesellschaft für Literatur und Kunst*, Bd. 2 (1822), S. 3.

8 Elisa von der Recke: *Der Raub und die Rettung des letzten Königs Stanislaus von Polen, am 3ten November 1771* (gehalten am 2.4.1819). In: ebd., S. 379-384.

9 *Führer durch die historischen, ethnographischen und Kunst-Sammlungen des Kurländischen Provinzial-Museums in Mitau.* Mitau 1917, S. 42, 89, 91 f.

10 Nach Elisa von der Reckes Testament sollten ihre Briefe entweder an die Familien der Adressaten zurückgegeben oder wegen der Einblicke in Elisa von der Reckes familiäres, privates Umfeld vernichtet werden. Vgl. Paul Rachel: *Aus dem Testamente Elisas von der Recke.* In: *Dresdner Geschichtsblätter* 13 (1904) 2, S. 229-239; hier S. 237. Ein Großteil der Briefe ist jedoch trotz dieser Anweisungen in die Bibliothek der Literarischen Gesellschaft in Mitau gelangt und nicht an die Familien der Adressaten überreicht worden.

ist, dass zumindest einige der Briefe bald nach Elisa von der Reckes Tod der Bibliothek vermacht wurden.[11] Sehr wahrscheinlich war Goethes Brief an sie bereits Teil dieser Sammlung. Die Provenienzvermerke deuten zumindest auf die Bibliothek, daneben auf das Kurländische Provinzialmuseum,[12] die der Korrespondenz zwischen Carl August und Goethe hingegen nur auf das Museum.[13]

Letztere galt Anfang des 20. Jahrhunderts als vermisst, wurde aber in der Museumsbibliothek 1917 wiedergefunden[14] – allerdings zu einem denkbar ungünstigen Zeitpunkt: Anfang des Jahres 1915 verbot die russische Regierung die deutsche Sprache in öffentlichen Versammlungen. Dies änderte sich zwar mit der Besetzung Mitaus durch deutsche Truppen am 1. August 1915. Die Stadt befand sich nun jedoch in unmittelbarer Nähe zur Ostfront im Ersten Weltkrieg. Einige Mitgliederversammlungen der Gesellschaft und Organe wie die *Mitausche Zeitung* unterhielten die in Mitau stationierten Soldaten jenseits der Heimat »an der Grenze der Zivilisation«.[15] Die Notiz über die Goethe-Briefe in der Zeitung blieb aber freilich ohne Resonanz in der germanistischen Forschung. Den Fund nahm auch der Kirchen- und Kulturhistoriker Otto Clemen nicht mehr zur Kenntnis. Er hatte sich als Soldat während der deutschen Besetzung des Baltikums in Mitau aufgehalten und die Bestände der Museumsbibliothek genauestens studiert.[16]

Nach Monaten des Terrors durch die Rote Armee Anfang des Jahres 1919 und den lettischen Befreiungskämpfen folgte ab 1921 für die Gesellschaft für Literatur und Kunst eine ruhigere Zeit, in der wieder Sitzungen stattfanden und Kontakte zu ausländischen wissenschaftlichen Gesellschaften aufgenommen wurden. Anlässlich des Goethe-Gedenkjahres 1932 präsentierte die Museumsleitung sogar eine neue, ganzjährige Ausstellung, bei der die Goethe-Briefe gezeigt wurden.[17] Das Museum

11 Otto Clemen bestätigt den Eingang von 88 Briefen an und von Christoph Friedrich Neander in der Museumsbibliothek am 15. September 1833; sie stammten aus der Zeit vom 30. Juli 1777 bis 2. Oktober 1792 (ders.: *Briefe an Elisa von der Recke. Aus den Originalen in der Museumsbibliothek in Mitau.* Berlin [1907], S. 9).

12 Der Brief Goethes an Elisa von der Recke war ursprünglich Teil der Bibliothek der Mitauer Gesellschaft: »EX BIBLIOTH./SOC. LITER./CURON.« (Rundstempel: Ex Bibliotheca Societatis Literarum Curonensis). Außerdem verweisen Bleistiftnotizen auf S. 3 rechts oben auf das Provinzialmuseum Mitau: »KPM./III 738«, links unten mit »Vācu lit./Gē K 1/1« auf spätere Registraturen, vielleicht in Riga.

13 Die beiden Briefe tragen den Stempel: »E MVSEO CVRON.« sowie Bleistifteintragungen auf S. 4 rechts unten »KPM./III 739«, die sie als Objekte des Kurländischen Provinzialmuseums Mitau ausweisen.

14 Anonym: *Ein unbekannter Goethebrief in Mitau.* In: *Mitausche Zeitung* 261 (1917).

15 Ebd.

16 Clemen überliefert keine Goethe-Briefe, weder in den *Briefen an Elisa* (Anm. 11) noch in den *Beiträgen zur deutschen Kulturgeschichte aus Riga, Reval und Mitau*, Berlin 1919. Auch in dem *Führer durch die historischen, ethnographischen und Kunst-Sammlungen des Kurländischen Provinzial-Museums in Mitau* (Mitau 1917) findet sich kein Hinweis auf die Goethe-Briefe.

17 Herbert Gotthard: *Tätigkeitsbericht der Kurländischen Gesellschaft für Literatur und Kunst.* In: *Sitzungsberichte der Kurländischen Gesellschaft für Literatur und Kunst und Jahresberichte des Kurländischen Provinzialmuseums aus den Jahren 1915-1933.* Bd. I. Jelgawa 1934, S. I-XVI; hier S. XVI.

besaß jedoch nicht mehr dieselbe Anziehungskraft und Ausstrahlung wie vor dem Ersten Weltkrieg, auch wenn es seine alte Bedeutung als kulturelles Zentrum der Deutschbalten in Mitau wiederzuerlangen versuchte.[18]

Der autoritäre Staatsstreich durch Kārlis Ulmanis als neuem lettischen Staatspräsidenten vom 15. Mai 1934 hatte direkte Auswirkungen auf die Mitauer Gesellschaft. Am 5. September 1935 beschlagnahmte das staatliche Denkmalsamt Lettland das Archiv und überführte die Bestände der Gesellschaft in das Staatsarchiv Riga. Diese Zentralisierung bedeutete einen herben Verlust für das Museum; nach dem Weltkrieg hatte der Verwaltungsakt der lettischen Regierung allerdings das Überleben des Archivbestandes – und wohl auch das der Goethe-Briefe – gesichert. Im Jahr 1939 folgte die Emigration des Großteils der Deutschbalten ins Deutsche Reich bzw. sogenannte Generalgouvernement; am 4. November 1939 erging der Befehl zur Liquidierung der Kurländischen Gesellschaft für Literatur und Kunst durch das lettische Ministerium für öffentliche Angelegenheiten. Bis auf einige Porträts im Museumssaal blieben die gesamte archäologische Abteilung, die ethnographischen Sammlungen und die naturwissenschaftliche Abteilung in Lettland und wurden Eigentum des Staatlichen Historischen Museums. Im Sommer 1944 wurden das Museumsgebäude und die übrig gebliebenen Objekte während der Kämpfe zwischen Wehrmacht und Roter Armee um Mitau zerstört.

Große Teile der Museumssammlung waren schon vorher ausgelagert worden, manches gelangte nach Posen,[19] anderes wurde in den 1950er Jahren zurückerworben. Teile der archäologischen Sammlung, der Münz- und Ordenssammlung, einige Gemälde und Skulpturen erhielt das Geschichts- und Kunstmuseum in Jelgava in den Jahren 1952-1957 vermutlich aus dem Staatsarchiv in Riga zurück; etliche Bücher und Manuskripte bekam die Akademische Bibliothek Lettlands/Latvijas Akademiska Biblioteka in Riga.[20] In diesem Zeitraum erhielten auch die Goethe-

18 Das Museum verzeichnete in dieser Zeit immer weniger finanzielle Mittel und Zugänge neuer Schriften und Schenkungen; vgl. Schlau (Anm. 3), S. 33 f., 59 f., 80. Kurz vor seiner Auflösung entstanden 1937 und 1938 zwei Bildbände, in denen wichtige Objekte und das Museum beschrieben sind: *Führer durch das Kurzemer (Kurländische) Provinzialmuseum.* Bd. I. Riga 1937; Helmut Behr: *Die vorgeschichtliche Sammlung des Kurzemer (Kurländischen) Provinzialmuseums 1818-1938*. Riga 1938. Ein Teil der Sammlung ist online dokumentiert: https://www.herder-institut.de/bildkatalog/ (15.4.2021).

19 Rasa Pārpuce: *Die Verwaltung baltischer Kulturgüter in Posen (Poznań) während des Zweiten Weltkrieges.* In: *Nordost-Archiv. Zs. für Regionalgeschichte* 19 (2010): *Menschen in Bewegung. Migration und Deportation aus dem Baltikum zwischen 1850 und 1950*, S. 116-165.

20 Siehe http://www.zudusilatvija.lv/objects/object/18528/ (15.4.2021). Dem Direktor des Geschichts- und Kunstmuseums/Ģederta Eliasa Jelgavas Vēstures un mākslas muzejs in Jelgava, Aldis Barševskis, bin ich für einen sehr regen Austausch zu Dank verpflichtet, den er trotz seiner Covid 19-Erkrankung aufrechterhielt. Ich danke auch herzlich Aija Taimiņa, der Leiterin der Abteilung für Manuskripte und seltene Bücher der Latvijas Akademiska Biblioteka/Akademischen Bibliothek Lettlands in Riga, die mich auf die Goethe-Briefe aufmerksam machte. In der Akademischen Bibliothek befinden sich heute Abschriften der Elisa von der Recke-Korrespondenz, die angefertigt wurden, als die Originale in der Sammlung der Gesellschaft für Geschichte und Altertumskunde in Riga

Briefe einen neuen Aufbewahrungsort: Auf Anordnung des lettischen Kulturministeriums gelangten sie 1957 in das Staatliche Museum für Bildende Künste, heute das Lettische Nationale Kunstmuseum / Latvijas Nacionālais mākslas muzejs Riga, und schließlich in das Lettische Literatur- und Musik-Museum / Rakstniecības un mūzikas muzejs in Riga.[21] Dort wurden die Briefe transkribiert.[22] Am 8. Dezember 2018 informierte eine Sendung des *Latvijas Radio* (LR 3) im Rahmen des 200-jährigen Jubiläums des Museums auch über die Goethe-Briefe unter dem Titel *Dārgumu lāde, par ko mūs apskauž Eiropa … Rakstniecības un mūzikas muzejs* (*Eine Schatzkiste, um die uns Europa beneidet … das Museum für Literatur und Musik*).[23]

Es wird in der Tat Zeit, dass »Europa« von diesem lettischen und deutschbaltischen Erbe erfährt. Damit können die wiederaufgefundenen Goethe-Briefe nun angemessen zur Kenntnis genommen und im Kontext der historisch-kritischen Briefedition von Goethes Werken neu bewertet werden.[24]

I.

Die Ausfertigung von Goethes Brief an Elisa von der Recke weicht nur geringfügig von dem diktierten Konzept ab. Beide Handschriften stammen – wie für Goethes spätere Briefe typisch – von der Hand eines Schreibers, in diesem Fall von Goethes Sekretär Ernst Carl Christian John. Die Ausfertigung steht auf zwei Seiten eines Doppelblattes (Wasserzeichen: Wappen mit Krone und Inschrift »VAN DER LEY«) mit den Maßen 187 × 233 mm und ist von Goethe nebst einem Nachsatz eigenhändig unterschrieben.

Dass sowohl Ausfertigung als auch Konzept eines Briefes vorliegen, ermöglicht Einblicke in Goethes Schreibwerkstatt. Ab den 1790er Jahren hatte Goethe begonnen, seine Briefe als Konzept zu diktieren und zu korrigieren, bevor sie erneut abgeschrieben als Ausfertigung ihre Adressaten erreichten. Ab 1807 archivierte er sie in reinen Konzeptfaszikeln und nicht zusammen mit den empfangenen Briefen.

lagen. Zum überlieferten Bestand der Mitauer Gesellschaft im Rigaer Staatsarchiv siehe http://www.arhivi.lv/sitedata/LVVA/dokumenti/Publikacijas/Kurzemes%20literaturas%20biedriba.pdf (5.5.2021).

21 Vgl. Ojārs Zanders: *Johans Volfgangs Gēte Latvijas kultūras kontekstā*. In: *Latvijas vēstnesis* Nr. 275/278 (27.8.1999), S. 23. Mein Dank gilt Iveta Ruskule und Gunita Engele vom Rakstniecības un mūzikas muzejs Riga für Digitalisate und Auskünfte.

22 Die Transkriptionen stammen von Maija Liepiņa; vgl. Rakstniecības un mūzikas muzejs Riga, Sign. RTMM 69751, RTMM 69752.

23 Dina Dūdiņa-Kurmiņa, Dārgumu lāde, par ko mūs apskauž Eiropa … Rakstniecības un mūzikas muzejs, Podcast vom 8.12.2018, online verfügbar unter https://klasika.lsm.lv/lv/raksts/musu-legjendas/dargumu-lade-par-ko-mus-apskauz-eiropa…-rakstniecibas-un-muzik.a112452/ (17.11.2020).

24 Vgl. die historisch-kritische Edition von Goethes Briefen (GB) sowie *Propyläen. Forschungsplattform zu Goethes Biographica* (www.goethe-biographica.de). Die Wiedergabe der Briefe orientiert sich an den Editionsprinzipien von GB. Für wichtige Hinweise zu Editionsfragen und naturwissenschaftliche Erläuterungen danke ich herzlich Jutta Eckle und Yvonne Pietsch.

Da die abgesandten Briefe Goethes gewöhnlich bei den Empfängern blieben, konnten große Lücken der Goethe-Korrespondenz in der Weimarer Ausgabe (WA) nur auf Grundlage solcher Konzepte gefüllt werden.[25] Typisch für Ausfertigungen und eine Abweichung vom Konzept ist in dem Brief Goethes an Elisa von der Recke der Nachsatz mit einer eigenhändigen Entschuldigung. Nicht den gesamten Brief mit eigener Hand geschrieben zu haben, kam »fast schon einem Verstoß gegen die Konventionen eines privat-freundschaftlichen Briefwechsels« gleich.[26] Ansonsten sind die Unterschiede zwischen Konzept und Ausfertigung marginal:[27]

> Sie erhalten hiebey, verehrteste Freundinn, das Ihnen eigentlich bestimmte Exemplar des zweyten Bandes. Vorläufig wird ein geringeres schon angekommen seyn, und ich wünsche nichts mehr, als daß die Arbeit im Druck, so wie bey der Vorlesung, Ihrer Gunst sich möge zu erfreuen haben. Ich werde mich dadurch höchlich aufgemuntert fühlen, auf meinem Wege weiter fortzuschreiten.
>
> Darf ich bitten, mich Ihrer durchlauchtigen Frau Schwester unter- / thänig zu empfehlen?
>
> Möge sich der Winter in Löbigau recht freundlich erweisen! Die schöne kleine Medaille hat Herr von St Aignan neulich bey mir gesehn, und, wenn ich nicht irre, mich darum beneidet. Ich wünschte wohl, ihm eine gleiche tessera im Nahmen der so hochverehrten Freundinn überreichen zu können und hoffte, dadurch gar viel bey ihm zu gewinnen.
>
> Herrn Canonicus Tiedge wünsche ich auf das beste gegrüßt! *Mit Entschuldigung der fremden Handschrift mich eigenhändig unterzeichnend*
>
> Jena *Ihren*
> den 4ten November *ganz geeigneten*
> 1812. *Goethe*

Goethes Brief an Elisa von der Recke gehört in den weiteren Kontext der frühen Rezeption von *Dichtung und Wahrheit*, die Goethe durch Lesungen und Probeexemplare gezielt fördert. Goethe und Elisa von der Recke begegnen sich zuerst

25 Elke Richter: *Zur historisch-kritischen Gesamtausgabe von Goethes Briefen*. In: Jochen Golz (Hrsg.): *Goethe-Philologie im Jubiläumsjahr – Bilanz und Perspektiven*. Tübingen 2001, S. 123-146. Siehe auch dies.: *Goethes Briefe neu ediert. Zur historisch-kritischen Gesamtausgabe*. In: GJb 2017, S. 221-236.

26 Elke Richter: *Goethes Briefhandschriften digital – Chancen und Probleme elektronischer Faksimilierung*. In: Anne Bohnenkamp, dies. (Hrsg.): *Brief-Edition im digitalen Zeitalter*. Berlin, Boston 2013, S. 53-74; hier S. 62.

27 Abweichungen vom Konzept, das »An Frau Baronesse von der Reck, geb. Gräfin v. Medem.« überschrieben ist: Z. 1 nach »hiebey« fehlt das Komma; Z. 3 f. nach »als daß«: »Sie dem gedruckten Exemplar eben die Geneigtheit erweisen mögen, die Sie dem ersten bey der Vorlesung erzeiget haben.«, ist korrigiert: »die Arbeit sich im Druck, so wie bey der Vorlesung, Ihrer Gunst möge zu erfreuen haben«; Z. 9 nach »hat«: »Hl v. St Aignan«; Z. 9 nach »und« kein Komma; nach »irre,«: »hat er« ist gestrichen; Z. 10: nach »wünschte«: »ihm wohl«; Z. 11: nach »hoffte« fehlt das Komma; Z. 13 nach »gegrüßet«: »und habe die Ehre« ist gestrichen. Es fehlt der Nachsatz aus Goethes Hand mit dessen eigenhändiger Unterschrift (Goethe- und Schiller-Archiv Weimar, 29/564, II, Bl. 19).

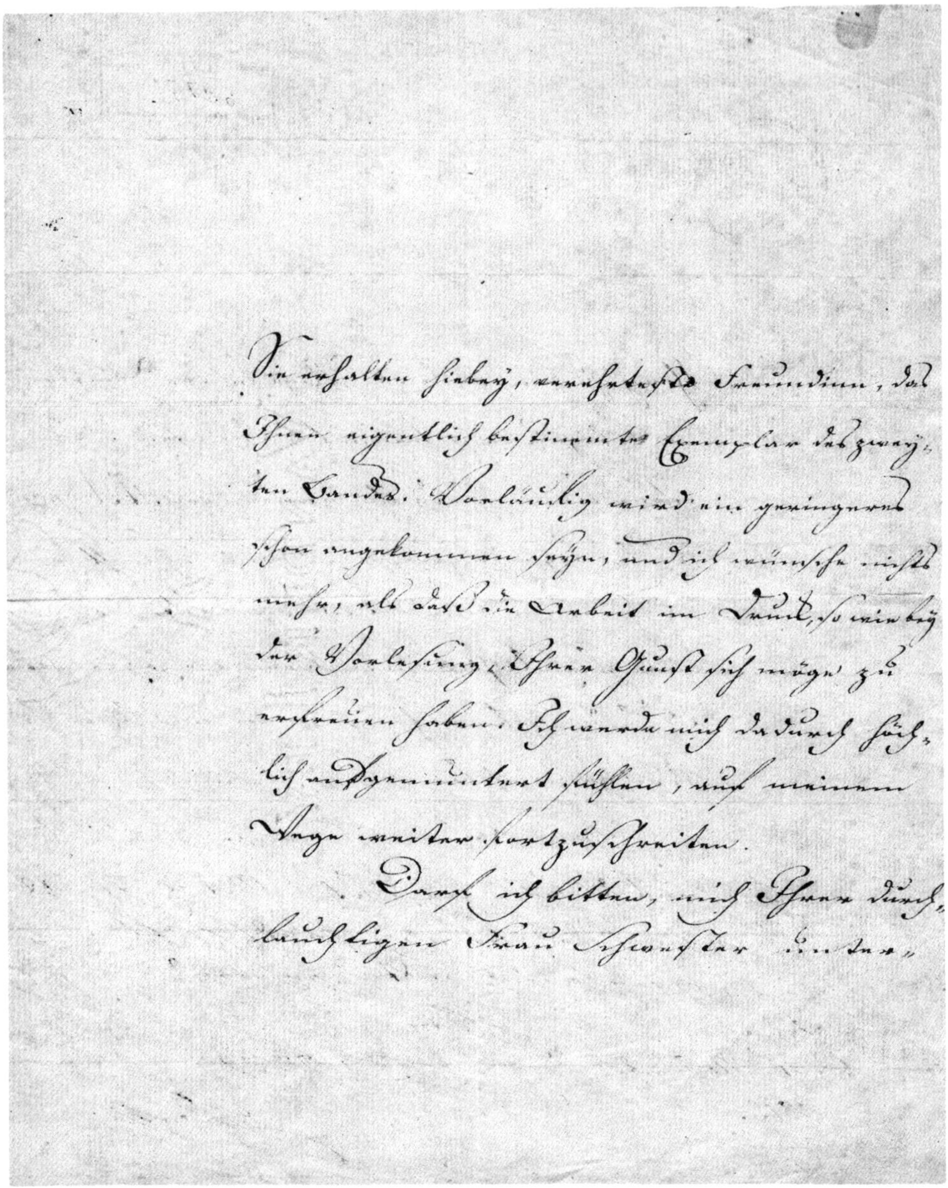
Sie erhalten hiebey, verehrteste Freundinn, das
Ihnen eigentlich bestimmte Exemplar des zwey-
ten Bandes. Vorläufig wird ein geringeres
schon angekommen seyn, und ich wünsche nichts
mehr, als daß die Arbeit im Druck, so wie bey
der Vorlesung, Ihre Gunst sich möge zu
erfreuen haben. Ich werde mich dadurch höch-
lich aufgemuntert fühlen, auf meinem
Wege weiter fortzuschreiten.
Darf ich bitten, mich Ihrer durch-
lauchtigen Frau Schwester [illegible]

Abb. 1
Johann Wolfgang Goethe an Elisa von der Recke, 4. November 1812

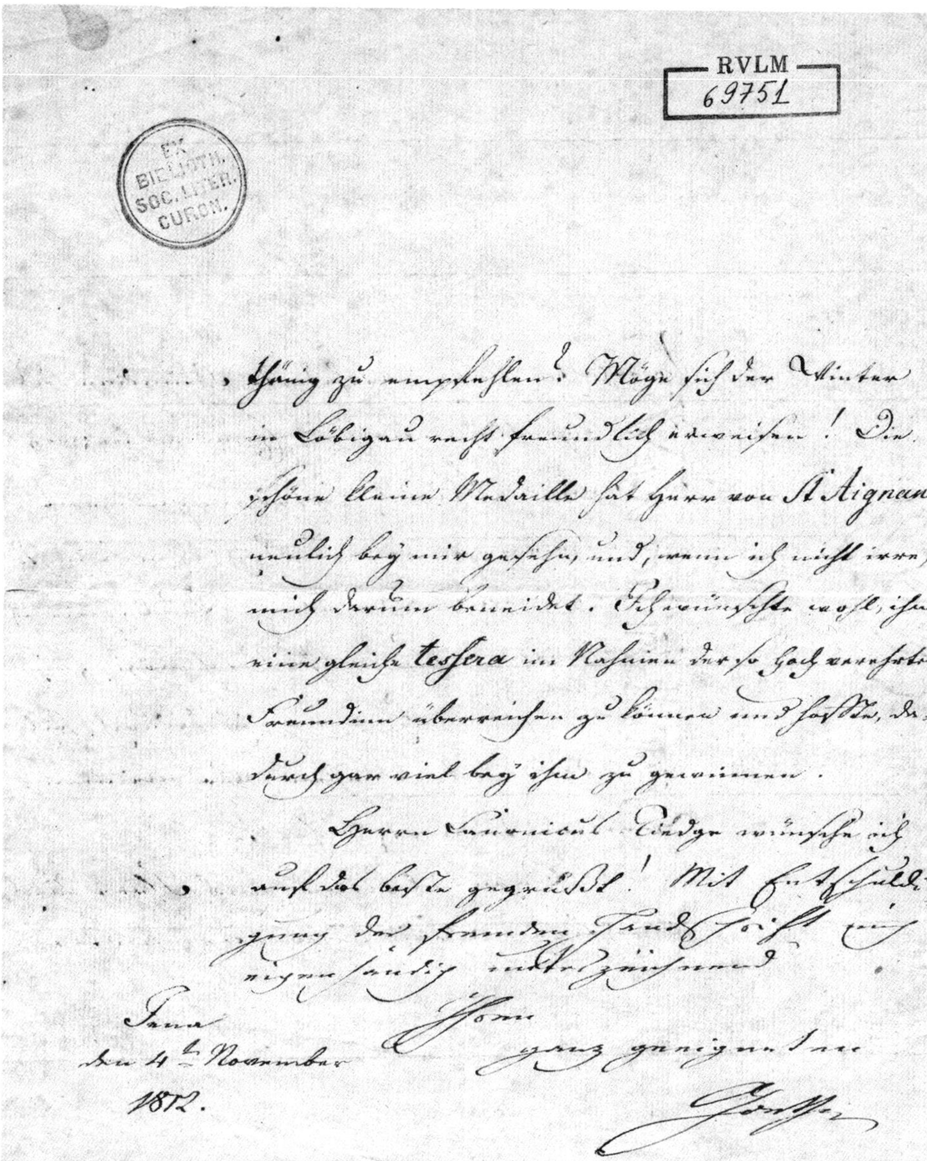

thätig zu empfehlen. Möge sich der Winter in Löbichau recht freundlich erweisen! Die schöne kleine Medaille hat Herr von St Aignan neulich bey mir gesehen, und, wenn ich nicht irre, mich darum beneidet. Ich wünschte wohl, ihm eine gleiche tessera im Nahmen der so hoch verehrten Freundinn überreichen zu können und hoffte, dadurch gar viel bey ihm zu gewinnen.

Herrn Lieutenant Tiedge wünsche ich auch das beste gegrüßt! Mit Entschuldigung der fremden Handschrift mich eigenhändig unterzeichnend

Jena
den 4. November
1812.

Ihm
ganz geeigneter
Goethe

1784/85, ab 1807 nahezu regelmäßig im Sommer in Karlsbad.[28] Nach Besuchen sowie einer Vorlesung aus dem *Faust* und der *Pandora* im Juni 1811[29] sendet Goethe ihr schließlich mit dem Brief vom 11. November 1811 den soeben erschienenen ersten Teil von *Dichtung und Wahrheit* (Stuttgart, Tübingen: Cotta 1811).[30] Elisa von der Recke reagiert Goethe gegenüber begeistert:

> *So weit bin ich im Lesen dieses höchst anziehenden Buches gekommen, welches mir außer seinem eigenen innrren [sic] Interesse noch einen trefflichen Comentar der Göthischen Schriften darbietet, und mir die Ueberzeugung giebt daß Ihre Biographie Ihnen noch mehr Herzen zuführen wird. Mit Heißhunger werde ich die Lesung vollenden und mit Ungeduld die Fortsetzung erwarten.*[31]

Die deutschbaltische Schriftstellerin gibt Goethe schon nach dem ersten Band von *Dichtung und Wahrheit* zu verstehen, dass sich die Faszination für sein literarisches Werk durch die Autobiographie noch steigern würde.

Als Goethe im Sommer 1812 in Karlsbad intensiv am zweiten Band arbeitet, am achten und neunten Buch korrigiert und das zehnte Buch diktiert, trifft er sich wiederholt mit Elisa von der Recke.[32] Er wird hier auch aus seinen autobiographischen Schriften in ihrem Beisein vorgelesen haben.[33] Elisa von der Recke gehört zu den ersten Lesern, die noch in der Phase kurz vor der Drucklegung ein Lese-Exemplar in Form von Aushängebogen erhielten (sie spricht von »probeBogen« im Brief an Goethe vom 22. November 1812), wahrscheinlich mit einer Postsendung vom 22. Oktober 1812.[34] Darauf spielt Goethe mit der Formulierung eines »geringere[n]« Exemplars im vorliegenden Brief an. Am 4. November 1812 legt Goethe das eigent-

28 Die anfängliche Distanz nach ihren ersten Treffen 1784/85 wich mit den zahlreichen Karlsbader Begegnungen 1807, 1808, 1811, 1812, 1820 und 1823. 1785 hatte Goethe sie noch eine »sonderbare Frau« genannt (Goethe an Knebel, 6.1.1785; GB 5, S. 3 f.). Auch auf dem Fächer, der Elisa von der Recke 1785/86 als Poesiealbum diente und auf dem sich im Sommer 1785 in Karlsbad viele Weimarer wie Caroline und Johann Gottfried Herder, Johanna Viktoria und Christian Gottlob von Voigt, später auch Hillers, Karl Wilhelm Ramler, Carl Philipp Emanuel Bach verewigen, notiert Goethe zurückhaltend: »Zur Erinnerung des 13. Juli 1785.« (Hermann Kropatscheck: *Das Fächer-Album Elisas v.d. Recke*. In: *Programm der Saldernschen Realschule in Brandenburg a.d.H.* Brandenburg a.d.H. 1881, S. 1-18; hier S. 30). Elisa von der Recke zeigte sich bei ihrem ersten Aufenthalt in Weimar von den »berühmten« Persönlichkeiten ebenfalls ernüchtert (*Vor hundert Jahren. Elisa von der Reckes Reisen durch Deutschland 1784-86, nach dem Tagebuche ihrer Begleiterin Sophie Becker*. Hrsg. von G. Karo u. M. Geyer. Stuttgart [1884], S. 88, 106).

29 GT IV,1, S. 254 f., 257.

30 Siehe GT IV,1, S. 289 (Brief vom 4.11.1811) und GT IV,1, S. 291 (Brief vom 11.11.1811 mit einem »biographische[n] Exemplar«).

31 Elisa von der Recke an Goethe, 28.11.1811 (GSA Weimar, 28/726, St. 1 [RA 6/289]).

32 Goethe notierte sogar seinen Abschied bei Elisa von der Recke am 19. August 1812 und schrieb ihr bald darauf am 26. September 1812 aus Weimar nach Karlsbad – kurz nachdem er das neunte Buch abgeschlossen und das zehnte korrigiert hatte. Siehe die Begegnungen GT IV,1, S. 357-381, sowie GT IV,1, S. 395.

33 Darauf deutet Goethes Formulierung an Elisa von der Recke im vorliegenden Brief: »wie bey der Vorlesung«.

34 GT IV,1, S. 403: »Zweyter Band der Biographie an Frau von der Reck nach Löbigaus«.

lich für Elisa von der Recke bestimmte frische Druckexemplar bei.[35] Goethe erwartet ihre »Geneigtheit« (so ursprünglich im Konzept, dann dort zu »Gunst« korrigiert) und »Gunst« (Ausfertigung) nach der Lektüre und wird von der Baronesse nicht enttäuscht. Elisa von der Recke berichtet zudem über einsame Tage und beteuert leidenschaftlich ihre Freundschaft zu Goethes Frau Christiane; auch ein Huldigungsschreiben ihres Lebensgefährten Tiedge liegt bei.[36]

Elisa von der Reckes Interesse an Goethes Lebensbeschreibung steht für Goethes erstaunlichen Erfolg, die Rezeption seines Werkes an die eigene Person zu koppeln und damit die eigene Auratisierung als Künstler schon zu Lebzeiten zu fördern.[37] Zugleich verweist diese Art des Austauschs auf die zentrale Rolle von gebildeten Frauen in der Literaturrezeption um 1800. Goethe fühlte sich auf das Urteil und die Resonanz von Leserinnen angewiesen. Sie machten einen großen Anteil seiner Leser aus; ihre Lektüre und ihr Leseverhalten unterschieden sich zumindest in seiner Wahrnehmung von männlichen Lesern.[38] Goethe achtete Elisa von der Recke allerdings nur als Leserin seiner Werke und weniger als selbständige Autorin.[39]

Mit der Buchsendung verknüpft Goethe zugleich eine Bitte an Elisas Halbschwester, Dorothea von Kurland geb. Gräfin von Medem, nach einer Medaille. Auf ihrem Schloss Löbichau in der Nähe von Altenburg[40] hielten sich Elisa von der Recke und Tiedge im Spätherbst 1812 auf. Zur selben Zeit traf Goethe den französischen Gesandten und Ministerresidenten Étienne Baron von Saint-Aignan (1773–1824), der der napoleonischen Regierung über die politischen Meinungen aus der Stadt Weimar als dem »centre de réunion d'un grand nombre de littérateurs célèbres« (dem Versammlungsort berühmter Schriftsteller) berichten sollte.[41] Vermutlich ging es

35 GT IV,1, S. 408: »Fr v. dl Reck. Löbichau b Altb.«

36 GSA 28/726, St. 2; RA 6, Nr. 560. Goethe erhielt ihn zwei Tage später, was ihm eine Notiz im Tagebuch wert war (vgl. GT IV,1, S. 419): »Brief von Fr v. der Reck«.

37 Janet Boatin: *Die Gemeinde des Olympiers. Goethekult und Goethe-Gesellschaft im Wilhelminischen Kaiserreich*. In: *Die Gegenwart Gottes in der modernen Gesellschaft. Transzendenz und religiöse Vergemeinschaftung in Deutschland/The Presence of God in Modern Society. Transcendence and Religions Community in Germany*. Hrsg. von Michael Geyer u. Lucian Hölscher. Göttingen 1996, S. 229-252.

38 Silke Schlichtmann: *Geschlechterdifferenz in der Literaturrezeption um 1800? Zu zeitgenössischen Goethe-Lektüren*. Tübingen 2001.

39 Goethes Nichtachtung ihrer intellektuellen Fähigkeiten führte Elisa von der Recke auf ihr weibliches Geschlecht und Goethes Frauenbild zurück. Vgl. dazu Gabi Pahnke: *Die »Wohlthäterin« und ihr »edler Mann«. Die Freundschaft Elisa von der Reckes zu Johann Gottfried Seume*. In: Valérie Leyh u. a. (Hrsg.): *Elisa von der Recke. Aufklärerische Kontexte und lebensweltliche Perspektiven*. Heidelberg 2018, S. 319-342; hier S. 332-334.

40 Adolf Mirus: *Das Körner-Museum im Körner-Hause zu Dresden sowie Schloß Löbichau (Sachsen-Altenburg) mit seinen Erinnerungen an Theodor Körner und dessen Pathe Dorothee Herzogin von Curland*. Weimar 1898.

41 *Politischer Briefwechsel des Herzogs und Großherzogs Carl August von Weimar*. Hrsg. von Willy Andreas, bearb. von Hans Tümmler. Bd. 3. Göttingen 1973, S. 142 (Instruktion für den Ministerresidenten Baron de Saint-Aignan, 16.1.1812). Vgl. zu den Begegnungen mit Saint-Aignan BuG 8, S. 176-324. Saint-Aignan traf Goethe etliche Sonntage, an denen er auch Handzeichnungen und Kupferstiche seiner Sammlung erläuterte (vgl. BuG 8, S. 200).

bei den Unterhaltungen weniger um Politik, eher um Literatur und gemeinsame Sammlungsinteressen, um Zeichnungen, Kupferstiche und eben auch um Münzen und Medaillen. Dieses gute Verhältnis kann sich tatsächlich auf den positiven Bericht des Gesandten vom 24. April 1813 ausgewirkt haben, nachdem Carl August Napoleon mit seiner Parteinahme für Preußen 1806 verärgert hatte.[42] Vielleicht trug die Medaille, die die Herzogin von Kurland auf Goethes Wunsch erwarb, zu einer gelösten Stimmung bei. Die Medaille lag tatsächlich Elisa von der Reckes Rückantwort bei, die jedoch nicht überliefert ist.[43]

II.

Goethes Brief an Großherzog Carl August sowie dessen Antwortbrief vom 27. Dezember 1822 im lettischen Literatur- und Musikmuseum Riga ergänzen die bereits bekannten Dokumente zu den naturwissenschaftlichen Interessen in der Korrespondenz zwischen Carl August und Goethe.[44] Die Ausfertigung des Briefes ist auf der ersten Seite eines Doppelblattes mit den Maßen 210 × 250 mm und von Goethe eigenhändig mit Tinte geschrieben:

> Ew Konigℓ Hoheit
>
> Habe schuldigst zu vermelden: daß Döbereiner angekommen ist, einen compendiosen Apparat aufstellend, womit mancherley anmuthige Versuche vorzulegen sind. Mögen Höchstdieselben etwa Morgen Sonnabend früh einige Stunden wählen und bestimmen, so würde alles fertig und bereit seyn.
>
> Verehrend
>
> Weimar
dℓ 27. Dez
1822.
>
> unterthanigst
JWvGoethe

Carl Augusts Antwort stammt von demselben Tag und wurde vom Großherzog eigenhändig auf der dritten Seite des Blatts mit Goethes Brief notiert. Es trägt das

42 Alexander Schmidt: *Du pouvoir des »muses«. Politiques des »petits États«: prestige dynastique et culturel à l'ère napoléonienne.* In: *Francia* 39 (2012), S. 167-191; Willy Andreas: *Goethe und Saint-Aignan.* In: *Deutsche Vierteljahrsschrift für Literaturwissenschaft und Geistesgeschichte* 37 (1963), S. 249-253; hier S. 253; Hans Tümmler: *Goethes Weimar am Vorabend der Befreiungskriege. Aus den Berichten des französischen Gesandten Baron von Saint-Aignan 1812/13.* In: *Natur und Idee. Fs. für Andreas Bruno Wachsmuth.* Hrsg. von der Goethe-Gesellschaft. Weimar 1966, S. 236-297.

43 Schon 1811 hatte Herzogin Dorothea von Kurland den französischen Numismatiker Théodore Edme Mionnet beauftragt, für Goethe Medaillen zu erwerben (RA 6/25 und RA 6/428). Ohne Hinweise auf die Medaille siehe Jochen Klauß: *Goethe als Medaillensammler.* Weimar 1994.

44 *Briefwechsel des Herzogs-Großherzogs Carl August mit Goethe.* Hrsg. von Hans Wahl. Bd. 3: *1821-1828.* Berlin 1918. Goethes Brief an Carl August ist fehlerhaft wiedergegeben in der *Mitauschen Zeitung* 261 (1917). Die Soldatenzeitung ist nur in wenigen Exemplaren weltweit überliefert. Carl Augusts Brief an Goethe wurde bislang nicht gedruckt.

Wasserzeichen »J WHATMAN«, die rechte untere Ecke der Seite wurde beschädigt und wieder angeklebt:[45]

> Ich muß mir diese, wahrscheinℓ sehr intereßante darstellung auf den Sonntag, übermorgen um Eilf Uhr erbitten. + in deiner behausung nehmℓ Morgen habe ich Ehehaften.
>
> In dem lezten Stück der Bibℓ Universelle von Pictet steht eine beschreibung von dingen die Er u. Decandole, jenseits Lion in der Gegend von St. Etienne en foret besucht u. untersucht haben; es sind eine art von zu einer art Steinkohle verwandelten baumstämme, mit ihren Wurzeln in der Erde stehend, u. verschüttet mit einer art Grand.
>
> $27^{\underline{n}}$ 12.22. C. A.

Goethe hatte die Präsentation chemischer und physikalischer Versuche von langer Hand vorbereitet, auch wenn die kurzfristige Einladung an Carl August einen anderen Eindruck hinterlässt und diesen zunächst zu einer Absage wegen anderer Verpflichtungen zwingt.[46] Bereits am 11. Dezember 1822 teilt Goethe dem Jenaer Chemiker Johann Wolfgang Döbereiner seine Vorfreude mit, ihn Weihnachten bei sich zu sehen.[47] Goethes Sohn August sollte nach Jena kommen und alles Nötige verabreden. Dem Brief lag ein Schreiben bei mit einer Anleitung Goethes über die Versuchsanordnung,[48] nach der er »von oberaufsichtlicher Seite« behilflich sein könnte: »In Gefolg dieses ersuche Ew. Wohlgeboren bey Ihrer Anherreise dasjenige

45 Textvarianten: Einfügung über »um Eilf Uhr erbitten.« in Z. 12: »in deiner Behausung nehmℓ«; Streichung nach »eine art von« in Z. 16: »~~zu fochil~~«, vermutlich ursprünglich als »zu fossil« im Sinne von versteinerten Bäumen gemeint. Carl Augusts Unterschrift, das Monogramm »C. A.«, wird von einer fremden zeitgenössischen Hand aufgelöst: »(Carl August Großherzog zu Sachsen Weimar u Eisenach)«.

46 Zu »Ehehaft« (Z. 12) siehe GWb, Bd. 2, Sp. 1378: »rechtsspr: rechtsgültiger Entschuldigungsgrund«. Den Hintergrund für Carl Augusts Absage liefert wahrscheinlich das Fourierbuch: Diesem zufolge fuhr Carl August am späten Vormittag des 28. Dezembers zur Jagd nach Hermsdorf und kam zur Tafel. Abends ging man in die »Komödie« (Landesarchiv Thüringen, Hauptstaatsarchiv Weimar, Hofmarschallamt, Nr. 4581, fol. 219, neu 113). Im Theater wurde zum 12. Mal Carl Maria von Webers *Freischütz* gegeben; Weimar befand sich wie viele andere deutsche Städte gerade im *Freischütz*-Fieber.

47 *Briefe des Großherzogs Carl August und Göthes an Döbereiner*. Hrsg. von Oskar Schade. Weimar 1856, S. 112 f. Zu Döbereiner und seinen Beziehungen nach Weimar siehe Arno Martin: *»Daß ich Döbereiner und somit der Chemie in Jena für ewig eine Burg erbauen kann«. Goethe, das weimarische Fürstenhaus und die Chemie in Jena*. In: *Weimar-Jena. Die große Stadt* 7 (2014) 1, S. 36-51; Rüdiger Stolz: *Goethe und seine Chemiker. Ratgeber, Helfer und Vertraute*. Weimar 2008; Alexander Gutbier: *Goethe, Großherzog Carl August und die Chemie in Jena*. Jena 1926.

48 In diesem Zusammenhang beschäftigt sich Goethe erneut mit Johann Kunkels Experimenten in der *Ars vitraria experimentalis, Oder vollkommene Glasmacher-Kunst* [...] (Frankfurt, Leipzig 1689). Er hatte sie in »früherer Zeit« studiert, ohne »klug daraus geworden zu sein« (WA II, 12, S. 149). Durch »Communication mit Herrn Dr. Döbereiner«, der Goethe auch seine »neusten Erfahrungen und Entdeckungen mittheilte«, wurden ihm Kunkels Darstellungen verständlicher (WA I, 36, S. 218; *Tag- und Jahres-Hefte*). Siehe auch Georg Schwedt: *Goethe als Chemiker*. Berlin 1998.

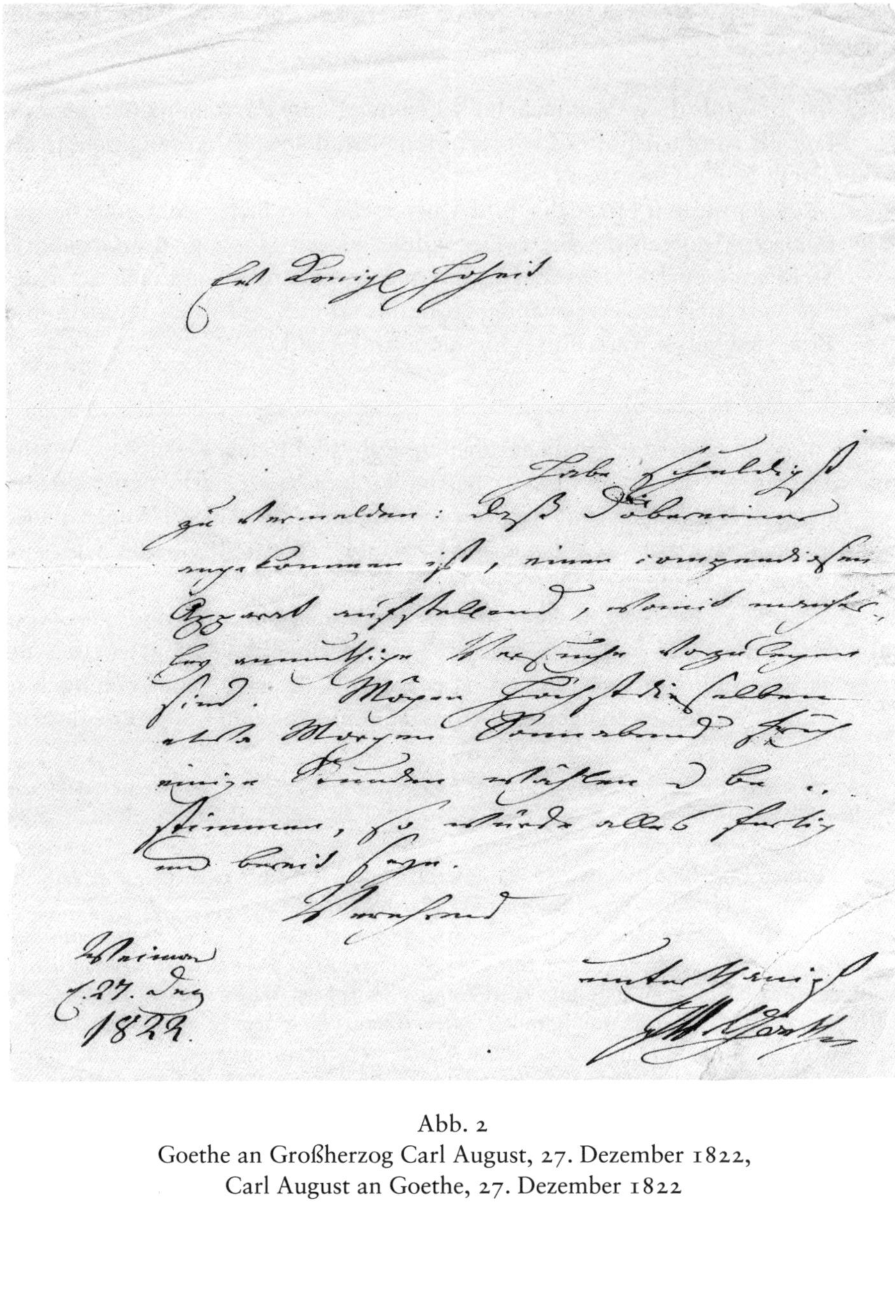

Ew. Königl. Hoheit

habe schuldigst zu vermelden: daß Döbereiner angekommen ist, einen vorzüglichen Apparat aufstellend, womit merkwürdig anmuthige Versuche vorzulegen sind. Mögen Höchstdieselben etwa Morgen Sonnabend früh einige Stunden widmen und bestimmen, so würde alles fertig und bereit seyn.

Verehrend

Weimar d. 27. Dez 1822.

unterthänigst
JWvGoethe

Abb. 2
Goethe an Großherzog Carl August, 27. Dezember 1822,
Carl August an Goethe, 27. Dezember 1822

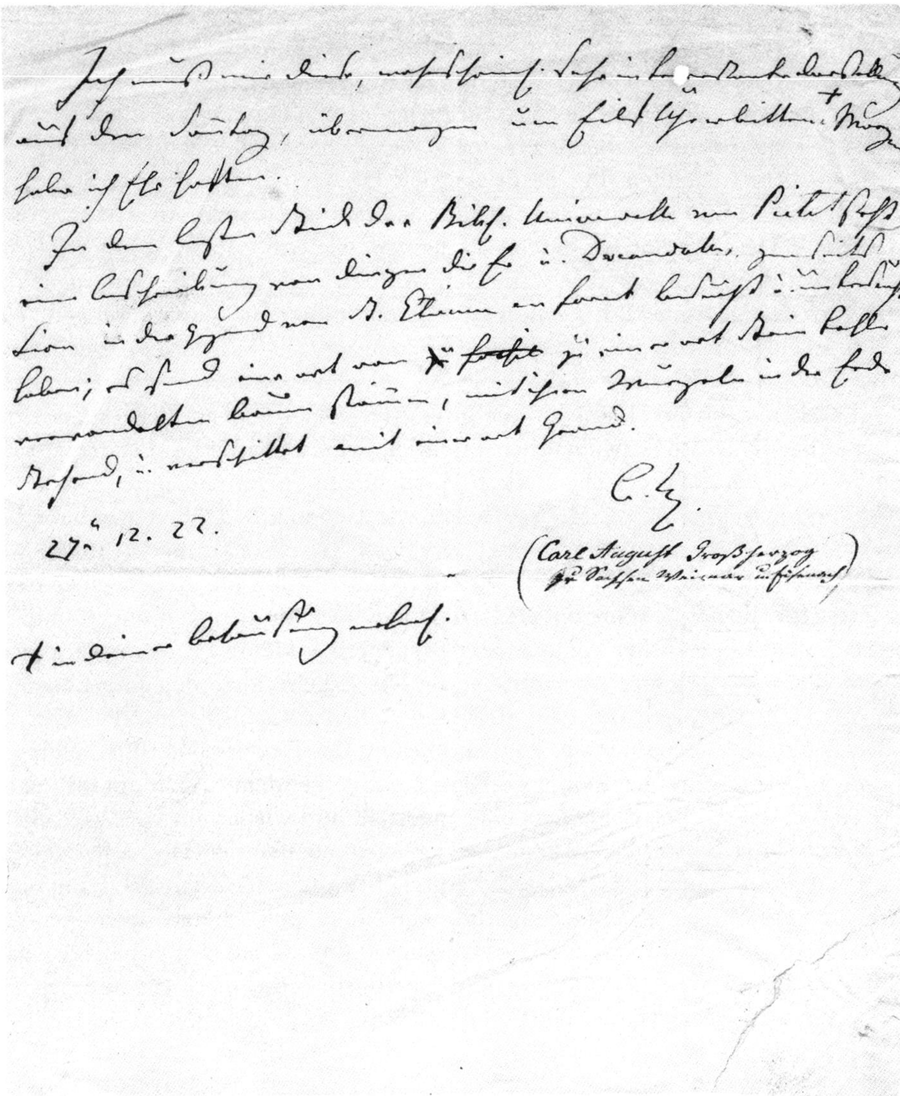
27. 12. 22.

(Carl August Großherzog zu Sachsen Weimar Eisenach)

mitzubringen was überhaupt zu Darstellungen der electromagnetischen Erscheinungen nöthig ist«. Der Weimarer Hofmechaniker Ernst Wilhelm Gottfried Kleinsteuber und ein weiterer Mechaniker sollten beim Aufbau der Experimente helfen.[49]

Döbereiner besuchte Goethe am Morgen des 27. Dezember. Sein Tagebuch hält fest: »Experimente«; abends erneut: »Chemisches u. Physikalisches durchgesprochen«. Am folgenden Tag bespricht sich Döbereiner mit dem Großherzog, arbeitet nebenan im Gasthaus *Zum weißen Schwan* und kommt zum Mittagessen zu Goethe.[50] Die Experimente fanden schließlich, wie von Carl August gewünscht, am Sonntag, dem 29. Dezember statt. Dem Aufbau und der Präsentation der Versuche war der gesamte Tag gewidmet: »Beschäftigung in Vorbereitungen. Um 12. Uhr Serenissimus. Wurden chemische und entoptische Versuche vorgelegt. [...] Mittag Hofrath Döbereiner und Nicolovius. Nachmittag fortgesetzte chemische Betrachtungen«. Abends kommen auch der Architekt Clemens Wenzeslaus Coudray und der Badeinspektor Heinrich Friedrich Schütz aus Berka. Letzterer spielt nach der Wiederholung der chemischen Versuche am Flügel »bis in die Nacht«.[51] In Goethes *Tag- und Jahres-Heften* finden wir Genaueres. Döbereiner habe am Jahresende vor Carl August und »einer gebildeten Gesellschaft die wichtigen Versuche galvanisch magnetischer wechselseitiger Einwirkung mit Augen sehen« lassen. Zwischen den Experimenten erklärte Döbereiner die Beobachtungen und Effekte, »die bei kurz vorher erfreuendem Besuche des Herrn Professor Oersted nur um desto erwünschter sein mußten«.[52] Die Erkenntnisse des Kopenhagener Physikers Hans Christian Ørsted[53] griff Döbereiner tatsächlich auf und stellte sie an den Beginn der Experimente. Die Anordnung der Experimente überliefert ein handschriftliches Schreiben Döbereiners an Goethe, bei dem es sich um insgesamt elf »Physikalische u chemische Versuche, angestellt und wiederholt vor Sr Excellenz dem Herr StaatsMinister von Goethe, in den Weihnachtsferien 1822« handelte.[54] Zuerst wurden in einem »Elektro-mechanische[n] Versuch« durch Reibung einer Glasröhre mit Hilfe einer Leidner Flasche einen Meter weit schlagende Funken verursacht; beim »Elektro-dynamische[n] Versuch« ging es um den Nachweis, dass Elektrizität Einfluss auf eine Magnetnadel nehmen kann, in einem anderen um Ørsteds Entdeckung, dass die Magnetnadel sich nur bei geschlossenem elektrischem

49 Schade (Anm. 47), S. 112f.

50 GT VIII,1, S. 287. Auf den 28. Dezember 1822 ist ein Schreiben Döbereiners über die chemische Zusammensetzung einer »chinesischen Thee Büchse« datiert, das offenbar Thema der Unterhaltungen war (GSA Weimar, 28/280b St. 9 [RA 9/1600]).

51 GT VIII,1, S. 287.

52 WA I, 36, S. 218.

53 Ørsted hat auf seiner Europareise am 16. Dezember 1822 gemeinsam mit Döbereiner Goethe besucht. Goethe erinnert sich in seinem Tagebuch an ein »Lebhaftes Gespräch über Physikalisches u.s.w.« (GT VIII,1, S. 284). Gegenüber Friedrich von Müller erwähnt er den Besuch Ørsteds (*Goethes Gespräche*. Hrsg. von Woldemar Freiherr von Biedermann. Bd. 10. Leipzig 1896, S. 108f.).

54 LA II, 1B, S. 932f. Ich danke Jutta Eckle für anregende Gespräche zu den chemischen Experimenten um 1800. Siehe auch Julius Schiff: *Unveröffentlichte chemische Dokumente aus dem Goethe- und Schiller-Archiv in Weimar*. In: *Chemiker-Zeitung* 47 (1923) 54, S. 385f.

Kreis bewegt. Döbereiner präsentierte die nach ihm benannte stöchiometrisch-elektrische Kette[55] und vor allem seine jüngsten Experimente mit Platinsuboxyd (Platinschwarz) und Alkohol, der durch Hitze zu Essigsäure oxidiert.[56] Heute verbindet sich sein Name in erster Linie mit diesen Platin-Experimenten. Döbereiner hatte von der russischen Großfürstin und Erbprinzessin Maria Pawlowna Platin aus dem Ural für seine Forschung zur Verfügung gestellt bekommen. Diese Versuche führten 1823 zu seinen genialsten Entdeckungen, der von dem Chemiker Jöns Jacob Berzelius so benannten Platinkatalyse vom 27. Juli 1823 und der Erfindung des pneumatischen Gasfeuerzeugs.[57]

Zudem zeigte Döbereiner pyrometallische Versuche – etwa, wie Kalium in Wasser verbrennt und zu Kali wird, Kristallisationen von Salzen, Reaktionsversuche mit salziger Blaukohltinktur und zum Abschluss das sogenannte Leidenfrost'sche Phänomen nach »Döbereiners mikrochemischer Methode«. Leidenfrost hatte 1756 das Phänomen beschrieben, dass Wassertropfen auf heißem Untergrund nicht zischend verkochen, sondern hin und her tanzen – ein Experiment, das in den *Annalen der Physik* nicht nur Döbereiner,[58] sondern noch bis Ende des 19. Jahrhunderts einige, auch berühmte Chemiker wie Pierre-Hippolyte Boutigny (1798-1884) beschäftigte.

Der Goethe-Brief ist ein weiteres Zeugnis für Döbereiners Entdeckerfieber der frühen 1820er Jahre, an dem seine beiden Mäzene Carl August und Goethe intensiven Anteil nahmen. Beiden fühlte sich Döbereiner außerordentlich verpflichtet. Carl August hatte 1810 den Mittellosen und unbürokratisch auf den Jenaer Lehrstuhl für Chemie und Technologie berufen;[59] den Weimarer Minister ließ er über seine wissenschaftlichen Entdeckungen anfangs unmittelbar nach den Entdeckungen benachrichtigen.[60] Durch das sogenannte Döberein'sche Feuerzeug, das ohne Feuerstein gezündet wurde, wurde der Jenaer Forscher international bekannt; sein Ansehen in der Fachwelt bestätigte die in ihn gelegten Erwartungen und förderte auch das Prestige seiner Förderer.[61]

55 Döbereiner beschreibt sie ausführlich in *VIII. Fortgesetzte physikalisch-chemische Bemerkungen*. In: *Annalen der Physik und der physikalischen Chemie* 68 (1821) 8, S. 84-92.

56 Vgl. Döbereiner: *X. Aufgefundene chemische Natur einiger dem Pflanzenreiche und dem Thierreiche angehörenden Säuren*. In: *Annalen der Physik und der physikalischen Chemie* 72 (1822) 12, S. 193-206; hier 193 f.

57 George B. Kauffman: *Johann Wolfgang Döbereiner's Feuerzeug. On the sesquicentennial anniversary of his death*. In: *Platinum Metals Review* 43 (1999), S. 122-128; Arno Martin: *Döbereiner und das Platin*. In: *Mitteilungen*. Hrsg. von der Gesellschaft Deutscher Chemiker. Bd. 23. Frankfurt a. M. 2013, S. 107-128.

58 Vgl. [Ludwig Wilhelm Gilbert]: *Nachschrift von Gilbert, Hrn Döbereiner's pneumatische Microchemie, Zerlegung der Sauerkleesäure, und Wiederholung des Leidenfrost'schen Versuchs betreffend*. In: *Annalen der Physik und der physikalischen Chemie* 72 (1822) 12, S. 206-211; hier S. 211.

59 Gerhard Müller: *Vom Regieren zum Gestalten. Goethe und die Universität Jena*. Heidelberg 2006, S. 582 f.

60 Martin (Anm. 57).

61 Döbereiners Potenzial als Chemiker war in der wissenschaftlichen Fachwelt bis zu diesen Entdeckungen umstritten. Das zeigt der bemerkenswerte Sinneswandel des renommierten Chemikers Jacob Berzelius, der 1825 im Rückblick von Döbereiners Erfindung als

Großherzog Carl August nutzt das Antwortschreiben, um Goethe seine Lektüre eines Artikels über versteinerte Baumstämme bei St. Étienne mitzuteilen (Z. 14-18). Die *Notice sur un pont construit en fil de fer près d'Annonay* von Marc-Auguste Pictet erschien im Oktoberheft der *Sciences et arts* der *Bibliothèque universelle* von 1822.[62] Der Schweizer Naturwissenschaftler Pictet (1752-1825) berichtet darin von seiner gemeinsam mit dem Freund, Kollegen und Schweizer Botaniker Augustin Pyrame de Candolle (1778-1841) unternommenen Reise nach Annonay und ihrem Abstecher zur Kohlemine von Treuil bei St. Etienne in der Grafschaft Forez im Department Loire.[63]

Auf die Idee zu diesem Abstecher hatte Pictet und Candolle der Geologe Alexandre Brongniart (1770-1847) gebracht. Brongniart beschreibt in den *Annales des mines*[64] zuerst diese Art fossiler Baumstämme, die aufrecht angeordnet inmitten verschiedener Erdschichten als organische Überreste alter Welten standen. Sie waren umgeben von mehreren horizontal übereinander gelagerten Ebenen: einem fünf Fuß dicken Kohlebett mit einer Kieselschieferschicht, einer Eisenerzkarbonatschicht und schließlich einer Schicht mit glimmerhaltigem Sandstein. Pictet hatte dieses Naturereignis nun mit eigenen Augen betrachtet und das wissenschaftliche Potenzial für künftige Geologen erkannt: Seiner Ansicht nach ähneln die Bäume gigantischen Equiseta (Schachtelhalmen), deren Inneres aus Sandstein und Eisenerz besteht. Die Rinde sei in kohleähnliches Material umgewandelt.[65] Der französische Geologe Constant Prévost (1787-1856) unterscheidet kurz darauf im *Dictionnaire classique d'histoire naturelle* zweierlei Arten dieser fossilen einkeimblättrigen Pflanzen: Einige zylindrische Bäume weisen im Inneren kein organisches Material

der »brillanteste[n] Entdeckung, im Laufe des vergangenen Jahres« spricht (ders.: *Jahres-Bericht über die Fortschritte der physischen Wissenschaften*. Bd. 4. Übersetzt von F. Wöhler. Tübingen 1825, S. 60). Noch am 23. Juli 1821 hatte Berzelius an den Schweizer Charles-Gaspard de la Rive geschrieben, er wisse nicht, ob Döbereiner in Deutschland oder der schottische Chemiker Thomas Thomson der schlechteste, derzeit lebende Chemiker sei: »Je ne sais pas si lui (Thomson), ou Döbereiner en Allemagne, est le plus mauvais chimiste qui existe dans ce moment« (ders.: *Bref/Lettres*. Bd. VII: *Lettres détachées [1809-1847]*. Hrsg. im Namen der Académie royale des sciences de suède von H. G. Söderbaum. Uppsala 1919, S. 58). Vielleicht hatte an dem Sinneswandel die Begegnung mit Goethe im August 1822 in Eger einigen Anteil, der zu einem kurzen Briefwechsel zwischen beiden führte (ebd., S. 134-138).

62 *Bibliothèque universelle des sciences, belles-lettres, et arts, faisant suite a la bibliothèque britannique Rédigée à Genève par les auteurs de ce dernier recueil*, Bd. 21. Serie: *Sciences et arts*. Genf 1822, *S.* 123-141.

63 Carl August schreibt die »Gegend von St. Etienne en foret« (Z. 15 f.) statt »en forez«. Gemeint ist hier nicht »en foret« im Sinne von ›im Wald‹, sondern die Stadt St. Etienne in der Grafschaft Forez.

64 Alexandre Brongniart veröffentlichte den Artikel *Notice sur de végétaux fossiles traversant les couches du terrain houiller* an verschiedenen Orten (zuerst in *Annales des mines* VI [1821], S. 359-370; als selbständige Schrift in Paris 1821). Teile daraus sind wiedergegeben in Lorenz Okens *Isis* 6 (1822), Sp. 145-152.

65 Marc-Auguste Pictet: *Notice sur un pont construit en fil de fer*. In: *Bibliothèque universelle* (Anm. 62), S. 124, 127.

Abb. 3 u. 4
Fossile Baumstämme in der Mine von Treuil

auf, sondern eines, das dem der sie einst umgebenden Ufer ähnlich ist. Die anderen, selteneren Stämme sind hohl und deuten nach unten hin eine Art Wurzel an.[66]
Carl August teilte mit Goethe das Interesse an fossilen Funden. Erst 1821 hatte der Großherzog Goethe ein Auerochsen-Skelett aus dem Torfmoor bei Haßleben gesandt, das dieser mit Funden in Stuttgart, Cannstadt und Frose abglich. Er ließ es restaurieren, verglich es mit Ochsenhörnern aus dem Wiener Naturalienkabinett und reflektiert in den Aufsätzen *Fossiler Stier* (1822) und *Zweiter Urstier* (1824) Abstammungsfragen von Rinderrassen. Fossile Wirbeltierfunde von Pferden, Elefanten und Rhinozerossen in Gelmeroda, Süßenborn und Ehringsdorf füllten seit Jahren seine paläontologische Sammlung; einen im Sommer 1822 entdeckten fossilen Zahn bei Dölitz in der Nähe von Eger beschrieb Goethe vermutlich gerade im Winter 1822 in dem Text *Fossiler Backzahn, wahrscheinlich vom Mammut*.[67]

Fossile Flora und Fauna genauso wie Döbereiners physikalische und chemische Experimente spielten eine zentrale Rolle in Goethes Naturforschungen dieser Jahre, für die sich Carl August gleichermaßen interessierte. Davon zeugt auch der Briefwechsel am Ende des Jahres 1822 als ein weiteres Puzzlestück im gegenseitigen, vertraulichen Verhältnis zwischen Dichter und Großherzog.

66 C.[onstant] P[révost]: Art. *Houille. Géol.* In: *Dictionnaire classique d'histoire naturelle*. Bd. 8. Paris 1825, S. 367 f.

67 Vgl. dazu *Goethe-Handbuch*, Supplemente, Bd. 2, S. 348 f., 407 f., 441.

Bastian Röther, Annalisa Ricchizzi

*Giredo – »ein kleines Nest [...], wo ich mich recht glücklich fühle« – und ein Aquarell in der Tate Britain. Goethes Fahrt durch den Apennin in der »Italienischen Reise«**

»[U]nwiderstehlich vorwärts gezogen« (MA 15, S. 128) verließ Goethe am Morgen des 21. Oktober 1786 Bologna Richtung Rom.[1] Tags zuvor hatte ihn ein Angebot eines Vetturino, eines Lohnkutschers, erreicht, das ihn über den Apennin nach Florenz und weiter nach Perugia »grade nach Rom« bringen sollte. Der inkognito als Leipziger Kaufmann Philipp Möller Reisende »ergriff mit Leidenschaft einen schnellern Anlaß« (MA 15, S. 128) voranzukommen und folgte einer Empfehlung seines Reiseführers Johann Jacob Volkmann, der die Fortbewegung mit den Vetturini als deutlich günstiger und für individuelle Bedürfnisse am besten geeignet gepriesen hatte.[2] Damit verzichtete Goethe zugleich auf die mögliche und sicher schnellere, dabei aber vergleichsweise teure Weiterfahrt mit der Postkutsche. Die dritte und mit Abstand schnellste Option, die Fahrt mit der eigenen Kutsche, wie von Anna Amalia zwei Jahre später auf derselben Strecke praktiziert, kam für den Leipziger Kaufmann nicht in Frage.

Die Vetturini handelten mit ihren Fahrgästen Weg und Bedingungen der Beförderung aus und mieden dabei für gewöhnlich die Poststationen, weil sie auf den von ihnen angebotenen Strecken in den verschiedenen Herbergen jeweils Sonderkonditionen für Übernachtung und Versorgung anbieten konnten. War ein Interessent gefunden, bot der Mietkutscher die Fahrt feil, um mit weiteren Kunden handelseinig zu werden und die Kutsche optimal auszulasten.[3] Im Falle von Goethes Abreise aus Bologna scheint der erste Fahrgast der in Bologna in Garnison liegende Offizier der päpstlichen Garde, Graf Francesco Torquato Cesarei, gewesen zu sein, der die Heimreise in seine Vaterstadt Perugia wohl vorab mit dem Vetturino verein-

* *Italienische Reise* (22.10.1786; MA 15, S. 129).

1 Zur Bologneser Krise und Goethes eiligem Aufbruch Richtung Rom vgl. Norbert Miller: *Der Wanderer. Goethe in Italien*. München, Wien 2002, S. 97-111.

2 »Aus diesen Betrachtungen scheint es nicht nur die wohlfeilste und bequemste, sondern auch die nützlichste Art zu reisen zu seyn, Fuhrleute oder Vetturini zu nehmen, mit denen man das Fahren nach Gefallen einrichten kann, und die einem Zeit lassen unterweges alle Merkwürdigkeiten zu besehen, weil sie des Tages nur ungefehr dreyßig italienische Meilen zurücklegen« (Johann Jacob Volkmann: *Historisch-kritische Nachrichten von Italien*. Bd. 1. Leipzig 1770, S. 81 f.).

3 James Paul Cobbett: *Journal of a Tour in Italy*. London 1830; hier nach Attilio Brilli: *Als Reisen eine Kunst war. Vom Beginn des modernen Tourismus: Die ›Grand Tour‹*. Berlin 1997, S. 157-159; Fulvio Cantoni: *Volfgango Goethe nell'Appennino Bolognese*. In: Bollettino del Comune di Bologna 10 (1924), n. 2, S. 51-57, n. 3, S. 103-120; hier S. 114 (vgl. auch den Sonderdruck in der HAAB, S. 7-31).

bart hatte. Er wird die Strecke über den Apennin, die viele berühmte Reisende Richtung Rom und Süditalien genommen haben, nicht zum ersten Mal gefahren sein. Wie Goethe berichtete, sollte ihm dieser Reisegefährte – »ein rechter Italiäner« (GT I,1, S. 308) –, zu dem er am Morgen des 21. Oktober in den Wagen gestiegen war, unterwegs von vielem Nutzen sein.[4] Die schnelle Beförderung Richtung Perugia und Rom war dabei ganz in Goethes Sinne. So blieb weder für das geologisch hochinteressante Pietra Mala Zeit noch für Florenz viel mehr als ein Durcheilen der Stadt und des Boboli-Gartens. – »Auf der Rückkehr wollen wirs näher ansehn« (GT I,1, S. 309).

Die 57 italienischen Meilen (ca. 106 km) zwischen Bologna und Florenz legte die Reisegruppe in drei Etappen zurück. Am 21., nach einer etwa 33 km langen Fahrt, nächtigte man »in einem elenden Wirtshause« (MA 15, S. 128) in Lojano, der Locanda della Corona – einer Poststation, die auch von anderen Reisenden, vor allem von Engländern, als schmutzig und verwahrlost beschrieben wurde.[5] Nach Lojano hatte man von den beiden bei Volkmann für den folgenden Streckenabschnitt genannten Varianten nicht die alte Poststraße über Fiorenzuola, sondern die neuere Direktverbindung über den Futa-Pass und Le Maschere gewählt, die als die schnellere und weniger beschwerliche Strecke galt.[6] Hier auf dem Apennin übernachtete Goethe am 22. Oktober 1786, am Tag, als er zum ersten Mal die Skizze von *Ulysses auf Phäa* und den *Ewigen Juden* erwähnt, in »Giredo«. Im Reisetagebuch für Charlotte von Stein hielt er fest: »Den 22 Abends Giredo. Alles kleine Nester auf den Apenninen in denen ich mich recht glücklich fühle, wenn meine Gesellschafft besonders der englische Theil überall zu Klagen findet« (GT I,1, S. 305).[7]

Wo oder was aber war Giredo? In den Kommentaren zur *Italienischen Reise* bzw. zum *Reisetagebuch* wird Giredo gelegentlich als Poststation bezeichnet (MA 15, S. 880: »südlich des Futa-Passes«; FA I, 15.2, S. 1240) und in der Nähe von Ponte di Ghiereto lokalisiert oder mit diesem gleichgesetzt (GT I,2, S. 612). Einig ist man sich darin, dass Goethe in der »Locanda alle Maschere« übernachtet hat.[8]

Die Kleinstsiedlung Ghiereto[9] (ital. als ›abitato‹ bzw. ›piccolo borgo‹ bezeichnet) lag im Herzen des Apennin, im Mugello. Die Gegend gehört heute zur Gemeinde Barberino di Mugello, ca. 30 km nordöstlich von Florenz. Die »Locanda alle Maschere« nimmt im Namen Bezug auf die in unmittelbarer Nähe der Her-

4 Die Zeugnisse dieser Begegnung in BuG III, S. 84-86.

5 Cantoni (Anm. 3), n. 3, S. 108.

6 Volkmann (Anm. 2), S. 447; Cantoni (Anm. 3), n. 3, S. 111 (la strada più breve e relativamente più comoda).

7 In Lojano oder auf dem Weg nach Ghiereto – hier widersprechen sich Tagebuch und *Italienische Reise* (GT I,1, S. 303 u. MA 15, S. 129) – wurde die Reisegesellschaft durch einen Engländer »mit seiner sogenannten Schwester« komplettiert.

8 So schon Eugenio Zaniboni: *J. W. Goethe. Viaggio in Italia*. Vol. I. Firenze [ca. 1911], S. 246 u. Cantoni (Anm. 3), n. 3, S. 113.

9 Goethes Schreibweise Giredo statt Ghiereto war bereits von Zaniboni als eine vom Hören bestimmte Schreibung und Übertragung ins Deutsche erklärt worden – Zaniboni (ebd.), S. 246 u. FA I, 15.2, S. 1240 –, alternativ wurde auch eine Verwechslung der »Locanda alle Maschere« mit dem Namen der Brücke Ponte di Ghiereto durch Goethe vermutet (GT I,2, S. 612).

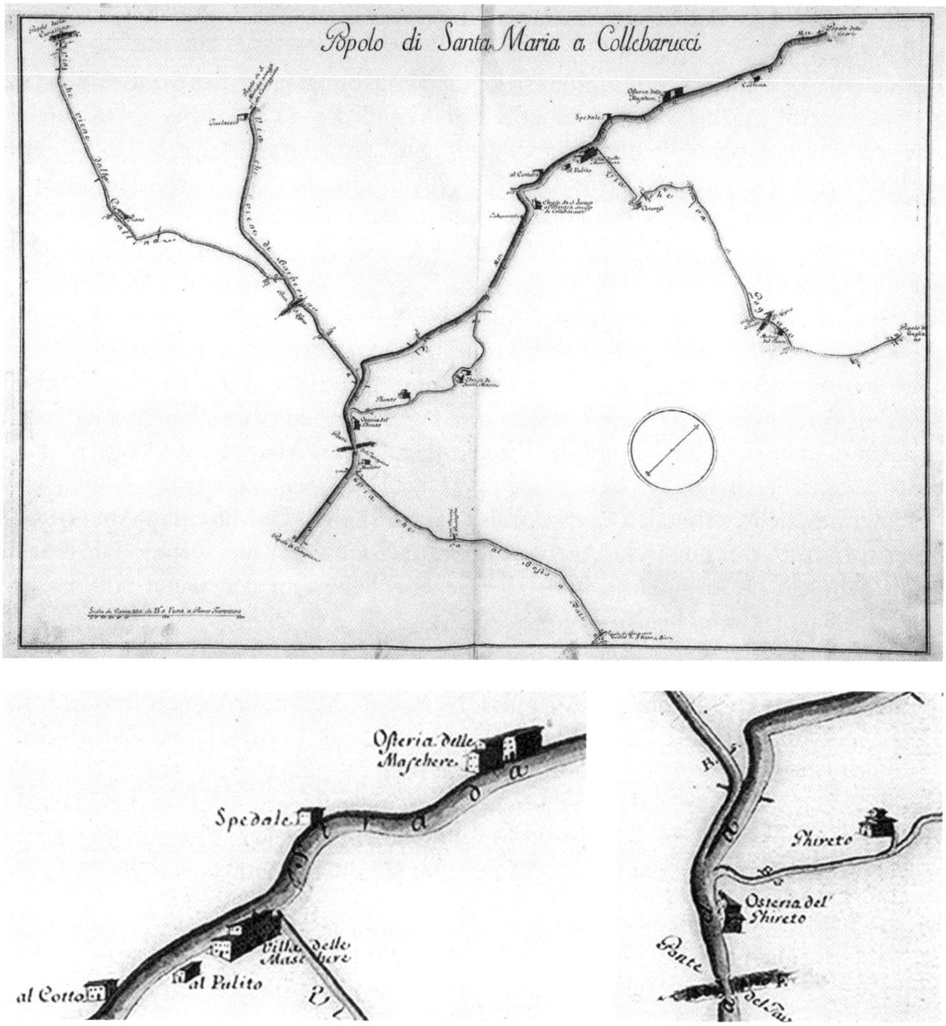

Abb. 1
Campione di Strade del 1779

berge liegende Renaissancevilla »Villa delle Maschere« – Ende des 18. Jahrhunderts seit etwa 200 Jahren im Besitz der florentinischen Familie Gerini –, deren weiter südöstlich liegendes Haupttor »Il Cancellone di Ghiereto« die Villa vom Dorf Ghiereto abgrenzte.[10] Die Locanda, ebenfalls im Besitz der Familie Gerini, lag etwa 400 m nördlich der Villa, direkt an der heutigen Staatsstraße. Sie fand seit etwa 1763 und damit bald nach Eröffnung der Direktverbindung über den Futa-Pass in der Mitte des 18. Jahrhunderts kontinuierlich Erwähnung in der Reiselite-

10 Mit Anlage des Stausees Lago di Bilancino ab den 80er Jahren des 20. Jahrhunderts verschwanden die Häuser des Dorfes, das kunstgeschichtlich wertvolle Tor wurde versetzt und an anderer Stelle unterhalb der Villa rekonstruiert. Siehe auch *Guida d'Italia. Firenze e Provincia*. Mailand 1993, S. 637.

ratur, vor allem in englischen Reiseberichten, aber auch in Goethes Reisebegleiter Volkmann.[11]

Nach der örtlichen Topographie (siehe die Umgebungskarte des Straßenmeisters von 1779, Abb. 1) befand sich Goethe am Abend des 22. Oktober 1786 – nach einer ca. 41 km langen »leidigen Fahrt« mit den Vetturinen (GT I,1, S. 305) – etwa 1,8 km nördlich des kleinen Ortes Ghiereto, der unmittelbar an die weitläufige Villa delle Maschere mit ihrem 19 Hektar großen Park grenzte. Bereits Anfang des 20. Jahrhunderts haben Eugenio Zaniboni im Kommentar zur *Viaggio in Italia* und nach ihm Fulvio Cantoni darauf verwiesen, dass eine Poststation oder Herberge des Namens Giredo nie existiert hat und auch die »Locanda alle Maschere« keine solche war.[12] Der Übernachtungsort wird unter Berücksichtigung der auf dieser Route über den Apennin vorhandenen Beherbergungsangebote und der Gepflogenheiten der Vetturini, ihren Preisvorteil gerade in Abgrenzung zu offiziellen Poststationen zu suchen, plausibel. Weil es auf der Strecke gänzlich an Alternativen fehlte und die Poststationen nach Lojano keinen akzeptablen Übernachtungsservice boten, war bei einer möglichst schnellen Etappenreise nach Florenz »Le Maschere« im Grunde obligatorisch.[13] Der englische Agronom Arthur Young, der nur wenige Jahre nach Goethe dieselbe Route nahm, hatte die Gegebenheiten an der neuen Straße über den Futa-Pass treffend beschrieben:

> It is certainly one of the most frequented that is to be found in Europe. Whether you go to Florence, Rome, and Naples, by Parma, Milan, or Venice; that is, from all Lombardy, as well as from France, Spain, England, Germany, and all the north, you pass by this route, consequently one would expect, at every post, a tolerably good inn to catch the persons whom accident, business, or any other derangement of plan might induce to stop between Bologna and Florence. The only place possible to sleep at, with comfort, is Maschere, about forty miles from Bologna.[14]

Die nächstgelegenen Poststationen lagen von Bologna kommend in Montecarelli, ca. 6 km nördlich vor Le Maschere, und in Richtung Florenz in Cafaggiolo, etwa 5 km weiter südöstlich,[15] kamen aber ebenfalls nicht als Übernachtungsort in

11 Zaniboni (Anm. 8), S. 246; Gaetano Prestanti: *Itinerario da Bologna a Napoli*. Florenz 1767, S. 8; Volkmann (Anm. 2), S. 447. Zur Locanda delle Maschere in der englischen Reiseliteratur vgl. Adriano Boncompagni: *Il Grand Tour nel Mugello. Itinerari e percezione del paesaggio nei viaggiatori inglesi dal XVII al XIX secolo*. Florenz 1998.

12 Zaniboni (Anm. 8), S. 246; Cantoni (Anm. 3), n. 3, S. 113. – Vgl. auch die Überblickskarte »Viaggio da Firenze a Bologna. Sono poste 9« in Carlo Barbieri: *Direction pour les voiageurs en Italie avec la notice des toutes les postes, et leurs prix*. Bologna 1775, Nr. 4.

13 Cantoni (Anm. 3), n. 3, S. 113. Die in zeitgenössischen Itineraren erwähnte Osteria di Ghiereto – Prestanti (Anm. 11), S. 8 f. –, unmittelbar südlich des Ortes vor der Ponte di Ghiereto gelegen (vgl. die Karte), spielt für unseren Zusammenhang keine Rolle, da es auch hier für Reisende keine Möglichkeit zur Übernachtung gab.

14 Arthur Young: *Travels, During The Years 1787, 1788, and 1789. Undertaken more particularly with a View of ascertaining the Cultivation, Wealth, Ressources, and National Prosperity, of the Kingdom of France*. London 1792, S. 232.

15 Auf der Strecke von Bologna nach Florenz über den Futa-Pass lagen inklusive Anfangs- und Endpunkt neun Poststationen: Bologna, Pianoro, Lojano (Loiano), Filicaje (Filigare),

Frage. Die bald nach Einrichtung der Straße eröffnete »Locanda alle Maschere« (Abb. 2 u. 3) hatte mit vergleichsweise hohem Komfort – die Berichte sind hier allerdings durchaus disparat[16] – offenbar eine Angebotslücke geschlossen, ein Vorteil, den auch andere englische Reisende dieser Zeit betonten. Stellvertretend sei etwa der Maler John Smith zitiert, der Italien 1783 bereiste:

> On this part of the road stands the inn, already mentioned as the only one in the route that has tolerable accommodations; it is called *Le Maschere*; and it is also noticed by travelers, for the beauty of the view in front of the house: undoubtedly it is highly amusing from its great extent, and the variety of objects it includes; nevertheless, it is by much too diffuse, and void of character, to make a good picturesque composition.[17]

Für Goethes Tagebucheintrag »Giredo« ergibt sich damit folgendes Szenario: Auf die Frage, wo man sich hier befinde, war Goethe der Name der nächstgelegenen Ortschaft Ghiereto genannt worden; Verwechslungen mit der Ponte di Ghiereto oder von Herbergsnamen und Ortschaft liegen damit strenggenommen nicht vor.

Ein weiterer englischer Reisender, der Landschaftsmaler William Marlow (1740-1813), der zwischen 1765 und 1766, gut zwanzig Jahre vor Goethe auf Anraten und mit Förderung der Duchess of Northumberland Frankreich und Italien bereiste, hatte offenbar auch die Route über »Le Maschere« genommen. Mangels eigenem Reisebericht ist nicht viel über Marlows Reise bekannt. Er hat allerdings nach seiner Rückkehr nach England einige italienische Impressionen – vor Ort in Bleistiftumrissskizzen festgehalten – weiter ausgeführt, darunter auch ein heute in der Tate Britain (London) befindliches, undatiertes Aquarell eines »Posthauses« bei Florenz, nach Michael Liversidge um 1770 in London entstanden, das die auch in der historischen Straßenmeisterkarte des *Popolo di Santa Maria a Collebarucci* erkennbare, dreiteilige Häusergruppierung der Locanda alle Maschere wiedergibt.[18]

Zwar sind in Marlows wenige Jahre nach Eröffnung der Herberge entstandenem Aquarell die Bögen der Loggia des Hauptgebäudes offen und an den Eckpilastern korinthische Kapitelle angedeutet, ein Vergleich mit den bei F. Cantoni und A. Bon-

Covigliajo (Covigliaio), Montecarelli, Cafaggiolo, Fontebuona, Firenze. Vgl. Boncompagni (Anm. 11), S. 79. La Locanda alle Maschere u. Ghiereto lagen zwischen Montecarelli und Cafaggiolo.

16 Vgl. etwa den Bericht von Lady Anna Riggs Miller, die in der Locanda alle Maschere 1770 nächtigte und über Schmutz, Schlafstörungen und miserables Essen klagte: »a village called Maschieri, where, in the dirtiest of all possible inns, and the most miserable bed, ›we courted sleep in vain‹« (*Letters from Italy, describing the manners, customs, antiquities, paintings, &c. of that country, in the years MDCCLXX and MDCCLXXI, to a friend residing in France. By an English woman*. The second edition, revised and corrected. Vol. I. London 1777, S. 372).

17 John Smith: *Select views in Italy, with topographical and historical descriptions in English and French*. London 1792, zu Plate V.

18 Das mit »W Marlow« signierte Aquarell auf Bleistift (25,2 × 35,6 cm) ist 1982 bei Sotheby's versteigert worden und seit 1983 im Besitz der Tate Gallery, London. Vgl. *Grand Tour. Il fascino dell'Italia nel XVIII secolo*. A cura di Andrew Wiltone e Ilaria Bignamini. Mailand 1997, S. 108.

Abb. 2
»Locanda« alle Maschere (Le Maschere), November 2021

compagni abgebildeten Fotographien des 20. Jahrhunderts,[19] den Silhouetten und Fenstern sowie der aktuellen Situation vor Ort – in den Gebäuden befindet sich heute eine Autowerkstatt (siehe Google Earth) – sichern die Zuweisung aber ab.[20] In der Gilbert Davis Collection (Henry R. Huntington Library and Art Gallery, San Marino bei Los Angeles) existiert eine weitere undatierte Version von Marlows Aquarell mit dem vermutlich treffenderen Titel »Inn near Florence«.[21] Beide Aquarelle geben einen guten Eindruck der Locanda alle Maschere, in der Goethe am 22. Oktober 1786 in »Giredo« übernachtet hat. Glücklicherweise und ganz im Gegensatz zu seinem Kollegen John Smith empfand William Marlow Herberge und Umgebung weder als charakterlos noch als für eine gute malerische Komposition ungeeignet.

Als die Herzoginmutter Anna Amalia ziemlich genau zwei Jahre nach Goethe die Strecke zwischen Bologna und Florenz bewältigte, fuhr sie – nach einer sehr kurzen Nacht in Lojano – die ca. 73 km von dort direkt nach Florenz: »um 7 Uhr fuhren wir über Cavigliago, Monte Carelli, Cafagiolo und Fonte buona und kamen nach

19 Cantoni (Anm. 3), S. 24 (Sonderdruck in der HAAB); Boncompagni (Anm. 11), S. 191.

20 Heute: Carrozzeria Ballerini, Barberino di Mugello. Vgl. auch den Blog-Beitrag von Fabrizio Scheggi, der – soweit wir sehen – als Erster das Marlow-Aquarell mit den topographischen Gegebenheiten der Locanda alle Maschere in Verbindung brachte: https://cultura.ilfilo.net/la-tremenda-osteria-delle-maschere/

21 https://emuseum.huntington.org/objects/2048/inn-near-florence?ctx=a9f4945ed3aefa29db5f54d9e2fb8b70c11e9d36&idx=2

Abb. 3
William Marlowe: A Post-House near Florence c. 1770

7 Uhr in Florenz an. Der Weg ist meist Bergigt, vorzüglich öde sind die ersten beyden Stationen«, wie ihre Hofdame und Reisebegleiterin Louise von Göchhausen in ihrem Tagebuch festhielt.[22] Ghiereto oder die Locanda alle Maschere erwähnte sie dabei nicht. Goethes Vater Johann Caspar, 46 Jahre früher und damit noch vor der Eröffnung der Straße über den Futa-Pass unterwegs, hatte auf dem Rückweg seiner Italienreise den Apennin, »die schrecklichen Berge um Florenz«, noch über die alte Poststraße und die Poststation Fiorenzuola, ein »dürftige[s] Gasthaus [...] unter nicht sehr angenehmen Umständen«, überwunden.[23]

Erst vom 25. Oktober 1786, aus Perugia, wo ihn sein wackerer italienischer Begleiter verließ, stammt der nächste Tagebucheintrag Goethes. Zwei Abende, in Florenz und Arezzo, war es ihm nicht möglich zu schreiben, die »Herbergen waren so schlecht, daß an kein auslegen eines Blats zu dencken war« (GT I,1, S. 306). In anderer Gesellschaft brachte ihn sein Vetturino weiter über Foligno, Terni und Civita Castellana bis nach Rom, wo er endlich »Ruhe von allem Wirthshaus und Reiseleben« fand, wie er am 30. Oktober in sein Tagebuch notierte (GT I,1, S. 318).

22 *»Es sind vortreffliche Italienische Sachen daselbst«. Louise von Göchhausens Tagebuch ihrer Reise nach Italien vom 15. August 1788 bis 18. Juni 1790.* Hrsg. u. kommentiert von Juliane Brandsch. Göttingen 2008, S. 35.

23 Johann Caspar Goethe: *Reise durch Italien im Jahre 1740 (Viaggio per l'Italia).* Hrsg. von der Deutsch-Italienischen Vereinigung, Frankfurt a.M. Übersetzt u. kommentiert von Albert Meier. München 1988, S. 359, 361.

Nicolas Berg

»*Eine deutsche jüdische Literaturgeschichte (1750-1850)*« *von Kathrin Wittler**

In ihrem Hauptwerk *Elemente und Ursprünge totaler Herrschaft* fasst Hannah Arendt 1951 im Rückblick auf das 19. Jahrhundert das Dilemma des jüdischen Emanzipationsdiskurses in die folgende Denkfigur: Die jüdische Minderheit sah sich nicht allein zähen rechtlichen und politischen Widerständen gegen ihre Integration in die Gesellschaft gegenüber; auch bei den Aufklärern und Befürwortern der Emanzipation wurde die Forderung, Juden gleichzustellen, in eine Double-Bind-Formel gegossen. Immer, so Arendt, »mußte jeder einzelne beweisen, daß er, obwohl Jude, doch kein – Jude war«.[1] Den Gedanken, dass sich Juden »innerhalb der europäischen säkularisierten Welt« gezwungen sahen, sich ihr »irgendwie anzupassen, sich zu bilden«, übernahm die Autorin dabei aus ihrem im Jahr 1932 entstandenen Essay *Aufklärung und Judenfrage*, in dem sie während ihrer Arbeit über Rahel Varnhagen bereits auf dieses Paradoxon verwiesen hatte. Schon dort hatte Arendt geschrieben, europäische Bildung sei für Juden »notwendig all das, was nicht jüdische Welt ist. Da ihnen ihre eigene Vergangenheit entzogen ist, hat die gegenwärtige Wirklichkeit begonnen, ihre Macht zu zeigen. Bildung ist die einzige Möglichkeit, diese Gegenwart zu überstehen. Ist Bildung vor allem Verstehen der Vergangenheit, so ist der ›gebildete‹ Jude angewiesen auf eine fremde Vergangenheit«.[2]

Die 2019 erschienene Studie von Kathrin Wittler *Morgenländischer Glanz. Eine deutsche jüdische Literaturgeschichte (1750-1850)* nimmt sich mit Verve dieser Frage der »fremde[n] Vergangenheit« des jüdischen Emanzipationsdiskurses zwischen 1750 und 1850 an. Die Autorin legt dar, wie eine solche vermeintlich »fremde« Vergangenheit literaturtheoretisch (im Diskurs mit anderen) und literarisch (im eigenen Schreiben) zur eigenen wurde – und das war gleichbedeutend mit: in Texten jüdischer Autoren zur eigenen gemacht wurde. Wittler behandelt ihr Thema, wie sie schreibt, »strukturanalog« (S. 58) zu jener von Arendt benannten Paradoxie, denn jüdische Schriftsteller in Deutschland fanden sich in der Goethezeit a priori in einer Art Doppelrolle zwischen dem Eigenen und Allgemeinen wie-

* Kathrin Wittler: *Morgenländischer Glanz. Eine deutsche jüdische Literaturgeschichte (1750-1850)*. Tübingen: Mohr-Siebeck 2019, XII, 620 S., 99,00 €.

1 Hannah Arendt: *Elemente und Ursprünge totaler Herrschaft*. München, Zürich 1996, S. 155. Ähnlich schon zuvor in dies.: *Privilegierte Juden [1946]*. In: dies.: *Wir Juden. Schriften 1932 bis 1966*. Zusammengestellt u. hrsg. von Marie Luise Knott u. Ursula Ludz. München 2019, S. 87-125; bes. S. 92. Zur nur paradox zu beschreibenden Position im Aufklärungsdiskurs auch folgende Sentenz Arendts: »Es war gar nicht so einfach, sich so zu benehmen, dass man dem Bild, das die Gesellschaft vom ›Juden überhaupt‹ hatte, nicht entsprach, und dennoch ein Jude zu bleiben« (S. 124).

2 Hannah Arendt: *Aufklärung und Judenfrage*. In: *Zs. für die Geschichte der Juden in Deutschland* 4 (1932) 2-3, S. 65-77; zit. nach Knott, Ludz (Anm. 1), S. 11-30.

der, wenn sie an der sich ausbildenden Öffentlichkeit teilhaben wollten. Deshalb wählten sie eine gedankliche Brücke, um beides zugleich realisieren zu können: die Ausformulierung eines modernen jüdischen Selbstverständnisses und die Teilhabe am öffentlichen Diskurs. Sie nahmen die ihnen häufig positiv, nicht selten auch mit pejorativem Klang zugeschriebene Charakterisierung oder Rolle als »Orientalen« (S. 58) an oder ein, ohne ihren Anspruch auf Teilhabe aufzugeben, denn sie »orientalisierten« diese Zuschreibung, historisierten sie, machten sie zu einem Narrativ der Vorvergangenheit, zu ihrer Ursprungs- und Herkunftserzählung. Deren goldener Widerschein schenkte ihnen nicht nur Stoffe, Symbolfiguren und -themen aus dem eigenen Kanon des antiken Palästina oder aus dem islamisch geprägten mittelalterlichen Spanien, sondern gab der prosaischen Gegenwart rechtlicher und politischer Zurücksetzung auch eine erzähl- und vorzeigbare historische Tiefe. Der israelische Literaturwissenschaftler Galili Shahar hat darauf hingewiesen, wie sehr diese Form der »Orientierung«, der Ausrichtung nach dem Orient, dem Osten, eine räumliche und eine ideengeschichtliche Dimension hatte, vor allem wenn sie mit Berufung auf Kant als Richtung, Weg oder »Aufgang« verstanden wurde.[3] Eine solche imaginative, im Text produzierte »Orientierung« im wörtlichen Sinn schloss die vielen ästhetisch-literarischen Selbstaussagen deutschsprachiger Juden in der Aufklärung (die zum Impuls und zum Hintergrund der Haskala, der innerjüdischen Reformen wird) an eine Vergangenheit an, die zum ›Entrébillet‹ für die Teilnahme an den literarischen Debatten der Zeit wurde. Dies war eine Wahrheit, die ungeachtet aller gegenwärtigen sozialen Not, aller Bedrückungen und Benachteiligungen stimmte und auf Geltung durch die intellektuelle Welt hoffen durfte: Ein eigenes Altertum konnten Juden ja vorweisen. Die deutsche jüdische Literatur, so lautet die Pointe bei Wittler, wurde natürlich nicht von »Orientalen« verfasst (denn ihre Autoren waren so wenig »orientalisch« wie ihre Gesprächspartner »germanisch« waren). Sie wurden aber zu »Orientalisten« ihrer selbst, die eine angemessene Form fanden, den eigenen Kanon ehrwürdiger Schriften zu europäisieren. Dies gerade ist der entscheidende Punkt der Argumentation in Wittlers Studie, die – wie vor ihr auch schon Gerhard Lauer – die Ästhetik als »zentrale Reflexionstheorie«[4] begreift: Die deutschsprachige jüdische Literatur entfaltet sich in einer Epoche, in der die eigene Europäisierung als Orientalisierung stattfinden musste, weil sie im »Konkurrenzfeld der Altertümer« (S. 59) neben Griechen, Römern und Germanen mit einem antiken Selbstentwurf auf Anerkennung hoffen durfte – und so auch fand. Herder etwa hatte die »Urpoesie« des Hohelieds gepriesen; Goethe hatte in den *Noten und Abhandlungen* zum *Divan* von poetischen »Wanderungen im Orient« (zit. nach S. 7) geschrieben und die Erzählungen der Bibel dafür gelobt, dass sie »mit erhöhter Gesinnung enthusiastisch« verfasst seien und ihre Schönheit

3 Galili Shahar: *Orientierung in neuem Sinne. Der Weg der Juden in die deutsche Literatur ist mit dem Blick nach Osten verbunden.* In: *Frankfurter Allgemeine Zeitung*, Nr. 11 vom 13.1.2018; vgl. auch Kathrin Wittler: Art. *Orient.* In: *Enzyklopädie jüdischer Geschichte und Kultur.* Hrsg. im Auftrag der Sächsischen Akademie der Wissenschaften von Dan Diner. Bd. 4. Stuttgart, Weimar 2013, S. 430-437.

4 Gerhard Lauer: *Mendelssohn, das Schöne und Gute.* In: ders.: *Die Rückseite der Haskala. Geschichte einer kleinen Aufklärung.* Göttingen 2008, S. 326-392; hier S. 339.

»dem reinen orientalischen Sonnenaufgang zu vergleichen« (zit. nach S. 62) sei.[5] Er brachte hier nicht nur seine persönliche Passion ins Spiel, sondern gab auch der seinerzeit entstandenen allgemeinen Idee Ausdruck, nach der jüdische und nichtjüdische Leser sich in einer Textgemeinschaft wiederfinden konnten – die Überzeugung also, dass die Bibel als religiöser Text *und* als »Dichtkunst« wirkte und Geltung beanspruchte, dass sie so allen ihren Lesern, gleich welcher Glaubensrichtung, gehörte. Dieser Universalismus der Goethezeit war für jüdische Autoren doppelt verlockend: Er erlaubte eigene Weiterungen und man konnte unter seinem ideellen Schutz das Eigene an die Seite der Erbschaften Anderer stellen. Es ist der Kairos dieser Text gewordenen zeitlichen Tiefe eines »Morgenländischen Glanzes«, der von außen an die Juden herangetragen und von diesen auch selbst empfunden wurde, der »das Diskursverhalten deutschsprachiger Jüdinnen und Juden um 1800 steuert und ihre west-östliche Zwischenstellung definiert« (S. 58). So besteht die wichtigste Entscheidung von Wittler darin, dass sie die »Morgenlandfahrten in der Poesie« (S. 7) und die damit einhergehende »Selbstorientalisierung« (S. 8) der deutschen Juden, die das literarische Feld um 1800 betreten, gerade nicht mit dem Verweis auf Edward Saids notorische Schrift als eine konstruktivistische, eurozentrische oder kolonialistische Projektion abwertet, sondern dass sie die orientalistischen Selbstzuschreibungen jüdischer Schriftsteller in Philosophie, Literatur und Ästhetik in der Arbeit am literarischen Kanon von Herkunftserzählungen als Verfahren genau beschreiben und diesen Diskurs erklären kann.

Die Autorin entfaltet auf mehr als 600 Seiten den Dreiklang aus »Poetisierung, Historisierung und Orientalisierung« (S. 62) der Bibel im deutschsprachigen literarischen Diskurs des späten 18. und frühen 19. Jahrhunderts. Wittler selbst spricht mehrfach von »Einzelstudien« oder auch »Einzeluntersuchungen« (S. 33, 47, 49, 501, 507) und je früher man sich als Leser auf dieses gewollte Nebeneinander von Grundannahmen und Detailfülle einlässt, desto reicher ist der Gewinn, den man bei der Lektüre hat. Faktisch handelt es sich bei dem Buch um drei problemorientierte Untersuchungen, die mit einem Umfang von jeweils zwischen 100 bis 140 Seiten proportional harmonieren. Die drei Studien widmen sich je einer literaturhistorischen und diskurstheoretischen These des Unternehmens und bilden so die argumentativen Säulen, die das Anliegen der Autorin tragen. Die erste mit dem Titel *Vom orientalischen Geist der hebräischen Poesie* (S. 59-205) situiert die formative Phase der deutschsprachigen jüdischen Literatur im erwähnten Konkurrenzfeld der Altertümer, die in der Epoche, von der hier die Rede ist, entscheidenden diskursiven Umschichtungen unterworfen sind. Wittler zeigt an Texten zur Ästhetik und zur literarischen Theorie von Gottsched, Bodmer, Breitinger, Wieland, Lessing, Herder, Mendelssohn und anderen auf, wie sich im Austausch zwischen christlichen und jüdischen Autoren die Bibel nach und nach historisch und zugleich auch poetologisch zwischen griechisch-römischer und germanischer Antikentradition behaup-

5 Zum Gesamtzusammenhang, aber mit besonderem Augenmerk auf Goethes faszinierte Hinwendung zur Kultur des alten Persiens und zur arabischen Erzählkunst allgemein Katharina Mommsen: *»Orient und Okzident sind nicht mehr zu trennen«. Goethe und die Weltkulturen.* Göttingen 2012; dies.: *Goethe und die arabische Welt.* Frankfurt a.M. 2001 [[1]1988]; beide Werke werden von Wittler nicht erwähnt.

tet. Die Bibel wird in diesem Prozess allgemein als jüdischer Beitrag zum ästhetisch-literarischen Nachahmungsmodell eigener Dignität verstanden und dies sowohl in inhaltlicher als auch in sprachlich-formaler Hinsicht. Das Wunderbare und Erhabene, so Wittlers Formulierung, erhielt sozusagen als »Jüdisches« Einzug »unter dem Banner einer metaphernreichen, sogenannten orientalischen Schreibart« (S. 82). In diesem Teil steht Moses Mendelssohn im Zentrum der Untersuchung, aber weniger als Philosoph der Aufklärung bzw. der Haskala, sondern eher als Übersetzer, Literatur- und Stilkritiker. Die zweite Studie trägt den Titel *Zeichensysteme des Orientalismus* (S. 207-349) und sondiert die jüdische Mehr- und Vielsprachigkeit, das »Neben- und Gegeneinander verschiedener Sprachen und Schriften, das die Bedingungen jüdischen Schreibens um 1800 maßgeblich prägt« (S. 349). Auf diesen Seiten wird ein wesentlicher Aspekt der Argumentation Wittlers greifbar. Das Hebräische erhält für die Theorie des jüdischen Literaturkontextes seine ästhetische Aura gerade in dem Moment zugeschrieben, in dem es faktisch hinter das Deutsche zurücktritt, das sich als Umgangs- und Literatursprache durchsetzt und zur ersten jüdischen Sprache wird. In der Folge dieser gegenläufigen Entwicklung, so Wittler, wird das Hebräische »einerseits mit zunehmender Emphase als orientalische Ursprache aufgefasst […]; andererseits aber werden bis ins frühe 19. Jahrhundert die Möglichkeiten des Hebräischen für poetische Bezugnahmen auf das Morgenland in bilingualen Schreibexperimenten ausgelotet« (ebd.). In diesem Teil führt die Verfasserin eine Reihe von lesenswerten Relektüren vor, die sich dem Metaphernfeld des Pflanzens und Verpflanzens, des Blühens, Wachsens und der doppelten Wurzel widmen. Wittler erörtert, wie diesem Verfahren, Natürlichkeit durch Naturbilder in die Kunst zu holen, durch die Kritiker einer jüdisch verstandenen deutschen Sprache die Grenzen aufgezeigt werden, als nach den sogenannten Befreiungskriegen gegen Napoleon die protonationalistische Ideologie zur allgemein geteilten Überzeugung wird, jeder Mensch – und zumal die Dichter! – könne nur eine Muttersprache haben, nicht mehrere. In der dritten Studie *Klagen, Gedenken und Fluchen mit Psalm 137* (S. 351-456) widmet sich die Autorin der literarischen Wirkmacht, den Ausdeutungen und der Rezeption des bekanntesten Psalms überhaupt (»An den Wassern zu Babel saßen wir und weinten«), der um 1800, so Wittler, das Kraftzentrum einer jüdischen Gefühlspoetik »zwischen Wehmut und Unmut« (S. 455, 508) darstellt. Sie beschreibt, wie gerade dieser 137. Psalm zu einer heiklen Hymne »für die Suche nach jüdischen Schreiborten und Schreibarten« (S. 352) wird. Neben Heine schritten auch Salomon Ludwig Steinheim, Joel Jacoby, Fanny Lewald und viele andere die zahlreichen Varianten innerhalb der west-östlichen Spannbreite zwischen Klage und Freude aus: Mit Berufung auf diesen Psalm ließen sich die jüdische Vergangenheit und Zukunft auch mit gänzlich unterschiedlichen politischen Akzenten literarisch und poetologisch inszenieren. Einmal mehr wird auch in diesem Teil des Buches deutlich: Es hat seinen festen Kern gerade dort, wo die Autorin daran erinnert, dass all diese überaus feinsinnigen, gelehrten und hochliterarischen Themenfelder immer auch den politischen Emanzipationsdiskurs der Zeit reflektieren. Jüdische Literatur in deutscher Sprache gestaltet nie ein theoretisches Textmaterial allein, sondern arbeitet stets an der aktuell gegebenen Epochen-Konstellation, indem sie die Bedeutung der Bibel im Allgemeinen oder der Psalmen im Besonderen in Denk- und Sprachbilder übersetzt, deren Logik und Relevanz nicht allein der Vergangenheit, sondern vor allem der Gegenwart geschuldet sind.[6]

Der Hauptteil des Buches schließt mit einer knapp fünfzigseitigen, dichten Heine-Interpretation, die quer zu den drei Studien liegt und die Ergebnisse, die zuvor entwickelt wurden, an einem bekannten literarischen Beispiel anwendet. Ihr Titel – *Fichtenbaum und Palme* (S. 457-500) – ruft eines der bekanntesten Gedichte des Dichters auf, acht »simple« (S. 457) Verse nur, so Wittler, die aber die beiden ästhetischen Paradigmen von »Natur« / »Natürlichkeit« und »Kunst« / »Künstlichkeit« gekonnt mit einer Reflexion jüdischen Schreibens in der Moderne zusammenführen. Die Autorin bezeichnet diese Interpretation als Einlösung eines impliziten Versprechens, das sie den Lesern zu Beginn gegeben hat. Mit dem Heine-Kapitel fasst sie ihre Thesen und Annahmen an einem Beispiel zusammen, denn sie will als Literaturhistorikerin nicht nur vergangene und abstrakte theoretische Positionen rekonstruieren, sondern auch den Nachweis erbringen, dass die Neuvermessung der literaturtheoretischen Diskussionen es möglich macht, bekannte literarische Kunstwerke in neuem Licht zu sehen. Ihre Darlegungen zu Heines »Poetik der Einsamkeit« (S. 457) tendieren einerseits zu einem Essay innerhalb des Buches, gehören andererseits aber dennoch zum Ganzen. Wittlers Ausführungen entfalten vor dem Hintergrund der vorangegangenen Reflexionen einen besonderen Reiz und das Kapitel liest sich in der Tat wie eine Beweisführung für das Ganze.[7]

Morgenländischer Glanz zeichnet sich durch zahlreiche Qualitäten aus. Die Publikation ist originell und gelehrt zugleich und knüpft an eine breite und lebendige Forschungsdiskussion zur jüdischen »Selbstemanzipation«[8] an. Dies sind vor allem die Arbeiten von Ismar Schorsch, Dan Miron, Shmuel Feiner, Mark G. Gelber, Uta Lohmann, Hans Otto Horch, Suzanne L. Marchard, Moshe Pelli, Andrea Polaschegg, Andreas Kilcher, Eva Lezzi, Andrea Schatz und vielen anderen. Allerdings ist auch das Literaturverzeichnis von Wittler, obwohl es mehr als siebzig Seiten Quellen und Forschungsbeiträge umfasst, nicht vollständig. Auf diesen Punkt

6 Das Gesagte gilt nicht nur für Schriftsteller, sondern auch für Maler oder für Architekten. Wittler verweist in zwei Exkursen mit Recht auf das Werk und vor allem auf die bildmächtige Wirkungsgeschichte des heute nur noch Spezialisten bekannten Architekten Eduard Bendemann oder auf Otto Simonsohn, den Baumeister der 1938 zerstörten Leipziger Synagoge von 1858 (S. 407-432); die idealtypische Umsetzung erhält der »maurische Styl« (S. 511) in der erhalten gebliebenen Neuen Synagoge in Berlin, die 1866 eingeweiht wurde und in äußerer Form und innerer Ausstattung die südspanische Alhambra zitiert (S. 511-526).

7 Vgl. auch Kathrin Wittler: *»Mein westöstlich dunkler Spleen«. Deutsch-jüdische Orientimaginationen in Heinrich Heines Gedicht »Jehuda ben Halevy«*. In: *Historisches Jb.* 49 (2010), S. 30-49; dies.: *Einsamkeit. Ein literarisches Gefühl im 18. Jahrhundert*. In: *Deutsche Vierteljahrsschrift für Literaturwissenschaft und Geistesgeschichte* 87 (2013) 2, S. 186-216.

8 Zur begrifflichen Abgrenzung zwischen (gewährter, rechtlicher) »Emanzipation« und (intellektuell-kultureller) »Selbstemanzipation« vgl. etwa Moshe Zimmermann: *Aufklärung, Emanzipation, Selbstemanzipation*. In: Karlfried Gründer, Nathan Rotenstreich (Hrsg.): *Aufklärung und Haskala in jüdischer und nichtjüdischer Sicht*. Heidelberg 1990, S. 143-152.

ist aber nicht deshalb zu verweisen, weil man als Leser eine solche Vollständigkeit erwarten würde, sondern eher deshalb, weil der Ton des Buches gelegentlich eine Spur zu kämpferisch und passagenweise sogar autoritativ gerät.[9] Das selbstbewusste Neuvermessen einer ganzen Literaturepoche hat jedoch auch Vorteile: Die Darstellung ist über lange Strecken so packend verfasst, dass man den historischen literarischen und literaturkritischen Debatten und den Reflexionen über die in Texten und Sprachbildern hergestellte Repräsentation von kulturellen Geschichtswerten im Diskurs über jüdische Literatur gespannt folgt. Zur Kostenseite aber gehört wiederum der Abstraktionsgrad im Zugriff der Autorin, der für die Leser auch mit Zumutungen verbunden ist, etwa wenn etwas gespreizt von »Diskursakteuren« (S. 507 u. ö.) oder von »Traditionsumbau« (S. 271 u. ö.) die Rede ist, wo es ›Autoren‹, ›Entwicklung‹ oder ›Veränderung‹ auch getan hätten. Entscheidend aber ist nicht dies, sondern der Mut, den Wittler mit der Anlage der Studie bewiesen hat. Dieser Mut verdient einige Worte, die andeuten sollen, warum die Studie ein großer Wurf ist:

1.) Das Buch situiert sich in einem weiten wissenschaftlichen Horizont. Die Autorin schreibt als Literaturwissenschaftlerin über Literatur, aber sie kennt auch die wichtigen theologischen, ästhetischen und politischen Debatten jener Epoche. Ihr Literaturbegriff ist also weit gefasst; er bezieht neben der Dichtung, der Poesie selbst, auch Literaturkritik, Bibelübersetzungen und Schriften zu Sprache, Kultur und Gesellschaft mit ein. Weil sich Wittler zudem nicht nur für die Vielfalt der Quellen in der Zeit um 1800 interessiert, sondern für den intellektuellen Raum, der jüdische Literatur insgesamt herausforderte, für den Raum

9 Unverständlicherweise bleiben mitunter jene Werke bei Wittler unberücksichtigt, die ihrer Argumentation den Weg bereitet haben. Dies gilt im erweiterten Sinne für die Bücher von Katharina Mommsen (Anm. 5). Es gilt aber auch für Spezialliteratur, die für den Argumentationszusammenhang einschlägig ist; zu nennen sind exemplarisch die Forschungen von Liliane Weissberg zu Johann Gottfried Herder, Dorothea Schlegel, Rahel Varnhagen, Salomon Maimon und generell zur jüdischen deutschen Autobiographie, Salonkultur, Literatur und Ästhetik im späten 18. und frühen 19. Jahrhundert, vgl. dies.: *Geistersprache. Philosophischer und literarischer Diskurs im späten 18. Jahrhundert*. Würzburg 1990; dies.: *Schreiben als Selbstentwurf. Zu den Schriften Rahel Varnhagens und Dorothea Schlegels*. In: *Zs. für Religions- und Geistesgeschichte* 47 (1995), S. 231-253; dies.: *Sind moderne Religionsgespräche auch jüdische Religionsgespräche?* In: Michael Brocke, Thomas Kollatz, Gregor Pelger (Hrsg.): *Zwischen Sprachen. Strategien jüdischer Selbstbehauptung*. Tübingen 2010, S. 293-299; dies.: *Der Jude als Paria: Stationen in der Geschichte einer Idee im Diskurs der Assimilation*. In: Christina von Braun (Hrsg.): *Was war das deutsche Judentum?* München 2015, S. 117-133; dies.: *Der jüdische Salon in Berlin (und Wien) um 1800*. In: Hans Otto Horch (Hrsg.): *Handbuch jüdischer Literatur*. Berlin 2016, S. 60-69. Keine Erwähnung finden bei Wittler leider auch die folgenden Titel: Matthias Richter: *Die Sprache jüdischer Figuren in der deutschen Literatur (1750-1933). Studien zu Form und Funktion*. Göttingen 1995; Arno Herzig, Hans Otto Horch, Robert Jütte (Hrsg.): *Judentum und Aufklärung. Jüdisches Selbstverständnis in der bürgerlichen Öffentlichkeit*. Göttingen 2002 sowie Michaela Wirtz: *Patriotismus und Weltbürgertum. Eine begriffsgeschichtliche Studie zur deutsch-jüdischen Literatur 1750-1850*. Tübingen 2006.

also, in den hinein diese Texte regelrecht gerufen wurden und aus dem sie ihre Antworten erhielten, wird ihr Buch zur Analyse der »Veränderungen im Literatursystem« (S. 457) einer ganzen Epoche. Wir lesen, wie die Autorin jüdische und nichtjüdische Kritiker und Dichter, Philologen und Theologen, Übersetzer und Journalisten dabei beobachtet, wie diese über die eigene Literatur und über die Arbeiten anderer sprechen und schreiben. Sie zeichnet nach, welche ästhetisch-literarischen Strategien mit welchen Begründungen verteidigt und propagiert oder kritisiert und abgelehnt werden; und – dies das Hauptmotiv Wittlers – sie bilanziert so den literaturtheoretischen Ort, der sich in diesem vielstimmigen Koordinatengeflecht für die jüdische Literatur insgesamt ergab. Jüdische Literatur im Goethezeitalter, so wird bei Wittler deutlich, enthält nicht nur die innerjüdischen Ansichten und Perspektiven der Zeit, sondern die allgemeinen Fragen jener Epoche wie in einem Brennglas gebündelt. Die jüdische Literatur erscheint insgesamt viel weniger nach innen adressiert und sehr viel stärker nach außen gerichtet, als man jenseits der *Jewish Studies* vielleicht annehmen mag; sie ist viel ausgreifender und selbstbestimmter, als ihr häufig zugestanden wird. Das eben betont die Autorin durchweg: Jüdische Literatur ist in dieser Epoche nicht nur das Dokument vorauseilender kollektiver Selbsterziehung, um im vermeintlich aufgeklärten und immer säkularer werdenden modernen Europa anzukommen und Anerkennung bei der Mehrheitsgesellschaft zu finden. Die Autoren, die Wittlers Analyse zusammenführt, werden vielmehr erkennbar als bedeutender, ja entscheidender Motor eben jener Europa-Werdung Europas, der Selbstaufklärung eines ganzen Zeitalters. Den Kern ihrer Darstellung verwendet die Autorin dabei auf die Strategie der »Selbstorientalisierung« (S. 8, 17, 21) jener Entwürfe eines kollektiven jüdischen Selbst, die sie nicht dekonstruiert, sondern ernst nimmt. Ihr Ansatz, von »Bezogenheit« (S. 33) zu sprechen anstatt von »Zugehörigkeit« (oder gar von »Identität«), weitet den Blick auf die Dichtungen, Nachdichtungen, Übersetzungen, auf die Neuschöpfungen und Überschreibungen, auf die theoretischen Reflexionen eines Moses Mendelssohn, Isachar Falkensohn Behr, Saul Ascher, Abraham Geiger, David Friedländer, Leopold Zunz, Ludwig Philippson, Heinrich Heine, Salomon Ludwig Steinheim und einer Fanny Lewald, um nur die bekanntesten Namen zu nennen. In den allermeisten Texten dieser und weiterer Autoren werden Mehrfach-Zugehörigkeiten erprobt. Hier entsteht ein Diskurs, der – paradoxerweise – deshalb europäisch wird, weil er sich orientalisiert, und der sich der unzumutbaren Dichotomie – entweder Teilhabe bei Aufgabe des Eigenen oder Ausschluss bei Beibehaltung eigener Jüdischkeit – durch eben diese Paradoxie entzieht. Das ist der Grund, warum Wittler nicht nur Dichtung in ihre Darstellung einbezieht, sondern auch wissenschaftspolitische Interventionen, die die Literatur begleiten, stabilisieren und verteidigen. So entfaltet sich vor dem Leser der diskursive Raum damaliger Debatten und der Reichtum jüdischer Literarizität an sich, eine Art von jüdischer »Affinität zur Literatur« (S. 5), so eine geglückte Formulierung Wittlers gleich zu Beginn der Studie, eine Affinität, die das Nachdenken über sich selbst – als Individuum und Gruppe – am Paradigma der oder von Literatur mit dem ideellen Fluchtpunkt ex oriente lux zur differenzierten Selbstverortung in der deutschen Sprache macht.

2.) Das Buch weicht seiner schon erwähnten politischen Grundaussage nicht aus. Da sich Wittler weniger für die Blindstellen des deutschen Orientalismus interessiert, sondern mehr für seine evidenten Besonderheiten, die jüdischen Gelehrten eine Fülle von Möglichkeiten bot, den »Balanceakt eines diskursiven west-östlichen Grenzgangs« (S. 525) für die Suche nach einer Schreibposition einzusetzen, kann sie die großen Entwicklungslinien der deutschsprachigen Literatur eines Jahrhunderts in den Blick nehmen, deren die Juden betreffende oder jüdische Kapitel immer in besonderer Weise politisch sind. Die literarische Bezogenheit auf echobildende, zeitlich ganz fernliegende, aber als »eigen« verstandene Herkunftswerte und die Verteidigung politischer Zugehörigkeit in der Gegenwart waren für jüdische Autoren zwischen 1750 und 1850 nicht zu trennen. Sie waren nur in und mit Literatur synthetisierbar, denn hier ging Literatur der Politik voraus. Weil Wittler zugleich auf die Entstehungs- und Rezeptionsbedingungen jüdischen Schreibens in Deutschland blickt, löst ihr Buch auch hohe Erwartungen jener Leser ein, die das Politische im literarischen Diskurs als Antrieb verstehen, als das entscheidende Movens von Schreiben generell. Damit begegnet ihr Buch auch der jüngst noch einmal sehr markant von Shmuel Feiner formulierten Kritik, dass die historische Debatte über die Juden im deutschsprachigen Raum der Neuzeit nicht durch Historisierung allein erfolgen könne, da sie vom Gegenstand und von der intellektuellen Konstellation her immer auch in Verbindung zu den »Dilemmata [...] des heutigen modernen Judentums« stünden. Die Akkulturation und die literarische Selbstbeschreibung der Juden im Zeitalter der Aufklärung stelle, so Feiner, ein paradigmatisches »Labor zur Erforschung der Modernisierungsprozesse« dar und trage auf diese Weise immer auch einen Gegenwartsindex. Dieser erinnere daran, dass stets beides zu berücksichtigen ist: die »Errungenschaften« und nicht weniger auch die »Schmerzen« der Akkulturation, ihre »dramatischen Abläufe«, also der Preis, den diese Modernisierung bei der »Entstehung des modernen Bewusstseins« für Minderheiten mit sich bringe.[10] Gerade das Beispiel Mendelssohns und seiner Nachkommen, so Feiner, zeige eben nicht nur jenen in der älteren Forschung emphatisch herausgestellten »Beitrag« für Literatur, Philosophie, Musik und Wirtschaft; die Geschichte dieser Familie verweise stets auch auf jene Konstellation, »an zwei Fronten gleichzeitig« zu kämpfen, »gegen diejenigen, die ihm [Moses Mendelssohn; N.B.] zu Religionswechsel und Assimilation rieten, und gegen die, die ihn kritisierten, weil er seine religiösen Wertvorstellungen mit dem Humanismus der Aufklärung verbunden hatte«.[11]

3.) Das Buch zieht auch selbst Folgen aus dem bisher Gesagten. Es schlägt eine Reihe von Revisionen über Grundannahmen der Literaturgeschichtsschreibung vor, deren wichtigste bereits im Titel selbst – im Fehlen des Bindestrichs zwi-

10 Shmuel Feiner: *Jüdische Studien heute – eine Perspektive aus Israel 2015*. In: Andreas Lehnardt, im Auftrag des Verbandes der Judaisten in Deutschland (Hrsg.): *Judaistik im Wandel. Ein halbes Jahrhundert Forschung und Lehre über das Judentum in Deutschland*. Berlin, Boston 2017, S. 7-16; hier S. 14.

11 Ebd., S. 15.

schen »deutsch« und »jüdisch« – sichtbar wird. Das hier favorisierte Modell (in Anlehnung an Vorschläge, die zuvor bereits von Hans-Joachim Bechtoldt u.a. gemacht wurden[12]) einer ohne Bindestrich geschriebenen »deutschen jüdischen Literatur« folgt der Einsicht, dass das Nachdenken über den Bindestrich trennendere Folgen für die jüdische Literatur der Goethezeit hat, als es ihr angemessen ist, und die aufgeladene Diskussion über das Für und Wider des Begriffs der ideellen deutsch-jüdischen »Symbiose« die Zeitspuren des Nationalismus um 1900 eben nicht überwindet, sondern auf eine vertrackte Weise aufbewahrt oder doch in Abhängigkeit von anderen Diskursen verbleibt, die weder für Isachar Falkensohn Behr noch für Mendelssohn und auch nicht für Heine gelten können. Am Ende des Buches wirft Wittlers Neuinterpretation der jüdischen Literatur in deutscher Sprache auch Licht auf die seit langem diskutierte Frage nach dem epochenübergreifenden jüdischen »Goethe-Kult« (S. 508), weil sie zu Recht dessen *West-östlichen Divan* zum poetischen Manifest politischer Zugehörigkeit für deutsche Juden bis weit hinein in das 20. Jahrhundert benennt. Dieser Aspekt erhält in ihrer Darstellung natürlich keine systematisch ausgeführte Diskussion mehr. Wittler zitiert aber im Ausblick ihres Buches ein Briefwort Gustav Landauers, aus dem jene Überzeugung eines west-östlichen Selbstbewusstseins auch für das späte 19. und frühe 20. Jahrhundert exemplarisch deutlich wird. Landauer schreibt Ende November 1915: »Innere Entfremdung von Deutschland steht nicht auf meinem Programm; und z.B. der West-Östliche Divan des Deutschen und Europäers Goethe steht meinem Herzen unsäglich näher als jedes verfälschende Entweder-Oder, mit dem ein Zionist mich zwischen Deutsch und Jüdisch, Europäisch und Orientalisch wählen heißt« (S. 525). Es ist dieser für Goethes Denken so zentrale Gedanke von Polarität und Steigerung, der Synthese und somit der Modellhaftigkeit einer west-östlichen Zusammenführung, der in der jüdischen Literatur jener Jahrzehnte, die Goethes Lebenszeit umfassen (und dann in ihrer Wirkung weit über diese hinausreichen), mit Blick auf die je eigene Gegenwart immer wieder neu ausprobiert wird. Die Verfasserin spricht mehrfach von einem »Verschmelzungsstil« (S. 522, 524 u.ö.); an anderer Stelle nennt sie das Verfahren auch »Harmonisierungsleistung« (S. 515). Gegen nationalistische und antisemitische Anfeindungen als »Fremde« bewahrte man die eigene persönliche und kollektive jüdische Würde, indem man eine Bezogenheit auf ein orientalisches »Eigenes« literarisch kultivierte. Doch zugleich bot man dafür nicht die eigene politische Zugehörigkeit zum Gemeinwesen der Gegenwart zum Tausch an, denn dem aufgeklärten Westen gehörte man rechtlich, politisch und natürlich kulturell genauso an wie die antisemitisch argumentierenden publizistischen Schreihälse (etwa der unsägliche Adolf Bartels), die sich seit dem Ende des 19. Jahrhunderts als deutsche Reinheitsapostel, als Verwalter eines imaginierten germanischen »Wesens« oder

12 Hans-Joachim Bechtoldt: *Jüdische deutsche Bibelübersetzungen vom ausgehenden 18. bis zum Beginn des 20. Jahrhunderts*. Stuttgart 2003; Dirk Sadowski: *Haskala und Lebenswelt. Herz Homberg und die jüdischen deutschen Schulen in Galizien 1782-1806*. Göttingen 2010.

gar als vermeintlich »reine« völkische Pseudogastgeber im Haus der Deutschen aufspielten und die jüdische Autoren im Literaturverzeichnis ihrer Machwerke bereits Jahrzehnte vor 1933 mit einem in Klammern gesetzten »J« als Fremdautoren markierten.

Es nimmt den Leser für das Buch von Wittler ein, dass sie nicht nur herkömmliche, dezidiert politisch-konservative Narrative deutsch-jüdischer Literatur kritisiert. Sie wendet sich auch gegen postmoderne »Fragmentarisierungsprojekte« (S. 35), die zwar selbst mit aufwändiger Kritik an traditionellen literaturgeschichtlichen Zusammenhängen hervortreten, sich diesen dann aber nur widerwillig oder gar nicht stellen, stattdessen oft auffallend enthaltsam bleiben und die Frage, womit sie es im Falle der deutschen jüdischen Literatur eigentlich zu tun haben, vermeiden oder umgehen. Terminologisch, so wird aus dieser Studie deutlich, hat sich die Rede von der »deutsch-jüdischen« Literatur (mit Bindestrich) etabliert. Intellektuell aber hat Wittler mit ihrem Buch ein erneuertes Plädoyer verfasst, wie die asymmetrische Bindestrichfügung, die auf eine ärgerliche Weise immer auch Einladungen zu Fehllektüre, zu Homogenisierung und Essenzialisierung fortschreibt, mit Erkenntnisgewinn aufgebrochen und überwunden werden könnte. Die jüdische Literatur zwischen 1750 und 1850, so wird in dem Buch deutlich, ist nicht nur für Judaisten und auch nicht nur für die Literaturwissenschaft relevant, sondern für Historiker nicht minder. Was bei Wittler als Literatur, als literarisches Wissen verhandelt wird, ist nicht der Diskurs einer religiösen Minderheit untereinander, ist auch nicht die Literatur gewordene Bitte um politische Eingemeindung in den dominanten Mehrheitsdiskurs; diese Literatur ist als »hybrid« nicht ausreichend präzise erfasst; sie ist auch nicht per se »zerrissen« (oder zumindest nicht mehr als die Literatur anderer Autoren) und sie ist zuletzt auch nicht nur Ausdruck eines dritten Raums oder der Dauerkrise der eigenen Selbstgewissheit. Wenn also weder viele der traditionssuchenden Selbstbeschreibungen der Zeitgenossen im 19. Jahrhundert, von denen Wittler berichtet, noch die ihrer selbst so gewissen postmodernen Ordnungsversuche der heutigen Geschichtsschreibung in der Lage sind, das Konzept einer jüdischen »Affinität zur Literatur« (S. 5) so zu formulieren, dass die Kosten dafür nicht höher ausfallen als der aus der Beschreibung gezogene Nutzen, dann benötigen wir ein Nachdenken über die Kategorien, mit denen wir arbeiten, wie es dieses Buch vorführt.

Wittlers Relektüren eines Kanons sind ein vorzüglicher Ausgangspunkt, um diese Fragen weiterzudenken, weil sie das Selbstverständnis und das Selbstbewusstsein jüdischer Autoren ins Zentrum ihrer Studie gestellt hat. Auf diese Weise hat sie uns etwas Seltenes geschenkt, nämlich einen wirklich frischen Blick auf die Grundfragen der deutschen und der jüdischen Geschichte, auf die deutsche jüdische Literatur und Kultur – einen Blick, der sich auch dadurch auszeichnet, dass er sich von den vielen Antagonismen dieses Diskurses, die in den Quellen zu finden sind und die in den Narrativen der Forschung wiederkehren, klar abgrenzt.

Rezensionen

Johann Wolfgang Goethe: *Briefe. Historisch-kritische Ausgabe.* In Verbindung mit der Sächsischen Akademie der Wissenschaften zu Leipzig und der Mainzer Akademie der Wissenschaften und der Literatur im Auftrag der Klassik Stiftung Weimar, Goethe- und Schiller-Archiv hrsg. von Georg Kurscheidt, Norbert Oellers u. Elke Richter. – Bd. 4 I: *1780-1781. Texte.* Hrsg. von Elke Richter u. Héctor Canal unter Mitarbeit von Bettina Zschiedrich. XXVII, 427 S.; Bd. 4 II A / 4 II B: *Kommentar.* Hrsg. von Elke Richter u. Héctor Canal unter Mitarbeit von Bettina Zschiedrich u. unter Mitwirkung von Ulrike Leuschner u. Ariane Ludwig. 2 Bde. LXII, 1141 S. Berlin, Boston: De Gruyter 2020, 259,00 €

Zunächst, und keineswegs nebensächlich: Die Edition der Briefe Goethes schreitet zügig voran, nun also mit den insgesamt drei Bänden der Briefe aus den Jahren 1780 und 1781. Den Textband, der auf mehr als 400 Seiten 557 Briefe mitteilt, über 137 erschlossene Schreiben informiert und zwölf amtlichen Dokumenten zwei Nachträge aus dem Jahr 1778 – die damit die Datierung der Weimarer Ausgabe (WA) korrigieren – anschließt, flankieren zwei voluminöse, 1 140 Seiten umfassende Kommentarbände. Da die Notwendigkeit, vor allem aber das Gewicht und der Wert einer solch ausführlichen Kommentierung bereits in den vorangegangenen Rezensionen der Briefbände in diesem Jahrbuch betont und exemplarisch demonstriert wurden, bedarf dieses ›Kräfteverhältnis‹ hier weder der weiteren Erläuterung noch gar Rechtfertigung. Vielmehr sei schon an dieser Stelle höchstes Lob ausgesprochen.

Wie wenig man in diesem Zeitraum von einer Korrespondenz im Sinne eines Brief*wechsels* sprechen kann, belegt Elke Richter gleich eingangs: Den fast 600 Schreiben Goethes stehen nur 51 an ihn gerichtete Briefe gegenüber. Was ihn darüber hinaus erreicht haben mag, ist wohl einem seiner Autodafés, die also nicht nur eigene dichterische Produktionen, sondern auch Lebenszeugnisse fremder Hand einschließen, zum Opfer gefallen. Was die Kommentierung natürlich mit einer zusätzlichen Bürde der Rekonstruktion belastet.

Das betrifft zuallererst das Konvolut jener Dokumente, die unbestreitbar das Kernstück dieses 4. Bandes in Text und Kommentar bilden: Nicht weniger als 407 der 557 überlieferten Schreiben nämlich – also fast drei Viertel – richten sich an Charlotte von Stein (1742-1827). Dies böte trefflichen Anlass, den Spielraum der Gattung ›Brief‹ exemplarisch zu vermessen, versammeln diese Mitteilungen doch vielerlei. Neben instruktiven Berichten von Amtsreisen und dem dort zu absolvierenden Programm steht eine Fülle von Notaten, Billets, »Zettelgen« (Bd. 1, S. 43 u. ö.) und Kurzmitteilungen, die heutige SMS vorwegzunehmen scheinen. Dabei deuten sie vieles nur an, sei es, weil sich die Botschaft der Adressatin auch so erschließt, sei es, weil sie bewusst zwischen den Zeilen versteckt ist und damit vom Kommentar erst wieder dechiffriert werden muss – so etwa, wenn es zwischenzeitliche Verstimmungen zu beheben gilt.

Bei aller Polyphonie der gewählten Ton- und Stillagen ist die Einseitigkeit der Korrespondenz, in deren Hallraum wir allein Goethes Stimme vernehmen, das Charakteristikum dieses Briefsegments. Die Bandeinleitung widerspricht dabei nachdrücklich der über Generationen tradierten Opinio communis, wonach Charlotte von Stein nach Goethes Rückkehr aus Italien und der danach eingetretenen Entfremdung ihren Anteil an diesem intensiven Dialog – Monate wie der Februar oder der Dezember 1781 werden bis auf wenige Ausnahmen allein von den an sie gerichteten Schreiben bestritten – zurückgefordert und vernichtet habe. Vielmehr wird, mit Verweis auf die neuere Forschung (4 II A, S. 6), eine – wann auch immer vollzogene – Beseitigung im Hause Goethes für plausibler gehalten. Das ändert freilich nichts an dem Befund: Es ist ein von der männlichen Stimme dominierter Text.

Mit welch vielfältigen Aufgabenstellungen sich hier ein Kommentar – in Präzisierung und Korrektur zahlreicher Datierungen, der Ermittlung von Realien, Terminen und Anlässen – konfrontiert sieht, liegt auf der Hand. Es ist nur zu verständlich, wenn trotz aller Sisyphusarbeit Leerstellen bleiben (müssen). Sie können dort höchst aufschlussreich sein, wo etwa, wie im Billett vom 7. April 1780, die Bedeutung der ominösen Unterschrift »umgeben vom Pylades dem Unfurm« als nicht ermittelbar klassifiziert wird, die nachfolgenden Ausführungen jedoch bisher bestehende Erklärungen mit bewundernswerter detailphilologischer Exaktheit widerlegen und so trotz eines Negativbefunds von lohnendem Erkenntnisgewinn sind.

Über Alltag und Tagesgeschäfte hinaus sind diese »Zettelgen« Goethe immer wieder Medien der Selbsterkenntnis wie der Selbstinszenierung – »Meine Seele ist wie ein ewiges Feuerwerck ohne Rast« (S. 79), lautet eine dieser Intarsien am 30. Juni 1780. Zugleich bilden sie den Versuch, in demonstrativer Abgrenzung »den Klagen, den Verlangen, der Unverbesserlichen Verworrenheit der Menschen auszuweichen« (so vom Kickelhahn Anfang September 1780, S. 119) und damit – wenigstens in der Schrift – den Schutzraum eines Locus amoenus zu konstituieren, in dem ›die Welt‹ ausgeschlossen bleibt, zumindest bleiben soll.

Die Absicht, »Ihnen artige und unartige Dinge zu vertrauen« (S. 88), beschränkt die Fülle dieser Lebenszeichen freilich nicht auf das Terrain erotisch getönten Schreibens. Zugleich bieten sie auch den Raum für unverstelltes Sprechen ›off record‹, wenn Goethe am 30. Juni 1780 von seinem Ärger über die Familie Herder berichtet oder – wie im Brief vom 12./13. Dezember 1781, in dem er Charlotte auch zum wechselseitigen Du drängt – Interna über sein nicht immer spannungsfreies Verhältnis zu Herzog Carl August zu Papier bringt.

Damit wird zugleich auch ein Grundzug der gesamten Korrespondenz dieser beiden Jahre deutlich, nämlich das Changieren zwischen einer auch nach fast fünf Weimarer Jahren noch spürbaren Fremdheit und dem gebotenen wie notwendigen Versuch, sich mit den dortigen Verhältnissen, zu denen nunmehr eben auch vielfältige administrative Aufgabe zählen (auf dichterischem Feld werden in diesem Zeitraum nur *Die Vögel* vollendet und am 18. August 1780 in Ettersburg uraufgeführt, anderes wie der *Tasso* oder *Die Mitschuldigen* bleiben Works in Progress), im buchstäblichen Sinne vertraut zu machen. So kommen nach der Rückkehr von der zweiten, mit dem Herzog unternommenen Schweizreise, die vom 12. September 1779 bis zum 13. Januar 1780 dauerte, durch die Tätigkeit in der Bergwerks-, der Wege- und der Kriegskommission auf Goethe ab April 1780 über seine Mitgliedschaft im Geheimen Consilium hinaus neue und vielfältige Pflichten zu, die auch zahlreiche Dienstreisen und Ortstermine erforderten.

Während bestehende Bande – in der Korrespondenz mit Knebel (18 Briefe), Merck (5) oder insbesondere Lavater (25), den Goethe und Carl August kurz zuvor im November 1779 in Zürich getroffen hatten – weiter gepflegt werden, treten wichtige neue Gesprächspartner ins Rampenlicht. Sie fördern diesen Eingewöhnungsprozess und setzen eigene Schwerpunkte, etwa im Austausch mit Herzog Ernst II. von Sachsen-Gotha und Altenburg und dessen Bruder August, die als Anreger von Goethes systematischer Sammlertätigkeit fungieren. Wie Goethe Merck, der ihn ebenfalls in Fragen einer Kupferstichsammlung beriet, am 11.-13. Oktober 1780 mitteilt, hat der Herzog sich darüber hinaus »meinen Mineralogischen Untersuchungen [...] mit einer völligen Leidenschaft ergeben« (S. 144), wobei ihm insbesondere der Ilmenauer Geologe Johann Carl Wilhelm Voigt assistierte wie ihn stimulierte. Diese Studien wie seine durch Loder initiierte Beschäftigung mit Osteologie und Anatomie verlagern so die Anfänge seiner systematisch betriebenen Naturwissenschaft, die durch den Italienaufenthalt wie die Verarbeitung des Epochenereignisses der Französischen Revolution recht eigentlich ein Jahrzehnt später kulminiert und weitere Disziplinen erfassen wird, an den Beginn dieses Weimarer Jahrzehnts.

Auch Goethes Interesse an der Aufnahme in die Weimarer Freimaurerloge dient in erster Linie der Integration in seine neue administrative Umgebung. So spricht er schon im Gesuch um Mitgliedschaft in der Weimarer Freimaurerloge »Amalia zu den 3 Rosen«, das er Anfang Februar 1780 an Johann Friedrich Fritsch richtet, seinen Wunsch aus, mit »Personen die ich schäzzen lernte in nähere Verbindung zu treten, und dieses gesellige Gefühl ist es allein was mich um die Aufnahme nachsuchen lasst« (S. 16). Während der Kommentar hier einen informativen Überblick über die in Jena 1762 geschlossene, 1764 neu gegründete Loge gibt, präzisiert der Kommentar zum Brief an Philipp Christoph Kayser vom 20. Juli 1781 Goethes Distanz, wenn er aus seinem Schreiben vom März 1783 zitiert: »Die geheimen Wissenschaften haben mir nicht mehr noch weniger gegeben als ich hoffte. Ich sucht nichts für mich drinne, bin aber belehrt genug, da ich sehe was andre für sich drinne suchten« (4 II B, S. 818). Ziel der Mitgliedschaft ist also nicht Teilhabe an klandestiner Machtausübung, sondern wesentlich pragmatischer der Aufbau eines kommunikativen Netzwerks, auf das Goethe in den nächsten Jahren in seiner amtlichen Tätigkeit, aber auch in seinen künstlerischen wie naturwissenschaftlichen Ambitionen angewiesen sein wird. In diesem Zusammenhang seien auch die 14 im Anhang des Kommentars abgedruckten ›Kontextbriefe‹ hervorgehoben, die diesen Aspekt der Vernetzung nochmals anschaulich illustrieren. Welches Misstrauen Goethe geheimen Gesellschaften entgegenbrachte, wird in jenem berühmten Zitat aus dem Brief an Lavater vom 22. Juni 1781 deutlich, das ihn in Italien auf die Spuren des Cagliostro setzen wird: »Glaube mir, unsere moralische und politische Welt ist mit unterirdischen Gängen, Kellern und Cloaken miniret« (S. 288).

»Ich habe hundert Plane die sachte in mir lebendig werden und meine Existenz scheint mir immer noch einförmig« (S. 52), vertraut Goethe Charlotte am 5. Mai 1780 an, resümiert Johann Christian Kestner gegenüber am 14. Mai allerdings: »Meine Schriftstellerey subordinirt sich dem Leben« und gesteht: »Plane hab ich auch genug, zur Ausführung aber fehlt mir Sammlung und lange Weile« (S. 57). Eingewöhnung in Amt und höfisches Leben sowie deren Akzeptanz einerseits, eine latente Fluchtbewegung des Künstlers andererseits charakterisieren viele dieser Briefe. Was hier noch vereinbar scheint, dokumentiert gleichwohl eine oft untergründige Spannung, die ein halbes Jahrzehnt später nicht mehr auszuhalten sein wird und den Aufbruch nach Italien im September 1786 zur existenziellen, nicht mehr aufschiebbaren Notwendigkeit macht.

Es mögen zwar unspektakuläre Jahre im Leben Goethes gewesen sein, ereignislos oder gar unbedeutend waren sie keineswegs. Das erschließt sich Seite um Seite über den ebenso kenntnisreichen wie spannend zu lesenden Kommentar. Dieser fördert – was hier nur summarisch bilanziert werden kann – etwa auch im Nachweis der Lektüre Goethes, z.B. von Diderot oder James Cook, viel Neues zu Tage. Er schließt so in einem mittlerweile gewohnt hohen Niveau nahtlos an seine Vorgängerbände an und erhöht damit die Vorfreude auf Kommendes.

Johannes John

Carl Gustav Carus: *Neun Briefe über Landschaftsmalerei. Zuvor ein Brief von Goethe als Einleitung*. Mit Materialien hrsg. von André Georgi. Mit einem Nachwort von Werner Busch. Hannover: Wehrhahn 2021, 253 S., 22,00 €

Kaum eine Referenz wurde im 19. Jahrhundert höher geschätzt als diejenige Goethes: So stellte Carl Gustav Carus den 1831 bei Gerhard Fleischer in Leipzig erschienenen *Neun Briefen über Landschaftsmalerei* ein Empfehlungsschreiben des Verehrten voran, womit er zugleich auf den Gleichklang ihrer universalen Bestrebungen anspielte. Carus, der Mediziner, Naturforscher, Psychologe, Maler und Schriftsteller, hatte Goethe 1818 sein *Lehrbuch der Zootomie* geschickt; ein lebhafter Austausch von Briefen und Schriften schloss sich an, in dem Goethes Begriff der Morphologie eine bedeutende Rolle zukam. Fasziniert vom Gedanken der Metamorphose, insbesondere auch von dem Aufsatz *Wolkengestalt nach Howard*, griff Carus Goethes genetisch-morphologisches Modell auf und integrierte es in seine eigene Vorstellungswelt.

Noch kurz vor seinem Tod äußerte Goethe über Carus, der eine Rezension der französischen Übersetzung der *Metamorphose der Pflanzen* verfasst hatte: »Es ist so erfreulich, ein klares Wort über das zu hören was uns im Innersten glücklich macht! Er durchschaut die Natur und wird am besten und reinsten beurtheilen was redlich geschieht, um ihr das Mögliche abzugewinnen« (an Carl August Varnhagen von Ense, 20.2.1832; WA IV, 49, S. 239). Dem an der Dresdner Romantik geschulten Maler Carus, der sich selbst bei allem Können als Dilettant betrachtete, gönnte Goethe dagegen nur ein verhaltenes Lob. Einigkeit erzielten sie dagegen in ihrer auf Klassizität bedachten Kunstanschauung. Schließlich bewegte beide gleichermaßen die Frage nach dem organischen Ineinandergreifen von Natur, Kunst und Wissenschaft.

Bei der einzigen persönlichen Begegnung in Weimar im Juli 1821 kam das Gespräch auf das gemeinsame Interesse an der Geognostik. Auf Goethes Wunsch sandte Carus ihm im Februar 1822 das Manuskript der bereits vorliegenden Landschaftsbriefe; das Urteil fiel freundlich aus: »Die so wohl gedachten als schön geschriebenen Briefe über Landschaftsmalerei sollten Sie dem Publicum nicht vorenthalten, sie werden gewiß ihre Wirkung nicht verfehlen, und für die mannichfaltigen Anklänge der Natur das Auge der Künstler und Liebhaber glücklich aufschließen« (S. 11). Diesen Brief vom 20. April 1822 gab Carus nicht nur dem Erstdruck der *Neun Briefe über Landschaftsmalerei* von 1831 bei, sondern auch der zweiten, im Text unveränderten, nur durch einen X. Brief sowie fünf Beilagen erweiterten Ausgabe von 1835.

Abhandlungen über die Landschaftsmalerei als autonome Gattung waren ein relativ junges Genre. Carus kannte seine Vorgänger von Salomon Gessner bis Carl Ludwig Fernow, von denen er sich bewusst durch seinen dezidiert naturwissenschaftlichen Zugang abhob. Mit dem doppelten, empirisch begründeten Blick des Landschaftsmalers und Naturforschers legte er ein Schlüsselwerk vor, das die unterschiedlichen Zeitströmungen von Romantik, Klassik und Realismus zusammenführte. In Dresden bot sich Carus ein reiches Anschauungsmaterial, sei es bei den Alten Meistern der Gemäldegalerie, sei es bei den zeitgenössischen Künstlern von Johann Christian Klengel bis Johann Christian Dahl. Bis es zum Bruch kam, war Caspar David Friedrich seine wichtigste Leitfigur; er wird in den *Briefen* zwar nicht explizit genannt, scheint aber im Hintergrund auf.

Carus gestaltet den Text als fiktiven Dialog zwischen den Protagonisten Ernst und Albert – Namen, mit denen er das Andenken seines verstorbenen Sohnes Ernst Albert bewahrt. Den Briefen, die sich durch einen kolloquialen Ton auszeichnen, werden kleine Abhandlungen zur Vertiefung beigegeben. Das Werk durchzieht eine Fülle von Zitaten aus Dichtung und Philosophie – nicht ohne Stolz breitet Carus seine Gelehrsamkeit aus. Goethe-Bezüge werden wie eine Perlenschnur aufgereiht, weitere wichtige Impulse gehen von Friedrich Wilhelm Schelling und Ludwig Tieck, Alexander von Humboldt und Lorenz Oken aus. Die

Publikation ist nicht aus einem Guss; sie entstand mit Unterbrechungen zwischen 1815/16 und 1824, das »Vorwort des Verfassers« kam 1830 hinzu. Drei Phasen der Bearbeitung zeichnen sich ab, die Carus bei der Redaktion nicht vereinheitlicht, so dass der Wandel seiner Position – gewissermaßen als Work in Progress – an der Struktur des Textes abzulesen ist.

Die *Briefe I* bis *III* wurzeln noch im Subjektivismus der Frühromantik und lassen mit der schwärmerischen Auffassung des Naturlebens als Offenbarung Gottes die Nähe zu Schellings Naturphilosophie erkennen. Als Leitmotiv wirkt die poetische Schilderung von Naturstimmungen, die ihre Entsprechung im menschlichen Seelenleben finden und im Spiegel der Landschaftskunst reflektiert werden. Das Denken in Analogien, die im gesamten Mikro- und Makrokosmos existieren, ist charakteristisch für Carus; nach *Brief III* bestimmt es die Abhandlungen *Von dem Entsprechen zwischen Gemüthsstimmungen und Naturzuständen*, *Von der Wirkung einzelner landschaftlicher Gegenstände auf das Gemüth* sowie *Von [der] Darstellung der Idee der Schönheit in landschaftlicher Natur*.

Brief IV markiert eine Zäsur. Hier geht es um die Begriffsbildung von ›Styl‹, ›Character‹ und ›Vortrag‹ in der Landschaftskunst, wobei Anleihen aus Goethes *Der Sammler und die Seinigen* nicht zu übersehen sind. In *Brief V* behandelt Carus die Geschichte der Landschaftsmalerei, die er analog zu allen Erscheinungen der Natur dem Zyklus von Entstehen, Blüte und Verfall unterworfen sieht. Wie Goethe spricht er Jacob van Ruysdael und Claude Lorrain den höchsten Rang zu; Letzterem bescheinigt er, der »Uridee der Schönheit« auf der Spur zu sein und die »Richtung auf das Urwahre der Natur selbst« (S. 59) zu verfolgen.

Die *Briefe VI* bis *IX* schlagen die Brücke vom Subjektivismus der Romantik zur objektivierenden Sicht der Naturforschung und dringen auf die Erneuerung der Landschaftskunst durch eine rationale Bindung an die Wissenschaft. In *Brief VI* konkretisiert Carus seine Vorstellung, indem er den Begriff der »Erdlebenbildkunst« prägt (S. 73) und nach *Brief IX* in der ersten Beilage *Andeutungen zu einer Physiognomik der Gebirge* spezifiziert. Aufgabe des Landschaftskünstlers ist es demnach, die Gesetzmäßigkeit der Natur zu erfassen und die morphologische Kenntnis der Phänomene, die das Gesicht der Erdoberfläche gestalten, im Bild sichtbar zu machen. Das bedeutet nichts weniger als das ewige Prinzip des Lebens, die metamorphotische Grundkraft der Natur zur Anschauung zu bringen und damit die Landschaftskunst in den Rang der Historienmalerei zu erheben. Den Abschluss bilden die Beilagen *Fragmente eines Malerischen Tagebuchs* und *Ein Bild vom Aufbruch des Elbeises bei Dresden*, in denen Carus mittels poetischer Naturschilderungen die Polarität von romantischem Stimmungsbild und exakter meteorologischer Beobachtung aufzuheben sucht.

Das Interesse an dieser aus Empfindung und Intellekt gespeisten Theorie der Landschaftsmalerei riss in den letzten 50 Jahren nicht ab und führte zu einer Reihe von Nachdrucken, deren Kommentierung den Stand der Forschung spiegelt. Die Biographie von Carus, seine Beziehung zu Goethe und die Genese der Briefe stehen jeweils an zentraler Stelle. In ihrem grundlegenden Nachwort des Faksimiledrucks der zweiten erweiterten Ausgabe der *Briefe über Landschaftsmalerei* von 1835 (Heidelberg 1972) bettet Dorothea Kuhn den Text überdies in die Theoriegeschichte der Landschaftskunst seit Joachim von Sandrart ein und verfolgt, wie das Postulat wissenschaftlicher Kenntnisse Einzug hält, bis Carus mit dem Bezug auf Goethes Morphologie einen neuen Weg betritt. Nachdrucke der Erstausgabe der *Neun Briefe* von 1831 erschienen mit Erläuterungen von Gertrud Heider (Leipzig, Weimar 1982) und von Olaf Breidbach (Hildesheim 2009), der insbesondere den naturwissenschaftlichen Ansatz verfolgt. In der opulent bebilderten englischen Ausgabe des Getty Research Institute (Los Angeles 2002) nutzt Oskar Bätschmann die *Neun Briefe* für eine Tour d'horizon durch die Kunst-, Philosophie- und Wissenschaftsgeschichte.

Vor diesem Hintergrund legt der Wehrhahn Verlag in Hannover eine originalgetreue Neuausgabe der *Neun Briefe über Landschaftsmalerei* von 1831 vor, die als Band 1 die Reihe *Texte zur Kunst und Ästhetik* eröffnet und durch eine konzentrierte Sachlichkeit besticht. Als Herausgeber fungiert André Georgi, der dem Urtext von Carus im Unterschied zu früheren Ausgaben einen Anhang aus instruktiven Materialien beigibt. So werden sämtliche Erweiterungen der zweiten Auflage von 1835 übernommen, dazu kommen relevante Auszüge aus Tiecks Roman *Franz Sternbalds Wanderungen* und aus Alexander von Humboldts Studie *Ueber die Wasserfälle des Orinoco* sowie die wegweisenden Rezensionen von Heinrich Gustav Hotho (1831) und von Carl Grüneisen (1833). Angesichts dieses fast hundertseitigen Anhangs erscheint das Fehlen eines detaillierten Inhaltsverzeichnisses und einer Literaturauswahl allerdings als Manko. Dafür hat der Kunsthistoriker Werner Busch als ausgewiesener Kenner der Materie die Studienausgabe durch ein konzises Nachwort bereichert, in dem er speziell auf das in eine ästhetische Kontroverse mündende Verhältnis von Carus und Caspar David Friedrich eingeht.

Petra Maisak

Michael Jaeger: *Goethes »Faust«. Das Drama der Moderne*. München: Beck 2021, 128 S., 9,95 €

Man mag Michael Jaeger eine Mimesis an seinen Gegenstand attestieren: Wenn er in seinem Buch *Goethes »Faust«. Das Drama der Moderne* in der ehrwürdigen Reihe *C.H. Beck Wissen* eine Darstellung von »Goethes lebenslangem Unternehmen, Fausts Tragödie als Analogie der Moderne zu schreiben« (S. 10), vorlegt, dann ist dies eine weitere Etappe in seinem eigenen, wenn nicht lebens-, so doch jahrzehntelangen Unternehmen, die *Faust*-Tragödie als Analogie der Moderne zu lesen. Genannt seien hier zudem Jaegers umfangreiche Habilitationsschrift *Fausts Kolonie. Goethes kritische Phänomenologie der Moderne* (2004) und deren nicht minder gewichtige Fortsetzung *Wanderers Verstummen, Goethes Schweigen, Fausts Tragödie. Oder: Die große Transformation der Welt* (2014), aber auch der schlanke Essay *Global Player Faust oder Das Verschwinden der Gegenwart* (2008); alle Titel wurden in gebührender Ausführlichkeit und Differenziertheit im Goethe-Jahrbuch kritisch gewürdigt.

In den letzten Jahrzehnten gab es nur wenige Interpreten, die so einflussreich den Blick auf diese deutsche Schicksalstragödie geprägt haben wie Jaeger, der einen ehrenvollen Platz in der umfang-, aber bei weitem nicht immer ruhmreichen Geschichte der *Faust*-Forschung verdient hat. Bedeutende Exegeten sind nicht zwingend objektive Diener der Texte, sondern beleuchten diese relativ zu ihren eigenen Erkenntnisinteressen. Der Untertitel des letztgenannten Buches – *Zur Aktualität Goethes* – gibt das Leitmotiv für Jaegers Studien vor. Die Betonung der ›Aktualität‹ und ›Modernität‹ freilich war für ihn nie eindimensional affirmativ zu verstehen. Er hat sich vielmehr als Bilderstürmer geriert, der durch die Exponierung von Fausts autokratischem Charakter als imperialem kapitalistischem Unternehmer dessen Handeln nicht mehr als sich stetig vervollkommnende Tätigkeit versteht, sondern als »eine Kette destruktiver Weltverfehlungen« (Jaeger 2004, S. 406). Die der Figur zugeschriebene Modernität und die dem Drama attestierte Aktualität hängen mit dieser Deutung irreduzibel zusammen.

Getragen wird Jaegers Lesart von der dekretierten »Koinzidenz von Lebens- und Werkgeschichte« (S. 48) bei Goethe. Seine Äußerung aus *Dichtung und Wahrheit*, alles was von ihm »bekannt geworden, sind nur Bruchstücke einer großen Confession« (WA I, 27, S. 110), wird dem Interpreten zur Lizenz, in ästhetischen Artefakten ein Glaubensbekenntnis des Autors zu sehen. Auf diese Weise werden auf der Grundlage literarischer Texte über die Befindlichkeit und die Ansichten des Dichters sehr bestimmte Aussagen getroffen, zumal Jaeger den Autor und dessen berühmte Figur zu spiegelverkehrten Doppelgängern macht: Nach seiner italienischen ›Wiedergeburt‹ bejahe Goethe genau das Sein und den Augenblick, die Faust stets verneine.

Die Wahl des Protagonisten für dieses Drama der Moderne wird dadurch erklärt, dass der aus »der alten Legende« bekannte Teufelsbündler bereits »die Figur einer Umbruchszeit«

(S. 9) sei. In knappen Zügen wird die Stoffgeschichte auf einige wenige Stationen von der Frühen Neuzeit bis zum Sturm und Drang verkürzt, wobei insbesondere die Neuakzentuierung des Mythos und die Umwertung der Faust-Figur im 18. Jahrhundert angedeutet werden. Nach diesem Präludium stellt Jaeger in der Reihenfolge der Entstehung die Einzeletappen des *Faust*-Projekts vor. Die *Frühe Fassung* aus den 1770er Jahren und – noch weit ungewöhnlicher – auch das *Fragment* von 1790 kommen auf diese Weise in gedrängter Ausführlichkeit zu ihrem Recht. Dieser Nachvollzug der Genese samt aller Brüche, Verschiebungen und Kontinuitäten, die sich solcherart nachzeichnen lassen, ergibt sich geradezu zwangsläufig aus Jaegers werkbiographischem Erkenntnisinteresse. Als »zusammenhangstiftender roter Faden« der sich über 60 Jahre erstreckenden Entstehungsgeschichte des Werks wird, wenig überraschend, Fausts »moderne Gesinnung«, seine »Ruhelosigkeit«, herausgestellt (S. 17). Unternommen wird sodann eine Tour de Force: Im weitgehenden Verzicht auf exegetische Ausleuchtung oder kommentierende Analysen führt Jaeger durch die Handlung der Szenenfolge des jeweils vorgestellten Textes. Das gerät sehr inhalts- und über große Strecken auch zitatlastig. Das ist nicht mit Objektivität oder dem Zurücktreten einer Erzählinstanz zu verwechseln – hervorgehoben werden genau die Aspekte, die Jaegers auf Modernität ausgerichtete Lesart stützen. Dieses dominante Beharren auf einer Semantik läuft trotz der Kürze der Darstellung und des geradezu veloziferischen Ritts durch die Textlandschaft Gefahr, ermüdend zu wirken, da hinter allen unterschiedlichen Aspekten und in all den verschiedenen Bearbeitungsstufen mit Verlässlichkeit die Einsicht in die Modernität wartet.

Trotz souveräner Kennerschaft der *Faust*-Tragödie im Speziellen und Goethes Œuvre im Allgemeinen fallen Fehler im Detail auf, die den Gebrauchswert eines (schon durch den Publikationskontext) mit dem Anspruch einer Einführungsdarstellung auftretenden Buches beeinträchtigen, etwa wenn die Rede davon ist, Helena spreche bei ihrem ersten Auftritt in der ihr gewidmeten klassisch-romantischen Phantasmagorie »im klassischen Hexameter« (S. 80). Just die zitierten Verse aber sind mitnichten Hexameter, sondern die bei weitem berühmtesten deutschen Adaptionen des jambischen Trimeters. Es zeugt auch von einer Verwischung von Ebenen, wenn literarische Figuren als »Hauptdarsteller des Dramas« (S. 13) bezeichnet werden. Mögen derlei Hinweise beckmesserisch anmuten und die terminologischen Unterschiede für eine inhaltsbasierte Deutung von nachrangiger Relevanz sein – sie zu nivellieren, vernachlässigt philologische Kerntugenden.

In Anlehnung an Mantos Diktum »Den lieb' ich der Unmögliches begehrt« in der *Klassischen Walpurgisnacht* (V. 7488) muss die Aufgabe, einem inkommensurablen Riesenwerk auf 120 kleinformatigen Seiten gerecht zu werden, als eine Unmöglichkeit gesehen werden. Dass Jaeger sich dieser Aufgabe dennoch gestellt hat, verdient größte Anerkennung. Ein solch kühnes Projekt erfordert mancherlei Verzicht auf Differenzierung und den Mut zur Zuspitzung dort, wo feinsinnige Abwägung angezeigt wäre. Die Zwänge des Formats sind dem Buch schwerlich vorzuwerfen. Diese Zwänge aber nicht andeutungsweise spürbar werden zu lassen, ist der Strategie des sich gleichsam selbst kanonisierenden Interpreten anzulasten. Im Bestreben, eine vereindeutigende Lesart vorzulegen, arbeitet Jaeger an der Festschreibung seiner Position – auf Kosten jedweder Polyphonie. Geboten wird eine Einführung in die vielleicht wirkmächtigste *Faust*-Interpretation der jüngeren Vergangenheit, so dass zu fragen wäre, ob hier tatsächlich eine Einführung vorgelegt wird zu Goethes oder nicht eher zu Jaegers *Faust*.

Manuel Bauer

Johannes Anderegg: *Goethes »Faust« lesen*. Bielefeld: Aisthesis 2021, 231 S., 25,00 €

Matthias Luserke-Jaqui: *Faust. Sichtung*. Würzburg: Königshausen & Neumann 2021, 278 S., 34,90 €

Faust als Gegenstand der Literaturwissenschaft ist ein Phänomen. Seitdem dieser Stoff im 19. Jahrhundert erstmals im Sinne moderner Wissenschaft kommentiert und interpretiert wurde, erfreut er sich anhaltender Beliebtheit. In Abwandlung eines Goethe-Worts gilt: Faust und kein Ende. Allein die Faust-Bibliographie von Hans Henning, die das Schrifttum bis ungefähr Anfang der 1970er Jahre versammelt, verzeichnet über 15000 Titel. Mit Blick auf die wissenschaftliche Literatur der jüngeren Zeit ist besonders die Breite der Sachgebiete und Darstellungsformen bemerkenswert: Erschienen sind in den vergangenen Jahren Neueditionen bekannter und weniger bekannter Faust-Texte,[1] Einführungen[2] wie auch Gesamtüberblicke über die Stoffgeschichte[3] bzw. über einzelne Gattungen[4]. Hinzu kommen zahlreiche Studien (Monographien, Sammelbände, Aufsätze), die sich mit Teilaspekten dieser Figur und ihrer wandlungsreichen Geschichte in Literatur und Kunst, in Ideen- und Wissensgeschichte seit der Frühen Neuzeit befassen. Goethes Adaption gebührt dabei aufgrund ihrer immensen Wirkungsklassizität seit jeher ein Sonderstatus. In diesem Segment hinterließen zuletzt insbesondere die umfangreichen Stellenkommentare in den Editionen der Frankfurter und Münchner Goethe-Ausgabe (von Albrecht Schöne, Victor Lange und Dorothea Hölscher-Lohmeyer) sowie in jener des Reclam-Verlags (von Ulrich Gaier) bleibende Spuren und erwiesen sich als einflussreich für den wissenschaftlichen Faust-Diskurs. Mit ihren sehr textnahen Lektüren der zwei Teile von Goethes *Faust*-Tragödie stehen die beiden hier anzuzeigenden Monographien von Johannes Anderegg und Matthias Luserke-Jaqui in der Tradition dieser spezifischen Kommentar- und Interpretationsgeschichte von Goethes berühmtestem Drama.

Dies gilt besonders für das Buch von Luserke-Jaqui, der seine Faust-»Sichtung« indes zunächst mit einem Abriss der literarischen Stoffgeschichte von der *Historia* (1587) bis hin zu neueren Bearbeitungen (etwa Roman Rauschs *Die Schwarzkünstlerin*, 2019) eröffnet. Die Kriterien für Auswahl und Aufbau dieses Streifzugs durch Faust-Adaptionen aus mehr als vier Jahrhunderten erschließen sich dabei nicht immer. Der Verfasser springt unvermittelt zwischen den Epochen hin und her, ohne dass eine thematische Klammer oder gar ein roter Faden erkennbar werden. Ein sprachkritischer Satz aus Maler Müllers *Faust* von 1778 dient als Vorlage zu einem Exkurs über Sprachskepsis in der Moderne; die Szenenanweisung »Fausts Gasthof« in Friedrich Maximilian Klingers Faust-Roman von 1791 wird zum Anlass genommen, die Motivgeschichte der Kneipe von Platon bis zur Gegenwart zu umreißen. Davon abgesehen, erschöpfen sich die Besprechungen der behandelten Faust-Texte zumeist in Nacherzählungen, die in analytischer Hinsicht wenig aufschlussreich sind. Der Blick auf

1 Vgl. etwa die Hybrid-Ausgabe von Goethes *Faust*, die sowohl in Buchform (Göttingen 2018) als auch online (http://www.faustedition.net/) erschienen ist und neue editorische Maßstäbe gesetzt hat, oder James M. van der Laan: *The Faust Tales of Christoph Rosshirt. A Critical Edition with Commentary*. Rochester, New York 2019.

2 Sarah Munson Deats: *The Faust Legend. From Marlowe and Goethe to Contemporary Drama and Film*. Cambridge, New York, Port Melbourne u.a. 2019; Michael Jaeger: *Goethes »Faust«. Das Drama der Moderne*. München 2021.

3 Carsten Rohde, Thorsten Valk, Mathias Mayer (Hrsg.): *Faust-Handbuch. Diskurse – Konstellationen – Medien*. Stuttgart 2018.

4 Manuel Bauer: *Der literarische Faust-Mythos. Grundlagen – Geschichte – Gegenwart*. Stuttgart 2018; Lorna Fitzsimmons, Charles McKnight (Hrsg.): *The Oxford Handbook of Faust in Music*. New York 2019.

Faust-Literarisierungen abseits von Goethe wird ganz am Ende der Monographie ergänzt durch eine Besprechung dreier neuerer Faust-Stücke von Werner Schwab, Franzobel und Elfriede Jelinek, die exemplarisch für die Tendenzen des postdramatischen Theaters stehen. Zwar geht der Verfasser hier eingangs der Frage der Theatralität nach, doch dann verliert sich das Kapitel erneut in zum Teil ausführlichen Zusammenfassungen des Inhalts.

Etwas ergiebiger ist das Close Reading von Goethes *Faust*, das dem einleitenden Überblick folgt und das rund drei Viertel der Studie ausmacht. Es folgt in der Gliederung der Einteilung der Tragödie in Szenen und kommt so praktisch einer textnahen Interpretation mit Stellenkommentar gleich. Der Schwerpunkt liegt dabei auf dem ersten Teil; der zweite Teil wird auf lediglich rund dreißig Druckseiten abgehandelt – entgegen dem Trend in der jüngeren Forschung, die die Aufmerksamkeit vermehrt auf den zweiten Teil als Allegorie der Moderne lenkt. Luserke-Jaqui referiert den jeweiligen Szeneninhalt, bietet Interpretationsperspektiven an und kontextualisiert Goethes Drama an manchen Stellen mit zeitgenössischen Quellen, vorwiegend aus der Zeit von Aufklärung und Sturm und Drang. So ergeben sich mitunter erhellende Querverbindungen, etwa wenn der *Faust*-Vers »Ich fühle Mut mich in die Welt zu wagen« (V. 464) mit den Mut zusprechenden Autonomiepostulaten der Aufklärung (Sapere aude!) in Zusammenhang gebracht wird. Eine Auseinandersetzung mit der Faust-Forschung findet dagegen bis auf ganz wenige Ausnahmen praktisch nicht statt. Im Literaturverzeichnis umfasst der Unterabschnitt zur »Forschungsliteratur« zweieinviertel Seiten, darunter nicht weniger als zehn Titel des Verfassers, teilweise ohne erkennbaren Bezug zur Thematik (*Eduard Mörike. Ein Kommentar*). Die Szeneninterpretationen bestehen häufig, ähnlich wie im Überblick über die Stoffgeschichte, nur kleinteiliger, aus einer Mischung aus Inhaltsangabe und räsonierendem Kommentar. Manche Deutungen liest man mit Gewinn – etwa wenn der Verfasser das Faust'sche »ach!« des Eingangsmonologs mit den Worten kommentiert: »Es grundiert das *Faust*-Projekt mit einem klagenden Ton, der sich oft ins Tragische wendet. Das Ach ist nur eine Vokallänge vom Ich entfernt« (S. 100). Andere Ausführungen erscheinen dagegen weniger überzeugend, so wenn der Vers »Am farbigen Abglanz haben wir das Leben« zu Beginn des zweiten Teils missverständlich und irreführend als Fausts »neue Philosophie der sinnlichen Wahrnehmung« (S. 206) gedeutet wird. Teils sind die Deutungen hochspekulativ und in ihren Schlussfolgerungen fragwürdig: »Fausts erste Worte sind ein historischer Echoraum, sie zitieren auf der Ebene der Vokale das katholische Habemus papam nach einer erfolgreichen Papstwahl: ›Habe nun, ach!‹ (354) und sie verkünden auf der Autorebene symbolhaft der Welt: ›Habemus Faustum!‹« (S. 100). Insgesamt zeichnet Luserke-Jaqui ein Bild von Faust, das über die gängigen Zuschreibungen kaum hinausreicht. Die zum Teil willkürlichen Bezugnahmen und Deutungsansätze führen zu einer gewissen Beliebigkeit auch im Hinblick auf das Profil der Hauptfigur. Dieser Faust leidet unter Konturlosigkeit, weil ihm beinahe jede diskursive Erscheinung der Moderne angetragen werden kann. Warum das Buch geschrieben wurde, welche Intention es verfolgt, wird nicht ersichtlich. Es hat weder eine These, noch verfolgt es eine stringente analytische Perspektive, es ignoriert die reichhaltige wissenschaftliche Literatur zu Faust und bietet im Wesentlichen Nacherzählung und assoziativen Kommentar.

Von anderem Zuschnitt ist die im Umfang etwas schmalere Studie von Johannes Anderegg. Sie bewegt sich zwischen Einführung, fortlaufendem Kommentar und Gesamtdeutung und erinnert sowohl in der Anlage als auch im hermeneutischen Zugriff an Jochen Schmidts *Faust*-Buch aus dem Jahr 1999.[5] Andereggs Monographie stellt eine Summe langjähriger literaturwissenschaftlicher Beschäftigung mit Goethes *Faust* dar. Sie richtet sich ausdrücklich an ein breiteres Publikum (an »literarisch interessierte Leserinnen und Leser, Theaterbesucher und -besucherinnen und auch Theatermacher und -macherinnen«, S. 10) und verzichtet deshalb auf eine eingehende Auseinandersetzung mit der Forschung und einen umfangrei-

5 Jochen Schmidt: *Goethes »Faust«. Erster und Zweiter Teil. Grundlagen – Werk – Wirkung*. München 1999.

chen Verweisapparat. Ein ausführlicher Abgleich mit der wissenschaftlichen Literatur zu Faust findet sich in früheren Arbeiten von Anderegg, insbesondere in der Monographie *Transformationen. Über Himmlisches und Teuflisches in Goethes »Faust«* von 2010. Hier bereits erhebt der Verfasser Mephistopheles zum eigentlich zentralen Helden des Dramas – eine Umakzentuierung, die charakteristisch für die neuere Rezeptionsgeschichte ist; man denke an Gustaf Gründgens' einflussreiche Interpretation dieser Figur auf der Theaterbühne in der zweiten Hälfte des 20. Jahrhunderts. Darüber hinaus entfaltet Anderegg in seinem neuen Buch das allgemeine Themen- und Motivgewebe der zwei Teile des *Faust*-Stücks, wobei vor allem die komplizierten Zusammenhänge des zweiten Teils Gegenstand der Ausführungen sind. Kundig und gut verständlich führt er den Leser durch das weitverzweigte Netz von intra- und intertextuellen Spiegelungen und Anspielungen. Insbesondere der christlich-biblische Subtext wird offengelegt und durchsichtig gemacht. Aber auch historische, literarische und kunstgeschichtliche Anspielungsformen kommen zur Sprache. Dabei geht es Anderegg erklärtermaßen darum, »die Modernität und die Aktualität des Dramas sichtbar« (S. 10) zu machen. Wie schon Jochen Schmidt oder Michael Jaeger[6] liest er Goethes *Faust* als Literatur, die in kritischer Weise »von der Entwicklung und dem Zustand der westlichen Zivilisation« (S. 7) handelt. An der Stichhaltigkeit dieser Perspektivierung ist mit Recht auch Kritik geubt worden[7] – projiziert hier nicht die spätmoderne Wissenschaft etwas einseitig und unhistorisch zeitgenössische Befindlichkeiten in ein früheres Zeitalter? Trotz solcher Eindimensionalitäten in der jüngeren Deutungsgeschichte kann jedoch kein Zweifel daran bestehen, dass Faust schon für Goethe insofern eine repräsentative Figur war, als sie grundlegende Ambivalenzen der modernen Zivilisation verkörpert. Diese Zwei- und Mehrdeutigkeiten sind letztlich Gegenstand von Andereggs Analysen, auch wenn viele Befunde in einer zivilisationskritischen Matrix verankert sind. Seine Studie gliedert sich in fünf Hauptkapitel, die anhand von thematischen und figurativen Schwerpunkten gleichsam Schneisen schlagen in das kunstvoll gearbeitete und weitverzweigte Textgewebe der zwei Teile. Zwischenüberschriften gliedern zusätzlich das Auslegungsgeschäft und erleichtern dem Leser die Orientierung.

Die Geschichte des Faust-Stoffes ist auch die Geschichte der Deutungen der Hauptfigur(en) und ihrer Fabel. Welches Faust-Bild zeichnet Anderegg mit seinen Analysen und Interpretationen? Es ist kein revolutionär neues Bild. Anderegg bewegt sich in den vertrauten Bahnen der jüngeren Faust-Forschung, wenn er das zivilisationskritische Moment akzentuiert. Auch die Interpretationen einzelner Szenen und Textpassagen liefern keine grundstürzend neuen Einsichten. Bestechend sind vor allem das umfassende Wissen und die souveräne hermeneutische Klarheit, mit der die Tragödie in ihren wesentlichen Zügen und ihren weitläufigen Komplexitäten kenntlich gemacht wird. Der Gewinn für den Leser liegt in den genauen Textbeobachtungen (etwa im erhellenden Hinweis auf die grundlegende Bedeutung des Motivs »des Festhalten-Wollens und der Vergeblichkeit des Zugreifens« im gesamten Drama, S. 119) und in der Verknüpfung der Einzelteile mit dem Ganzen, das innerhalb und außerhalb des Textes einen in der Weltliteratur wohl singulär vieltönigen Echoraum bildet.

Carsten Rohde

6 Michael Jaeger: *Fausts Kolonie. Goethes kritische Phänomenologie der Moderne*. Würzburg 2004.

7 Vgl. Hans-Jürgen Schings: *Faust und der dritte Schöpfungstag*. In: *Deutsche Vierteljahrsschrift für Literaturwissenschaft und Geistesgeschichte* 88 (2014) 4, S. 439-467.

Barbara Kindermann: *»Faust« nach Johann Wolfgang von Goethe. Neu erzählt von Barbara Kindermann.* Mit Bildern von Klaus Ensikat. Berlin: Kindermann ^{8}2018, 36 S., 18,00 €

Barbara Kindermann: *»Götz von Berlichingen« nach Johann Wolfgang von Goethe. Neu erzählt von Barbara Kindermann.* Mit Bildern von Bernd Mölck-Tassel. Berlin: Kindermann ^{3}2021, 36 S., 18,00 €

Bereits 1994 initiierte Barbara Kindermann (1955-2020) im eigenen kleinen Verlagshaus die Reihe *Weltliteratur für Kinder*. In bislang fast 20 Bänden verfolgt die Autorin darin das verdienstvolle und ehrgeizige Ziel, bekannte Stoffe der Literaturgeschichte für Kinder ab dem Grundschulalter neu zu erzählen. Neben klarer, verständlicher Prosa gehört zu den Merkmalen der Bände, dass in die Texte auch Originalzitate in Kursivdruck integriert werden, um »den kleinen Lesern einen möglichst authentischen ersten Eindruck« von den Prätexten zu vermitteln (Kindermann: *Faust*, S. 35). Die Illustrationen stammen jeweils von namhaften Künstlern, die von Band zu Band wechseln. Mit *Faust* (1808/1832) und *Götz von Berlichingen* (1773) wurden in der Reihe auch zwei Werke Goethes adaptiert.

In ihrer *Faust*-Nacherzählung, die in erster Auflage 2002 erschien und aufgrund großer Nachfrage 2020 auch in englischer Übersetzung veröffentlicht wurde, transformiert Kindermann Goethes Stück in ein Märchen. Souverän vereinfacht sie die Dramenhandlung kindgerecht und modifiziert sie bei Bedarf sensibel. Wo der Prätext zwischen einzelnen Szenen Leerstellen aufweist, schließt sie diese durch knappe Überleitungen. Maßgeblich bereichert wird der Band durch die kolorierten Zeichnungen von Klaus Ensikat, die mit starken Schattierungen und karikierenden Zügen an die Illustrationen einer Graphic Novel erinnern. Sie lassen Figuren und Räume nicht nur plastisch wirken, sondern laden gleichsam zum Eintauchen in die schillernden Welten der Geschichte ein. Als Beispiel sei zunächst die kontrastreiche Darstellung der Szene *Prolog im Himmel* erwähnt (vgl. Kindermann: *Faust*, S. 6): In der oberen Bildhälfte sitzt dort in strahlendem Licht der Herr, umrahmt von den drei Erzengeln, von denen zwei durch junge Frauen verkörpert werden. Zu ihnen blickt aus der kahlen Bergwelt der unteren Bildhälfte verschlagen Mephisto empor. Kleine Engel außerhalb des Bildrandes, die an Raphaels Engel der Sixtina erinnern, beobachten die Szenerie. In den Darstellungen Fausts in seiner Studierstube sind dann sowohl Anklänge an Rembrandts bekannte Gelehrtendarstellung als auch an Goethes eigene Zeichnung der Erdgeisterscheinung unübersehbar. Passend zur Liebesthematik erscheinen die Illustrationen zu den ersten Teilen der Gretchentragödie insgesamt wärmer und freundlicher. In anderen Darstellungen durchbricht Ensikat die mittelalterliche Kulisse mit Gegenwartsanspielungen, indem er zum Beispiel in Auerbachs Keller einen Punk mit an den Tisch der Zecher setzt (vgl. S. 21) oder die Protagonisten der Walpurgisnacht auf Giftmüllbehältern tanzen lässt (vgl. S. 30 f.). Kindermanns Nacherzählung weicht im Verlauf der Gretchengeschichte stärker vom Drama ab, da der drastische Abstieg Gretchens auch für das junge Zielpublikum zumutbar sein muss. Diese Strategie wird beispielsweise deutlich, als Valentin mit Faust und Mephistopheles in Streit gerät: »Ihm [Valentin] war zu Ohren gekommen, dass seine Schwester sich mit einem Mann eingelassen hatte, ohne mit ihm verheiratet zu sein: Damals war das eine große Schande« (S. 29). Zudem lässt Kindermann sexuelle Anspielungen und Hinweise auf Gretchens Wahnsinn weitgehend aus und deutet auch ihren Kindsmord nur vorsichtig an: »Sie hatte ein Kind von Faust erwartet und es in ihrer Verzweiflung nicht leben lassen« (S. 32). Trotz – oder gerade wegen – dieser eigenen Akzentsetzungen dürfte das Bilderbuch Kinder zum Nachfragen anregen: Weshalb lässt Faust Gretchen, die er doch liebt, allein? Warum genau muss sie in den Kerker? Treffend ins Programm eines Märchens passt der Schluss, der vage an das Ende von *Faust II* erinnert: Zwar habe Faust Margarete im Kerker zurückgelassen und sei mit Mephisto weitergezogen, aus Liebe zu ihr habe er sich später aber doch vom Teufel losgesagt. Gretchen wiederum habe sich bei Gott für die Seele von Faust eingesetzt, so dass auch er schließlich in den Himmel einzieht: »So waren die beiden doch noch für immer vereint. Mephisto aber blieb allein zurück und hatte seine Wette verloren« (S. 34). Durch diesen Schluss, der Goethes Drama in seiner Fülle natürlich nicht gerecht werden kann, schlägt die Autorin eine Interpretationsmöglichkeit des Stoffes vor, die ihn für Kinder zugänglich macht: Am Ende siegt demnach das Gute über das Böse.

Kindermanns Adaption von Goethes *Götz* erschien zunächst 2004 und wurde von Bernd Mölck-Tassel illustriert. Gerade dieses Drama stellt für die Transformation als Kinderbuch eine besondere Herausforderung dar: In über fünfzig Szenen mit unübersichtlichen Schauplätzen, mehreren Zeitsprüngen und Parallelhandlungen übt das Drama »im historischen Gewand scharfe und aktuelle Gegenwartskritik«.[1] Zur Vereinfachung reduziert Kindermann die Geschichte auf die wesentlichen Stränge der Götz- und Weislingenhandlung. Auch in diesem Band versucht die Autorin, durch Erzählerkommentare die Leerstellen im Drama sinnvoll zu schließen. Götz' derbe Antwort, die er während der Belagerung seiner Burg dem feindlichen Hauptmann übermitteln lässt, zitiert sie freilich nur gekürzt: »*Er aber, sag's ihm, er kann mich* am A ...!« (Kindermann: *Götz*, S. 23; vgl. FA I, 4, S. 349). Trotz aller Bemühungen um eine altersgerechte Aufarbeitung bleibt die Geschichte aufgrund der Fülle der Figuren und Ereignisse für Kinder jedoch teilweise noch unübersichtlich. Mölck-Tassels Illustrationen mit Formen, die oft überzogen wirken, und verzerrten Gesichtern, deren Augen fehlen, wirken frech und erinnern an Comics. Auf den ersten Blick mag dieser Stil irritieren – doch gewährt er dem Rezipienten wertvollen Raum zur Entfaltung der eigenen Vorstellungskraft. Text und Bild werden in der Regel klug kombiniert: Als etwa dem verletzten Selbitz per Mauerschau von einem Knecht berichtet wird, wie sich Götz im Kampf der gegnerischen Fahne bemächtigt, findet der Bilderbuch-Rezipient diese Szene als Illustration auf der gegenüberliegenden Seite (vgl. S. 21). So nimmt der Betrachter des Bildes selbst die Perspektive des Berichterstatters im Text ein. In der Kampfdarstellung sieht man neben einem übergroßen Götz und einer grausamen Kampfszene, wie – noch in Rüstung – abgetrennte menschliche Arme und Beine, zwei Hühner sowie ein Kämpfer, der gerade vom Pfeil getroffen wurde, durch die Luft fliegen. Zwar trägt das groteske Gesamtbild zunächst humoristische Züge, es regt aber auch zum kritischen Nachdenken über die Sinnlosigkeit des Blutvergießens an. Am Schluss der Nacherzählung, die wie das Drama mit Götz' Tod und seinen letzten Worten »*Freiheit! Freiheit!*« (S. 35; vgl. FA I, 4, S. 388) endet, wird erkennbar, welche Bedeutung Kindermann dem Stoff beimisst: »Mit Götz von Berlichingen starb einer der bedeutendsten deutschen Ritter des späten Mittelalters. Seine Burg Jagsthausen jedoch steht noch heute und zeugt weiterhin von seinen Heldentaten« (S. 35). Indem die Autorin in einem Zusammenhang mit Götz' Freiheitsliebe und Heldenmut die Historizität des Stoffes betont, verleiht sie ihm einen sagenhaften Charakter. Der ursprüngliche historische und auch literaturgeschichtliche Stellenwert tritt hingegen zurück.

Dem Anspruch, Werke der Weltliteratur für Kinder angemessen darzustellen, werden beide Goethe-Adaptionen überzeugend und höchstens mit kleinen Abstrichen gerecht. Kindermann reduziert die Stoffe schlüssig, setzt altersgerechte Akzente und wählt die Goethe-Zitate, die sie in ihre eigenen Texte integriert, mit philologischem Feingespür aus. Insbesondere für die Neuerzählung des *Götz* bleibt jedoch fraglich, inwieweit die Darstellung schon von Kindern im Grundschulalter ohne die Unterstützung Erwachsener verstanden werden kann. Formal wären außerdem Seitenzahlen wünschenswert gewesen. Äußerst ansprechend sind der hochwertige Druck sowie die Halbleinenbindung mit Goldprägung, die alle Bücher dieser Reihe aufweisen.

1 Benedikt Jeßing: »*Götz von Berlichingen*«. *Ein Schauspiel*. In: *Literatur für die Schule. Ein Werklexikon zum Deutschunterricht*. Hrsg. von Marion Bönnighausen u. Jochen Vogt. Paderborn 2014, S. 253 f.

Es lässt sich resümieren, dass beide Bände tatsächliche neue Zugänge zu Goethes Werken ermöglichen: Bei Kindern können sie trotz der erwähnten Einschränkungen Neugier auf eine spätere Lektüre der Originalwerke wecken. Doch auch für Erwachsene, gerade wenn sie mit Goethes Dramen besser vertraut sind, bieten sie einen gewinnbringenden Ausgangspunkt für die eigene Neuentdeckung der bekannten Prätexte und die Auseinandersetzung damit. So hinterlässt Kindermann, die 2020 überraschend starb, ein lebendiges Erbe für alle Goethe-Liebhaber und diejenigen, die es werden wollen. Auch aus wissenschaftlicher Sicht haben ihre Adaptionen es verdient, in der Rezeptionsforschung zu Goethes Werken künftig noch ernster genommen zu werden.

Michael Veeh

Hauke Kuhlmann: *»Es fehlte mir der Zusammenhang, und darauf kommt doch eigentlich alles an«. Zum Problem der Kohärenz in Goethes »Wilhelm Meisters Lehrjahre«*. Bielefeld: Aisthesis 2019, 303 S., 39,80 €

Wenn es wahr ist, dass große Kunstwerke – wechselnden historischen Verhältnissen gemäß – stets aufs Neue unser Verständnis herausfordern, dann lässt sich dies auch an den wissenschaftlichen Bemühungen um Goethes Werk belegen. Blickt man auf das Literaturverzeichnis der hier zu besprechenden Untersuchung, dann nötigt allein dessen Umfang Respekt ab; dabei stellt sich die Frage ein, ob angesichts der Fülle von Autoren und Themen einem Roman wie *Wilhelm Meisters Lehrjahre* noch neue Erkenntnisse abzugewinnen sind.

Hauke Kuhlmann ist, wie sein Herangehen beweist, dieses Problem nur allzu bewusst. Er wartet nicht mit spektakulären neuen Thesen auf, die, Trompetenstößen gleich, zuweilen im Fortschreiten einer Untersuchung rasch verhallen, sondern gründet seine Überlegungen auf einer sorgfältigen, beispielhaft zu nennenden Auswertung der Forschungsliteratur. Der Autor zitiert im umfangreichen Anmerkungsteil auf den Punkt genau und verschafft so dem Leser die Möglichkeit, den Zusammenhang von referiertem Forschungsstand und daraus gewonnenen Erkenntnissen exakt nachzuvollziehen. Das geschieht teils in kritischer, immer aber fair und sachlich vorgenommener Auseinandersetzung mit der Forschung, teils – überwiegend sogar – in deren produktiver Fortführung; von einer vorliegenden Untersuchung heißt es einmal, dass sich ihr »Erkenntnisgewinn [...] noch steigern« (S. 263) lasse.

In Titel und Untertitel des Buches hat Kuhlmann sein Erkenntnisziel benannt. Es geht ihm um die »Dialektik von Kohärenz und Inkohärenz« in Goethes Roman, wie beide »in textnaher Analyse aufeinander bezogen werden« sollen (S. 23), und dies unter romangeschichtlichen, gehaltlichen und ästhetisch-strukturellen Aspekten. Kohärenz wird im »Anschluss an die Forschung« mit den Begriffen »›*Widerspruchsfreiheit*‹«, »›*Kausalität*‹«. »›*Temporalität*‹« und »›*Finalität*‹« gekennzeichnet, Inkohärenz zielt »auf Phänomene des Widersprüchlichen, Ambivalenten und Vagen« (S. 27). Dass eine so definierte Dialektik bereits der Aufmerksamkeit der Zeitgenossen nicht entgangen war, kann Kuhlmann eingangs an Rezeptionszeugnissen deutlich machen. Als brisant erweisen sich vor allem die Briefe des ›Lektors‹ Schiller an den Autor Goethe und dessen Antworten. Goethe, so merkt Kuhlmann zutreffend an, habe »eine ironische Gegenstimme zu Schillers philosophisch inspirierter Lektüre« (S. 16) erhoben. Dafür spricht z.B. Goethes Brief vom 9. Juli 1796 an Schiller, in dem es heißt:

> Der Fehler, den Sie mit Recht bemerken, kommt aus meiner innersten Natur, aus einem gewissen realistischen Tic, durch den ich meine Existenz, meine Handlungen, meine Schriften den Menschen aus den Augen zu rücken behaglich finde. [...] Es ist keine Frage daß die scheinbaren, von mir ausgesprochenen Resultate viel beschränkter sind als der Inhalt des Werks, und ich komme mir vor wie einer, der, nachdem er viele und große

Zahlen über einander gestellt, endlich muthwillig selbst Additionsfehler machte, um die letzte Summe aus Gott weiß was für einer Grille zu verringern. (WA IV, 11, S. 121, 123)

In mehrfacher Hinsicht habe Goethe, so Kuhlmann, mit den *Lehrjahren* in der Geschichte des deutschen Romans eine neue Qualität erreicht. Emanzipiert habe er sich vom tradierten Modell des Aufklärungsromans, wie es in Friedrich von Blanckenburgs *Versuch über den Roman* 1774 theoretisch expliziert worden war; an die Stelle von Kausalität und Finalität, Blanckenburgs zentrale Kategorien, trete eine Offenheit der Romanhandlung und ein Figurenensemble, für dessen Ausformung die Erkenntnis der zeitgenössischen Anthropologie impulsgebend gewirkt habe, dass das Individuum »Brüche, Widersprüche und Heterogenität« (S. 41) aufweise. Zugleich aber habe Goethe in seinem Roman jene neue historische Konstellation reflektiert, wie sie im Gefolge der Französischen Revolution entstanden sei und als Beginn der Moderne beschrieben werden könne. Als theoretische Gewährsleute erscheinen Niklas Luhmann und Reinhart Koselleck, dessen Begriff der Sattelzeit – eingeschlossen seine Vorstellungen von historischen Zeitabläufen überhaupt – herangezogen wird. Nun soll die Plausibilität übergreifender Theoriekonstrukte nicht pauschal bestritten werden, im Falle von Goethes individueller Entwicklung wäre aber historische Konkretheit anzuraten. Dass Goethe – aufs Ganze seines Lebens gesehen – die Französische Revolution als Epochenereignis begriffen hat, dürfte Opinio communis sein. Zugleich war sie für den Zeitbürger Goethe zunächst ein Ereignis im Nachbarland, das auf deutsche Verhältnisse nicht übertragen werden könne, weil hierzulande weder eine revolutionäre Situation noch revolutionäre Kräfte existierten. In diesem Punkt war Goethe klarsichtiger als alle deutschen ›Revolutionsfreunde‹. Für ihn, der als Politiker auf Reformen setzte, eröffnete der Frieden von Basel 1795 die Aussicht auf eine Zeit politischer Konsolidierung und kultureller Blüte, ohne dass er die bedrängende Gefahr französischer Expansion aus den Augen verloren hätte. In einer solchen Konstellation konnte Goethe die *Lehrjahre* schreiben; wenn man den Einfluss der Französischen Revolution zu diesem Zeitpunkt nachweisen will, kann das nur sehr vermittelt geschehen. Offen ist für mich, ob Goethe tatsächlich die historische Entwicklung bereits in einer Weise verstanden hat, wie sie von Kuhlmann, der hier in Kosellecks Spuren geht, entwickelt wird, ob ihm damals schon »die Erfahrung zunehmender Beschleunigung und die Verzeitlichung aller Lebensbereiche« (S. 65) zuteil bzw. erfahrbar geworden ist. Dass Goethe seine Romanfiguren nicht auf Finalität hin entwirft, sondern Ambivalenzen und ironische Relativierung walten lässt, sehe ich weniger als bewusste Erkenntnis à la Koselleck, sondern eher als gelassene Reflexion einer Conditio humana, wie sie Goethe in der Romanprosa seiner Zeit (z. B. bei Christoph Martin Wieland und Karl Philipp Moritz) wahrnehmen konnte. Hier schlagen sich auch Einsichten des historisch-politischen Realisten Goethe nieder, der von der prinzipiellen Stabilität der zeitgenössischen deutschen Lebensverhältnisse überzeugt war, sie ungeachtet dessen aber für reformbedürftig hielt. Unter diesem Aspekt war es für ihn künstlerisch notwendig, Vorstellungen über die nahe Zukunft der Gesellschaft in seinem Roman mit aller Vorsicht zu entwickeln; alle ferneren Aussichten jedoch, utopische gar, hüllte er in den Schleier der Ironie.

Kritisch wäre in solchem Zusammenhang auch anzumerken, dass aus meiner Sicht die beschriebenen allgemeinen theoretischen Positionen von Kuhlmann nur partiell für die Analyse produktiv gemacht werden konnten. Die eigentlichen Stärken seiner Untersuchung liegen für mich im subtilen und differenzierten, stets textbezogenen Nachweis jener Dialektik von Kohärenz und Inkohärenz, wie sie im Kern bereits in der Korrespondenz zwischen Schiller und Goethe verhandelt worden ist: auf der einen Seite Schillers Versuch, den Romanautor auf ein kohärenzstiftendes ideelles Konzept zu fixieren, auf der anderen Seite Goethes ironische Gegenstimme. Kuhlmann, ein kluger und besonnener Beobachter, verschafft der Gegenstimme Gewicht, ohne Schillers Argumente heuristisch gering zu achten. Er legt ein wohlüberlegtes Koordinatensystem über den Text, das sich in genau formulierten Überschriften unterschiedlicher Abstufung zu erkennen gibt und »ein Spannungsgefüge innerhalb der *Lehrjahre*« (S. 96) kenntlich macht. Der Roman sei zugleich ein »Roman des Scheiterns« und ein »Roman des Gelingens« (S. 97). Kuhlmanns genaue Lektüre des Textes hat das Aufspüren zahlloser Brüche und Ambivalenzen zur Folge – sowohl in der Entwicklung der Figuren im Hinblick auf deren »Mehrdeutigkeit und Polyfunktionalität« (S. 225) als auch in übergreifenden strukturellen Zusammenhängen. Dabei kann der Autor auch Befunde aus einer Texttheorie, wie sie vor allem von Gérard Genette entwickelt worden ist, erkenntnisfördernd nutzen. Auf den Reichtum und die Sinnfälligkeit seiner Erkenntnisse kann hier nur hingewiesen werden. Als ein markantes Beispiel sei das Kapitel über das sechste Buch genannt, die *Bekenntnisse einer schönen Seele*.

Insgesamt folgt Kuhlmann einer Tendenz der aktuellen Forschung, die auch in den hier im Sinne eines Erkenntnisfortschritts rezipierten Arbeiten von Hans-Jürgen Schings und Günter Saße wahrzunehmen ist. War in älteren Studien Goethes Roman vor allem als ein Bildungsroman gedeutet worden, der den Titelhelden zu einer harmonischen Persönlichkeit reifen und ihn Aufnahme in eine Gemeinschaft reformfreudiger, klassischer Humanität verpflichteter Menschen finden lässt – als solche figuriert die Turmgesellschaft –, so setzt die aktuelle Forschung andere Akzente: Sie betont das Offene des Romanausgangs ebenso wie die Fragilität der handelnden Personen, die prinzipiell als Subjekte in einer genau konturierten historischen Situation agieren – ohne in jedem Fall über ein angemessenes Geschichtsbewusstsein zu verfügen –, sich zuweilen aber auch als Spielball des Schicksals begreifen. Kuhlmann sucht zwischen den Extremen zu vermitteln, widmet sich, um ein Beispiel zu geben, sowohl dem Aspekt der ›Heilung‹ des Titelhelden als auch dessen Schuld und Versagen. In all dem spiegle sich die »Umbruchsdynamik des Romans« (S. 89). Auf der einen Seite seien »Identität und Stabilität« als Signum von Kohärenz, auf der anderen Inkohärenz markierende »Veränderung und Auflösung« (S. 270) zu beobachten. Unter diesem Aspekt spürt Kuhlmann zahlreiche dialektische Wechselbeziehungen in der Mikrostruktur des Romans auf und leistet damit einen wertvollen Beitrag zu einem Verständnis Goethes, das dessen künstlerische Modernität an der Schwelle der historischen Moderne präzise akzentuiert.

Alles in allem hat der Autor die skeptische Eingangsfrage, ob dem Roman noch neue Erkenntnisse abzugewinnen seien, durch seine grundsolide, den Romantext nach vielen Richtungen hin auslotende Untersuchung überzeugend beantwortet.

Jochen Golz

Gerhard Bauer: *Gesprächskünste. Goethes »Wahlverwandtschaften« neu erwogen.* Bielefeld: transcript 2020, 206 S., 45,00 €

Die Auseinandersetzung mit Goethes Roman *Die Wahlverwandtschaften* (1809) bringt Jahr für Jahr neue Studien hervor. Man kann dies als Ausweis einer herausfordernden Aktualität des Werkes sehen. Einen klaren und vielversprechenden Fokus setzt die Untersuchung von Gerhard Bauer: Im Zentrum seiner Erörterung stehen die Gespräche der literarischen Figuren. Mit Blick auf ihre Darstellung soll das Ganze des Romans »neu erwogen« und die untergründige, »hinter-hältige« Erzählkunst des Autors herausgestellt werden (vgl. S. 119 f., 193). Anknüpfen kann der Interpret dabei an seine Habilitationsschrift *Zur Poetik des Dialogs. Leistung und Formen der Gesprächsführung in der deutschen Literatur* (1969), die den Roman selbst allerdings nur von Ferne berührt.

Den Blick auf die Dichtkunst insbesondere der Unterredungen zu rücken, hat Tradition in der *Wahlverwandtschaften*-Lektüre: Christoph Martin Wieland entzückte, wie berichtet wird, »das von Eduard über Ottilie am ersten Morgen nach ihrer Ankunft auf seinem Schlosse ausgesprochene Wort: ›Es ist ein angenehmes, unterhaltendes Mädchen‹, worauf Charlotte antwortet: ›Unterhaltend? sie hat ja den Mund noch nicht aufgethan.‹ ›Für dieses eine Wort‹, sagte Wieland, ›würde ich, wenn ich der Herzog wäre, Goethen ein Rittergut schenken‹«.[1] Von solchen Anfängen der Rezeption an hat eine der gedichteten Unterhaltungen des Romans, das berühmte ›Chemie-Gespräch‹, eine besondere Beachtung und in der Folge unterschiedliche Interpretationen erfahren, musste doch die chemische Modellierung der ›doppelten Wahlverwandtschaft‹ im Gespräch der Protagonisten mit Blick auf die zeitgenössische Naturforschung rekonstruiert und diese Rekonstruktion zugleich mit der Wirklichkeit des Erzählten verglichen werden. Aber auch über dieses besondere Gespräch hinaus hat die Kommunikation der poetischen Figuren insgesamt gerade im Hinblick auf das verstörende Ende des Romans Aufmerksamkeit gefunden. Der Roman gilt, wie Werner Schwan verdeutlicht hat, als einer der »scheiternden Kommunikation«.[2]

Wie setzt nun Bauer an? Mit einem Bündel von Fragen: »Wie also legen in Goethes *Wahlverwandtschaften* die verschiedenen Charaktere sich selbst in ihre Worte? Wie und mit welchem Erfolg suchen sie beim Reden aufeinander einzuwirken? Wie viel an Welt, von der ›kleinen Welt‹ dieses einen ausgedehnten Guts und von der ›großen Welt‹ der Sitten und Gewohnheiten, dahinter auch der Gesetze, wird in dem Hin- und Herreden greifbar, womöglich überwältigend?« (S. 16). Welche Charakter-, aber auch welche Lebens- und Wirklichkeitsverhältnisse lassen sich, so könnte man paraphrasieren, in den und an den Unterredungen der Figuren erkennen? Dass diese in ihren kommunikativen Praxen nicht »ständisch bestimmt« sein sollen, sondern sich »durchweg« so gegenüberstehen, »wie sie von Natur bestimmt sind, in erster Linie als Mann und Frau« (S. 23), mag man mit guten Gründen bezweifeln, ja als unangemessene Reduktion von Komplexität begreifen.

Bauer behandelt die poetischen Figuren des Romans zunächst einzeln und nacheinander, und zwar in der Reihenfolge, in der sie in das Romangeschehen eingeführt werden, bevor er – in einem zweiten Schritt – Zusammenhänge und Phänomene der Gesprächsführung (»Mitteilung und Innerlichkeit, ›Intimität‹«, »Gesprächsdiplomatie«, »Duell in Worten?«) reflektiert. Viele überraschende Details kommen schon im ersten Schritt zum Vorschein, etwa dass Ottilie sich im Französischen freier auszudrücken vermag als im Deutschen (S. 20) und dass sie im Verlauf des Romans kein einziges Wort mit dem Hauptmann wechselt (S. 18) – eine verblüffende Einsicht, die vom Autor leider nicht weiterverfolgt wird.

Die Vertiefung in die »Gesprächskünste« führt in Bauers Lektüre unweigerlich zur Erkundung der sprechenden Figuren selbst. Sie rücken dabei leicht in eine Unmittelbarkeit, die die Distanz der Erkenntnis zu verlieren droht. In der Profilierung der Figuren über die Details des Redeaustauschs werden sie zu lebenden Wesen, gleichsam zu ›Nachbarn‹, die Bewertung und moralische Beurteilung herausfordern (vgl. etwa S. 43 f. zu Eduard). Aber Bauer führt sie in der Zusammenfügung erzählerischer Details zugleich nahe an den Autor heran, an einen Autor, der gleichermaßen Sympathie für seine Figuren erweckt wie sie in Frage stellt (S. 162). Die »geliebte Ottilie« sei »wirklich eine liebens-würdige Person«, heißt es; der Autor habe »seine ganze Kunst aufgeboten, sie so attraktiv wie möglich zu gestalten« (S. 45). Unklar, ja ungeklärt wie das Verhältnis von Autor und Figurenensemble des Romans bleibt auch das von Autor und Erzähler. Fallen diese mehr oder weniger zusammen oder müssen sie mit Blick auf die Darstellung notwendig differenziert werden (S. 141: »der Autor (der Erzähler?)«; vgl. S. 165, 182)? Tritt nicht der Erzähler vom ersten bis zum letzten Satz des Romans in besonderer Weise hervor, zeigt poetische Selbstreflexion an und fordert zugleich die Bewusstheit der Rezeption ein? Macht er sich nicht schon im ersten vertraut klingenden und doch geheimnisvoll bleibenden Einschub mitgegenwärtig: »Eduard – so nennen

1 Bernhard Rudolf Abeken: *Goethe in meinem Leben*. In: Heinz Härtl (Hrsg.): *»Die Wahlverwandtschaften«. Eine Dokumentation der Wirkung von Goethes Roman 1808-1832*. Reprint der Erstausgabe mit neuen Funden als Anhang. (SchrGG, Bd. 76). Göttingen 2013, S. 204-210; hier S. 206; Karl Wilhelm Ferdinand Solger: *Über die Wahlverwandtschaften*. In: ebd., S. 199-202; hier S. 201 f.

2 Werner Schwan: *Goethes »Wahlverwandtschaften«. Das nicht erreichte Soziale*. Stuttgart 1983; bes. S. 177, 248-250.

wir einen reichen Baron im besten Mannesalter«? Kann dieser Erzähler als zuverlässig gelten? Bleibt er nicht bis zum letzten Wort des Werkes (»und welch ein freundlicher Augenblick wird es sein, wenn sie dereinst wieder zusammen erwachen«) wesentlich vieldeutig? Um die Erzählkunst des Autors aufweisen zu können, und das ist der Anspruch der Arbeit, müsste stärker reflektiert werden, wie, mit welchen Darstellungsverfahren, die einzelnen Figuren hier erzählt werden.

In der Unschärfe der Studie zeigt sich eine Faszination durch literarische Figuren, der der Interpret – vielleicht stellvertretend für die Leserinnen und Leser – zuweilen erliegt. Auch Phänomene der Faszination sind Gegenstand wissenschaftlicher Betrachtung: Wie werden literarische Figuren erfunden, welche Kraft besitzen sie, (geschichtliche) Konflikte zu vergegenwärtigen und welches ›Nach-‹ und ›Fortleben‹ ist ihnen beschieden? Dass die Untersuchung Bauers ein genuines Erkenntnisinteresse an diesen literaturtheoretischen Fragen hat, deutet sich auch in dem Wort von Elias Canetti an, das als Motto der ganzen Erörterung voransteht: »Die wirklichen Dichter begegnen ihren Figuren erst, *nachdem* sie sie geschaffen haben« (S. 8).

Bauers Erkundung der poetischen Gesprächskunst Goethes gehört in besonderer Weise in die Faszinationsgeschichte der Figur Ottilie und diese wäre im Blick auf die Interpretationsgeschichte des Romans erst noch zu schreiben: Für Bauer ist »das himmlische Kind« (II, 18), das am Ende verstummt, »von Anfang an die faszinierende und liebens-würdige Person, als die sie sich den Lesern dieses Romans einprägt« (S. 173; vgl. S. 11 f.), »ja, es ist nicht übertrieben zu sagen, dass die *Wahlverwandtschaften* zunehmend zum Ottilien-Roman werden. Dadurch wird freilich die zarte Gestalt namens ›Ottilie‹ nicht zur Retterin, zu einer ›Erlöserin‹ erst recht nicht« (S. 73). Letzteres hatte Walter Benjamin in seiner *Wahlverwandtschaften*-Studie eindringlich herausgearbeitet. Der Interpret Bauer lässt sich in seinen Darlegungen weniger von Benjamin als von Carl Friedrich von Weizsäcker leiten: »Man soll Ottilie nicht verherrlichen, man darf sie lieben« (ebd.). Bauer folgt dieser Richtschnur in der Hoffnung, »dass die Liebe hier nicht […] in blinde Gefolgschaft umschlagen durfte« (S. 73). In seiner Untersuchung fordert die Gestalt der Ottilie jedenfalls den Superlativ: »Viele Worte werden in allen Phasen dieses dramatischen Geschehens aufgeboten, aber das Leben dieser liebenswürdigsten von allen Romanfiguren Goethes lässt sich weder durch Reden noch durch sonstige Fürsorge retten« (S. 17). Ottiliens Tod erinnert die Leserinnen und Leser im letzten Kapitel daran, wie »hier so viel andere stille Tugenden, von der Natur erst kurz aus ihren gehaltreichen Tiefen hervorgerufen, durch ihre gleichgültige Hand schnell wieder ausgetilgt, seltene, schöne, liebenswürdige Tugenden, deren friedliche Einwirkung die bedürftige Welt zu jeder Zeit mit wonnevollem Genügen umfängt und mit sehnsüchtiger Trauer vermißt« (II, 18). Dieser von hingebungsvoller Betrachtung geprägten Figurenperspektive, wie sie der Architekt am Ende des Romans einnimmt, gibt Bauers Studie im Ganzen Resonanz.

Helmut Hühn

Regina Sachers: *Goethe's Poetry and the Philosophy of Nature. »Gott und Welt« 1798-1827*. London: Routledge 2020, 170 S., £ 60,00

Die Idee kam von Riemer, und zwar am 29. Oktober 1821: Wie wäre es, wenn er, also Goethe, eine Sammlung seiner Gedichte über die Natur zusammenstellte? *Die Metamorphose der Pflanzen*, *Weltseele*, *Urworte. Orphisch* und *Howards Ehrengedächtnis* – ergäben diese Gedichte zusammengenommen nicht einen Grundstock, der sich leicht weiterentwickeln und ausbauen ließe? Goethe begann sofort, die Idee in die Tat umzusetzen, wohl auch, weil er den lange gehegten Plan, ein großes Naturgedicht zu schreiben, nie ganz aufgegeben hatte. Nur wenige Tage später berichtete er Riemer begeistert:

> Ihr guter Gedanke […] hat wie billig eine gute Wirkung getan; schon sind ältere und neuere Gedichte, wie sie sich auf *natura naturans* beziehen, abgeschrieben und zusammengesteckt. Es findet sich schon mehr als man denkt und wie man auf Vollständigkeit sinnen kann, so erweist sich auch der große Vortheil, daß man sich nicht wiederhole. (WA IV, 35, S. 165)

In einer Liste unveröffentlichter Werke, die Goethe 1822 in Vorbereitung einer Werkedition erstellte, tauchte die Sammlung dann zuerst unter ihrem späteren Titel auf: *Gott und Welt*.

In ihrer Erstfassung, die Goethe 1827 in die Ausgabe letzter Hand aufnahm, umfasst die Sammlung insgesamt 21 Gedichte. Sie waren über einen Zeitraum von mehr als zwei Jahrzehnten entstanden und fast alle bereits veröffentlicht, sei es in unterschiedlichen naturwissenschaftlichen Schriften, in der Zeitschrift *Ueber Kunst und Alterthum* oder im *West-östlichen Divan*. Die Leitfragen, die Regina Sachers ihrer Studie voranstellt, sind so verblüffend naheliegend, dass man sich fragt, warum sie bisher nicht aufgeworfen wurden: Warum ging Goethe davon aus, dass die in *Gott und Welt* zusammengestellten Gedichte auch zusammengehören? Und welche Auswirkungen hat die Zusammenstellung der Gedichte zu einem neuen Ganzen für die Bedeutung jedes einzelnen Gedichts?

Sachers verweist zunächst auf den werkbiografischen Rahmen, in dem Goethes Sammlung entsteht. Sie ist Teil eines größeren Projekts der Selbsthistorisierung und -archivierung, das neben der Arbeit am autobiografischen Werk und an der Ausgabe letzter Hand die Vorbereitung des künftigen Nachlasses umfasst. So intensiv sich die Forschung mit diesem faszinierenden Kapitel der Goethe'schen Werkbiografie in der Vergangenheit bereits auseinandergesetzt hat, so gering war ihr bisheriges Interesse an *Gott und Welt*, ja an Goethes Lyriksammlungen und den ihnen zugrundeliegenden Praktiken insgesamt.

Sachers versteht *Gott und Welt* als eine in sich geschlossene Einheit, genauer noch »as a long poem on nature« (S. 147), dessen Zusammenhang auf vielfältigen Äquivalenzrelationen zwischen den einzelnen Gedichten beruht. Dies zeigt sich nicht allein auf einer mikrostrukturellen Ebene, wie die Verfasserin in ausführlichen Close Readings und im Abgleich mit den ursprünglichen Publikationskontexten der Gedichte darlegt, sondern auch in makrostruktureller Hinsicht: Zusammengesetzt ist die Sammlung aus vier Gedichtgruppen, die sich nacheinander mit Aspekten der Kosmologie und Morphologie, Epistemologie und Wissenschaft auseinandersetzen. Wichtiger noch als die Themen der Gedichte sei allerdings das kompilatorische Vorgehen, auf dem die Sammlung beruhe, und die aus ihm hervorgehende Form: »Goethe here was able to match the unity in variety he postulated in nature with a poetic unity of multiple tones« (S. 148).

Bei der Diskussion um das Verhältnis von Natur und Kunst in Goethes Werk, die für sich genommen bereits höchst voraussetzungsreich ist, bleibt Sachers allerdings nicht stehen – im Gegenteil: Sie ergänzt ihr Buch um eine zusätzliche, weit in die Forschungsgeschichte zurückreichende Argumentationslinie. Für Sachers steht *Gott und Welt* im Zentrum der philosophischen Debatten im frühen 19. Jahrhundert. Namentlich rekurriert sie auf den Idealismus, für den die Beziehung von Theologie und Naturwissenschaft – von Gott und Welt eben – ein Kernproblem gewesen sei: »Like Idealist philosophy, the title describes the relation of the opposites ›Gott‹ and ›Welt‹, theology and science« (S. 136). Auf den im Titel angesprochenen Gegensatz antworte die Gedichtsammlung mit dem Hinweis auf die Morphologie, die als »single driving force« (ebd.) den Zusammenhalt des Einzelnen und des Ganzen sicherzustellen vermag, sei es nun das individuelle Blatt im Verhältnis zur Pflanze oder das Einzelgedicht im Verhältnis zur Sammlung.

Sachers Buch ist erfreulich schmal, aber gelehrt und im besten Sinne ›weitstrahlsinnig‹. In der anhaltenden, in den letzten Jahren noch einmal merklich intensivierten Debatte um Goethes Morphologie[1] verdient die Studie, die bereits 2015 erschienen ist, stärkere Beachtung.

1 Siehe etwa Jonas Maatsch (Hrsg.): *Morphologie und Moderne. Goethes ›anschauliches Denken‹ in den Geistes- und Kulturwissenschaften seit 1800*. Berlin, Boston 2014.

Ein erster Ansatzpunkt für eine Diskussion wäre aus meiner Sicht das unbedingte Einheitsstreben, das Goethe in Sachers Studie unterstellt wird. Bereits die Wortwahl jener eingangs angeführten Äußerung gegenüber Riemer läuft dieser Behauptung nämlich möglicherweise entgegen: Wie kann aus dem, was im handwerklich anmutenden Sinne »zusammengesteckt« wurde, eine »organic unity« (S. 136) im Sinne natürlicher Wachstums- und Entwicklungsprozesse hervorgehen?

Gern diskutierte man mit Sachers auch, wie sich das von ihr Geschilderte zu dem von Goethe benannten Gegensatz von Natur- und Kunstschönheit verhält: »Die Naturschönheit ist den Gesetzen der Notwendigkeit unterworfen, die Kunstschönheit den Gesetzen des höchst gebildeten menschlichen Geistes«, schreibt er zur Einleitung in die *Propyläen*; »jene erscheinen uns gleichsam gebunden, diese gleichsam frei« (FA I, 18, S. 477). In diesem Sinne ließe sich darüber nachdenken, ob Goethes Spätwerk nicht gerade das Kompilatorische zum Programm erhebt, also die Sammlung *Gott und Welt* jenseits ihrer thematischen Ordnung weniger mit Goethes Naturkonzeption im Zusammenhang steht als mit der Konzeption einer ›kollektiven‹, ›ensembleartigen‹, ›aggregathaften‹ Poetik.

All diese Anschlussfragen sprechen, dies sei ausdrücklich dazugesagt, nicht gegen Sachers' Studie, sondern bezeugen vielmehr ihr ungemeines Anregungspotenzial. Es lässt einen bei der Lektüre bisweilen sogar noch weiter, in entferntere Bezirke schweifen, namentlich in die Popkultur: Hat die thematisch zusammenhängende und formal strukturierte Gedichtsammlung nicht etwas von einem Konzeptalbum avant la lettre, zumal sich diese popkulturelle Gattung unter anderem dadurch auszeichnet, dass sie sich durch Rückbezüge auf Verfahren der Hochkultur zu nobilitieren suchte?[2] Wer weiß, möglicherweise verbindet *Gott und Welt* mit *Sgt. Pepper* mehr, als man auf den ersten Blick ahnt.

Kai Sina

Goethes Spätwerk / On Late Goethe. Hrsg. von / Ed. by Kai Sina, David E. Wellbery. Berlin, Boston: De Gruyter 2020, 267 S., 69,95 €

Der vorliegende Sammelband geht auf eine Tagung zurück, die 2016 in Chicago stattgefunden hat. Mit ihm leisten der Doyen der US-amerikanischen Goethe-Forschung David E. Wellbery und der deutsche Germanist Kai Sina einen transatlantischen Beitrag zur Erforschung von Goethes Spätwerk – einem Gegenstand, der bekanntlich überaus reich und komplex ist, der im Zusammenhang erstaunlicherweise aber noch immer weniger gut erforscht ist als andere Bereiche von Goethes Werk. Als Einstieg empfiehlt es sich, zuerst den an den Schluss des Bandes gestellten Beitrag Tom Kindts zu lesen, der auf nicht mehr als 15 Seiten nichts weniger als einen (dem Verfasser nach) zwar »holzschnittartige[n]« (S. 253), aber dennoch sehr dichten Überblick über die Wissenschafts- und Begriffsgeschichte des Gegenstands gibt. Daraus geht hervor, dass diese Geschichte mit Goethes um 1810 einsetzenden, noch ohne den Begriff auskommenden Reflexionen über sein eigenes Spätwerk wie das anderer Autoren begonnen hat, dann längere Zeit von einem großen Unverständnis der Goethe-Forschung – nicht aber einzelner ingeniöser Leser wie etwa Emerson oder Nietzsche – gegenüber dem Gegenstand geprägt war, bis sich die Forschung ihm ungefähr seit den 1910er Jahren verstärkt zuwandte, sodass es schließlich zur »›Entdeckung des späten Goethe‹« (S. 265) kommen konnte – die freilich, wie der Sammelband zeigt, noch längst nicht abgeschlossen ist. Insofern ist man Kindt dankbar für diese Einordnung. Um der bei diesem Thema leicht entstehenden Begriffsverwirrung vorzubeugen, ist auch seine Erinnerung daran

2 Jens Gerrit Papenburg: *Konzeptalben als »große Werke« populärer Musik?* In: *Musik und Ästhetik* 21 (2017) 4, S. 30-45.

hilfreich, dass zwischen den Begriffen ›Spätwerk‹ (als einer ästhetischen) und ›Alterswerk‹ (als einer biographischen Kategorie) unterschieden werden sollte. Demnach kann ein Spätwerk also auch von einem jungen Autor geschrieben werden oder, wie Kindt es pointiert formuliert: »[...] nicht jedes Alterswerk [ist] ein Spätwerk [...] und nicht jedes Spätwerk ein Alterswerk« (S. 267). Wie Kindt ausführt, geht diese Unterscheidung auf Diskussionen in den 1910er Jahren zurück; sie ist inzwischen also gleichsam selbst in die Jahre gekommen – was an ihrem heuristischen Wert aber nichts ändert. Wie schon der Titel markiert, konzentriert sich der Sammelband sinnvollerweise auf die ästhetisch-konzeptuelle Dimension des Begriffs; biographische Erwägungen, wie sie von der älteren Forschung bevorzugt wurden, spielen demgegenüber eine untergeordnete Rolle. Insofern fällt es auch nicht sonderlich ins Gewicht, wenn die beiden Kategorien gelegentlich miteinander vermischt werden.

Durch Kindt konzise informiert, kann man sich an die Lektüre der (Sinas gehaltvolle Einleitung eingerechnet) zwölf weiteren Beiträge in deutscher und englischer Sprache begeben. Sie sind gegliedert in die drei Kapitel *Annäherungen/Approaches*, *Analysen/Analyses* und *Anschlüsse/Continuations*, wobei das mittlere Kapitel mit acht Beiträgen am umfangreichsten ausgefallen ist. Beteiligt sind renommierte Goethe-Forscherinnen und -Forscher aus Deutschland und den USA, aber auch Vertreterinnen und Vertreter der mittleren und jüngeren Generation. In alphabetischer Reihenfolge (und ohne die bereits Genannten) sind dies: Jan Behrs, Jane K. Brown, Daniel Carranza, Heinrich Detering, Eva Geulen, John T. Hamilton, Christiane Holm, Helmut Müller-Sievers, Ernst Osterkamp, Rüdiger Singer und Carlos Spoerhase. Das Spektrum der behandelten Texte reicht von *Dichtung und Wahrheit* und *Italienische Reise* über die späte Lyrik (*Inschriften*, *Denk- und Sendeblätter*, *Im ernsten Beinhaus war's*, *West-östlicher Divan*, *Ballade*) bis hin zu *Wilhelm Meisters Wanderjahre* und *Faust II* sowie Eckermanns *Gespräche mit Goethe*.

Alle Aufsätze, die insgesamt etwas disparat wirken (was allerdings auch dem Gegenstand geschuldet ist, für den – so Sina – eine »forcierte Heterogenität und Polyphonie« konstitutiv ist [S. 2]), teilweise recht skizzenhaft angelegt und vereinzelt auch bereits in inzwischen erschienene umfangreichere Untersuchungen eingegangen sind, ausführlich zu rekapitulieren, ist an dieser Stelle nicht möglich. Unbedingt hinzuweisen ist aber auf die Untersuchung der in dem 1827 erschienenen vierten Band der Ausgabe letzter Hand enthaltenen 98 *Inschriften, Denk- und Sendeblätter* von Ernst Osterkamp, der damit sein eigenes Projekt der Rehabilitierung von Goethes später Gelegenheitsdichtung[1] vorantreibt: Wie Osterkamp auch in diesem Beitrag mit großer Deutlichkeit zeigt, beruhte die Unterschätzung dieses Zyklus durch die bisherige Forschung vor allem darauf, dass man nicht so genau hingesehen hatte, wie er es jetzt tut, wenn er etwa darauf hinweist, dass Goethe zu dem Zeitpunkt, als er den Zyklus zusammenstellte, selbst kaum mehr an dem geselligen gesellschaftlichen Leben teilnahm, aus dem die einzelnen Gedichte hervorgegangen waren. Insofern dokumentieren sie eine Situation des – im wörtlichen Sinn – post festum: »Sie geben ein festlich gehobenes Bild der Gesellschaft, der er sich angehörig fühlte: der hohen Standespersonen, denen er diente und die er verehrte, der Familienmitglieder, für die er zu sorgen hatte, der bewährtesten Freundinnen und Freunde, mit einem Wort der ›gleichgesinnten Wohldenkenden‹« (S. 85). Dies – und alle Erfahrungen, die in den Gedichten nicht zur Sprache kommen – vor Augen, schlägt Osterkamp für die *Inschriften* die Bezeichnung »›Lynceus-Poesie‹« vor (S. 86): Denn auch Lynceus zieht das berühmte Resümee seines ›Türmerlieds‹ »in dem Bewusstsein, dass er viel Schlimmes gesehen hat und noch zu sehen bekommen wird« (S. 87). Brillant ist schließlich die Beobachtung, dass das letzte Gedicht des Zyklus, ein vierzeiliger Nachruf auf den Weimarer Schauspieler Karl Friedrich Malcomi, als »vorweggenommene Grabschrift auf

1 Vgl. Ernst Osterkamp: *Maria, Auguste und die Madonna. Die Bedeutung Raffaels für Goethe, erläutert am Beispiel von zwei Gedichten »An Personen«*. In: Gerhard Neumann, David E. Wellbery (Hrsg.): *Die Gabe des Gedichts. Goethes Lyrik im Wechsel der Töne*. Freiburg i. Br. u. a. 2008, S. 185-207.

den Dichter selbst« gelesen werden kann – freilich gegen dessen Willen: »Reichen Beifall hattest du erworben, / Allgemeine Neigung rein erzielt; / Viel Personen sind in dir gestorben, / Und du hast sie alle gut gespielt« (zit. nach S. 96).

Die Frage, wann Goethes Spätwerk denn eigentlich begonnen habe, wird im Band wiederholt gestellt und jeweils anders beantwortet, am pointiertesten von Jan Behrs: »›Goethes Spätwerk beginnt mit *Dichtung und Wahrheit*‹« (S. 47). Behrs begründet dies damit, dass die Autobiographie eine »textuelle Schwelle zwischen Spät- und sonstigem Werk« sei (S. 63): »Strukturelemente des Spätwerks wie die ›offene Komposition‹, die ›das Einzelne in lockerem Rahmen beläßt‹, werden so in der Autobiographie vorbereitet, während diese gleichzeitig die Aufteilung des Werks in verschiedene Phasen überhaupt plausibel macht«. Oder noch einmal anders: *Dichtung und Wahrheit* beglaubigt »zunächst die Einheit von Leben und Werk, konturiert dann eine Zweiheit von Jung und Alt, um schließlich mit der Vielheit ein Prinzip einzuführen, das für spätere Texte des als ›alt‹ klassifizierten Werkteils verbindlich ist« (S. 65). Eine herausfordernde These: Man wünschte, die bei der Tagung nach diesem Vortrag geführten, sicherlich lebhaften Diskussionen wären nach alter, inzwischen selten gewordener Art im Sammelband dokumentiert worden.

Verwiesen sei noch auf den diesen eröffnenden, so zugespitzten wie anregenden Beitrag Eva Geulens, der Überlegungen zum Spätstil im Allgemeinen und zum Spätstil Goethes im Besonderen enthält, wobei Letzterer durch seine spezifische »Unverfügbarkeit« gekennzeichnet sei. Laut Geulen ist Goethes Spätwerk ein »Solitär«, der – insbesondere aufgrund seiner ausgebliebenen literarischen Wirkung – »typisch für Spätstile, aber gleichzeitig ein exzentrischer Sonderfall« sei (S. 22 f.). Um ihm gerecht zu werden, müsse »die gesamte Literaturgeschichte radikal um- und neu« geschrieben werden, was auch eine Verabschiedung der »Goethe-Philologie mit ihrem Werk-Leben-Kontinuum« bedeute: »Der Preis für Entfaltung der im Spätwerk Goethes verschlossenen Möglichkeiten wäre die Zertrümmerung der Literaturgeschichte, ihrer Verlaufsmodelle, Kategorien und Konzepte, einschließlich des Spätstils« (S. 22). Dass der vorliegende Sammelband ein solches Programm nicht einlösen kann, versteht sich von selbst. Aber wichtige Anregungen gibt er durchaus. Insofern ist ihm eine breite Wahrnehmung in der Goethe-Forschung und darüber hinaus zu wünschen.

Frieder von Ammon

Schillers Nachleben in Goethes Denken und Dichten. Hrsg. von Helmut Hühn, Nikolaus Immer u. Ariane Ludwig im Auftrag des Schillervereins Weimar-Jena e. V. Weimar: Schillerverein Weimar-Jena e. V. 2020, 129 S., 14,00 €

Mit seiner neuesten Publikation, die die drei bei den Schillertagen 2019 in Weimar gehaltenen Vorträge dokumentiert, begibt sich der Schillerverein Weimar-Jena einmal mehr in die hochkanonische Zone der deutschen Literatur, geht es doch um »Schillers Nachleben in Goethes Denken und Dichten« bzw. – aus umgekehrter Perspektive und etwas nüchterner formuliert – Goethes literarische und editorische Erinnerungsarbeit an seinem 1805 verstorbenen Autorenkollegen und Freund, mit dessen frühem Tod Goethe die »Hälfte [s]eines Daseins« verloren hatte, um die berühmte Formulierung aus seinem Brief an Carl Friedrich Zelter zu zitieren, die bereits Teil dieser Erinnerungsarbeit ist. Gibt es hierzu aber überhaupt noch etwas Neues zu sagen? Erstaunlicherweise ist es der Beiträgerin (Ariane Ludwig) und den Beiträgern (Helmut Hühn und Achim Aurnhammer) zu dieser kleinen, feinen Publikation tatsächlich gelungen, dem Gegenstand neue Facetten abzugewinnen, auch wenn es sich dabei im Wesentlichen um Details handelt. Doch das ist bei einem solchen Gegenstand gewichtig genug.

Was kann man also Neues erfahren? Bedeutsam ist sicherlich der Hinweis Aurnhammers auf zwei von der Forschung bisher nicht oder nicht ausreichend berücksichtigte Prätexte von Goethes Gedicht *Im ernsten Beinhaus war's*, das im Zusammenhang mit der Fragestellung naturgemäß eine zentrale Rolle spielt. Zwar war bekannt, dass Goethe in der Entstehungszeit des Gedichts Dantes *Commedia* (in der Übersetzung von Karl Streckfuß) las, ebenso, dass ihn diese Lektüre zur Wahl der Terzinenform veranlasste. Dass aber »strukturelle Parallelen« zwischen der *Commedia* und Goethes Gedicht darüber hinaus auch im Hinblick auf Thema und Ton bestehen (S. 53), wurde bislang zumindest noch nicht so klar gesehen. Dabei überträgt sich die »Folie der allegorischen Wanderung und der christlichen Glaubensgewissheit des Prätextes«, so Aurnhammer überzeugend, »implizit auf die Konfrontation mit Schillers Reliquien und perspektiviert ein Wiedersehen und eine harmonische Eintracht im Jenseits« (S. 64).

Eine noch höhere »Similaritätsrelation« (S. 63) erkennt Aurnhammer zwischen Goethes Gedicht und der berühmten ›Totengräber-Szene‹ aus Shakespeares *Hamlet*, in der die Hauptfigur angesichts des Schädels des einstigen Hofnarren Yorick in eine Vanitas-Reflexion von unvergleichlicher Prägnanz und Einprägsamkeit verfällt (»Alas, poor Yorick!«) – eine auch aufgrund ihrer (von Aurnhammer ansatzweise nachgezeichneten) Rezeption in der Bildenden Kunst ikonisch gewordene Szene. Dass diese Ähnlichkeitsbeziehung bisher nur beiläufig beachtet wurde, ist schwer zu glauben. Wie auch immer: In dieser doppelten Dialogizität des Gedichts mit zwei zentralen Texten der Weltliteratur sieht Aurnhammer »Goethes letzte und höchste Hommage an den Dichterfreund« (S. 64).

Hinsichtlich eines Bezugs des Gedichts auf Schiller (dessen Name darin an keiner Stelle genannt wird) ist Aurnhammer weniger zurückhaltend als die ihm vorausgegangenen Forscher, wobei er auf die Tatsache verweist, dass die Zeitgenossen durch die ausführliche Berichterstattung in den Zeitungen über den Entstehungskontext genau informiert gewesen sein konnten und ein expliziter Bezug zu Schiller deshalb nicht nötig war. Das ist sicher richtig – dennoch bleibt die Tatsache, dass Goethe darauf verzichtet hat, das Gedicht ausdrücklich mit Schiller in Verbindung zu bringen, zumindest erklärungsbedürftig. Offenbar ging es ihm darum, das Gedicht vom Kontext seiner Entstehung so weit wie möglich abzulösen. Das aber ist eine besondere Form der Erinnerungsarbeit, die man etwas überspitzt auch als ›Vergessensarbeit‹ bezeichnen könnte, denn ohne den Titel *Bei Betrachtung von Schillers Schädel*, der nicht von Goethe stammt und der dem Gedicht erst nach seinem Tod hinzugefügt wurde, sind die ursprünglichen Zusammenhänge für Leserinnen und Leser ohne Spezialwissen eben nicht mehr erkennbar.

Bedenkenswert ist schließlich der aus der Soziologie entlehnte Begriff der ›Dyade‹, den Aurnhammer zur Beschreibung der Beziehung zwischen Goethe und Schiller verwendet und der den Vorteil hat, die bisherige, noch von älteren Begriffstraditionen geprägte und daher heute veraltet wirkende Terminologie (›Dioskuren‹, ›Freundschaftsbund‹, ›Allianz‹ etc.) durch eine präzisere und zeitgemäßere zu ersetzen. Ob die Forschung dies aufgreifen wird, bleibt abzuwarten.

Auf eine eindringliche Formulierung Goethes stößt man im Beitrag Ludwigs: In dem Brief, den Goethe der Sendung seines Briefwechsels mit Schiller an Thomas Carlyle beifügte, spricht er davon, die Briefe mögen Carlyle »als Zauberwagen zu Diensten stehen um sich in die damalige Zeit in unsre Mitte zu versetzen« (zit. nach S. 75). Briefe als Zauberwagen in die Vergangenheit – diese Formulierung hätte es verdient, häufiger zitiert zu werden. Aber auch sonst kann Ludwig im Lauf ihrer genauen Lektüre und Autopsie der Erstausgabe des Briefwechsels, an die sich eine minuziöse Rekonstruktion ihrer Entstehungsgeschichte anschließt, einige signifikante Aspekte zu Tage fördern: so etwa die Tatsache, dass Goethe die nicht weniger als sechs Jahre in Anspruch nehmende Arbeit an der Ausgabe zeitweilig mit einer solchen Intensität betrieben hat, dass Ludwig von einem »als liebevoll zu bezeichnenden Versenken in Details« und einem »Akt der Freundesliebe« spricht (S. 85). Goethe hatte sogar vor, den Briefen einen Kommentar hinzuzufügen, und es ist ein Verdienst, dass eine seiner Vorarbeiten dazu – eine von ihm diktierte, »knapp zweiseitige Auflistung« von Stichworten (S. 87) – in Ludwigs Beitrag in Form von Abbildungen und einer Transkription der Verfasserin erstmals publiziert und kommentiert wird. Dabei erfährt man, dass in dem Kommentar neben Erläuterungen auch Poetologisches hätte Platz finden sollen. Im Kommentar zu Schillers Brief vom 29. November 1794 etwa, in dem dieser auf die Wirkung einer Lesung Goethes aus der Voss'schen *Ilias*-Übersetzung im Rahmen der Freitagsgesellschaft eingeht, hätte man unter anderem Folgendes lesen können:

> Nun war damals die Voßische Übersetzung der Ilias an der Tages-Ordnung und über die Lesbarkeit und Verständlichkeit derselben mancher Streit, daher ich denn nach alter Überzeugung, daß Poesie durch das Auge nicht aufgefaßt werden könne, mir die Erlaubniß ausbat, das Gedicht vorzulesen, mit dem ich mich von Jugend auf mannigfaltig befreundet hatte. (zit. nach S. 103)

Und darauf folgt eine gattungspoetologische Bemerkung über die idealen Aufführungssituationen der drei ›Naturformen‹: »[...] das Epische sollte rezitirt, das Lyrische gesungen und getanzt und das Dramatische persönlich mimisch vorgetragen werden« (zit. nach ebd.).

Die Tatsache, dass der Briefwechsel dann aber doch ohne Kommentar und auch sonst auffällig paratextarm erschienen ist, führt Ludwig einerseits auf Goethes Pragmatismus zurück, andererseits kann sie ihr aber auch eine programmatische Dimension abgewinnen: »Goethe macht als der Briefpartner, der seinen Freund überlebt hat, keinen Gebrauch von der Möglichkeit, durch Vorworte oder Erläuterungen sein Narrativ über die Originaltöne zu legen und so ein Ungleichgewicht der Stimmen und Zeiten herbeizuführen« (S. 105).

Hühn widmet sich in seinem Beitrag dem *Epilog zu Schillers Glocke* und damit dem – neben *Im ernsten Beinhaus war's* – im Zusammenhang von Goethes Erinnerungsarbeit an Schiller zentralen Text. Bevor er ihn analysiert und interpretiert, rekonstruiert Hühn jedoch die beiden ihm vorausgegangenen, jeweils gescheiterten Vorhaben, den Tod Schillers theatral zu betrauern: zuerst in Form einer Aufführung des *Demetrius* (den Goethe dafür zu vollenden beabsichtigte) im Rahmen einer »Todtenfeier«, sodann in Form eines »Trauerdenkmals auf dem Theater«. Hühn hat die zu diesem Vorhaben erhaltenen Skizzen genau ausgewertet und kommt zu dem Schluss, dass Letzteres als »eine Art szenischer Kantate«, die die »Tendenz zum ›Gesamtkunstwerk‹ in sich« trage, die Gattungsgrenzen gesprengt hätte (S. 28). Unter anderem hätten darin Figuren aus Schillers Werken auftreten sollen, darunter »Bergbewohner aus Tell« und »Handwerker aus der ›Glocke‹«, ebenso die Studenten, die Schiller in Jena unterrichtet hatte. Für sie war das folgende Verspaar vorgesehen: »Seine durchgewachten Nächte / Haben unsern Tag erhellt« (zit. nach ebd.). Die Frage, warum auch dieses Vorhaben gescheitert ist, lässt Hühn offen: »Weil es überdimensioniert war? Weil sich in ihm die individuelle und die überindividuelle künstlerische Trauerarbeit nicht tiefer miteinander verbinden ließen? Weil auch die Darstellungsformen höfischer Casualpoetik sich als unzureichend erwiesen?« (ebd.). Offenbar – so möchte man antworten – kam alles dies zusammen. Vielleicht hatte Goethe sich aber auch an die Warnung aus Schillers berühmter Rezension *Über Bürgers Gedichte* erinnert: »[...] ein Dichter nehme sich ja in acht, mitten im Schmerz den Schmerz zu besingen«. In jedem Fall erweist sich Goethes literarische Erinnerungsarbeit an Schiller gerade auch in ihrem Scheitern als ein höchst aufschlussreicher Gegenstand. Man ist den Herausgebern dankbar dafür, ihn in Erinnerung gerufen zu haben.

Zum Schluss eine Beckmesserei: Dass in keinem der Beiträge das entsprechende Kapitel (*Goethes Trauer um Schillers Tod im Spiegel dichterischer Monumente*) aus Katharina Mommsens Untersuchung *Schillers und Goethes Bündnis im Spiegel ihrer Dichtungen* von 2010 zitiert wird,[1] ist schade, hat Mommsen darin doch auf weitere, zwar eher versteckte, aber dennoch wichtige Bezugnahmen Goethes auf den verstorbenen Schiller verwiesen, die

1 Katharina Mommsen: *Kein Rettungsmittel als die Liebe. Schillers und Goethes Bündnis im Spiegel ihrer Dichtungen.* Göttingen 2010, S. 201-224.

in der neuen Publikation zum Thema gar keine Rolle spielen. Ein Beispiel sind die »Kraniche des Ibykus«, die Goethe in *Faust II* – möglicherweise in Erinnerung an das gescheiterte »Trauerdenkmal« – auftreten lässt. Auch dies wird man aber als eine subtile und zudem von einem schrägen Humor geprägte intertextuelle Hommage an den Verstorbenen verstehen dürfen, die zeitlich nach der laut Aurnhammer »letzten Hommage« *Im ernsten Beinhaus war's* einzuordnen ist und überdies die Pointe hat, dass Goethe *Die Kraniche des Ibykus* zunächst selbst schreiben wollte und Schiller den Stoff dieser Ballade dann überlassen hat.[2] Bei dieser Hommage an den Freund handelt es sich demnach zugleich um eine Selbst-Hommage. Dass dies aber nicht die Ausnahme, sondern die Regel ist, ist eine weitere Erkenntnis, die man bei der Lektüre dieser Publikation gewinnt.

Frieder von Ammon

Gabrielle Bersier, Peter Boerner, Nancy Boerner: *Goethe: Journeys of the Mind.* London: Haus Publishing 2019, 196 S., 22,59 $

»Wen nicht große Zwecke in die Fremde treiben, der bleibt weit glücklicher zu Hause« – so heißt es bei Goethe (MA 19, S. 78). Aus der Sicht vieler Goethe-Verehrer war der Dichter freilich ein Weltreisender, der in seinem aufregenden Leben immer von großen Zwecken in die Fremde getrieben wurde, von der Kutschfahrt nach Italien bis zum Abschiedsspaziergang auf dem Kickelhahn mit 82 Jahren. Doch in ihrem Buch zeigen uns nun die amerikanischen Germanisten Gabrielle Bersier sowie Nancy und Peter Boerner eine verblüffende Tatsache: dass Goethe gar nicht so häufig selbst reiste, sondern vielmehr in Gedanken die Reisen seiner Zeitgenossen verfolgte. Die »Reisen des Geistes« (»journeys of the mind«) weisen zum einen auf die Lust eines Weltneugierigen hin, sich in den Spuren der Weltentdecker der Zeit zu bewegen, um die Reise durch die neue Welt im lesenden Nachvollzug zu erfahren und am imaginären ›Reiseführer‹ Freude und Gewinn zu entdecken. Zum anderen handelt es sich hier um eine spezifische Poetik der Reise, die den inspirierenden Stoff aus den zeitgenössischen Wissensdiskursen und der exotischen Literatur bezieht.

Eingeleitet wird der Band durch ein erhellendes Vorwort und ein eröffnendes Kapitel über Goethe als Reisenden im Sessel. Besonders nach dem Kutschenunfall im Jahr 1816, den er als Warnung verstand, blieb er lieber zu Hause. Doch selbst dort konnte Goethe auf besondere Weise seine Erkundungsreise um die Welt fortsetzen: Als »Sesselreisender« (»armchair traveller«) verfolgte er die Reisen der Weltentdecker seiner Zeit und exzerpierte vielfältige Quellen: geographische, kulturgeschichtliche und literarische Darstellungen. Das diente sowohl zur Ablenkung als auch zur produktiven Transformation des neuen Wissens in die Literatur. Was er in der imaginären Reise wahrnahm, wurde ihm zu Dichtung.

Im ersten Teil widmet sich der Band Goethes Beschäftigung mit England. Bevor er mit 17 Jahren das erste englische Gedicht schrieb, befasste er sich schon jahrelang mit Jonathan Swift, Alexander Pope, Samuel Richardson, Oliver Goldsmith und Shakespeare. Mit vielen englischen Intellektuellen blieb Goethe auch in persönlichem Kontakt. Besonders wichtig war seine Freundschaft mit Thomas Carlyle, dem Goethe mit dem Gedicht *Den funfzehn Englischen Freunden* dankte. Goethe zeigte auch tiefes Interesse an der Politik, Gesellschaft, Geschichte und Geographie Englands und bezog laufend Informationen mit Hilfe von circa

2 Vgl. dazu Wulf Segebrecht: *Naturphänomen und Kunstidee. Goethe und Schiller in ihrer Zusammenarbeit als Balladendichter, dargestellt am Beispiel der »Kraniche des Ibykus«*. In: *Klassik und Moderne. Die Weimarer Klassik als historisches Ereignis und Herausforderung im kulturgeschichtlichen Prozeß*. Hrsg. von Karl Richter u. Jörg Schönert. Stuttgart 1983, S. 194-206.

30 Reiseberichten. Ein Bericht stammte aus der Feder der Weimarer Schriftstellerin Johanna Schopenhauer, der Mutter von Arthur Schopenhauer. Goethe verfolgte zudem sehr interessiert die wissenschaftliche Entwicklung Englands. An den Engländern schätzte Goethe vor allem ihren Sinn für Zweckmäßigkeit und hielt sie für die Meister der umgehenden Anwendung ihrer Entdeckungen.

Der zweite Teil zeichnet Goethes »poetische Reise in den Orient« nach. Der Titel benennt bereits präzise und klar den Forschungsgegenstand: den produktiven geistigen Dialog Goethes mit dem Orient im *West-östlichen Divan*. »Vielleicht hatte keine von Goethes Reisen des Geistes so großen Einfluss auf seine Schriften wie seine Entdeckung der Sammlung mittelalterlicher persischer Lieder« (S. 32), so die Verfasser. Als Goethe im Juni 1814 Hafis für sich entdeckte, hatte der Dichter ausreichende Gründe, sich in Gedanken auf den Weg zu einer Hegire zu machen. Um vor der Bedrohung durch Krieg und Gewalt zu flüchten, gab er sich der orientalischen Welt hin und schlüpfte aus dem Abendland in die Rolle des persischen Zwillings. Aber die Flucht verwandelte sich bald in eine dichterische Reise durch Wüste und Oase. Als der Reisende die Lieder von Hafis sang und eine neue Lebensphilosophie empfand, näherte ihn auch der Lebensdrang dem persischen Poeten an. Nach diesem kurzen Überblick über die *Hegire* wendet sich die Studie an die Gestalt des mongolischen Kaisers Timur, die orientalischen Symbole und Motive in *Suleika* sowie das kulturelle Abenteuer im *Saki Nameh*. In Timurs Ohnmacht gegenüber der Gewalt des Winters kann man leicht die Niederlage Napoleons in Russland wiedererkennen. In den poetischen Wechselreden zwischen Hatem und Suleika lässt sich das intime Verhältnis zwischen Goethe und Marianne von Willemer wahrnehmen. Im Zentrum der Analyse steht stets die Verschränkung von Goethes kulturellem Abenteuer und seinem Wunsch nach einem Durchbrechen religiöser und sexueller Tabus.

Im dritten Teil reist Goethe mit Alexander von Humboldt nach Lateinamerika. Die beiden Großen standen über drei Jahrzehnte in Kontakt und zeigten eine endlose Neugier für Botanik, Physiologie und Geologie. Aber von ihrem wissenschaftlichen Austausch profitierte nicht nur Goethe, indem er die neuesten geographischen und botanischen Entdeckungen verfolgte. Auch Goethes Abbildungen trugen zur Popularisierung der Humboldt'schen Erdwissenschaft bei. Allerdings trennten sich ihre Wege in Bezug auf Geologie, denn Goethe bestritt die Wirkung der Vulkane für die Entstehung der Erde. Anstatt sich auf eine offene Auseinandersetzung mit Humboldt einzulassen, zog Goethe es vor, die Kontroverse auf seine eigene Weise zu präsentieren. So ließ er in *Faust II* den griechischen Naturphilosophen Thales die Urwirkung des Wassers verfechten und den satanischen Mephisto als Wortführer des Vulkanismus fungieren.

Im vierten Teil wird Goethes Interesse an Brasilien nachgezeichnet. Er las nicht nur die neuesten Expeditionsberichte der Zeit, sondern diskutierte auch über die ›Urpflanze‹ mit dem Paläobotaniker Caspar Maria von Sternberg, der in den letzten zwölf Lebensjahren Goethes zu einem seiner wichtigsten wissenschaftlichen Mitarbeiter wurde. Zugleich verfolgte er die wirtschaftliche und gesellschaftliche Entwicklung im Kolonialisierungsprozess Brasiliens. Die Gewinnung von Bodenschätzen, die Ausbeutung von Sklavenarbeit und die Vertreibung der Urbevölkerung aus ihrem Heimatland boten Goethe eine Parabel vom europäischen Drang nach kolonialer Expansion, die er in der Philemon- und Baucis-Szene des *Faust II* verewigte.

Der fünfte Teil befasst sich mit Goethes geistiger Reise nach Nordamerika, die sich vor allem den Reisetagebüchern des zweiten Sohns von Herzog Carl August, Carl Bernhard von Sachsen-Weimar-Eisenach verdankte. Goethe war einer der ersten Leser und initiierte sofort ihre Veröffentlichung; zugleich brachte er mit dem Gedicht *Das Segel steigt, das Segel schwillt!* dem jungen Herzog seine Huldigung dar. Mit der ausführlichen Vorstellung der Reisetagebücher können die Verfasser plausibel machen, dass die Beschreibung Bernhards dem alten Dichter ein relativ positives Amerikabild vermittelte, das sich deutlich von den gängigen Berichten der Engländer distanzierte. Ein genauer Blick auf die Rezeptionsgeschichte zeigt, dass Bernhards Beschreibung eine wertvolle Inspiration für Goethe war und die Arbeit an der zweiten Ausgabe von *Wilhelm Meisters Wanderjahre* beeinflusste.

Der sechste Teil handelt von Goethes Beteiligung an den Reisen seines Freundes Carl Friedrich Zelter. Zwischen 1816 und 1827 unternahm Zelter acht Reisen, die er in Briefen an Goethe ausführlich beschrieb. Diese detaillierten Berichte gefielen Goethe so sehr, dass er dem Freund mehrmals für die »kostbaren Blätter« dankte, die ihn das Abenteuer miterleben ließen. In der Tat beteiligte sich Goethe an Zelters Reisen nicht nur in Gedanken, sondern auch häufig mit konkreten Hinweisen, wie zum Beispiel der Teilnahme an einer Konferenz in München, wo er bestimmten Wissenschaftlern Besuche abstatten sollte. Zelter war immer bereit, den Erwartungen des anspruchsvollen Freundes entgegenzukommen und von seinen Reiseerfahrungen zu erzählen. Daher war es kein Wunder, dass der alte Dichter diese Berichte als Ergänzung zu seinen autobiografischen Schriften betrachtete und publizieren wollte.

Im siebten Teil wird Goethes Reise »über die Große Mauer zur Weltliteratur« nachgezeichnet. Goethes erste Begegnungen mit China geschahen zumeist zufällig. Es war zunächst eine Reihe von Kunstgegenständen und Bauwerken im chinesischen Stil, die den jungen Goethe beeindruckten. Erst im Oktober 1813, in den Tagen von Napoleons Niederlage in der Völkerschlacht, ›reiste‹ Goethe lesend nach Osten und setzte sich mit den europäischen China-Berichten auseinander. Fünf Wochen später schrieb er an Knebel, dass er nach einer intensiven Lektüre »dieses wichtige Land gleichsam aufgehoben und abgesondert« hatte, um sich »im Fall der Not« dahin zu flüchten. Die Flucht nach China unternahm Goethe 14 Jahre später, als ihm die neuesten französischen und englischen Übersetzungen der chinesischen Literatur ins Auge fielen. Beim interkulturellen Dialog dichtete Goethe 1827 zuerst vier chinesische Gedichte nach, dann brach er zur ›Weltliteratur‹ auf, die auf einen interaktiven Prozess auf der Basis internationaler Kommunikationen und Dialoge verwies. Goethes Hinwendung zur chinesischen Kultur im Zyklus *Chinesisch-deutsche Jahres- und Tageszeiten* war der entscheidende Beitrag zur Umsetzung der neuen Weltliteratur-Konzeption. Hier zeigte sich Goethe als Autor in einer chinesischen Rolle, einem Mandarin, der schließlich in seinem poetischen Garten Trost und Ruhe fand. Nicht als traditionsreicher Raum einer Hochkultur zog China das Interesse auf sich, sondern als Raum eines transkulturellen Dialogs.

Der letzte Teil des Buches ist ganz kurz. Es handelt sich um die Reise und den Tod von Goethes Sohn August in Italien. Goethe regte seinen Sohn an, Reisetagebücher zu schreiben, und erwartete von ihm die Transformation der Reiseerfahrung in literarische Produkte, wie er es selber vor über 40 Jahren bei der Reise nach Italien getan hatte. Doch ausgerechnet in dem Moment, als er sich einer Wiedergeburt auf diese besondere Weise erfreute, unterbrach der plötzliche Tod die Reise seines Sohns. So endete die letzte imaginäre Reise Goethes mit tiefer Trauer.

Generell führt der Band in dokumentierenden und erschließenden Verfahren vor, wie Goethe in seinen letzten Lebensjahren mit Hilfe von Reiseberichten und Übersetzungen der orientalischen Literatur seine Welterkundungsreise fortsetzte. Der Mehrwert der Studie liegt klar in der Rekonstruktion eines fortlaufenden Prozesses, in dem die Wechselbezüge zwischen Welterkundung und Poesie als wesentliche Inspiration für Goethes literarische Schöpfung fungierten. Kleinere Mängel sind lediglich an einigen unwichtigen Stellen der Studie festzustellen. Sir John Barrow ist zum Beispiel Mitglied der englischen Gesandtschaft 1792-1794 in China und nicht Kaufmann (S. 153). Die chinesische Gedichtsammlung, die Goethe 1827 als Vorlage für seine Nachdichtung benutzt, heißt *The Songs of a Hundred Beautiful Women* statt *[...] Fine Women* (S. 155). Insgesamt finden die Verfasser bei ihren umfangreichen Führungen zu Goethes gedanklichen Reisen stets den richtigen Ton und arbeiten viele interessante Details heraus. Das Lesevergnügen wird dadurch noch größer, dass 16 wunderschöne Abbildungen diesem kleinen Band als Hilfsmittel zum Verständnis des Textes dienen. Im Ganzen handelt es sich um ein Buch, das uns einen faszinierenden Einblick in die produktiven Wechselbezüge zwischen Reiseberichten und literarischer Schöpfung, zwischen erlebtem und gedichtetem Abenteuer liefert. Für die Leser, die sich mit dem Weltbild in den späten Werken Goethes beschäftigen wollen, ist der Band ebenfalls überaus aufschlussreich, ja sogar als ein ansprechendes Lesebuch empfehlenswert.

Yuan Tan

Manfred Osten: *Die Welt, »ein großes Hospital«. Goethe und die Erziehung des Menschen zum »humanen Krankenwärter«*. Mit einem Nachwort von Peter Sloterdijk. Göttingen: Wallstein 2021, 160 S., 18,00 €

Geht man davon aus, dass für ein Genre weniger Innovation konstitutiv ist als stete Anpassung der einmal etablierten Regeln und erwartbaren Elemente an die jeweiligen Gegebenheiten, dann ist zu konstatieren, dass Manfred Ostens Goethe-Essays ein eigenes Genre bilden. Begründet wurde es in *»Alles veloziferisch« oder Goethes Entdeckung der Langsamkeit* (2003), weitergeführt in *»Gedenke zu leben! Wage es, glücklich zu sein« oder Goethe und das Glück* (2017). Dem bekannten Muster folgend, legt Osten nun *Die Welt, »ein großes Hospital«. Goethe und die Erziehung des Menschen zum »humanen Krankenwärter«* vor, versehen mit dem Anspruch, die Ansicht des Klassikers zur dringlichsten Frage der Gegenwart zu präsentieren: Goethe habe »das verstörende Zukunftsmodell einer planetarischen Gesellschaft« skizziert und »eine Prophetie« gewagt, »deren Umrisse sich erst jetzt, im Zeichen der Corona-Pandemie, schemenhaft abzuzeichnen beginnen« (S. 7). Was läge angesichts der nicht abreißenden Bilder von Intensivstationen näher, als in der pandemischen Welt »ein großes Hospital« zu sehen?

Zu finden ist das titelgebende Bild in einem Brief Goethes an Charlotte von Stein vom 8. Juni 1787, in dem er unter anderem auf Herders Ansichten zur Humanität zu sprechen kommt. Er selbst halte es »für wahr daß die Humanität endlich siegen wird«, fürchte aber, »daß zu gleicher Zeit die Welt ein großes Hospital und einer des andern humaner Kranckenwärter werden wird« (WA IV, 8, S. 233). Es bleibt offen, wie Goethe dieses ›zu gleicher Zeit‹ denkt: als bloße Koinzidenz oder als Dialektik der Humanität, deren Sieg in eine Schreckensvision mündet. Sicher ist: Weder das Hospital noch der Krankenwärter erscheinen in einem positiven Licht. Osten entkontextualisiert das Bild von der Welt als großem Hospital und beruft es zum Kronzeugen der Unternehmung, mit Goethe die Pandemie und ihre Verkettungen mit der allgemeinen Verfasstheit der modernen Welt kritisch zu beleuchten.

In zwei Teilen mit insgesamt elf Kapiteln werden, nicht frei von Redundanzen, Aspekte von Fortschritt, Beschleunigung und Entgrenzung aneinandergereiht. Im ersten Teil steht die Erziehung zum ›humanen Krankenwärter‹ im Vordergrund. Das wird – um nur einige Aspekte zu nennen – etwas assoziativ anhand von Überlegungen zu Goethes Ansichten zur Menschwerdung und zur Mäßigung, seiner ablehnenden Haltung gegenüber der Romantik und seinem Verhältnis zum Islam sowie zur chinesischen Lebenskunst entwickelt. Der zweite Teil fragt danach, ob Goethe die »Quellgründe jener Immunschwächung« (S. 79) erkannt hat, die sich als Ursachen der Krisen-Phänomene der Gegenwart ausmachen lassen. Osten stellt Goethes Ansichten zur Naturausbeutung und -zerstörung vor und erklärt ihn neben Alexander von Humboldt zum »Mitbegründer einer alternativen Naturwissenschaft« (S. 88). Nicht minder werden Goethes wortgewaltige Beschreibungen der Entgrenzung von Raum und Zeit und der Beschleunigung des Konsums sowie seine Antizipation von Medientechniken des 20. Jahrhunderts thematisiert. Geboten wird eine veritable Nummernrevue unterschiedlichster Krisenphänomene, die für Osten in einer direkten Entwicklungslinie zur gegenwärtigen Pandemie stehen, und ein ums andere Mal wird Goethe zum Mitstreiter im Kampf gegen Corona, etwa wenn seine Haltung gegen Impfverweigerung ins Feld geführt wird. Goethe wird zum Säulenheiligen einer kulturkonservativen Modernekritik (wobei dieser Konservatismus durchaus grün sein kann). Gleichwohl wird seine keineswegs nur skeptische Faszination für Modernisierungs- und Beschleunigungsprozesse sowie technische Innovationen übersehen, wie sie sich prominent im Gespräch mit Eckermann am 21. Februar 1827 über das Projekt des Panama-Kanals äußert.

Ohnehin wäre zu hinterfragen, ob Osten dem verehrten Autor Gerechtigkeit widerfahren lässt, wenn er innertextuelle Kontexte, die Unterschiede zwischen Fiktion, Naturwissenschaft und Gebrauchstext sowie zwischen verschiedenen literarischen Figuren als völlig irrelevant erscheinen lässt. Die in großer Zahl aufgebotenen Goethe-Passagen werden benutzt, um ungeachtet ihrer Funktion für die jeweiligen Texte, denen sie entnommen sind, das Mosaik einer von Goethe selbst ungeschriebenen Theorie zu konstruieren. Etwaige semantische Abgründe werden weniger ausgelotet als durch die Montage von Zitaten überbrückt. Das zeigt ein Blick in das häufig herangezogene *Buch des Parsen* aus dem *West-östlichen Divan*, aus dem Osten die Sicht auf Goethe als »Vordenker der Ökologie und Nachhaltigkeit« (S. 134) ableitet. Er bezieht sich insbesondere auf die Verse vom »heilige[n] Vermächtniß« (»Schwerer Dienste tägliche Bewahrung, / Sonst bedarf es keiner Offenbarung«; WA I, 6, S. 240). Osten entnimmt diesem Gedicht die »Idee des Reinen« (S. 134 u. ö.), eine Aufforderung, der Zerstörung der Natur entgegenzuwirken. Im gleichen Gedicht, von Osten nicht zitiert, heißt es aber auch: »Sanften Fall des Wassers nicht zu schwächen, / Sorgt, die Gräben fleißig auszustechen; / Rohr und Binse, Molch und Salamander, / Ungeschöpfe, tilgt sie mit einander!« (WA I, 6, S. 241). Die ›Reinheit‹ der Natur ist mithin ein zivilisatorisch-domestizierender Effekt des ›tilgenden‹ Umgangs mit ihr. Was als ›Ungeschöpf‹ gilt, definiert der auf Reinhaltung bedachte Mensch. Wie das mit modernen ökologischen Ansichten zu vereinbaren ist, wäre ebenso zu diskutieren, wie der Umstand, dass die affirmierte ›Idee des Reinen‹ eine missverständliche und populistischem Missbrauch ausgesetzte Vorstellung ist. Der Essay macht sich ambivalente Texte seinerseits in einem gleichsam ›tilgenden‹ Zugriff gefügig. Komplexe, mehrdeutige Literatur schrumpft zu einer Ansammlung von Lebensweisheiten eines ›Dichterfürsten‹ – er wird gar zum »Konfuzius von Weimar« (S. 60) – mit einer zuweilen unangenehmen Nähe zu Kalendersprüchen.

Manfred Osten ist Peter Sloterdijks Nachwort zufolge der »kundigste Bibliothekar des Goetheschen *savoir vivre*« (S. 156). Wer mit den Tendenzen der Goethe-Forschung der letzten Jahrzehnte und nicht zuletzt mit Ostens eigenen Schriften vertraut ist, wird bei dieser Bibliotheksführung nicht viel Neues entdecken, wenngleich der Bezug zur Covid-Pandemie anderes verheißt. Versteht man, wie eingangs angedacht, Ostens Goethe-Essays aber als eigenes Genre, greift diese Kritik selbstredend zu kurz – ein Genre, so ließe sich mit dem weit distanzierteren Goethe-Leser Bertolt Brecht formulieren, hat zwar ein festes Schema, zeigt aber seine Kraft in der Variation. Es ist nicht zu bezweifeln, dass sich zahlreiche Leser diesem von Enthusiasmus für seinen Autor durchdrungenen Bibliothekar anvertrauen werden, um eine rasante und kurzweilige Reise durch den Kosmos eines klassischen Œuvres zu unternehmen, auch und gerade, weil sie dabei auf zahlreiche wohlvertraute Elemente stoßen werden.

Manuel Bauer

Golo Maurer: *Heimreisen. Goethe, Italien und die Suche der Deutschen nach sich selbst*. Hamburg: Rowohlt 2021, 540 S., 28,00 €

Ein Buch mit diesem Titel vermutet man nicht unbedingt in einem prominenten ›Publikumsverlag‹, der die Interessen seiner Leser in der Regel auf anderen Feldern bedient. In diesem Fall mag eine Rolle gespielt haben, dass Golo Maurers Buch vom damaligen Verleger Florian

Illies unmittelbar angeregt worden ist. So nimmt man es mit der Hoffnung in die Hand, dass die im Titel verheißenen Erwartungen auch eingelöst werden.

»Heimreisen« ist für Maurer ein ambivalenter Begriff, der einerseits die Sehnsucht der Deutschen nach dem »Land, wo die Zitronen blühn«, ihrer ideellen Heimstatt, markieren, andererseits die reale Heimreise aus dem Sehnsuchtsland in deutsche Alltäglichkeit bezeichnen soll. In dieses Spannungsverhältnis sah sich bereits, so Maurer, Goethe gestellt, der eine »*therapeutische Reise*« (S. 106) nach Italien unternommen habe. Goethes Lebensproblematik bildet den Ausgangspunkt für eine panoramatische Darstellung, in der Goethes Mignon-Lied den Charakter eines Lockmittels erhält, dem Generationen von deutschen Bildungsbürgern »im Schlepptau Goethes« (S. 15) sehnsuchtsvoll gefolgt seien. Italien habe seine Bedeutung »als Schauplatz der persönlichen Wandlung und nationaler Selbstfindung« (S. 305) bis in das vergangene Jahrhundert behauptet. Den Anfang einer Goethe-Mignon-Nachfolge machte bereits der Italienreisende Johann Gottfried Herder, der sich aber in Italien enttäuscht und verdrossen zum deutschen Patrioten bekehrt habe. In seine Fußstapfen trat der heute weithin unbekannte Gustav Nicolai, der als deutscher Patriot des Deutschen Verlangen nach Italien zwar in seiner Bedeutung nicht geleugnet, doch als nationalen Irrweg getadelt habe. Stets aber sei Goethe, sei seine *Italienische Reise* Impuls und Orientierung für eigene Reisevorhaben gewesen. Das gelte für Fanny Hensel und ihren Bruder Felix Mendelssohn Bartholdy ebenso wie für Adolf Stahr und Fanny Lewald.

Während Maurer das Reisegeschehen bis zur Reichseinigung 1871 zunächst in Gestalt biographischer Miniaturen Revue passieren lässt, wechselt danach die Perspektive seiner Darstellung. Unter der Kapitelüberschrift *Kulturnation und Kulturstaat* wird die national-patriotische Goethe-Rezeption skizziert, zu deren »Reichsstatthalter« (S. 322) Karl Robert Mandelkow Herman Grimm (nicht Hermann, wie im Buch) ernannt hatte. Nunmehr erhielt die Italiensehnsucht der Deutschen den Charakter eines nationalen Bekenntnisses zu Goethe. Maurer unternimmt sogar den in meinen Augen problematischen Versuch, das Sehnsuchtsthema mit dem deutschen Kolonialismus in Verbindung zu bringen. *Ein Platz an der Sonne*, unter dieser Zwischenüberschrift hat Maurer eher gegenläufige Tendenzen subsumiert.

Wiederum wechselt die Perspektive. Da Maurer selbst an der Biblioteca Hertziana, einem von der Bundesrepublik finanzierten kunsthistorischen Forschungsinstitut in Rom, als Bibliotheksleiter tätig ist, gehört deren institutioneller Geschichte und der Geschichte der mit ihr verbundenen Gelehrten seine besondere Aufmerksamkeit. So tritt das tragische Schicksal des Gelehrten Ludwig Pollak in den Blick, eines deutschen Juden aus Prag, der sich in der römischen Kunstszene als Sammler, Berater und Vermittler hohes Ansehen erworben hatte und der 1943 – obwohl gewarnt – nicht dem Verhängnis entging, zusammen mit seiner Frau und seinen beiden Söhnen nach Auschwitz deportiert und dort ermordet zu werden. Rom besonders verbunden waren auch der bedeutende Romanist Ernst Robert Curtius und sein Lieblingsschüler Karl Eugen Gass. Während sich Curtius seinen Traum von Italien nur partiell – als Besucher und zeitweiliger Bewohner von Rom – erfüllen konnte, hat der hochbegabte Gass sich länger an der Hertziana aufhalten können; 1942 musste er die Stadt seiner Hoffnung mit flandrischen Schlachtfeldern tauschen, dort ist er 1944 gefallen. Ein eher exzentrisches Dasein hat Rudolf Borchardt in Italien geführt, dessen wechselvolles Geschick Maurer mit stilistischer Delikatesse zum Sprechen bringt. Hatte für diese Phalanx deutscher Bildungsbürger Goethes *Italienische Reise* ein selbstverständliches Geistesfundament bedeutet, so rückt sie in den Nachkriegsjahren, wie Maurer am Beispiel der Beziehung zwischen Hans Werner Henze und Ingeborg Bachmann erläutert, stärker in den Hintergrund. Abgerundet wird seine Darstellung durch Hinweise auf Joachim Fests Buch *Im Gegenlicht. Eine italienische Reise* und Rolf-Dieter Brinkmanns *Rom, Blicke*; Letzteres erreichte den Status eines Kultbuches und sei, so Maurer, »so etwas wie das Gegenbuch zu Goethes *Italienischer Reise*« (S. 450). Am Schluss kehrt der Autor noch einmal zu Goethe zurück, verweilt bei Vater und Sohn des Dichters. Goethe habe, so wird halb zustimmend Roberto Zapperi zitiert, nicht nur seinen Sohn zum Sterben nach Italien geschickt, sondern habe für diesen auch einen Grabspruch ersonnen, der von Goethes »Befähigung zur Brutalität« (S. 476) Zeugnis ablege.

Maurer – schon seiner akademischen Profession als Archäologe, Historiker und Kunsthistoriker wegen kenntnisreich, zudem als Wahlrömer mit den Spezifika dieser Stadt bestens vertraut – hat so etwas wie eine weiträumige Tour d'Horizon durch die deutsch-italienische Kulturgeschichte vorgelegt. Bei den an Goethe Interessierten werden die ersten drei Kapitel, überschrieben *Die Leiden des Dr. Goethe*, *Heimreisen* und *Rückreisen*, besondere Aufmerksamkeit wecken. Warum lassen mich diese Kapitel bei allem Detailreichtum im Einzelnen letztlich unbefriedigt zurück? An einigen Punkten sei das erläutert. Ein umfangreiches Literaturverzeichnis gibt Auskunft über Maurers wissenschaftliche Vorarbeiten für dieses Buch. Es fällt ins Auge, dass er sich in den biographischen Partien seines Buches selbst vor allem auf längst veraltete Monographien von Bielschowsky und Richard M. Meyer bezieht – die im Literaturverzeichnis den Rang von »Quellenschriften« erhalten – und aus neuerer Zeit das Buch von Richard Friedenthal bevorzugt, das aber im Lichte historischer Forschung heute der Revision bedarf. Norbert Millers Opus magnum *Der Wanderer* wird nur gelegentlich herangezogen. Häufig beruft sich Maurer auf Wilhelm Bodes wertvolle Sammlung *Goethe in vertraulichen Briefen seiner Zeitgenossen* (die er nicht nach der revidierten Aufbau-Ausgabe, sondern nach der Erstausgabe zitiert) und auf die redseligen Erinnerungen des Carl Wilhelm Heinrich von Lyncker. Beide Werke werden als authentische Quellen zitiert; außer Acht gelassen wird hingegen, dass es sich jeweils um Äußerungen aus subjektiver Perspektive Dritter handelt, die eines kritischen Kommentars bedürfen.

All dies mündet in eine psychologisierende Darstellung von Goethes Leben in den Spuren der älteren Biographik. So erscheint Goethes Verhältnis zu Herzog Carl August als eine Beziehung von Genie und Fürst: hier das stürmende und drängende Kraft-Genie, dort der schwärmerische Naturbursche, der das Genie an sein Herz zieht. Bei aller persönlichen Sympathie hat sich Carl August aber vor allem von Goethes politischem Konzept überzeugen lassen, wie es dieser am Beispiel der Schriften von Justus Möser bei Gesprächen in Frankfurt und Mainz vorgetragen hat. Darum war die Einladung nach Weimar ein wohlbedachter Schritt, ebenso wohlbedacht wie Carl Augusts Entscheidung, Goethe durch die Eigentumsübertragung des Gartenhauses an Weimar zu binden und ihn in sein Geheimes Conseil – kein »Ministerrat« (S. 191), wie Maurer meint, sondern ein Beratungsorgan für den absoluten Herrscher – zu berufen. In Maurers Sicht erscheint Goethes politisches Wirken als eine eher bürokratische Geschäftigkeit in einer »Weimarer Komfort-Zone« (S. 37), nicht als das, was es tatsächlich war: eine Lebensaufgabe, der sich der Dichter mit großer Intensität widmete und die ihn zugleich in einen unaufhebbaren Konflikt mit seiner Disposition als Künstler brachte. Für Maurer bestand Goethes Dilemma darin, einen Kompromiss zwischen seiner Existenz als Bürger, Künstler und Edelmann zu finden. Das verzeichnet aber die Proportionen. In den hämischen Äußerungen Weimarer Hofadliger, die Maurer kommentarlos zitiert, erscheint Goethe als »Emporkömmling und Angeber« (S. 62), der etwas erreichen wollte, was ihm seiner bürgerlichen Geburt wegen versagt sei. Blickt man aber auf die geschichtlichen Verhältnisse, so stand damals schon tüchtigen bürgerlichen Beamten auch im Herzogtum Sachsen-Weimar der Weg in hohe Ämter offen; politisches Verdienst oder künstlerischer Rang konnten durch die Nobilitierung gekrönt werden, wie sie auch Herder und Schiller zuteilwurde. Goethe hat die seine sehr zurückhaltend kommentiert, eine Aufsteiger-Mentalität war ihm fremd; zeitlebens blieb er seiner inneren Bestimmung nach ein Bürger, dem indessen sehr wohl bewusst war, dass Sachsen-Weimar sein kulturelles Renommee im Wesentlichen ihm verdankte. Für ihn war entscheidend, dass er Carl August einen Treueeid geschworen hatte; das war keine leere Formel, sondern eine Verpflichtung, die für Goethe, ein Genie der Ordnung, in allen Lebenssituationen Bestand hatte.

Es ist darum aus meiner Sicht auszuschließen, dass Goethe Carl August von seinen Reiseplänen nicht in Kenntnis gesetzt haben soll, von einer »von langer Hand geplante[n] Under-Cover-Aktion« (S. 80) gesprochen werden kann; viel wahrscheinlicher ist, dass beide im

Vertrauen eine Art von Verständigung verabredet haben, die beider öffentliches Ansehen nicht in Zweifel zog. Nimmt man aber dies als gegeben an, dann fällt Maurers Argumentation in sich zusammen. Gewiss hat Goethe in seinen Briefen aus Italien an Carl August, in denen er seine Rückkehr vorbereitete, wie ein kluger Diplomat agiert, zugleich aber bekundet, weiter für das gemeine Beste des Staates tätig sein zu wollen. Darum ist die Behauptung verfehlt, Goethe habe »die Frührente beantragt und bewilligt bekommen« (S. 197). Nicht bedacht wird dabei, dass Goethe keineswegs das politische Handeln aufgab, sondern in das Feld der Kultur- und Wissenschaftspolitik wechselte; müßig ist es, all seine nachitalienischen Ämter aufzuzählen. Zitiert sei ein Satz, der Goethes Tätigkeit nach seiner Rückkehr aus Rom, wo er in einer »Künstler-WG« als »unumstrittener Dominus« geherrscht habe, beschreiben soll: »Damit war *in nuce* der Hofstaat aus Zuträgern, Helfern und willigen Gesprächspartnern etabliert, den Goethe bald nach seiner Rückkehr in Weimar dauerhaft errichten sollte« (S. 213). Maurer wäre gut beraten gewesen, einen Aufsatz des von ihm mit Recht hoch geschätzten Ernst Robert Curtius zu lesen, in dem der Zusammenhang von Goethes amtlicher Tätigkeit und der aus ihr erwachsenen spezifischen Arbeitsweise plausibel und überzeugend dargestellt wird.[1]

Jahrzehnte später erst hat Goethe seine Reise in das große autobiographische Projekt einbezogen, das den Rahmentitel *Aus meinem Leben* erhielt und durch den Zusatz *Dichtung und Wahrheit* genauer charakterisiert wurde. 1816/17 erschien seine *Italienische Reise*, 1829 durch den *Zweiten römischen Aufenthalt* ergänzt. Bedenkt man den autobiographischen Kontext, so ist es unbillig, an Goethes Darstellung den Maßstab eines objektiven Bildes von Italien zu legen. Es ist, wie Maurer zutreffend anmerkt, *Goethes* Bild von Italien – was letztlich, von Reiseführern in Baedeker-Manier abgesehen, für alle Italienbücher gilt. Insofern verfehlt Adolf Stahrs Goethe-Kritik, die Maurer zustimmend begleitet, einen wesentlichen Gesichtspunkt.

Mit Maurers psychologisierender Methode verbindet sich die Intention, sein Thema für ein heutiges Publikum in vieler Hinsicht inhaltlich ausgewogen, zugleich aber locker und gefällig aufzubereiten. Das gelingt ihm häufig, aber längst nicht immer. Nicht zufällig kommt einem dann Brechts Aussage in den Sinn, dass ein altes Stück Fleisch nicht dadurch an Geschmack gewinne, wenn man eine scharfe Sauce darüber gieße. Für Goethes Beziehungen zu Frauen hält Maurer das Wort »Oberfluchtmeister« bereit, »Fluchtplanung«, »Fluchthelfer« und »Flucht-Glück« sollen aktuelle Assoziationen wecken; in solchen Zusammenhängen wird auch der Unsinn von der »skandalöse[n] Brautwerbung des 74-Jährigen« (S. 175) wiederholt, wofür jeder Beweis fehlt. Wenngleich Maurer einräumen muss, dass wir über Goethes Geliebte Faustina »an Gesichertem nichts« (S. 182) wissen, so vertraut er doch mehr als billig Roberto Zapperi, der als »unangefochtener Spezialist für Goethes römisches Liebesleben« (S. 179) firmiert.[2] Modische Anglizismen tun ein Übriges; hier nur eine kleine Auswahl: Goethe, der »Shooting Star« (S. 41), durchleidet eine *Midlife Crisis*, Unterüberschriften wie *Friendly Fire* und *Home Sweet Home* verweisen auf das Geschick des Heimgekehrten. Der Weimarer Hofadel habe »Goethe-Bashing« (S. 43) betrieben. Goethes Briefpartner in Weimar erscheinen als »Top Five« (S. 122). Maurer liebt die Superlative: Der Arzt Johann Georg Zimmermann in Hannover, der in gewisser Weise Charlotte von Stein und Goethe aufeinander vorbereitet hat, avanciert bei ihm »zum bedeutendsten Paarvermittler der deutschen Literaturgeschichte« (S. 51). Er neigt auch dazu, ausgewogenen Passagen einen (überflüssigen) kommentierenden Satz anzuhängen: »Goethe allein zu Haus« (S. 228) oder »Hätte, hätte, Perlenkette« (S. 128). Eigentlich ist das eine stilistische Konvention des

1 Ernst Robert Curtius: *Goethes Aktenführung*. In: ders.: *Kritische Essays zur europäischen Literatur*. Bern 1954, S. 57-69.

2 Als Korrektiv sei die Lektüre eines Aufsatzes von Stephan Oswald empfohlen: *In fremden Betten? Das unbekannte Liebesleben des Weimarer Kreises in Rom. Roberto Zapperis »Das Inkognito« und »Römische Spuren« wiedergelesen*. In: GJb 2017, S. 137-148.

Spiegel, dessen einstmalige Solidität im sprachlichen Ausdruck einmal (S. 435) mit einem melancholischen Lob bedacht wird. Goethes Gedicht »Kennst Du das Land [...]« wird »zum vielleicht ersten Italien-Schlager, zu einer Art Capri-Fischer des frühen 19. Jahrhunderts« (S. 268) erhoben, ohne dass ins Kalkül gezogen wird, wie rasch solche Anspielungen veralten, dass Rudi Schurickes Lied »Wenn bei Capri [...]« heute ebenso aus dem Bewusstsein geschwunden ist wie vermutlich auch der Filmtitel *Kevin – Allein zu Haus*. Es wäre eigentlich nicht der Rede wert, einem so umfangreichen Buch kleine sachliche Fehler anzukreiden, wenn dies nicht ein Licht auf das Ganze würfe. Schillers Gedicht *An die Freunde* ist nicht 1785, sondern erst nach der Jahrhundertwende entstanden, Goethes Vater hat seine Italien-Darstellung nicht »publiziert« (S. 463), sondern das Manuskript nur prächtig einbinden lassen und vermutlich gelegentlich daraus vorgelesen; auch die Darstellung von Walther von Goethes Testament am Schluss bedarf der sachlichen Korrektur. Zwei Details noch: Weimars Herzog Carl August besaß neben einem guten Verstand, Sinn für Gerechtigkeit und politischem Instinkt auch die ungezügelte Neigung zum schönen Geschlecht, die er den Standeskonventionen entsprechend in allen sozialen Sphären (bis hin zum Bordellbesuch) ausgelebt hat. Ihn aber darum als den »größte[n] Schweinigel weit und breit« (S. 184) zu bezeichnen nähert sich bedenklich dem Niveau der *Bild*-Zeitung. Eher amüsiert hat mich hingegen die Aussage, die Goethe-Gesellschaft sei »noch heute so etwas wie der ADAC der Goetheverehrung« (S. 327); ich nehme es als Kompliment, nicht ohne den Wunsch hinzuzufügen: Wenn die Gesellschaft nur ebenso viele zahlende Mitglieder hätte.

Maurer hat ein Buch vorgelegt, dass man alles in allem mit wechselndem Vergnügen und manchem Gewinn zur Kenntnis nimmt. Wer sich genauer auf Goethes Italienreisen und deren autobiographische Reflexion einlassen will, sollte weiterhin zu Norbert Millers Darstellung greifen.

Jochen Golz

Karl-Josef Kuschel, Shahid Alam: *Goethe und der Koran. Texte von Johann Wolfgang von Goethe, Kommentar von Karl-Josef Kuschel, Kalligrafien von Shahid Alam*. Ostfildern: Patmos 2021, 432 S., 49,00 €

Seit der Jahrtausendwende hat die Goethe-Rezeption eine Wendung genommen, die vordem schwer vorstellbar, noch weniger voraussehbar gewesen ist. Deren Ursachen liegen in einer politischen Entwicklung, für die sich der Begriff ›Kampf der Kulturen‹ eingebürgert hat und die sich speziell in Deutschland an den Problemen von Migration und interkultureller Kommunikation festmachen lässt. Nachdem der damalige Bundespräsident Christian Wulf 2009 erklärt hatte, dass der Islam zu Deutschland gehöre, und Thilo Sarrazin im Jahr darauf dagegen vehement Einspruch erhoben hatte, wurde auch Goethes *West-östlicher Divan* anschließend in einer FAZ-Debatte in den Zeugenstand gerufen, wobei ein resümierendes Votum von Wolfgang Frühwald den Beschluss bildete. Diskutiert wurde in dieser Debatte die Frage, inwiefern Goethes Gedichtsammlung in einer aktuellen politischen Auseinandersetzung klärend und befriedend wirken könne.
Für Karl-Josef Kuschel, der von 1995 bis 2013 das Fach »Theologie der Kultur und des interreligiösen Dialogs« an der Fakultät für Katholische Theologie der Universität Tübingen lehrte, gab die skizzierte Debatte einen Anstoß, sich – ganz im Sinne des von ihm vertretenen Lehrfachs – dem Thema »Goethe und der Koran« zuzuwenden. Im *Prolog* des Buches hat er seine Intention plausibel beschrieben:

> Die Literaturwissenschaft also hat mit Monografien, Kommentaren und zahlreichen Einzelstudien das Ihre getan, um die Dimension Orient/Islam im Werk des größten deutsch-

> sprachigen Dichters transparent zu machen. Eine breitere Rezeption und Auswertung aber dieser Forschungen in *Theologie* und *Religionswissenschaft* im Interesse eines heute dringender denn je nötigen interkulturellen und interreligiösen Dialogs Orient-Europa bzw. Christentum-Islam hat so gut wie nicht stattgefunden. […]
>
> Entsprechend erfüllt die hier vorgelegte Studie zwei Forderungen: Sie nimmt die Ergebnisse der Goethe-Forschung ernst und zeigt zugleich, dass diese anschlussfähig sind an und fruchtbar gemacht werden können für heutige Diskurse über ein wechselseitig besseres Verstehen von Kulturen und Religionen – jenseits von Islamophilie und Islamverachtung, von Vereinnahmung und Abstoßung des Islam, wider die ›schrecklichen Vereinfacher‹ auf beiden Seiten. (S. 18 f.)

Eingängig wie diese Passage ist das ganze Buch geschrieben. Zudem ist es methodisch geschickt aufgebaut. Gerahmt von einem *Prolog* und einem *Epilog*, enthält es im ersten Teil Texte Goethes (seine im Jugendalter angefertigten Koran-Auszüge, das Fragment der *Mahomet*-Tragödie, Gedichte aus dem *Divan* »mit Islam- und Koran-Bezug« und Kommentartexte sowie in Auswahl »Ankündigungen und Selbstzeugnisse« zum *Divan*), in einem zweiten, der Textauswahl chronologisch folgend, einen »Kommentar« zum Thema »Goethe und der Islam«. Eine reizvolle Zugabe bilden die Illustrationen des pakistanischen, seit 1973 in Deutschland lebenden Künstlers Shahid Alam, die auf die große Tradition arabischer Kalligrafie Bezug nehmen.

Den Anspruch, die *Divan*-Forschung umfassend zur Kenntnis genommen und sie gewissenhaft ausgewertet zu haben, löst der Autor ein. Aus diesem Anspruch leitet er das oben bezeichnete Erkenntnisziel her. Bedauern kann man, dass er den Studienband von Young-Ae Chon[1] offenbar nicht wahrgenommen hat. Kuschels Intention ist es nicht, die Interpretation Goethe'scher Texte um neue Erkenntnisse zu bereichern, sondern Ergebnisse der Goethe-Forschung in den Dienst einer Textauslegung zu stellen, die Goethes Werk für den interkulturellen Dialog mit dem Islam erschließt. Für diesen Zweck wählt er seine Belege aus Primär- und Sekundärliteratur aus, wobei Katharina Mommsens maßstabsetzende Studien und der *Divan*-Kommentar in der Münchner Ausgabe das Zentrum bilden, während der in meinen Augen den heutigen Stand der Forschung repräsentierende Kommentar von Hendrik Birus in der Frankfurter Ausgabe nur partiell herangezogen wird.

In seinem *Epilog*, überschrieben *Herausforderungen heute*, hat Kuschel bündig und suggestiv zugleich ein Resümee gezogen. Sprechend sind seine Überschriften: *Affinitäten zum Islam: Eine Bilanz*, *Goethes Interkulturalität: Ein Profil*, *Ein »Weltfest« für alle Religionen? Ein Auftrag*, *Ein Goethe-Hafis-Denkmal in Weimar*, *Irans Präsident Chatami in Weimar*, *»Den Islam aus versteinerten Ansichten befreien«* sowie *Musik und Lyrik heute im Geist des »Divan«*.

Dem ethischen Ernst, mit dem Kuschel, seit 2012 Kuratoriumsmitglied der Stiftung *Weltethos*, seine Überzeugungen vorträgt, muss man Respekt bezeugen. Das lässt auch Überlegungen in den Hintergrund rücken, dass Goethes Orientverständnis viel weiter zu fassen ist, als es in Kuschels Buch geschieht, dass Goethe die vorislamische Dichtung ebenso in den Blick nahm wie die Geschichte des Orients und pars pro toto die persische Epik, dass sein Verständnis monotheistischer Religionen ohne die Einbeziehung der jüdischen Religion unvollständig bleibt. Im Einzelnen wäre auch geltend zu machen, dass Goethe die Grundtexte der Weltreligionen vor allem als große poetische Dokumente aufgefasst hat, dass das Zusammenspiel von Poeten- und Prophetenrolle insbesondere im *Divan* ironische Akzente erhält. Kuschel lässt Goethes Ironie nicht außer Acht, wenn er z. B. formuliert, dass »der Dichter stets in der Schwebe« lasse, »was wirklich zu glauben oder was nur sinnlich-erotische Wunschprojektion ist« (S. 334), doch wesentliche Bedeutung misst er dieser Erkenntnis nicht bei.

1 Young-Ae Chon: *»Sich erbittend ew'ges Leben«. Sieben Essays zu Goethes »West-östlichem Divan«*. Göttingen 2017.

Goethes Problemoffenheit in Glaubensfragen wird von Kuschel zwar zuweilen benannt, doch seine Darstellung folgt prinzipiell der Intention, Goethe als interkulturellen Dialogpartner zu reklamieren, was zur Folge hat, dem Dichter eine monotheistische, in diesem Fall christliche Glaubensgewissheit zuzuweisen, so dass er dem Islam auf ›Augenhöhe‹ begegnen kann. Kuschel konstruiert z. B. eine Verbindung zwischen Goethes Pantheismus und dessen »Nähe zur koranischen Schöpfungstheologie« (S. 155). In dieser Richtung wird Goethes Pantheismus als »Präsenz Gottes in allen Dingen« (S. 183) verstanden, ihm ein »Lob des Schöpfers« (S. 256) zugeschrieben, wird Goethe ein »Gläubiger«, aber kein »Rechtgläubiger« genannt (S. 360); der »Glaube an die Einheit Gottes«, so Kuschel, »war auch für Goethe unaufgebbar« (S. 288) gewesen, »Gottergebenheit« habe zu seinen »philosophisch-religiösen Grundüberzeugungen« (S. 356) gehört. Hergeleitet wird diese Grundüberzeugung aus dem Vierzeiler »Närrisch [...]« und dessen Schluss: »Wenn Islam Gott ergeben heißt, / In Islam leben und sterben wir alle« (WA I, 6, S. 128). Für dieses kleine Gedicht hat Hendrik Birus überzeugend nachgewiesen, dass sich hier eine geistige Haltung zu erkennen gibt, die eher ironische Reserviertheit gegenüber allen monotheistischen Religionen zeigt. Plausibler scheint mir auch zu sein, Goethes Pantheismus aus seinem Naturverständnis herzuleiten und Spinozas Maxime »Deus sive natura« in ihrer Aussage offen zu lassen. »Vergieb mir«, so im Brief an Friedrich Heinrich Jacobi vom 9. Juni 1785 aus Ilmenau, »daß ich so gerne schweige wenn von einem göttlichen Wesen die Rede ist, das ich nur in und aus den rebus singularibus erkenne. [...] Hier bin ich auf und unter Bergen, suche das göttliche in herbis et lapidibus« (WA IV, 7, S. 63 f.). Selbst wenn man einräumt, dass Goethe in seinem großen Altersbrief vom 17. April 1823 an die Gräfin Bernstorff eine Sprache spricht, die von einer persönlichen Frömmigkeit Zeugnis gibt, so hat sich der Dichter letztlich all den Interpreten entzogen, die ihm das Bekenntnis zu einer monotheistischen, in diesem Fall christlichen Religion zuschreiben wollen.

Unabhängig von solchen partiellen Einwänden ist Kuschel aber darin beizupflichten, dass Goethe – ungeachtet aller religiösen Offenheit – in einem heute zu führenden interkulturellen Dialog, an dessen Notwendigkeit kein Zweifel besteht, eine kräftige Stimme besitzen sollte. Dass diese Stimme im aktuellen Kulturgeschehen Resonanz erhält, bezeugen in Kuschels Sicht Daniel Barenboims West-Eastern Orchestra, das Weimarer Goethe-Hafis-Denkmal und die zu dessen Einweihung gehaltene Rede des damaligen iranischen Präsidenten Chatami sowie die Anthologie *A New Divan. A Lyrical Dialogue between East and West.*[2] Gern teilte man Kuschels Enthusiasmus, wenn nicht die gegenwärtige Verfassung der politischen Welt zu begründeter Skepsis Anlass gäbe. Chatamis Rede ist längst versunken und vergessen, der Nahe Osten gegenwärtig von großen politischen Konflikten zerrissen, die eine Migrationsbewegung von bislang nicht gekanntem Umfang ausgelöst haben; höchst umstritten ist die Rolle, die der islamischen Religion in den aktuellen politischen Auseinandersetzungen in Deutschland und Westeuropa zukommt. Das mindert nicht die Berechtigung von Kuschels ethisch unanfechtbaren Intentionen, lässt sie aber im Grunde nur als Bekundung im Zeichen eines ›Trotz alledem‹ begreifen. In dieser Haltung ist er Goethe durchaus benachbart.

Jochen Golz

2 Vgl. die Rezension von Frieder von Ammon in GJb 2017, S. 346-349.

Margrit Wyder, Barbara Naumann, Georges Felten (Hrsg.): *Goethe medial. Aspekte einer vieldeutigen Beziehung*. Berlin, Boston: De Gruyter 2021, 378 S., 99,95 €

Die Schweizer Goethe-Gesellschaft hat mit dem vorliegenden Band einmal mehr ihre besondere Produktivität unter Beweis gestellt – und das nicht nur durch die erfreuliche und alles andere als selbstverständliche Schnelligkeit, mit der dieser Band erschienen ist: Die beiden ihm zugrunde liegenden Tagungen fanden 2018 (in Zürich) und 2019 (im Deutschen Literaturarchiv in Marbach) statt; es kann also nur knapp ein Jahr gedauert haben, bis die insgesamt 17 Beiträge von Goetheforscherinnen und -forschern aus der Schweiz (vorrangig) und Deutschland eingereicht und fertig redigiert waren. Und sie wurden gut redigiert – Tippfehler und andere Nachlässigkeiten, mit denen sich abzufinden man nolens volens gelernt hat, kommen in diesem Band kaum vor.

Vor allem ist es aber der thematische Zugriff, der überzeugt. Unter dem Stichwort ›Goethe medial‹ geht es um zweierlei: um »Goethes Mediengebrauch« zum einen, zum anderen um »Goethes Präsenz in modernen und zeitgenössischen Medien« (S. 1) – ein weites, vielbestelltes Feld also, aber auch eines, auf dem sich noch Entdeckungen machen lassen, wie man bei der Lektüre so erstaunt wie begeistert zur Kenntnis nimmt. Der Medienbegriff, von dem der Band ausgeht, ist ein offener: »Als Eckpunkte eines breiteren Spektrums sollen [...] im Wortsinne Mittel, nämlich Mittel der Kommunikation, Repräsentation, Dokumentation und der ästhetischen Wirkung verstanden werden« (ebd.). Man könnte kritisch einwenden, dass sich darunter im Grunde alles subsumieren ließe. Als Grundlage für einen Sammelband zu einem derart komplexen Thema erfüllt diese Arbeitsdefinition jedoch zweifellos ihren Zweck.

Der Schwerpunkt des Bandes liegt mit zwölf (von 17) Beiträgen eindeutig auf »Goethes Mediengebrauch« und bereits dies ist ein indirekter Beleg dafür, dass es durchaus gerechtfertigt ist, Goethe als einen »mediensensitiven oder im modernen Sinne medienreflektierten Autor« zu bezeichnen, wie es in der Einleitung geschieht (S. 1). Aus je anderer Perspektive wird dieser Befund in den zwölf folgenden Beiträgen dann auch direkt bestätigt. Sie sind weiter untergliedert in drei Teile: *Goethes Umgang mit Medien* (I), *Mediale Aspekte in Goethes Werk* (II) sowie *Text und Bild: Intermedialität bei Goethe* (III).

Im ersten Teil geht es zunächst um den Briefschreiber Goethe: Nacim Ghanbari untersucht seine ›ersten Briefe‹ (womit die eine Korrespondenz eröffnenden Briefe gemeint sind), Sebastian Böhmer einen Brief an Charlotte von Stein und das ihm vorausgegangene Briefgedicht *Warum gabst du uns die tiefen Blicke*. Es folgt ein umfangreicher Beitrag der Herausgeberin Margrit Wyder zu »Goethes Schweizer Landkarten« – wobei Wyder offenbar die Erste ist, die sich Goethes Umgang mit dem Medium Landkarte im Zusammenhang widmet. Die Beschäftigung damit aber lohnt sich: Das zeigt nicht nur der lebenslange lebensweltliche Umgang Goethes mit Karten aller Arten – schon als Kind beschäftigte er sich mit der beachtlichen Sammlung seines Vaters, später besaß er selbst eine –, sondern auch sein literarischer Umgang damit – Karten spielen ja immer wieder eine Rolle für seine Texte und in ihnen, seien es die *Briefe aus der Schweiz* oder *Wilhelm Meisters Lehrjahre*. Wyders Beitrag ist indes nicht nur für die Goethe-Forschung von Interesse, sondern auch für den neueren, in den vergangenen Jahren sehr produktiven Forschungsansatz der ›Literaturgeographie‹ bzw. ›-kartographie‹.

Von »Goethes Medienangst« zu sprechen – wie es Andreas Kilcher im Titel seines einschlägigen Beitrags tut – ist vielleicht etwas überspitzt. Das präzisierende Begriffspaar im Untertitel überzeugt dann jedoch völlig: »Unmittelbarkeitspostulat und Medienkritik«. Kilcher geht diesen beiden eng miteinander verschränkten Konzepten vor allem anhand von *Faust* und *Farbenlehre* nach und kommt dabei zu dem Ergebnis, dass Goethe im Vergleich zu seiner Figur Faust – der »figurale[n] Gestaltung einer radikalen Medienskepsis, die verzweifelt nach unmittelbarer Naturanschauung jenseits von Büchern und Instrumenten ringt« – »weniger kompromisslos« war: Zwar war auch er »von einem vergleichbaren Widerstand gegen technische wie sprachliche Medien ausgegangen«, doch wurde die Medienkritik bei ihm zu einem »integrale[n] Teil eines wissenschaftlichen Unterfangens, dessen Programm darin bestand, die Phänomene der Natur so unvermittelt wie möglich, aber zugleich so mittelbar wie nötig zu beobachten und zu beschreiben« (S. 97).

Ein regelrechtes Feuerwerk der Einfälle bietet Teil II, in dem sich Alexander Honold, seine Forschungen zu diesem Medium fortsetzend, mit der »Kalender-Poetik« des *Werther* beschäftigt, Sophie Witt mit »pathognomischen Körpern und Übertragungsszenerien« in *Lila* und Marisa Siguan mit »Explodierende[n] Schreibtische[n]« in den *Unterhaltungen deutscher Ausgewanderten*. Wer glaubt, sich verlesen zu haben, sei versichert: Es stimmt – in den *Unterhaltungen* kommen tatsächlich zwei Schreibtische vor, die sich an unterschiedlichen Orten befinden, aber zur gleichen Zeit vielleicht nicht gerade explodieren, aber doch immerhin laut knallend ›reißen‹ bzw. ›verbrennen‹. Siguan deutet sie als »Medium der Vermittlung von Erklärungszusammenhängen« und als »Mittel des Verbindens von Rahmen- und Binnenerzählungen, in denen sowohl die soziale Rolle von Literatur wie auch die Rolle von Literatur als Medium der Erkenntnis zur Sprache kommen« (S. 156).

Ein Höhepunkt des zweiten Teils ist der (auch schon an anderer Stelle veröffentlichte) Beitrag Peter Schnyders: *Das Megatherium*. Für diejenigen, deren Kenntnisse in der Paläontologie nicht ausreichen sollten – hinter dem Megatherium verbirgt sich das Riesenfaultier, um das eine heftige wissenschaftliche Debatte entbrannt war, nachdem das Skelett eines solchen in den 1780er Jahren in Südamerika entdeckt worden war und der Anatom Georges Cuvier, der die Knochen freilich nur in Form von Abbildungen zu Gesicht bekam, es 1796 erstmals beschrieb und aus dem Fund schloss, dass auch Tiere aussterben können (was damals keineswegs selbstverständlich war). Das Skelett des Riesenfaultiers wurde um 1800 somit zu einem »Medium der Tiefenzeit« (S. 158). Goethe interessierte sich nicht nur wissenschaftlich für diese Debatte (auf die er in den Heften *Zur Morphologie* einging), sondern machte sie auch literarisch produktiv: Wie Schnyder ausgehend von einem einzigen Satz der *Wanderjahre* zeigen kann, wird das Megatherium dort zum »Medium für die Reflexion einer post-klassischen, modernen Romanpoetik«: »einer Poetik, die (auch) mit unfesten, disharmonischen, einer andauernden Veränderung unterworfenen Formen rechnet« (S. 168). Diese Interpretation mündet in die Pointe, die Leserinnen und Leser der *Wanderjahre* müssten die einzelnen Teile dieses Romans genauso ›zusammenlesen‹ wie vor ihnen der fiktive Herausgeber des Romans und dessen realer Autor Goethe – und wie ihnen allen voran Cuvier, als er die Knochen des Riesenfaultiers (medial vermittelt) vor sich hatte.

Zwei der vier Beiträge in Teil III beschäftigen sich mit dem *Divan*: Anke Bosse nimmt ihn zum Anlass, um über die »Medialität der Literatur« generell zu sprechen – wofür dieses Buch zweifellos geeignet ist –, Hans-Jürgen Schrader geht den Spuren nach, die Goethes Beschäftigung mit der Emblemtradition in diesem Buch hinterlassen hat, und deckt dabei interessante Zusammenhänge auf. Die beiden anderen Beiträge sind der *Italienischen Reise* gewidmet: Caroline Torra-Mattenklott untersucht »Medialität und Präsenz« in diesem Text und damit zwei Schlüsselkonzepte (nicht nur) des klassischen Goethe, die Herausgeberin Barbara Naumann die von ihm auf der Reise angefertigten Zeichnungen, die sie dazu bringen, die *Italienische Reise* als ein »Inter-Medium« aufzufassen, »das dem aufmerksamen Leser« zeigt, »was die eigentümliche Vielfalt der Skizzen, Zeichnungen und Bilder ganz mühelos zur Anschauung bringt« (S. 266).

Es folgen die Teile IV (*Goethe-Rezeption als mediale Spiegelung*) und V (*Goethe digital: Editionen im Netz*), die mit nur fünf Beiträgen zwar quantitativ weniger ins Gewicht fallen, aber nicht unbedingt auch qualitativ. Großes Vergnügen bereitet hier zum Beispiel – nicht nur wegen seines Gegenstands – der Beitrag des Herausgebers Georges Felten über Wilhelm Buschs *Balduin Bählamm*, den Felten als eine Wertheriade liest, die auf die »Pulverisierung der Poesie« im Sinn einer profanisierenden Revokation von Goethes Kunstauffassung hinausläuft: An die Stelle des organischen tritt hier das automatische Kunstwerk. Weniger humorvoll geht es bei Peter Handke zu, dessen Goethe-Rezeption jedoch durchaus substanzieller Art ist, wie Claudia Keller zeigt: Handke entwickelt »mit Goethe eine Schattenlehre«, »die nicht nur die Phänomene gegenüber einer platonischen Vorherrschaft der Episteme aufwertet, sondern die aus dem Abglanz und dem Nachbild ein Verfahren entwickelt, das im Weiterleiten das Weiterschreiben ermöglicht« (S. 320).

Der Titel von Gerhard Lauers Beitrag über Goethe in den sozialen Netzwerken – *Goodread Goethe* – könnte sarkastisch wirken, ist aber nicht so gemeint: Vielmehr weist Lauer alle kulturpessimistischen Diagnosen zurück und stattdessen darauf hin, dass Goethe, »[w]ie er schon früher nicht nur ein Gegenstand der ästhetischen Verehrung und des Schulkanons war, sondern Anlass für Parodien und eigene Schreibversuche«, »dies erst recht auf den sozialen Plattformen« ist: »Goethe gehört zur digitalen Ästhetisierung unser [!] Lebenswelt« (S. 333).

Zwei digitale bzw. hybride Editionsprojekte werden schließlich in den Beiträgen Thomas Richters (die digitale Neuedition des Briefwechsels zwischen Goethe und Lavater im Rahmen der Historisch-kritischen Edition ausgewählter Briefwechsel Lavaters) sowie Bernhard Fischers und Norbert Kaspars (das Propyläen-Projekt) vorgestellt: So unterschiedlich diese beiden Projekte sind, im Zusammenhang wird deutlich, wie stark und wie selbstverständlich mittlerweile auch die Goethe-Philologie im Internet vertreten ist und so eine seriöse Grundlage nicht zuletzt für jenen ›Goodread Goethe‹ bietet.

Gewissermaßen als Rausschmeißer haben die Herausgeber einen besonderen 18. Beitrag an das Ende des Bandes gestellt: *Das Goethe-Derby* von Erich Kästner – ein funkelndes Feuilleton, in dem Kästner die zahlreichen und schon damals in alle Medien diffundierenden Beiträge zum Goethe-Jahr 1949 satirisch aufs Korn nimmt, darunter auch die prominenter Schriftstellerkollegen wie etwa Thomas Mann, der in jenem Jahr (nachdem er mit dem Frankfurter Goethe-Preis ausgezeichnet worden war) bekanntlich eine *Ansprache im Goethejahr* hielt, und zwar sowohl in Frankfurt als auch in Weimar. Auf ihn scheint Kästner anzuspielen, wenn er schreibt: »Ein noch gut erhaltener Festredner bricht plötzlich zusammen« (S. 377). Witziger noch ist aber der Satz: »Seine Permanenz, der Geheimrat Goethe!« (ebd.). Und folgendermaßen, den Stil des klassischen Goethe parodierend, endet der Text: »Goethe, wie er's verdiente, zu feiern, mögen ein einziger Tag oder auch ein ganzes Leben zu kurz sein. Ein Jahr aber ist zu viel« (S. 378). Mit Blick auf *Goethe medial* möchte man ergänzen: Ein Sammelband aber ist zu wenig.

Frieder von Ammon

Anne Feler, Raymond Heitz, Roland Krebs (Hrsg.): *Choix de conférences (2005-2020) organisées par la Société Goethe de France*. Bd. 1: *Lectures de Goethe*, 420 S.; Bd. 2: *Études sur le monde germanique. Littérature, civilisation, arts*, 538 S. Würzburg: Königshausen & Neumann 2021, 68,00 €

Die französische Goethe-Forschung kann bekanntlich auf eine lange und ehrwürdige Tradition zurückblicken, die bis ins 19. Jahrhundert zurückreicht und aus der namhafte und international rezipierte Forscher wie Henri Lichtenberger, Albert Fuchs und Pierre Grappin hervorgegangen sind. Auf die Gründung einer französischen Goethe-Gesellschaft musste jedoch lange gewartet werden. Erst im Jahr 1996 wurde in Straßburg die *Société Goethe de France* – so ihr offizieller Name – aus der Taufe gehoben. Mit Gonthier-Louis Fink besaß sie einen Gründungspräsidenten, der sich als Goethe-Forscher auch jenseits des Rheins einen exzellenten Ruf gemacht hat. Wie in ihren Statuten festgelegt, widmet sich die *Société Goethe* nicht nur Leben und Werk Goethes, sondern setzt es sich zur Aufgabe, die gesamte Literatur und Kultur des deutschsprachigen Raums in Frankreich zu fördern.

Seit einiger Zeit ist das aktuelle Präsidium um Raymond Heitz, Roland Krebs und Anne Feler darum bemüht, die Forschungen der Mitglieder der Gesellschaft bzw. die Ergebnisse ihrer langjährigen Arbeit in Buchform zu dokumentieren. So erschien bereits im Jahr 2020 eine von der *Société Goethe* herausgegebene Sammlung der *Goethe-Studien* Gonthier-Louis Finks.[1] Es handelt sich dabei um eine äußerst begrüßenswerte Initiative, die sich als eine Art Gegenoffensive zu der weithin sichtbaren Krise der germanistischen Literaturwissenschaft in Frankreich begreifen lässt. Drastische Sparmaßnahmen in der schulischen Sprachausbildung sowie Attraktivitäts- und Legitimitätsprobleme geisteswissenschaftlicher Studiengänge haben das Eis unter den Füßen der französischen Germanistik gefährlich dünn werden lassen, was sich immer mehr auch auf zentrale Bestandteile des Kanons wie auf Goethes Werk auswirkt.

Mit den zwei neuen Bänden verfolgt die Gesellschaft das Ziel, die Früchte der Veranstaltungen (Tagungen, Workshops, Konferenzen), die sie selbständig oder in Zusammenarbeit mit verschiedenen kulturellen oder wissenschaftlichen Institutionen organisiert hat, einem breiteren Publikum zugänglich zu machen. Die von der Johann Wolfgang von Goethe-Stiftung Basel geförderte Publikation umfasst eine Auswahl von Vorträgen, die zwischen 2005 und 2020 an verschiedenen Orten vorwiegend Ostfrankreichs gehalten wurden. Dabei fiel die Wahl ausschließlich auf französischsprachige Beiträge, was das Zielpublikum trotz der den Texten vorangestellten deutschen Zusammenfassungen zwangsläufig einschränkt. Gleichzeitig trägt diese editorische Entscheidung der spezifischen deutsch-französischen Ausrichtung des Vereins Rechnung. Zur Ergänzung dieser repräsentativen Sammlung dokumentieren beide Bände auf mehr als fünfzig Seiten ausführlich die Geschichte der *Société Goethe* und informieren über alle von ihr während dieses Zeitraums organisierten oder geförderten Veranstaltungen.

Da es sich die französische Goethe-Gesellschaft zur Aufgabe macht, über das Werk Goethes hinaus die Verbreitung deutscher Literatur und Kultur zu fördern, hat nur ein Teil der gesammelten Vorträge Goethes Leben und Werk zum Thema. So soll der mit *Études sur le monde germanique. Littérature, civilisations, arts* betitelte zweite Band hier nur am Rande erwähnt werden. Er enthält verstreute germanistische Studien in französischer Sprache, die sich nicht direkt oder ausschließlich auf Goethe und die Goethezeit beziehen. Die in Band 2 versammelten 21 Beiträge beschäftigen sich vielmehr mit diversen literatur- und kulturgeschichtlichen Themen vom 18. Jahrhundert bis zur Gegenwart.

Der erste Band der *Choix de conférences* ist hingegen ganz dem Leben und Werk Goethes gewidmet und macht in drei Sektionen 15 französischsprachige Vorträge der *Société Goethe* aus den Jahren 2005 bis 2020 einem internationalen Publikum zugänglich, wobei einige der Texte zuvor bereits andernorts erschienen sind (was auch auf Band 2 zutrifft). Die Liste der Beiträger umfasst eine Reihe einschlägig bekannter französischer Goethe-Forscher wie Roland Krebs, Jean-Marie Valentin und Gérard Laudin, die zum Teil gleich mit zwei oder drei Vorträgen in dem Band vertreten sind.

Die Beiträge der mit dem Begriff *Homo viator* betitelten ersten Sektion haben Goethes Erkundungen anderer bzw. ›fremder‹ sprachlicher und kultureller Räume zum Thema. Konkret erwähnt werden dabei das Elsass, Italien, Griechenland und der Orient. Roland Krebs befasst sich eingangs mit der allgemeinen Bedeutung des Straßburger Aufenthalts in der Entwicklung Goethes. In seinem anschließenden Beitrag untersucht Jean-Marie Valentin am Beispiel des Theaters am Straßburger Rossmarkt Goethes Begegnung mit dem französischen Theater, seinen Konventionen und Innovationsbestrebungen um 1770.

Um Theater geht es danach auch in Roland Krebs' Beitrag zur *Italienischen Reise*, worin er die verschiedenen Aspekte der Theatralität nachzeichnet, denen Goethe jenseits der Alpen begegnet ist. Die Beziehung zu Griechenland steht im Mittelpunkt von Gérard Sieberts Beitrag zu Goethes Übersetzung und Kommentar von Philostrates' *Eikones* und deren Auswir-

1 Siehe die Rezension von Sophie Picard in GJb 2020, S. 215-217.

kungen auf sein Schaffen. Abgeschlossen wird der erste Teil mit einem Beitrag des aktuellen Präsidenten der *Société Goethe* Raymond Heitz, worin dieser das Thema Wein im *Divan* in den Kontext von Goethes Auseinandersetzung mit dem Islam stellt.

Der mit acht Beiträgen umfangreichste, zweite Teil des Bandes (*Littérature, Esthétique et Vision du Monde*) umfasst verschiedene literaturwissenschaftliche, ästhetische und ideengeschichtliche Perspektiven. Die Hälfte der Beiträge setzt sich dabei mit Goethes *Faust* auseinander. So beschäftigt sich René-Marc Pille in seinem Beitrag mit dem Jahr 1797 als Wendepunkt in der Entstehung des großen Dramas, wobei er sich insbesondere mit der Entwicklung des Protagonisten zum Vertreter der Menschheit auseinandersetzt. Gilles Daras stellt hingegen die komischen Aspekte der Tragödie in ihren Verbindungen zu Raum und Räumlichkeit in den Mittelpunkt seiner Überlegungen. Das Motiv der Hexe im *Faust* ist das Thema der kulturwissenschaftlichen Analysen von Françoise Knopper, wobei sie dieses Motiv als Erkundung der Grenzen der Vernunft liest. Zum Abschluss dieser *Faust*-Abteilung untersucht Gérard Laudin die Beziehung der Gelehrtentragödie zur satirischen Tradition.

Die zweite Hälfte dieses mittleren Teils des Bandes erweitert den Horizont auf das Gesamtwerk Goethes. Roland Krebs beschäftigt sich zunächst mit der Künstlerfigur in *Clavigo* und *Torquato Tasso* zwischen Hofgesellschaft und modernem Künstlertum. Gérard Laudin stellt in seinem Beitrag *Goethe, Européen ou Citoyen du monde?* die weltbürgerlichen Aspekte von Goethes Werk in den Kontext der Aufklärung. Der Beitrag von Marc Cluet knüpft implizit an diese Perspektive an, indem er sich mit den pazifistischen Aspekten in Goethes Werk beschäftigt, wobei er die Mensch-Tier-Beziehung in der *Novelle* in den Mittelpunkt rückt. Ein zweiter Beitrag desselben Autors schließt die zweite Sektion mit einem kunstgeschichtlichen Beitrag über die verschiedenen Dimensionen von Goethes Überlegungen zur Architektur ab.

Abgerundet wird der Band schließlich durch zwei Beiträge zu Rezeptionsphänomenen, die zusammen den letzten Teil ausmachen. Raymond Heitz beschäftigt sich hier mit dem Einfluss des *Götz von Berlichingen* auf die Tradition der Ritterdramen auf deutschen Bühnen vor dem Hintergrund der Problematik ›hohe‹ versus ›niedere‹ Literatur. Marc Lacheny erweitert abschließend die Perspektive auf den österreichischen Raum, wobei er zunächst die Einflüsse der Hanswurst-Tradition auf Goethes Werk darstellt und dann die Aufnahme und Kanonisierung des deutschen Klassikers in der österreichischen Literatur nachzeichnet.

Die beiden exzellent edierten Bände bieten ein eindrucksvolles Panorama der französischen Germanistik der letzten beiden Jahrzehnte und dokumentieren die eminenten Verdienste der *Société Goethe* bei der Förderung der deutschsprachigen Literatur und Kultur in Frankreich. Die Lektüre der Beiträge ist dem des Französischen mächtigen Leser wärmstens zu empfehlen, wobei für Goethe-Forscher vor allem der erste Band relevant sein dürfte.

Dirk Weissmann

Stefan Hermes: *Figuren der Anderen. Völkerkundliche Anthropologie und Drama im Sturm und Drang*. Bielefeld: Aisthesis 2021, 722 S., 85,00 €

Die breit angelegte Studie von Stefan Hermes geht von dem Befund aus, dass die »Inszenierungen kultureller Differenz« ein »Desiderat der Sturm-und-Drang-Forschung« darstellen (S. 11). Die Forschungslücke soll mit Hilfe der Analysekategorien der literarischen Anthropologie sowie der interkulturellen und postkolonialen Literaturwissenschaft durch die systematische Erschließung des Quellenmaterials und Re-Lektüren geschlossen werden. Hermes setzt unter den Titeln *Europäische Völkervielfalt. Nationendiskurs und Anthropologie im Sturm und Drang* (Kap. II), *Nahe Fremde. Juden- und ›Zigeuner‹-Figuren im Sturm und Drang* (Kap. III) und *Ferne Völker. Exotismus und Anthropologie im Sturm und Drang*

(Kap. IV) drei Untersuchungsschwerpunkte. Die analytische Vorgehensweise ist in allen Kapiteln gleich. In einem ersten Schritt werden die jeweiligen Diskurse beschrieben, die den literarischen Darstellungen kultureller Differenz vorausgehen oder in die sie eingebunden sind. Im zweiten Schritt werden die herangezogenen Werke hinsichtlich ihres affirmativen oder kritischen Umgangs mit dem anthropologischen Wissen der Zeit durchleuchtet. Dieses methodische Vorgehen markiert den Unterschied zur bisherigen Forschung über die Anthropologie des Sturm und Drang (Michael Müller 1992, Christine Lubkoll 2009, Katja Mellmann 2009, Michael Titzmann 2012), der es vorrangig um die emanzipatorischen Aspekte eines neuen Menschenbildes zu tun war.

Im II. Kapitel referiert Hermes zunächst die einschlägige geschichts- und literaturwissenschaftliche Forschung zum Nationendiskurs, zum nationalen Denken und zum anthropologisch begründeten Konzept europäischer Nationalcharaktere. Ausführlich wird die »völkerkundliche Anthropologie des jungen Herder« (S. 71-76) als einer der Protagonisten des Sturm und Drang gewürdigt. Hermes kann hier wie auch in anderen Teilen seiner Arbeit auf umfangreiche Forschungen zurückgreifen. In kritischer Distanz zu ihr liest er die Schriften Herders und seiner Zeitgenossen »*auch* als Teil eines politischen Projekts [...], das ohne die forcierte, völkerkundlich-anthropologisch unterlegte Abgrenzung von Frankreich [...] niemals auszukommen vermochte« (S. 86 f.). Anhand inhaltlich einschlägiger Werke von Lenz, Klinger und Goethe (ein Seitenblick fällt auf Schillers *Kabale und Liebe*) wird der widersprüchliche Prozess der Suche nach einer (nationalen und kulturellen) deutschen Identität durch die Abgrenzung zum französischen, spanischen und englischen ›Nationalcharakter‹ nachgezeichnet. Hermes vermag nachzuweisen, dass sich in diesen Texten politische und ästhetische Intentionen überschreiben, Eindeutigkeiten auflösen und sie zeigen, »dass ›das Deutsche‹ mitnichten eine völkerkundlich-anthropologische Entität, sondern Gegenstand eines diskursiven Konstruktionsprozesses ist« (S. 108). In diesem Kapitel lässt sich, wie in anderen Abschnitten der Studie auch, bisweilen beobachten, wie die Verwendung von Kategorien der Theorie des Postkolonialismus wie Mimikry, Hybridisierung, Agency, Dominanzkultur oder Subalternität unter anderem die durch akribische Lektüre gewonnenen Ergebnisse überdehnt und einer historischen Dekontextualisierung Vorschub leistet. Von solchem Anwendungsschematismus ist die luzide und originelle Interpretation von Goethes *Clavigo* frei. Sie zeigt, wie Goethe sich des zeitgenössischen völkerkundlichen Wissens zu bedienen weiß und es ihm gelingt, die »weitgehend haltlose Generalisierung über das ›Wesen‹ von Nationen durch nuancierte Betrachtungsweise zu ersetzen« (S. 155).

Im Kapitel über Juden- und ›Zigeuner‹-Figuren im Sturm und Drang kann Hermes auf die umfangreiche Forschung zur Geschichte des Antisemitismus und auf wichtige Studien zum Antiziganismus zurückgreifen – und dies im Rahmen einer diskursanalytisch vorbildlichen, wohlinformierten Darstellung. Vor allem Lessings wirkmächtige Judendarstellungen werden ausführlich gewürdigt. Obwohl der Verfasser souverän über die spezialisierte Forschung zum Sturm und Drang und zur Alterität verfügt und deren umfassende kritische Rezeption ein Qualitätsmerkmal der Habilitationsschrift darstellt, vermisst man an dieser Stelle einen Hinweis auf das Lessingkapitel der Studie von Nike Thurn über »›Falsche Juden‹« (2015), zumal darin ausführlich Aspekte wie performative Identitäten oder Affirmation und Subversion thematisiert werden. Die Sonderstellung von Goethes Judendarstellung, die darin bestehe, dass dieser »nicht bloß jüdische *dramatis personae* [...] auftreten lässt, sondern auch ein zentrales Element jüdischer Kultur in die ästhetische Struktur eines seiner Stücke integriert hat« (S. 239), wird zu Recht hervorgehoben. Der geschärfte Blick auf die ›prekären jüdischen Existenzen‹ bei Lenz, Wagner und Friedrich Müller legt nahe, bisherige literaturwissenschaftliche Deutungen zu ergänzen oder zu korrigieren. Hermes wendet sich mit großer Aufmerksamkeit der in der Forschung sehr unterschiedlich gedeuteten Spiegelberg-Figur aus Schillers *Die Räuber* zu. Seine Position, »keineswegs ein Manko« darin zu sehen, »die Ambiguität« der Figur zu akzeptieren, und die »Ausstellung ihres Konstruktionscharakters« (S. 301) durch Schiller zu betonen, scheint mir überzeugender als bisherige zur Eindeutigkeit neigende ethnisch-religiöse Zuordnungen. Weniger überzeugend hingegen ist die Rede von Spiegelbergs hybrider Identität (S. 288). Hier schlägt wie an anderen Stellen auch die emphatische Hochwertung von Hybridität durch Theorien des Postkolonialen durch. Sachgemäßer wäre es, davon auszugehen, dass in jeder Lebenswelt nur ›hybride‹ Identitäten in sehr unterschiedlichen individuellen Ausprägungen existieren, während es sich bei der Behauptung einer ›reinen‹ Identität um ein nationales oder ethnisches Phantasma handelt. Sehr ausführlich und die bisherige Forschung um wesentliche Aspekte ergänzend werden ebenfalls die ›Zigeuner‹-Figuren in den unterschiedlichen Versionen des *Götz* und im *Jahrmarktsfest zu Plundersweilern* untersucht. Hinzugenommen werden Werke von Klinger und Lenz. Die Bilanz, die Hermes aus seinen Analysen zieht, fällt allerdings bescheiden aus.

Das umfangreiche IV. Kapitel über »Fremde Völker« dokumentiert die Forschungsleistung des Verfassers auf beeindruckende Weise – und dies nicht allein wegen der angestrebten Vollständigkeit. Untersucht werden Reiseliteratur, Orientalismus, Exotismus und die Darstellung der ›Wilden‹ Amerikas, Afrikas und sogar der nordamerikanischen Sklaven. Die allgemeinen Befunde zur Konstruktion außereuropäischer Figuren bieten angesichts der wissenschaftlichen Unterfütterung und damit Legitimierung des Rassismus im 18. Jahrhundert keine Überraschungen. Dennoch weiß Hermes gegen das Erwartbare in einzelnen Werken und bei bestimmten Autoren Unterschiede, ja Nuancierungen in der Darstellung und Einstellung gegenüber den ›fernen Fremden‹ aufzuspüren.

Aus der Gesamtschau auf diese Studie ergeben sich für mich zwei über sie hinausweisende Fragen. Zum einen halte ich es für erörterungswert, ob die von Stefan Hermes vorgenommene strikte zeitliche Eingrenzung des Sturm und Drang angesichts der literaturhistorischen Debatte über Epochengrenzen (siehe die alternative Epocheneingrenzung bei Kauffmann u. Buschmeier, 2010) außer in pragmatischer Hinsicht sinnvoll ist. Zum anderen gilt es zu bedenken, ob postkoloniale Theorien, die als geschlossene Theoriekonstrukte dazu tendieren, nur das in den Texten zu sehen, was in der Theorie vorab behauptet worden ist, dem komplexen Gegenstand angemessen sind. Der Verfasser scheint mir in seinem Urteil zu schwanken, moniert aber dann doch zu Recht im Resümee das Desinteresse dieser Theorien an literaturhistorischen Fragen (S. 569).

Als ausgezeichneter Ansatz erweist sich die Zuordnung der ›Figuren der Anderen‹ zu drei unterschiedlichen Gruppen, die trotz der gleichen anthropologischen Grundannahmen jeweils eine andere, eigene Geschichte haben. Diese Typologisierung hilft dabei, das Repertoire der Aus- und Abgrenzungen an der Schwelle zum rassistischen Denken in der Moderne besser und genauer zu beschreiben. Das Buch von Stefan Hermes ist auch deshalb ein wichtiger und anregender Beitrag zur Literaturgeschichte, zur Sturm-und-Drang-Forschung und zur interkulturellen Literaturwissenschaft.

Klaus-Michael Bogdal

Hanna Hamel: *Übergängliche Natur. Kant, Herder, Goethe und die Gegenwart des Klimas*. Berlin: August 2021, 256 S., 24,00 €

Übergängliche Natur von Hanna Hamel ist, für eine germanistische Dissertation vielleicht überraschend, in der Akademie-Reihe des August Verlags veröffentlicht, erscheinen doch dort meist Bücher zur Gegenwartsphilosophie, kulturkritische Essays und Abhandlungen zur Ästhetik. Dieser Publikationsort ist jedoch mit Bedacht gewählt. Um der Arbeit gerecht zu werden, ist es deshalb nötig, Enttäuschungen vorzubeugen und vorab falsche Erwartungen abzuweisen: Es handelt sich um keine klassisch germanistische Arbeit, sondern um einen Theoriebeitrag zu Fragen der Gegenwart. Die Arbeit möchte Erkundungen einholen für einen dem Anthropozän angemessenen Naturbegriff. Hamel geht es deshalb nicht um kleinteilige philologische Analysen und eine breite literaturgeschichtliche Kontextualisierung ihrer Texte. Obwohl die Arbeit die Erkenntnisse historischer Forschung aufnimmt und genau liest, bietet sie vor allem souveräne Theoriekonstruktionen und ist auf systematische Lektüren aus.

Anders als der Untertitel verheißt, widmet sich die Studie auch nicht allein Kant, Herder und Goethe. Vielmehr lässt Hamel diese drei Denker in einen gleichberechtigten Dialog mit Stimmen der Gegenwartsdiagnostik eintreten, mit dem Soziologen Bruno Latour, mit dem Literaturtheoretiker Timothy Morton und mit dem Filmemacher David Lynch. Die sechs Kapitel des Buches wechseln dabei alternierend zwischen 1800 und 2000 hin und her, wobei die Erörterung der jeweiligen Positionen etwa gleich viel Raum einnimmt. Dass Hamel dabei mit philosophischen Texten, soziologischer Theorie, ästhetischen Essays, naturwissenschaftlichen Traktaten, Literatur und einer Serie ganz unterschiedliche Genres und Medien bespricht und daher recht diverse Artikulationsformen interpretieren muss, macht die Arbeit selbst fruchtbar, denn sie behandelt Gehalt und Darstellungsform als integral aufeinander bezogen, und die widerspenstige Unterschiedlichkeit hält sie auch davon ab, zu einfachen, möglicherweise vorschnellen Ergebnissen zu gelangen.

Zuletzt noch ein Wort zum Klimabegriff und der Rolle, die er in der Arbeit spielt: Mit der wissenschaftlichen Erforschung der Atmosphäre und der zunehmenden Institutionalisierung einer eigenen Forschungsrichtung Meteorologie vollzog sich eine Einengung des Klimaverständnisses auf Witterungsphänomene. Hamel hingegen knüpft bei einem älteren und breiteren Verständnis von ›Klima‹ an, das sich mitunter bis in die Anthropozän-Debatten gehalten hat. ›Klima‹ steht für die Prägekraft meteorologischer, aber auch geographischer und trophischer Einflüsse auf das menschliche Leben und die Kultur. Dabei wurde die Natur dynamisch veränderlich und durch den Menschen beeinflussbar gedacht. Die Attraktivität des ›Klimas‹ als Leitkonzept liegt in seiner Funktion als abstrakter, oft nur unscharf definierter Sammelbegriff, der dadurch ein ›undiszipliniertes‹ epistemisches Feld eröffnet – ein Gegenstandsfeld, an dem eine Vielzahl von Wissensformen partizipieren und sich treffen, ohne dadurch notwendig zu konvergieren. Im Zeichen der Rede vom ›Klima‹ geht es bei all den von Hamel untersuchten Positionen um Aushandlungen zwischen Anthropologie und Mensch-Natur-Verhältnissen, welche die Natur weder auf Distanz halten können, noch über sie verfügen. Sie denken Natur und Kultur nicht dichotom, sondern verflochten, eben übergänglich. Das ›Klima‹ bildet dadurch den Ausgangs- oder Zielpunkt für ausgedehnte Erkundungen der diskutierten Denkgebilde, die weit über Witterungsphänomene hinausgehen. Im ›Klima‹ drängen Übergänglichkeiten verschiedener Art von unterschiedlichen Seiten her zusammen, treffen aufeinander und verdichten sich.

Anstelle einer kurzen Zusammenfassung aller Kapitel möchte ich im Folgenden die Verfahrensweise von Hamels Buch anhand einer Darstellung des Goethe-Kapitels vermitteln. Dabei geht es mir darum, zumindest ansatzweise einen Eindruck vom hohen Komplexitäts- und Abstraktionsgrad der vorgetragenen Argumente zu geben. Das Kapitel rekapituliert auf den ersten Seiten die Forschung zu *Howards Ehrengedächtnis*, indem Hamel auf die innere und wechselseitige Subversion des wissenschaftlich gehaltenen Parts und des Gedichts eingeht und die Erweiterung im Wiederabdruck im Sinne einer Wende zur Sprachkritik versteht. Kernstück des Kapitels bildet eine genaue Analyse des textuellen Aufbaus und des Argumentationsgangs des späten *Versuchs einer Witterungslehre*, die im Kontext der morphologischen Reihenbildung diskutiert wird. Dabei veranschaulicht Hamel, wie die Übergänglichkeiten zwischen Festschreibung und sich wandelnden Phänomenen, zwischen Beobachter und Gegenstand, zwischen wissenschaftlicher Erklärung und ästhetischer Beschreibung von Goethe auf differenzierte Weise in seinem Text in Szene gesetzt werden. Die Sperrigkeit der Darstellung verleiht der offenen Epistemologie Ausdruck, die sich auch nicht davor scheut, inkohärente Perspektiven und die inneren Inkonsistenzen des Phänomenbereichs als solche auszustellen. Dies wendet die Autorin abschließend im Sinne einer Überbietung des früheren Textes auf eine kritische Verhältnisbestimmung hin, insofern Goethe seine naturwissenschaftliche Methodik auf die institutionalisierte Wissenschaft bezieht. Aus ihrer Goethe-Lektüre entwickelt die Autorin ein synchrones und ein diachrones Fazit: Kant, Herder und Goethe werden dadurch fruchtbar für die aktuelle Diskussion, dass sie – von ähnlichen Grundproblemen ausgehend – zu unterschiedlichen Positionen gelangen. In Akzentuierung ihrer inneren und wechselseitigen Widersprüche scheinen dadurch blinde Flecken auf. Diachron betrachtet, weisen Goethes wissenschaftskritische Einlassungen voraus auf Whitehead und den an diesen anknüpfenden Latour. Mit den Ausdrücken ›Prozess‹ und ›Gewirr‹ beziehen sich diese auf die Übergänglichkeit des Werdens als Voraussetzung der Wahrnehmung, die nach Stillstellung und kategorialen Trennungen strebt sowie entsprechenden Repräsentationsformen. Zudem teilt Goethe mit ihnen die Verknüpfung von Ontologie, Epistemologie und Darstellungslehre.

Die Leistung von Hamels Arbeit liegt darin, den Überblick über die weitverzweigten Gedankengänge der diskutierten Autoren bewahrt zu haben, ohne sich in deren Gedankengebäuden zu verirren oder unnötig lange bei Einzelpunkten zu verweilen. Darüber hinaus ist es ihr gelungen, immer wieder Querbezüge und Vergleiche zwischen den einzelnen Positionen aufzuzeigen. Die Darstellungen sind knapp und präzise auf den Punkt, fordern deshalb aber bei der Lektüre große Konzentration. Das Verdienst der Arbeit liegt überdies darin, die rund 200 Jahre alten Schriften Kants, Herders und Goethes als nach wie vor lohnende Gesprächsangebote erwiesen zu haben, wenn es um die Theoretisierung der Natur im Anthropozän geht. Auch wenn Hamel bescheiden in der Einleitung weniger Antworten als eine bloße Recherche in Aussicht stellt, bietet ihre Arbeit weit mehr als das. Tatsächlich entwickelt die Arbeit Grundzüge des gesuchten Naturbegriffs für das Anthropozän, der gerade dadurch, dass er nicht glatt aufgeht, einen konsistenten Entwurf bietet: Wenn die Natur ontologisch als in steter Veränderung und in ihren Formen mannigfaltig gedacht wird, lässt sie sich nicht mehr in zeitlosen und trennscharfen Einteilungen erfassen, denn feste Taxonomien und Begrifflichkeiten ebnen die Gestaltenvielfalt und innere Heterogenität der Phänomene ein. Eine solche Epistemologie übt nachgerade Gewalt aus und bildet ein Instrument der Bemächtigung der Natur. Dagegen sind ästhetische Verfahren – wie etwa eine morphologische Reihenbildung – geeignet, die Natur in ihrer sinnlichen Gegebenheit in einer ihr angemessenen Weise darzustellen, denn sie setzen auf unabgeschlossene Ordnungen und mehrdimensionale Ähnlichkeitsbezüge. In ihrer Verbindung von Seinslehre, Wahrnehmungstheorie und Darstellungsfragen stellt Hamels Arbeit ein leistungsfähiges und diskussionswürdiges Theorieangebot für Philosophie, Kulturtheorie und Literaturwissenschaften dar.

Urs Büttner

Franz R. Kempf: *Poetry, Painting, Park. Goethe and Claude Lorrain.* Cambridge: Legenda 2020, 260 S., £ 75,00

Für den Titel des Buchs von Franz R. Kempf mögen Marktstrategien gesprochen haben. Ob die eingängige rhetorische Figur glücklich gewählt ist, sei dahingestellt, bürdet sie doch dem Autor eine Erwartungshaltung auf, die alles verspricht, aber wenig konkret bleibt. Im Nachgang werden zwei prominente Akteure aufgerufen. Ihre Bedeutung für das Verhältnis von literarischem Text zum Landschaftsbild und zum Naturverständnis des späten 18. und des 19. Jahrhunderts aber weckt das Interesse der Leser.

Franz R. Kempf ist ein ausgewiesener Kenner der deutschsprachigen Literatur und Sprachwissenschaft in einem Zeitraum, der mit den Werken Albrecht von Hallers einsetzt und bis in die Gegenwart reicht. Die vorliegende Studie nimmt Goethes Auseinandersetzung mit den Werken Claude Lorrains in den Blick. Sie setzt mit dem Interesse des Dichters an genauen Betrachtungen, Beschreibungen und Reflexionen über Zeichnungen und Druckgraphik um 1770 ein und endet mit den Arbeiten zur Farbenlehre um 1810. In fünf chronologisch geordneten Themenbereichen stellt der Autor Texte Goethes vor, die konkret auf den Maler Bezug nehmen oder zumindest so gelesen werden können. Der Interpretationsraum gewinnt dadurch erheblich an Weite und an Weitläufigkeit.

Das erste Kapitel ist bezeichnet *Exploring Goethe's Aesthetics of Landscape Painting*. Kempf öffnet hier ein umfangreiches Panorama von Bildkonzepten, kunsttheoretischen Reflexionen und literarischen Quellen Goethes. Eingeleitet wird das Kapitel mit einem Artikel über die Bedeutung Jakob Philipp Hackerts für den Weimarer Dichter. Auf der Basis einer Hackert-Forschung, die nicht nur auf Zuschreibungsfragen beschränkt bleibt, findet die von Thomas Weidner (1998) präsentierte und von Gisela Maul (1997) um Quellen bereicherte Analyse zum Verhältnis des Prenzlauer Malers zu Lorrain und Goethe hier ihren Niederschlag.[1] Überhaupt werden Hackerts klassische Landschaften von Kempf vielfach als Zeugen aufgerufen. Damit deutet sich bereits im ersten Kapitel ein Konflikt an, der wie der rote Faden in den *Wahlverwandtschaften* die gesamte Studie durchzieht. Goethes Auseinandersetzung mit der idealen Landschaft als Bild wie als Metapher wird bei Kempf wechselweise mit dem Blick auf Lorrain oder auf Hackert gespeist. Dabei gilt es aber zu bedenken, dass der eine als historische Figur auftritt, während der andere in der Zeitgenossenschaft, also unter den Bedingungen der Gegenwart die Probleme der Kunst repräsentiert. Goethe nimmt Lorrain als einen hoch geschätzten Maler wahr, in dessen Werk sich das Bewusstsein vom Verlust der klassischen Antike spiegelt. Gegen die klassischen Landschaften Hackerts, die um 1800 immer stärker in die Kritik geraten und eine Generation jüngerer Maler zum offenen Widerspruch herausfordern, bringt auch Goethe einige Einwände vor. Wenn aber Lorrain im vorliegenden Buch zur Schlüsselfigur im ästhetischen Diskurs um Landschaftskunst und Dichtung erklärt wird und Hackert ersatzweise die Rolle des französischen Altmeisters zukommt, der irgendwie im Sinne Lorrains malt, verlieren beide ihre Bedeutung als Repräsentanten historischer und neuer Kunst in einem antagonistischen Sinne. Ein ähnliches Problem stellt sich mit Salomon Gessner, der als Maler und Dichter im folgenden Kapitel mit einem ausführlichen Beitrag eingeführt wird, ohne dass ein unmittelbarer Bezug zum Kontext von Goethe und Lorrain erkennbar ist. Wie Hackert könnte auch Gessner in der Lesart Kempfs, inspiriert durch Lorrain, das Erbe des französischen Malers im 18. Jahrhundert verwaltet und damit die Präsenz Lorrains für Goethe noch sichtbarer gemacht haben. Hier wünscht man sich als Leser eine genauere Anamnese der Texte, zumal bereits Anett Lütteken (2010) überzeugende Argumente zum Verhältnis von Goethe und Gessner vorgelegt hat.[2]

In den frühen 1770er Jahren wandte sich der junge Goethe, angeregt durch seine Begegnungen mit Johann Heinrich Merck, intensiver dem Studium von Gemälden, Handzeichnungen und Druckgraphiken zu. Für die *Frankfurter Gelehrten Anzeigen* verfasste er zahlreiche kürzere Bildbeschreibungen von Reproduktionsgraphiken nach Gemälden. Der Jahrgang 1772 enthielt 51 Anzeigen von Stichwerken vorrangig französischer und italienischer Provenienz, darunter Reproduktionen unter anderem nach Rembrandt, Charles André van Loo, Claude Joseph Vernet, Gaspard Dughet und Jacob van Ruisdael. Die weitaus meisten Texte dazu hatte Goethe verfasst. In der Summe der Beschreibungen lässt sich keine Vorliebe für ein bestimmtes Genre oder für die ideale Landschaftsmalerei eines Claude Lorrain erkennen. Diese Beobachtung soll nicht die Erkenntnisse Kempfs schmälern, dessen zweites Kapitel auf die Bildbeschreibungen Goethes für die *Frankfurter Gelehrten Anzeigen* Bezug nimmt, sondern auf die Relationen aufmerksam machen. Der Autor wählt aus der Vielzahl der Bild-

1 Thomas Weidner: *Jakob Philipp Hackert. Landschaftsmaler im 18. Jahrhundert*. Berlin 1998; Gisela Maul: *Johann Wolfgang von Goethe und Jakob Philipp Hackert. Briefwechsel 1798-1806*. In: Norbert Miller, Claudia Nordhoff: *Lehrreiche Nähe. Goethe und Hackert*. München 1997, S. 86-122.

2 Anett Lütteken: *Distanz durch Nähe. Goethe (v)erkennt Gessner*. In: Bernhard von Waldkirch: *Idyllen in gesperrter Landschaft. Zeichnungen und Gouachen von Salomon Gessner (1730-1788)*. Zürich 2010, S. 191-203.

beschreibungen Goethes jene zwei Texte aus, die sich auf Grafiken nach den Gemälden Lorrains beziehen. Im Abschnitt *Lorrain as Ekphrasis* beschreibt er eindrucksvoll die rhetorischen Mittel, derer sich Goethe mit der Absicht bedient, dem malerischen Ausdruck der Bilder *Ankunft des Aeneas in Italien* und *Allegorie auf den Untergang des römischen Reiches* eine adäquate sprachliche Form gegenüberzustellen. Kempf verweist auf eine durch Tonalität und Alliterationen hervorgehobene bildhafte Sprache, die mit Bezug auf Homers Beschreibungen des Trojanischen Krieges in doppelter Weise Bild und Erzählung referiert.

Dem Gedicht *Der Wandrer* (1774) stellt der Autor die beiden Stiche *Der Tempel des Bacchus* und eine *Abendlandschaft* nach Lorrain gegenüber. Auf der Darstellungsebene spricht zumindest die Mutter-mit-Kind-Szene im Vordergrund des letztgenannten Bildes für eine Adaptation von Bild und Text, denn das Gedicht setzt mit den Zeilen ein: »Gott segne dich junge Frau, / Und den saugenden Knaben / An deiner Brust«. Ganz überzeugt von seiner Version scheint Kempf jedoch nicht zu sein, denn er stellt selbst die Frage: »Can the ›Wandrer‹ then be read as an ekphrasis of an imagined Lorrain painting?« (S. 75). Eine Antwort darauf bleibt dem Leser überlassen. Für die frühen 1770er Jahre jedenfalls scheint das Verfahren des Autors, in den literarischen Texten Goethes Kommentare zu den Bildern Lorrains zu sehen, durchaus legitim, zumal er sich auf Goethes bekanntes Zitat aus *Dichtung und Wahrheit* berufen konnte: »[…] wie man ja wohl ein Kupfer zu einem Gedicht macht, so machte ich nun Gedichte zu den Kupfern«. Die eigentliche Frage aber lautet nicht, ob man Gedichte *zu* Kupfern, sondern ob man Gedichte *als* im Sinne von *wie* Kupfer machen sollte.

Das dritte Kapitel ist Goethes italienischer Reise gewidmet. Ausführlich wird der gemeinsame Besuch mit Hackert im Palazzo Colonna geschildert, den beide zum Anlass nehmen, Landschaftsgemälde von Nicolas Poussin, Salvatore Rosa und Lorrain vergleichend zu betrachten. Die feinen Übergänge der Farben und die atmosphärische Dichte in den Fernen werden als Vorzüge Lorrains gewürdigt. Ebensolche Empfindungen schildert Goethe bei seinen Beschreibungen der italienischen Landschaft. Auch in den zarten Sepia-Zeichnungen seines Begleiters Christoph Heinrich Kniep durch Sizilien vermochte Goethe die Stimmungen Lorrain'scher Gemälde wiederzuerkennen. Hier vollzieht sich ein Wandel von der Betrachtung graphischer Vorlagen, wie sie dem Dichter bislang zur Verfügung standen, zu einer intensiven Auseinandersetzung mit Ahnungen von Assoziationsräumen in der Anschauung farblicher Differenzierungen. Den etwas großzügigen Umgang mit dem Begriff ›Painting‹ für die bisher beschriebenen Reproduktionsgraphiken revidiert Kempf in diesem dritten Kapitel. Es ist deshalb auch nachvollziehbar, weshalb Goethes Gedicht *Amor als Landschaftsmaler* die Reflexionen zur italienischen Reise abschließt. Zum einen behandelt der Text ja die Prozessualität des Malens und nicht den Nachvollzug von Linien, die das originale Gemälde in seiner graphischen Präsenz zu einem Bild zweiter Ordnung machen, und zum anderen hält das Motiv des Schleiers dem Leser den ambiguen Charakter von Sehen und Nicht-Sehen im Wortsinn vor Augen. Auch die Attribution von Farben mit Begriffen wie ›Gold‹, ›Purpur‹, ›Smaragd‹ und ›Karfunkel‹ bekräftigen ihre außerordentliche Bedeutung sowohl im konkreten, materiellen wie im symbolischen und metaphysischen Sinn. Die Literaturwissenschaft und die Kunstgeschichte haben vielfach den Nachweis erbracht, dass dieses Gedicht in sehr komplexer Form das Kunstwerk selbst, aber auch Prozesse des Kunstschaffens und der Kunstwahrnehmung darstellt. Verschiedentlich wurden die Gemälde Lorrains eher allgemein als Inspirationsquellen für den *Amor als Landschaftsmaler* genannt. Franz R. Kempf geht nun einen Schritt weiter und benennt konkret die *Landschaft mit Tanzenden* aus der Galleria Doria Pamphilij in Rom, die Goethe gesehen hatte. Er stellt die Komposition mit dem für Lorrain charakteristischen Bildaufbau eines präzise ausgeführten bühnenartigen Vordergrundes, der den dahinter sich erweiternden Raum von einer horizontalen Linie oder internen Bildgrenze trennt, dem Text Goethes gegenüber und findet all jene Motive (»Saum der Wolken«, »Sonnenstrahl«, »Berge«, »zarte, leichte Wipfel«, »erquickte Bäume« etc.) in der landschaftlichen Idylle Lorrains wieder. Dem erotischen Gestus des Gedichts sollen die tanzenden Figuren der pastoralen Bildszene entsprechen. Abgesehen davon, dass all jene von

Goethe beschriebenen Ingredienzen zum Kanon jeder idealen Landschaftskunst gehören und vielleicht sogar mit einem leicht ironischen Unterton zu lesen sind, darf die von Kempf vorgetragene Annahme in Frage gestellt werden, mit *Amor als Landschaftsmaler* illustriere Goethe ein Bild oder vielleicht auch ein Bildkonzept Lorrains. Diese Form der Aneignung von Bildern mag bedingt für die frühen 1770er Jahre noch gelten, mit und nach der italienischen Reise aber prägen sehr viel grundsätzlichere und eigenständigere Überlegungen zur Bildung und Anschauung der Kunst sein Denken.

Das vierte Kapitel der vorliegenden Studie ruft die Bedeutung Lorrains für die Gestaltung der frühen englischen Landschaftsgärten in Erinnerung. Seit dem frühen 18. Jahrhundert gehörten die Ideallandschaften von Salvatore Rosa und Claude Lorrain zu den höchst geschätzten Werken englischer Sammler. In der Konstellation von Naturszenen und Antikenzitaten lieferten sie adäquate Modelle für die Anlage englischer Gärten. Alexander Pope, William Kent oder auch Horace Walpole verliehen in ihren Schriften und Entwürfen den ästhetischen Prinzipien eine politische Bedeutung. Mit der Nobilitierung der Natur zu einer ästhetischen wie zu einer ethischen Instanz ging eine Transformation vom Bildraum des Gemäldes zum Landschaftsraum des Gartens einher. Deshalb ist es auch sehr berechtigt, die Bedeutung Lorrains für die englische Gartenkunst hoch anzusetzen. Dessen Gemälde und die Ideallandschaften seiner Nachfolger – hier wäre in erster Linie der in England außerordentlich erfolgreiche Hackert zu nennen – erfüllten mustergültig das Bedürfnis nach Naturdarstellungen in doppelter Codierung: als erlebte Wirklichkeit und als utopisches Ideal. Kempf beschreibt diesen Prozess mit Blick auf Lorrain anschaulich und ausführlich. Er verweist in einem eigenen Abschnitt auf Edmund Burkes Theorie des Erhabenen, die ästhetische wie gesellschaftspolitische Ansprüche erfülle. Die Entwicklung des englischen Landschaftsgartens ist zunächst eine britische Angelegenheit. Seine Rezeption auf dem Kontinent und besonders die Goethe vertrauten Anlagen von Wörlitz, aber auch die weniger spektakulären zahlreichen Adaptionen im Herzogtum Sachsen-Weimar-Eisenach und in angrenzenden Residenzen von Gotha über Wilhelmstal, Altenstein, bis Greiz und Meiningen boten dem Dichter reichlich Gelegenheiten, seine Anschauungen über den Landschaftsgarten zu explorieren, denn schließlich nahm er selbst regen Anteil an der Umgestaltung der vor seiner Haustür gelegenen Ilmaue in einen Landschaftspark. In einem eigens Goethe als Gärtner gewidmeten Abschnitt nimmt der Autor flüchtig Bezug auf diese Tätigkeit. Gleichwohl bleiben viele Aspekte unberührt, zu denen wichtige Beiträge etwa von Ulrich Müller (1999) zur medialen Vermittlung der Weimarer Parklandschaft im Bild oder von Susanne Müller-Wolff (2007) zur Genese des Ilm-Parks vorliegen.[3] Erneut zeigt sich das Problem, die im Titel genannten Kunstgattungen Bild, Dichtung und Gartenkunst für das späte 18. und frühe 19. Jahrhundert sowohl untereinander als auch mit Bezug auf Goethe und Lorrain in ein sinnstiftendes Verhältnis zu setzen. Die Gartenkunst um 1800 hat und nimmt keinen Bezug auf den Maler französischer Pastorallandschaften, und dessen Rezeption in den englischen Gartentheorien scheint Goethe wenig berührt zu haben. Seine Kritik an einer emblematisch aufgeladenen Ruinen-Kultur zeigt sich in der Auseinandersetzung mit dem Herzog Carl August bei der architektonischen Ausstattung des Ilm-Parks und in Dichtungen wie *Triumph der Empfindsamkeit* (1777). *Die Wahlverwandtschaften* (1809) können nach Kempf wie eine Geschichte und Theorie der Gartenkunst gelesen werden. Mit einer längeren Abhandlung über dieses Werk beendet der Autor das Garten-Kapitel. Nach seiner Auffassung handelt es sich bei den *Wahlverwandtschaften* um eine Kritik am englischen Landschaftsgarten. Man könnte dem entgegenhalten, dass der Roman das Tableau für ein intellektuelles Spiel mit allen möglichen Formen bildlicher Repräsentanz darstellt. Lebende Bilder, das Wandbild in der Kapelle als

3 Ulrich Müller: *Georg Melchior Kraus fixiert Durchblicke*. In: Gerhard Schuster, Caroline Gille (Hrsg.): *Wiederholte Spiegelungen. Weimarer Klassik 1759-1832*. Bd. 1. München, Wien 1999, S. 269-297; Susanne Müller-Wolff: *Ein Landschaftsgarten im Ilmtal. Die Geschichte des Herzoglichen Parks in Weimar*. Köln, Weimar, Wien 2007.

Palimpsest oder auch Referenzen auf die Kippfiguren in Humphry Reptons Red Books stellen eine Vielzahl von neu zu denkenden Text-Bild-Bezügen her. Das Umwenden, ein mehrfach aufgerufenes Motiv der *Wahlverwandtschaften*, gleichermaßen auf das Bild wie auf das Buch bezogen, eröffnet dem Betrachter und Leser der roten Bücher mit einer Handbewegung den Umschlag von der realen zur idealen Landschaft und zurück, eine Ausprägung des ›Pictural turn‹ um 1800. Es ist der Umgang mit dem englischen Park, der neue Perspektiven auf das Verhältnis von Bild und Landschaftsraum gewährt, indem er die Wahrnehmung von Temporalität als Differenzerfahrung von Vergangenheit und Gegenwart resp. Gegenwart und Zukunft auf einen Wimpernschlag zusammenführt.

Das abschließende Kapitel widmet Kempf unter dem Rubrum *Light-Eye-Colour* zunächst Goethes Farbenlehre. Dabei interessiert ihn weniger der systematische Ansatz des Dichters als vielmehr wirkungsästhetische Phänomene des Lichts, die er mit Zitaten zu Goethes eigenen Naturbeobachtungen auf der italienischen Reise und zu dessen Bildeschreibungen der Landschaften Lorrains belegt. Schwebende Übergänge vom reinen Blau zum lichten Gelb und tiefen Rot, wie sie Lorrain in den farbensatten Kompositionen seiner Abendlandschaften zur Anschauung bringt, setzt der Autor in einen unmittelbaren Zusammenhang mit den Farbenfolgen Goethes. Als Beispiel dient ihm Lorrains Gemälde *Landschaft mit Tobias und dem Engel*, das Goethe zusammen mit weiteren Bildern des Malers während seiner Besuche in Kassel 1779 und 1783, also noch lange bevor er sich der Farbenlehre widmen sollte, gesehen hatte. Auch in diesem Kapitel argumentiert Kempf auf einer motivbasierten phänomenologischen Ebene, ohne die theoretischen Grundlagen (hier der Farbenlehre) präziser darzulegen. Er setzt sich damit dem Vorwurf einer gewissen Beliebigkeit in der Wahl der Text- und Bildbeispiele aus. Dies betrifft ebenso die weiteren Beobachtungen zur Lichtmetapher und zu den wahrnehmungsphysiologischen Erkenntnissen Goethes.

Franz R. Kempf begibt sich auf ein gut bestelltes Feld der Goethe-Forschung. Werner Busch, Johannes Grave, Norbert Miller und Ernst Osterkamp haben neben vielen anderen in detailreichen Einzelstudien wie in übergreifenden Gesamtwerken die Zusammenhänge von Bild, Text und Landschaftsraum im Zeitalter Goethes auf der Grundlage differenzierter Analysen untersucht. Nicht zuletzt deshalb fällt es manchem Leser vorliegender Studie schwer, überzeugende Ideen oder Interpretationen zu entdecken und neue Einsichten zu gewinnen. Allzu oft erscheinen die Text-und-Bild-Bezüge auf Lorrain etwas konstruiert. Freilich tritt uns die Wirklichkeit bekanntermaßen erst dann in einem neuen Licht entgegen, wenn wir sie durch das Claude-Glas betrachten.

Reinhard Wegner

Dagmar von Gersdorff: *Die Schwiegertochter. Das Leben der Ottilie von Goethe.* Berlin: Insel 2021, 311 S., 24,00 €

Dagmar von Gersdorffs Biographien über Frauengestalten der deutschen Romantik und aus dem Umkreis Goethes erfreuen sich seit vielen Jahren eines breiten Publikumserfolgs: Ich erinnere hier an die Bände über Sophie Brentano-Mereau (1984), Bettina von Arnim (1997), Marianne von Willemer (2003), Lilli Schönemann (2002), Ulrike von Levetzow (2005), Karoline von Günderrode (2006) und Caroline von Humboldt (2011). Der Kreis der mit dem großen Dichter Verbundenen führte die Autorin auch zu Monographien über seine Familienmitglieder: *Goethes Mutter. Eine Biografie* (2001), *Goethes Enkel: Walther, Wolfgang und Alma* (2008) und zuletzt *Die Schwiegertochter. Das Leben der Ottilie von Goethe* (2021).

In den Büchern zu Ottilie von Pogwisch (1796-1872), seit 1817 Augusts Ehefrau, also Ottilie von Goethe, konzentriert man sich seit jeher auf ihre Rolle als Schwiegertochter, und schon der Aufbau der vorliegenden Biographie, in der acht von zehn Kapiteln der Zeit bis

1832 gewidmet sind und nur ca. 90 Seiten die späteren 40 Lebensjahre der Protagonistin knapp erzählen, belegt, dass auch die jüngste Biographie dieser Schwerpunktsetzung folgt. Die Perspektive der »geistigen Tochter«, die im Werk mehrfach aufgegriffen wird, ist ebenfalls nicht neu: Sie findet sich bereits in Gustav Kühnes Nachruf, ebenso die Einschätzung: »Es mag auffallen, daß sie im jahrelangen Austausch mit dem Dichter kein Tagebuch führte. Sie war kein Eckermann«.[1] Diese Aussage greift die Autorin am Schluss ihres Buches auf: »Ottilie hat ihre Geschichte mit Goethe nicht festgehalten [...]. Ottilie war nicht Goethes Eckermann. Sie war seine Tochter« (S. 282). Gibt es etwas Neues für die Forschung in dieser Biographie Dagmar von Gersdorffs? Was die Faktenlage betrifft, nicht.

Die Autorin stützt sich bei ihrer Dokumentation auf die 2001 erschienene umfangreiche Dissertation von Karsten Hein, die den Titel trägt: *Ottilie von Goethe (1796-1872). Biographie und literarische Beziehungen der Schwiegertochter Goethes* (Frankfurt a.M. u.a. 2001, 698 S.). Dieser hat die Zeugnisse ihrer Zeitgenossen sowie die Archivalien aus der Newberry Library in Chicago – wo nach dem Zweiten Weltkrieg von Erben verkaufte private Papiere eintrafen –, aus dem Goethe-Museum in Düsseldorf und aus den Beständen des Goethe- und Schiller-Archivs in Weimar zusammengeführt und chronologisch geordnet. Zu bemerken ist allerdings, dass der Nachlass Ottilie von Goethes in der letztgenannten Institution nicht nur deutlich komplexer und umfassender ist, als die Autorin auf S. 285 angibt, sondern dass er in den letzten Jahren auch um wichtige Autographe vermehrt worden ist, die leider in dieser Biographie keine Erwähnung finden. Dagmar von Gersdorffs Buch wird aber, anders als die Dissertation von Karsten Hein, ein großes Publikum erreichen und das allgemeine Interesse an einer »der unkonventionellsten, faszinierendsten, auch umstrittensten Frauen ihrer Zeit«, wie es auf dem Umschlag heißt, wecken. Damit könnte sich die Wahrnehmung Ottilies in der breiten Öffentlichkeit entscheidend verändern. Das ist bereits ein großes Verdienst, wenn man bedenkt, welch schlechter Ruf Ottilie von Goethe lange Zeit begleitet hat.

Ottilie von Goethe war sich bewusst, dass ihr Kampf für die »Freiheit der Selbstbestimmung« (um noch einmal Kühnes Nachruf zu zitieren) bei vielen auf Ablehnung stieß, vor allem als sie nach Goethes Tod die ihr zugedachte Rolle einer allein dem Gedenken an ihren Mann und ihren Schwiegervater lebenden ›ewigen Witwe‹ offen ablehnte. Die kritischen Stimmen ließen in der Tat nicht lange auf sich warten. Ihre intellektuelle Originalität, ihr lebhafter und enthusiastischer Geist, ihr stark leidenschaftliches und unkonventionelles Wesen, ihre literarischen Kenntnisse (insbesondere der englischen Kulturwelt) fanden zuerst den Niederschlag in literarischen Texten oder in Berichten der mit ihr befreundeten Persönlichkeiten. Kühnes Nachruf, wie auch der von Robert Keil,[2] sowie die ersten publizierten Erinnerungen der Freunde und Bekannten in Wien, wo sie zwischen 1843 und 1866 hauptsächlich lebte, zeugen von ihrer reichen Gedankenwelt und bieten noch unausgeschöpfte Quellen für zukünftige Forschungen. Ende des 19. und Anfang des 20. Jahrhunderts errangen die Erinnerungen ihrer Weimarischen Freundinnen große Popularität, die freilich aus einer rein biographisch-anekdotischen Perspektive geschrieben wurden: Diejenigen von Jenny von Gusted (geb. von Pappenheim) wurden von ihrer Nichte Lilly von Kretschmar (später von Braun) in mehreren Anläufen 1891 und 1892 und schließlich in *Im Schatten der Titanen* (1908) veröffentlicht, diejenigen von Jenny von Gerstenbergk traten 1901 ans Licht. Das wachsende Interesse an der Familie des Nationaldichters veranlasste Wolfgang von Oettingen zur Herausgabe zweier Bände der *Schriften der Goethe-Gesellschaft* (Bde. 27 und 28, 1912 und 1913) unter dem programmatischen Titel *Aus Ottilie von Goethes Nachlaß*. Diese Ausgabe, nicht frei von einigen Datierungs- und Interpretationsfehlern, basiert auf einer eher fragwürdigen redaktionellen Auswahl des Nachlasses: Der Herausgeber konzentrierte sich mehr auf Ottilie von Goethes Herzensangelegenheiten und auf ihre verzweifelte Suche nach einem intellektuell und emotional Gleichgesinnten. Band II lässt den Kondolenzbriefen zum

1 Gustav Kühne: *Ottilie von Goethe [Nekrolog]*. In: Beilage zur *Allgemeinen Zeitung*, 18.1.1873.
2 Robert Keil: *Ottilie von Goethe*. In: *Der Salon* 2 (1873), S. 847-861.

Tod des Schwiegervaters das letzte Treffen mit Charles Sterling am Rhein und ihr Gedicht *Die Bettlerin von Weimar* folgen, dann: Vorhang zu! Ottilie von Goethes private, von romantischer Literatur genährte Papiere bildeten von da an die perfekte Basis für eine Reihe populärer Texte und fiktiver Biografien, die die Kunstfigur »Ottilie« erschufen. Das Anekdotische überschattete alles und ein breites Publikum verfolgte in literarischen und trivialen Produkten die ›Szenen einer Ehe‹ unter dem Dach des Hauses am Frauenplan. 1923 veröffentlichte H.H. Houben in *Ottilie von Goethe. Erlebnisse und Geständnisse* Teile ihrer Korrespondenz bis 1857 und enthüllte die Geburt einer Tochter in Wien, fünf Jahre nach dem Tod ihres Mannes. Das Kind musste in Pflege gegeben werden und starb kurz darauf. Das Urteil lautete nun: Ottilie von Goethe sei eine unglückselige Mutter gewesen, schuldig am Schicksal des Kindes, wie auch am Tod der drittgeborenen Alma 1844 – denn war es etwa nicht sie, die Alma nach Wien zu sich nehmen wollte, wo die 16-Jährige an Typhus starb? Und war nicht diese ›unwürdige‹ Mutter die Hauptursache für das erfolglose Leben der Söhne Walther und Wolfgang, kurz: für den völligen Niedergang der Familie und des für die ganze Nation so ruhmreichen Namens? Diese ablehnende Haltung hielt jahrzehntelang an und dominierte auch in der Goethe-Forschung trotz der Bemühungen von Heinz Bluhm, der Teile des privaten Nachlasses in Chicago erschloss und publizierte (*Tagebücher und Briefe von und an Ottilie von Goethe*, 5 Bde., 1962-1979) und damit mehr Licht in die spätere und in mehreren Hinsichten interessante Lebensphase Ottilies brachte. Noch Ulrich Janetzky, der in seinem Essay (1982) Ottilie von Goethes Leben erstmalig als »Selbstfindungsprozeß einer Frau [...], die sich gegen Verhaltensnormen wehrte« darstellte, und Ruth Rahmayer, die ihr zwei passionierte Romanbiographien widmete (1988, 2002), fühlten sich gezwungen, gegen solche Vorurteile anzuschreiben.

Dagmar von Gersdorff kommt das große Verdienst zu, eine Romanbiographie verfasst zu haben, die auf einer soliden Forschungsbasis gründet und die Geschehnisse mit einfühlsamem und verständnisvollem Blick schildert. Die von tiefer Zuneigung und Dankbarkeit geprägte Beziehung, die Ottilie von Pogwisch mit ihrem Schwiegervater und geistigen Vater verband, ihre starke und von ihm hochgeschätzte intellektuelle Präsenz am Frauenplan, ihre faszinierende und vielseitig interessierte Persönlichkeit, stets offen für Gespräche und Konfrontationen, werden hier lebendig geschildert. Sie erscheint als international gesinnte, aber auch durch ein tiefes patriotisches Gefühl gebundene Frau, rebellisch und freidenkend und demzufolge auch selbst fasziniert von rebellischen und freien Geistern, immer neugierig der Welt gegenüber und doch stets sich selber treu. All dies wird im Wechsel von Erzählerinnenstimme und zahlreichen gut gewählten Auszügen aus Ottilie von Goethes Briefen, Tagebüchern und Gedichten geboten. Dagmar von Gersdorffs Buch ist nicht wissenschaftlich und will es auch nicht sein. So kann es sich die Autorin auch erlauben, an manchen Stellen an der Oberfläche zu bleiben oder psychologische Vermutungen anzustellen, ohne dabei vertieft auf das historische und politische Umfeld einzugehen, in dem sich die Protagonistin bewegte. Die Autorin bietet nur ein grobes Bild der intellektuellen Kontexte, die Ottilie von Goethes weiten geistigen Horizont bildeten.

Denjenigen, die das Leben der Protagonistin genau kennen, fallen hier und da kleine Versehen und Ungenauigkeiten auf: Eine »heimliche« Reise von August nach Dessau 1816 (S. 32) ist nicht belegt und kaum vorstellbar, Felix Mendelssohn hat nur gelegentlich an der Zeitung *Chaos* mitgearbeitet, Rahel Varnhagen, soweit bekannt, gar nicht. Abb. 10 zeigt nicht Caroline (Line) von Egloffstein, sondern Caroline Auguste von Aufsess von Schloss Heckenhof; Abb. 13 präsentiert ein graphisch retuschiertes Bild von Adele Schopenhauer, das in dieser Form nicht existiert; das Porträt von Alma (Abb. 34) ist nicht von Louise Seidler usw. Doch diese Unachtsamkeiten beeinträchtigen nicht die Freude an der Lektüre. Ottilie von Pogwisch / von Goethe erweist sich auf diesen Seiten wieder als die außergewöhnliche und originelle Persönlichkeit, die nun auch von einem breiteren Publikum wahrgenommen werden kann als ausschließlich von dem Fachkreis, der sie bereits im letzten Jahrzehnt wiederentdeckt hat (u.a. Waltraud Maierhofer, Elena Pnevmonidou, Christina Ujma).

Das Goethe- und Schiller-Archiv veranstaltet vom 26. August bis 18. Dezember 2022 auf der Basis des kompletten Nachlasses eine Ausstellung *Mut zum Chaos – Ottilie von Goethe*: eine Aufforderung, diese »vielbegabte Frau, die es nicht verdient hat, nur als Schwiegertochter Goethes wahrgenommen zu werden«,[3] in den Fokus neuer Forschungen zu rücken.

Francesca Fabbri

Alexandra Willkommen: *Alternative Lebensformen. Unehelichkeit und Ehescheidung am Beispiel von Goethes Weimar*. Böhlau: Wien, Köln, Weimar 2019, 437 S., 55,00 €

Mehr als 15 Jahre lebte Johann Wolfgang von Goethe in wilder Ehe mit Christiane Vulpius, ehe er sie 1806 heiratete. Großherzog Carl August von Sachsen-Weimar-Eisenach unterhielt neben seiner Ehe mit Großherzogin Luise eine Beziehung zur linken Hand mit der Schauspielerin Caroline Jagemann, der späteren Freifrau von Heygendorff. Ebenso wie der Skandal um Emilie von Werthern, die 1785 ihren Tod vortäuschte und sich zum Schein begraben ließ, um mit ihrem Geliebten ein neues Leben zu beginnen, pflegen Anekdoten dieser Art unser von Dichterbüsten und Klassizität geprägtes Weimar-Bild gelegentlich aufzulockern.

Wie stand es jedoch um Geschlechterbeziehungen, eheliche und uneheliche Lebensformen und Ehescheidungen tatsächlich in Carl Augusts und Goethes Herzogtum in den Jahrzehnten um 1800, hatten die Diskurse der Weimarer Geistesgrößen darauf Einfluss? Welche Familientypen und Lebensweisen gab es damals, wie reagierte die Weimarer Gesellschaft auf heterogene, den traditionellen Normen widersprechende Geschlechterbeziehungen und Lebensformen, wie gingen die staatliche und die kirchliche Obrigkeit mit den nicht wenigen Fällen von Scheidungen, unehelichen Geburten und sogenannten wilden Ehen um?

Diesen Fragen widmet sich Alexandra Willkommen in dem aus einer Jenaer Dissertation hervorgegangenen Band, in dem sie »uneheliche Kinder und Ehescheidungen als familienstrukturierende Ereignisse verknüpft, in ihrer familialen und sozialen Lebenswelt analysiert und die darauf reagierende Gesetzgebung, Rechtsprechung und Publizistik untersucht« (S. 17). Damit verortet sie sich in der relativ jungen Forschungsrichtung der »New Kinship Studies«, die im Unterschied zur traditionellen Verwandtschaftsethnologie die Genealogie als einzige Grundlage verwandtschaftlicher Beziehungen sieht. »Verwandtschaft« beruht hiernach »vor allem auf der gedachten bzw. empfundenen oder auch gelebten Beziehung von Personen zueinander« (S. 18). Die Analyse der real gelebten Familienformen lässt die Autorin das Konzept des frühneuzeitlichen »ganzen Hauses« hinterfragen, das im 19. Jahrhundert vor allem durch den Volkskundler Wilhelm Heinrich Riehl in der Wissenschaft verankert wurde und den Wandel von einer vormodernen Großfamilie zur bürgerlichen Kernfamilie als dominante Entwicklungslinie der modernen bürgerlichen Gesellschaft postuliert. Ausgangspunkt und Leitmotiv ihrer Untersuchung ist der auch für das weimarische Herzogtum zutreffende Befund eines fundamentalen Antagonismus von traditioneller »Ordnung« im Sinne eines Normensystems, das der Familie eine entscheidende Bedeutung als Ursprung, Stütze und Vermittlungsinstanz elementarer soziokultureller Werte beimaß, und »Unordnung« als Synonym für die in der realen Lebenswelt scheinbar unausrottbar auftretenden Geschlechter- und Familienbeziehungen, welche diesen Normen widersprachen und von der frühneuzeitlichen Gesellschaft als »unehelich«, »illegitim« und »wild« empfunden sowie mit teilweise extrem harten Kirchen-, Leibes- und Lebensstrafen sanktioniert wurden. Die vor-

3 Gabriele Radeckes Rez. von Karsten Hein: *Ottilie von Goethe (1796-1872) […]* in GJb 2002, S. 289-292; hier S. 292.

rangig, aber nicht nur auf die Residenzstadt Weimar bezogene Arbeit verbindet Empirie mit zeitgenössischer Reflexion und untersucht einerseits »sozialgeschichtlich die akteursbezogene Perspektive der gelebten Gemeinschaftsformen und andererseits die ideengeschichtlichen Entwicklungen in Gesetzgebung, Rechtsprechung und zeitgenössischen Debatten«. Dabei liegt der Schwerpunkt »auf der Analyse der erlassenen und diskutierten Gesetze hinsichtlich der Vorstellungen vom familialen Zusammenleben und des Umgangs mit gegenläufigen Sozialformen« (S. 34).

Zunächst erfolgt eine umfassende Bestandsaufnahme der institutionellen und gesetzlichen Rahmenbedingungen um 1800 hinsichtlich von Eiden, Strafen und Kosten, von Ehe, Vormundschaft und Frauenrechten, von unehelichen Sexualkontakten, Schwängerungen und Kindern sowie von Ehescheidungen und wilden Trennungen, gefolgt von einer referierenden Betrachtung der zeitgenössischen Konzepte von Ehe, Liebe und Geschlecht. Das folgende Kapitel zeichnet ein empirisches Bild der realen Verhältnisse im Bereich von Ehe und Familie, wobei es um erstmalige Ehen und Wiederverheiratungen, eheliche Kinder, Stiefkinder, Adoptivkinder, Pflegekinder sowie das häusliche Leben nach oder außerhalb der Ehe geht. Dem schließt sich ein Überblick zu den illegitimen Geburten und Ehescheidungen an, der die Situation in Weimar mit der in anderen Städten und im gesamten Herzogtum vergleicht. Die Dimension des Problems der Illegitimität zeigt sich z. B. im Anteil der unehelichen Geburten an der Gesamtzahl der Geburten, der, wie die Autorin ermittelt, in Weimar bis Mitte der 1780er Jahre um 8 % schwankte, dann auf 12-14 % und in den Kriegsjahren 1812-1815 sogar auf 16 % stieg, um bis 1830 wieder auf Werte um 8 % zurückzugehen (S. 375). Ein dritter Abschnitt dieses Kapitels behandelt konkrete Fallbeispiele und stellt unter anderem fest, dass Goethes wilde Ehe und die Mätresse des Herzogs »Ausnahmen« (S. 116) darstellten. So weisen die Taufbucheinträge der Hofkirche die Geburt von Goethes Sohn August nicht explizit als unehelich aus, und für die Kinder von Caroline Jagemann und Herzog Carl August verzichteten sie ebenfalls darauf, den Vater zu identifizieren, obwohl die Verheimlichung des Kindsvaters bei unehelichen Geburten nach geltendem Recht eigentlich unzulässig war (vgl. S. 117-120). Ein weiteres Kapitel des Bandes behandelt die Rolle der Unehelichkeit im Gesetzgebungsdiskurs, eine Frage, die die juristischen und gesetzgeberischen Instanzen Weimars über viele Jahrzehnte hinweg nahezu permanent beschäftigte. Die bestehenden Rechtsverhältnisse – beruhend auf der Landesordnung von 1589 und der Kirchenordnung von 1664 – erschienen einem aufgeklärten Regenten wie Herzog Carl August so dringend reformbedürftig, dass er in seiner Regierungszeit insgesamt 37 Verordnungen dazu erließ. Zwar wurden dabei bestehende Normen bekräftigt, jedoch auch vielfach abgemildert, wie z. B. die Substitution der Schandstrafe des öffentlichen Prangerstehens durch eine Zuchthausstrafe in der Jenaischen Landesportion 1783. Andere Kirchen-, Leibes- und Lebensstrafen für Sittlichkeitsdelikte wurden nicht mehr angewandt oder ganz abgeschafft, wie z. B. die Kirchenbuße für im Jenaer Accouchierhaus unehelich Gebärende 1780 oder die Todesstrafe für Ehebruchsdelikte verheirateter Frauen. In diesem Kontext geht die Autorin auch auf die Debatten um das Strafrecht bei Sittlichkeitsdelikten und Kindsmord ein. Eine ausführliche Erörterung ist den seit Mitte der 1820er Jahre zu beobachtenden Bemühungen der Obrigkeit gewidmet, das Überhandnehmen der wilden Ehen statt durch Sanktionen mit Versuchen zu mildern, reguläre Eheschließungen Unbemittelter durch Stundung von Kopulationsgebühren oder unentgeltliche Heiraten zu erleichtern. Noch kurz vor seinem Tod 1828 wandelte Carl August die für die Verheimlichung des Kindsvaters bei unehelichen Schwangerschaften vorgesehene Zuchthausstrafe in einfache Gefängnisstrafe um. Großherzog Carl Friedrich führte die Reformpolitik seines Vaters fort, indem er unter anderem sämtliche Sanktionen für uneheliche Sexualkontakte lediger Personen aufhob. Ein umfangreiches Kapitel des Bandes widmet sich den Ehescheidungen in Sachsen-Weimar-Eisenach. Auch hier werden zunächst demographisch-statistische Befunde präsentiert und konkrete Beispielfälle erörtert, um anschließend die Entwicklung von Rechtspraxis und Gesetzgebung zu untersuchen. Dabei wird deutlich, dass in Weimar eine relativ liberale Scheidungspraxis bestand, die auf die großzügige Dispensgewährung des Landesherrn Carl August zurückging. Breiten Raum nehmen auch die jahrzehntelangen Bemühungen um den Entwurf eines neuen Ehegesetzes ein, der nach der Konstitutionalisierung des Großherzogtums 1816 in Angriff genommen wurde.

Zusammenfassend gelangt die Autorin zu dem Befund, dass die »als unkonventionell wahrgenommenen Familienformen [...] nur von einem kleinen Teil der Gesellschaft gelebt« wurden. Das »Ideal der Eltern-Kind-Familie« sei die »dominierende Familien- und Lebensform« gewesen, obgleich ein »Großteil der Gesellschaft« den normativ vorgegebenen familialen Leitbildern nicht entsprechen konnte. Der Begriff vom »ganzen Haus« sei daher zumindest für Sachsen-Weimar-Eisenach um 1800 als analytische Kategorie nicht geeignet, während der Begriff der »Versorgungsgemeinschaft« hingegen sämtlichen Konstellationen gerecht werde (S. 349). Wenn auch nicht vorherrschend, so seien die in Weimar »gelebten alternativen Familienformen« doch symptomatisch für den allmählichen Wandel der familialen und gesellschaftlichen Normvorstellungen gewesen: »Sowohl die obrigkeitliche als auch die gesellschaftliche Duldung legitimierten schließlich unkonventionelles Verhalten wie wilde Ehen und Ehescheidungen« (S. 353). Ob die für Sachsen-Weimar-Eisenach zu beobachtende liberale Haltung gegenüber alternativen Lebensformen auch auf andere deutsche Territorien zutrifft, müsse, wie die Autorin abschließend konstatiert, künftigen Forschungen vorbehalten bleiben.

Der ungemein materialreiche Band wird durch ein Quellen- und Literaturverzeichnis sowie ein Personenregister erschlossen. Als außerordentlich hilfreich erweist sich der Anhang mit vielen Tabellen zu demographisch-statistischen Befunden und Übersichten über Gesetze und Verordnungen.

Mit dem vorliegenden Band hat die Autorin nicht nur ein wichtiges, bisher kaum wahrgenommenes Themenfeld der Geschichte des klassischen Weimar erschlossen, sondern auch Maßstäbe für die künftige landesgeschichtliche Forschung gesetzt.

Gerhard Müller

Stefan Matuschek: *Der gedichtete Himmel. Eine Geschichte der Romantik*. München: Beck 2021, 400 S., 29 Abb., 28,00 €

Die Verwendung von Epochenbegriffen, so könnte man vermittelnd zwischen substanzialistischen und konstruktivistischen Ansätzen sagen, entspricht dem Vorschlag, komplexe historisch-kulturelle Gegenstandsfelder im Licht einer spezifischen Konzeption oder Kernidee zu denken. Gelingende Vorschläge lassen dabei Neues sehen, lassen genauer und weiter blicken, stimulieren eine tiefere gedankliche Durchdringung. Stefan Matuschek macht mit seinem Buch *Der gedichtete Himmel* einen Vorschlag mit ausgesprochen überzeugenden Beleuchtungseffekten, deren Erschließungskraft sich dann unter wechselnden Akzentuierungen erweist. Der Buchtitel bringt den Vorschlag auf eine prägnante Formel, deren Implikationen die einzelnen Kapitel im Folgenden unter verschiedenen Akzentuierungen entfalten. Der Untertitel *Eine Geschichte der Romantik* (als Selbstinterpretation des Buchs) signalisiert, je nach Betonung, erstens die Möglichkeit weiterer solcher Geschichten. Zweitens bietet das Buch neben seinen Ausführungen zu romantischem Denken und Schreiben auch Beiträge zur Geschichte der Interpretation und Modellierung von Romantik, also eine »Geschichte der ›Romantik‹«. Und drittens ist es eine Anspielung darauf, was »Geschichte« im Gegensatz zur reinen Akkumulation von Informationen leistet: Sie stiftet Zusammenhänge.

Nicht nur die Aufklärung: Der zweite Impuls der europäischen Moderne – der Titel des 1. Kapitels entspricht der These, dass die Romantik sich nicht gegen die Aufklärung wendet, sondern deren Impulse aufgreift. Es geht darum, »Romantik als Fortschritt zu begreifen« (S. 10), wobei sie zugleich als Reaktion auf die von der Aufklärung ausgelösten Verlusterfahrungen zu verstehen ist (im Kern ist dies ein »Verlust an Ganzheitlichkeit«, S. 11) – aber eben als Reaktion im kritisch-reflexiven Geist und in Fortführung der Aufklärung, die radikale Fragen gestellt und dann offengelassen oder unbefriedigend beantwortet hat:

> Romantik entsteht aus dem Bewusstsein, dass Menschen Fragen und Perspektiven entwickeln, die über ihre Begriffe hinausgehen, und dass es genau diese Begriffe und das begriffliche Denken überhaupt sind, die jede Beantwortung solcher Fragen in Zweifel ziehen müssen. (ebd.)

So hat Kants Transzendentalphilosophie als Reflexion über die Möglichkeitsbedingungen von Erkenntnis jedem unkritischen Wahrheitsbegriff die Tragfähigkeit entzogen; Glaubensgewissheiten und moralische Grundüberzeugungen wurden erschüttert, wenn nicht demontiert. Mit einem bei Georg Lukács entlehnten Ausdruck spricht Matuschek von einer schon um 1800 zu registrierenden »›metaphysische[n] Obdachlosigkeit‹«, von einer »Not der modernen Individuen, die von Glaubensfragen umgetrieben werden, ohne dass sie irgendwo Antworten fänden oder akzeptieren könnten« (ebd.).

Vor diesem Hintergrund erscheint Romantik (in prägnanter Anknüpfung an Lukács' Vorstellungsbild) als »das Verfahren, die metaphysische Obdachlosigkeit durch imaginäre Bautätigkeit zu beheben« (ebd.). Wie der Verlust der metaphysischen Behausung, der transzendenten Heimat, so spielt sich auch die darauf antwortende Bautätigkeit im Bewusstsein selbst ab – und so profiliert sich Romantik als »die Kunst, metaphysische Luftschlösser zu bauen. Sie wirkt, auch wenn man weiß, dass es Luftschlösser, also Einbildungen sind« (S. 12). Was der Vorstellungskraft hier überantwortet wird, klingt allenfalls auf den ersten Blick nach unverbindlichen Lizenzen zum Spielen: Angesichts des registrierten Transzendenzverlusts wird die Errichtung ganzer Gedanken- und Ideenwelten zu einem Auftrag an die Imaginationskraft; die ›Obdachlosen‹ setzen auf die von dieser Kraft ausgelösten kreativen Impulse. »In diesem Sinne ist Romantik das ›selbstgemachte‹ und als selbstgemachtes bewusste Jenseits oder, um es etwas poetischer auszudrücken, der gedichtete Himmel« (ebd.). Dass und wie man Himmel ›dichten‹ kann, lässt sich an romantischen Texten, ihrer neuen Bildersprache und Dynamik ablesen. Matuschek bietet eine Reihe dichter und prägnanter Textauslegungen, die dies illustrieren – begonnen mit Interpretationen zu Eichendorffs *Mondnacht* und zu Schleiermachers Reden *Über die Religion*. Deutlich wird, inwiefern romantisches Denken und Schreiben maßgeblich durch die Idee der Progression und Transgression geprägt sind (vgl. Kap. 1 a: *Romantik als Fortschritt*); deutlich wird auch, dass sich dies keineswegs in einem reinen Gedankenraum vollzieht, sondern unter politisch-revolutionären Rahmenbedingungen (vgl. den Abschnitt *Unruhige Zeiten*), die ausgehend von aufklärerischen Impulsen eigene Progressions- und Transgressionsdynamiken entfalten. In der Zusammenschau von literarischen, diskursiven und politischen Tendenzen ergibt sich so das Bild einer Romantik, die als Einsatzpunkt der europäischen Moderne gelten kann (Kap. 1 b) und zu deren programmatischen Dokumenten Friedrich Schlegels Text *Über die Unverständlichkeit* gehört.

Dass *Romantik als europäisches Phänomen* zu verstehen ist, erörtert Kapitel 2. Nach Schwerpunkten gegliedert, bietet es wie aus der Perspektive eines Panoramaflugs über Europa Beispiele und Analysen, die gedankliche Vernetzungen und miteinander korrespondierende Denkstile sichtbar machen; neben Verbindungslinien werden auch Kontraste nachgezeichnet (vgl. zu Letzteren den Abschnitt *Nationale Unterschiede*) – dies aber mit Blick auf makrostrukturelle Konvergenzen und Entsprechungen. Überall in Europa werden Himmel gedichtet, transzendente Dimensionen der Welt erdacht und imaginiert. Mehrere Voraussetzungen haben Teil daran, dass sich seit dem frühen 19. Jahrhundert eine gesamteuropäische Romantik profiliert, wenn auch in den einzelnen Ländern zeitverschoben. Zentrale Impulse gehen von Konzeptualisierungen der Romantik durch die Romantiker selbst aus, vom Rekurs auf literarische Charaktere wie Hamlet und Don Quijote, die als Leitfiguren interpretiert werden – und von August Wilhelm Schlegel und Germaine de Staël als Vermittlerfiguren der neuen Denk- und Schreibweisen. Profilieren sich in den verschiedenen europäischen Ländern auch differente, oft nationalkulturell und politisch akzentuierte Romantikbegriffe (vgl. S. 74-77), zu denen auch eine klassizistische Ausprägungsform gehört (vgl. S. 77-82), so erweist sich im Licht konvergenter thematischer Interessen doch klar die Kohärenz der europäischen Romantik, wie etwa der Blick auf die literarische Auseinandersetzung mit dem Weltschmerz-Thema verdeutlicht. Rousseaus einsamer Spaziergänger und Goethes *Werther* weisen auf romantische Figurenkonzepte und Ich-Entwürfe voraus, auf Dichter respektive Dichterbilder wie auf fiktionale Figuren, auf Chateaubriand und Byron, auf Senancourts *Obermann* und Klingemanns *Nachtwachen. Von Bonaventura.* Zum historisch oft als »deutsche Klassik« von der »Romantik« abgegrenzten Komplex der Œuvres von Goethe und Schiller bezieht Matuschek klar Stellung: Er versteht Erstere »als Teil der europäischen Romantik« (S. 104), wendet sich gegen die Konzeptualisierung der »Weimarer Klassik« als eigene Epoche (S. 107) und plausibilisiert dies durch überzeugende Werkinterpretationen (vgl. Kap. 2 d, S. 104-109), so anlässlich von Schillers »romantische[r] Tragödie« *Die Jungfrau von Orleans*, die stimmig als Ausdruck des Bestrebens gedeutet wird, »der Religionsfrage alles konfessionell Kirchliche zu nehmen« (S. 111). Das Goethekapitel erinnert zunächst an die Bewunderung der Frühromantiker für Goethe; Goethes berühmte Unterscheidung zwischen dem »Classisch[en]« als dem »Gesunde[n]«, dem Romantischen als dem »Kranke[n]« wird, wie auch andere kritische Bemerkungen über die Romantiker, aus zeitspezifischen kulturpolitischen Polarisierungen heraus erklärt (S. 115). In Goethes facettenreichem Literaturverständnis verbinden sich »klassizistische und romantische Elemente« (S. 116); der *Faust* entspreche, so Matuschek im Rekurs auf die zeitgenössische Rezeption, in mehrfacher Hinsicht dem, »was man zeitgenössisch ›romantisch‹ nannte«: durch seinen Goethe vom Puppentheater her vertrauten Stoff, seine volkstümlichen Motive, seine bunte Szenenfolge. Auch Teil II des Schauspiels sei durch seine Fülle populärer Formen geprägt (S. 119). Die Frage nach der Erlösung Fausts bleibe ebenso unentschieden wie die, ob sie gegebenenfalls gerechtfertigt wäre (S. 120); der ›metaphysische Rahmen‹ wecke Zweifel an seiner Ernsthaftigkeit (ebd.), das »religiöse Ende« des Stücks trage »keine klare Botschaft«: »Es bleibt eine zweideutige Erlösungsperspektive, die zugleich als ihre eigene Parodie gelesen werden kann« (S. 121) – als Kippfigur, wie sie charakteristisch für viele romantische Texte ist. Schließlich lässt auch Goethes Vision einer »Epoche der Welt-Literatur« ihn – gegen nationalpatriotische Tendenzen – als Zentralfigur einer Internationalitätsidee erscheinen, die im Kontext einer als europäisch zu verstehenden Romantik und nicht in ›national‹ definierten Epochen zu sehen ist (S. 121 f.).

In Konkretisierung der Leitthese von der initialen Bedeutung der Romantik für die Moderne wenden sich weitere Kapitel jeweils spezifischen Themenfeldern und Phänomenbereichen zu, deren Analysen die Denkfigur des ›gedichteten Himmels‹ ausleuchten: dem Themenkomplex *Revolutionen* (Kap. 3), dem der *Modernisierung der Literatur* im Horizont zeitspezifischer *Lesewelten* (Kap. 4) sowie dem Projekt der *Nationalisierung* in *Politik, Wissenschaft und Populärkultur* (Kap. 5). Unter die Idee der ›Revolution‹ zu fassen sind nicht nur die politischen Ereignisse in Frankreich, die von dort in verschiedene europäische Länder (und Literaturen) ausstrahlen, sondern auch folgenreiche Umwälzungen im Bereich des Denkens, Philosophierens und Schreibens. Dies gilt für thematisch-inhaltliche Auseinandersetzungen mit Visionen oder Erwartungen einer ›Neuen Welt‹, für die auf eigene Weise revolutionäre Forderung nach einer ›Neuen Mythologie‹ sowie für eine bei Novalis und Chateaubriand prägnant zu beobachtende Tendenz zum Neudenken der Religion. Die hier manifeste *Subjektivierung und Ästhetisierung der Religion* (Kap. 3 b) erscheint als so signifikante wie innovative Ausprägung jener Tendenz, auf welche die Formulierung vom ›gedichteten Himmel‹ hindeutet; sie macht sich in der Erfindung von Kunstheiligen ebenso geltend wie in der imaginativen Stilisierung persönlicher Erlebnisse ins Quasi-Sakrale, etwa bei Novalis.

Ein wichtiger Indikator der für die Romantik konstitutiven literarisch-kulturellen Modernisierungstendenzen ist die Karriere des Romans, der eine Fülle an neuen thematischen und textgestalterischen Entfaltungsmöglichkeiten bietet und dem Programm einer offenen, progressiven wie auch dem einer reflexiven, tendenziell ironisch-gebrochenen Schreibweise besonders entgegenkommt (vgl. Kap. 4 a). Gerade im Rahmen einer neuen Lesekultur und neuer Leseinteressen konkretisiert sich die Idee einer gedichteten Transzendenz auf verschiedenen Ebenen. Neben einem auflebenden Interesse am Mythos und an Prozessen literarischer Mythopoiesis (vgl. Kap. 3) werden mehrere für die Romantik charakteristische Genres und Textformen populär, die zwar jeweils auf tradierten Genres, Motiven und Fabeln basieren, diesen aber neue Funktionen zuweisen – und dies im Horizont des übergreifenden Projekts, verlorene Himmel, Paradiese und Höllen literarisch zu konstruieren: die literarische Fantastik, das Märchen als literarische Gattung, die schauerromantische Literatur (vgl. Kap. 4 b, c, d).

Die das Europa des 19. Jahrhunderts prägenden Nationalisierungstendenzen entsprechen einer spezifischen Praxis der Substitution verlorener metaphysischer Ordnungsideen durch immanente Sinnstiftungsmodelle. Sie machen sich nicht nur in der Politik bemerkbar, sondern auch im Bereich der Wissenschaften und der Populärkultur (Kap. 5). In gedanklich-imaginativen Konstruktionen eines jeweils nationalen ›Geistes‹ sowie in entsprechenden Modellierungen nationaler Geschichte, Kultur und Identität konkretisiert sich das Projekt einer ›erdichteten‹ Transzendenz auf historisch-säkularer Basis. Die differenzielle Betrachtung von ›Nationen‹ verhält sich komplementär zum Konzept einer grenzüberschreitenden ›Universalpoesie‹, die (auch literarische) Propagierung des ›Volkstümlichen‹ erscheint komplementär zum Projekt romantischer Ironie. Doch beide Pole des Spannungsfeldes antworten jeweils auf Verluste metaphysisch gegründeter Gewissheiten, auf Transzendenzverluste – wobei sich die Entgegnung maßgeblich als literarisches Schreiben vollzieht. Das heißt, bezogen auf die Ebene von Beobachtung und Interpretation: Der integrative Effekt des Konzepts vom ›gedichteten Himmel‹ bewährt sich gerade angesichts von Spannungen, die einen Graben zwischen ›progressiver‹ und ›reaktionärer‹ Romantik aufzuwerfen scheinen. Matuscheks Buch macht die vielfältigen Ausprägungsmöglichkeiten von ›Romantik‹ sichtbar, die hinsichtlich ihrer politisch-programmatischen Ausrichtungen oft divergieren, sich aber am Leitfaden des Programms einer ›metaphysischen Bautätigkeit‹ zu einem (wenn auch spannungsvollen) Gesamtbild integrieren lassen.

Ergänzend zur Denkfigur des ›gedichteten Himmels‹ erscheint das Konzept der »Kippfigur« als verbindend für die vielfältigen Tendenzen romantischen Denkens und Schreibens: Entwürfe zu erfundenen metaphysischen Orientierungen oszillieren zwischen Setzung und Selbstrelativierung. Das Neue an der Romantik liege, so Matuschek, »darin, sinnstiftende Entwürfe als Kippfiguren zu formulieren. Sie machen ein umfassendes, allgemeines Deutungsangebot und machen es zugleich als bloße Vorstellung bewusst« (S. 345).

Gerade mit Blick auf solche Kippfigur-Strategien stellt sich schließlich auch die Frage nach der Bedeutung dieser Romantik für die Zeiten, die üblicherweise nicht mehr der romantischen ›Epoche‹ zugerechnet werden. Das 6. Kapitel wendet sich dieser Frage nach einer postromantischen Romantik im späteren 19. und im 20. Jahrhundert zu – mit Analysen zu ›gedichteten‹ Transzendenz-Modellen in der Lyrik der Moderne (hier repräsentiert durch Baudelaire und Rilke), im Surrealismus, in Jerome D. Salingers Roman *Der Fänger im Roggen* sowie im Werk Wolfgang Hilbigs. Mit dem Konzept des erdichteten Himmels, des selbstproduzierten Jenseits lässt sich, wie Matuschek zeigt, auch hier in einer Weise arbeiten, die an Faktur und Thematik der Texte heranführt. Das ›Romantische‹, wie es sich im Rekurs auf romantische Literatur und konkreter im Ausgang von Konzepten der deutschen Frühromantik modellieren lässt, ist – und zwar im Sinn dieser Konzepte, vor allem im Sinn der Progressionsidee – mehr als ein Epochenbegriff, es ist (auch) eine »Farbe« im »Möglichkeitsspektrum« der modernen Literatur (S. 368). Kapitel 7 fasst Thesen und Erträge unter dem bilanzierenden Titel *Das selbstgemachte Jenseits* zusammen, der zwar nicht als »Generalformel für die Romantik« gelten soll (S. 372), aber eben doch eine integrative Zusammenschau vielfältiger, auf den ersten Blick disparater Phänomene und Tendenzen ermöglicht.

Profunde Kompetenz, kluge Einzeltextinterpretationen und Klarheit der Darstellung machen Matuscheks Romantik-Buch auch über fachwissenschaftliche Interessen hinaus zu einer attraktiven Lektüre. (Textnachweise sind allerdings in einen Anhang verbannt, was ein häufiges Blättern erzwingt und so von der Beobachtung des Luftschlösserbauens ablenkt.) Durch seinen Ansatz wie durch die durchgängig auf Vergleiche setzenden Textkommentare demonstriert das Buch nicht zuletzt überzeugend die Notwendigkeit eines komparatistischen Zugriffs auf die vielfältigen Ausprägungsformen romantischen Denkens, Imaginierens und Schreibens.

Monika Schmitz-Emans

Aus dem Leben der Goethe-Gesellschaft

In memoriam

Professor Dr. Manfred Beetz
5. Januar 1941 – 16. Dezember 2021

Er gehörte nicht zu den lautstärksten Solisten im Chor der deutschen Literaturwissenschaftler. Gleichwohl kannte er sich bestens aus in den Finessen rhetorischer Ausdrucksmöglichkeiten. Als im wahrsten Sinne beredtes Zeugnis dafür kann seine 1978 an der Universität Saarbrücken verteidigte Dissertation *Rhetorische Logik* gelten, für die er den Dr.-Eduard-Martin-Preis der Universität in Empfang nehmen konnte.

Manfred Beetz wurde am 5. Januar 1941 in Stadtsteinach/Oberfranken als Sohn eines Architekten geboren. Nach dem 1960 am Humanistischen Gymnasium von Bamberg abgelegten Abitur fasste er den Entschluss, in den Jesuitenorden einzutreten. Nach einem zweijährigen Noviziat absolvierte er von 1962 bis 1965 ein Philosophiestudium der Societas Jesu am Berchmanskolleg in Pullach.

Offenbar waren es literarische Interessen, die Manfred Beetz bewogen, den Orden zu verlassen und an der Münchner Universität ein Studium der Fächer Germanistik, Linguistik, Philosophie und Zeitungswissenschaft aufzunehmen. Seine Lehrer waren Walter Müller-Seidel, Friedrich Sengle, Klaus Briegleb, Hugo Kuhn, Hans Fromm, Eike von Savigny und Peter Glotz. Publikationen von Eberhard Lämmert weckten seine Neugier auf die Arbeit des Berliner Germanisten dergestalt, dass er sich entschloss, für zwei Semester an die FU Berlin zu gehen und hier die Lehrveranstaltungen Lämmerts zu besuchen.

Vorschläge der genannten Wissenschaftler ermöglichten es dem Studenten, in die Studienstiftung des deutschen Volkes aufgenommen zu werden. Den Magistergrad im Fach Neuere deutsche Literaturwissenschaft erwarb Manfred Beetz nach dem Wintersemester 1971/72 an der Ludwig-Maximilians-Universität München. Anschließend beteiligte er sich an einem von Eike von Savigny geleiteten zweijährigen DFG-Projekt, das sich mit der Analyse der Argumentations- und Diskussionspraxis unter Germanisten beschäftigte. Danach, von 1973 bis 1980, arbeitete er als wissenschaftlicher Mitarbeiter an der Universität des Saarlandes im Fach Germanistik bei Karl Richter. In dieser Zeit entstand die genannte Promotionsschrift *Rhetorische Logik*, die 1980 im Druck erschien.

Während seiner anschließenden Tätigkeit als Hochschulassistent an der Saarbrücker Universität beschäftigte sich Manfred Beetz mit der Habilitationsschrift *Frühmoderne Höflichkeit*, die 1986 eingereicht und 1990 ediert wurde. Im gleichen Jahr erschien auch der *Briefwechsel zwischen Schiller und Goethe in den Jahren 1794 bis 1805* (MA 8.1 und 8.2), für den Manfred Beetz als Herausgeber verantwortlich zeichnete. Der Kommentar zu den Briefen ist auch heute noch hilfreich für Goethe- und Schiller-Forschungen.

Die 1987 erworbene Venia Legendi für das Fach Neuere deutsche Literaturgeschichte und Literaturwissenschaft ermöglichte es Manfred Beetz, Lehrstuhlvertretungen an den Universitäten von Siegen, Köln, Saarbrücken, Trier, Kiel und Halle wahrzunehmen. 1994 wurde er als Nachfolger von Thomas Höhle auf den Lehrstuhl für Neuere deutsche Literatur an der Universität Halle berufen. Es war dies eine Zeit der Umbrüche und Turbulenzen, die sich in der Folge der Neuformierung der ostdeutschen Universitäten nach den Ereignissen der Jahre 1989 und 1990 zwangsläufig ergeben hatten. Fachdisziplinen wurden abgewickelt bzw. neu strukturiert, viele Hochschullehrer und Mitarbeiter mussten ihre Stellen aufgeben, neue kamen hinzu. Missgriffe waren da nicht auszuschließen. Manfred Beetz, vertraut mit frühneuzeitlicher Rhetorik und Höflichkeit, vermochte es, aufkommende Konfrontationen moderierend zu beschwichtigen. Das galt sowohl für seine Tätigkeit am Germanistischen Institut als auch für die im Direktorium des an der Universität etablierten Interdisziplinären Zentrums für die Erforschung der Europäischen Aufklärung (IZEA), dessen Geschicke er von 2002 bis 2004 als Geschäftsführender Direktor leitete. Sachkundig und unprätentiös gelang es ihm, die an der Universität Verbliebenen und die neu Hinzugekommenen in die jeweiligen Aufgabenstellungen einzubinden, sie für die Mitarbeit an wissenschaftlichen Projekten zu gewinnen.

Zurückhaltend und zugleich anregend war auch seine Tätigkeit in der Goethe-Gesellschaft. Zu dieser bestanden in den ersten Jahren seiner wissenschaftlichen Tätigkeit wohl nur lockere Beziehungen. Das änderte sich nach seiner Übersiedlung nach Halle. Sein Lehrstuhlvorgänger, der seit langem die Ortsvereinigung der halleschen Goethe-Gesellschaft leitete, vermochte es, ihn für deren Arbeit zu interessieren. Manfred Beetz trat 1994 in die Ortsvereinigung ein und ein Jahr später wurde er Vorstandsmitglied. Seit 1998 gehörte er der Weimarer Muttergesellschaft an. Lebhaft in Erinnerung geblieben ist mir sein erster Vortrag in der halleschen Ortsvereinigung, wo er zum Thema *Überlebtes Welttheater. Goethes autobiographische Darstellung der Wahl und Krönung Josephs II. in Frankfurt* referierte. Bis zu seinem gesundheitsbedingten Ausscheiden aus dem Vorstand im Jahr 2017 bereicherte er die Arbeit des Vorstands mit allseits geschätzten Anregungen und Vorschlägen. Seine alljährlich gehaltenen Vorträge im Vortragsprogramm der Ortsvereinigung fanden das ungeteilte Interesse des Publikums.

Manfred Beetz' Forschungsinteressen galten vornehmlich der deutschen Literatur des 17. und 18. Jahrhunderts. Im Zusammenhang mit seiner Tätigkeit im IZEA beteiligte er sich an verschiedenen Projekten des Zentrums, so etwa am Projekt *Selbstaufklärung der Aufklärung*, in dem er den Komplex *Vorurteile und Anthropologie in der Literatur der deutschen Aufklärung* bearbeitete. Zahlreiche Monographien und Aufsätze zeugen von dem immensen Fleiß, den er seinen Forschungen angedeihen ließ. Mit der Veranstaltung von wissenschaftlichen Tagungen und Kolloquien holte er eine ganze Reihe von international renommierten Wissenschaftlern nach Halle.

Treu geblieben ist er darüber hinaus seinem Interesse für rhetorische Fragestellungen. Zusammen mit Joachim Dyck, Gert Ueding und Wolfgang Neuber gab er von 2002 bis 2004 die Bände 21, 22 und 23 des internationalen Jahrbuchs *Rhetorik* heraus. Außerdem arbeitete er in verschiedenen wissenschaftlichen Gremien mit, beispielsweise in der Deutschen Gesellschaft für die Erforschung des 18. Jahrhunderts, deren Vizepräsident er von 2002 bis 2004 war.

Am 16. Dezember 2021 ist Manfred Beetz seinem Leiden erlegen. In Erinnerung bleibt uns sein stilles, freundliches und stets liebenswertes Wesen, das das Wirken der halleschen Ortsvereinigung bereichert hat.

Hans-Joachim Kertscher

Dr. Helga Bonitz
4. März 1945 – 19. November 2021

Erinnerungen werden wach, wenn ich an Dr. Helga Bonitz, die Geschäftsführerin der Chemnitzer Goethe-Gesellschaft, denke, die nach schwerer Krankheit von uns gegangen ist. Es sind Erinnerungen an eine liebenswerte, den Menschen wie der Natur zugewandte Persönlichkeit, die in einem erfüllten Berufsleben als Fachärztin für Allgemeinmedizin sich einer neuen Aufgabe zuwandte, dem Wirken Goethes in der Gegenwart Gehör zu verschaffen – dem Motto des Dichters folgend: »Der Geist, aus dem wir handeln, ist das Höchste«.

Historisches Denken hat bereits die Studentin der Medizin in Berlin und Dresden geleitet, denn mit einer Studie *Das Leben und Wirken von Woldemar Ludwig Grenser (1812-1872), Direktor der Frauenklinik der medizinischen Akademie Dresden* ist sie an der Medizinischen Akademie *Carl Gustav Carus* summa cum laude promoviert worden.

Eine Begegnung im Dezember 1989 in Kassel mit der unvergessenen Anneliese Hartleb, die das geistige Leben in ihrer Heimatstadt als Geschäftsführerin der Goethe-Gesellschaft Kassel über viele Jahre mitgestaltet hat, gab dem Leben von Dr. Helga Bonitz eine ebenso konsequente wie folgenreiche Wendung. Einem Impuls von Anneliese Hartleb folgend, die in der Folgezeit Chemnitz mit Rat und Tat unterstützen sollte, hat Dr. Helga Bonitz im Jahr darauf die in Chemnitz seit 1926 bestehende Goethe-Gesellschaft zu neuem Leben erweckt, ihr 1993 den Vereinsstatus verschaffen und zahlreiche Goethe-Freunde zum Mittun bewegen können. Gemeinsam mit ihrem Lebenspartner Siegfried Arlt, dem Vorsitzenden der Goethe-Gesellschaft Chemnitz, hat sie Chemnitz zu einem Goethe-Zentrum ganz eigener Prägung entwickelt.

Einen ersten Höhepunkt im deutsch-deutschen Goethe-Dialog, von Chemnitz aus engagiert befördert, stellte 1994 die Ausrichtung der Jahrestagung der Ortsvereinigungen in der sächsischen Metropole dar, die dank des Organisationstalents und der Tatkraft von Dr. Helga Bonitz und Siegfried Arlt allen Teilnehmern in bester Erinnerung geblieben ist.

Für klug konzipierte Vortragsreihen konnten prominente Referenten gewonnen werden; einen weiteren Schwerpunkt der Tätigkeit im Zeichen einer »Verschwisterung von Wissenschaft und Kunst« bildeten – vor allem in der Verantwortung von Dr. Helga Bonitz – Theater- und Konzertbesuche, literarisch-musikalische Veranstaltungen sowie Exkursionen auf den Spuren Goethes zu deutschen Erinnerungsorten, aber auch zu Goethes auswärtigen Reisezielen. Der Gewinn solcher Reisen ist nur schwer in Worte zu fassen. Die Mühsal der Vorbereitung wird belohnt mit der Treue der Teilnehmer auch bei anderen Veranstaltungen. Die Chemnitzer Goethe-Gesellschaft stellt eine stabile Gemeinschaft dar, der ein festes Domizil und eine Goethe-Bibliothek mit annähernd 2000 Bänden zur Verfügung steht.

Chemnitz und Marienbad liegen, wenngleich durch eine Grenze getrennt, nicht weit auseinander. Geboren im Goethejahr 1999, war es eine glückliche Chemnitzer Eingebung, in Marienbad, wo Goethe sich 1823 ein letztes Mal als Kurgast aufgehalten hatte, die Erinnerung an den prominenten Besucher wachzurufen und einen Kreis von Goethe-Liebhabern zu gewinnen, aus dem sich 2003 die Goethe-Gesellschaft Marienbad konstituierte. In den jährlichen Marienbader Goethe-Wochen und bei literarischen Soireen anlässlich von Goethes Geburtstag konnte sich im künstlerischen Dialog mit Siegfried Arlt die Freude von Dr. Helga Bonitz an theatralischer Lustbarkeit, am Masken- und Verkleidungsspiel entfalten. In Marienbad wird man ihr ein besonderes Andenken bewahren.

Großes Verdienst hat sich Dr. Helga Bonitz als Initiatorin und Gestalterin von Ausstellungen erworben. In beispielhafter Gemeinsamkeit mit Siegfried Arlt ist 2010 eine Ausstellung mit dem Titel *120 Jahre Goethe-Gesellschaft in Weimar – die deutschen Goethe-Gesellschaften stellen sich vor* entstanden, die 2005 im städtischen Museum von Marienbad, einstmals Goethes Aufenthaltsort, Premiere hatte und danach in Chemnitz, Weimar, Berlin, Wetzlar, Darmstadt und Dresden zu sehen war. Sie war ein würdiger und schöner Beitrag zum Jubiläum der Weimarer Goethe-Gesellschaft, Auftakt zu einer Auseinandersetzung der Gesellschaft mit ihrer eigenen Geschichte.

Der Goethe-Rezeption in Chemnitz haben Dr. Helga Bonitz und Siegfried Arlt 2010 und 2015 als Autoren und Herausgeber eigene Publikationen gewidmet und damit Maßstäbe für eine gewissenhafte Erforschung lokaler Goethe-Traditionen gesetzt. Die Kooperation mit der Marienbader Goethe-Gesellschaft ist unter dem Titel *Tradition und Gegenwart. Goethe-Woche in Marienbad 1999-2009* in einer zweisprachig publizierten Denkschrift dokumentiert worden. Goethe ist in Chemnitz nur ein einziges Mal gewesen – am 28. und 29. September 1810 –, um in der Bernhard'schen Baumwollspinnerei »nach Tische die Spinnmaschinen [zu] besehen«. Eine 2013 am historischen Fabrikgebäude enthüllte Gedenktafel hat diesen Besuch festgehalten – ein Beispiel für die von Dr. Helga Bonitz und Siegfried Arlt inaugurierte praktische Erinnerungskultur.

Von ihrer vielfältigen Tätigkeit hat Dr. Helga Bonitz wenig Aufhebens gemacht. Dank und Anerkennung von Mitgliedern und Goethe-Freunden aus nah und fern waren ihr Lohn genug. Über den Tag hinaus wird ihr Wirken Bestand haben. Wir gedenken ihrer in tiefer Dankbarkeit.

Jochen Golz

Karl-Hermann Röser
26. Februar 1948 – 6. Mai 2021

Nach ewigen, ehrnen,
Großen Gesetzen
Müssen wir alle
Unseres Daseins
Kreise vollenden.
(Johann Wolfgang von Goethe:
Das Göttliche)

Der Post zum Jahreswechsel 2020/21 an die Mitglieder der Goethe-Gesellschaft Pößneck lag neben einer Broschüre und einem Brief auch ein Ginkgo-Blatt bei. Karl-Hermann Röser schrieb dazu, dass dieses Blatt Zuversicht spenden möge, denn wenn man dessen Rand in den Blick nimmt, so folgt dem Einschnitt in der Mitte der erneute Aufschwung. Diese Betrachtung bezog sich vordergründig auf die aktuelle Corona-Situation. Im Nachhinein weiß man, dass damit auch die ganz persönliche Hoffnung Karl-Hermann Rösers verbunden war, seine gesundheitlichen Probleme zu bewältigen. Letzteres hat sich für ihn leider nicht erfüllt. Am 6. Mai 2021 verstarb er in seiner häuslichen Umgebung im Kreise seiner Familie.

Von 1969 bis 1973 studierte Karl-Hermann Röser an der Pädagogischen Hochschule in Leipzig Germanistik, Geschichte und Pädagogik. Ab 1977 unterrichtete er an der Erweiterten Oberschule, dem späteren Gymnasium *Am Weißen Turm* in Pößneck.

1993 gründete sich die bis dahin im Kulturbund eingebundene Goethe-Gesellschaft Pößneck als eingetragener Verein. Karl-Hermann Röser wurde zum Vorsitzenden gewählt und war es mit Kopf, Herz und Seele bis zu seinem Ableben.

Unermüdlich und leidenschaftlich erarbeitete er erfolgreich Jahr für Jahr hochwertige künstlerisch-literarische Programme, wobei es ihm gelang, namhafte Wissenschaftler, Autoren und Künstler nach Pößneck – der möglichen Stadt des Geschehens von *Hermann und Dorothea* – einzuladen.

Alle, die ihn in seiner Vereinsarbeit erlebt haben – ob als Organisator oder Referent –, werden ihn in seiner unnachahmlichen Art in Erinnerung behalten. Man konnte sich immer auf inhaltlich fundierte und detailreiche Aussagen freuen, die von ihm anschaulich und pointiert dargeboten wurden. Unvergesslich wird er auch als Szenenschreiber und Goethe-Darsteller bleiben, z. B. in seinen Inszenierungen *Goethe und der Wein* oder *Goethe und seine Widersacher*. Geradezu legendär sind die von ihm und dem *Verein für Heimatgeschichte Pößneck* organisierten Oster-Spaziergänge durch Pößneck mit Hunderten von Teilnehmern, die Karl-Hermann Röser den liebevollen Beinamen »Pößnecker Goethe« verliehen. Als aktives Mitglied auch dieses Vereins sind ihm viele heimatkundliche Schriften zu verdanken, darunter das zusammen mit Karl Ernst verfasste Buch *Pößneck und Goethe – Betrachtungen über das Verhältnis der Stadt zu seinem berühmten Gast* (2009).

Im April 2000 war die Goethe-Gesellschaft Pößneck Ausrichter der Jahrestagung der Ortsvereinigungen der Goethe-Gesellschaft in Weimar. Unter der Regie Karl-Hermann Rösers und der stellvertretenden Vorsitzenden Dr. Rosemarie Reichmann sowie durch die Unterstützung vieler ideenreicher Helfer gelang es, im Rahmen der Landesgartenschau Thüringen eine eindrucksvolle viertägige Tagung zu organisieren.

Hervorzuheben ist auch Karl-Hermann Rösers jahrelange, vertrauensvolle Zusammenarbeit mit den Goethe-Gesellschaften in Rudolstadt und Saalfeld, die zur Kooperation mit Referenten, gemeinsamen Festen und Exkursionen führte.

In der Goethe-Gesellschaft in Weimar war der Vorsitzende der Pößnecker Goethe-Gesellschaft zwanzig Jahre lang Mitglied und hat stets einen guten und fruchtbaren Kontakt zur ›Muttergesellschaft‹ gepflegt.

Karl-Hermann Röser war noch voller Pläne und Ideen, obwohl eine ernste Erkrankung ihm seine Arbeit zunehmend erschwerte. Mit Wehmut und Dankbarkeit werden wir uns seiner erinnern und daran, wie er das kulturelle Leben seiner Heimatstadt bereichert hat.

Hans-Günther Otto, Elke Kehr

Veranstaltungen der Goethe-Gesellschaft im Jahr 2021

Aufgrund der Corona-Pandemie und Erkrankung eines Referenten konnte nur ein reduziertes Programm durchgeführt werden. Folgende Veranstaltungen fanden statt:

26. Mai 2021
Internationales Symposium junge Goetheforschung
(Online-Veranstaltung)

4. Juni 2021
»Zwei mächtigen Erdensöhnen« – ein neues Doppelfest für Goethe und Hegel
Vortrag und Lesung von Prof. Dr. Klaus Vieweg (Jena) mit anschließender Diskussion
(Online-Veranstaltung)

8.–11. Juli 2021
Goethe-Akademie
Durchaus modern. Goethes »Wilhelm Meister«-Romane
(gemeinsam mit der Thomas-Morus-Akademie Bensberg)

20. Juli 2021
Präsentation des neuen Bandes in der Reihe »Schriften der Goethe-Gesellschaft«
Prof. Dr. Gerhard R. Kaiser (Weimar)
Tiefurt. Literatur und Leben zu Beginn von Weimars großer Zeit

24. August 2021
Präsentation des neuen Goethe-Jahrbuchs der Goethe-Gesellschaft
mit Jun.-Prof. Dr. Paula Wojcik (Wien):
Goethe-Rezeption in Polen

23.–26. September 2021
Goethe-Akademie
Geschaffen für die Bühne. Goethes »Faust« für Theateraugen
(gemeinsam mit der Thomas-Morus-Akademie Bensberg)

21. September 2021
Prof. Dr. Marcel Lepper (Weimar)
Goethe und die Genauigkeit: Geschichte eines Traums

16. November 2021
Prof. Dr. Rainer M. Holm-Hadulla (Heidelberg)
»Sympathy for the Devil«. Die künstlerische Bewältigung des Bösen bei Goethe, Freud und den Rolling Stones

Stipendienprogramm im Jahr 2021

Folgenden Bewerbern konnte die Goethe-Gesellschaft im Jahr 2021 ein Stipendium gewähren:

Anna Khukhua (Georgien)
Thomas Manns »Lotte in Weimar«. Zu einigen Fragen der Romanpoetik

Yue Li (China)
Das andere Theater Goethes. Maskenzug, Hoffeierlichkeit und Karneval zwischen multimedialer Festkultur und theatralischem Experimentierfeld

Tamari Napetvaridze (Georgien)
Die Formierung der Persönlichkeit bei Goethe und Hesse am Beispiel der Wilhelm-Meister-Romane und von »Das Glasperlenspiel«

Dr. Valentina Spune (Lettland)
Ist ein Ohr vom Pferd schon ein Pferd? Ist ein Tropfen Wasser bereits Wasser? Ist ein Buchstabe schon das ganze Buch der Natur? Mereologische Fragestellungen bei Goethe

Dr. Dr. Ana-Stanca Tabarasi-Hoffmann (Rumänien)
Arbeit an einer kommentierten Übersetzung von Goethes »West-östlichem Divan« und den »Noten und Abhandlungen« ins Rumänische

Tingting Wu (China)
Die Gestaltung der Frau in den Werken des jungen Goethe.

Dank für Zuwendungen im Jahr 2021

All jenen, die uns im Jahr 2021 durch eine kleinere oder größere Spende die Tätigkeit der Goethe-Gesellschaft unterstützt haben, sei an dieser Stelle herzlich gedankt. Unser besonderer Dank gilt dem Ehepaar Karin und Michael Braun-Huster, Gerabronn, Herrn Dr. Thomas Emde, Frankfurt a. M., Herrn Dr. Siegfried Jaschinski, Stuttgart, Herrn Nikolaus von Taysen, Baierbrunn, sowie Herrn Dr. Gustav Seibt (Berlin).

Noch einmal möchten wir voller Hochachtung an unser langjähriges Mitglied Ursula Theuner aus Köthen erinnern. Aus dem Erbe von Frau Theuner sind uns im Jahr 2021 nochmals finanzielle Mittel zugeflossen. Sehr dankbar sind wir weiterhin für ein Vermächtnis, das uns Frau Christa Stabenow, Halle (Saale) hinterließ.

Für namhafte Spenden und Zuwendungen zur Sicherung des Werner-Keller-Stipendienprogramms gilt unser herzlicher Dank Frau Dr. Mechthild Keller, Köln, Frau Monika Quiring, Bonn, Herrn Dr. Florian Fischer, Koblenz, Herrn Dr. Hans-Ulrich Foertsch und der Goethe-Gesellschaft Vest-Recklinghausen, der Beauftragten der Bundesregierung für Kultur und Medien sowie der Dohrmann Grundbesitz- und Beteiligungsgesellschaft mbH, Remscheid.

Für die Förderung des Goethe-Jahrbuches sei dem Freistaat Thüringen sowie Frau Ursula Löfflmann, Ramosch (Schweiz) im Besonderen gedankt.

Nachfolgend möchten wir namentlich jenen Damen und Herren danken, die der Goethe-Gesellschaft eine Spende ab 50 Euro zuteilwerden ließen:

Dr. Pjotr Abramow, Moskau (Russland)
Dr. Michael Albert, München
Martina Allisat, Köln
Dr. Christina Althen, Frankfurt a. M.
Herbert Andert, Weimar
Roland Andreas, Leipzig
Dr. Stephan Anger, Berlin
Renate Arnold, Bergisch Gladbach
Prof. Dr. Dietrich Babel, Marburg
Ingrid von Bahder, Berlin
Dr. Ulrich Baur, Neuss
Helga Beck, München
Käte Beckert, Moritzburg
Karl-Heinz Beckmann, Meerbusch
Dr. Wilfried Bergmann, Zimmern, OT Rottweil
Prof. Dr. Thomas Berndt, Zollikon (Schweiz)
Dr. Hartmut Berwald, Ostbevern-Brock
Ingrid Biberacher, Nürnberg
Volkmar Birkholz, Erfurt
Dr. Ulrike Bischof, Weimar
Renate Blank, Essen
Gabriele Bloess, Kerpen
Prof. Dr. Martin Bollacher, Bochum
Rolf Bönker, Fröndenberg-Ardey
Hubert Böttger, Weimar
Michael Braun-Huster, Gerabronn
Klaus-Jürgen Bräunig, Dortmund
Monika Brühl, Weimar
Gerhard Bücker, Bremen
Hermann Bünten, Krailling
Dr. Dieter Classen, Essen
Erika Danckwerts, Berlin
Dr. Hans-Jürgen Danzmann, Bad Säckingen
Ludwig Dedié, Braunschweig
Willfried Denker, Bergisch Gladbach
Dr. Hans-Helmut Dieterich, Ellwangen
Gisela Dobbelstein-Krings, Herzogenrath
Dohrmann GmbH, Remscheid
Hilmar Dreßler, Leipzig
Hartwig Dück, Coburg
Franz Dudenhöffer, Speyer
Dagmar Ebel, Lüneburg
Prof. Dr. Udo Ebert, Jena
Dr. Manfred Eckstein, Schleiz
Dr. Gerd Eidam, Burgwedel
Dr. Thomas Emde, Frankfurt a. M.
Dr. Arne Eppers, Hamburg
Dr. Monika Estermann, Berlin
Peter Ewert, Mönchengladbach
Dr. Sieglinde Fechner, Leipzig
Ullrich Felchner, Gütersloh
Dr. Karl-Heinz Fiebeler, Berlin

Dr. Florian Fischer, Koblenz
Werner Fleig, Ludwigsburg
Dr. Hans-Ulrich Foertsch, Marl
Sigrid Freisleben, Nürnberg
Klaus Martin Finzel, Köln
Helmut Fricke, Delligsen
Bernd Frilling, Vechta
Renate Gesigora-Semrau, Köln
Dr. Jens Giesdorf, Lasel
Dr. Klaus F. Gille, Bloemendaal (Niederlande)
Dietrich Gneist, Bonn
Klaus Goldschadt, Garmisch-Partenkirchen
Arthur Granat, Berlin
Ina Greyn, Kempen
Dr. Udo Große Wentrup, Hamm
Dr. Renate Grumach, Berlin
Dr. Volker Güldener, Oberursel
Prof. Dr. Peter Gülke, Weimar
Prof. Dr. Claus Günzler, Waldbronn
Thomas Gurt, Osterbruch
Dr. Dieter Gutekunst, Germering
Andrea Haarnagel, Ludwigshafen
Hamburg, Ortsvereinigung der Goethe-Gesellschaft in Weimar e. V.
Christine Hanke, Werdau
Peter Hecker, Haltern am See
Marion Heise, Halle/Saale
Christoph Henning, Schönebeck
Prof. Dr. Walter Hinderer, Princeton (USA)
Dr. Christian Hintz, Waldhausen
Brunhild Höhling, Oranienbaum-Wörlitz
Renate Holle, Berlin
Hans-Jürgen Holzmann, Heidelberg
Ekaterine Horn, Düsseldorf
Hans Ibels, Duisburg
Dr. Mathias Iven, Potsdam
Dr. Siegfried Jaschinski, Stuttgart
Wolfgang Jehser, Rotenbek
Dr. Ulrike John, Weimar
Ulrich Jordan, Dortmund
Dr. Sabine Jüttner, Landshut
Kristina Kaiser, Berlin
Wilhelm Kaltenborn, Berlin
Berthold Kastner, Gundelfingen
Dietrich Kauffmann, Wangen/Allgäu
Prof. Dr. Ulrich Keil, Münster
Dr. Mechthild Keller, Köln
Irmingard Kienast, Olching
Edith Kiessner, Hamburg
Dr. Eckhard Klapp, Pullach
Frank Klein, Brühl
Clemens Kleijn, Schwenningen
Manfred Klenk, Mannheim
Joachim Klett, Wertheim-Hofgarten
Udo Kniep, Wetter
Kristina Knothe, München
Eva Komas, Leipzig
Konrad Köhler, Achstetten
Prof. Dr. Lothar Köhn, Senden
Mario Kopf, Dessau-Roßlau
Irmgard Körner, Erkrath
Dr. Sylvia Kowalik, Jokkmokk (Schweden)
Kaspar Kraemer, Köln
Gabriele Kralinski, Weimar
Dr. Joachim Krause, Gladbeck
Henning Kreitz, Leipzig
Helmut Krumme, Bonn
Bob Kuhlmann, Osnabrück
Dr. Bernd Kummer, Wiesbaden
Prof. Dr. Paul Laufs, Stuttgart
Erika Leck, Münster
Dr. Gert Legal, München
Dr. Irene Leidner, Bad Elster
Dr. Michael Leidner, Bad Elster
Dr. Claudia Leuser, Nürnberg
Ursula Löfflmann, Ramosch (Schweiz)
Werner Löfflmann, Ramosch (Schweiz)
Dr. Gertrude Lückerath, Köln
Christina Lüdtke-Dittmar, Ilsenburg
Cedric Lutz, Lenzburg (Schweiz)
Dr. Adolf Maier, München
Dr. Bernd von Maltzan, Bad Homburg
Martin Marr, Erfurt
Ute Mayer, München
Christian Mertens, Bonn
Herbert J. Meyer, Weimar
Dr. Wolfgang Miege, Bergisch Gladbach
Prof. Dr. Norbert Miller, Berlin
Dieter Mlynek, Hannover
Prof. Dr. Manfred Mörl, Schiffdorf
Dr. Karl-Peter Müller, Marl
Prof. Dr. Klaus-Detlef Müller, Tübingen
Christiane Nelle, Hamburg
Dr. Klaus Nerenz, Göttingen
Winfried Neumann, Erfurt
Olaf Nippe, Herrnhut
Hans-Joachim Oestmann,
August Ohage, Göttingen
Boris Oppermann, Ehingen
Dr. Claudia Paris, Leipzig
Heidrun Paudtke, Cottbus
Holger Paul, Mannheim
Dr. Wolfram Peitzsch, Baldham

Friedrich Petry, Wetzlar
Dr. Ruth Peuckert, Erfurt
Dietrich Hermann Plate, Berlin
Michael Plett, Arnsberg
Dr. Dr. Dieter Pocher, Güstrow
Johannes Popp, Leipzig
Monika Quiring, Bonn
Dr. Alexander Reitelmann, Meckenheim
Rolf Renken, Bad Salzuflen
Dr. Melitta Rheinheimer, Kleinmachnow
Prof. Dr. Karl Richter, St. Ingbert
Inge Rossbach, Bad Kreuznach
Dr. Mark D. Roth, Erndtebrück
Andreas Rumler, Bremen
Jutta Rumler, Bremen
Saalfeld, Ortsvereinigung der Goethe-Gesellschaft in Weimar e. V.
Dr. Wolfgang Saalfrank, Wallhalben
Heinrich van de Sandt, Düsseldorf
Ricarda van de Sandt, Ühlingen-Birkendorf
Jürgen Santori, Essen
Prof. Dr. Gerhard Sauder, St. Ingbert
Helga Sauer, Regensburg
Brigitte Schäferling, Gammertingen
Wilhelm Scheidgen, Bergisch Gladbach
Dr. Martin Schencking, Welschneudorf
Else Schill, Syke
Dr. Rosemarie Schillemeit, Braunschweig
Dr. Marleen Schmeißer, Berlin
Willi Schmid, Rosenheim
Gabriele Schmidt, Attendorn
Hans-Jürgen Schmitt, Kronach
Dr. Thomas Schmitt, Fulda
Dr. Peter Schneider, Hamburg
Dr. Vera Schöne, Münster
Frank-Rudolf Schubert, Braunschweig
Dr. Henner Schultz, Weimar
Dr. Brigitte Seebacher, Rothenbach
Dietrich Seele, Porta Westfalica
Dr. Gustav Seibt, Berlin
Dr. Siegfried Seifert, Weimar
Kurt Siekmann, Recklinghausen
Dr. Sabine Solf, Wolfenbüttel
Detlev Spangenberg, Radebeul
Dr. Angela Spelsberg, Münster
Frank Sperrhacke, München
Holger Spies, Frankfurt a. M.
Gertrud Staffhorst, Karlsruhe
Monika Steffens, Köln
Prof. Dr. Matthias Steinhart, Würzburg
Hans Stellmacher, Itzehoe
Gabriele Stenger, Hanau
Dr. Hans-Peter Stöckmann, Wernigerode
Ilse Streit-Dewald, München
Eleonore Stückroth, Berlin
Ekkehard Taubner, Bergen / Vogtland
Nikolaus von Taysen, Baierbrunn
Ingrid Tempel, Hoyerswerda
Stefan Tönjes, Nordenham
Dr. Hans-Jürgen Ulonska, Erfurt
Hannelore Wagenknecht, Hildesheim
Dr. Markus Wallenborn, Worms
Kristina Wandt, Leipzig
Prof. Dr. Reinhard Wegner, Heidelberg
Prof. Dr. Detlef Wehling, Dudenhofen
Weimarer Zirkel e. V., Verein zur Förderung der Humanität
Ingrid-Ilse Weingärtner, Bonn
Dr. Helga Wichmann-Zemke, Osterholz-Scharmbeck
Prof. Dr. Reiner Wild, Heidelberg
Dr. Georg Winterstein, Bad Klosterlausnitz
Eberhard Wolff, Köln
Hagen Wolff, Celle
Dr. Regina Wuthe-Klinkenstein, Dedeleben
Gerd Ziegler, Weimar
Martina Zingg, Knonau (Schweiz)
Alexander von Zweidorff, Hamburg.

Dank für langjährige Mitgliedschaften in der Goethe-Gesellschaft im Jahr 2021

An dieser Stelle gilt unser herzlicher Dank all jenen Mitgliedern, die der Goethe-Gesellschaft seit Jahrzehnten angehören und ihr treu verbunden sind.

Im Jahr 2021 war 80 Jahre Mitglied der Goethe-Gesellschaft:

Dr. Gertrude Lückerath, Köln.

Im Jahr 2021 waren 65 Jahre Mitglied der Goethe-Gesellschaft:

Prof. Dr. Dietrich Babel, Marburg
Goethe-Museum Düsseldorf / Anton-und-Katharina-Kippenberg-Stiftung.

Im Jahr 2021 waren 60 Jahre Mitglied der Goethe-Gesellschaft:

Dr. Gisela Babel, Marburg
Dr. Willfried Denker, Bergisch Gladbach
Goethe-Gesellschaft Karlsruhe.

Im Jahr 2021 waren 55 Jahre Mitglied der Goethe-Gesellschaft:

Michael Baade, Rostock
Dr. Dirk Ippen, München
Friderun Korthaus, Freiburg i. Br.

Im Jahr 2021 waren 50 Jahre Mitglied der Goethe-Gesellschaft:

Ludwig Bein, Berlin
Dr. Dieter Gutekunst, Germering
Prof. Dr. Jörg Hacker, Berlin
Christa Laufs, Stuttgart
Paul Laufs, Stuttgart
Friedrich von Metzler, Frankfurt a. M.

Im Jahr 2021 waren 45 Jahre Mitglied der Goethe-Gesellschaft:

Prof. Dr. Rostislaw Danilewskij, St. Petersburg
Goethe-Gesellschaft Wetzlar
Prof. Dr. Joseph Anton Kruse, Berlin
Stephan Sawatzki, Dresden
Prof. Dr. Heinz Schlaffer, Stuttgart
Ursula Schmidt-Cohnen, Aachen
Christina Schuster, Jena
Jürgen Thomas, Riesa
Ellen Wallbaum, Hamburg.

Im Jahr 2021 waren 40 Jahre Mitglied der Goethe-Gesellschaft:

Irmgard Ahlers, Ludwigsfelde
Dr. Roland Busch, Rostock
Bernd-Ulrich Dietz, Gießen
Dr. Franz Dudenhöffer, Speyer
Winfried Falter, Bergisch Gladbach
Dr. Sieglinde Fechner, Leipzig
Dr. Dagmar von Gersdorff, Berlin
Prof. Dr. Georg Guntermann, Bonn
Christine Hanke, Werdau
Winfried Hanke, Werdau
Dr. Brigitte Hartung, Jena
Dr. Hartmut Heller, Halle/Saale
Dr. Heinz Kaiser, Berlin
Prof. Dr. Jürgen Keutel, Königswinter
Dr. Dietmar Lutz, Elmshorn
Ute Mayer, München
Prof. Dr. René-Marc Pille, Paris
Dr. Dr. Dieter Pocher, Güstrow
Rodrian Reinhart, Molfsee
Helga Schmidt, Zorneding
Dr. Rotraud Schmidt, Arnstadt
Andreas Schuster, Schweinfurt
Dr. Günter Steinberg, Altenberge
Dr. Einhard Weber, Creußen
Helga Zeidler, Buxtehude
Dr. John Ziebuhr, Aßlar.

Tätigkeitsberichte der Ortsvereinigungen für das Jahr 2020

Aufgrund der Corona-Pandemie konnten die für 2020 geplanten Veranstaltungen nicht oder nur zum Teil stattfinden.

Aachen (gegr. 1990)

Vorsitzender: Prof. Dr. Helmut Schanze, Laurentiusstr. 69, 52072 Aachen; stellv. Vorsitzende: Helga Schulz, Wiesenweg 49, 52072 Aachen. – Prof. Dr. Rüdiger Safranski (Badenweiler): *»Komm! ins Offene, Freund!«. Friedrich Hölderlin* (in Kooperation mit dem Kulturkreis *Luise und Mehr*). – Mitgliedertreffen in der Laurentiusstr: *Goethe im Garten.*

Altenburg (gegr. 1986)

Vorsitzende: Adelheid Friedrich, Zeitzer Str. 68 A, 04600 Altenburg; stellv. Vorsitzender: Friedrich Krause, Friedrich-Ebert-Str. 28 a, 04600 Altenburg. – Karin Kundt-Petters (Altenburg): *Phantastische Märchen in der Tradition Goethes.* – Altenburger Buchquartett in Lucka. – Dr. Roland Krischke (Altenburg): *Goethe und Heidelberg.* – Dr. Jens Riederer (Weimar): *»Ich bin heute zu Goethe zum Tee geladen«. Zur Herausbildung von Teegeselligkeit im Weimar der 1780er Jahre.* – Altenburger Buchquartett in Mockzig. – Dr. Dieter Gleisberg (Altenburg): *Münchhausens »Wunderbare Reisen zu Wasser und zu Lande«* (Vortrag zum 300. Geburtstag des Hieronymus Freiherr von Münchhausen). – Altenburger Buchquartett in Langenleuba Niederhain. – Prof. Dr. Wolfgang Holler (Weimar): *Käthe Kollwitz und Goethe.*

Aue-Bad Schlema (gegr. 1983)

Vorsitzender: Konrad Barth, Richard-Friedrich-Str. 3, 08301 Bad Schlema; stellv. Vorsitzender: PD Dr. Manfred Jähne, Seminarstr. 22 e, 08289 Schneeberg. – Führung im Museum Uranbergbau in Bad Schlema durch Hermann Meinel (Schneeberg). – Erhard Kühnel (Bad Schlema): *Die »Geschwinde Post«. Zur Postgeschichte der Bergstadt Schneeberg.* – PD Dr. Manfred Jähne (Schneeberg): *Dr. Friedrich Moritz Heymann (1828-1870), ein gebürtiger Schneeberger als Reformer der Augenheilkunde im Königreich Sachsen.*

Augsburg (gegr. 2005)

Vorsitzender: † Dr. Wolfgang Pollert, Prof.-Messerschmitt-Str. 30 b, 86159 Augsburg; stellv. Vorsitzender: Dr. Ulrich Hohoff, St.-Lukas-Str. 26, 86169 Augsburg. – Prof. Dr. Helmut Koopmann (Augsburg): *Hochgebirge und Sumpflandschaft. Spuren wirklicher Reisen in Goethes »Faust« und anderswo.* – Prof. Dr. Wolfgang Bunzel (Frankfurt a.M.): *Die Brentanos und Goethe. Stationen einer spannungsreichen Beziehung.* – Prof. Dr. Gert Völkl (Augsburg): *Beethoven und Goethe. Zum 250. Geburtstag des Komponisten.*

Bad Harzburg (gegr. 1947)

Vorsitzender: Wilfried Eberts, Hopfenstr. 6, 38667 Bad Harzburg; stellv. Vorsitzende: Anja Fuchs; Peter Wasmus, An den Flachsrotten 4, 38312 Börßum. – Katja Nordmann-Mörike (Bad Harzburg): *Annette von Droste-Hülshoff.* – Dr. Paul Kahl (Erfurt): *Goethe im Museum. Zur Kulturgeschichte des Dichterhauses.* – Katja Nordmann-Mörike (Bad Harzburg): *Wilhelm Hauff. Seine Werke und seine Biografie.* – Prof. Dr. André Niedostadek (Halberstadt): *Gauner, Gelehrte, Gerichtsbarkeit. Das Recht in der Goethezeit.*

Bergisch Gladbach (gegr. 2000)

Vorsitzende: Renate Arnold, Eschenbroichstr. 38, 51469 Bergisch Gladbach; stellv. Vorsitzender: Dr. Hans-Jürgen Schulte, Kalmüntener Str. 38, 51467 Bergisch Gladbach. – Kathrin Beddig (Pfinztal): *Eine literarisch-musikalische Hommage an Goethes »Chinesisch-Deutsche Jahres- und Tageszeiten«.* – Mathias Bröckers (Berlin): *»Newtons Gespenst und Goethes Polaroid. Über die Natur«* (Buchvorstellung). – Soloprogramm von und mit Volker Ranisch (Zürich): *»Des Lebens Überfluss«, eine Novelle von Ludwig Tieck.*
Die Goethe-Gesellschaft Bergisch Gladbach wurde 2020 aufgelöst.

Berlin (gegr. 1919, Neugründung 1987)

Vorsitzende: Beate Schubert, Fischottersteig 7, 14195 Berlin; stellv. Vorsitzender: Prof. Dr. Uwe Hentschel, Dahmestr. 115, 16341 Panketal. – Jahresthema: *Goethes ›Natur‹.* – Dr. Dr. h.c. mult. Manfred Osten (Bonn): *Goethes ganzheitliches Naturverständnis als Lyriker, Forscher und Pantheist.* – Tagesfahrt nach Weimar mit Führung durch die Ausstellung *Abenteuer der Vernunft* durch Dr. Thomas Schmuck. – Prof. Dr. Uwe Hentschel (Chemnitz, Berlin): *Naturgenie trifft auf Unnatur. Goethe, ein Lyriker des Sturm und Drang.* – Prof. Dr. Volker Hesse (Berlin): *Goethe im Netzwerk der Naturwissenschaften.* – PD Dr. Hans-Georg Bartel (Berlin): *Goethe und der Wandel der Chemie zur exakten Naturwissenschaft um 1800.* – Dr. Thomas Schmuck (Weimar): *Goethes Gespräch mit der Erde.* – Feier von Goethes 271. Geburtstag im Krongut Bornstedt/Sanssouci mit einer Lesung von Goethes *Reineke Fuchs* durch Joachim Berger. – Dr. Helmut Hühn (Jena): *Bewegliche Ordnung. Goethes Morphologie und Metamorphosen-Lehre.* – Prof. Dr. Friedrich Steinle (Berlin): *Goethes Farbenforschung im Kontext ihrer Zeit.*

Bonn (gegr. 1993)

Vorsitzender: Helmut Krumme, Ferdinandstr. 17, 53127 Bonn; stellv. Vorsitzender: Prof. Dr. Georg Schwedt, Lärchenstr. 21, 53117 Bonn. – Kathrin Beddig, Flöte (Pfinztal): *»Sehnsucht ins Ferne«. Literarisch-musikalische Hommage zu Goethes Gedichtzyklus »Chinesisch-Deutsche Jahres- und Tageszeiten«* (Gesprächskonzert und eigene Vertonungen). – Prof. Dr. Georg Schwedt (Bonn): *Goethe als Manager.* – Prof. Dr. Hartmut Reinhardt (Trier): *Das Erschrecken vor dem Ungebändigten. Goethes Auseinandersetzung mit der Französischen Revolution.*

Bremen (gegr. 1941)

Vorsitzender: Prof. Dr. Gert Sautermeister, Hans-Thoma-Str. 22, 28209 Bremen; stellv. Vorsitzender: Andreas Rumler, Wörther Str. 32, 28211 Bremen. – Udo Quak (Bremen-Syke): *Goethe und Wilhelm von Humboldt, Beginn einer Freundschaft.* – Prof. Dr. Hans-Wolf Jäger (Bremen): *Glanz des Verfalls, Eduard von Keyserling als Schriftsteller des Fin de Siècle.* – Anna Markova (Violine, Gesang), Gennady Kuznetsov (Rezitation, Gitarre): *Lebendige Klassik. Musik und Lyrik.*

Chemnitz (gegr. 1926)

Vorsitzender: Siegfried Arlt, Hüttenberg 13, 09120 Chemnitz; † Geschäftsführerin: Dr. Helga Bonitz, Hüttenberg 13, 09120 Chemnitz. – Dr. Dr. h.c. mult. Manfred Osten (Bonn), Dr. Friederike Frach (Berlin), Siegfried Arlt (Chemnitz): *Die blaue Stunde. Warum Goethe heute?* – Stephan Heinemann, Bariton; Konstanze Holitzer, Klavier; Steffi Böttger, Sprecherin (alle Dresden): *Walther von Goethe. Die Bürde eines großen Namens* (musikalisch-literarischer Salon). – *Goethes Geburtstagsfeier in Haselbach* mit Evelin und Hans Peter Thieme (Haselbach): *»Kennst du das Land, wo die Zitronen blühn«.* – PD Dr. Ulrich Kaufmann (Jena): *Schiller und Lenz. Zwei Dichter des »Kastratenjahrhunderts«.* – Dr. Andreas Eichler

(Niederfrohna): *»Von den Minnesängern bis Herder. Sprache und Eigensinn. Eine poetische Wanderung durch Mitteldeutschland«* (Buchpräsentation).

Darmstadt (gegr. 1948)

Vorsitzender: †Prof. Dr. Gernot Böhme, Rosenhöhweg 25, 64287 Darmstadt; stellv. Vorsitzende: Dr. Ute Promies, Alte Darmstädter Str. 40, 64367 Mühltal. – Exkursion zum Goetheanum in Dornach/Schweiz mit einem Vortrag von Prof. Dr. Gernot Böhme zu Goethes Naturbegriff und einer gemeinsamen Sitzung mit der naturwissenschaftlichen Sektion des dortigen Forschungsinstituts.
Die Goethe-Gesellschaft Darmstadt wurde 2020 aufgelöst.

Dessau – Anhaltische Goethe-Gesellschaft (gegr. 1925, Neugründung 2008)

Vorsitzender: Joachim Liebig, Bauhausstr. 14, 06846 Dessau-Roßlau; stellv. Vorsitzender: Dr. Steffen Kaudelka, Mainstr. 14, 06846 Dessau-Roßlau. – Kerstin Bittner (Dessau): *Trinakia, Insel der Sonne. Mit Odysseus und Goethe auf Sizilien.* – Vorstandsmitglieder der Goethe-Gesellschaft Dessau: *»Das ewig Weibliche«. Goethe und die Liebe* (Lesung). – Ines Gerds (Wörlitz): *»Zwischen Natur und behutsamer Kunst«. Ein Herbstspaziergang im Kühnauer Park.*

Dresden (gegr. 1926)

Vorsitzender: Dr. Jürgen Klose, Lahmannring 29, 01324 Dresden; stellv. Vorsitzende: Liane Schindler, Kipsdorfer Str. 192, 01279 Dresden. – Katrin Böhnisch (Dresden): *»Es klang so alt, und war doch so neu«. Richard Wagners »Meistersinger von Nürnberg«.* – Detlef Stapf (Hinrichshagen bei Greifswald): *»Caspar David Friedrich. Die Biografie«* (Buchvorstellung). – Prof. Dr. Peter Arlt (Gotha): *Neuentdeckungen zu Caspar David Friedrichs Wohnung im Haus An der Elbe 27 und die Malerfreundschaften mit August Heinrich und Caroline Bardua.* – Dietmar Schulze (Leipzig): *»daß ich in Leipzig glüklich seyn werde«. Ein Vortrag zu Schiller in Leipzig.* – Barbara Stave (Dresden): *Heinrich von Kleist. Der eilige Leser sei gewarnt!* – Katja Mauksch, Henrik Hoose (beide Dresden): *Konrad Engelbert Oelsner (1764-1828): »Luzifer oder gereinigte Beyträge zur Geschichte der französischen Revolution« (1797) und »Mohamed. Darstellung des Einflusses seiner Glaubenslehre auf die Völker des Mittelalters« (1809/10)* (Lesung); Einführung: Dr. Jürgen Klose, CD-Einspielungen mit Musik von Charles-Simon Catel und Carl Loewe. – Dr. Jürgen Klose (Dresden): *Rienzi, Rienzi, Rienzo.* Vortrag 1: *Der historische Rienzo. Rienzo/Rienzi in der Literatur bis Edward Bulwer-Lytton.* – Ulrike Richter (Leipzig): *Adelbert von Chamisso (1781-1838): »Peter Schlemihls wundersame Geschichte«* (Papiertheater).

Eisenach (gegr. 1979)

Vorsitzender: Gerhard Lorenz, Am Hängetal 5, 99817 Eisenach; stellv. Vorsitzender: Eberhard Kruse, Bohngartental 7, 99834 Gerstungen, OT Marksuhl. – Klaus-Werner Haupt (Spremberg): *Fürst Pückler und Theodor Fontane in England* (zum 200. Geburtstag von Theodor Fontane). – Auszeichnung und Prämierung des jeweils besten Abituraufsatzes der Eisenacher Gymnasien bzw. der besten Realschulprüfung an der Goethe-Schule Eisenach durch den Vorsitzenden der Goethe-Gesellschaft Eisenach.

Erfurt (gegr. 2014)

Vorsitzender: Bernd Kemter, Aga Lindenstr. 20, 07554 Gera; Geschäftsführer: Dieter Schumann, Pergamentergasse 37, 99084 Erfurt. – Richard Dollinger (Gera): *Sigmund Freud. Leiden an der Kultur* (anlässlich des 90. Jahrestages der Überreichung des Goethepreises der Stadt Frankfurt a. M.). – Dr. Francesca Müller-Fabbri (Weimar): *»Das Gefühl der Schönheit ist ein zartes Glück, und in der Kunst bleibt es ungetrübt«. Adele Schopenhauer als Künstlerin und Kunst-*

kritikerin. – Otti Planerer (Gera): *Vergnügliche Lesung zu Baron von Münchhausen.* – Sommerfest im Renaissanceschloss Ponitz mit Konzert des Duos *con emozione* im Festsaal, Besuch der Kirche mit Hörprobe der Silbermann-Orgel. – Herbstfest auf der Wachsenburg mit Spielmann Hans.

Erlangen (gegr. 2000)

Vorsitzender: Prof. Dr. Theo Elm, Holzleite 19, 91090 Effeltrich; Geschäftsführerin: Heida Ziegler, Im Herrengarten 6, 91054 Buckenhof. – Prof. Dr. Mathias Mayer (Augsburg): *»Die einzigste Gestalt«. Goethes Liebe zum Superlativ.* – Dr. Peter Neumann (Weimar): *Jena 1800. Die Republik der freien Geister* (Lesung und Gespräch). – Fotoschau zur Studienreise nach Nebra, Dessau, Wörlitz und Köthen.

Essen (gegr. 1920)

Vorsitzender: Dr. Bertold Heizmann, Gewalterberg 35, 45277 Essen; stellv. Vorsitzender: Dr. Hans-Joachim Gaffron, Listerstr. 11, 45147 Essen. – Arin Haideri (Bielefeld): *»Für 10 Mark kommt man in die beste Gesellschaft«. Die Gründung der Goethe-Gesellschaft im Kaiserreich.* – Prof. Dr. Rainer M. Holm-Hadulla (Heidelberg): *»Sympathy for the Devil«. Die künstlerische Bewältigung des Bösen am Beispiel von Johann Wolfgang Goethe, Sigmund Freud und Mick Jagger (Rolling Stones).* – Dr. Dieter Strauss (München): *Engel sollen nicht sterben. Über die Legende Marlene Dietrich.*

Freiburg i. Br. (gegr. 1999)

Vorsitzender: Dr. Christoph Michel, Sickingenstr. 25, 79117 Freiburg i. Br.; Geschäftsführer: Clemens Kleijn, Am Schaienbuch 26, 78054 Schwenningen. – Dr. Christoph Michel (Freiburg i. Br.): *»Programm und Fragment«. Goethes produktiver Briefwechsel 1820-1831 mit dem Gräzisten Gottfried Hermann (1772-1848)* (Vortrag mit Lichtbildern). – *Chor der Bücherwürmer*: Als Hommage an die Buchhandlung zum Wetzstein (1978-2019) berichteten die Freiburger Bücher-Freundinnen und -Freunde Dr. Gesa von Essen, Prof. Dr. Ralf von den Hoff, Barbara Kiem, Dr. Christoph Michel, Katharina Nast und Sabine Scharberth von prägenden Leseerlebnissen; mit Zwischenspielen von Ekkehard Weber, Viola da gamba d'amore. – Prof. Dr. Ralph Häfner (Freiburg i. Br.): *Mythos, Bild, Wissenschaft. Goethe und die Methodendiskussion am Anfang des 19. Jahrhunderts.* – *Blicke von unten auf den Krieg mit Frankreich 1792-1794* (Matinee mit gemeinsamer Lektüre von Auszügen aus dem Tagebuch von Johann Conrad Wagner, dem Kämmerier des Herzogs Carl August von Weimar, geleitet von Dr. Christoph Michel). – Dr. Edith Zehm (Gilching): *»Meine Erfahrungen in dem gegenwärtigen Kriege«. Johann Conrad Wagners Tagebuch des Feldzugs mit Herzog Carl August von Weimar nach Frankreich (1792-1794)* (Vortrag mit Lichtbildern). – Prof. Dr. Achim Aurnhammers Abschiedsvorlesung *Arthur Schnitzlers Schlüsse* und anschließende kollegiale Würdigungen von Prof. Dr. Werner Frick, Prof. Dr. Dieter Martin und anderen per Livestream aus einem Hörsaal der Universität. – Prof. Dr. Achim Aurnhammer (Freiburg i. Br.): *Schillers Schädel in Goethes Hand. Das Terzinengedicht »Im ernsten Beinhaus war's« im Kontext von Goethes Gedächtnis-Poetik und -Politik* (digital verbreiteter Vortrag mit einer Rezitation von Gregor Biberacher).

Fulda (gegr. 2019)

Vorsitzender: Reinhard Schwab, Akazienweg 2, 36157 Ebersburg; stellv. Vorsitzender: Helmut Sämann, Brüsseler Str. 9, 36039 Fulda. – Dr. Paul Kahl (Erfurt): *Goethe und das Christentum.* – Es fanden zwei literarisch-gesellige »*Verweile doch«-Treffen* der Mitglieder in Fulda statt.

Gera (gegr. 2006)

Vorsitzender: Bernd Kemter, Aga Lindenstr. 20, 07554 Gera; Geschäftsführerin: Elke

Sieg, Zum Wiesengrund 3, 04626 Schmölln. – Richard Dollinger (Gera): *Sigmund Freud. Leiden an der Kultur* (anlässlich des 90. Jahrestages der Überreichung des Goethepreises der Stadt Frankfurt a. M.). – Dr. Francesca Müller-Fabbri (Weimar): *»Das Gefühl der Schönheit ist ein zartes Glück, und in der Kunst bleibt es ungetrübt«. Adele Schopenhauer als Künstlerin und Kunstkritikerin.* – Otti Planerer (Gera): *Vergnügliche Lesung zu Baron von Münchhausen.* – Sommerfest im Renaissanceschloss Ponitz mit Konzert des Duos *con emozione* im Festsaal, Besuch der Kirche mit Hörprobe der Silbermann-Orgel. – Herbstfest auf der Wachsenburg mit Spielmann Hans.

Gotha (gegr. 1985)

Vorsitzende: Kerstin Brauhardt, Waltershäuser Str. 71, 99867 Gotha; stellv. Vorsitzende: Marion Merrbach, Mönchelstr. 3, 99867 Gotha. – Dr. Gerhard Müller (Jena): *Jena, Goethe und die Freimaurerei.* – Dr. Reinhard Laube (Weimar): *Goethes Abschied von Alteuropa. Gräber, Gärten und Erinnerungen.*

Güstrow (gegr. 1982)

Vorsitzende: Dr. Elisabeth Prüß, Seidelstr. 5, 18273 Güstrow; stellv. Vorsitzende: Anneliese Erdtmann, Prahmstr. 28, 18273 Güstrow. – Gisela Scheithauer (Güstrow): *Closter-Sache Rühn. Die Regentinnen und ihr Konvent.* – Dr. Erwin Neumann (Güstrow): *Goethe und das Alter.* – Gisela und Manfried Scheithauer (Güstrow): *Lesung der Briefe von Ernst Barlach an Marga Böhmer.* – Dr. Reinhard Lochner (Leipzig): *»Fabula. Fabeln & Glossen«* (Buchvorstellung mit Lesungen durch Manfried Scheithauer).

Gunzenhausen (gegr. 1998)

Vorsitzender: Dr. Johann Schrenk, Alramweg 3, 91187 Röttenbach; stellv. Vorsitzende: Bärbel Ernst, Auergasse 10, 91710 Gunzenhausen.

Halle (gegr. 1947, Neugründung 1964)

Vorsitzender: Prof. Dr. Hans-Joachim Kertscher, Spitze 4 a, 06184 Kabelsketal; Geschäftsführerin: Dr. Heidi Ritter, Dölauer Str. 54, 06120 Halle. – Prof. Dr. Dieter Dolgner (Halle): *Goethe und die Alltagsarchitektur in Weimar.* – Prof. Dr. Wolfgang Bunzel (Frankfurt a. M.): *»Bettines letzte Liebe«. Der Briefwechsel zwischen Bettine von Arnim und Julius Döring.* – Prof. Dr. Hans-Joachim Kertscher (Halle): *»Was bleibet aber?«. Friedrich Hölderlin in der Kulturgeschichte.*

Hamburg (gegr. 1924)

Vorsitzende: Ragnhild Flechsig, Gustav-Falke-Str. 4, 20144 Hamburg; stellv. Vorsitzender: Dr. Uwe Petersen, Beim Schillingsstift 4, 22589 Hamburg; stellv. Vorsitzender seit März 2020: Heinz Grasmück, Grindelallee 139, 20146 Hamburg. – Prof. Dr. Albert Meier (Kiel): *»Was die Welt im Innersten zusammenhält«. Johann Wolfgang von Goethe: »Faust I« und »Faust II«.* – Prof. Dr. Wolfgang Bunzel (Frankfurt a. M.): *Bettine von Arnim: »Letzte Liebe. Das unbekannte Briefbuch«.* – Peter Bieringer (Hamburg): *Goethes »Dichtung und Wahrheit«* (Lesung). – Prof. Dr. Albert Meier (Kiel): *»Was die Welt im Innersten zusammenhält«. Johann Wolfgang von Goethe: »Faust I« und »Faust II«* (Wiederholung des Vortrags, nur für Lehrkräfte). – Prof. Dr. Alice Stašková (Jena): *»Das Mütterchen hat Krallen«. Mit Franz Kafka in Prag.* – Prof. Dr. Annelore Engel (Hamburg): *Russische Dichter und Goethe.*

Hannover (gegr. 1925)

Vorsitzende: Elke Kantian, Ferdinand-Wallbrecht-Str. 64, 30163 Hannover; stellv. Vorsitzender: Dr. Jonas Maatsch, Akademie der Wissenschaften zu Göttingen, Theaterstr. 7, 37073 Göttingen. – Dr. Eleonore Büning (Berlin): *»Abends bey Beethoven. Er spielte köstlich«. Goethe und Beethoven.* – Prof. Dr. Peter Gülke (Weimar): *»Genie in einem großen Schatten«. Zum 110. Geburtstag von Robert Schumann.* – Juan Guse (Hannover):

Mein Goethe. – Jan Kollwitz (Cismar): *»Ich bin aus der Wahrheit der fünf Sinne«.* – Prof. Dr. Dr. h.c. Heinrich Detering (Göttingen): *Metamorphosen im Meer. Goethes »Metamorphose der Pflanzen« und der »Faust«.* – Weitere Folgen eines Veranstaltungszyklus von Hanjo Kesting (Hamburg) mit seinen Kommentaren zu Werken der Vortragsreihe: *Erfahren, woher wir kommen. Große Erzählungen der Weltliteratur.* Aus folgenden Erzählungen lasen: Christian Brückner: *Hermann Melville: »Bartleby, der Schreiber«.* – Frank Arnold: *Johann Wolfgang von Goethe: »Novelle«.* – Thomas Sarbacher: *Guy de Maupassant: »Boule de Suif«.*

Heidelberg (gegr. 1967)

Vorsitzende: Dr. Letizia Mancino-Cremer, Mombertplatz 23, 69126 Heidelberg; stellv. Vorsitzender: Prof. Dr. Dr. h.c. Dieter Borchmeyer, Osterwaldstr. 53, 80805 München. – Prof. Dr. Dr. h.c. Dieter Borchmeyer (Heidelberg, München): *»Die Insel der seligen Phäaken«. Goethe in Sizilien*; Johannes Vogt (Heidelberg), Laute. – Prof. Dr. Rainer M. Holm-Hadulla (Heidelberg): *»Daß ich Eins und doppelt bin«. Die Aktualität von Goethes Liebesbeziehungen*, Dorothea Paschen und Helga Karola Wolf (beide Heidelberg), Rezitation; Brigitte Becker und Jutta Steyer (Heidelberg), Klavier. – Prof. Dr. Claudia Erbar (Heidelberg): *Goethe und die Botanik.* – Dr. Letizia Mancino-Cremer, Andreas Cooper (beide Heidelberg): *»Und selbst dein Name ziert, Corona, dich«. Hommage an Corona Schröter.* – Prof. Dr. Uwe Steiner (Hagen, Heidelberg): *Krise und Krankheit. Goethe und die Medizin.*

Ilmenau (gegr. 1963)
Förder- und Freundeskreis Goethemuseen und Goethe-Gesellschaft Ilmenau-Stützerbach (ab 2006)

Vorsitzender: Heinz Ewald, Schleusinger Str. 86, 98714 Stützerbach; stellv. Vorsitzender: Martin Strauch, Am Markt 5, 98693 Ilmenau.

Jena (gegr. 1922)

Vorsitzende: Prof. Dr. Alice Stašková, Friedrich-Schiller-Universität, Institut für Germanistische Literaturwissenschaft, Fürstengraben 18, 07743 Jena; stellv. Vorsitzende: Prof. Dr. Klaus Manger, Sonnenbergstr. 9, 07743 Jena; Melanie Hillerkus, Friedrich-Schiller-Universität Jena, Institut für Germanistische Literaturwissenschaft, Fürstengraben 18, 07743 Jena. – Dr. Francesca Müller-Fabbri (Weimar): *Adele Schopenhauer. Autorin und Künstlerin zwischen Goethezeit und Vormärz.* – Prof. Dr. Frank Hellwig (Jena): *Pflanzen anschauen mit Goethe. Von Metamorphosen und Spiraltendenzen.* – Folgender Vortrag wurde im Netz angeboten: Dr. Gerrit Brüning (Weimar): *Einblicke in die historisch-kritische Edition von Goethes »Faust«.*

Karlsruhe (gegr. 1960)

Vorsitzende: PD Dr. Beate Laudenberg, Moldaustr. 10a, 76149 Karlsruhe; Vorsitzender seit September 2021: Dr. Gerhard Friedl, Mahlbergstr. 21, 76307 Karlsbad; stellv. Vorsitzender: Dr. Rüdiger Schmidt, Graf-Galen-Str. 40, 76189 Karlsruhe; stellv. Vorsitzende seit September 2021: PD Dr. Beate Laudenberg, Moldaustr. 10a, 76149 Karlsruhe. – Dr. Mark Lehmstedt (Leipzig): *Der Mittelpunkt der Bücherwelt. Die Buchstadt Leipzig im 18. Jahrhundert.* – Prof. Dr. Stefan Matuschek (Jena): *Goethe und die Mythologie.* – Dr. Eva Hirtler (Karlsruhe): *Vom Dunkel zum Licht. Momente des Utopischen im Werk Beethovens.*

Kassel (gegr. 1949)

Vorsitzender: Dr. Stefan Grosche, Tränkeweg 1, 34537 Albertshausen; Geschäftsführerin: Maja Fischer, Friedhofsweg 1, 34466 Wolfhagen-Niederelsungen. – Dr. Carina Weißmann (Kassel): *Leonardo in Kassel. Schüler, Sammler, schöne Frauen.* – Karl-Ernst Gent (Kassel): *»Gedanken über Goethe in dürftiger Zeit«. Goethes Alterslyrik.* – Lesung und Musik anlässlich des 130. Geburtstags: Franz Werfels *Geschichte vom wiederhergestellten Kreuz* (Rezitation: Gudrun Sander; Musik: Susanne Hartig, Violoncello). – Szenische Lesung aus dem Briefwechsel zwischen Thomas Bernhard und Siegfried Unseld mit Harald Pfeiffer (Gießen) und Michael Kaiser (Kassel).

Kiel (gegr. 1947)

Vorsitzender: Dr. Malte Denkert, Geibelallee 4, 24116 Kiel; Geschäftsführer: Dr. Julius Pfeiffer, Moltkestr. 76, 24105 Kiel. – Dr. Bodo Heimann: *Mein Goethe.* – Prof. Dr. Albert Meier (Kiel): *Johann Wolfgang von Goethe: »Faust«. Ein Vortrag für Schülerinnen und Schüler zum Themenkorridor Deutsch* (Gemeinschaftsveranstaltung mit dem Institut für Qualitätsentwicklung an Schulen Schleswig-Holstein IQSH). – Die Goethe-Gesellschaft Kiel organisierte eine Veranstaltung für Schülerinnen und Schüler einer Grundschule, in der der Lyriker Arne Rautenberg für zwei 4. Klassen aus seinen Gedichten vortrug.

Köln (gegr. 1984)

Vorsitzender: Dr. Markus Schwering, Max-Liebermann-Str. 1, 51375 Leverkusen; Vorsitzender seit September 2021: Prof. Dr. Rudolf Drux, Märchenstr. 1, 51067 Köln; stellv. Vorsitzender: Peter Krüger-Wensierski, Brombeerweg 11, 51519 Odenthal; stellv. Vorsitzender seit September 2021: Dr. Markus Schwering, Max-Liebermann-Str. 1, 51375 Leverkusen. – Prof. Dr. Rolf Selbmann (München): *Von der Krim bis nach China. Eine Rundreise durch Goethes Orient.* – Prof. Dr. Norbert Mecklenburg (Köln): *Eine Balkan-Ballade wird Weltliteratur. Goethes Bearbeitung des »Klaggesangs von der edlen Frauen des Asan Aga«.* – Folgende Vorträge wurden im Netz angeboten: Prof. Dr. Helmut Schmiedt (Koblenz): *Der doppelte Werther. Wie Goethe eigene Werke grundlegend überarbeitete.* – Dr. Markus Schwering (Köln): *Goethe und Balzac.* – Prof. Dr. Rudolf Drux (Köln): *»Die Kraniche des Ibykus«. Eine klassische Ballade von Schiller nach einer »Idee« von Goethe.* – Dr. Helga Lühning (Bonn): *Goethe und Beethoven.* – Dr. Helmut Hühn (Jena): *Gestaltenlehre ist Verwandlungslehre. Goethes Morphologie.*

Kronach (gegr. 1990)

Vorsitzender: Hans-Jürgen Schmitt, Fehnstr. 51, 96317 Kronach; stellv. Vorsitzender: Herbert Schwarz, Gießübel 38, 96317 Kronach.
Die Goethe-Gesellschaft Kronach wurde 2020 aufgelöst.

Leipzig (gegr. 1925)

Vorsitzender: Michael Pahle, Blüthnerstr. 1, 04179 Leipzig; stellv. Vorsitzende: Dr. Maria-Verena Leistner, Brockhausstr. 61, 04229 Leipzig. – Prof. Dr. Ludwig Stockinger (Leipzig): *»Schützet immer mein kleines, mein artiges Gärtchen«. Der Garten als Metapher für die Liebe in der Moderne in Goethes »Römischen Elegien«.* – Dr. Katrin Löffler (Leipzig): *Zwischen Herrschaft und Gesinde. Alltag eines Haushofmeisters im 18. Jahrhundert.* – Dr. habil. Matthias Löwe (Jena): *»Der alten Götter bunt Gewimmel« oder »Einer nur im Himmel«. Eingottglaube und Vielgötterei bei Goethe.* – Dr. Helmut Hühn (Jena): *Das Gedicht als Denkmal. Goethes »Epilog zu Schillers Glocke«. Goethe und Schiller, Freiheit, Geist und Sinnenfreude in Leipzig* (Veranstaltung zum Goethe-Geburtstag). – Dreitägige Kulturfahrt nach Südthüringen: Henneberger Land.

Ludwigsburg (gegr. 1998)

Vorsitzender: Werner Fleig, Hoferstr. 25, 71636 Ludwigsburg; stellv. Vorsitzende: Christel Rabe, Marbacher Str. 213, 71642 Ludwigsburg. – Neujahrsempfang mit Andreas Martin (Barcelona): *Die Beziehung Goethes zur Musik* (musikalisches Rahmenprogramm und Vortrag). – Stephan Schäfer (Köln): *»Das Römische Carneval« aus der »Italienischen Reise«.* – Dr. Werner Heil (Ludwigsburg): *Goethes »Faust« lesen und* *verstehen* (in Kooperation mit der Volkshochschule Ludwigsburg). – *Goethes italienische Reise. Eine fotografische Spurensuche* von Helmut Schlaiß, Fotograf in Langenau (Vortrag, Vernissage, Ausstellung und Finissage in Kooperation mit der Volkshochschule Ludwigsburg und dem Literaturfestival der Stadt Ludwigsburg).

Mannheim Rhein-Neckar (gegr. 2010)

Vorsitzender: Dr. Jens Bortloff, Krautgartenweg 12, 68239 Mannheim; stellv. Vorsitzende: Liselotte Homering, Neue Heimat 21, 68305 Mannheim. – Denis Bode, Dr. Jens Bortloff (beide Mannheim): *FAUST LIVE 1: Lesung mit Gespräch auf Instagram: »Zueignung«.* – Dies.: *FAUST LIVE 2: Lesung mit Gespräch auf Instagram: »Vorspiel auf dem Theater«.* – Dies.: *FAUST LIVE 3: Lesung mit Gespräch auf Instagram: »Prolog im Himmel«.* – Dies.: *FAUST LIVE 4: Lesung mit Gespräch auf Instagram: »was die Welt im Innersten zusammenhält«.* – Dies.: *FAUST LIVE 5: Lesung mit Gespräch auf Instagram: Fausts unerträgliche Begegnung mit dem Erdgeist.* – Dies.: *FAUST LIVE 6: Lesung mit Gespräch auf Instagram: »Wenn ihr's nicht fühlt, ihr werdet's nicht erjagen«. Wagner bei Faust, die Komödie in der Tragödie.* – Dies.: *FAUST LIVE 7: Lesung mit Gespräch auf Instagram: Das Monodrama: »Wenn wir zum Guten dieser Welt gelangen, dann heißt das Bess're Trug und Wahn«.* – Exkursion zum Goethe-Felsen in Darmstadt. – Prof. Dr. Jochen Hörisch (Mannheim): *Die dunkle Kammer. Medien- und Hände-Motive in Goethes Werk.*

München (gegr. 1917)

Vorsitzender: Prof. Dr. Rolf Selbmann, Institut für Deutsche Philologie, Schellingstr. 3, 80799 München; stellv. Vorsitzender: Dr. Johannes John, Bayerische Akademie der Wissenschaften, Alfons-Goppel-Str. 11, 80539 München. – Vortragszyklus I: *Zur Aktualität des »Divan«* (Teil 2): Dr. Joachim Seng (Frankfurt a.M.): *»Süßes Dichten, lautre Wahrheit«. Marianne von Willemers Anteil am »West-östlichen Divan«.* – Dr. Johannes John (München): *»ins Land der Dichtung gehen«. Die »Noten und Abhandlungen« zum »Divan«.* – Vortragszyklus II: *Goethes italienische Reise, neu betrachtet* (Teil 1): Prof. Dr. Rolf Selbmann (München): *Goethe in der Campagna. Die Geschichte hinter dem Bild.*

Naumburg (gegr. 1988)

Vorsitzende: Dr. Irene Traub-Sobott, Bergbigstr. 8 D, 06628 Naumburg OT Bad Kösen; stellv. Vorsitzende: Susanne Kröner, Lepsiusstr. 9, 06618 Naumburg. – Dr. Sven Pabstmann (Halle): *Die bürgerlichen Kunstsammlungen des Goethezeitalters in Leipzig.* – Heidemarie Stein (Naumburg): *Schillers Nachruhm.* – Mitglieder der Goethe-Gesellschaft Naumburg: *Goethe hat Geburtstag. Texte von und über Goethe.*

Nordenham (gegr. 1946)

Vorsitzender: Dr. Burkhard Leimbach, Im Sonnenwinkel 4, 26954 Nordenham; Vorsitzende seit Februar 2020: Stefanie Seyfarth, Seedorffstr. 5, 26954 Nordenham; stellv. Vorsitzender: Stefan Tönjes, Goethestr. 5, 26954 Nordenham. – Prof. Dr. Uwe Hentschel (Chemnitz, Berlin): *»Die Utopie von der vernünftigen Lust«. Erotische Literatur im 18. Jahrhundert.* – *Prisma*: Franciska Haidu (Violine), David Budai (Viola da Gamba), Elisabeth Champollion (Blockflöte), Alon Sariel (Mandoline, Laute): *»Il Transilvano«. Kunstmusik und Tanzmusik aus Ungarn und Italien.* – Dr. Bertold Heizmann (Essen): *»Im Schatten Goethes. Kotzebue«* (Buchvorstellung). – *Duo Schepansky-Kaulartz*: Julius Schepansky (Akkordeon), Michael Kaulatz (Fagott): *Werke von Bach, Telemann, Vivaldi und Scarlatti.* – Dr. Markus Wallenborn (Worms): *Die Vereinnahmung Goethes im Nationalsozialismus.* – Caterina Lichtenberg, Mike Marshall (Mandolinen): *Von Bach bis Bluegrass.* – *Wildes Holz*: Tobias Reisige (Blockflöten), Markus Conrads (Kontrabass, Mandoline), Djamel Laroussi (Gitarre): *Jahresendmusik.*

Nürnberg (gegr. 1995)

Vorsitzende: Dr. Claudia Leuser, Maxplatz 30, 90403 Nürnberg; stellv. Vorsitzender: Dr. Günther Kraus, Kachletstr. 13, 90480 Nürnberg. – Prof. Dr. Wolfgang Bunzel (Frankfurt a. M.): *Bettine von Arnim: »Letzte Liebe. Das unbekannte Briefbuch«. Korrespondenz mit Julius Döring* (Lesung). – Prof. Dr. Bernhard Lang (Paderborn): *»Aus dem Leben eines Taugenichts«. Eichendorffs Erzählung, noch einmal gelesen.* – Dr. Claudia Leuser (Nürnberg): *Der jüdische Aufklärer Moses Mendelssohn und seine Botschaft für unsere Zeit.*

Oldenburg (gegr. 1987)

Vorsitzende: Dr. Katrin Henzel, Carl-von-Ossietzky-Universität Oldenburg, Fakultät III – Sprach- und Kulturwissenschaften, Institut für Germanistik, 26111 Oldenburg; stellv. Vorsitzende: Kristin Eilert, Haareneschstr. 88, 26121 Oldenburg. – Dr. Valérie Leyh (Namur): *Schreiben und Handeln gegen das Okkulte. Elisa von der Recke und die Cagliostro-Affäre.* – Dr. Katrin Henzel (Oldenburg): *Romantische Dichterwerkstätten.* – Im Januar und Februar 2020 fand jeweils ein Lesekreis statt.

Plauen (gegr. 1946)

Vorsitzende: Dr. Barbara Pendorf, Wagnerstr. 45, 08523 Plauen; stellv. Vorsitzende: Sabine Schott, Reißiger Str. 83, 08525 Plauen. – Dr. Annette Seemann (Weimar): *Der Beruf der Hofdame im Allgemeinen, im klassischen Weimar im Besonderen.* – Prof. Dr. Rüdiger Bernhardt (Bergen): *Goethe und Gerhart Hauptmann.* – Prof. Dr. Jochen Golz (Weimar): *Zehn gute Gründe, auch heute noch Goethe zu lesen.* – Margrit Straßburger (Berlin): *»Willst du dein Herz mir schenken?«. Aus dem Leben der Anna Magdalena Bach.* – Dr. Dieter Strauss (München): *Julia da Silva-Bruhns, die starke Brasilianerin hinter der Schriftstellerfamilie Mann.* – Prof. Dr. Reiner Neubert (Zwickau): *Rübezahl – ein Geist? Ein Gott? Ein Eulenspiegel?*

Pößneck (gegr. 1983)

Vorsitzender: † Karl-Hermann Röser, Raniser Str. 50, 07381 Pößneck; Vorsitzender seit Januar 2022: Michael Modde, Hohe Str. 64, 07381 Pößneck; stellv. Vorsitzende und von Mai 2021 bis Januar 2022 geschäftsführende Vorsitzende: Elke Kehr, Saalfelder Str. 86, 07381 Pößneck; stellv. Vorsitzende seit Januar 2022: Manuela Wawrzik, Ernst-Thälmann-Str. 17, 07381 Pößneck. – Prof. Dr. Werner Greiling (Jena): *Goethes Kommissions-Rath. Die Erfolgsgeschichte des Buchhändlers Johann Karl Gottfried Wagner.*

Ravensburg (gegr. 2012)

Vorsitzender: Dr. Franz Schwarzbauer, Gebhard-Fugel-Weg 31, 88214 Ravensburg; stellv. Vorsitzende: Renate Igel-Schweizer, Liebenhofen 25, 88287 Grünkraut. – Vorstandsmitglieder: *Apéro 2020 mit Vorstellung des Jahresthemas 2020 »Niemand weiß, wie lang' er es hat, was er ruhig besitzet«* (Goethe: *Herrmann und Dorothea*). – Besuch der Hölderlin-Ausstellung in Tübingen. – Wochenend-Exkursion auf den Spuren Schillers in Marbach. – Dr. Franz Schwarzbauer in Vertretung von Prof. Dr. Dieter Lamping (Mainz): *»Der Abschluss von Jahrtausenden«. Karl Jaspers über Goethe.* – Prof. Dr. Jürgen Goldstein (Koblenz): *Natur erleben, Revolution betreiben. Über Georg Forster.*

Rosenheim (gegr. 1999)

Vorsitzender: Ulrich Noltenhans, Schillerstr. 22a, 83024 Rosenheim; stellv. Vorsitzende: Dr. Barbara Mütter, Rehleitenstr. 3, 83098 Brannenburg. – Prof. Dr. Jochen Golz (Weimar): *Goethes »Faust II«, ein Spiegel der Moderne.* – Martin Pfisterer (München): *Thomas Bernhard: »Auslöschung. Ein Zerfall«* (Lesung). – Andreas Salomon (Rosenheim): *Fortunato und Fernanda Zanobini. Italienische ZwangsarbeiterInnen. Eine Wiederfindung in 16 Stationen.* – Prof. Dr. Dietmar Hundt (Rosenheim): *Goethe und Christiane im Spiegel ihres Briefwechsels 1792-1816.*

Rothenburg o. d. T. (gegr. 1996)

Vorsitzender: Herbert Krämer-Niedt, Pfeifersgässchen 8, 91541 Rothenburg o. d. T.; stellv. Vorsitzender: Erich Landgraf, Nuschweg 9, 91541 Rothenburg o. d. T. – Herbert Krämer-Niedt (Rothenburg o. d. T.): *Ein Lebensbild des Hans Sachs.*
Die Goethe-Gesellschaft Rothenburg o. d. T. wurde 2021 aufgelöst.

Rudolstadt (gegr. 1975)

Vorsitzender: Hans-Günther Otto, Ahornweg 55, 07407 Rudolstadt; stellv. Vorsitzender: Burkhard Grüner, Höhenblick 1, 07426 Dröbischau. – Dr. Christoph Michels (Rudolstadt): *Die Goethe-Gesellschaft Rudolstadt auf Exkursion nach Meiningen, Bauerbach und im Henneberger Land* (Videopräsentation). – PD Dr. Ulrich Kaufmann (Jena): *»unaufhörlich Lenz gelesen«. Friedrich Schiller und Jakob Michael Reinhold Lenz.* – Dr. Ulrike Leuschner (Darmstadt): *»Dieser eigne Mann, der auf mein Leben den größten Einfluß gehabt«. Die schwierige Freundschaft zwischen Goethe und Johann Heinrich Merck.* – Hans-Günther Otto (Rudolstadt): *»denn wer die Weiber haßt, wie kann der leben?«. Goethe und die Frauen.*

Saalfeld (gegr. 1966)

Vorsitzender: Dr. Stefan Efler, Mozartstr. 12, 07318 Saalfeld; stellv. Vorsitzender: Martin Picard, Schillerstr. 18, 07318 Saalfeld. – Dr. Bernhard Fischer (Weimar): *Der Olympier und sein Verleger. Johann Friedrich Cotta.* – Dr. Francesca Müller-Fabbri (Weimar): *»Das Gefühl der Schönheit ist ein sanftes Glück, und in der Kunst bleibt es ungetrübt«. Adele Schopenhauer (1797-1849) als Künstlerin und Kunstkritikerin.* – Dr. Ulrike Leuschner (Darmstadt): *»Dieser eigne Mann, der auf mein Leben den größten Einfluß gehabt«. Die schwierige Freundschaft zwischen Goethe und Johann Heinrich Merck.* – Dr. Claudia Taszus (Jena): *Ernst Haeckel und das naturwissenschaftliche Erbe Goethes.*

Siegburg (gegr. 2000)

Vorsitzender: Paul Remmel, Wolsdorfer Str. 42e, 53721 Siegburg; Geschäftsführer: Franz Josef Wiegelmann, Töpferstr. 23, 53721 Siegburg. – Besuch der Grabstätte von Maximilian Jacobi auf dem Alten Friedhof in der Johannesstraße in Siegburg. Die Ortsvereinigung pflegt im Rahmen einer Patenschaft die Grabanlage. – Ausflug nach Bonn und Besuch der Ausstellung *Beethoven – Welt.Bürger. Musik.* – Franz Josef Wiegelmann (Siegburg): *Das Beethovenfest 1845. Eine Bönnsche Posse oder: Aller Anfang ist schwer* (Dia-Vortrag).

Sondershausen (gegr. 1973)

Vorsitzende: Dr. Barbara Heuchel, Wilhelm-Külz-Str. 7, 99706 Sondershausen; Geschäftsführerin: Heide Schödl, August-Bebel-Str. 77, 99706 Sondershausen. – *Theater unterm Dach*, Nordhausen: *Erzähltheatersolo »Effi Briest« nach Theodor Fontane.* – Heidelore Kneffel (Nordhausen): *Wilhelm und Caroline von Humboldt.* – Dr. Heidi Ritter (Halle): *»Es war einmal«. Vor 200 Jahren erschienen die Kinder- und Hausmärchen der Brüder Grimm.* – Dr. Barbara Heuchel, Edith Baars (beide Sondershausen): *Goethes Vorfahren im Kyffhäuserkreis.* – Prof. Dr. Hans-Dieter Göring (Dessau): *Auf Fontanes Spuren in Mitteldeutschland.* – Dr. Bertold Heizmann (Essen): *»Dieser, mein Sohn, war verloren und ist wiedergefunden worden«. Heimkehr als literarisches Motiv.*

Ulm und Neu-Ulm (gegr. 1997)

Vorsitzender: Ernst Joachim Bauer, Wacholderweg 8, 89150 Laichingen; stellv. Vorsitzender: Eberhard Retter, Steinhövelstr. 2, 89075 Ulm. – Walter Frei (Ehingen): *Hölderlin: »Fragment von Hyperion«.* – Barbara Kiem (Freiburg i. Br.): *Johann Gottfried Herders Betrachtungen zur Musik.* – Dr. Dieter Strauss (München): *Zwölftoninfarkt. Thomas Manns »Doktor Faustus«.* – Jürgen Kaube (Frankfurt a. M.): *Hegels Welt.* – Museum Ulm: Besuch der Ausstellung *Transhuman* und Blick hinter die Kulissen.

Vest-Recklinghausen, Sitz in Marl (gegr. 1999)

Vorsitzender: Dr. Hans-Ulrich Foertsch, Römerstr. 38, 45772 Marl; stellv. Vorsitzende: Hedda Buckendahl, Im Bueschken 1, 45659 Recklinghausen.

Waldshut-Tiengen (gegr. 1993, Neugründung 2000)

Vorsitzender: Dr. Friedrich Schlegel, Saderlacher Weg 3 b, 79761 Waldshut-Tiengen; stellv. Vorsitzender: Gerry Meyer-Schierholz, Amthausstr. 1 a, 79761 Waldshut-Tiengen. – Goethes Geburtstagsfeier mit Lesung aus *Goethe und der liebe Gott* von Dr. Thomas Kaiser und fiktivem Gespräch mit Goethe an seinem 271. Geburtstag von Eva Berberich.

Wetzlar (gegr. 1973)

Vorsitzende: Angelika Kunkel, Silhöferstr. 14, 35578 Wetzlar; stellv. Vorsitzender: Thomas Le Blanc, Merianstr. 11, 35578 Wetzlar. – Cora Chilcott (Berlin): *»Der Dichtung muntre Schattenwelt«. Gedichte und Auszüge aus Dramen und Briefen Friedrich von Schillers. Schauspiel-Solo.* – Dr. Marlies Obier (Siegen): *»Wie gern möchte ich nur einmal Humboldten erzählen hören«. Goethe und Humboldt.* – Goethes Geburtstag im Lottehof mit dem *StattTheater Wetzlar: »Viele Gäste wünsch ich heut' / Mir zu meinem Tische«. Woraus schöpften Goethes Zeitgenossen in Lebenskrisen Mut und Gesundheit* (Idee und Regie: Oliver Meyer-Ellendt). – Dr. Wolfgang Keul (Aßlar): *Theodor Fontane* (literarischer Gesprächskreis).

Wuppertal (gegr. 1988)

Vorsitzender: Prof. Dr. Andreas Meier, Bergische Universität Wuppertal, Fakultät 1: Geistes- und Kulturwissenschaften, Germanistik, 42119 Wuppertal.

Freundeskreis des Goethe-Nationalmuseums

Vorsitzender: Dieter Höhnl, Friedensgasse 3 a, 99423 Weimar; stellv. Vorsitzender: Dr. Alf Rößner, Karl-Liebknecht-Str. 5, 99423 Weimar. – Prof. Dr. Wolfgang Bunzel (Frankfurt a. M.): *Bettine von Arnim: »Letzte Liebe. Das unbekannte Briefbuch«.* – Prof. Dr. Uwe Hentschel (Chemnitz, Berlin): *»Die Utopie von der vernünftigen Lust«. Zur erotischen Literatur des 18. Jahrhunderts.* – Dr. Ronny Teuscher (Gera): *»Eine unschuldige Liebhaberey«. Ausgrabungsfunde aus Goethes Besitz.* – Dr. Detlef Ignasiak (Jena): *Literatur und Literaturverhältnisse im Thüringer Barock.* – Christian Meyer-Landrut, Autor; Yaroslav Bykh, Klavier (beide Weimar): *»deserta. Ich rufe dich bei deinem Namen«* (Buchvorstellung). – Prof. Dr. Volker Wahl (Weimar): *Auf Spurensuche im klassischen Weimar. Die Reichsgräfin Bachoff von Echt aus Wien und der Dichter und Übersetzer Mellish of Blyth aus London.* – Feier zu Goethes Geburtstag in seinem Garten am Frauenplan »mit dem Glockenschlag zwölf« und Abendprogramm mit Falk Zenker, Bernd Lange (beide Weimar): *»Man feiere nur, was glücklich vollendet ist«.* – Dieter Höhnl (Weimar), Dr. Ronny Teuscher (Gera): *»Die poetische Lustseuche«. Zum 287. Geburtstag von Christoph Martin Wieland.* – Dr. Siegfried Seifert (Weimar): *Der »frohste Mann des Jahrhunderts«. Charles Joseph de Ligne (1735-1814) und seine Beziehungen zum klassischen Weimar.* – Prof. Dr. Stephan Oswald (Bologna): *Der Tod August von Goethes am 27. Oktober 1830 in Rom.*

Freies Deutsches Hochstift Frankfurter Goethe-Museum

Direktorin: Prof. Dr. Anne Bohnenkamp-Renken, Großer Hirschgraben 23-25, 60311 Frankfurt a. M. – Ausstellung: *Bilder einer Baustelle. Das Deutsche Romantik-Museum 2015-2020* (Fotografien von Alexander Englert). – Prof. Dr. Rüdiger Görner (London): *Aufbruch in die Romantik. Über das Europäische in der Romantik.* – Prof. Dr. Wolfgang Bunzel, Dr. Jasmin Behrouzi-Rühl, Tristan Logiewa (alle Frankfurt a. M.): *Bettine von Arnim: »Letzte Liebe. Das unbekannte Briefbuch«.* – *»Jetzt kommen andere Zeiten angerückt«. Schriftstellerinnen der Romantik*, 10. Goethe-Ringvorlesung in Kooperation mit der Goethe-Universität Frankfurt: Prof. Dr. Wolfgang Bunzel (Frankfurt a. M.): *Autorin ohne Werk. Bettine Brentano/von Arnim.* – Prof. Dr. Anne Bohnenkamp-Renken (Frankfurt a. M.): *Romantische Geheimschrift? Zu Marianne von Willemers Autorschaft* (per Zoom). – *ensemble1800berlin* (Berlin): *Schattenrisse: Mozart, Hoffmann, Beethoven und Hummel. Sinfonien und Ouvertüren als Kammermusik.* – Dr. Joachim Seng, Michael Quast (beide Frankfurt a. M.): *»Und Lust zu fabulieren«. Ein Abend mit Catharina Elisabeth Goethe.* – Dr. Anja Heuß (Frankfurt a. M.), Dr. Jana Piper (Hamburg), Dr. Joachim Seng (Frankfurt a. M.): *Goethe lebt …!* (Filmvorführung und Kommentar). – Prof. Dr. Ernst Osterkamp, Dr. Gustav Seibt (beide Berlin), Prof. Dr. Anne Bohnenkamp-Renken (Frankfurt a. M.): *Goethe-Annalen 1820.* – Frankfurter Hausgespräche: *Alles gut? Kommunikation im radikalen Wandel* (in Kooperation mit der Stiftung Polytechnische Gesellschaft, dem Haus am Dom und dem Literaturhaus Frankfurt): Dr. Tina Theobald (Heidelberg), Kristin Kube (Mannheim), Moderation: Prof. Dr. Anne Bohnenkamp-Renken (live auf Youtube): *Alles veloziferisch? Zum Wandel der öffentlichen Kommunikation in der Goethezeit.* – Michael Kleeberg (Berlin): *Der Idiot des 21. Jahrhunderts.* – Symposium in Kooperation mit dem Goethe- und Schiller-Archiv Weimar: *Gedichte aus Goethes »West-östlichem Divan«* mit Prof. Dr. Anne Bohnenkamp-Renken (Frankfurt a. M.), Prof. Dr. Anke Bosse (Klagenfurt), Prof. Dr. Carsten Dutt (Heidelberg), Dr. Bernhard Fischer (Weimar), Prof. Dr. Beatrice Gruendler (Berlin), Ali Abdollahi (Berlin), Prof. Dr. Christoph König (Osnabrück), Dr. Charlotte Kurbjuhn (Erlangen), Prof. Dr. Marcel Lepper (Weimar), Prof. Dr. Mathias Mayer (Augsburg), Prof. Dr. Ernst Osterkamp (Berlin), Prof. Dr. Andrea Polaschegg (Siegen), Dr. Joachim Seng (Frankfurt a. M.). – Prof. Dr. Beatrice Gruendler, Ali Abdollahi (beide Berlin): *Von Hafis zu Goethe.* – Anstelle der Feiern zu Goethes Geburtstag: 24 *Führungen für 360 Mitglieder durch den Neubau des Deutschen Romantik-Museums.* – Liederabende *Lied & Lyrik: Naturgewalten* mit Marie Seidler, Mezzosopran; Mikhail Timoshenko, Bariton; Götz Payer, Klavier. – *Friedrich Hölderlin zum 250. Geburtstag* mit Michael Porter, Tenor; Hans-Christoph Begemann, Bariton; Hilko Dumno, Klavier. – Hölderlin-Festwoche: Eröffnung in Kooperation mit der Stadt Frankfurt und dem Kulturfonds FrankfurtRheinMain: *Wanderung von Frankfurt nach Bad Homburg mit Hölderlin Heterotopia.* Ein App-gestützter Audiowalk von Akira Takayama (Tokio). – *»Staunend seh ich dich an«. Ein Abend für Friedrich Hölderlin* mit Christian Brückner (Berlin), Tilman Spreckelsen (Frankfurt a. M.). – Prof. Dr. Roland Reuß (Heidelberg): *Atelier Hölderlin.* – Prof. Dr. Luigi Reitani (Berlin): *Hölderlin und die Frühromantik.* – Reinhard Pabst (Montabaur): *Auf Hölderlins Spuren durch Frankfurt. Ein Spaziergang.* – Aus den Sammlungen: Dr. Anja Heuß (Frankfurt a. M.): *Provenienzforschung im Freien Deutschen Hochstift.* – Sonderführungen: *Bilder und Sammlungsgeschichten* mit Dr. Anja Heuß (Frankfurt a. M.). – Dr. Thomas Regehly (Frankfurt a. M.): *Schopenhauer in Goethes Italien.* – Kooperationsveranstaltung der Krupp Reimers Forschungsgruppe (Bad Homburg): *Identität, Hass, Kultur. Annäherungen an Kontroversen der Gegenwart* mit Prof. Dr. Rainer Forst (Frankfurt a. M.), Prof. Dr. Friedrich Wilhelm Graf (München), Prof. Dr. Gudrun Krämer (Berlin), Prof. Dr. Rudolf Stichweh (Bonn), Moderation: Carl Friedrich Gethmann (Duisburg).

Goethe-Museum Düsseldorf Anton-und-Katharina-Kippenberg-Stiftung

Direktor des Museums und Vorstand der Anton-und-Katharina-Kippenberg-Stiftung: Prof. Dr. Christof Wingertszahn, Goethe-Museum, Schloss Jägerhof, Jacobistr. 2, 40211 Düsseldorf. – Wegen Baumaßnahmen und der Corona-Pandemie war das Museum vom 13. März bis 12. August und vom 2. November bis 31. Dezember 2020 für insgesamt acht Monate geschlossen. – Prof. Dr.

Wolfgang Bunzel (Frankfurt a. M.): *Bettine von Arnim: »Letzte Liebe. Das unbekannte Briefbuch«* (Buchvorstellung). – Prof. Dr. Hans Dieter Zimmermann (Berlin): *»Theodor Fontane. Der Romancier Preußens«* (Buchvorstellung). – *Ab durch Raum und Zeit!* (Kinder-Museumsnacht). – *Mein Faust* (Workshop für Stufe 3 des Faust-Labors) – Prof. Dr. Gerhard Sauder (St. Ingbert): *Goethe, das Kind. Die Darstellung der Kindheit in »Dichtung und Wahrheit«.* – Dr. Wolfram Knauer (Darmstadt): *»›Play yourself, man!‹. Die Geschichte des Jazz in Deutschland«* (Buchvorstellung). – Sonderkonzert *Sounds of Jazz mit Wolf Doldinger & Best Friends* (Konzert). – Prof. Dr. Rüdiger Safranski (Berlin), Moderation: Dr. Dr. h. c. mult. Manfred Osten (Bonn): *»Hölderlin. ›Komm! ins Offene, Freund!«. Zum 250. Geburtstag von Friedrich Hölderlin* (Buchvorstellung). – *»Orient und Okzident sind nicht mehr zu trennen«. Uecker – Hafis – Goethe* (Ausstellung).

Ausschreibungstext zur Vergabe von Werner-Keller-Stipendien

Die Goethe-Gesellschaft in Weimar fördert durch Stipendien, die wir überwiegend privaten Spenden von Mitgliedern und Freunden unserer Gesellschaft verdanken, wissenschaftliche Projekte, die der Erforschung von Leben und Werk Goethes und der Zeit der deutschen Klassik dienen, die Rezeption des Dichters und seiner Epoche zum Gegenstand haben oder sich einer entsprechenden Übersetzung widmen.

Besondere Verdienste um das Stipendienprogramm hat sich der 2019 verstorbene Ehrenpräsident der Goethe-Gesellschaft Prof. Dr. Werner Keller, von 1991 bis 1999 deren Präsident, erworben, so dass das Stipendienprogramm seit 2010 Werner-Keller-Stipendienprogramm heißt.

Bedingungen

Voraussetzung für die Bewerbung um ein Werner-Keller-Stipendium ist die Arbeit an einer akademischen Abschlussarbeit, Dissertation, Habilitation oder Übersetzung.

Das Stipendium beträgt 1000 € monatlich. Vergeben werden im Allgemeinen dreimonatige Stipendien. Regelungen zur Übernahme der Reisekosten werden individuell vereinbart.

Die Goethe-Gesellschaft vermittelt den Stipendiaten ein Einzelzimmer. Der vom Stipendiaten zu begleichende Mietanteil beträgt je nach der vermittelten Unterkunft 100 bis 200 €. Unabdingbar ist eine gültige Auslandskrankenversicherung, die vom Stipendiaten rechtzeitig vor der Reise im Heimatland abzuschließen ist.

Die Goethe-Gesellschaft ermöglicht die Publikation besonders qualifizierter Abhandlungen im Goethe-Jahrbuch. Von den Stipendiaten wird ein kurzer Abschlussbericht über ihre Tätigkeit erwartet. Gebeten sei zudem, bei einer Publikation der Ergebnisse auf die Förderung durch die Goethe-Gesellschaft hinzuweisen.

Arbeitsmöglichkeiten

Stipendiaten der Goethe-Gesellschaft können im Goethe- und Schiller-Archiv, im Goethe-Nationalmuseum und in der Herzogin Anna Amalia Bibliothek arbeiten. Zudem stehen die Bestände des Landesarchivs Thüringen – Hauptstaatsarchivs Weimar, der Hochschule für Musik »Franz Liszt« und der Bauhaus-Universität Weimar (Sammlungen, Bibliotheken) für Forschungsarbeiten zur Verfügung.

Bewerbungen

Anträge für die Vergabe des Werner-Keller-Stipendiums sind zu senden an:

Dr. Hannes Höfer
Geschäftsführung Goethe-Gesellschaft
Burgplatz 4
99423 Weimar.

(Telefon: 03643 – 202050 Fax: 03643 – 202061
e-mail: goetheges@aol.com www.goethe-gesellschaft.de)

Die Bewerbungsunterlagen sollten bestehen aus einer ausführlichen Projektbeschreibung, einem kurzen Lebenslauf, der die wissenschaftliche Entwicklung erkennen lässt, zwei Beurteilungen und einer Publikationsliste.

Die Bewerbung ist bis zum 30. September für das jeweils folgende Jahr einzureichen.

Die Mitarbeiter dieses Bandes

Prof. Dr. Frieder von Ammon, Universität Leipzig, Institut für Germanistik, Beethovenstraße 15, 04107 Leipzig
frieder.vonAmmon@gmx.net

PD Dr. Manuel Bauer, Philipps-Universität Marburg, Institut für Neuere deutsche Literatur, Deutschhausstraße 3, 35037 Marburg
manuel.bauer@uni-marburg.de

Dr. Nicolas Berg, Leibniz-Institut für jüdische Geschichte – Simon Dubnow, Goldschmidtstraße 28, 04103 Leipzig
Berg@dubnow.de

Prof. Dr. Klaus-Michael Bogdal, Universität Bielefeld, Fakultät für Linguistik und Literaturwissenschaft, Postfach 100131, 33501 Bielefeld
klaus_michael.bogdal@uni-bielefeld.de

Dr. Urs Büttner, Heinrich-Heine-Universität Düsseldorf, Institut für Germanistik, Universitätsstraße 1, Gebäude 24.54, Raum U1.86, 40225 Düsseldorf
urs.buettner@hhu.de

Prof. Dr. Daniel Carranza, Harvard University, Department of Germanic Languages & Literatures, Barker Center 356, 21 Quincy Street, Cambridge, MA 02138, USA
dcarranza@fas.harvard.edu

Dr. Francesca Fabbri, Klassik Stiftung Weimar, Goethe- und Schiller-Archiv, Burgplatz 4, 99423 Weimar
Francesca.Fabbri@gmx.de

Prof. Dr. Dr. h.c. Jochen Golz, Goethe-Gesellschaft in Weimar e.V., Burgplatz 4, 99423 Weimar
goetheges@aol.com

Dr. Helmut Hühn, Friedrich-Schiller-Universität Jena, Fürstengraben 18, 07743 Jena
h.huehn@uni-jena.de

PD Dr. Michael Jaeger, Käthe-Niederkirchner-Straße 13, 10407 Berlin
asmljaeger@aol.com

Dr. Johannes John, Bayerische Akademie der Wissenschaften, Neuere deutsche Literatur, Alfons-Goppel-Straße 11, 80539 München
ndl.john@ndl.badw.de

Elke Kehr, Saalfelder Straße 86, 07381 Pößneck
e.k.poessneck@t-online.de

Dr. Jan Kerkmann, Albert-Ludwigs-Universität Freiburg, Philosophisches Seminar, Platz der Universität 3, 79085 Freiburg i. Br.
jan.kerkmann@philosophie.uni-freiburg.de

Prof. Dr. Hans-Joachim Kertscher, Spitze 4a, 06184 Kabelsketal
kertscher@izea.uni-halle.de

Prof. Dr. Bryan Klausmeyer, Virginia Tech, Department of Modern and Classical Languages and Literatures, 310 Major Williams Hall, Blacksburg, VA 24061, USA
klausmeyer@vt.edu

Prof. Dr. Karl-Josef Kuschel, Sandäckerstraße 2, 72070 Tübingen
karljosef.kuschel@uni-tuebingen.de

Dr. Petra Maisak, Am Elisabethenbrunnen 1, 61348 Bad Homburg
pb.maisak@gmail.com

Prof. Dr. Stefan Matuschek, Friedrich-Schiller-Universität Jena, Institut für Germanistische Literaturwissenschaft, Fürstengraben 18, 07743 Jena
stefan.matuschek@uni-jena.de

Jean-Claude Muller, 12, allée des Tilleuls, 8508 Redingen an der Attert, Luxemburg
j-c.muller@ial.be

Dr. Gerhard Müller, In der Doberau 11, 07749 Jena
x7muge@gmx.de

Prof. Dr. Clark Muenzer, 617 South Linden Avenue, Pittsburgh, Pennsylvania 15208, USA
clark.muenzer@gmail.com

Dr. Petra Oberhauser, Goethe-Gesellschaft in Weimar e.V., Burgplatz 4, 99423 Weimar
goetheges@aol.com

Hans-Günther Otto, Ahornweg 55, 07407 Rudolstadt
Goethe-Rudolstadt@web.de

Dr. Yvonne Pietsch, Klassik Stiftung Weimar, Goethe- und Schiller-Archiv, Burgplatz 4, 99423 Weimar
yvonne.pietsch@klassik-stiftung.de

Prof. Dr. h.c. Terence James Reed, The Queen's College, Oxford, OX1 4 AW, Großbritannien
jim.reed@queens.ox.ac.uk

Annalisa Ricchizzi, Klassik Stiftung Weimar, Goethe- und Schiller-Archiv, Burgplatz 4, 99423 Weimar
annalisa.ricchizzi@klassik-stiftung.de

Prof. Dr. Carsten Rohde, Sun Yat-sen University, School of Foreign Languages, German Department, 135 Xingang West Road, Guangzhou 510275, China
rohde@mail.sysu.edu.cn

Dr. Bastian Röther, Klassik Stiftung Weimar, Goethe- und Schiller-Archiv, Burgplatz 4, 99423 Weimar
Bastian.roether@klassik-stiftung.de

Sabine Schäfer, Hellerweg 18, 99425 Weimar
s.schaefer72@gmx.net

Dr. Beate Agnes Schmidt, 420 Elmington Avenue, Apt. 1324, Nashville, TN 37205, USA
schmidt.beate@posteo.de

Prof. Dr. Monika Schmitz-Emans, Ruhr-Universität Bochum, Allgemeine und Vergleichende Literaturwissenschaft, GB 2/146, 44869 Bochum
Monika.Schmitz-Emans@ruhr-uni-bochum.de

Prof. Dr. Kai Sina, Westfälische Wilhelms-Universität, Germanistisches Institut, Abteilung für Neuere deutsche Literatur, Schlossplatz 34, 48143 Münster
ksina@uni-muenster.de

Prof. Dr. John H. Smith, University of California, School of Humanities, 250 Humanities Instructional Building, Irvine, CA 92697, USA
jhsmith@uci.edu

Dr. Burkhard Stauber, Sudetenstraße 5 a, 82194 Gröbenzell
bus.stauber@web.de

Dr. Michael Veeh, Universität Regensburg, Institut für Germanistik, Lehrstuhl für Ältere deutsche Literatur, Universitätsstraße 31, 93053 Regensburg
Michael.Veeh@gmail.com

Prof. Dr. Yuan Tan, School of Foreign Languages, Huazhong University of Science and Technology, Luoyu Street 1037, 430074 Wuhan, China
tanyuan@hust.edu.cn

Prof. Dr. Reinhard Wegner, Werderstraße 37, 69120 Heidelberg
reinhard.wegner@uni-jena.de

Prof. Dr. Dirk Weissmann, Université Toulouse Jean-Jaurès, Centre de Recherches et d'Etudes Germaniques, 5 allées Antonio Machado, 31058 Toulouse Cedex 9, Frankreich
dirk.weissmann@uni-tlse2.fr

Prof. Dr. W. Daniel Wilson, Royal Holloway, University of London, Department of Languages, Literatures and Cultures, Egham, Surrey TW20 0EX, Großbritannien
D.Wilson@rhul.ac.uk

Prof. Dr. Norbert Christian Wolf, Universität Wien, Institut für Germanistik, Neuere deutsche Literatur, Universitätsring 1, 1010 Wien, Österreich
norbert.christian.wolf@univie.ac.at

Dr. Edith Zehm, Andechser Straße 6 B, 82205 Gilching
ezehm@germanistik.uni-muenchen.de

Siglen-Verzeichnis

AS	Goethes Amtliche Schriften. Veröffentlichung des Staatsarchivs Weimar. Bd. I: 1776-1786. Hrsg. von Willy Flach. Weimar 1950. Bd. II. Bearbeitet von Helma Dahl. 1. Halbbd.: 1788-1797. Weimar 1968. 2. Halbbd.: 1798-1819. Weimar 1970. Bd. III: Erläuterungen zu den Schriften 1788-1819. Bearbeitet von Helma Dahl. Weimar 1972. Bd. IV: Register. Bearbeitet von Helma Dahl. Weimar 1987.
BuG	Goethe: Begegnungen und Gespräche. Hrsg. von Ernst Grumach u. Renate Grumach. [Ab Bd. III:] Begründet von Ernst Grumach u. Renate Grumach. Hrsg. von Renate Grumach. Berlin 1965 ff.
DWb	Deutsches Wörterbuch. Begr. von Jacob und Wilhelm Grimm. 33 Bde. Leipzig 1854-1962. Nachdruck München 1984.
FA	Johann Wolfgang Goethe: Sämtliche Werke. Briefe, Tagebücher und Gespräche. 40 Bde. (in 45). Hrsg. von Friedmar Apel u. a. Frankfurt a. M. u. Berlin 1985-2013 [Frankfurter Ausgabe].
GB	Johann Wolfgang Goethe: Briefe. Historisch-kritische Ausgabe. In Verbindung mit der Sächsischen Akademie der Wissenschaften zu Leipzig u. der Mainzer Akademie der Wissenschaften und der Literatur im Auftrag des Goethe- und Schiller-Archivs hrsg. von Frieder von Ammon, Jutta Eckle, Georg Kurscheidt u. Elke Richter, begründet von Georg Kurscheidt, Norbert Oellers u. Elke Richter. Berlin 2008 ff. [seit 2014 Berlin, Boston].
Goethe-Handbuch	Goethe-Handbuch. 5 Bde. Hrsg. von Bernd Witte, Theo Buck, Hans-Dietrich Dahnke, Regine Otto und Peter Schmidt. Stuttgart, Weimar 1996-1999. Supplemente: Bd. 1: Musik und Tanz in den Bühnenwerken. Hrsg. von Gabriele Busch-Salmen unter Mitarbeit von Benedikt Jeßing. Stuttgart, Weimar 2008; Bd. 2: Naturwissenschaften. Hrsg. von Manfred Wenzel. Stuttgart, Weimar 2012; Bd. 3: Kunst. Hrsg. von Andreas Beyer u. Ernst Osterkamp. Stuttgart, Weimar 2011.
GJb	Goethe-Jahrbuch (auch für alle anders lautenden Titel des Jahrbuchs). Weimar 1880 ff.
Gespräche	Goethes Gespräche. Eine Sammlung zeitgenössischer Berichte aus seinem Umgang. Auf Grund der Ausgabe und des Nachlasses von Flodoard Freiherrn von Biedermann ergänzt und hrsg. von Wolfgang Herwig. 5 Bde. Zürich, Stuttgart, Bd. 4-5: Zürich, München 1965-1987.
GT	Johann Wolfgang Goethe: Tagebücher. Historisch-kritische Ausgabe. Im Auftrag der Klassik Stiftung Weimar hrsg. von Jochen Golz unter Mitarbeit von Wolfgang Albrecht, Andreas Döhler und Edith Zehm. [Ab Bd. VI:] Im Auftrag der Klassik Stiftung Weimar hrsg. vom Goethe- und Schiller-Archiv. Bd. I ff. Stuttgart, Weimar 1998 ff.
GWb	Goethe-Wörterbuch. Hrsg. von der Berlin-Brandenburgischen Akademie der Wissenschaften, der Akademie der Wissenschaften in Göttingen und der Heidelberger Akademie der Wissenschaften. Bd. 1 ff. Berlin, Stuttgart 1978 ff.
HA Briefe	Goethes Briefe. 4 Bde. Hrsg. von Karl Robert Mandelkow und Bodo Morawe. Hamburg 1962-1965.

HA Briefe an Goethe	Briefe an Goethe. 2 Bde. Hrsg. von Karl Robert Mandelkow unter Mitarbeit von Bodo Morawe. Hamburg 1965-1969.
LA	Goethe. Die Schriften zur Naturwissenschaft. Vollständige mit Erläuterungen versehene Ausgabe im Auftrage der Deutschen Akademie der Naturforscher Leopoldina. Begr. von Lothar Wolf und Wilhelm Troll. Hrsg. von Dorothea Kuhn, Wolf von Engelhardt und Irmgard Müller. Abt. I: Texte. 11 Bde. Weimar 1947-1970. Abt. II: Ergänzungen und Erläuterungen. 10 Bde. (in 18 Teilbden). Weimar 1959-2011. Abt. III: Verzeichnisse und Register. Weimar 2014-2019 [Leopoldina-Ausgabe].
MA	Johann Wolfgang Goethe: Sämtliche Werke nach Epochen seines Schaffens. Münchner Ausgabe. 21 Bde. (in 33). Hrsg. von Karl Richter in Zusammenarbeit mit Herbert G. Göpfert, Norbert Miller, Gerhard Sauder und Edith Zehm. München 1985-1998 [Münchner Ausgabe].
RA	Briefe an Goethe. Gesamtausgabe in Regestform. Hrsg. Karl-Heinz Hahn, Redaktor Irmtraut Schmid. [ab Bd. 6:] hrsg. von der Stiftung Weimarer Klassik, Goethe- und Schiller-Archiv, [ab Bd. 8:] hrsg. von der Klassik Stiftung Weimar, Goethe- und Schiller-Archiv. Bd. 1 ff. Weimar 1980 ff.
SchrGG	Schriften der Goethe-Gesellschaft. Weimar 1885 ff.
SNA	Schillers Werke. Nationalausgabe. 1940 begründet von Julius Petersen. Fortgeführt von Lieselotte Blumenthal, Benno von Wiese, Siegfried Seidel. Hrsg. im Auftrag der Klassik Stiftung Weimar und des Schiller-Nationalmuseums in Marbach von Norbert Oellers. 40 Bde. Weimar 1943 ff.
WA	Goethes Werke. Hrsg. im Auftrage der Großherzogin Sophie von Sachsen. 143 Bde. Weimar 1887-1919. Nachdruck München 1987. [nebst] Bd. 144-146: Nachträge und Register zur IV. Abt.: Briefe. Hrsg. von Paul Raabe. Bde. 1-3. München 1990 [Weimarer Ausgabe].

Abbildungsnachweis

Beitrag Burkhard Stauber

Abb. 1 u. 2	Notensatz: Gertraud Steinhaeusser

Beitrag Kai Sina

Abb. 1	Saul Bellow: *More Die of Heartbreak. A Novel.* New York 1987, Rückseite des Buchumschlags
Abb. 2	Saul Bellow Papers, Special Collections Research Center, University of Chicago Library, Box 203, Folder 14, unpaginiert

Beitrag Yvonne Pietsch

Abb. 1	© Thüringer Universitäts- und Landesbibliothek Jena

Beitrag Jean-Claude Muller

Abb. 1	© The Pierpont Morgan Library, New York City
Abb. 2	© Goethe-Museum Düsseldorf
Abb. 3 u. 4	Ferraris-Karte in der Sammlung des Autors

Beitrag Sabine Schäfer

Abb. 1	Goethe- und Schiller-Archiv, GSA 28/64, Bl. 374 f. Foto: © Klassik Stiftung Weimar

Beitrag Beate Agnes Schmidt

Abb. 1 a	© Rakstniecības un mūzikas muzejs Riga, RTMM 69751, fol. 1r
Abb. 1 b	© Rakstniecības un mūzikas muzejs Riga, RTMM 69751, fol. 1v
Abb. 2 a	© Rakstniecības un mūzikas muzejs Riga, RTMM 69752, fol. 1r
Abb. 2 b	© Rakstniecības un mūzikas muzejs Riga, RTMM 69752, fol. 2r
Abb. 3	Louis Simonin: *Underground Life, Or, Mines and Miners.* Bd. 17. London 1869, S. 28, Fig. 17 (Zeichnung von Antoine Napoléon Brunet de Boyer, 19. Jh., Public Domain)
Abb. 4	John Henry Pepper: *The Playbook of Metals: Including Personal Narratives of Visits to Coal, Lead, Copper, and Tin Mines; with a Large Number of Interesting Experiments Relating to Alchemy and the Chemistry of Fifty Metallic Elements.* London 1862, Fig. 13 (Public Domain)

Beitrag Bastian Röther, Annalisa Ricchizzi

Abb. 1	© Archivio Storico di Barberino di Mugello
Abb. 2	Foto: © Laura Röther
Abb. 3	© Tate Britain, London

Aus dem Leben der Goethe-Gesellschaft
In memoriam

Porträt Prof. Dr. Manfred Beetz	Foto: © Dr. Barbara Beetz
Porträt Dr. Helga Bonitz	Foto: privat
Porträt Karl-Hermann Röser	Foto: © Hartmut Bergner

Manuskripthinweise

1 Manuskripte (Zeilenabstand 1,5, Schrifttyp Arial, Schriftgröße 12 Punkt, einseitig beschrieben) senden Sie bitte per E-Mail an:

Prof. Dr. Stefan Matuschek
goetheges@aol.com.

Abhandlungen sollten 30.000 Zeichen (inkl. Leerzeichen) nicht überschreiten. Bei Rezensionen wird der gewünschte Umfang dem Autor bei Vergabe der Rezension mitgeteilt.
Bitte beachten Sie, dass Teile aus Dissertationen nicht im Jahrbuch veröffentlicht werden.

2 Der Name des Verfassers steht bei Abhandlungen in Versalien über der Hauptüberschrift, bei Rezensionen kursiv unter dem Text.

3 a Absätze werden durch Einzug gekennzeichnet, größere Sinnabschnitte durch eine Leerzeile.

3 b Vers- und Prosazitate (Primär- und Sekundärliteratur) von vier und mehr Zeilen werden in der Regel durch Einrückung hervorgehoben. Anführungszeichen entfallen dann.

4 Titel von Büchern, Aufsätzen, Zeitschriften, Zeitungen etc. werden im Text und in den Anmerkungen kursiv und ohne Anführungszeichen wiedergegeben. Ausnahme: Anführungszeichen werden benötigt bei Zitaten oder Titeln im Titel – Beispiel: Herman Meyer: *»Zarte Empirie«. Studien zur Literaturgeschichte*. Stuttgart 1963. Vgl. auch die Beispiele unter Punkt 12.

5 a Kürzere Zitate werden im Text und in den Anmerkungen durch »Anführungszeichen« kenntlich gemacht.

5 b Zitate innerhalb von Zitaten werden durch ›einfache Anführungszeichen‹ gekennzeichnet.

5 c Goethe-Zitate, die mit im Siglenverzeichnis des Goethe-Jahrbuchs genannten Werkausgaben belegt werden können, werden im Anschluss an das Zitat im Haupttext nachgewiesen; alle anderen Zitate werden in den Anmerkungen nachgewiesen.

6 a Stellen, die der Autor eines Beitrags hervorheben möchte, sind zu kursivieren. Sie erscheinen dann auch in der Druckfassung kursiv.

6 b Sind Hervorhebungen in einem Zitat im Original durch Sperrung gekennzeichnet, bleibt die Sperrung auch in der Druckfassung erhalten. Bitte kennzeichnen Sie diese Stellen im Manuskript durch eine unterbrochene Linie.

7 Auslassungen in Zitaten werden durch eckige Klammern […] gekennzeichnet.

8 a Die Anmerkungen erscheinen im Jahrbuch als Fußnoten, im Manuskript als Endnoten. Die Anmerkungszahlen sind automatisiert einzufügen. Sie werden hochgestellt, nicht mit Klammern versehen.

8 b Eine Anmerkungszahl, die sich auf einen Satz oder Teilsatz bezieht, steht nach dem jeweiligen Satzzeichen (Punkt, Komma etc.). Eine Anmerkungszahl, die sich auf ein Wort oder eine Wortgruppe innerhalb eines Satzes bezieht, steht unmittelbar hinter dem Wort oder der Wortgruppe.

8 c Absätze in den Anmerkungen sollten möglichst vermieden werden; stattdessen kann ein neuer Abschnitt durch einen Gedankenstrich vom vorherigen abgesetzt werden.

8 d Die Anmerkungen beginnen mit einem Großbuchstaben und enden mit einem Punkt. Namen von Autoren, Herausgebern oder Bearbeitern werden nicht hervorgehoben.

9 Allgemeine bibliographische Begriffe werden abgekürzt (z. B.: Bd., Diss., Hrsg., hrsg. von, Jb., Jg., Nr., S., V., Zs. usw.).

10 Die verwendete Goethe-Ausgabe wird mit der entsprechenden Sigle im direkten Zitatanschluss nachgewiesen (z. B.: WA I, 5.1, S. 100; vergleichbar wird verfahren bei FA, LA, MA). Die Auflösung der Siglen erfolgt generell über ein Siglen-Verzeichnis am Ende des Jahrbuchs.

11 Wird ein Titel wiederholt zitiert, erscheint lediglich der Nachname des Autors mit Verweis auf diejenige Stelle, an der er vollständig genannt ist:

Vulpius (Anm. 10), S. 132f.

12 Für die Zitierweise in den Anmerkungen gelten folgende Beispiele:

Belagerung von Maynz (MA 14, S. 517-557).

René Jacques Baerlocher: *Nachwort*. In: *»Das Kind in meinem Leib«. Sittlichkeitsdelikte und Kindsmord in Sachsen-Weimar-Eisenach unter Carl August. Eine Quellenedition 1777-1786*. Hrsg. von Volker Wahl. Mit einem Nachwort von René Jacques Baerlocher. Weimar 2004, S. 331-504.

Katharina Mommsen: *Goethe und die arabische Welt*. Frankfurt a. M. 1988, S. 86f.

Vgl. Reinhart Koselleck: *Goethes unzeitgemäße Geschichte*. In: GJb 1993, S. 27-39; hier S. 28.

Margarethe Beckurts: *Zur Bedeutung der Novelle in Goethes »Wahlverwandtschaften«*. In: *Zs. für deutsche Philologie* 103 (1984), Sonderheft, S. 75f.

Peter Michelsen: *Fausts Erblindung*. In: *Aufsätze zu Goethes »Faust II«*. Hrsg. von Werner Keller. Darmstadt 1992, S. 345-356.

Heinrich Voß an Charlotte von Schiller, 12.11.1809; zit. nach Härtl (Anm. 4), S. 73.

Bitte verwenden Sie statt der Angabe ff. stets die konkreten Seiten- bzw. Verszahlen. Anstelle von »a. a. O.« verwenden Sie bitte den Hinweis »Autorname bzw. Kurztitel (Anm. xx)«.

13 Die Autoren erhalten eine PDF-Datei des gedruckten Beitrags.

Goethe-Gesellschaft in Weimar e. V.
Herrn Prof. Dr. Stefan Matuschek
Präsident der Goethe-Gesellschaft
Burgplatz 4
99423 Weimar

Jahrbuch-Pate

Ich möchte die Goethe-Jahrbücher 2022, 2023 und 2024 mit einer Patenschaft fördern. Dafür dankt die Goethe-Gesellschaft den Jahrbuch-Paten namentlich am Anfang eines jeden geförderten Jahrbuchs.

Name, Vorname: ______________________________

Adresse: ______________________________

____

Hiermit ermächtige ich die Goethe-Gesellschaft in Weimar bis auf Widerruf, von meinem Konto mittels SEPA-Lastschrift den angekreuzten Betrag abzubuchen:

☐ 300,– € zum 31.3.2023 (eine Spendenbescheinigung geht Ihnen zu)

☐ jeweils 100,– € zum 31.3.2023, zum 31.3.2024 und zum 31.3.2025

☐ Bitte senden Sie mir jährlich eine Spendenbescheinigung.

Meine Kontoverbindung lautet:

Kreditinstitut: ______________________________

IBAN: ______________________________

BIC: ______________________________

______________________________ ______________________________

Ort, Datum Unterschrift

Wir bitten zu beachten:

Voraussetzung für die Lieferung des Goethe-Jahrbuchs ist die Entrichtung des Mitgliedsbeitrags von 60 € (Schüler, Studenten, Arbeitslose und Ehepartner eines Mitglieds 20 €).

Der Mitgliedsbeitrag ist bis zum 31. März des jeweiligen Kalenderjahres fällig. Es wird gebeten, ihn auf eines der folgenden Konten zu überweisen:

Sparkasse Mittelthüringen
IBAN: DE37 8205 1000 0301 0040 48
BIC: HELADEF1WEM

oder Postgiroamt Frankfurt a. M.
IBAN: DE19 5001 0060 0118 8196 01
BIC: PBNKDEFF

oder Deutsche Bank – Filiale Weimar
IBAN: DE21 8207 0024 0282 7111 00
BIC: DEUTDEDBERF

oder per Bankscheck an die Geschäftsstelle der Goethe-Gesellschaft in Weimar.

Spenden für die Tätigkeit der Goethe-Gesellschaft erbitten wir auf eines der obengenannten Konten.

Anschriftenänderungen: Wir bitten Sie, jede Anschriftenänderung der Geschäftsstelle der Goethe-Gesellschaft, Postfach 2251, 99403 Weimar,
Telefon: 03643 – 202050, Fax: 03643 – 202061, e-mail: goetheges@aol.com mitzuteilen.

Anträge auf Mitgliedschaft können formlos an die Geschäftsstelle gerichtet werden. Jeder Goethefreund ist herzlich willkommen!

Bitte informieren Sie sich auch über unsere Gesellschaft unter
www.goethe-gesellschaft.de
und abonnieren Sie dort unseren kostenlosen Newsletter.